MARÍA DUEÑAS

Der Pinienhain

Die spanische Originalausgabe erschien 2012 unter dem Titel
»Misión olvido« bei Temas de Hoy, Madrid.

MIX
Papier aus verantwortungsvollen Quellen
FSC® C014496

Verlagsgruppe Random House FSC® N001967
Das FSC®-zertifizierte Papier *Holmen Book Cream*
für dieses Buch liefert Holmen Paper, Hallstavik, Schweden.

1. Auflage
Taschenbuchausgabe Dezember 2014 bei Blanvalet, einem Unternehmen der
Verlagsgruppe Random House GmbH, München.

Umschlaggestaltung: www.buerosued.de
Umschlagabbildungen: Corbis/Mark Sunderland;
Getty Images/Alexander Dunkel
Redaktion: Anita Hirtreiter

ES · Herstellung: sam
Satz: Buch-Werkstatt GmbH, Bad Aibling
Druck und Einband: GGP Media GmbH, Pößneck
Printed in Germany
ISBN: 978-3-7341-38284-2
www.blanvalet.de

Für Pablo Dueñas Vinuesa, meinen Bruder,
damit er weiß, was ich ihm verdanke.

Für all jene, die Tag für Tag unermüdlich und voller
Enthusiasmus in den Hörsälen kämpfen:
meine Kollegen, meine Lehrer, meine Freunde.

Kapitel 1

Manchmal trifft einen das Schicksal mit der Wucht einer Kanonenkugel.

Jedenfalls fühlte ich mich noch wie benommen, als ich die Tür zu meinem Büro an der Universität öffnete. So vertraut, so heimelig, so ganz meins. Dort war alles so wie früher.

Obwohl: Oberflächlich betrachtet, gab es keinen Grund für meine Weltuntergangsstimmung. Alles war noch so, wie ich es hinterlassen hatte. Die Regale quollen über vor Büchern, die Pinnwand aus Kork war voller Zettel mit den Uni-Sprechstunden und -Mitteilungen. Schnellhefter, Aktenordner, alte Ausstellungsplakate, Briefumschläge mit meinem Namen. Die letzten Einträge im Kalender stammten vom Juli 1999, lagen daher zwei Monate zurück. Alles war wie immer in diesem Raum, der in den vergangenen vierzehn Jahren mein Zufluchtsort gewesen war, mein Refugium, der Semester für Semester Scharen von Studenten aufgenommen hatte, die mit Zweifeln, Klagen und Wünschen zu mir kamen. Rein äußerlich war alles beim Alten. Dabei hatte es mir den Boden unter den Füßen weggezogen.

Es vergingen zwei oder drei Minuten. Vielleicht auch zehn, vielleicht nicht einmal eine. Auf jeden Fall genug Zeit, um eine Entscheidung zu treffen. Als Erstes wählte ich eine Telefonnummer. Niemand nahm ab, ich hörte nur die unpersönliche Begrüßung einer Mailbox. Sollte ich auflegen oder nicht? Ich entschied mich für Letzteres.

»Rosalía, ich bin's, Blanca Perea. Ich muss unbedingt von hier weg, du musst mir helfen. Wohin, ist mir egal. An irgendeinen Ort, wo ich niemanden kenne und mich niemand kennt. Ich weiß, im Moment ist es nicht gerade günstig, so kurz vor Semesterbeginn, aber ruf mich möglichst bald zurück, bitte.«

Nachdem ich diese Nachricht hinterlassen hatte, fühlte ich mich gleich besser, als wäre ich in diesem bösen Albtraum einen bissigen Hund losgeworden. Ich wusste, ich konnte mich auf Rosalía Martín verlassen, auf ihr Verständnis, ihren guten Willen. Wir kannten uns seit unseren Anfängen an der Universität, als ich noch eine junge Dozentin mit einem schlecht bezahlten Zeitvertrag war und sie dafür verantwortlich, die erst kürzlich geschaffene Stelle für internationale Beziehungen mit Leben zu füllen. Von Freundschaft zu sprechen wäre vielleicht zu hoch gegriffen, vielleicht hatte das Wort über die Jahre auch an Bedeutung eingebüßt, aber ich kannte Rosalías Charakter und war mir deshalb sicher, dass sie auf meinen Hilfeschrei eingehen würde.

Erst nach diesem Anruf konnte ich mich dazu aufraffen, mich den Verpflichtungen zu stellen, die der gerade begonnene September mit sich brachte. Mein E-Mail-Postfach füllte sich beim Öffnen mit Nachrichten, als wäre ein Staudamm gebrochen. Mit ihnen beschäftigte ich mich eine ganze Weile, beantwortete einige von ihnen und löschte andere, die überholt oder uninteressant waren. Bis das Telefon klingelte und ich mich mit einem knappen »Hallo« meldete. »Was ist denn los? Wohin willst du denn um diese Zeit? Und warum die Eile?«

Ihre übersprudelnde Art weckte sofort Erinnerungen an viele gemeinsam erlebte, schon Jahre zurückliegende Momente. An endlose Stunden vor dem schwarz-weißen Bildschirm eines vorsintflutlichen Computers. An gemeinsame

Besuche bei ausländischen Universitäten, um Möglichkeiten für einen Austausch und Kooperationen auszuloten; an Doppelzimmer in nüchternen Hotels, an menschenleere Flughäfen, wo wir im Morgengrauen stundenlang warteten. Unsere Wege hatten sich mit der Zeit getrennt, und vielleicht hatten wir uns ein wenig entfremdet. Doch das Grundgefühl war geblieben, ein Rest an alter Vertrautheit. Aus diesem Grund erzählte ich ihr die ganze Geschichte ohne jeden Vorbehalt. Mit schmerzhafter Aufrichtigkeit, ohne jede Wertung. Ohne Klagen, ohne Ausschweifungen. Ohne Sicherheitsnetz.

Nach wenigen Minuten wusste sie, was sie wissen musste. Dass Alberto ausgezogen war. Dass meine vermeintlich glückliche Ehe in den ersten Sommertagen in die Brüche gegangen war, dass meine beiden Söhne bereits flügge waren, dass ich in den vergangenen zwei Monaten mehr schlecht als recht versucht hatte, mich auf meine neue Situation einzustellen, und mir jetzt, kurz vor Beginn des neuen Semesters, die Energie fehlte, mich in dem seit Jahren gleichen Umfeld zu behaupten, mich wieder an der Alltagsroutine und den gewohnten Verpflichtungen festzuhalten, als hätte es in meinem Leben nicht einen bedeutenden Einschnitt gegeben, so sauber und glatt wie mit einer messerscharfen Klinge geführt.

Rosalía erfasste die Situation sofort, mit ihren ganzen neunzig Kilo an Pragmatismus, und sie verstand, dass ich im Moment nichts weniger brauchte als teilnahmsvolle Tipps oder gut gemeinte Ratschläge. Deshalb bohrte sie weder nach, noch bot sie mir ihre Schulter an, um mich daran auszuweinen. Vielmehr konfrontierte sie mich schonungslos mit einer Tatsache, die ich schon geahnt hatte.

»Also, ich fürchte, das wird nicht ganz einfach für uns, meine Liebe.« Sie sprach im Plural und erklärte die Ange-

legenheit damit auf der Stelle auch zu ihrer eigenen. »Die Bewerbungsfristen für die interessanten Sachen sind schon vor Monaten abgelaufen«, erläuterte sie, »und die nächsten Ausschreibungen für richtig gute Stipendien werden noch ein paar Monate auf sich warten lassen. Wie dem auch sei, gib mir ein wenig Zeit, ich komme ja auch gerade erst aus dem Urlaub zurück und weiß noch nicht, ob in den letzten Wochen etwas Neues hereingekommen ist. Lass mir Zeit bis heute Abend, vielleicht stoße ich auf etwas, denn manchmal schneit ganz überraschend etwas herein. Ich halte dich auf dem Laufenden.«

Den restlichen Vormittag verbrachte ich damit, durch die Universität zu schlendern. Ich unterzeichnete Schriftstücke, brachte Bücher in die Bibliothek zurück, trank einen Kaffee. Doch nichts nahm mich derart in Beschlag, dass ich nicht ungeduldig auf den Rückruf gewartet hätte. Ich hatte keine Ruhe, mir fehlte die Gelassenheit. Um Viertel vor zwei klopfte ich an die halb geöffnete Tür des Büros, in dem Rosalía arbeitete.

»Gerade wollte ich dich anrufen«, verkündete sie, noch ehe ich sie begrüßen konnte. Mit gestrecktem Zeigefinger wies sie dann auf den Bildschirm und begann mich mit Neuigkeiten zu bombardieren. »Ich habe drei Sachen herausgefischt, die gar nicht mal so schlecht klingen. Sie sind während der Ferien hereingekommen. Ehrlich gesagt, ist das mehr, als ich erwartet habe. Es sind drei verschiedene Institutionen und drei verschiedene Aufgaben. In Litauen, Portugal und den Vereinigten Staaten. In Kalifornien, um genau zu sein. Bei keinem der Angebote kannst du eine ruhige Kugel schieben, nur damit du es weißt, du wirst dich in jedem Fall ganz schön reinhängen müssen, und für deine Vita werden sie auch keine Glanzpunkte sein, aber besser als nichts, oder? Wo soll ich anfangen?«

Ich zuckte die Achseln und verkniff mir ein winziges Lächeln: der erste Hoffnungsschimmer in allzu langer Zeit. Rosalía rückte unterdessen ihre Brille mit dem mintgrünen Gestell zurecht, richtete den Blick wieder auf ihren Bildschirm und betrachtete prüfend, was er ihr anzeigte.

»Litauen, zum Beispiel. Sie suchen Leute mit dem Spezialgebiet Sprachpädagogik für ein neues Lehrerausbildungsprogramm. Zwei Monate. Sie werden von der Europäischen Union subventioniert und müssen eine internationale Gruppe zusammenstellen. Das ist doch dein Fachgebiet, oder?«

In der Tat, in diesem Bereich arbeitete ich. Angewandte Sprachwissenschaft, Sprachdidaktik, Lehrplangestaltung. Auf diesen Pfaden wandelte ich seit zwei Jahrzehnten meines Lebens. Aber ehe ich dem ersten Lockruf nachgab, wollte ich doch noch etwas mehr erfahren.

»Und Portugal?«

»Universidade do Espírito Santo in Sintra. Eine private Uni, modern, mit viel Geld. Sie haben einen Masterstudiengang für Spanisch als Zweitsprache eingerichtet und suchen Fachleute für Methodik. Die Bewerbungsfrist läuft am Freitag ab, also praktisch gleich. Ein zwölfwöchiger Intensivkurs mit jeder Menge Stunden. Das Honorar ist nicht schlecht, deshalb bekommen sie vermutlich haufenweise Bewerbungen. Aber für dich spricht deine langjährige Berufserfahrung, und wir haben hervorragende Beziehungen zur Uni Espírito Santo, also dürfte es nicht allzu schwer werden, den Zuschlag zu bekommen.«

Dieses Angebot erschien mir unendlich verlockender als das aus Litauen. Sintra mit seinen Palästen und Wäldern, so nahe bei Lissabon und gleichzeitig nicht weit von zu Hause. Rosalías Stimme holte mich aus meinen Träumereien zurück.

»Und, zu guter Letzt, Kalifornien«, fuhr sie fort, ohne vom Bildschirm wegzusehen. »Soweit ich sehe, ist das Ganze wohl noch nicht spruchreif, aber wir können uns die Sache anschauen, für alle Fälle. Die Universität von Santa Cecilia, im Norden, nahe San Francisco. Im Moment haben wir nur ziemlich spärliche Informationen, das Angebot kam gerade herein, und ich konnte noch keine weiteren Details erfragen. Auf den ersten Blick handelt es sich um ein Stipendium, das eine private Stiftung finanziert, gearbeitet wird allerdings an der Universität. Finanziell könntest du zwar keine großen Sprünge machen, aber zum Überleben würde es reichen.«

»Und worum geht es grundsätzlich?«

»Um das Ordnen und Sichten irgendwelcher Dokumente, und sie suchen jemanden mit spanischer Staatsangehörigkeit und einem Doktor in einem geisteswissenschaftlichen Fach.« Dann nahm sie die Brille ab und bemerkte: »Es ist anzunehmen, dass diese Art Stipendium eher für Leute mit niedrigerem akademischem Niveau als deinem gedacht ist, daher wirst du bei der Kandidatenauswahl vermutlich alle locker abhängen. Und Kalifornien ist eine echte Versuchung, meine Liebe, also wenn du möchtest, bemühe ich mich um nähere Informationen.«

»Sintra«, sagte ich, ohne weiter auf Rosalía einzugehen. Zwölf Wochen. Möglicherweise lange genug, damit meine seelischen Wunden nicht mehr allzu sehr schmerzten. Weit genug entfernt, um Abstand zu meiner momentanen Situation zu gewinnen, und nah genug, um schnell mal nach Hause zu fahren, falls doch alles wieder ins Lot käme. »Sintra, ohne Zweifel«, erklärte ich entschlossen.

Als ich Rosalías Büro eine halbe Stunde später verließ, war meine Bewerbung per E-Mail bereits unterwegs. Außerdem nahm ich tausend Informationen im Kopf mit,

einen Stapel Papier in der Hand und das Gefühl, dass das Glück sich vielleicht ganz, ganz vorsichtig wieder auf meine Seite schlagen wollte.

Der restliche Tag verging in einer Art Schwebezustand. Ich aß ein vegetarisches Sandwich in der Cafeteria der Fakultät, obwohl ich keinen Hunger hatte, arbeitete den Nachmittag über ziemlich unkonzentriert und ging um sieben Uhr abends einigermaßen lustlos zur Buchvorstellung eines Kollegen vom Fachbereich Vor- und Frühgeschichte. Danach wollte ich mich gleich davonstehlen, doch ein paar Kollegen schleppten mich mit, um irgendwo noch ein kühles Bier zu trinken, und ich konnte mich nicht entschieden genug dagegen wehren. Als ich endlich nach Hause kam, war es schon fast zehn. Ehe ich noch Licht gemacht hatte, im Halbdunkel, sah ich den Anrufbeantworter in einer Ecke des Wohnzimmers hartnäckig blinken. Da fiel mir ein, dass ich mein Handy ausgeschaltet hatte, als die Präsentation begann, und anschließend vergessen hatte, es wieder einzuschalten.

Die erste Nachricht war von Pablo, meinem jüngeren Sohn. Er ist ein schrecklich netter Kerl, aber chaotisch und zerstreut. Wegen der dröhnend lauten Musik und des Gelächters im Hintergrund hatte ich Mühe, seine hastig hervorgesprudelten Worte zu verstehen.

»Mama, ich bin's, wo steckst du …? Ich habe schon tausendmal auf deinem Handy angerufen, weil ich dir sagen wollte … sagen wollte, dass … dass ich auch diese Woche noch nicht nach Hause komme, dass ich am Strand bleibe und dass, wenn … wenn … na ja, ich rufe dich wieder an, okay?«

»Pablo«, murmelte ich, während ich zwischen den Bücherregalen sein Gesicht suchte. Da war es, Dutzende von Malen fotografiert. Manchmal allein, fast immer zusam-

men mit seinem Bruder David. Sie waren sich so ähnlich, die beiden. Immer lächelnd, die schwarzen Ponyfransen in die Augen hängend. Bunt gemischte Schnappschüsse aus ihren zweiundzwanzig und dreiundzwanzig Lebensjahren. Als Indianer, Piraten und Fred Feuerstein bei Schulaufführungen und beim Ausblasen der immer zahlreicher werdenden Kerzen auf dem Geburtstagskuchen. Im Sommerlager, an Weihnachten. Auf Kodakpapier gedruckte Fragmente des Lebens, Erinnerungsschnipsel einer eng miteinander verbundenen Familie, die als solche nicht mehr existierte.

In Gedanken noch immer bei meinem Sohn Pablo, drückte ich erneut die Taste des Anrufbeantworters, um die nächste Nachricht anzuhören.

»Äh … Blanca, ich bin's, Alberto. Du meldest dich nicht auf dem Handy, ich weiß nicht, vielleicht bist du zu Hause. Äh … ich rufe an, weil ich dir … mhmm … um dir mitzuteilen, dass … äh … Na gut, ich erzähle es dir lieber später, wenn ich dich persönlich an der Strippe habe. Ich rufe wieder an. Tschüs, bis später, tschüs.«

Es machte mich unruhig, das Gestammel meines Gatten. Pardon, meines Exgatten. Ich hatte keine Ahnung, was er mir mitteilen wollte, doch der Ton verhieß nichts Gutes. Natürlich dachte ich sofort, einem meiner Söhne könnte etwas passiert sein. Das war immer meine erste Reaktion. Dank der vorigen Nachricht wusste ich aber, dass mit Pablo alles in Ordnung war. Folglich kramte ich schnell das Handy aus meiner Tasche, schaltete es ein und rief David an.

»Geht's dir gut?«, fragte ich besorgt, als er sich meldete.

»Ja klar, bestens. Und wie geht's dir?«

Er klang angespannt. Aber vielleicht lag das an der Entfernung, und ich bildete es mir nur ein. Vielleicht aber auch nicht.

»Mir, na ja, geht schon … Also, Papa hat mich angerufen und …«

»Ja, ich weiß«, unterbrach er mich. »Bei mir hat er auch gerade angerufen. Wie hast du es weggesteckt?«

»Was weggesteckt?«

»Das mit dem Kind.«

»Welches Kind?«

»Das Kind, das er mit Eva bekommt.«

Ohne einen klaren Gedanken fassen zu können, ohne etwas wahrzunehmen, empfindungslos wie eine Marmorstatue, so trieb ich im Vakuum, wie lange, kann ich nicht sagen. Als ich die Realität wieder bewusst wahrnahm, hörte ich Davids Stimme aus dem Handy schreien, das mir aus der Hand in den Schoß gefallen war.

»Ich bin noch da«, sagte ich schließlich. Und beendete das Gespräch, ohne ihm Zeit für bohrende Fragen zu lassen. »Alles in Ordnung, ich melde mich wieder.«

Wie betäubt blieb ich auf dem Sofa sitzen und starrte ins Leere, während ich versuchte, die Nachricht zu verdauen, dass mein Mann ein Kind mit der Frau haben würde, für die er mich vor nicht einmal zwei Monaten verlassen hatte. Albertos drittes Kind, das dritte Kind, das er mit mir nie haben wollte, obwohl ich es mir so sehr gewünscht hatte. Ein Kind, das aus einem Schoß geboren werden würde, der nicht der meine war, und in einem Haus, das nicht das unsere war.

Ich spürte, wie ein Brechreiz in mir hochstieg, wie Übelkeit und Verzweiflung mir den Mund füllten. Mit hastigen Schritten, schwankend, gegen Wände und Türrahmen taumelnd, schaffte ich es gerade noch ins Bad und warf mich, auf dem Boden kniend, über die Toilettenschüssel.

In dieser Haltung verharrte ich unendlich lange, die Stirn an die kühlen Wandfliesen gedrückt, und versuchte,

trotz allem inneren Aufruhr auf die Beine zu kommen. Als ich es endlich schaffte, wieder aufzustehen, wusch ich mir die Hände. Langsam, sorgfältig, ließ Wasser und Seifenschaum zwischen den Fingern hindurchlaufen. Dann putzte ich mir die Zähne, ganz bewusst, und gab meinem Gehirn Zeit, wieder in Gang zu kommen. Schließlich kehrte ich ins Wohnzimmer zurück. Mund und Hände gesäubert, der Magen leer, der Verstand wieder funktionstüchtig und das Herz wie abgestorben. Als ich mein Handy suchte, fand ich es auf dem Teppich, es war mir heruntergefallen. Ich tippte eine Nummer, doch niemand ging ran. Also hinterließ ich erneut eine Nachricht auf der Mailbox.

»Ich bin's noch mal, Blanca. Inzwischen habe ich es mir anders überlegt. Ich muss weiter weg, für längere Zeit, sofort. Mach doch bitte so viel wie möglich über das Stipendium für Kalifornien ausfindig.«

Neun Tage später landete ich auf dem Flughafen von San Francisco.

Kapitel 2

Mit einem Mal hörte das Gehämmer auf, und die plötzliche Stille holte mich in die Realität zurück. Ich sah auf die Uhr. Es war Mittag. Erst jetzt wurde mir bewusst, seit wie vielen Stunden ich schon in Papieren herumwühlte ohne die geringste Vorstellung, was um Himmels willen ich damit machen sollte. Schwerfällig erhob ich mich, denn meine Beine waren ganz taub geworden. Während ich mir noch den Staub von den Händen wischte, stellte ich mich auf die Zehenspitzen und spähte durch die schmale Dachluke. Der Blick in die Landschaft bot mir nichts anderes als eine Baustelle, auf der im Moment alles stillstand, und eine Handvoll Männer in Arbeitsstiefeln, die sich zwischen Bretterstapeln über ihr Mittagessen hermachten. Ich spürte einen Stich im Magen, eine Mischung aus Schwäche, Verlorenheit und Hungergefühl.

Am Abend zuvor war ich in Kalifornien gelandet, nach dreimaligem Umsteigen und gefühlten tausend Stunden Flug. Nachdem ich mein Gepäck in Empfang genommen und etwas desorientiert herumgestanden hatte, entdeckte ich ein kleines Schild mit meinem Namen darauf, geschrieben mit dickem blauem Filzstift. Eine stämmige Frau unbestimmten Alters mit abwesendem Blick hielt es hoch. Sie war siebenunddreißig, vierzig, etwas über vierzig vielleicht. In einem hellgelben Kleid, mit glattem, kinnlangem Haar. Ich ging auf sie zu, doch nicht einmal als ich vor ihr stehen blieb, schien sie mich bewusst wahrzunehmen.

»Ich bin Blanca Perea. Ich glaube, Sie suchen mich.«

Aber ich täuschte mich, sie suchte mich nicht. Weder mich noch jemand anderen. Unbeweglich wie ein Felsblock und geistesabwesend stand sie da, in Gedanken versunken inmitten der wogenden Menschenmasse, als würde sie das Gewimmel im Flughafenterminal überhaupt nicht wahrnehmen.

»Blanca Perea«, wiederholte ich. »Die Dozentin Blanca Perea aus Spanien.«

Da endlich reagierte sie, schloss und öffnete die Augen mit großer Anstrengung, wie es schien, als käme sie von einer Reise in den Weltraum zurück. Dann nahm sie meine Hand, schüttelte sie heftig, aber wortlos, und setzte sich in Bewegung, ohne auf mich zu warten, während ich mit zwei Koffern, einer großen Reisetasche und meinem Laptop über der Schulter Mühe hatte, sie nicht aus den Augen zu verlieren.

In der Parkgarage wartete ein weißer Geländewagen, der, diagonal geparkt, schamlos zwei Standplätze nebeneinander beanspruchte. *Jesus Loves You* verkündete ein Aufkleber auf der Heckscheibe. Mit aufheulendem Motor, was nicht recht zur sonst so zurückgenommenen Art der Fahrerin passen wollte, rollten wir hinein in die feuchtwarme Nacht über der Bucht von San Francisco. Unser Ziel: Santa Cecilia.

Sie fuhr konzentriert, klebte förmlich am Lenkrad. Wir wechselten unterwegs kaum ein Wort, auf meine Fragen erhielt ich nur einsilbige Antworten und knappste Informationen. Einiges bekam ich immerhin heraus. Zum Beispiel, dass sie Fanny Stern hieß. Dass sie für die Universität arbeitete und beabsichtigte, mich bei dem Apartment abzusetzen, das zusammen mit dem nicht gerade übertrieben großzügigen Honorar zu dem Stipendium gehörte, das mir

schließlich zugesprochen worden war. Was meine Aufgabe konkret umfasste, wusste ich immer noch nicht genau; wegen meiner überstürzten Abreise hatte ich mich nicht ausführlicher informieren können. Doch das beunruhigte mich nicht sonderlich, dafür würde sich schon noch Zeit finden. Jedenfalls ging ich davon aus, dass meine Arbeit weder anregend noch bereichernd sein würde, fürs Erste genügte es mir, dass ich meiner deprimierenden Situation dank dieses Stipendiums hatte entfliehen können, und das schneller, als ich mir hätte träumen lassen.

Trotz meines Schlafdefizits fühlte ich mich am nächsten Morgen, als um sieben Uhr der Wecker klingelte, einigermaßen munter und klar im Kopf. Ich stand auf und ging sofort unter die Dusche, ohne meinem frisch erwachten Bewusstsein einen Blick zurück auf die düsteren letzten Tage zu erlauben. Bei Tageslicht bestätigte sich, was ich am Vorabend mehr intuitiv wahrgenommen hatte: Das für Gastdozenten gedachte Apartment würde, wenn es auch keine besonderen Annehmlichkeiten bot, eine geeignete Zuflucht sein. Ein kleines Wohnzimmer mit eingebauter Küchenzeile hinten, ausgestattet mit dem Nötigsten. Ein Schlafzimmer, ein schlichtes Bad. Leere Wände, wenige neutrale Möbel. Ein anonymer, aber anständiger Unterschlupf. Annehmbar. Bewohnbar.

Ich schlenderte durch die Straßen auf der Suche nach einem Ort, wo ich frühstücken konnte, während ich im Rhythmus meiner Schritte registrierte, was Santa Cecilia vor meinen Augen ausbreitete. Im Apartment hatte ich eine Mappe mit meinem Namen darauf vorgefunden, die das Notwendigste enthielt, um mich zurechtzufinden: einen Stadtplan, eine Informationsbroschüre, ein leeres Schreibheft mit dem Wappen der Universität darauf. Mehr nicht, wozu auch.

Von dem kalifornischen Ambiente, das wir aus Fernsehserien und der kollektiven Phantasie zu kennen meinen, fand ich keine Spur. Keine Küste, keine Palmen, die sich im Wind wiegen, keine Villen mit zehn Badezimmern. Das Kalifornien der Superreichen, das Paradies der Technologie, den Nonkonformismus und die große Show, das alles würde ich woanders suchen müssen.

Mit knurrendem Magen setzte ich mich schließlich auf eine vom Morgenlicht beschienene Terrasse und ließ, während ich heißhungrig einen Blaubeer-Muffin verschlang und einen Kaffee mit viel Wasser und wenig Substanz trank, meinen Blick schweifen. Ein großer Platz, umstanden von Bäumen und Gebäuden mit Fassaden im Adobestil, die amerikanisch-mexikanisches Flair mit einer spanischen Anmutung verströmten. Eine Filiale der First National Bank, ein Souvenirladen, das unentbehrliche Post-Office und eine CVS-Apotheke reihten sich an der Hauptseite aneinander.

Mein nächstes Ziel war die Guevara Hall. Dort würde ich den Fachbereich für Moderne Sprachen finden, der mich für eine noch nicht genau festgelegte Anzahl von Monaten aufnehmen würde. Ob diese Zeit wirklich lindernder Balsam oder nur ein simples Heftpflaster für meine Wunden sein würde, blieb abzuwarten. Aber ich wollte mich nicht wieder mit solchen Gedanken quälen, es nutzte mir mehr, wenn ich mich darauf konzentrierte, mich nicht zu verlaufen in dieser Art Park mit zahllosen, sich kreuzenden Wegen, auf denen bereits Scharen von Studenten zu Fuß oder mit dem Fahrrad zu ihren Hörsälen unterwegs waren.

Das laute Geräusch des Fotokopierers, an dem sie gerade arbeitete, übertönte meine Schritte, sodass Fanny, die erste Person, der ich begegnete, mich erst bemerkte, als ich direkt neben ihr stand. Da erst hob sie den Blick und sah

mich sekundenlang ausdruckslos an, streckte dann wie ein Roboter den rechten Arm aus und wies auf eine geöffnete Tür. »Sie werden erwartet«, erklärte sie und entfernte sich, ohne noch ein Wort zu sagen, mit dem gleichen schläfrigen Gang, mit dem sie am Vorabend mir voran durch die Gänge des Flughafenterminals getrottet war.

Ich schaute flüchtig auf das Schild an der Tür. Rebecca Cullen, mit diesem Namen waren fast alle E-Mails unterzeichnet gewesen, die ich in den wenigen Tagen vor meiner Abreise erhalten hatte. Endlich hatte ich eine konkrete Anlaufstelle, einen konkreten Ansprechpartner. Aktenschränke und Arbeitsunterlagen teilten sich ihr Büro mit farbenprächtigen Bildern, Familienfotos und einem Strauß weißer Lilien. Rebecca Cullen begrüßte mich mit einem festen Händedruck, der mich ihre Warmherzigkeit spüren ließ. Aus dem hübschen Gesicht, dem die Falten nicht zum Nachteil gerieten, strahlten mich zwei helle Augen an. Eine silbergraue Strähne fiel ihr in die Stirn. Sie ging wohl auf die sechzig zu und gehörte vermutlich zu jenen Heerscharen unentbehrlicher Assistenten, die für ein Drittel des Gehalts ihrer Vorgesetzten arbeiten, in der Regel aber dreimal so kompetent sind wie diese.

»Ah, Blanca, endlich … Das war ja eine Überraschung, als wir erfuhren, dass wir in diesem Semester eine Gastwissenschaftlerin haben würden, wir freuen uns sehr …«

Erleichtert stellte ich fest, dass es meinerseits keine Verständigungsschwierigkeiten gab. Mein Englisch basierte auf wenigen Aufenthalten in Großbritannien während der Schulzeit und hatte sich im Laufe der Studienjahre und durch häufige Kontakte mit britischen Universitäten gefestigt. Meine Erfahrung mit Nordamerika beschränkte sich jedoch auf wenige Gelegenheiten: einige Fachtagungen, eine Reise mit der Familie nach New York, als Pablo

die Eignungsprüfung für die Universität bestanden hatte, ein kurzer Forschungsaufenthalt in Maryland. Deshalb beruhigte es mich, dass ich mich hier an der Westküste ohne große sprachliche Probleme würde durchschlagen können.

»Ist es in Ordnung, wenn wir uns duzen? Ich glaube, ich habe dir schon in einer der letzten Mails geschrieben, dass Professor Zárate diese Woche auf einem Kongress in Philadelphia ist, deshalb werde ich dir eine Einführung in dein Aufgabengebiet geben.«

In Abwesenheit von Luis Zárate, dem Direktor des Fachbereichs für Moderne Sprachen, erklärte mir also Rebecca Cullen in groben Zügen, was ich mehr oder weniger schon wusste. Meine Arbeit wurde von einer privaten, erst kürzlich gegründeten Stiftung finanziert, der Fundación de Acción Científica para Manuscritos Académicos Filológicos (FACMAF), der Stiftung für die wissenschaftliche Bearbeitung akademisch-philologischer Manuskripte, deren Zweck in der Sichtung und Ordnung des Nachlasses eines ehemaligen Mitglieds des Lehrkörpers bestand, das vor Jahrzehnten verstorben war.

»Er hieß Andrés Fontana und war Spanier, wie du bereits weißt. Er lebte in Santa Cecilia bis zu seinem Tod im Jahr 1969 und war sehr beliebt, aber du weißt ja, wie das ist. Er hatte keine Familie hier, daher erhob auch niemand Anspruch auf seine Sachen, und so stapelt sich alles seit vielen Jahren in einem Keller, weil niemand eine Entscheidung treffen wollte, was damit geschehen sollte.«

»Und seitdem hat sich niemand darum gekümmert?«

»Nein, bis jetzt die FACMAF, diese neue Stiftung, die das Stipendium ausgeschrieben hat. Wenn ich ehrlich sein soll«, fügte sie in verschwörerischem Ton hinzu, »ich finde es ein bisschen beschämend, dass man drei Jahrzehnte hat verstreichen lassen, aber du weißt ja, wie es ist. Alle

sind immer schrecklich beschäftigt, die Professoren kommen und gehen, und von den Leuten, die Andrés Fontana seinerzeit gekannt und geschätzt haben, ist fast niemand mehr im Haus, bis auf ein paar alte Hasen wie ich.«

Ich bemühte mich, nicht erkennen zu lassen, dass, wenn schon seine eigenen Kollegen so wenig Interesse für den in Vergessenheit geratenen Exilanten aufbrachten, meines noch wesentlich geringer war.

»Und jetzt, wenn es dir recht ist«, fuhr sie fort und wandte sich wieder den praktischen Dingen zu, »zeige ich dir zuerst dein Büro und dann den Lagerraum, in dem sich das gesamte Material befindet. Du musst schon entschuldigen, es ging alles ein wenig überstürzt, und wir hatten keine Zeit mehr, dich besser unterzubringen.«

Nichts lag mir ferner, als sie darüber aufzuklären, warum ich es so eilig gehabt hatte hierherzukommen oder warum ich nach diesem bescheidenen Stipendium gegriffen hatte wie nach einem rettenden Strohhalm, obwohl es so gar nichts mit meinen Interessen zu tun hatte. Deshalb tat ich so, als müsste ich mir die Nase putzen, und kramte in meiner Tasche nach einem Papiertaschentuch in der Hoffnung, dass Rebecca Cullen das Thema wechselte, dass sie nicht nachhakte, warum eine spanische Dozentin mit einer mehr als soliden akademischen Karriere, einer durchaus vorzeigbaren Vita, einem guten Einkommen, mit Familie und Kontakten, innerhalb von vier Tagen beschlossen hatte, mit zwei Koffern über den großen Teich zu fliegen, als wäre sie auf der Flucht vor der Pest.

Mein neues Büro erwies sich als ein abgelegener Raum von wenigen Quadratmetern, mit einem einzigen schmalen, nicht allzu sauberen Fenster, das auf den Campus hinausging. Die bescheidene Ausstattung bestand aus einem Schreibtisch mit einem alten Computer und einem klo-

bigen Telefonapparat, den man auf zwei dicken veralteten Telefonbüchern platziert hatte. Überbleibsel aus einer anderen Zeit und von anderen Menschen, altersschwache Geräte, die keiner mehr wollte. Wir werden gut miteinander auskommen, dachte ich. Schließlich waren wir als amortisierte, abgeschriebene Bedarfsgüter in einer ähnlichen Situation.

»Du solltest auch unbedingt wissen, wo du Fanny Stern findest, sie wird sich um alle Materialien kümmern, die du brauchst«, fügte Rebecca hinzu, während sie mich um die Ecke zu dem Kämmerchen, in dem sich Fannys Arbeitsplatz befand, vorangehen ließ.

Als ich den Kopf hineinstreckte, befiel mich ein diffuses Gefühl, ich wusste nicht, ob ich gerührt sein oder lachen sollte. Keine Handbreit an den Wänden war kahl: Postkarten, Kalender und allerlei Kleinkram, massenhaft Sonnenuntergänge und verschneite Berge und optimistische Botschaften mit dem übersüßen Geschmack von Marmelade: *Du kannst es, verlier nicht den Mut!, Auf Regen folgt Sonnenschein, Du hast immer einen Freund an deiner Seite* … Mitten im Raum saß Fanny, selig lächelnd und geistesabwesend, die mit der Gier eines fünfjährigen Kindes eine Tafel weißer Schokolade vertilgte. Nur dass sie ungefähr acht Mal so alt war.

Ehe es ihr gelang, das letzte Stück hinunterzuschlucken, um uns begrüßen zu können, trat Rebecca hinter sie, fasste sie an der Schulter und umarmte sie liebevoll.

»Fanny, du kennst Doktor Perea ja schon, unsere Gastwissenschaftlerin, und du weißt, wo wir das Büro für sie eingerichtet haben, nicht wahr? Denk daran, dass du ihr immer helfen musst, wenn sie dich um etwas bittet, einverstanden?«

»Einverstanden, Mrs. Cullen«, erwiderte Fanny mit vol-

lem Mund. Zur Bekräftigung ihres guten Willens nickte sie mehrere Male heftig mit dem Kopf.

»Fanny ist sehr arbeitswillig und fleißig, weißt du, Blanca, und auch ihre Mutter war diesem Fachbereich jahrzehntelang eng verbunden.« Rebecca sprach übertrieben langsam, als würde sie jedes Wort sorgfältig wählen. »Darla Stern hat viele Jahre hier gearbeitet, eine Zeit lang auch auf dem Posten, den inzwischen ich innehabe. Wie geht es deiner Mutter, Fanny?«, fragte sie, nun wieder direkt an die jüngere Frau gewandt.

»Mama geht es sehr gut, danke, Mrs. Cullen«, antwortete sie, erneut heftig nickend, während sie ein weiteres Stück Schokolade vertilgte.

»Grüß sie schön von mir. Und jetzt lassen wir dich wieder allein, ich muss Doktor Perea noch den Lagerraum zeigen«, schloss sie.

Als wir uns zum Gehen wandten, schlug Fanny ihre Zähne erneut in die Schokolade.

»Bevor sie vor einigen Jahren in Pension gegangen ist – sie war die Assistentin des Dekans –, hat ihre Mutter unserem Fachbereich noch Fanny anvertraut, sozusagen als Vermächtnis«, klärte mich Rebecca auf, und sie meinte es offenbar nicht ironisch. »Fanny bekommt keine großartigen Aufgaben übertragen, denn ihre Fähigkeiten sind, wie du sicher schon bemerkt hast, ein kleines bisschen beschränkt. Aber sie hat klar festgelegte Bereiche und kommt ziemlich gut zurecht – sie verteilt die Post, macht Fotokopien, beschafft Material und erledigt kleine Besorgungen. Sie ist wie ein großes Kind, sie gehört einfach zu diesem Haus. Du kannst auf sie zählen, wenn du sie brauchst.«

Über ein Labyrinth aus Gängen und Treppen gelangten wir in einen abgelegenen Abschnitt des Kellers. Rebecca, mir voran, bewegte sich mit der Sicherheit eines

Menschen, der seit Jahrzehnten dieselben Wege geht. Ich, hinter ihr, bemühte mich vergeblich, mir alle Ecken und Kehren zu merken, und ahnte schon, dass ich mich etliche Male verlaufen würde, ehe ich mich hier unten zurechtfand. Unterwegs erzählte sie mir einiges über die Universität. Gut vierzehntausend Studenten, sagte sie, fast alle kommen von außerhalb. Anfangs war es ein College, das sich mit den Jahren zum gegenwärtigen Status einer kleinen, angesehenen Universität weiterentwickelte, und heute ist es der größte Arbeitgeber der Gemeinde, der ihr die meisten Einkünfte bringt.

Schließlich gelangten wir zu einem engen, von Metalltüren flankierten Gang.

»Und das, liebe Blanca, ist dein Reich«, verkündete sie, während sie eine von ihnen aufschloss. Nachdem sie die Tür nicht ohne Mühe geöffnet hatte, betätigte sie mehrere Schalter, und die Neonröhren an der Decke sprangen knisternd und flackernd an.

Vor uns lag ein schmaler Raum, lang gestreckt wie ein Eisenbahnwaggon. Der Blick fiel auf unverputzte Wände aus Beton voller Archivregale, in denen sich alle möglichen Überbleibsel eines langen, in Vergessenheit geratenen Lebens stapelten. Durch zwei waagerechte Fenster in beträchtlicher Höhe drang etwas Tageslicht und, gedämpft, das Gehämmer der nahegelegenen Baustelle herein. Zuerst meinte man, in einem einzigen Raum zu sein, doch nach ein paar Schritten wies mich Rebecca darauf hin, dass sich der Raum hinten, auf der linken Seite, l-förmig fortsetzte.

»Et voilà«, verkündete sie und betätigte dabei erneut einen Schalter, »der Nachlass von Professor Fontana.«

Mich befiel eine derart massive Mutlosigkeit, dass ich sie beinahe gebeten hätte, mich nicht dort zurückzulassen, mich wieder mit hinaufzunehmen, mir irgendeine Ecke in

ihrem gastfreundlichen, menschlich wirkenden Büro zu überlassen, wo ihre heitere Nähe mein wachsendes Unbehagen lindern würde.

Vielleicht spürte sie meine stumme Bitte, denn sie versuchte, mir ein wenig Optimismus zu vermitteln.

»Ein ganz schöner Berg, nicht wahr? Aber in ein paar Tagen wirst du dir sicher einen Überblick verschafft haben, du wirst sehen …«

Nie hätte ich gedacht, dass die Aufgabe, den verstaubten Nachlass eines verstorbenen Professors zu ordnen, mein Rettungsring sein würde, an den ich mich mitten im Sturm klammerte. In meinem Drang, den häuslichen Dämonen zu entfliehen, hatte ich mir vorgestellt, eine radikale Veränderung des Arbeits- und Lebensumfelds sei die einzige Rettung in meinem emotional angeschlagenen Zustand. Beim Blick auf dieses Durcheinander aus wahllos aufeinandergestapelten Kartons und Aktenordnern, von Mappen, die auf dem Boden verstreut herumlagen, ohne auch nur den Ansatz einer Ordnung aufgehäufter Materialien, beschlich mich eine Ahnung, dass ich mich geirrt hatte.

Sei's drum, es gab kein Zurück mehr. Es war zu spät, zu viele Brücken waren abgebrochen. Und da stand ich nun, nachdem Rebecca gegangen war, eingesperrt in einem Keller in einem gottverlassenen Städtchen an der fernen Küste eines fremden Landes, während Tausende von Kilometern entfernt meine Söhne allein die ersten Schritte in ihr Leben als Erwachsene taten, und der Mensch, der bis vor Kurzem mein Ehemann gewesen war, sich anschickte, das aufregende Abenteuer der Vaterschaft noch einmal mit einer blonden Rechtsanwältin, die fünfzehn Jahre jünger war als ich, zu erleben.

Ich lehnte mich an die Wand und verbarg das Gesicht in den Händen. Alles schien nur immer schlimmer zu wer-

den, und ich spürte, wie mir langsam die Kraft ausging. Nichts renkte sich ein, nichts ging voran. Nicht einmal die enorme geografische Distanz hatte mir ein Fünkchen Optimismus wiedergegeben, alles schien sich hartnäckig gegen mich wenden zu wollen. Obwohl ich mir geschworen hatte, dass ich stark und mutig sein, dass ich durchhalten und nicht aufgeben würde, hatte ich auf einmal den leicht salzigen Geschmack im Mund, dem Tränen folgen.

Doch es gelang mir, mich zusammenzunehmen, mich zu beruhigen und damit der drohenden Kapitulation auszuweichen. Und so kam es, dass einen Schritt vor dem Abgrund irgendein unbewusster Mechanismus mich einen dreifachen Salto mortale rückwärts in die Vergangenheit machen ließ und in dem Augenblick, als der Untergang unumgänglich schien, die Erinnerung mich im Nu in eine längst vergangene Zeit zurückversetzte.

Da war ich, mit derselben kastanienbraunen Mähne, demselben schlanken Körper, nur zwei Jahrzehnte jünger, konfrontiert mit widrigen Umständen, von denen ich mich, so hart sie auch waren, nicht unterkriegen lassen würde. Sie gingen mir nahe, sie verletzten mich, aber sie warfen mich nicht um. Eine vielversprechende akademische Karriere, im achten Semester beendet durch eine ungeplante Schwangerschaft, intolerante Eltern, die diesen Schlag nicht verwinden konnten, eine triste Nothochzeit. Ein unreifer Anwärter auf den Staatsdienst als Ehemann. Eine eiskalte Wohnung im Souterrain als trautes Heim. Ein kränkliches Baby, das dauernd weinte, und vor mir eine ungewisse Zukunft. Eine Zeit mit Makrelenbrötchen, schwarzem Tabak und Leitungswasser, schlecht bezahlten Nachhilfestunden und Übersetzungsarbeiten auf dem Küchentisch, verfertigt mit mehr Phantasie als Genauigkeit, Tage mit wenig Schlaf und voller Hektik, mit unerfüllten

Bedürfnissen, voller Unruhe und Orientierungslosigkeit. Nicht einmal ein Bankkonto besaß ich. Auf der Habenseite standen lediglich die mir gar nicht bewusste Kraft meiner einundzwanzig Jahre, ein gerade geborener Sohn und die Nähe des Menschen, von dem ich glaubte, er wäre der Mann meines Lebens.

Und mit einem Mal hatte sich alles umgekehrt. Jetzt war ich allein und musste mich nicht mehr abmühen, um dieses schwächliche, weinerliche Kind durchzubringen, oder seinen Bruder, der knapp eineinhalb Jahre danach auf die Welt kam. Ich musste nicht mehr kämpfen, damit diese junge, überstürzte Ehe funktionierte, um meinen Mann in seinen beruflichen Ambitionen zu unterstützen, um mein Studium zu Ende zu bringen, für das ich mich in aller Frühe mit einem Heizlüfter an den Füßen über geliehene Mitschriften von Vorlesungen beugte. Um Babysitter, Kinderkrippe, Babybrei und einen Renault 5 aus dritter Hand bezahlen zu können, damit wir in eine Mietwohnung mit Zentralheizung und zwei Balkonen umziehen konnten. Um der Welt zu beweisen, dass ich keine Versagerin war. Das alles lag nun weit hinter mir, in dem neuen Kapitel meines Lebens gab es nur noch mich allein.

Die Erinnerungen, die da über mich hereingebrochen waren, ließen mich plötzlich alles viel klarer sehen. Ich nahm die Hände vom Gesicht, und während sich meine Augen noch an das kalte, unangenehme Neonlicht gewöhnten, krempelte ich schon die Ärmel hoch.

»Es gibt Schlimmeres«, murmelte ich vor mich hin.

Ich hatte nicht die leiseste Ahnung, wo und wie ich beginnen sollte, den chaotischen Nachlass von Professor Andrés Fontana zu ordnen, aber ich stürzte mich mit einer Entschlossenheit in die Arbeit, als ginge es um mein Leben.

Kapitel 3

Die ersten Tage waren die schlimmsten. Mich in den Lagerraum versenkend, versuchte ich in diesem Chaos mit all den Heften, Stapeln beidseitig beschriebener Blätter, Hunderten von Packen vergilbten Papiers und einem bunten Durcheinander aus unzähligen Briefen und Postkarten einen roten Faden zu entdecken. Alles lag auf dem Boden verstreut, türmte sich entlang der Wand und in vollgestopften, unter der Last schier zusammenbrechenden Regalen oder auf schwankenden Stapeln.

Mit der ersten Woche wuchs meine Zuversicht. Zwar im Schneckentempo, doch nach und nach legte sich meine Angst vor diesem Durcheinander, bis ich mich schließlich einigermaßen sicher durch die unförmigen Haufen bewegte. Aber mir blieb kaum Zeit, mehr als einen flüchtigen Blick auf jedes Dokument zu werfen, sondern nur gerade so viel, um seinen Inhalt zu erahnen und es in die entsprechende Kategorie meines bis dato groben Organisationsschemas einzusortieren. Literaturkritik, Prosa und Poesie, Geschichte Spaniens, Geschichte Kaliforniens. Korrespondenz und private Korrespondenz. All das fand sich unter den Schriftstücken des verstorbenen Professors.

Dieses blockweise Sortieren war eine sehr komplexe Aufgabe, die mich mehrere Tage in Anspruch nahm, obwohl ich bereits vor neun Uhr morgens mit der Arbeit begann und erst nach fünf Uhr nachmittags aufhörte. Trotzdem reichte es nur für eine kurze Pause, in der ich mich al-

lein in eine Ecke der Campus-Cafeteria setzte, eine Kleinigkeit aß und nebenbei die Uni-Zeitung durchblätterte. Meist machte ich sie später als üblich, so gegen zwei, wenn die Reinigungskräfte schon mit ihren riesigen Wischmopps träge über die Böden fuhren und nur noch vereinzelt ein paar Studenten an den Tischen saßen. Manche lasen, manche dösten vor sich hin, einer unterstrich lustlos ein paar Zeilen, während andere hastig die letzten Bissen ihres späten Mittagessens hinunterschlangen.

Im Laufe der Tage lernte ich endlich auch Luis Zárate, den Direktor des Fachbereichs für Moderne Sprachen, kennen. Ich brauchte dringend eine Schere, um die Kordel eines Aktenbündels aufzuschneiden, und meine war wie vom Erdboden verschwunden; vermutlich lag sie unter irgendeinem Stapel begraben. Da ich Fanny nirgends auftreiben konnte, um mir eine von ihr zu leihen, beschloss ich, bei Rebecca vorbeizuschauen. Und in ihrem Büro stieß ich dann auf die beiden, wie sie gemeinsam das kommende Vorlesungsverzeichnis überarbeiteten. Im Sitzen las sie ihm langsam etwas vor. Er stand, die Hände auf den Tisch gestützt, vorgebeugt neben ihr und lauschte aufmerksam. Sekundenschnell prägte sich mir sein Bild ein: schlank und hochgewachsen, dunkelgraue Hose, schwarzes Hemd, anthrazitfarbene Krawatte. Randlose Brille, kastanienbraunes, gut geschnittenes Haar, schätzungsweise in meinem Alter.

Wir tauschten die üblichen Höflichkeitsfloskeln aus, und er lud mich ein, ihn in sein Büro zu begleiten, wobei mich insgeheim ärgerte, wie schäbig ich daherkam. Meine Kleidung musste momentan in erster Linie schmutz- und spinnwebenresistent sein, und in diesem staubigen und ausgeblichenen Outfit, das Haar notdürftig von einem Gummi zusammengehalten, stand ich jetzt mit verdreckten Händen meinem neuen Vorgesetzten gegenüber

und konnte ihn erst begrüßen, nachdem ich sie mir rasch am Hosenboden abgewischt hatte.

»Nun, ich bin sehr erfreut, Sie an unserem Institut begrüßen zu dürfen, Doktor Perea«, sagte er und deutete auf einen Sessel gegenüber seines Schreibtisches. »Oder darf ich Blanca sagen?«, erkundigte er sich, während ich Platz nahm.

Sein warmherziger Empfang wirkte nicht aufgesetzt, und sein Spanisch war exzellent. Genaue Wortwahl, gute Aussprache mit einem leichten Akzent, den ich nicht sofort einordnen konnte.

»Aber ja, gerne«, erwiderte ich. »Ich freue mich ebenfalls, Sie kennenzulernen, und danke Ihnen, dass Sie sich für mich entschieden haben.«

»Keine Ursache, Sie brauchen sich nicht zu bedanken. Es ist uns immer eine Freude, Gastdozenten bei uns begrüßen zu dürfen, obwohl für gewöhnlich nicht viele aus Spanien kommen. So ist Ihr Besuch oder – wenn dir das recht ist – dein Besuch in doppelter Hinsicht eine Freude.«

Ich nutzte dieses erste, nicht weiter in die Tiefe gehende Geplauder, um rasch meinen Blick durch sein Zimmer wandern zu lassen. Eine biegsame Schreibtischlampe aus Leichtmetall, moderne Drucke an den Wänden, Bücher und beneidenswert geordnete Schriftstücke. Nicht durch und durch minimalistisch, aber doch sehr nahe dran.

»Für uns«, fuhr er fort, »ist diese Kooperation mit der neu gegründeten FACMAF-Stiftung mehr als lohnenswert, denn so bekommen wir finanzielle Unterstützung für deine Arbeit. Uns ist jede Initiative, die Wissenschaftler aus anderen Einrichtungen zu uns bringt, immer sehr willkommen. Obwohl wir nicht im Mindesten mit jemandem von deinem Format gerechnet hätten …«

Seine Worte versetzten mich in Alarmbereitschaft. Ich wollte so wenig wie möglich über die Gründe sprechen, die

mich dazu bewogen hatten, diese Aufgabe, die so gar nichts mit meinem Fachgebiet zu tun hatte, zu übernehmen. Weder hatte ich die Absicht, ehrlich zu sein, noch wollte ich eine aufwendige Lügengeschichte erfinden müssen. Deshalb beschloss ich, dem Gespräch eine andere Richtung zu geben. Oder es zumindest zu versuchen.

»Die Stiftung und dein Fachbereich haben wirklich alle Formalitäten sehr effizient abgewickelt. Mir wurde es wirklich leicht gemacht hierherzukommen, und da bin ich nun und stecke schon mittendrin in der Arbeit. Zudem ist Santa Cecilia eine ganz bezaubernde Stadt. Hier, weit weg von zu Hause, werde ich das Millennium, das Ende dieses angeblich so wahnsinnig bedeutungsvollen Jahres, erleben. Und falls die Welt tatsächlich untergehen sollte, bleibe ich vielleicht ganz hier«, bemerkte ich bemüht geistreich.

Zu meiner Erleichterung ging er auf meinen plumpen Witz ein.

»Ja, das Millennium hat wirklich eine weltweite Paranoia ausgelöst! Und für euch in Spanien ist dieser Jahreswechsel wegen der Einführung des Euro von noch größerer Bedeutung. Apropos, wie steht ihr zur Abschaffung der guten alten Pesete?«

Meine Gründe, mich um dieses Stipendium zu bewerben, schienen den Direktor des Fachbereichs weniger zu interessieren als eine oberflächliche Unterhaltung über die jüngsten Veränderungen in meinem Land an der Schwelle zum neuen Jahrtausend. Wir sprachen über Spanien im Allgemeinen, über die Lage der spanischen Universitäten im Besonderen, über alles und gleichzeitig nichts, darüber redeten wir. Während ich mich damit auf sicheren Boden zurückzog, nutzte ich die Gelegenheit, ihn mir genauer anzusehen.

Ich schätzte ihn drei oder vier Jahre jünger als mich.

Die vierzig hatte er aber sicher überschritten, dafür gab es untrügliche Anzeichen. Die ersten grauen Haare an den Schläfen, ein paar kleine Falten in den Augenwinkeln, was ihn allerdings nicht weniger attraktiv machte. Er war der Sohn einer chilenischen Psychologin, wie er mir sagte, und eines Traumatologen aus Santander, der schon seit vielen Jahren in den USA lebte und zu dem er offenbar wenig Kontakt hatte. Summa summarum ein angenehmer und guter Gesprächspartner.

Zweifellos redete Luis Zárate gern und viel, und ich ließ ihn gewähren. Je weniger ich von mir und meinen Motiven berichten musste, umso besser. Dafür erfuhr ich einiges über seinen akademischen Werdegang und dass er erst seit ein paar Jahren in Santa Cecilia war, woraus ich den Schluss zog, dass er möglichst bald von hier wegwollte und auf einen Posten an irgendeiner prestigeträchtigen Universität an der Ostküste spekulierte. Und nachdem ich über eine halbe Stunde mit ihm geplaudert hatte, war ich zu meiner großen Freude davon überzeugt, dass diesem Spezialisten für postmoderne kulturelle Studien die vergilbte Zettelwirtschaft des früheren Dozenten, der sich schon seit gut drei Jahrzehnten die Radieschen von unten besah, mehr als gleichgültig war. Hier konnte ich einfach vor mich hin arbeiten, ohne irgendjemandem Rechenschaft ablegen zu müssen.

Ich stand schon im Flur, hatte mich bereits verabschiedet und wollte gerade zurück in den Keller, da rief er mich von der Tür seines Büros aus noch einmal zu sich – als widerstrebte es ihm, mich gehen zu lassen.

»Ich halte es für eine gute Idee, ein kleines Beisammensein zu organisieren, um dich den anderen Mitgliedern unserer Abteilung vorzustellen.« Er wartete meine Reaktion gar nicht erst ab, sondern fuhr fort: »Wie wäre es zum

Beispiel am Donnerstag um die Mittagszeit? Gleich hier, im Sitzungssaal?«

Warum nicht?, dachte ich. Etwas Abwechslung täte mir sicher gut, ich käme mal aus meinem Loch heraus und wieder unter Leute. Außerdem wäre es eine gute Gelegenheit, all den Gesichtern, die mir inzwischen doch recht vertraut waren, weil ich ihnen schon öfter auf der Treppe oder im Aufzug begegnet war, oder wenn ich bei Starbucks für einen Kaffee anstand, in einem Laden im Ort einkaufte oder über den Campus schlenderte, einen Namen zuordnen zu können.

Schließlich kam der Tag der Einladung. Der mir bis dahin noch unbekannte Sitzungssaal war ein großzügig geschnittener Raum mit breiten Fenstern links und rechts. Die dritte Wand wurde vollständig von einer Bibliothek mit sehr alten, in Leder gebundenen Bänden eingenommen. An der vierten hingen zahlreiche Fotografien. Der Catering-Service der Uni hatte ein Buffet mit kalten Fleischplatten, Käse, Obst und Salaten vorbereitet. Kaum jemand setzte sich, fast alle bedienten sich im Stehen. Man stand plaudernd in kleinen Gruppen beisammen, die sich im Rhythmus der Gespräche bildeten und wieder auflösten.

Ich unterhielt mich mit dem einen und anderen, der Direktor geleitete mich zu den diversen Zirkeln der Sprachdozenten. Spanisch war zahlenmäßig am stärksten vertreten. Es gab amerikanisierte Hispanos, hispanisierte Amerikaner und etliche, die sich sozusagen im Niemandsland bewegten. Es gab Professoren für Chicano-Literatur, Spezialisten für Mario Vargas Llosa, Benito Pérez Galdós oder Elena Poniatowska, Experten für vergleichende Sprachwissenschaft und für Bryce Echenique. Es gab Leute, die Hargas analysierten, die ältesten Zeugnisse arabisch-andalusischer Lyrik, und leidenschaftliche Verfechter der Sache

der Mestizen oder alternativer Richtungen. Es gab viel für mich zu entdecken. Die meisten kannte ich vom Sehen, einige wenige aber gar nicht. Rebecca war ebenfalls zu diesem Brunch erschienen und beteiligte sich rege an allen Gesprächen, wobei sie die Verwaltung scharf im Auge behielt. In einer Ecke hatte es sich Fanny mit einer ordentlichen Portion Roastbeef und einer Diät-Pepsi gemütlich gemacht und zerkaute, ganz in ihre Welt versunken, im monotonen Rhythmus einer Häckselmaschine ihr Mahl.

Das Essen begann um zwölf Uhr mittags und dauerte exakt sechzig Minuten. Punkt eins löste sich die Versammlung auf, und sofort begannen ein paar Studentinnen in blaugelber Montur – den Farben der Uni –, die Reste des Mittagessens einzusammeln. Und nun, als fast schon alle gegangen waren, konnte ich mir endlich die vierte, mit unzähligen Fotos dekorierte Wand genauer ansehen. Dort, so ahnte ich, war die Geschichte dieses Fachbereichs, der vorerst – auf Gedeih und Verderb – auch meine Heimstatt war, bildlich festgehalten.

Es fanden sich die typischen Schnappschüsse, mal waren die Aufnahmen älteren, mal jüngeren Datums, es gab Gruppen- oder Einzelfotos, in Farbe oder Schwarz-Weiß. Die meisten Bilder waren bei offiziellen Anlässen entstanden – bei der Überreichung von Diplomen, bei der Verleihung der Doktorwürde, bei Konferenzen –, und deshalb präsentierten sich die Protagonisten zumeist seriös gekleidet, häufig in Talar und mit Barett. Unter all den Gesichtern machte ich mich auf die Suche nach einem mir möglicherweise bekannten, als ich merkte, dass Rebecca näher gekommen war.

»Die Geschichte deiner neuen Wirkungsstätte, Blanca«, sagte sie mit leicht melancholischem Unterton.

Schweigend stand sie eine Weile neben mir, bevor sie

mit dem Zeigefinger nacheinander auf vier verschiedene Fotos deutete.

»Und das ist er, Andrés Fontana.«

Ein kräftiger, entschlossen wirkender Mann, dunkle, intelligente Augen unter dichten Brauen. Fülliges, gelocktes, nach hinten gekämmtes Haar, ein voller Bart. Ein breiter Mund, wenn er redete, eine düster-konzentrierte Miene, wenn er zuhörte. Ein Mann aus Fleisch und Blut – das vermochten diese festgehaltenen Augenblicke, diese statischen Momentaufnahmen noch zu vermitteln.

Und plötzlich wusste ich es. Schlagartig wurde mir klar, welchem Irrtum ich aufgesessen war. Ehe ich ihn durch das matte Glas über den alten Fotografien leicht verschwommen sah, hatte ich angenommen, meine Aufgabe bestünde lediglich darin, sämtliche von seiner Hand verfassten Dokumente zusammenzuführen, rein mechanisch, ohne den Menschen dahinter zu sehen. Doch ein einziger Blick auf diese Bilder ließ mich erkennen, dass der Elan, mit dem ich mich in meine neue Aufgabe gestürzt hatte, mich dieses Vermächtnis mit einer Distanz hatte behandeln lassen, die an Lieblosigkeit grenzte. Als ginge es dabei um ein industrielles Produkt, das nur noch von einem anonymen Arbeiter mit weißem Kittel in irgendeiner Werkshalle keimfrei verpackt werden müsste. Versunken im eigenen Elend, hatte ich mich, um mich von meinen Problemen abzulenken, selbst ununterbrochen angetrieben und mir nicht die Mühe gemacht, die menschliche Seite des Ganzen zu betrachten, die sich zwangsläufig auf jeder Seite des Vermächtnisses verbarg: sich zwischen den Zeilen versteckte, hinter den Sätzen verschanzte, wie Spinnweben in jedem Wortstrich hing.

Mit einem unguten Gefühl im Magen wandte ich mich von der Wand ab.

Ich brauchte Platz, Abstand, Luft. Zum ersten Mal, seit ich hier war, gönnte ich mir eine Pause.

Ohne vorher noch im Lagerraum die Lichter zu löschen, beschloss ich, durch Santa Cecilia zu bummeln, durch Gegenden, wo ich noch nicht gewesen war. Straßen, durch die nur gelegentlich ein Auto oder ab und zu ein Student mit dem Fahrrad fuhr, Wohngebiete und entlegene, fast unbewohnte Areale, in die ich noch nie einen Fuß gesetzt hatte. Bis mich meine zufälligen Schritte an einen unbekannten Ort führten. Vor mir erstreckte sich ein weitläufiger Pinienhain, der sich einen Hang hinauf bis zum Horizont ausdehnte, ohne dass man ein Ende ausmachen konnte. Zu dieser Stunde, kurz vor Sonnenuntergang, war die Ruhe, die hier herrschte, einfach überwältigend. Frei von aller dramatischen Ästhetik, die Orten von extremer Schönheit oft eigen ist, ohne den Anspruch, auf eine Postkarte gedruckt werden zu müssen, doch mit dem Bewusstsein, ein besonderer Ort zu sein, ein Ort, der Frieden und Trost spendete. Die Ruhe hier war Balsam für die Seele.

Doch dieses mit Girlanden geschmückte paradiesische Fleckchen Erde in fußläufiger Nähe würde es wohl nicht mehr lange geben. Auf einem gigantischen Werbeplakat, vollgepflastert mit angeblichen Momentaufnahmen von glücklich lächelnden Menschen, kündigten über einen halben Meter hohe Buchstaben an, was einen demnächst hier erwartete: das *Premier Retail Center – Exciting Shopping, Dining and Entertainment. Specialty Stores. Restaurants and Attractions. Family Fun.*

Direkt davor und in unmittelbarer Nähe der überdimensionierten Werbefläche steckten, wie eine Vielzahl kleiner Davids vor einem riesigen Goliath, eine Unmenge von Appellen und selbst gebastelten Plakaten aus Pappe, Holz oder Stoffbahnen, die zigmal das Wort NO wiederholten.

Nein zum Erlebnis-Shopping, nein zu Spezialgeschäften, nein zu dieser Art von Familienspaß. Da fiel mir ein, dass ich in der Uni-Zeitung wiederholt von dieser Kampagne gegen das Einkaufszentrum gelesen hatte. Artikel und Leserbriefe, Interviews, Berichte von Versammlungen und Leitartikel zu diesem Thema. Die ewig gleiche Geschichte.

Ich machte kehrt und entfernte mich von dem Plakat, das ein wahres Paradies an Geschäften und Spaß ohne Ende verhieß. Es wurde allmählich Abend, und ich beobachtete, wie die letzten Müßiggänger sich mit mir auf den Weg zurück in die Zivilisation machten. Ein paar schwitzende Studenten verbrannten Kalorien, eine Mutter war mit einem Kleinkind unterwegs, ein altes verliebtes Ehepaar ging spazieren. Leute, die die Gegend genossen, Leute, die vielleicht sogar bewusst hierherkamen, bevor sie nicht mehr die Gelegenheit dazu haben würden. Die Geschichte dieser geplanten Zerstörung klang für mich nur allzu vertraut, dachte ich und beschloss, dass es Zeit war, nach Hause zu gehen.

Auf dem Rückweg musste ich noch ein paar Sachen fürs Abendessen besorgen. Normalerweise deckte ich mich in Meli's Market in einem Gässchen gleich am Hauptplatz ein. Obwohl der Laden sehr unprätentiös wirkte – die Holzböden waren unbehandelt, die Klinkerwände nicht verputzt, das ganze Ambiente einem altmodischen Lebensmittelladen aus einem Westernfilm nachempfunden –, bewiesen das große Angebot an Delikatessen und die vielen Bioprodukte mit den schlichten, aber eleganten Etiketten, dass es sich um ein Geschäft für anspruchsvolle Genießer mit gut gefüllten Geldbörsen handelte und weniger für Studenten oder Durchschnittsfamilien gedacht war, die mit ihren Einkünften haushalten mussten, um bis zum Monatsende auszukommen.

Doch seit ich in Santa Cecilia lebte, hatte ich mit fast allen meinen früheren Gewohnheiten gebrochen, zu denen unter anderem auch der vierzehntägige Großeinkauf in einem der riesigen Supermärkte mit einer erschlagenden Angebotsfülle, Nachlässen bei Tiefkühlprodukten und Sonderangeboten der Kategorie »drei zum Preis von zwei« zählte. Wie viele andere Dinge in meinem Leben gehörten überquellende Einkaufswagen mit Kartons halbfetter Milch und Dutzenden Rollen von Toilettenpapier der Vergangenheit an. Mein täglicher Besuch in Meli's Market hatte diese Tradition ehrenvoll abgelöst.

Es war kurz vor Ladenschluss. Die letzten Kunden kauften schon etwas gehetzt ein, und die mit langen schwarzen Schürzen ausstaffierten Angestellten schienen ihren Feierabend bereits herbeizusehnen. In der Käseecke griff ich, ohne lange zu überlegen, nach einem Stück Parmesan, legte noch ein Glas getrockneter Tomaten in Öl und ein Bund Rucola in meinen Korb. Dann ging ich zum Brot, wo es, wie ich schon vermutet hatte, fast nichts mehr gab. Und dort spürte ich unvermittelt eine leichte Berührung an der linken Schulter. Eigentlich nur, wie zwei Finger mich mit ganz leichtem Druck streiften. Mitten in meinen absurd anmutenden Überlegungen, ob ich nun einen kleinen runden Laib mit Olivenstückchen oder besser ein mit Sesam bestreutes Baguette nehmen sollte, stand plötzlich Rebecca Cullen vor mir, deren Anwesenheit hier im Geschäft mir bis dahin gar nicht aufgefallen war. Na, wie geht's?, ich habe dich von Weitem gesehen, gut und dir, ich schaue mich um, kann mich schwer entscheiden, mir geht es genauso, ich weiß auch nicht, was ich einkaufen soll, und gleich schließen sie …

Und urplötzlich tauchte wie aus dem Nichts hinter ihrem Rücken jemand auf. Hochgewachsen und auffallend

anders, mit weißem Hemd, hellem Bart, gebräuntem Gesicht und blondem, grau meliertem Haar, das er etwas länger trug als üblich. Er hielt eine Flasche Wein in der Hand, und seine auf der Nasenspitze sitzende Lesebrille verriet, dass er gerade noch damit beschäftigt gewesen war, Etiketten zu entziffern. Mein Freund Daniel Carter, ein ehemaliger Professor unseres Fachbereichs, sagte Rebecca lediglich. Mehr nicht.

Als er mir seine große Hand entgegenstreckte, bemerkte ich am rechten Handgelenk eine voluminöse schwarze Digitaluhr, eines jener Geräte, die man häufig bei Sportlern, aber eigentlich nie bei Akademikern von der Universität sieht. Ich reichte ihm die meine und wollte gerade zu einer Begrüßung auf Englisch ansetzen. Mit einem dieser Standardsätze, die ich inzwischen fast automatisiert und seit meiner Ankunft schon zigmal aufgesagt hatte. Wie geht's?, freut mich, dich kennenzulernen, etwas in der Art. Doch er kam mir zuvor. Zu meiner Überraschung sprach mich dieser athletische, trotz seines gereiften Alters fast jugendlich wirkende Amerikaner, der nur wenig mit meinen Kollegen aus den Hörsälen oder im Büro gemein hatte, der meine Hand in der seinen behielt, während er mich mit seinen hellen Augen ansah, in meiner Muttersprache an, in schönstem Spanisch, was mich regelrecht aus der Fassung brachte.

»Rebecca hat mir erzählt, dass du, liebste Blanca, mit der Mission, das Vermächtnis unseres alten Professors zu retten, gerade hier in Santa Cecilia weilst. Ich wollte dich gerne kennenlernen, wo sich doch nur selten schöne Damen von edlem spanischem Geblüt in unsere entlegenen Gefilde verirren.«

Ich musste laut lachen. Seine Parodie auf die galante Ausdrucksweise früherer Zeiten war einfach zu schön. Ich

freute mich über die Warmherzigkeit, die sich hinter seiner Spontaneität verbarg. Darüber, wie tröstlich es nach all den Wochen der Zurückgezogenheit war, diese mir so vertraute Sprachmelodie von jemandem, der von meiner Welt nicht weiter entfernt sein könnte, zu hören.

»Ich habe viele Jahre in deiner Heimat verbracht«, fuhr er fort, ohne meine Hand loszulassen. »Ich war meinen spanischen Freunden, unter ihnen Andrés Fontana, immer sehr zugetan. Mehr als die Hälfte meines Lebens bin ich zwischen den beiden Kontinenten hin- und hergereist, und was habe ich nicht alles erlebt! Was für ein Land! Ich kehre gerne dorthin zurück, immer wieder. Wieso auch nicht?«

Wir konnten uns nicht weiter unterhalten, denn man ließ bereits die Rollläden herunter und löschte die Lichter. Jemand erwartete sie zum Abendessen, mich nur ein leeres Apartment. Während wir zu den Kassen und anschließend hinausgingen, blieb gerade noch Zeit, um zu erfahren, dass er Professor an der Universität von Kalifornien in Santa Barbara war und gerade ein Sabbatjahr einlegte. Seine Freundschaft mit Rebecca hatte ihn jedoch vorübergehend nach Santa Cecilia zurückgeführt.

»Ich weiß allerdings nicht, wie lange ich noch bleibe«, meinte er, als er uns die Tür aufhielt. »Ich beende gerade ein Buch und möchte mich dabei so wenig wie möglich ablenken lassen. Spanische Prosa des ausgehenden Jahrhunderts. Sicher kennst du die ganze Truppe. Na, ich werde sehen, wie ich vorankomme.«

Auf der Straße verabschiedeten wir uns voneinander mit dem vagen Versprechen, uns bei Gelegenheit wiederzusehen. Als wir in entgegengesetzter Richtung auseinandergingen, funkelten bereits die ersten Sterne am Himmel.

Obwohl ich den Nachmittag mit anderen Dingen als gewöhnlich verbracht hatte und meine innere Unruhe für

einen Moment durchbrochen worden war, als ich unverhofft Rebecca Cullen und ihren, in seiner Art zur Hälfte spanischen Freund getroffen hatte, und es diesem sogar gelungen war, mir nach langer Zeit ein herzhaftes Lachen zu entlocken, beschlich mich beim Betreten des Apartments wieder dieses ungute, schwer zu definierende Gefühl, das sich nach dem Essen in der Uni wie Blei auf meine Seele gelegt hatte.

Ich schlief schlecht in jener Nacht, drehte mich unruhig von einer Seite auf die andere, wälzte unterbewusst vermutlich einen Plan hin und her, dessen Grundzüge ich noch gar nicht benennen konnte. Irgendwie hatte der Anblick des echten Andrés Fontana – sein Gesicht, seine Gestalt, seine überwältigende Präsenz – mein Konzept durcheinandergewirbelt und in mir eine unerklärliche Anspannung erzeugt. In den Morgenstunden träumte ich in einem beklemmenden Albtraum von alten Fotografien. Um mich herum Hunderte von Fotos, auf denen ich versuchte, ein bestimmtes Gesicht zu entdecken, doch die Bilder widersetzten sich, begannen sich aufzulösen, sodass die Umrisse nur noch zu erahnen waren.

Durstig und verschwitzt erwachte ich; mein Kopf schmerzte. Das erste Tageslicht drang schüchtern durchs Fenster, das ich sperrangelweit öffnete, um die kühle Luft hereinzulassen. Autolärm war so gut wie noch gar nicht zu hören, und lediglich die Silhouetten einiger Jogger durchbrachen mit ihrem gleichförmigen Rhythmus die Stille des Augenblicks. Mechanisch griff ich nach einem Glas, drehte den Wasserhahn auf und füllte es bis obenhin. Mit jedem Schluck, der durch meine Kehle rann, fielen mir die Bilder des gestrigen Tages wieder ein. Und da, genau in jenem Moment, begriff ich.

Endlich wurde mir klar, dass ich meine Aufgabe nicht

unter dem richtigen Blickwinkel angegangen war, endlich wusste ich, was ich falsch gemacht hatte. Bei der mir selbst auferlegten Disziplin, bei den vielen langen Stunden, die ich in jenem Keller mit Unmengen von alten Dokumenten kämpfend zugebracht hatte, hatte ich etwas völlig außer Acht gelassen. Etwas, das mich daran hinderte, Andrés Fontanas Papiere so zu sortieren, als wären es Kisten voller Schrauben. Etwas, das dafür sorgte, dass sich meine Aufgabe nicht zum respektlosen Umgang mit der Privatsphäre eines Menschen wandelte.

Zwischen jenen alten Arbeitsunterlagen und den Schnappschüssen aus dem Sitzungssaal existierte mehr als nur ein kaum wahrnehmbarer Bezug. Die Verbindung zwischen dem Nachlass und den vier Fotos, auf denen sich mir ein Gesicht besonders einprägte, von dem ich bisher nur den Namen kannte, war zwingend und stark. Sie konnte und durfte nicht unberücksichtigt bleiben.

So begriff ich, dass Professor Fontanas Vermächtnis mit anderen Augen gesehen werden musste. Ich konnte mich nicht länger darauf beschränken, die Dokumente nach Gewicht zu sortieren, nun, da ich wusste, dass sie nicht bloß eine Ansammlung von seelenlosen Schriftstücken waren, die man nüchtern und distanziert wie Statistiken behandeln konnte. Wenn ich mir Zugang zu seinem Leben verschaffen wollte, konnte ich nicht einfach nur herumgraben, meine Aufgabe musste von einem anderen Standpunkt aus in Angriff genommen werden. Von einer menschlichen Warte aus, nicht aus akademischer Distanz heraus, um die Person hinter den Worten aufzuspüren.

Meine Arbeit würde es sein, die Erinnerung an diesen Mann wieder mit Leben zu füllen.

Die verschollene Erinnerung an einen Vergessenen.

Kapitel 4

Der Vater Bergmann und nahezu Analphabet. Die Mutter, die als Bedienstete in einem begüterten Haus arbeitete, war immerhin in der Lage, ein paar Buchstaben aneinanderzureihen, und hatte zumindest so viel Rechnen gelernt, dass sie mit den kargen Familieneinkünften zu wirtschaften verstand. Sie hieß Simona und brachte Andrés im Alter von siebenunddreißig Jahren zur Welt. Zuvor war sie nach den kurz aufeinanderfolgenden Geburten ihrer beiden Töchter und einer Totgeburt, die namenlos und ohne viel Aufhebens beerdigt wurde und an die kaum jemand noch einen Gedanken verschwendete, beinahe fünfzehn Jahre unfruchtbar gewesen. Die Familie lebte in einem Dorf im Süden der Provinz La Mancha und bewohnte in einem kasernenartigen Gebäude gerade mal zwei zusammenhängende Zimmer, wo der Boden aus gestampfter Erde bestand und es kein fließendes Wasser oder gar Strom gab. Die Ankunft des neuen Sprösslings wurde mit wenig Freude aufgenommen. Noch ein Maul, das es zu stopfen galt, noch weniger Platz für alle. Bis zum Abend vor der Entbindung hatte Simona gearbeitet, denn die zu bohnernden Böden ihrer Señora kümmerte es nicht, wie weit eine Schwangerschaft gediehen war. Tags darauf fand sich die Mutter mit dem Neugeborenen bereits wieder im Haus ihrer Arbeitgeberin, Doña Manolita, ein. Während Simona die Innenhöfe wischte und die Kohlenbecken auffüllte, lag der in Lumpen gehüllte Säugling in einem Korb in einer Ecke der Küche.

Doña Manolita, die Señora, war damals in den Fünfzigern, eine alte, aber reiche Jungfer, hinkend und hässlich wie die Nacht. Doch vor etwa zehn Jahren entflammte sie für einen der Arbeiter aus der Ölmühle, die sie von ihrem Vater geerbt hatte. Und so wurde aus Ramón, dem schwarzhaarigen, breitschultrigen Knecht mit dem gewinnenden Lächeln, der in den Monaten der Olivenernte bei ihr arbeitete, dank des leidenschaftlichen Verlangens seiner Herrin mit gerade mal einundzwanzig Jahren Don Ramón Otero, ihr Gemahl. Niemand hatte eine solche Zukunft für den gut aussehenden und aufgeweckten Burschen kommen sehen, der zusammen mit seinen Brüdern Herbst für Herbst der strengen Kälte seines Gebirgsdorfs entfloh und sich in einer anderen Gegend als Saisonarbeiter verdingte. Aber Doña Manolita gefielen nun einmal junge Männer, und noch mehr, wenn sie vor Kraft strotzten, den Schalk hinter den Ohren hatten und ihre Haut zimtfarben schimmerte. Immerhin waren die winterlichen Nächte eisig, und sie hatte nicht die Absicht, als reichste Frau auf dem Friedhof zu liegen, sodass sie mit der Dreistigkeit und Selbstsicherheit eines Menschen, der weiß, dass er es sich erlauben kann, ganz unverhohlen mit Ramón kokettierte. Zunächst waren es nur Blicke, später dann zufällige Begegnungen, unabsichtliche Berührungen und kleine Neckereien, eingebettet in unverfängliche Bemerkungen. Nach nicht einmal zwanzig Tagen wälzten sie sich bereits auf der dreigeteilten, weich gepolsterten Matratze ihres Mahagonibettes. Dieser erste Beischlaf war für beide Seiten überaus befriedigend, wenn auch aus ganz unterschiedlichen Gründen. Für sie, weil sie mit dem muskulösen Körper des jungen Mannes, der ihr schon seit Wochen den Kopf verdrehte, endlich ihr sehnsüchtiges Verlangen hatte stillen können. Für ihn, weil er nie zuvor in seinem elenden Dasein erfah-

ren hatte, welche Lust einem die einfachsten Dinge schenken konnten: nackt auf einem Laken aus feinem Leinen zu liegen, mit bloßen Füßen über einen Teppich zu laufen oder den müden Körper in eine Wanne mit warmem Wasser einzutauchen.

Ihre Zusammenkünfte erstreckten sich über Monate, zur Befriedigung beider Seiten, obwohl Ramón überzeugt war, dass diese ungleiche Beziehung abrupt enden würde, sobald es für ihn keine Arbeit mehr gäbe und er zurück nach Hause müsste. Doch es sollte anders kommen. In einer Gewitternacht, während er in Doña Manolitas porzellanener Badewanne lag und diese unablässig aus einem Krug heißes Wasser über seinen Rücken goss, machte sie ihm einen Antrag. Da er nicht auf den Kopf gefallen war und kein Brot zu hart ist, wenn man Hunger hat, überschlug er rasch die Vorzüge dieses Angebots und fand: Egal, wie alt und verwachsen seine begüterte Herrin auch sein mochte, als ihr Gatte müsste er sich nicht mehr als Wanderarbeiter abrackern, in seinem Bergdorf Bäume fällen und bei der Olivenernte auf entlegenen Höfen mithelfen. Was sie ihm da vorschlug, war ein durchaus lohnendes Geschäft. Ohne auch nur eine Sekunde zu zögern, willigte er ein.

Bei seinen Brüdern und den anderen Arbeitern der Ölmühle löste die Neuigkeit gleichermaßen Freude und Neid aus, und sie sorgte natürlich im ganzen Ort für Gesprächsstoff. Aber dem Paar war das herzlich egal, denn Doña Manolita war niemandem Rechenschaft schuldig. Über ihre Vorlieben und ihr Vermögen bestimmte sie allein, sodass die beiden schließlich in einer kurzen kirchlichen Zeremonie zu Mann und Frau wurden, wobei der Altersunterschied von dreiundzwanzig Jahren weder ein Hinderungsgrund war noch getadelt wurde.

Außer dass sie von nun an nie mehr allein schlafen wür-

de und er sich nicht mehr als Saisonarbeiter krumm schuften musste, geschahen in dieser Ehe jetzt zwei Dinge – genau wie die Nachbarn vorausgesagt hatten. Erstens: Das Paar bekam keine Kinder. Zweitens: Der junge Ehemann, nun Don Ramón, wurde seiner Frau recht bald, noch am Tag ihres Verlöbnisses, mit jedem willigen Mädchen untreu, das ihm über den Weg lief. Auf diese Situation reagierte sie in aller Konsequenz: Zum einen akzeptierte sie, dass die Frauen, die für sie arbeiteten, ihre kleinen Kinder mit ins Haus brachten, zum anderen wies sie jedoch rigoros jedes junge Mädchen ab, das eine Anstellung bei ihr suchte. Natürlich konnten die fremden Kinder ihr nie die eigenen Nachkommen ersetzen, für die sie selbst zu alt war, und ebenso wenig hielt die Abwesenheit junger Frauen im heiratsfähigen Alter ihren feurigen Gatten davon ab, Dutzende von außerehelichen Abenteuern außer Haus zu pflegen, doch die wahren Beweggründe für ihre Entscheidungen kannte nur sie allein.

Der Sohn ihres Dienstmädchens Simona wurde auf den Namen Andrés getauft. So hatte auch der verstorbene Vater der Señora geheißen, der ihr sein Vermögen, sein plattnasiges Gesicht und das insgesamt nicht sonderlich attraktive Äußere vererbt hatte. Die Señora wurde also seine Patin und schenkte dem Kleinen eine Goldmünze mit dem Bildnis der gnadenreichen Jungfrau, die der Vater des Kleinen noch am selben Nachmittag wieder verhökerte und den Erlös sofort in Anisschnaps umsetzte. Vielleicht sah Doña Manolita ja etwas Besonderes in diesem olivenfarbenen Kleinen, der ein Jahr später durchs ganze Haus tapste, aber vielleicht lag es einfach auch nur daran, dass sie alt wurde. Auf jeden Fall war es so, dass sie ihn mit einer Aufmerksamkeit bedachte, die zwar nicht das Geringste mit Mütterlichkeit zu tun hatte, jedoch an die Zuneigung

einer gelangweilten und mürrischen, allerdings grundgütigen und liebevollen Großtante heranreichte. Ohne jedes Einfühlungsvermögen für die wahren Nöte einer Bergarbeiterfamilie hatte sie die Angewohnheit, dem Kleinen kostspieligen Schnickschnack zu schenken, den weder er noch seine Mutter zu schätzen wussten: Anzüge aus Samt, damit er sie zur Mittagsmesse begleiten konnte, ein winziges Pianola, Alben für glänzende Sammelbildchen und sogar einen Matrosenhut, der die Nachbarskinder, als sie ihn eines Sonntags damit sahen, in schallendes Gelächter ausbrechen ließ.

Doch was half es Simona, dass ihr Sohn hin und wieder teure Kleidung trug, wenn er tagtäglich weiterhin in seinen geflickten Leinenschuhen gehen musste? Genauso überflüssig und unnütz erschien es ihr, dass Doña Manolita ihm beibrachte, mit Silberbesteck zu essen, wenn sie in ihrem ärmlichen Heim alle den Brei direkt aus der Pfanne in den Mund löffelten. In Wirklichkeit ging es dieser seltsamen Patin nie darum, für die tatsächlichen Bedürfnisse des Kindes Sorge zu tragen. Und es war ihr offenbar auch gar nicht bewusst, dass all die teuren Dinge, die sie für ihn aus der Hauptstadt kommen ließ, mehr kosteten, als seine Eltern in der Woche zusammen verdienten. Simona begehrte allerdings nie auf und entwickelte gegen die Señora auch keine Abneigung wegen ihres eigenwilligen Verhaltens, noch machte sie sich in irgendeiner Form über deren unsinniges, geradezu grausames Tun lustig. Sie ließ sie einfach gewähren, und am Ende des Arbeitstages, fast immer erst nach Einbruch der Dunkelheit, nahm sie ihren Sohn bei der Hand und machte sich mit ihm schweigend auf den Weg. Steif vor Kälte kehrten sie durch den Nebel zurück in ihr armseliges Zuhause, beide mit dem gleichen Gefühl, auch wenn sie es nicht in Worte zu fassen wussten.

Als Andrés jedoch sechs Jahre alt wurde, änderte sich die Situation. In der Schule lernte er lesen, und ab diesem Zeitpunkt begannen sowohl er als auch seine Mutter eine überaus positive Seite dieser eigenartigen Form der Fürsorge zu schätzen – den Zugang zu Literatur. Simona war keine intelligente Frau, beobachtete aber seit Jahrzehnten aus nächster Nähe, wie die Reichen lebten, und war schlau genug zu begreifen, dass außer Geld und Besitz Erziehung und Bildung eine mindestens ebenso große Rolle spielten. Doch seit Doña Manolita ihren Sohn mit Kinderbüchern versorgte, die er sonst niemals zu Gesicht bekommen hätte, erkannte sie instinktiv, dass ihre Herrin endlich etwas für sein Leben sehr Wertvolles beisteuerte.

Mit vierzehn ging Andrés von der Schule ab und erledigte Auslieferungen für ein Geschäft am Ort. Sein Vater hätte ihn lieber als Bergmann unter Tage gesehen, denn er konnte sich für seinen Sohn keinen anderen Beruf vorstellen als den eigenen. Simona hingegen setzte alles daran, ihm dieses traurige, unvermeidlich scheinende Schicksal zu ersparen. Zu seinem fünfzehnten Geburtstag schenkte ihm Doña Manolita eine Enzyklopädie für Jugendliche, den *Schatz der Jugend*, der sein Einstieg in die Welt des Wissens wurde. Ein Jahr später erhielt er kein Geschenk, weil seine Patin im Sterben lag. Sie verschied am Vorabend zum 24. Dezember des Jahres 1929, und der Erbe laut Testament war, natürlich, ihr Ehemann.

Aber zur Überraschung aller hinterließ sie auch einen handschriftlichen Brief an Simona und ihren Sohn sowie einen weiteren an einen gewissen Don Eladio de la Mata. Ohne jede Gefühlsduselei legte sie im ersten Schreiben fest, dass ihr Patenkind einen monatlichen Betrag erhalten sollte, der ausschließlich für seine Ausbildung bestimmt war. Die damit verbundenen Bedingungen waren klar umris-

sen. Wenn seine Familie diese akzeptierte, käme der Junge nach Madrid, wo er bei dem Hausmeisterehepaar eines in ihrem Besitz befindlichen Gebäudes in der Calle Princesa leben würde. Dort sollte er sich auf das Abitur vorbereiten, an den Prüfungen teilnehmen und könnte sich bei Bestehen anschließend für ein Studium seiner Wahl einschreiben. In diesem Fall würde ihr Mann Don Ramón Otero sämtliche anfallenden Kosten aus seiner Erbschaft bestreiten. Falls der Junge sich dagegen entscheiden sollte, würde er weder in bar noch in anderer Form eine Entschädigung erhalten. Das mit strengen Auflagen versehene Angebot sollte weder ein zweites Mal verlesen werden, noch enthielt es irgendein Schlupfloch, um auf andere Weise davon zu profitieren. Erklärtes Ziel war zu verhindern, dass ihr Schützling im Kohlebergbau endete. Wie hatte Doña Manolita es formuliert? Aus dem Jungen solle später mal ein gemachter Mann werden.

Dieses despotische Gebaren ließ Andrés und seine Mutter voller Hoffnung in die Zukunft blicken, während sein Vater mehr als wütend war. Unfähig, den Sinn hinter ihrem in seinen Augen so unpassenden letzten Willen zu sehen, verfluchte der Bergmann lautstark sein Pech und die Verstorbene selbst, ohne zu begreifen, dass er mit seinem Verhalten ihre Zukunftsplanung für seinen Sohn nur bestätigte. Er konnte gar nicht mehr aufhören, Doña Manolita ebenso wie die heilige Gottesmutter zu verwünschen, und ließ sich später derart volllaufen, dass er auf offener Straße besinnungslos umfiel und schließlich von zwei Sprengstoffmeistern des Bergwerks Pozo Norte nach Hause geschleppt werden musste.

Simona dagegen sah die Sache anders und widersetzte sich ihrem Ehemann mit dem gleichen Elan, mit dem sie von klein auf in fremden Häusern die Böden gewischt

hatte. Doch der Bergmann Fontana war stur wie ein Esel. Jedes Mal, wenn seine Frau ihn von den Vorteilen zu überzeugen versuchte, endete es damit, dass sie sich mehr Schläge einfing als Argumente. So beschloss sie, die Sache auf ihre Art zu regeln. Heimlich schnürte sie an Silvester ein armseliges Bündel mit etwas Unterwäsche, einem sauberen Hemd und einem halben, mit Käse belegtem Stangenbrot und wartete. Am Neujahrsmorgen um drei Uhr in der Früh kam Bergmann Fontana mit einem ordentlichen Rausch nach Hause. Als seine Frau ihn schließlich ins Bett bugsiert hatte, zündete sie den Ofen an, zog sich einen Stuhl heran und blieb in Gedanken versunken vor dem Feuer sitzen.

Eine Stunde später weckte sie Andrés und befahl ihm mit leiser Stimme, sich anzuziehen. Bei klirrender Kälte hasteten die beiden kurz vor Tagesanbruch zum Bahnhof. Dort angekommen, überreichte sie ihm einen Umschlag mit Papieren und einer Fahrkarte, den sie am Morgen zuvor von Don Ramón Otero erhalten hatte. Dann umarmte sie ihn zum Abschied derart heftig, dass all seine Knochen knackten. Um fünf Uhr zehn am Morgen des 1. Januar 1930 nahm Andrés Fontana den Postzug, der ihn in eine fremde Welt bringen würde, aus der er nie mehr zurückkehren sollte. Es war das letzte Mal, dass er seine Mutter sah.

Das fadenscheinige schwarze Umschlagtuch fest um sich gehüllt, schleppte sich Simona in ihren dünnen Leinenschuhen betrübt zurück nach Hause. Ihr Herz war schwer vor Kummer, doch sie weinte nicht. Ihre erschöpften Augen blieben trocken, die Tränen waren längst versiegt.

Kapitel 5

Die Estación del Mediodía mit ihrer imposanten Konstruktion aus Schmiedeeisen beeindruckte den jungen Fontana ungemein. Er wusste nicht, dass von ebendiesem Bahnhof, der ihm so majestätisch erschien, die spanischen Truppen nach Marokko in den Krieg gezogen waren, dass hier zehn Jahre zuvor erschütterte Menschenmassen auf den Leichnam von Joselito gewartet hatten, des Toreros, der in der Stierkampfarena von Talavera de la Reina sein Leben gelassen hatte. Um ehrlich zu sein: Von allen Plätzen, die man hätte kennen sollen, erkannte der junge Mann keinen. Er wusste nicht einmal, wie er aus diesem riesigen Gebäude voller Dampf und Lärm und zahllosen Menschen, die mit Bündeln und Koffern beladen in rücksichtsloser Eile die Bahnsteige entlanghasteten, herauskommen sollte.

Er trug einen abgewetzten Anzug und eine alte Schirmmütze und überragte mit seinen gerade mal sechzehn Jahren von der Körpergröße her bereits viele gestandene Männer, die tagtäglich in das Bergwerk des Dorfes einfuhren, das er hinter sich gelassen hatte. In der linken Hand trug er das Bündel, das ihm seine Mutter in die Hand gedrückt hatte und das nun, da er im Zug das mit Käse belegte Brot verzehrt hatte, schon leichter wog. Mit der rechten hielt er in der Hosentasche den Briefumschlag umklammert, den Don Ramón Otero Simona am Vortag überreicht hatte. Darin befanden sich die Adresse, zu der er

sich begeben sollte, ein wenig Geld für die ersten Ausgaben und der Brief, der ihm den Zugang zur Welt des Wissens verschaffen würde. Die weiteren monatlichen Zuwendungen würde ihm zweckmäßigerweise Señora Antonia übergeben, die Hausmeisterin, bei der er wohnen würde. Wie das Geld aus Doña Manolitas Vermächtnis in die Hände jener Frau gelangte, das war ihm weder bekannt noch ging es ihn etwas an.

Sich dem schnellen Schritt der Reisenden anpassend, gelangte er schließlich zum Ausgang des Bahnhofs, und jetzt lag die unermesslich große, unbekannte Stadt vor ihm. Die Sonne schien kräftig, doch es war schneidend kalt. Also zog er die Schirmmütze ein wenig tiefer ins Gesicht, schlug den Kragen seines Jacketts hoch und machte sich auf den Weg, auch wenn er nicht die geringste Ahnung hatte, in welche Richtung er sich wenden sollte. Vorwärtsgetrieben von seinen jungen Beinen und einer Mischung aus Beklemmung, Euphorie und einem Gefühl von Verlassenheit zu gleichen Teilen, dauerte es nicht lange, bis er den richtigen Weg fand.

Aber er brauchte über drei Stunden, bis er zu der bewussten Adresse gelangte, nicht weil der Weg gar so lang gewesen wäre, sondern weil er alle naselang stehen blieb angesichts der Wunderdinge, die ihm die große Stadt vor Augen führte: die imposanten Gebäude, die schnellen Automobile, der in den Schaufenstern ausgestellte Überfluss, die eleganten Frauen, die auf hohen Absätzen die brandneuen Bürgersteige der Gran Vía entlangeilten. Bis er schließlich dank der Hinweise mehrerer Passanten vor der Hausnummer 47 in der Calle de la Princesa stand, gar nicht weit vom Standbild des Don Agustín de Argüelles entfernt.

Señora Antonia war eine eher klein geratene, sangeslustige Frau, wesentlich jünger, als er sich vorgestellt hatte,

verheiratet mit einem Maurer namens Marcelino, aktives Mitglied der verbotenen anarcho-syndikalistischen Gewerkschaft CNT. An Vermögen besaßen sie nichts als die zwei kleinen Söhne Joaquín und Angelito, die damals noch keine zehn Jahre alt waren. Das Zimmer in ihrer Wohnung, das Andrés bewohnen sollte, war dunkel und klein, entlang der Wände, von denen an vielen Stellen der Putz abbröckelte, drängte sich das karge Mobiliar: ein metallenes Bettgestell, ein klappriger Schrank, ein speckiger Küchentisch, der zum Schreiben und Studieren würde herhalten müssen. Von der Decke hing eine nackte Glühbirne mit fünfundzwanzig Watt. Ein kleines Fenster ging auf den Innenhof hinaus, wo Señora Antonia ihre Wäsche wusch und aufhängte und sich ein paar Blumentöpfe mit Geranien, zwei Kanarienvögel in ihren Käfigen und der primitive Abort den Platz teilten, den die Familie gemeinsam mit einem Nachbarn, einem Möbeltischler, benutzte. Die tägliche Körperpflege erledigte man am Spülbecken in der Küche, für umfangreichere Hygienemaßnahmen gab es eine Zinkwanne.

In den folgenden Tagen widmete sich der damals arbeitslose Marcelino der Aufgabe, Andrés das Stadtviertel zu zeigen, damit der Junge sich mit der neuen Umgebung vertraut machte. In weniger als einer Woche hatte er ihn schon den meisten Nachbarn vorgestellt, es als eingefleischter Anarchist und großer Redner vor dem Herrn auch nicht versäumt, ihn über die jüngsten historischen Ereignisse zu informieren, und ihn nebenbei mit leidenschaftlichen politischen Exkursen bedacht, die Andrés, von der unmittelbaren Realität vollkommen in den Bann geschlagen, eher wenig interessierten. Tatsächlich bekam er kaum mit, dass König Alfonso XIII. in jenen letzten Januartagen das Rücktrittsgesuch Primo de Riveras annahm,

General Berenguer mit der Bildung einer neuen Regierung beauftragt wurde und die Bevölkerung von Madrid – arm, ungebildet und von Tag zu Tag unruhiger – von den hohen Herrschaften radikale Veränderungen forderte.

Marcelino begleitete Andrés auch, als er sich im Lehrinstitut Cardenal Cisneros vorstellen ging, wo er gemäß Doña Manolitas Anweisungen zunächst die Reifeprüfung ablegen sollte, die ihm die Türen zur Universität öffnen würde. Damals waren seine Bildungslücken noch erschreckend groß. Das Viele beziehungsweise Wenige, was er im Kopf hatte, stammte aus den paar Jahren Dorfschule, aus den Büchern, die ihm seine Patin nach Gutdünken zu lesen gegeben hatte, und aus den Bänden der Enzyklopädie für Jugendliche, die er in den letzten Monaten geradezu verschlungen hatte. Dank dieser Lektüre hütete er nun in seinem Kopf einen Wissensschatz auf verschiedenen, teilweise ein wenig pittoresken Gebieten: Erdkunde, angewandte Technik, ein bisschen Volkskunde von hier und dort. Woran es ihm jedoch mangelte, das war eine systematische Schulbildung in den grundlegenden Fächern wie Mathematik, Grammatik, Latein oder Französisch; er kannte weder die grundlegendsten ethischen noch gesellschaftlichen Konzepte und hatte nicht die leiseste Ahnung, was ernsthaftes Studieren bedeutete. Er war der lebende Beweis für den desolaten Zustand des spanischen Schulsystems in den ersten Jahrzehnten des zwanzigsten Jahrhunderts, als über sechzig Prozent der Bevölkerung Analphabeten waren und die Lehrer – zu wenige und von diesen wenigen viele nur mangelhaft ausgebildet – ein äußerst kärgliches Gehalt erhielten, das noch dazu immer wieder gekürzt und verspätet ausbezahlt wurde.

Keinen Pfifferling interessierten Andrés an jenem kalten Morgen die Mängel des Schulsystems, als er in Marcelinos

Begleitung die Calle de los Reyes entlanglief, um zum ersten Mal durch das Portal des Lehrinstituts Cardenal Cisneros zu gehen. Mit dem Brief in der Tasche, den Doña Manolita bei ihrem Tod hinterlassen hatte, adressiert an den Direktor, gewissermaßen eine Art Passierschein, folgten sie in ehrfürchtigem Schweigen dem Pedell, der sie einen breiten, von winterlichem Licht erfüllten Korridor entlangführte. Sie folgten ihm, die Arbeitermützen in der Hand, bemüht, nicht allzu kräftig aufzutreten, und sich vollkommen bewusst, wie wenig sie mit ihrem ärmlichen Aussehen an diesen Ort der Gelehrsamkeit passten.

Sie mussten nur wenige Minuten warten, bis ein knochiger, kahlköpfiger Herr auf die Bank zukam, auf der Platz zu nehmen ihnen der Pedell mit einer abschätzigen Handbewegung bedeutet hatte. Da sprangen beide auf wie die Schachtelmännchen, der Herr lächelte zurückhaltend. Es war Don Eladio de la Mata, der Direktor.

Er ließ sie in sein Büro vorangehen, das vollgestopft war mit Büchern, gerahmten Diplomen und Porträts anderer ebenso honoriger Herren, die diesen Posten vor ihm innegehabt hatten. Anschließend las er den an ihn adressierten Brief, den Doña Manolita mit ihrem Testament hinterlassen hatte, und hörte dann aufmerksam an, was der Junge zu sagen hatte, wobei er mehrere Male mit einer kurzen, aber unmissverständlichen Handbewegung zu verhindern wusste, dass der geschwätzige Marcelino ihn unterbrach, um die eine oder andere überflüssige Bemerkung beizusteuern. Danach stellte er Andrés einige Fragen, die der Junge, seinem Urteil nach, mit einer Reife und Ernsthaftigkeit beantwortete, die man bei seiner Herkunft und seinem Alter nicht erwartet hätte.

Dann ergriff Don Eladio das Wort und legte dem Jungen mit wohlgesetzten Worten und messerscharfer Klarheit dar,

auf welchen Säulen sein Leben zukünftig gründen müsse, sollte er seine Studien wirklich so weit vervollkommnen wollen, dass er die Universität besuchen konnte. Er sprach von Trigonometrie, von Deklinationen und Strebsamkeit; von Dichtern, chemischen Formeln und Beharrlichkeit. Von Gleichungen und Syntax, von Standhaftigkeit. Der Junge hörte gebannt zu, saugte jedes Wort in sich auf und notierte sich im Geiste alle Begriffe, alle Bezeichnungen, alle Gedanken. Als sie das Institut eine halbe Stunde später verließen, hatten sowohl der Direktor als auch er selbst das Gefühl, dass er sein Ziel erreichen könnte. Dem armen Marcelino dämmerte inzwischen, dass ihm in seinem Leben etwas Fundamentales entgangen war.

Schweigend traten sie wieder hinaus auf die Straße und bummelten eine Weile durch das Viertel. Marcelino, immer mit großen Schritten voraus, die Hände in den Hosentaschen und ungewöhnlich schweigsam. Andrés, der noch über Don Eladios Worte nachdachte, musste schneller gehen, um ihn nicht aus den Augen zu verlieren. Wenig später betraten sie eine Café-Bar nahe dem Mercado de los Mostenses. Sie schoben sich durch das Gedränge bis zur Theke, und Marcelino bestellte zwei kleine Gläser Wein. Schweigend tranken sie, während um sie herum die Stammgäste lautstarke Diskussionen führten. Der Junge verstand nicht, was in Marcelino vor sich ging, warum er so auffallend still war. Er sollte es bald erfahren. Als nämlich der Maurer, der eingefleischte Anarchist mit mehr Herz als Verstand, sein Glas mit einem letzten Schluck leerte, es mit einem dumpfen Schlag auf den Tresen stellte und sich mit dem Jackenärmel über den Mund wischte, bat er den Jungen mit festem Blick, ihm Lesen und Schreiben beizubringen.

Von jenem Tag an begann für Andrés ein Lebensab-

schnitt, in dem die Wochen und Monate zu einer einzigen Abfolge von Tagen verschmolzen, die ausschließlich dem Lernen gewidmet waren, vergraben in seiner Kammer in der Hausmeisterwohnung. Er schlief gerade so viel wie nötig und aß nur etwas, wenn Señora Antonia ihn dazu drängte. Dann setzte er sich zur Familie an den Tisch, nahm sich einen Teller Gemüsesuppe oder Gemüseeintopf mit Spiegelei und gab sich Mühe, sich am allgemeinen Gespräch zu beteiligen, die Neuigkeiten aufzunehmen, die Marcelino von der Straße mitbrachte, oder über die kuriosen Einfälle der Kinder zu lachen. Er bemühte sich redlich, war aber geistig gar nicht anwesend, sondern grübelte über den Satz des Pythagoras oder über das Periodensystem nach und rezitierte in Gedanken einzelne Abschnitte aus der *Aeneis: At regina gravi iamdudum saucia cura …*

Die monatliche Zuwendung seiner Patin erlaubte ihm ein Leben ohne allzu große Entbehrungen. Sie ermöglichte ihm nicht nur, sich die nötigen Gerätschaften zu kaufen – Bleistifte, Federn, Tinte, Federhalter –, er konnte sich auch den einen oder anderen Luxus leisten, um seine frisch erworbenen Kenntnisse auszubauen: einen Atlas von Spanien mit seinen Provinzen, einen Satz gewachste Bildtafeln des menschlichen Körpers, eine kleine Schiefertafel der Marke La Moderna. Hin und wieder konnte er seiner Hauswirtin sogar ein kleines Geschenk machen, Marcelino auf ein Gläschen Wein einladen und den beiden Knirpsen ein paar Céntimos zustecken, damit sie sich ein Tütchen geröstete Kichererbsen oder eine Zuckerstange kaufen konnten.

Im Laufe der Zeit, die er benötigte, um sich auf die Reifeprüfung vorzubereiten, geschahen auch in seinem Umfeld Dinge, die entscheidende Veränderungen in der Geschichte seines Landes bewirken sollten. Dinge, die er mit

seinem so spät erst gestillten Wissensdurst kaum mitbekommen hätte, wäre da nicht Marcelino mit seiner überbordenden Redseligkeit gewesen, der, mit Eifer und festem Willen, Schritt für Schritt Lesen und Schreiben lernte, an dem Tisch mit dem Kohlenbecken darunter in seine Fibel vertieft.

In der Hausmeisterwohnung feierten sie das erste gemeinsame Weihnachtsfest, stießen mit Limonade und billigem Wein auf ein glückliches, friedliches Jahr 1931 an. Und obwohl es kein ruhiges Jahr wurde, empfand man in jener Familie die Veränderungen, die nur wenige Monate später eintraten, als nämlich der König ins Exil ging und mit der Zweiten Republik ein frischer Wind zu wehen begann, doch als recht positiv.

Am 23. Mai 1932 bestand der Sohn der einfachen Aufwartefrau und des analphabetischen Bergarbeiters mit Krawatte, sorgfältig gekämmtem Haar und dem Anschein nach überhaupt nicht nervös vor einer Kommission mürrischer Prüfer seine Reifeprüfung. Doña Manolita wäre stolz gewesen, wenn sie miterlebt hätte, wie ihr Schützling ihr Vorhaben erfolgreich in die Tat umgesetzt hatte. Von der Nachbarin Señora Consuelo aus, der kräftig gebauten Asturierin in der zweiten Wohnung rechts, ließen sie ein Ferngespräch vermitteln, um Simona die gute Neuigkeit mitzuteilen. Der Anruf erreichte sie im Haus von Don Ramón Otero, wo sie im Schweiße ihres Angesichts die Hemden ihrer Herrschaft bügelte. Bewegt und unfähig, dem unergründlichen Apparat auch nur einen zusammenhängenden Satz anzuvertrauen, stammelte die arme Frau nur immer wieder »mein Sohn, mein Sohn, mein Sohn«, während sie aufgeregt an ihrer abgetragenen Schürze herumnestelte.

Kapitel 6

Wie im Testament verlangt, führte Andrés Fontanas nächster Schritt unverzüglich an die Universität. Zu Beginn der Dreißigerjahre besaß die Universität von Madrid noch kein zentrales Gebäude, sondern nutzte zahlreiche, über die ganze Stadt verteilte Einrichtungen, von denen die meisten sehr alt, wenn nicht sogar hoffnungslos antiquiert waren. Die Ciudad Universitaria befand sich noch mitten in der Bauphase, einem langen, 1927 von Alfonso XIII. in Gang gesetzten Prozess, dem für die Hauptstadt ein Campus ähnlich wie in Nordamerika vorschwebte, einheitlich durchgeplant, zweckmäßig in der Architektur und mit großzügigen Anlagen für Sport und andere Freizeitaktivitäten ausgestattet.

Dass die Zweite Republik ausgerufen wurde und Alfonso XIII. unmittelbar danach ins Exil ging, brachte das ehrgeizige Projekt keineswegs zum Stillstand. Vielmehr trieb man es mit neuem Schwung voran, verzichtete allerdings auf eine übermäßige Prachtentfaltung. Als Andrés zu seinem ersten Semester antrat, wurden die humanistischen Fächer noch in dem alten Bau in der Calle San Bernardo gelehrt. Doch dort sollte er nicht allzu viele Monate verbringen, denn 1933 wurde die Fakultät für Philosophie und Geisteswissenschaften in ihr noch nicht ganz fertiges Domizil in der Ciudad Universitaria verlegt, ein quadratisches kompaktes Seitengebäude aus Backstein mit zahlreichen Fenstern, zu dem die Studenten mit modernen Doppelde-

ckerbussen befördert wurden. Die Fakultät hatte die Studiengänge gerade umstrukturiert und verfügte über hervorragende Professoren: Américo Castro, Ramón Menéndez Pidal, Xavier Zubiri, Tomás Navarro Tomás, Pedro Salinas, Rafael Lapesa … Das also war die Universität, die Andrés Fontana kennenlernte: eine Institution, die sich um Modernisierung bemühte und nach langer Auszehrung nun Schritt für Schritt zu neuer Kraft fand, was eine zweifellos vielversprechende Entwicklung war.

Dieselbe Beharrlichkeit, die ihn zur Reifeprüfung geführt hatte, verhalf dem jungen Mann nun zu derart herausragenden Leistungen im Studium, dass Professor Enrique Fernández de la Hoz, Inhaber des Lehrstuhls für Historische Grammatik, ihm vorschlug, als Stipendiat bei den Kursen »Spanisch für Ausländer« mitzuarbeiten, die im kommenden Semester abgehalten würden. Andrés fragte nicht einmal nach, worin seine Aufgabe denn genau bestünde, sondern nahm das Angebot auf der Stelle an.

Die Verbreitung der spanischen Sprache war ein Projekt der Vereinigung zur Förderung der Studien und der wissenschaftlichen Forschung. Diese entsandte Jahr für Jahr Dozenten an Universitäten in verschiedenen Ländern und organisierte umgekehrt Kurse für Studenten und Professoren aus dem Ausland. Andrés hatte sich für den Zeitraum von Anfang Januar bis Ende März 1935 zur Mitarbeit verpflichtet. Er sollte an Konversationsübungen teilnehmen, als Begleiter bei Besichtigungen und Ausflügen fungieren und bei allen erdenklichen Schwierigkeiten helfend eingreifen, die sich bei einer Gruppe nordamerikanischer Professoren ergeben konnten, etwa Missverständnisse sprachlicher Art zu bereinigen, außerhalb der üblichen Zeiten einen Apotheker zu finden oder die Gäste in besonders pittoreske Lokale im Madrider Stadtzentrum zu führen.

Alles an ihnen überraschte ihn, alles beeindruckte ihn. Die schier grenzenlose Energie, die diese Fremden aufbrachten, wenn es darum ging, mit ihren modernen Fotoapparaten die einfachsten Szenen festzuhalten – eine Katze auf einem Balkon, ein steinernes Wappen, eine alte, schwarz gekleidete Frau mit einem Weidenkorb am Arm, die Eier verkaufte –; die Leichtigkeit, mit der sie Geld ausgaben; die geradezu schreienden Farben ihrer Kleidung; ihre blitzend weißen Zähne, wenn sie lächelten. Von ihnen erfuhr er, dass das Land, aus dem sie kamen, aus achtundvierzig Bundesstaaten bestand, mit ihnen rauchte er seine erste Filterzigarette und tanzte in der Rotunde des Hotel Palace mit einer Walküre aus Detroit einen Swing. Mit ihnen zusammen stand er bewegt vor dem Aquädukt in Segovia und dem Bild *Las Meninas* von Diego Velázquez, genoss zum ersten Mal die dickflüssige heiße Schokolade im Café La Mallorquina, er brachte ihnen typische umgangssprachliche Ausdrücke bei und wie man Wein aus einem *porrón* trinkt. Gemeinsam besuchte die Gruppe eine Aufführung des Stückes *Un adulterio decente* von Enrique Jardiel Poncela im Teatro María Isabel und kaufte Bücher an der Cuesta de Moyano. Er war den niemals müde werdenden Fremden in diesen fast neunzig Tagen nicht nur ein zuverlässiger Stadtführer bei ihren Streifzügen, sondern auch eine große Hilfe, wenn sie nach Unterrichtsschluss noch Spanisch sprechen wollten. Er korrigierte ihre Aussprache bei Jota und Zeta, half ihnen beim Konjunktiv, überprüfte die Orthografie in ihren Aufsätzen, erläuterte so manche landestypische Wendung und sorgte letztlich dafür, dass ihr Aufenthalt sich wesentlich angenehmer und nutzbringender gestaltete, als er ohne ihn gewesen wäre.

Einige Wochen bevor die Gruppe in die USA zurückkehrte, erzählte ihm eine der Professorinnen – Sarah Bur-

ton, eine schlanke Blondine, die stets Hosen trug, ununterbrochen rauchte und dabei einen Lippenstiftrand am Filter hinterließ –, dass ihre Universität Jahresstipendien für ausländische Assistenten in Konversationskursen vergebe. Wenn er interessiert sei, könne sie ihn empfehlen. Falls er zusage, würde er nicht nur seine Muttersprache unterrichten, sondern dieses Jahr auch nutzen können, um Englisch zu lernen und seine eigenen Studien fortzuführen, indem er Kurse besuchte, die mit seinem Fach zu tun hatten: Linguistik, amerikanische Geschichte, Komparatistik. Nach dem Auslandsjahr könne er nach Madrid zurückkehren und dort sein Studium wiederaufnehmen, habe dann aber immerhin etwas von der Welt gesehen, Erfahrungen gesammelt und sich zusätzliche Kenntnisse erworben.

Ende März kehrten die Amerikaner in ihre Heimat zurück, beladen mit Fächern, *botijos,* den tönernen, zweihälsigen Wasserkrügen, und *alpargatas,* den typischen Leinenschuhen mit Hanfsohle. Sie ahnten nicht, dass sie einen Andrés Fontana zurückließen, dessen Weltsicht sich für alle Zeit verändert hatte. Von da an drehte und wendete er die Sache mit dem Auslandsjahr jeden Abend hin und her, ehe er einschlief, und wachte am nächsten Morgen mit dem gleichen Gedanken wieder auf. Sein Bergarbeiterdorf zu verlassen und in die Hauptstadt zu gehen war schon ein großer, aber machbarer Schritt gewesen. Doch den Ozean zu überqueren, um an einer nordamerikanischen Universität neue Eindrücke zu gewinnen, kam ihm geradezu vermessen vor.

Fast unmerklich hielt im Jahr 1935 der Frühling in Madrid Einzug, während Andrés sich auf die letzten Prüfungen des Semesters vorbereitete und voller Ungeduld auf eine Nachricht aus Michigan wartete. Vier Wochen später übergab ihm Señora Antonia ein großes Kuvert im Quer-

format, als er von der Fakultät zurückkam, und obwohl ihn bei seinem Anblick eine grenzenlose Beklemmung überfiel, schlitzte er ihn mit äußerster Sorgfalt auf, zog bedächtig den Brief hervor, den er enthielt, und ließ sich am Fußende des Bettes nieder, um ihn in aller Ruhe zu lesen. Er kam vom Leiter des Fachbereichs für klassische und romanische Sprachen. Angesichts des überaus positiven Berichts von Dr. Sarah Burton sei es ihm eine Freude, schrieb er, ihm die offizielle Einladung des Instituts für Hispanistik zu übersenden, verbunden mit einem Stipendium. Zu seinen Aufgaben gehörten fünfzehn Wochenstunden Unterricht und die Teilnahme am sogenannten *Spanish Club* am Freitagabend. Dafür werde er auf dem Campus wohnen, ein kleines Stipendium in Dollar für seine Auslagen erhalten und kostenlos alle Kurse belegen dürfen, die ihn interessierten. Nötigenfalls könne ihm das Institut fünfzig Prozent der Reisekosten erstatten. Er verpflichte sich für die Dauer von neun Monaten, vom 1. September 1935 bis zum 31. Mai 1936. Der Brief war in einwandfreiem Spanisch verfasst, fehlerlos auf dickem elfenbeinfarbenem Papier getippt und trug, in schwarzer Tinte und energischem Strich, die Unterschrift Richard J. Taylor, Ph.D., Chairman. Man erwartete seine Antwort vor Ablauf des Monats.

Nachdem er den Brief wieder ordentlich gefaltet hatte, steckte er ihn zurück in den Umschlag, verwahrte diesen in der Innentasche seines Jacketts und setzte sich mit der Familie zum Essen. Es kostete ihn Mühe, bei zwangloser Unterhaltung und Bohneneintopf seine Nervosität zu verbergen. Kaum hatte er gegessen, verließ er das Haus und lief ziellos durch die Straßen. Als er bei Einbruch der Dunkelheit zurückkehrte, hatte er seine Entscheidung bereits getroffen, doch er erzählte niemandem davon und legte sich ohne Abendessen schlafen. Am nächsten Mor-

gen berichtete er Señora Antonia mit feierlichem Ernst von seinem Entschluss, während diese die frisch gewaschenen Bettlaken im Innenhof zum Trocknen aufhängte. An Simona schrieb er einen Brief, den ihr Don Ramón würde vorlesen müssen.

Am 14. Juli 1935 bezog er eine Schlafkoje im Zwischendeck der *Cristóbal Colón,* die im Hafen von Cádiz vor Anker lag und bald Kurs auf ein unermesslich großes, ihm völlig unbekanntes Land nehmen sollte. Ursprünglich wollte er Anfang Juni des folgenden Jahres zurückkehren, sobald alle Kurse beendet waren, aber das Angebot, bei einem Sommerkurs für Lehrer weiterführender Schulen mitzuarbeiten, veranlasste ihn zu einer Änderung seiner Pläne, und so verschob er seine Rückkehr auf Anfang August 1936. Mit dem Geld, das er als Vergütung für diesen Kurs erhielt, wollte er einige Geschenke erstehen, technische Neuheiten, moderne Geräte, von denen man in seiner Heimat nicht einmal wusste, dass sie existierten.

Diese kleine zeitliche Verschiebung sollte seinem Lebensweg unwiderruflich eine andere Richtung geben, denn angesichts der unheilvollen Wendungen der Geschichte kehrte er nie mehr in seine Heimat zurück. Er blieb in den Vereinigten Staaten, mit wehem Herzen und einem Koffer voller neuer Kleidung, einem halben Dutzend Päckchen mit hellem Tabak und vier wunderbaren elektrischen Bügeleisen aus dem Hause General Electric. Señora Antonia, seine Mutter und seine beiden Schwestern sollten noch viele Jahre nach altem Brauch bügeln müssen.

Der Krieg veränderte sein Heimatland für immer. Madrid bereitete sich darauf vor, erbittert Widerstand zu leisten, das Gesicht der Stadt veränderte sich bis zur Unkenntlichkeit. Das Standbild von Don Agustín de Argüelles, das ihn jeden Morgen begrüßt hatte, wenn er die Hausmeis-

terwohnung in der Calle de la Princesa verließ, wurde fortgeschafft, damit Truppen und Militärfahrzeuge nicht behindert würden. Die Rotunde des Hotel Palace, wo ihm eine walkürenhafte Blondine die ersten Tanzschritte beigebracht hatte, verwandelte sich in ein Lazarett. Als die Kämpfe begannen, waren fast alle Fakultäten und sonstigen Einrichtungen der neuen Ciudad Universitaria im Bau schon sehr weit fortgeschritten, wenn nicht bereits fertiggestellt und in Betrieb genommen. Doch er sollte nicht von langer Dauer sein, der Geruch nach frischer Farbe, der Glanz der blanken Fenster und der Schimmer der frisch lackierten Pulte. Der blutige Krieg sollte eine Universität, die auf dem besten Weg zur herausragenden Stätte der Gelehrsamkeit war, in Schutt und Asche legen. Er sollte einen Großteil ihres wissenschaftlichen, künstlerischen und bibliografischen Erbes vernichten und zahllose Mitglieder des Lehrkörpers ins Exil treiben. Als Madrid fiel, lag jener ehrgeizige Traum eines Monarchen von einem glanzvollen Campus in amerikanischem Stil in Trümmern, von den Gebäuden waren nur noch schauerliche Skelette übrig. Von den vierzigtausend Bäumen, die man gepflanzt hatte, waren bestenfalls die Wurzeln geblieben. Die Hörsäle waren zu Schützengräben geworden, die Laboratorien zu Brustwehren. Mit den Enzyklopädien und Wörterbüchern errichtete man Barrikaden, in den Aulen und Bibliotheken lagen Sandsäcke, Gewehre und Leichen verstreut.

Die Toten der Ciudad Universitaria gingen in die Tausende. Unter ihnen war auch Marcelino. Gefallen im Klinikgebäude, lag er mit zerschmettertem Schädel bäuchlings auf dem Boden jener Einrichtung, in der Wissenschaft, Bildung und Hoffnung hätten erblühen sollen, nicht Entsetzen und Tod. In der linken Tasche seiner Uniformjacke

steckte ein eben erst begonnener verknitterter Brief mit einem Gruß in das Land jenseits des großen Ozeans, ein Brief, der seinen Adressaten niemals erreichen sollte. Darin stand in seiner ungelenken Kinderschrift: »Lieber Andrés, mein Freund, ich hoffe, dieser Brief erreicht Dich bei guter Gesundheit …«

Kapitel 7

Mit Hilfe einiger Studenten der höheren Semester schaffte ich den ersten Teil des Vermächtnisses in mein Büro und stapelte die Kartons und verschnürten Papierberge entlang der Wand am Boden. Das war eine entscheidende Verbesserung, nicht nur weil ich der Düsternis und Abgeschiedenheit des Kellers entkam und in einer angenehmeren Umgebung arbeiten konnte, sondern auch weil ich gewissermaßen das Gefühl hatte, Andrés Fontana damit endlich dem Vergessen zu entreißen.

Von da an bekam seine verschwommene Gestalt immer klarere Konturen für mich, ein menschliches Gesicht. Nach und nach erhellte sich für mich das Leben des Professors, seine reale Existenz. Alles bekam einen etwas sinnvolleren Zusammenhang: seine Texte, seine Reisen, seine Korrespondenz.

Und so vergingen die Tage, indem ich mich beharrlich in der Rekonstruktion seines Lebens voranarbeitete. Bis mich ein unerwarteter Anruf ins Stolpern brachte und die bunten Bälle, die ich in meiner Naivität in schönstem Gleichklang in der Luft zu halten glaubte, donnernd auf dem Boden landeten. Es war Anfang Oktober. Und es war wieder einmal Alberto, der mich so aus dem Gleichgewicht brachte.

Seit Beginn des Sommers hatten wir nicht miteinander gesprochen, nicht einmal nachdem ich von David erfahren hatte, dass er wieder Vater werden würde. Eigentlich

war ich es, die sich nach dieser Neuigkeit stur gestellt und jeden Kontakt verweigert hatte. Ich ging ihm lieber aus dem Weg, denn ich wusste, dass es mir wehtun würde, mich direkt mit ihm und der schmerzhaften Wahrheit zu konfrontieren – als würde man Salz in eine offene Wunde streuen, wie heißes Öl, aus dem plötzlich einzelne Tropfen auf die Hand, die den Schaumlöffel hält, hochspritzen. Vielleicht hatte auch Alberto es so verstanden und deshalb nicht mehr angerufen, um mich nicht unnötig zu quälen. Vielleicht aber hatte er überhaupt nichts begriffen und mich schlicht vergessen, so eingespannt, wie er zurzeit war mit seinem neuen Lebensentwurf in dem gerade umgebauten Loft mit dieser Arbeitskollegin, die wesentlich jünger war als er und nun auch zu seiner Lebensgefährtin avanciert war.

Drei Jahre lang hatten wir gemeinsam Albertos Auswahlprüfungen für den höheren Staatsdienst durchgestanden, am gleichen Strang gezogen, um dieses eine Ziel zu erreichen. Als wir heirateten, hatte noch keiner von uns beiden das Studium beendet. Mir fehlten noch eineinhalb Semester, ihm nur wenige Monate. Daher dachten wir, es sei wohl am sinnvollsten, wenn wir unser beider Kraft auf sein berufliches Fortkommen konzentrierten. Alberto war mir mit dem Studium nicht nur ein Jahr voraus, sondern wusste auch schon ganz genau, was er mit seinem Leben anfangen wollte: Er wollte in den Staatsdienst wie schon sein Vater und seine Brüder. Meine Zukunftspläne hingegen waren wesentlich diffuser, hatten sich noch nicht konkretisiert. Ich mochte Sprachen, ich mochte Bücher, ich reiste gern. Alles in allem waren das eher banale, vage Vorlieben mit geringen Chancen, sich unmittelbar in einen einigermaßen gut bezahlten Job verwandeln zu lassen. Und so widmete sich Alberto, dessen Zeugnisse wesent-

lich weniger beeindruckend waren als meine, ausschließlich seinem Studium, wohingegen ich meine bescheidenen Wünsche vertagte, um mich ganz darauf zu konzentrieren, unsere kleine Familie durchzubringen.

Am Ende gehörte der Erfolg natürlich ihm. Er hatte wie ein Irrer den umfangreichen Prüfungsstoff durchgearbeitet, und beim zweiten Versuch schaffte er es. Ich wiederum nahm an keiner Auswahlprüfung teil und erhielt keine Glückwünsche, als bekannt wurde, wer angenommen worden war, und statt schicker Bürokleidung trug ich weiter meine Jeans mit den langen Wollpullovern, die ich in meiner knappen Freizeit strickte. Doch ich tat sehr wohl einiges, was möglicherweise, wenn auch nur am Rande, zum Erfolg meines damals noch jungen und vielversprechenden Ehemanns beigetragen haben mochte. Während er sich mit Ohrstöpseln vom schnöden Alltag abschottete und Gesetze und Dekrete memorierte, hatte ich seine beiden Söhne ausgetragen, geboren und aufgezogen und mich Tag und Nacht darum bemüht, dass sie mit ihrem Gequengel und kindlichen Forderungen nicht die Ruhe störten, die er brauchte. Auf Kilometern von Gehsteigen und während endloser Stunden, die ich auf kalten Steinbänken in Parks sitzend verbrachte, verging mein Leben, festgebunden an einen Kinderwagen, in dem ein Söhnchen lag, während das zweite in mir heranwuchs; dann schob ich einen Kinderwagen mit zwei Söhnen durch die Gegend; später hatte ich an jeder Hand ein Kind hängen, das sich festklammerte und im Trippelschritt neben mir herlief, hob die beiden vom Boden auf, wenn sie hingefallen waren, und wischte ihnen Tränen, Blut und Rotz ab, ehe wir uns wieder in Bewegung setzten. Und so ging es tage-, monate- und jahrelang bei Wind und Wetter, egal ob ich oder eines der Kinder müde war, damit Alberto die notwendige Ruhe hatte,

um studieren zu können. Ohne abgelenkt, ohne gestört zu werden. Was mir selber nie beschieden war.

Und während mein Gatte sich voller Hingabe der Juristerei widmete, abgeschottet von häuslichen Trivialitäten wie der Frage, wie wir die Miete und das Gas bezahlen, wovon Eier, Hähnchen und Waschmittel gekauft werden sollten, schaffte ich das Geld heran mit allen möglichen Arbeiten, die sich ergaben: Nachhilfeunterricht, wenn die Kinder Mittagsschlaf hielten oder zwischen den Beinen meiner Schüler auf dem Boden herumkrabbelten; Übersetzungen von medizinischen Texten, die ich mit einer Hand tippte, während ich mit der anderen David sein Fläschchen gab; kaum zu entziffernde Manuskripte ins Reine schreiben, während Pablo an meiner Brust hing. Damit Alberto so entspannt studieren konnte, wie ich gerne studiert hätte. Aber wir kamen damals gar nicht auf die Idee, dass es auch anders hätte gehen können. Vielleicht, weil unsere Söhne so schnell kamen, vielleicht, weil ich nur irgendetwas mit Geisteswissenschaften oder Pädagogik machen und Lehrerin werden wollte, und das war doch wesentlich weniger beeindruckend als das Ziel meines Mannes, in die oberste Liga der Staatsdiener einzusteigen.

Mit Müh und Not gelang es mir dennoch, mein Studium abzuschließen. Den Wunsch, gleich anschließend meinen Doktor zu machen, musste ich allerdings vorerst begraben und mir eine vernünftige Arbeit suchen. Mir blieb keine andere Wahl, wenn ich ihn bei seinem höchst ehrenwerten Vorhaben unterstützen wollte, ein hoher Staatsdiener zu werden wie sein Vater, dieser Vater, der es – ebenso wie meine Eltern – als Schande für die Familie betrachtet hatte, dass wir so jung und ich noch dazu unübersehbar schwanger heirateten. Dieser Vater, der sich nie um seinen Sohn, die Frau seines Sohnes und die Kinder seines

Sohnes gekümmert hatte, bis im *Boletín Oficial del Estado,* dem *Staatsanzeiger,* die Ernennung seines Sprösslings bekanntgegeben wurde. Erst da schien er zu vergessen, welche Schande wir ihm gemacht hatten, und öffnete uns wieder die Tür zu seiner Welt. Jetzt meldete er sich. Wo war er, als wir ihn gebraucht hätten? Doch Alberto ließ sich mit der gleichen verblüffenden Selbstverständlichkeit wieder einfangen, wie er sich an ein Leben ohne mich und mit Eva an seiner Seite gewöhnte. Als wäre nichts gewesen, als hätte es kein Vorher gegeben. Als hätten wir auf unserem langen gemeinsamen Weg nicht auch Schmerzliches bewältigt. So war Alberto nun mal: stur wie ein Esel, wenn ihn etwas interessierte, unempfindlich wie ein Metzgerhund gegen alles, was er als Komplikation seines Lebens empfand. Wie gut wir uns doch kannten!

Als er die Auswahlprüfungen geschafft hatte, konnte ich mich endlich darauf konzentrieren, eine Vollzeitstelle zu suchen. Meine reiche Erfahrung mit Dutzenden von jugendlichen Nachhilfeschülern ließ mich von der Idee Abstand nehmen, als Gymnasiallehrerin für die Oberstufe zu arbeiten. Ich hatte nicht das Zeug dazu, mich mit den hormonellen Explosionen pubertierender Schüler herumzuschlagen, wenn ich ihnen das Passiv und Relativsätze nahezubringen versuchte. Deshalb erschien mir die Stelle, die eine der damals neu entstehenden Universitäten ausschrieb, wie ein rettender Strohhalm: eine Stelle auf der untersten Sprosse der akademischen Leiter, für die ich mich jedoch von Anfang an begeisterte. Also griff ich zu.

Die Zeit verging: Ich schloss meine Dissertation ab, ich wurde sicherer in meiner Arbeit. Und wir zogen um: von einer ungünstig aufgeteilten Wohnung mit knapp sechzig Quadratmetern in einem alten Stadtviertel in einen Neubau mit fast zweihundert und einem kleinen Garten, die

Kinder wuchsen heran, begannen selbständiger zu werden, und so vergingen die Jahre. Bis eines Tages, an einem Tag wie jeder andere, jemand meinem Gatten über den Weg lief, ihm mit einem Mal seine Frau und seine Welt offenbar entsetzlich langweilig erschienen. Anfang Juli, als es fürchterlich heiß zu werden begann, eröffnete mir Alberto schließlich, dass er ausziehen werde.

Zum ersten Mal in meinem Leben wurde mir bewusst, wie zerbrechlich in Wirklichkeit die Dinge sind, die wir für dauerhaft halten, wie leicht etwas vermeintlich Stabiles Risse bekommt und sich Wahrheiten verflüchtigen können wie ein Windhauch. Als Alberto an jenem Abend ging, nahm er nicht viel mehr mit als einen Koffer mit leichter Kleidung. Mit ihm verließ mich auch meine Zuversicht, meine naive Überzeugung, dass das Leben irgendwie nur in eine Richtung verläuft, einer mit den Jahren erarbeiteten bestimmten Linearität folgt, die fest auf soliden Stützpfeilern ruht. Als er die Tür hinter sich schloss, ließ er nicht nur eine in ihrem Innersten erschütterte Frau zurück, sondern auch einen für alle Zeit veränderten Menschen. Ein Mensch, der sich für stark gehalten hatte, verwandelte sich in ein verletzliches, misstrauisches Geschöpf, voller Argwohn gegen den Rest der Welt.

Sein Anruf kam für mich völlig überraschend, einer meiner Söhne musste ihm meine Nummer gegeben haben. Seine Stimme klang fremd auf die Entfernung. Sie war wie immer, aber ihr fehlte jetzt das geheime Einverständnis, das wir in fast fünfundzwanzig Jahren des Zusammenlebens entwickelt hatten. Es war verschwunden, vielleicht hatte er es auch mitgenommen, als er seinen Schrank leerte und in verschiedenen Ecken unserer Wohnung eine beachtliche Menge an Gegenständen zusammenklaubte. Er existierte nicht mehr zwischen uns, dieser

für Außenstehende nicht wahrnehmbare Code, mit dem wir uns all die Jahre über mit der Präzision eines Scharfschützen verständigt hatten. Seine Stimme war nun die eines Mannes mittleren Alters, höflich und distanziert, der mir etwas von Anwälten erzählte, von Girokonten, Hypotheken und notariellen Vollmachten. Ich akzeptierte seine Vorschläge ohne jeden Widerspruch wie ein Roboter, nicht einmal Alternativen brachte ich zur Sprache. Im Grunde war mir alles egal.

Niemals hatten wir Grenzen gezogen bei unseren Besitztümern, in unserem gemeinsamen Leben, die über diejenigen hinausgegangen wären, die sich aus der Macht der Gewohnheit ergaben: die Bettseite, auf der jeder schlief; der Platz am Esstisch, den wir einnahmen; die Aufteilung unserer Sachen in den Schränken und den Regalen im Bad. Wir hatten unseren Ehestand mit so wenigen Habseligkeiten begonnen, dass alles, was danach kam, automatisch in den gemeinsamen Familienbesitz überging. Die beiden Autos, mit denen wir zur Arbeit fuhren; unsere Wohnung und ein kleines Ferienhaus waren alles, was wir besaßen. Und jetzt schlug er mir vor, die Wohnung und das Ferienhäuschen zu verkaufen, die restlichen Hypotheken aufzulösen und das verbleibende Geld unter uns beiden aufzuteilen. Es schien mir keine schlechte Idee. Aber auch keine gute. Für mich war es, als würde er alles abfackeln.

Als ich aufgelegt hatte, verharrte ich regungslos, den Hörer mit der rechten Hand noch fest umklammernd, und versuchte, das Gespräch zu verdauen. Wenige Sekunden später klingelte das Telefon erneut und riss mich aus meinen Gedanken. Ich nahm an, es sei wieder Alberto, vielleicht hatte er vergessen, mir etwas zu sagen. Doch es war nicht seine Stimme, die ich hörte.

»Blanca, hier spricht Luis Zárate. Hast du Zeit, mit mir

essen zu gehen? Ich möchte dir einen Vorschlag machen. Besser gesagt, dir zwei Dinge vorschlagen.«

Wir trafen uns in der Eingangshalle der Guevara Hall und gingen dann zusammen zur Cafeteria auf dem Campus. Ich versuchte, mich ganz normal zu geben, obwohl mir Albertos Stimme noch in den Ohren klang. Er war mit solcher Wucht, mit so unerwarteter Intensität wieder in mein Leben eingedrungen, dass ich mit meinen Gedanken ganz woanders war, während der Direktor des Fachbereichs redete und ich durch ein gelegentliches Kopfnicken so tat, als würde ich ihm zuhören. Bis wir uns an einem Tisch gegenübersaßen, die Tabletts von der Selbstbedienungstheke zwischen uns, und er darauf zu sprechen kam, warum er mich hatte treffen wollen. Da blieb mir keine andere Wahl, als schnellstens in die Realität zurückzukehren und ihm meine Aufmerksamkeit zu schenken.

»Unser Fachbereich ist eingeladen, sich an einem neuen Programm der Universität zu beteiligen«, begann er und fing an, seinen Salat zu essen. »Man schlägt uns vor, einen Kurs anzubieten, der von allgemeinem Interesse sein könnte. Und ich habe gedacht, dein Aufenthalt hier wäre doch eine gute Gelegenheit, irgendetwas über das Spanien der Gegenwart zu machen. Hier weiß man wenig über dein Land, aller praktische Einfluss des Spanischen kommt aus Mexiko. Deshalb wäre es vielleicht reizvoll, einen Kurs anzubieten, der andere Aspekte des Spanischen veranschaulicht, einen Kurs für Leute, die ihre linguistische Kompetenz verbessern, aber auch etwas über das Spanien von heute erfahren wollen. Was hältst du davon?«

Um ehrlich zu sein, ich hielt überhaupt nichts davon. Sein Vorschlag schreckte mich zwar nicht von vornherein ab, ich konnte mich allerdings auch nicht für ihn erwärmen. Doch das wäre bei jedem anderen Vorschlag genau-

so gewesen. Ich bemühte mich, mein Desinteresse nicht allzu offen zu zeigen.

»Klingt interessant«, heuchelte ich und tat so, als wäre ich ganz darauf konzentriert, einen gummiartigen Champignon aufzuspießen.

»Es geht nicht um ein wissenschaftliches Seminar, es wäre informeller«, fuhr er fort. »Du könntest Zeitungsartikel dafür benutzen, Pressemeldungen, Romanfragmente – was dir in den Sinn kommt. Sogar Filme, ich habe eine ganze Menge auf Video. Du wärst nur ein paar Nachmittage in der Woche damit beschäftigt, und das Honorar ist auch nicht schlecht.«

»Und wer wären die Kursteilnehmer?«

»Berufstätige Erwachsene, graduierte Studenten anderer Fachbereiche vielleicht. Leute, die der Universität verbunden sind oder schlicht in Santa Cecilia ansässig und etwas dazulernen wollen.«

Trotz meiner Unlust hatte das Angebot durchaus seinen Reiz. Es gefiel mir, im Hörsaal zu stehen, mit eigenen Materialien arbeiten zu können. Außerdem waren meine Nachmittage nicht belegt, und das Geld konnte ich auch gut gebrauchen. Dennoch war ich nicht in der Lage, sofort zuzusagen.

»Kann ich es mir noch überlegen?«

Er betrachtete mich forschend. Als wollte er ergründen, ob ich wirklich Zeit brauchte, um eine Entscheidung zu treffen, oder ob ich in Wirklichkeit aus irgendeinem anderen Grund nicht auf seinen Vorschlag einging.

»Natürlich, lass dir Zeit. Jedenfalls hat Rebecca die konkreten Daten der Ausschreibung vorliegen, falls du noch das eine oder andere wissen willst. Gut, und jetzt wollte ich dir noch einen zweiten Vorschlag machen.«

Ich war überzeugt, dass auch dieses Angebot, mochte

er sagen, was er wollte, ebenfalls keine überschäumende Begeisterung bei mir auslösen würde. Doch ich ließ mir nichts anmerken.

»Erzähl!«

»Ich weiß nicht, ob dir bekannt ist, dass man in diesem Land zwischen dem 15. September und dem 15. Oktober den Monat der *hispanidad,* der spanischen Kultur, begeht. Ich glaube, es geht auf die Sechzigerjahre zurück, gewissermaßen als Tribut an das reiche spanische Erbe.«

»Und was konkret findet da statt?«

»Es werden alle möglichen Projekte realisiert, das hängt vom jeweiligen Fachbereich ab. Von folkloristischen Festen bis zu politischen Auftritten. Das Büro für internationale Beziehungen der Universität beispielsweise schlägt jedes Jahr eine Diskussion vor, an der unser Fachbereich als Vertreter auf dem Podium teilnimmt. Und mir kam der Gedanke, dass dieses Jahr du als unser Gast aus Spanien teilnehmen könntest.«

»Und worüber sollte ich reden?«

»Du kannst über alles Mögliche reden. Es ist meistens eine ziemlich große Diskussionsrunde mit sieben oder acht Teilnehmern aus verschiedenen Bereichen und mit der spanischsprachigen Welt verbundenen Fächern. Dozenten für lateinamerikanische Geschichte, für internationale Beziehungen oder Politikwissenschaft; irgendein Gastprofessor, irgendein Doktorand …«

Ich fiel ihm ins Wort, ehe er weitersprechen konnte.

»Ist es ein Problem für dich, wenn ich Nein sage?«

Ich hatte weder Lust noch Energie, bei einer solchen breit gestreuten Debatte mäßig interessante Beiträge über Gott weiß was beizusteuern, und zum Nachdenken hatte ich ebenso wenig Lust.

»Keineswegs, es war nur eine Idee. Ich kann andere Kol-

legen darauf ansprechen. Oder vielleicht nehme ich sogar selber teil.«

»Ich bin gerade nicht in der Verfassung für Starauftritte, weißt du?«

»Mach dir keine Gedanken, das geht uns doch allen hin und wieder so …«

Wir räumten das benutzte Geschirr auf unsere Tabletts und stellten sie auf den Wagen. Es war Zeit, wieder an die Arbeit zu gehen. Luis redete den ganzen Weg über weiter. Er bestritt das Gespräch allein, ohne mir eine Frage zu stellen oder überhaupt zu erwarten, dass ich auch etwas sagte. Offenbar spürte er, wie wenig Lust auf Plaudereien ich hatte.

»Dann bleibt alles in Rebeccas Händen, von ihr bekommst du nähere Einzelheiten über den Kurs, falls du dich doch noch dafür entscheidest. Du hältst mich auf dem Laufenden, ja?« Mit diesen Worten verabschiedete er sich und verließ den Aufzug.

Ich brachte ein Lächeln zustande und wollte mich gerade umdrehen und meiner Wege gehen, als eine Hand mich zurückhielt. Eine Hand, seine Hand, die mich am Handgelenk festhielt.

»Ruf mich an, wenn dir nach Reden ist. Du weißt, wo du mich findest.«

Dann drehte er sich ohne ein weiteres Wort um und ging in Richtung Sitzungssaal, und ich machte mich, noch etwas verdattert nach dieser überraschenden Geste, auf die Suche nach Rebecca. Vielleicht war ich gar nicht so allein, wie ich dachte. Vielleicht lag die Lösung darin, mein Leben mit neuen Beziehungen zu füllen, anstatt weiter über die verloren gegangenen zu klagen.

Ich fand Rebeccas Tür verschlossen, aber es klebte ein gelber Haftzettel dort. Bin beim Essen, stand darauf. Also

ging ich in mein Büro, um weiterzuarbeiten. Ich überlegte, wann sie wohl zurückkommen würde, drehte und wendete den Vorschlag mit dem Kurs und spürte noch die unerwartete Berührung von Luis Zárates Fingern auf meiner Haut. Doch ich hatte die Tür hinter mir noch nicht geschlossen, als mit einem Schlag, wie durch Zauberhand, alles, alle Gedanken – der Kurs, die Podiumsdiskussion, Rebecca, der Direktor des Fachbereichs und meine guten Vorsätze, vereint unter dem großen Schirm der spanischen Kultur – wie weggewischt waren, alles, wirklich alles, weil mich die Erinnerung an Albertos Anruf wieder mit aller Macht überfiel.

Aber ich wehrte mich erfolgreich dagegen. Ich verbot es mir, mich weiter mit dem, was ich von ihm zu hören bekommen hatte, zu quälen und den so brutalen und traurigen Vorschlag dieses Menschen, mit dem ich für so lange Zeit aufs Engste verbunden gewesen war, endlos zu zerpflücken. Ich verbot es mir ein weiteres Mal, darüber nachzugrübeln, wie uns das passieren konnte.

Wieder erwies sich Fontanas Nachlass als meine Rettung. In ihn tauchte ich ein, benützte ihn als Schmerzmittel, bis mich nach einer ganzen Weile ein Klopfen an der Tür aus meiner Versunkenheit holte. Als ich den Blick hob, sah ich in das stets freundliche Gesicht von Rebecca.

»Du hast mich gesucht, habe ich gehört, und ich weiß auch, warum. Hier habe ich die Unterlagen.«

Ich bat sie, doch Platz zu nehmen, und räumte rasch einen Stapel Schriftstücke von einem Stuhl. Dem einzigen in diesem kärglich ausgestatteten Büro, abgesehen von meinem alten Sessel.

»Ich glaube, unser Direktor hat es dir schon gesagt«, begann sie, während sie sich auf der anderen Seite meines Schreibtisches niederließ, »es geht um ein Seminar mit vier Wochenstunden über einen Zeitraum von acht Wochen.

Ich weiß, dass es bereits mehrere Interessenten gibt, sogar ich hätte Lust darauf, fürchte aber, dass ich deine Sprache doch nicht gut genug beherrsche.«

»Bist du schon einmal in Spanien gewesen, Rebecca?«, fragte ich sie. Ich wusste gar nicht, warum ich ihr diese Frage stellte. Vielleicht, weil ich bei aller Sympathie, die sich so rasch zwischen uns entwickelt hatte, nie überlegt hatte, wie gut sie mein Heimatland kannte. Vielleicht, weil ich in diesem Augenblick das Bedürfnis nach ein wenig heimatlicher Wärme hatte.

Sie ließ sich mit ihrer Antwort auf meine simple Frage Zeit. Zuerst nahm sie die Brille ab und fing an, mit einem Zipfel ihrer Bluse die Gläser zu putzen.

»Vor vielen Jahren war ich einmal drauf und dran, nach Spanien zu reisen. Ich hatte eine spanische Freundin, weißt du, eine sehr gute Freundin. Sie lebte hier, in Santa Cecilia, und wir hatten schon alles geplant, um den ganzen Sommer in Spanien zu verbringen. Doch dann geschah etwas ganz Unerwartetes in jenem Frühjahr, und wir konnten unsere Pläne niemals in die Tat umsetzen.« Sie hob den Blick. »Aber vielleicht raffe ich mich irgendwann doch noch auf.«

Wir wandten uns wieder dem Kursprojekt zu, ich war schon beinahe entschlossen, das Angebot anzunehmen. Wir sprachen über Daten und Fristen, über mögliche Assistenten. Bis wir bemerkten, dass es schon fast fünf Uhr war und der Arbeitstag langsam zu Ende ging. Rebecca sammelte ihre Unterlagen zusammen und begann, sich zu verabschieden. Sie stand schon in der Tür, zum Gehen gewandt, als sie mich mit einem schwachen Lächeln und einer Spur Wehmut in den Augen und in der Stimme ansah.

»Sie war eine großartige Frau. Die Erinnerung an sie ist hier noch ganz gegenwärtig.«

Kapitel 8

In der darauffolgenden Woche schien das Institut mit Plakaten für die Podiumsdiskussion anlässlich des Monats der *hispanidad* förmlich zutapeziert, damit auch ja niemand von uns den Termin verpasste.

»Du kommst doch, oder?«, erkundigte sich Rebecca, als sie im Laufe des Vormittags kurz den Kopf in mein Büro steckte.

»Ich glaube schon. Und du?«

»Selbstverständlich, diese Veranstaltung lasse ich mir nie entgehen. Ich hol dich ab.«

Obwohl noch nicht alle saßen, war das Audimax praktisch voll, die Bühne dagegen leer – bis auf ein paar Techniker, die gerade vor neun unbesetzten Stühlen die Mikrofone anbrachten. Es erleichterte mich ungemein zu wissen, dass kein einziger davon mir zugedacht war.

Wir trafen Luis Zárate auf dem Gang, wo er sich mit ein paar Kollegen und Studenten unterhielt. Als er uns entdeckte, löste er sich von der Gruppe und kam auf uns zu.

»Ich hoffe, die Debatte wird für euch interessant, ja vielleicht sogar amüsant. Ich hätte dich wirklich gern dabeigehabt, Blanca. Na, dann eben ein andermal.«

»Bestimmt«, erwiderte ich, wobei ich mir mehr als sicher war, dass es dazu niemals kommen würde. »Nimmst du denn nun teil?«

»Ich fürchte, ja. Mir bleibt schließlich keine andere Wahl. Hoffentlich werde ich euch nicht langweilen …«

Ich war überzeugt, dass das nicht der Fall sein würde. Er war ein talentierter Redner, seine Einwürfe kamen rasch und pointiert, zudem verfügte er über ein großes Allgemeinwissen. Von alledem hatte ich mich im Laufe der Zeit selbst überzeugen können, denn wir liefen uns häufig über den Weg, sei es im Büro oder auf dem Flur, bei dem einen oder anderen Essen in der Cafeteria, und noch nie war uns der Gesprächsstoff ausgegangen.

Rebecca und ich suchten uns in einer der vorderen Reihen an der Seite einen Platz. Einige der Lichter wurden ausgeschaltet, sodass der Saal in ein warmes Licht getaucht war. Schließlich begaben sich die Teilnehmer der Runde auf die Bühne, während es im Audimax allmählich still wurde.

Luis Zárate, wie meist dunkel gekleidet, setzte sich auf den dritten Stuhl von rechts. Auf den Platz, der sicher mir zugedacht gewesen wäre, wenn ich seinen Vorschlag angenommen hätte. Der Letzte, der mit ein paar raschen Schritten auf dem Podium erschien, war Daniel Carter, ehemaliger Professor dieser Universität, den ich in Meli's Market kennengelernt hatte. Mit Jackett, aber ohne Krawatte, mit seinem hellen Bart und halb langem Haar. Er wirkte selbstsicher, aber etwas hektisch, als sei er erst in letzter Minute eingetroffen. Bevor er sich setzte, begrüßte er die anderen Teilnehmer der Runde entweder mit einem Händedruck, einer kurzen Umarmung oder einem Küsschen auf die Wange. Doch er kam nicht dazu, noch ein paar Worte mit unserem Direktor zu wechseln; als er an ihm vorbeikam, schien sich dieser nämlich konzentriert etwas in seinen Terminkalender zu notieren.

»Wieso ist denn dein Bekannter hier?«, fragte ich Rebecca im Flüsterton, während Daniel schließlich links vom Moderator Platz nahm.

»Es wird immer ein Gastdozent eingeladen, der etwas mit Hispanistik zu tun hat. Zárate hatte dir doch auch das Angebot gemacht.«

»Er ist also nicht rein zufällig vor Ort?«

Obwohl er mich unmöglich gehört haben konnte, blickte er genau in dem Moment in unsere Richtung und grüßte uns mit einem Nicken.

»Er überlegt, länger hierzubleiben, als er ursprünglich vorhatte«, erklärte mir Rebecca hastig mit leiser Stimme.

Mehr konnte sie nicht sagen, denn der Moderator begann bereits mit der Vorstellung der einzelnen Diskussionsteilnehmer. Eine guatemaltekische Malerin von der Kunstakademie, die einen mit Blumen und Vögeln reich verzierten *huipil* trug, ein für ihr Land typisches Gewand. Ein junger, hagerer argentinischer Professor mit blondem Kinnbart, Spezialist für internationale Wirtschaftsbeziehungen. Eine ältere Journalistin, die gerade aus Ecuador zurückgekommen war, wo ihre Tochter für das Friedenskorps arbeitete. Eine graduierte Studentin, deren fast fertige Doktorarbeit die amerikanisch-chilenischen Beziehungen zu Zeiten Allendes zum Thema hatte. Außerdem die zwei mir bereits bekannten Männer plus ein weiterer Teilnehmer, dessen Hintergrund ich mir nicht hatte merken können.

Die Debatte kam gut in Fluss. Mit Rücksicht auf die Mehrheit der Zuhörer wurde in der Hauptsache Englisch gesprochen, doch fast alle Teilnehmer würzten ihren Beitrag mit spanischen Ausdrücken, wenn Anspielungen oder Referenzen es erforderten. Lediglich die Malerin ging bei unwichtigen Aspekten manchmal allzu sehr ins Detail, aber der Moderator handhabte die Situation gekonnt und sorgte dafür, dass die einzelnen Beiträge nicht ausuferten. Wir hörten klar formulierte Ideen und interessante Fakten, geistreiche Sätze und sogar Scherze, die das Publikum

zum Lachen brachten; ein paar kleine polemische Spitzen zwischendurch waren rasch erledigt.

Die Bandbreite der angeschnittenen Themen, stets mit einem konkreten Bezug zur spanischsprachigen Welt, war überaus vielfältig und nahm Meinungen, Prognosen und Ausblicke für das in weniger als drei Monaten beginnende neue Millennium vorweg. Dabei ging es um so unterschiedliche Dinge wie Hugo Chávez' Machtantritt in Venezuela, Andrés Pastranas Friedensgespräche mit der Guerillagruppe FARC in Kolumbien, Bill Clintons zunehmend flexibler werdende Politik gegenüber Kuba, den stärker werdenden lateinamerikanischen Einfluss in der Popmusik und um die Oscarnominierung von Pedro Almodóvars Film *Alles über meine Mutter*. Mit dem zuletzt angeschnittenen Thema fing die Lunte Feuer.

»Es erfüllt mich mit großer Genugtuung, dass Sie diese Nominierung erwähnen«, warf Zárate bei der Nennung des Oscars ein. »Nicht nur wegen der Anerkennung der wunderbaren künstlerischen Qualitäten dieses Regisseurs, sondern vor allem, weil damit letztlich bestätigt wird, was einige meiner Kollegen an neueren spanischsprachigen Filmproduktionen nicht haben wertschätzen wollen oder können.«

Niemand äußerte sich dazu. Alle Podiumsteilnehmer warteten gespannt auf die Fortführung seines Gedankens, da sie nicht verstanden, worauf er eigentlich hinauswollte.

»Ich beziehe mich damit«, sprach er weiter, »auf die reaktionäre Position eines ganz bestimmten Teils unserer Hispanisten-Gemeinde.«

Wieder unterbrach ihn niemand aus der Runde bei seinem Exkurs. Bis sich auf einmal, völlig unerwartet, Daniel Carter auf seinem Stuhl vorbeugte und sich mit seinen Worten direkt an Luis und nicht ans Publikum wandte.

»Nur aus Neugier, Professor Zárate, hat dieser Kommentar, den Sie da gerade losgelassen haben, womöglich etwas mit meiner Person zu tun?«

»Ich glaube nicht, dass es Professor Zárates Intention war …«, versuchte der Moderator zu beschwichtigen.

»Wenn dem so wäre, entschuldigen Sie bitte, Raymond«, unterbrach Daniel den Moderator, wobei er ihn leicht am Arm berührte, damit dieser ihn weiterreden ließ, »also, wenn dem so wäre, müssten Sie in Ihrer Argumentation schon etwas direkter und expliziter werden, anstatt sich hinter rhetorischen Floskeln und einer für das Publikum unverständlichen blumigen Sprache zu verschanzen.«

»Es steht Ihnen frei, meine Worte nach Belieben zu interpretieren, Professor Carter«, entgegnete Luis Zárate leicht überheblich.

»Dann drücken Sie sich doch bitte klarer aus, auf diese Weise vermeiden Sie subjektive Interpretationsversuche.«

»Ich wollte damit lediglich sagen, dass diese Auszeichnung bei bestimmten Wissenschaftlern womöglich dazu beitragen wird, den Wert des filmischen Schaffens von Almodóvar …«

»Ich glaube nicht, dass irgendjemand von uns hier jemals die Qualität und Originalität der Filme von Pedro Almodóvar infrage gestellt hat«, unterbrach Carter ihn erneut.

»… den Wert des filmischen Schaffens von Almodóvar und anderer spanischsprachiger Produktionen von gleichem Rang zu überdenken, und zwar als Kulturgut, das es wert ist, einer streng wissenschaftlichen Untersuchung unterzogen zu werden«, fuhr Zárate ungerührt fort.

Die bis dahin vielstimmige Debatte hatte sich unversehens in ein erbittertes Pingpongduell verwandelt, bei dem der Ball flink zwischen den beiden einzigen Kontrahenten hin- und herflog. Die Zuhörer folgten gebannt dem poin-

tierten Schlagabtausch ohne die leiseste Ahnung, worauf die beiden hinauswollten.

Hinter dieser spitzfindigen und sehr theoretischen Wortklauberei meinte ich etwas anderes auszumachen. Etwas Persönliches, Tiefergehendes, Menschliches. Etwas, das zwischen den Beiträgen hervorblitzte, obwohl keiner der beiden offen aussprach, worum es eigentlich ging. Etwas, das – was immer es auch gewesen sein mochte – in der Vergangenheit die Antipathie ausgelöst hatte, die nun offensichtlich zwischen dem Gastprofessor und dem Direktor des Fachbereichs für Moderne Sprachen bestand.

Der Streit ging in die zweite Runde. Mit sehr sparsamer Körpersprache griff Luis Zárate wieder an, wobei er als einziges Hilfsmittel einen Kugelschreiber einsetzte, mit dem er gelegentlich auf den Tisch trommelte, um seinen nicht enden wollenden Wortschwall zu untermauern. Daniel Carter dagegen gestikulierte deutlich mehr, lehnte sich dabei aber wieder bequem an die Lehne seines Stuhls mit der scheinbaren Lässigkeit eines Menschen, auf dessen Rücken schon viele Kämpfe ausgetragen worden waren.

»Was ich zu sagen versuche, ist, dass es Akademiker gibt, die noch materialistischen, allein von der Sozialkritik geprägten Methoden verhaftet sind«, beharrte der Direktor. »Als hätte es seitdem keinerlei Fortschritte gegeben, weder in der Forschung noch in der spanischen Kultur seit den Filmen eines Carlos Saura oder dem Erscheinen des Romans *Tiempo de silencio* von Luis Martín-Santos. Als existierte das marxistische Versprechen weiter und Spanien wäre noch immer das Land der Militärmusik, des Tamburins und der Stiere.«

»Mein Gott, Zárate, wollen wir jetzt auch noch über Stiere reden …«

Vielleicht war es eher der Tonfall als die Bemerkung an

sich – auf jeden Fall brach das Publikum in Gelächter aus. Als ich mich kurz umsah, stellte ich fest, dass die Zuhörer gar nicht verwirrt reagierten, sondern fast alle vergnügt dem Schlagabtausch folgten.

»Nun, auf diesem Gebiet sind Sie zweifelsohne weitaus bewanderter als ich. Ihre eigentümliche Begeisterung für dieses blutige Schauspiel ist ja allgemein bekannt. Vielleicht ist es aber auch nur ein weiterer Beweis für das von mir schon angesprochene Schubladendenken.«

»Sehen Sie darin nicht auch eine klare Unterstützung meinerseits des überholten und rückwärtsgewandten Franquismus? Damit wären Sie dann auch noch die letzte unsinnige Unterstellung losgeworden.«

»Ziehen Sie das Thema bitte nicht ins Lächerliche, Professor Carter. Wir führen hier eine intellektuelle Diskussion.«

»Das liegt mir fern, mein lieber Kollege. Sie sind doch derjenige, der hier die uralten Klischees der spanischen Kultur wieder hervorkramt. Obwohl Sie ein paar der Dämonen aus dem Katalog des perfekten postmodernen Hispanisten noch gar nicht genannt haben. Zum Beispiel die hymnisch gepriesene glutäugige Schöne in jedem Volkslied oder den Dreispitz der spanischen Guardia Civil.«

Die letzten Beispiele hatte er auf Spanisch vorgetragen, und obwohl neunundneunzig Prozent der Zuhörer den Kontext sicher nicht verstanden hatten, musste ich mich wirklich zusammenreißen, damit ich nicht zu kichern anfing. Doch irgendetwas an meinem Gesichtsausdruck fiel Daniel Carter selbst aus der Entfernung noch auf, denn er zog kurz die Augenbraue hoch und blinzelte mir, für die anderen kaum merklich, verschwörerisch zu.

»Ich wäre Ihnen sehr dankbar, wenn Sie bei wirklich gewichtigen Argumenten blieben, Professor Carter.«

»Es ist nicht nötig, mich hinsichtlich der Auswahl meiner Argumente zu belehren, danke«, entgegnete dieser überraschend ernst. »Sie haben diese Diskussion von Anfang an missbraucht, um persönliche Differenzen auszutragen, die rein gar nichts mit dieser intellektuellen Debatte zu tun haben.«

Das wollte der Direktor natürlich nicht auf sich sitzen lassen, aber Daniel Carter, dem allmählich der Geduldsfaden riss, erklärte die Auseinandersetzung für beendet.

»Gut, lieber Freund, ich glaube, damit sind wir am Ende angekommen.« Um seine Aussage zu unterstreichen, hieb er mit der Handfläche kräftig auf den Tisch und meinte abschließend: »Ich denke, wir haben unser Publikum für heute mit unserem kleinen dialektischen Disput genug gelangweilt. Am besten, unser Moderator beendet nun die Debatte, denn wenn nicht, fürchte ich, sitzen wir noch bei den nächstjährigen Oscarnominierungen hier, wo dann ein usbekischer Film über das traurige Schicksal eines Waisenkindes das Rennen machen wird und wir bereits vergessen haben werden, wie wir überhaupt auf dieses Thema gekommen sind.«

Auf Luis Zárates Gesicht war ein leichter Anflug von Verärgerung zu erkennen. Ich konnte mir schon denken, dass er dieses Wortgefecht liebend gern weitergeführt, seine Argumentationskette noch ausgebaut und den Puls seines Kontrahenten so lange in die Höhe getrieben hätte, bis der andere schließlich aufgab. Doch das war ihm nicht gelungen. Diesmal gab es keinen Gewinner. Da mit einem harmonischen Ende ohnehin nicht mehr zu rechnen war, wurde die Debatte an dieser Stelle abgebrochen. Aber die wahren Hintergründe für die Antipathie zwischen den beiden blieben mir weiterhin ein Rätsel.

Der Moderator bedankte sich abschließend bei den Gäs-

ten für ihre Teilnahme und bei den Zuhörern für ihre Aufmerksamkeit, und sogleich wurde es im Saal unruhig, laut und hell. Während wir aufstanden, kamen auch schon die Referenten vom Podium. Daniel bedeutete Rebecca und mir von Weitem, auf ihn zu warten, während er sich durch die Menge einen Weg zu uns bahnte.

Doch um nach draußen zu gelangen, musste er zwangsläufig an Luis Zárate vorbei, der sich gerade mit zwei Professoren von der benachbarten linguistischen Fakultät unterhielt. Ich dachte, die beiden würden sich nicht beachten oder sich höchstens kühl verabschieden. Zu meiner Überraschung sah ich allerdings, dass Daniel bei ihm stehen blieb und ihm kurz den Arm drückte.

Wenn er die folgenden Sätze auf Englisch gesagt hätte, hätte ich sie inmitten des allgemeinen Stimmengewirrs um mich herum mit Sicherheit nicht gehört. Aber da er meine Muttersprache wählte, verstand ich seine Worte laut und deutlich.

»Nimm nicht alles so ernst, mein Lieber. Lass den Papierkram mal liegen und fang endlich an zu leben.«

Kapitel 9

Während Daniel Carter sich noch von einigen Kollegen verabschiedete, die ihn gar nicht gehen lassen wollten, unterhielten Rebecca und ich uns mit unserem Direktor. Falls das Wortgefecht ihn verärgert haben sollte, so zeigte er es nicht. Und auch die private Äußerung seines Gegners zum Schluss schien ihn nicht irritiert zu haben. Zumindest machte es den Eindruck.

»Dafür ist die Universität ja da, nicht wahr? Um die Diskussion und kritische Auseinandersetzung anzuregen, um Ideen und Meinungen gegenüberzustellen. Ja, ja, das akademische Leben und seine Unwägbarkeiten …«, scherzte er, bevor er sich anschickte zu gehen. »Apropos, Blanca, hast du dich schon entschieden? Wirst du den Kurs übernehmen?«

»Ich wollte dir morgen zusagen. Das Thema hört sich interessant an, ich glaube, es wird mir gefallen.«

»Dann zähl ich also auf dich. Rebecca wird sich um die Formalitäten kümmern.«

Wir sahen ihm beide nach, wie er sich scheinbar allein auf den Heimweg machte. Doch aus den Augenwinkeln beobachtete ich, dass in einiger Entfernung eine der jungen Dozentinnen des Instituts, deren Name mir in dem Moment nicht einfallen wollte, im Halbdunkel auf ihn wartete. Gemeinsam gingen sie zu seinem Toyota mit dem Kennzeichen des weit entfernten Bundesstaats Massachusetts. Gemeinsam verschwanden sie in der Nacht.

»Ich hab schon gedacht, ich kann mich gar nicht mehr loseisen …«, meinte Daniel, als er endlich zu uns kam. »Ich freue mich sehr, dich wiederzusehen, Blanca. Du warst die einzig echte Spanierin bei dieser doch sehr verworrenen Diskussion über den Inbegriff des Spanischen, das wir anderen ja nur aus zweiter Hand kennen. Rebecca, was hat denn dein Kühlschrank so zu bieten?«, fragte er dann und rieb sich erwartungsfroh die Hände. »Irgendetwas Leckeres, sodass du Doktor Perea und mich zum Abendessen einladen könntest?«

Mich überraschten sowohl sein Kommentar als auch seine spontane Idee, sich selbst zum Essen einzuladen. Sein Kommentar, weil er mich mit einbezogen hatte, obwohl wir uns kaum kannten, und seine spontane Idee wegen der Natürlichkeit, mit der er sie vorgebracht und mich auch da mit eingeschlossen hatte, ohne mich vorher überhaupt gefragt zu haben. Aber ich hatte natürlich nichts dagegen einzuwenden. Dieser Vorschlag klang wesentlich besser als das, was mich heute Abend zu Hause erwartete: ein Omelett oder etwas vergleichbar Langweiliges aus der Pfanne. Dazu hätte ich dann ferngesehen. Ein paar alte Folgen irgendeiner Vorabendserie.

»Ich habe ein schönes großes Stück von einem phantastischen Alaska-Wildlachs im Kühlschrank«, meinte Rebecca. »Und ich glaube, es sind noch zwei oder drei Flaschen von der Kiste Merlot übrig, die du aus dem Napa Valley mitgebracht hast.«

»Dann stehen wir doch nicht länger herum! Lust auf einen kleinen Spaziergang?«

Während wir uns zu Rebeccas Haus auf den Weg machten, das ganz in der Nähe lag, unterhielten wir uns angeregt über die gerade beendete Veranstaltung. Ohne weder für ihn noch für Luis Zárate Partei zu ergreifen, gestand ich

Daniel Carter, dass ich wegen seiner aus heiterem Himmel kommenden Bemerkungen zum folkloristischen, klischeehaften Spanien beinahe laut losgelacht hätte.

»Vielleicht hast du mich ja dazu inspiriert.«

Ich reagierte nicht. Was sollte ich darauf auch sagen?

»Als ich dich von der Bühne aus dort im Publikum sitzen sah, kamen mir tausend Bilder zu deinem Heimatland in den Sinn, und zwar nicht nur die uralten Klischees, die euer Direktor und ich erwähnt haben.«

»Solange du dir nicht vorgestellt hast, wie ich im gerüschten Flamenco-Kleid mit Kastagnetten klappernd im Schatten eines Osborne-Stiers tanze …«, konnte ich mir nicht verkneifen, ihm augenzwinkernd auf Spanisch zu erwidern.

Er musste schallend lachen und erklärte Rebecca auf Englisch das klischeehafte Bild, das ich ihm gerade ausgemalt hatte.

»Dieses Spanien, auf das mich euer Direktor unbedingt festnageln will und das ich damals tatsächlich noch mit all seinen Licht- und Schattenseiten kennengelernt habe, existiert ja schon seit Jahrzehnten nicht mehr«, erklärte er Rebecca.

»Glücklicherweise«, bekräftigte ich.

»Glücklicherweise, ja. Doch wir können nicht leugnen, dass es existiert hat und dass jene Zeit, ob es einem nun gefällt oder nicht, das heutige Spanien nachhaltig geprägt hat.«

»Vielleicht ist Professor Zárate mit diesem Aspekt gar nicht so vertraut«, verteidigte ihn die stets loyale Rebecca, offenbar darum bemüht, eine Lanze für ihren Chef zu brechen. »Obwohl sein Vater Spanier ist, hat er vielleicht nicht lange genug dort gelebt, um das Land von Grund auf zu kennen. Außerdem verteilt sich sein hispanisches Erbe auf

zwei Länder. Seine Mutter stammt ja aus Chile, vielleicht orientiert er sich mehr an ihrer Kultur …«

»Das rechtfertigt aber nicht sein Verhalten«, unterbrach sie Daniel. »Unser akademischer Status bemisst sich nicht nach dem Grad unserer Verbundenheit oder Begeisterung für das eine oder andere Land, sondern daran, welche Arbeiten wir veröffentlichen, an welchen Kongressen wir teilnehmen, welche Dissertationen wir betreuen beziehungsweise welche Vorlesungen wir halten. Unsere persönliche Verbundenheit ist kein messbares Plus, sondern eine rein private Sache.«

»Aber ich nehme mal an, sie kann eine große Hilfe sein«, sagte ich.

»Bei Gott!«, bekräftigte er spöttisch. »Doch einige haben das noch nicht begriffen.«

Es war das erste Mal, dass ich nachts über den Campus lief, wenn alle Gebäude mit ihren Hörsälen und Büros fast im Dunkeln lagen, die Studentenunterkünfte dagegen hell erleuchtet waren. Zum ersten Mal hasteten keine Studenten auf dem Weg zu ihren Vorlesungen an mir vorbei, sondern sie saßen träge vor ihren Wohnungstüren, rauchten, unterhielten sich, lachten, ließen den Tag ausklingen. Zum ersten Mal sah ich, dass die Flutlichter über den Basketballplätzen eingeschaltet waren, und während die Bälle dumpf gegen das Korbbrett schlugen, drang aus den Küchen leichter Essensgeruch nach draußen.

Auch mein Apartment ließen wir hinter uns, als wir in Richtung Ortsmitte gingen, dorthin, wo Santa Cecilia am städtischsten wirkte. Seit meiner Ankunft war noch kein Monat vergangen, doch als ich den großen Platz nun sah, hatte ich plötzlich das Gefühl, es sei schon eine halbe Ewigkeit seit jenem Morgen verstrichen, an dem ich dort, verloren und fremd, meinen ersten Kaffee getrunken und mich

bemüht hatte zu akzeptieren, dass hier auf unbestimmte Zeit meine neue Heimat sein würde.

Lange hing ich diesen Gedanken nicht nach, denn als Daniel den Namen Andrés Fontana erwähnte, war ich blitzschnell wieder in der Gegenwart.

»Wusstest du, Blanca, dass er unheimlich gern hier gesessen hat? Er sagte immer, er erinnere ihn an einen spanischen Dorfplatz.«

»Da hat er nicht ganz unrecht, denke ich, denn er hat ein etwas altmodisches Flair«, stimmte ich zu.

»Eigentlich ist es doch logisch«, warf Rebecca ein. »Schließlich waren die Gründer dieser Stadt die alten Kalifornier, Mexikaner spanischer Abstammung, wenn nicht sogar richtige Spanier.«

»Vielleicht kam er deshalb so gern hierher. Dieser Platz und Los Pinitos, der Pinienhain, waren die Orte, wo er einfach gern ausspannte und spazieren ging. Hier konnte er am besten sein Hirn auslüften, wie er immer so schön sagte.«

Zu dem Zeitpunkt wusste ich bereits, dass Los Pinitos die Gegend war, wo ich an jenem Nachmittag, als mich der Anblick der Fotos des verstorbenen Professors etwas aus der Bahn geworfen hatte, spazieren gewesen war.

»Und jetzt gibt es anscheinend Probleme, weil man dort ein Einkaufszentrum errichten will, oder?«

Meine beiden Begleiter antworteten mir fast gleichzeitig.

»So ist es«, bestätigte Rebecca. »Ein Einkaufszentrum, das für Santa Cecilia wirtschaftlich vielleicht interessant wäre, aber einen einzigartigen Ort zerstören würde, an dem wir Anwohner schon immer sehr hängen. Ein Ort, der uns und unseren Familien viel bedeutet. Hier tanken wir auf, kommen her, um mit unseren Kindern zu picknicken …«

»Die Studenten, um Blödsinn zu machen …«, warf Daniel ein.

»Man kann hier wunderbar spazieren gehen …«

Beide waren deutlich gegen das Projekt eingestellt, das wurde mir rasch klar.

»Jedenfalls ist der Kampf noch nicht ganz verloren. Es gibt nämlich fundierte Zweifel an der Durchführbarkeit dieses Vorhabens«, fuhr Daniel fort, »weil das rechtmäßige Eigentum an diesem Gebiet seit über hundert Jahren ungeklärt ist.«

»Ich dachte, es sei öffentliches Gelände, das der Gemeinde gehört«, sagte ich.

»Die Gemeinde verfügt zwar darüber und kann über die Bewilligung verhandeln, aber nur, weil die Besitzverhältnisse historisch nicht eindeutig geklärt und sehr verworren sind.«

»Deshalb versucht nun eine Bürgerinitiative, irgendeinen rechtlichen Anhaltspunkt zu finden, um die ganze Sache zu stoppen. Doch sie beschäftigen sich schon seit Monaten mit der Angelegenheit und haben noch keinen Weg gefunden«, schaltete sich Rebecca ein. »Und die Einspruchsfrist läuft im Dezember ab, sodass wir alle das Schlimmste befürchten.«

Wir waren noch in dieses Thema vertieft, als sich ein paar Meter vor uns plötzlich eine Tür öffnete und jemand auf den Bürgersteig hinaustrat, was uns zum Stehenbleiben zwang und unser Gespräch ins Stocken brachte.

Wir befanden uns vor einer kleinen Arztpraxis. Drinnen waren bereits fast alle Lichter gelöscht, und nun, kurz vor Dienstschluss, machten sich vermutlich die letzten Mitarbeiter auf den Heimweg. Die Tür, die von einer jungen Sprechstundenhilfe im Kittel und mit Clogs an den Füßen aufgestoßen worden war, blieb für einen Moment offen stehen, ohne dass jemand hinauskam. Wir konnten unseren Weg nicht fortsetzen, es hieß also entweder warten oder

ausweichen. Wir entschieden uns für Letzteres und traten vom Bürgersteig auf die Straße. Genau in diesem Moment kam langsam ein Rollstuhl aus dem Gebäude gefahren.

Langes helles Haar, das bis über die Schultern reichte, ein extrem blasses und faltiges Gesicht, dunkelrot geschminkte Lippen und bekleidet mit einem alten Jogginganzug. Das war mein erster Eindruck von der Frau im Rollstuhl. Befremdlich, ohne Zweifel. Oder zumindest sehr anders als das, was man gewöhnlich von einer alten Dame erwartet. Und obwohl es schon längst dunkel war, trug sie eine große Sonnenbrille. Doch man konnte sehen, dass sie über dem rechten Auge einen mit Heftpflaster befestigten Verband trug. Offensichtlich hatte man sie gerade medizinisch versorgt.

»Ach, du meine Güte …«, hörte ich Daniel undeutlich neben mir flüstern.

»Señora Cullen, Doktor Perea, was für eine Überraschung, Sie hier zu sehen! Professor Carter, es ist ja erst ein paar Tage her, dass ich Sie in der Bibliothek getroffen habe, aber schön, dass wir uns so schnell wieder über den Weg laufen. Schau mal, Mama, sieh doch nur, wer da ist!«

Wer uns da so enthusiastisch begrüßte und gleichzeitig den Rollstuhl vor sich herschob, war Fanny. Als sie uns gesichtet hatte, blieb sie schlagartig mitten auf dem Gehsteig stehen, während sich die Sprechstundenhilfe wieder eilig in die Praxis verzog.

»Guten Abend, Fanny. Hallo, Darla, freut mich, Sie mal wiederzusehen«, begrüßte Rebecca die beiden herzlich. »Alles in Ordnung? Ich hoffe, es ist diesmal nichts Ernstes.«

Die alte Dame reagierte nicht auf ihre Worte. Weder antwortete sie, noch sah sie Rebecca an. Es war, als ob sie sie gar nicht gehört hätte. Vielleicht war sie aufgrund ihres Alters schon etwas eingeschränkt in ihren körperlichen

und geistigen Fähigkeiten. Ihrem Äußeren nach zu urteilen hätte das durchaus der Fall sein können. Doch wie falsch ich mit meiner Einschätzung lag, und dass sie sehr wohl noch im Vollbesitz ihrer Sinne war, bewiesen ihre jetzt folgenden Äußerungen.

»Na, sieh mal einer an … Wen haben wir denn da?«

Im gleichen Augenblick wusste ich, dass sie damit Daniel meinte. Vielleicht waren sie alte Freunde, wäre ja möglich. Wie es schien, waren alle hier diesem verlorenen Sohn der Universität sehr zugetan.

»Wir haben uns lange nicht gesehen, Darla!«, sagte er nicht besonders freundlich. »Wie geht es dir?«

Sie begrüßten sich aus der Entfernung von drei oder vier Metern, die zwischen ihnen lagen. Er, die Hände in den Hosentaschen vergraben, bewegte sich keinen Zentimeter auf sie zu. Weder tat er einen Schritt nach vorn, noch beugte er sich zu ihrem Rollstuhl hinüber. Und er machte auch nicht die geringsten Anstalten, ihr die Hand zu reichen oder sie sonst wie freundschaftlich zu berühren.

»Phantastisch, du siehst es ja selbst, mein Lieber«, entgegnete die alte Dame zynisch. »Und bei dir, Professor?«

»Es geht. Ich arbeite wie immer …«

Was sie sagten, genügte den gängigen Höflichkeitsregeln, aber man musste kein Schlauberger sein, um sofort zu merken, dass ihren Worten die Herzlichkeit fehlte. Bevor ich mir Gedanken darüber machen konnte, woher diese Abneigung rührte, hielt Rebecca es wohl für besser, sich einzuschalten.

»Was ist denn mit deinem Auge passiert, Darla?«

»Mama hat sich vor ein paar Tagen am Badezimmerschrank angeschlagen und sich dabei eine Verletzung zugezogen, die ordentlich blutete. Heute waren wir zur Kontrolle hier.«

»Sei still, Fanny, halt den Mund, du übertreibst mal wieder …«, schimpfte Darla. »Nichts Weltbewegendes, ein kleiner Haushaltsunfall eben, weiter nichts.«

»Das ist übrigens Doktor Perea, Mama«, fuhr ihre Tochter fort. »Ich hab dir doch schon ganz oft von ihr erzählt, jetzt lernst du sie endlich persönlich kennen.«

»Sehr erfreut«, sagte ich nur. Ohne mir dessen bewusst zu sein, imitierte ich Daniels Verhalten und ging ebenfalls nicht auf sie zu.

»Noch eine kleine Spanierin in Santa Cecilia, wie schön. Meine Tochter hat mir schon erzählt, was Sie hier machen.«

»Sie ist hier, um zu arbeiten, Darla. So wie alle an der Universität«, unterbrach Daniel sie, ehe ich überhaupt etwas sagen konnte.

»Man hat mir erzählt, dass Sie sich mit den Papieren beschäftigen, die unser alter Freund Andrés Fontana hinterließ. Und, haben Sie schon was Interessantes gefunden? Nicht eingelöste Bankschecks? Anonyme Botschaften? Liebesbriefe?«

»In Doktor Fontanas Unterlagen befinden sich nur Dokumente, die seine Arbeit betreffen, Darla«, erläuterte Rebecca. »Doktor Perea sortiert lediglich seinen Nachlass …«

Zu meinem Glück öffnete sich hinter uns erneut die Tür zur Praxis und unterbrach diese unangenehm werdende Unterhaltung über meine Arbeit. Heraus kam ein mürrisch dreinblickender Mann in den Fünfzigern mit einem Köfferchen. Ich vermutete, dass es der Arzt war, der Darla behandelt hatte. Hinter ihm erschien die Sprechstundenhilfe, diesmal in Jeans, und schloss die Tür mit einem großen Schlüsselbund von außen zu.

»Nicht vergessen, Mrs. Stern, Sie dürfen auf keinen Fall den Verband vor der Kontrolluntersuchung nächste Wo-

che abmachen. Und denken Sie daran, sich rechtzeitig einen Termin geben zu lassen.«

Sein Ton klang alles andere als freundlich, sicher waren Mutter und Tochter kurz vor Ende der Sprechstunde unangemeldet bei ihm erschienen und hatten dafür gesorgt, dass er länger in der Praxis bleiben musste.

Fanny entschuldigte sich hastig und wortreich mit ihren zahlreichen Verpflichtungen zwischen Arbeit, Kirchenbesuchen und der Sorge um ihre Mutter. Doch niemand hörte ihr zu. Daniel hatte die Ratschläge des Arztes dazu genutzt, einfach weiterzugehen, und Rebecca und ich folgten ihm, nicht ohne uns flüchtig zu verabschieden.

»Bin gespannt, ob du mich bald mal besuchen kommst, Carter!«, rief ihm die alte Dame nach.

»Ciao, Darla, mach's gut«, sagte er nur und drehte sich nicht einmal um.

»Was für ein Duo!«, sagte ich, als wir auf dem Fußgängerüberweg waren.

»Das kannst du laut sagen«, pflichtete Rebecca mir bei und lachte ein wenig gequält. So als wolle sie die unerwartete Begegnung herunterspielen.

Während Daniel seinen Weg schweigend fortsetzte, bemerkte ich, dass Rebecca seinen linken Arm nahm und ihn liebevoll drückte. Dankbar, aber noch immer seinen Gedanken nachhängend, zog er schließlich die rechte Hand aus seiner Hosentasche, legte sie auf ihre Hände und tätschelte sie leicht.

»Wer hat behauptet, dass die Vergangenheit einen nicht einholt?«

Kapitel 10

Zehn Minuten vor Beginn der ersten Vorlesung meines neuen Kurses klingelte im Büro durchdringend das Telefon. Ich ging nicht dran, ich hatte keine Zeit. Denn nachdem ich mein Konzept immer wieder durchgegangen war, hatte ich mich kurzfristig dazu entschlossen, die Abfolge in einigen Punkten zu ändern. Als ich anschließend die neue Fassung ausdrucken wollte, gab der Drucker seinen Geist auf. So beschloss ich, die Unterlagen zu fotokopieren, aber als ich bei dem Gerät ankam, verkündete ein Schild, es sei vorübergehend außer Betrieb. Weder Fanny noch Rebecca, weder der Direktor noch irgendein anderer der mir bekannten Dozenten war aufzutreiben. Die verschlossene Tür des Sitzungssaals ließ auf ein langes Meeting des Fachbereichs schließen. In meiner Verzweiflung kehrte ich zum Drucker zurück, öffnete und schloss ihn wiederholte Male, tauschte die Druckerpatrone aus und startete ihn erneut. Und während ich noch mit der Technik kämpfte, klingelte schon wieder das Telefon. Zähneknirschend nahm ich diesmal ab, doch mehr als ein kurz angebundenes *hello* kam mir nicht über die Lippen.

»Hast du den Verstand verloren, oder was ist los mit dir, du arme Irre? Ich hab gestern Abend Alberto mit seiner schwangeren Barbie im Vips getroffen, und er hat mir erzählt, dass ihr euch entschlossen hättet, alles zu verkaufen und die Scheidung einzureichen. Bist du dir überhaupt darüber im Klaren, was du da machst, meine Kleine? Das

sieht dir gar nicht ähnlich, Blanca, du bist doch noch nie einem Problem aus dem Weg gegangen … Was ist los mit dir? Bist du vollkommen verrückt geworden oder was?«

Wie die Sintflut brach der Wortschwall meiner Schwester über mich herein, ohne jede Vorwarnung und im unpassendsten Moment, was nicht gerade selten vorkam. África, dreizehn Monate älter und so radikal anders als ich, dass uns niemand für blutsverwandt halten würde. Offen, spontan, mit einem losen Mundwerk. Notärztin und Mutter von vier Kindern. Hyperaktiv, bissig, auf Konventionen pfeifend und immer bereit, sich einzumischen. Vor Energie strotzend und in der Lage, jede Idee, die ihr in den Sinn kam, sofort in die Tat umzusetzen. Jetzt rief sie mich einfach mitten in der Nacht an, während sie im Krankenhaus Dienst tat. Vielleicht in der kurzen Zeitspanne zwischen einer gerade abgeklungenen Nierenkolik und einem Motorradunfall, der noch nicht eingeliefert worden war.

»Ich weiß, was ich tue, África, natürlich weiß ich das«, antwortete ich so hastig wie wenig überzeugend.

»Du bist sehr verletzt, Schwesterherz, ja wirklich, tief verletzt«, fuhr sie ungerührt fort. »Dich hat diese ganze Geschichte viel mehr mitgenommen, als du glaubst. Aber wo ist deine Stärke geblieben? Erst betrügt dich der Schuft über Monate, dann erzählt er dir auf einmal, dass er vorhat, mit einer anderen zusammenzuleben, und kurz darauf erfährst du, dass die Frau schwanger ist, vermutlich schon sehr viel länger, als er dir die Sache gestanden hat. Und zum Dank dafür, wie ›gut‹ er dich behandelt hat, lässt du ihn ungeschoren davonkommen und mit deinen Sachen machen, was er will. Du lässt zu, dass er dein Haus verkauft, dich auf die Straße setzt, während du, und das setzt dem Ganzen die Krone auf, einfach nach Kalifornien zum Ferienmachen verschwindest … Wach endlich auf, Blan-

ca, meine Kleine! Komm zurück und sei wieder die Alte, wach verdammt noch mal auf, bitte!«

»Wir werden in aller Ruhe darüber reden, versprochen. Im Moment passt es gerade nicht, ich arbeite nämlich.«

»Du musst diesem Saukerl Alberto die Sache so schwer wie möglich machen.«

»Komm schon!«

Dieser Ausruf galt in Wahrheit nicht ihr, sondern dem Kopierer. Da die Panne offensichtlich nicht mit normalen Mitteln zu beheben war, beschloss ich, es zur Abwechslung mit einem kräftigen Schlag zu probieren. Aber meine Schwester jenseits des Ozeans konnte ja nicht sehen, worum es ging.

»Was redest du da?«, ereiferte sie sich. »Jetzt verteidigst du ihn sogar noch!«

»Es geht doch gar nicht darum, ihn anzuklagen oder ihn zu verteidigen, África. Es ist nun mal passiert, was passiert ist. Er hat eine andere Frau kennengelernt, die er mehr liebt als mich. Und dann ist er gegangen. Und Schluss«, sagte ich, während ich auf der linken Seite kräftig gegen die Maschine hieb. »Ich sehe nicht die Notwendigkeit, die Geschichte noch komplizierter zu machen, als sie ohnehin schon ist. Mir reicht es, wenn ich ihn nicht mehr sehen muss. Auf jeden Fall mach dir mal keine Sorgen, ich werde über alles, was du mir gesagt hast, in Ruhe nachdenken.«

In Wahrheit hatte ich nicht die geringste Absicht, über irgendetwas nachzudenken. Ich wollte nur, dass sie sich endlich beruhigte, wieder auflegte und keinen Gedanken mehr an mich verschwendete. Um meinen Worten Nachdruck zu verleihen, schlug ich jetzt gegen die rechte Seite. Auch das nützte nichts.

»Dass du darüber nachdenken wirst, sagst du!«, brüllte sie. »Also, wenn du so darüber nachdenkst, wie du bisher

darüber nachgedacht hast, dann sieht es schlecht aus für dich, Schwesterherz. Du musst nach Hause kommen und wieder die Alte werden. Leb dein Leben, so wie bisher. Ohne deinen Ehemann, aber leb dein Leben! Mit deiner Arbeit, mit deinen Jungs in der Nähe, mit deinen guten alten Freunden, mit dem Rest der Familie ...«

»Wir sprechen noch darüber, África, aber nun muss ich wirklich auflegen ...«

In diesem Moment schob sich Fannys rundliches Gesicht durch den Türspalt.

»Ihre Studenten erwarten Sie bereits in Hörsaal 215«, verkündete sie.

»Ich ruf dich ein andermal an, Grüße und Küsse an alle, *adiós, adiós, adiós ...«*

Während ich mit der einen Hand den Hörer auflegte, aus dem noch immer die laut schimpfende Stimme meiner Schwester ertönte, schlug ich mit der anderen ein letztes Mal direkt gegen die Stirnseite des Kopierers. Und siehe da, überraschend wie ein Wolkenbruch über ausgedörrtem Land, setzte sich die Maschine scheppernd in Gang und begann, Papier auszuspucken.

»Hilf mir, Fanny, um Gottes willen«, rief ich nervös. »Hefte diese Seiten bitte paarweise zusammen, so, siehst du?«

Euphorisch stürzte sie sich in die Rettungsaktion. Und zwar derart schwungvoll, dass ein ganzer Stapel Schriftstücke aus Fontanas Nachlass, die in einer Ecke des Schreibtisches auf ihre Sichtung warteten, umkippte.

»Tut mir leid, Doktor Perea, wirklich«, murmelte sie fahrig, während sie sich bückte, um die Papiere aufzusammeln.

»Keine Sorge, mach du ruhig mit dem Zusammenheften weiter, ich heb die Sachen schon auf.«

Ich zog mir rasch mein Jackett über und sammelte anschließend in großen Stößen auf, was hinuntergefallen war: einige handgeschriebene Blätter, haufenweise alte Briefe und jede Menge Postkarten. Ich versuchte, alles wieder auf den Tisch zu packen, doch Fanny hatte, in ihrer eigentümlichen Art, Dinge zu erledigen, fast die komplette Fläche mit den Kopien für die Vorlesung bedeckt. Also warf ich alles hastig auf den Sessel, schnappte mir meine Tasche, aber als ich sie mir umhängte, tat ich es derart ungeschickt, dass erneut ein paar Postkarten auf den Boden flatterten. Wieder bückte ich mich, um sie aufzuheben, als Fanny mir strahlend die zusammengehefteten Kopien überreichte.

»Du bist ein Schatz, Fanny, ehrlich …«, sagte ich zu ihr, während ich die Tasche öffnete und die Unterlagen verstaute. Weil ich in der Eile keine Zeit mehr hatte, einen anderen Platz für Fontanas Postkarten zu suchen, stopfte ich sie einfach mit hinein.

Froh darüber, mich endlich von África losgeeist und die Kopien doch noch fertig bekommen zu haben, erreichte ich außer Atem den Hörsaal, wo ich mich für meine fünf Minuten Verspätung entschuldigte.

Der Kurs war unter dem Titel *Spanisch für Fortgeschrittene anhand von Beispielen aus dem heutigen Spanien* angekündigt worden, eine Mischung aus einer Vorlesung zur zeitgenössischen Kultur und einem Konversationskurs. Ich stellte mich vor, die Teilnehmer stellten sich vor. Ihre Gründe, den Kurs zu besuchen, waren sehr breit gefächert: Reiseleidenschaft, beruflich bedingte Neugier, geschichtlicher Wissensdrang … Und genauso unterschiedlich waren auch ihr Alter und ihre Lebensumstände. Alles Mögliche war vertreten, vom emeritierten Geschichtsprofessor bis zur Bildhauerin mit einer Passion für die Werke Gaudìs.

Das sprachliche Niveau erwies sich als durchaus passa-

bel, und ich wusste von Anfang an – rein intuitiv, aufgrund meiner fast zwanzigjährigen Lehrtätigkeit –, dass es funktionieren würde.

Ich hatte mich entschieden, mit einem einfachen Spiel zu beginnen, wobei ich nur zu gut wusste, wie wir Erwachsenen auf alberne und unerwartete Spielchen reagieren, wenn sie uns aus unserem natürlichen Umfeld herausholen. Allerdings wusste ich nicht, ob ich nach dem Anruf meiner Schwester überhaupt Lust auf Späßchen und witzige Einfälle hatte, oder ob ich mich nicht doch lieber auf der Toilette einschließen und heulen wollte. Aber ich wandte eine der goldenen Regeln eines jeden guten Lehrers an: Persönliches bitte außen vor lassen. Und betrat dann wie ein Schauspieler die Bühne:

»In den Siebzigerjahren gab es im spanischen Fernsehen ein sehr beliebtes Fernsehquiz mit dem Titel *Un, dos, tres, responda otra vez.* Wollt ihr das spielen?«

Ich wollte natürlich nicht bloß spielen, sondern auf lockere Art eine Verbindung zwischen ihrer und meiner Welt herstellen. Zur Antwort bekam ich ein einstimmiges Ja.

»Gut, also dann, für fünfundzwanzig imaginäre Peseten nennt mir bitte Städte in Kalifornien, in deren Name das spanische Wort *santo/-a* vorkommt, wie zum Beispiel in Santa Cecilia. *Un, dos, tres, responda otra vez …*«

Ich kam gar nicht dazu, ihnen eine weitere Spielregel dieser alten Fernsehsendung zu erklären, dass nämlich die Aufzählung mit dem bereits genannten Beispiel begonnen werden musste, denn bevor ich überhaupt den Mund aufmachen konnte, überschlugen sie sich schon mit ihren Antworten, flogen mir die Heiligen nur so um die Ohren: San Francisco, Santa Rosa, San Rafael, San Mateo, San Gabriel, Santa Cruz, Santa Clara, Santa Inés, Santa Barbara, San Luis Obispo, San José …

»Genug, genug …«, rief ich, als sie bei rund zwei Dutzend heiligen Städtenamen angelangt waren. Ich wollte prüfen, ob sie bei der Sache blieben. »Gut, und nun Ortsnamen in Kalifornien, die sich von einfachen spanischen Substantiven herleiten.«

Alameda, Palo Alto, Los Gatos, El Cerrito del Norte, Diablo Range, Contra Costa, Paso Robles, Atascadero, Fresno, Salinas, Manteca, Madera, Goleta, Monterey, Corona, Encinitas, Arroyo Burro, La Jolla … Nun, die Aussprache war von der ursprünglichen ziemlich weit entfernt, oft sogar bis zur Unkenntlichkeit verfälscht. Die nicht enden wollende Liste deckte wirklich alles ab: Häfen und Städte, Berge, Countys und Buchten.

Mit einer knappen Geste machte ich ihnen klar, dass sie aufhören konnten.

»Und Chula Vista, in der Nähe von San Diego«, konnte sich einer der Studenten nicht verkneifen noch zu sagen.

»Und Mariposa County«, meldete sich ein anderer zu Wort, dem es scheinbar genauso ging.

»Genug, wirklich, es ist genug …«, versuchte ich erneut, ihren Elan zu bremsen.

»Und auf keinen Fall dürfen wir Los Padres und den Camino Real unerwähnt lassen. Sie sind immerhin der Ursprung des Ganzen.«

Gesprochen hatte der emeritierte Geschichtsprofessor Joe Super; seinen Namen kannte ich bereits. Alle Blicke wandten sich ihm zu, seinem Hawaiihemd und seinen weisen blauen Augen. Er bat mich, noch etwas sagen zu dürfen.

»Selbstverständlich. Hauptsache, es ist auf Spanisch.«

»Ich werde es nach Kräften versuchen«, sagte er mit einem sympathischen Gesichtsausdruck, der alle zum Lachen brachte. »Der Name Los Padres National Forest geht

auf die spanischen Franziskanermönche zurück, die in der zweiten Hälfte des achtzehnten Jahrhunderts mit der Erkundung und Kolonialisierung Kaliforniens begonnen haben. Legendary men. Was heißt *legendary* auf Spanisch?«

»*Legendarios. Hombres legendarios,* legendäre Männer, oder was wolltest du sagen, Joe?«

»Genau. Hombres legendarios *pushed* …«

»Angetrieben von«, erklärte ich.

»*Gracias.* Legendäre Männer, angetrieben von einer Kraft – wie immer man zu ihrem religiösen Auftrag stehen mag –, die sie ihr Ziel mit aller Beharrlichkeit verfolgen ließ. Und der Camino Real, der Königsweg, ist das Ergebnis ihrer Anstrengungen: eine Kette von Missionsstationen durch ganz Kalifornien, die die Padres im Laufe der Zeit gegründet haben.«

»Zwanzig sind es, nicht wahr?«, erkundigte sich Lucas, ein in internationaler Politik graduierter Student.

»Einundzwanzig«, verbesserte ihn Joe. »Sie beginnen im Süden mit San Diego de Alcalá und hören im Norden, ganz hier in der Nähe, in Sonoma, mit San Francisco Solano auf. In Spanien weiß man nicht sehr viel über dieses große kalifornische Abenteuer, nicht wahr, Blanca?«

»Wenig«, gestand ich etwas beschämt, gewissermaßen stellvertretend für alle Spanier. »Sehr wenig.«

»Und das ist schade, denn all das ist Teil eures Erbes. Ein historisches und sentimentales Erbe, das für euch, für uns, ja, für alle von fundamentaler Bedeutung ist.«

Wir hörten mit *Un, dos, tres, responda otra vez* … auf, und ich übernahm für die folgende, sehr unterhaltsame und lehrreiche Eindreiviertelstunde wieder das Kommando. Doch in einem Winkel meines Unterbewussten schienen diese Bemerkungen zu Padres, Missionsstationen und offenen Wegen weiter vor sich hin zu köcheln, da ich mich

plötzlich erinnerte, auf einigen der vielen Schriftstücke Fontanas, die noch zu prüfen waren, ein paar Querverweise zu den Franziskanern und ihren Gründungen gesehen zu haben. All diese Dokumente befanden sich noch in einer Ecke meines Büros in ein paar Kartons, die ich noch nicht bearbeitet hatte. Wenn ich mich damit befasste, könnte ich diese Wissenslücke vielleicht schließen.

Nach meiner Vorlesung ging ich hinaus auf den Campus, zufrieden mit dem Ergebnis, aber auch erschöpft von einem arbeitsreichen Tag ohne nennenswerte Pause. Ich atmete tief durch und sog an diesem späten Nachmittag den Duft der Eukalyptusbäume ein.

»Und, wie ist es gelaufen?«

Ich schlenderte in Gedanken versunken auf dem Bürgersteig dahin, als ich eine Stimme aus einem Auto hörte, das gerade neben mir hielt. Es war die Stimme von Luis Zárate, der wie ich auf dem Weg nach Hause war. Statt der Kleidung, die er sonst während der Arbeit trug, hatte er heute eine kurze Hose und einen granatroten Sweater mit dem Abzeichen irgendeiner anderen Universität als der von Santa Cecilia an. Neben ihm, auf dem Beifahrersitz, lag eine Sporttasche.

»Gut, gut. Es ist eine phantastische, sehr motivierte Gruppe, ich habe Glück gehabt.«

»Das freut mich. Soll ich dich mitnehmen?«

»Nun … danke für das Angebot, aber ich denke, es wird mir guttun, wenn ich mich ein bisschen an der frischen Luft bewege. Seit neun Uhr heute Morgen halte ich mich nur in geschlossenen Räumen auf, nicht einmal zum Essen bin ich draußen gewesen.«

»Ganz wie du willst. Hab einen schönen Spaziergang, wir sehen uns morgen.«

Ich wollte mich noch von ihm verabschieden, aber da

hatte er das Seitenfenster schon wieder geschlossen, sodass ich es sein ließ. Ich hob nur kurz die Hand und winkte. Doch plötzlich, ganz unerwartet, senkte sich die Scheibe wieder.

»Vielleicht könnten wir ja in den nächsten Tagen mal abends zusammen essen gehen?«

»Gerne, jederzeit.«

Die Einladung kam für mich nicht überraschend, war mir aber auch nicht unangenehm. In Wahrheit hätte ich sogar Ja gesagt, wenn sie noch für den gleichen Abend gewesen wäre. Warum auch nicht?

»Kennst du das Los Olivos?«

Ein weiteres Beispiel für die lange Liste mit Namen aus meiner Sprache in jenem fernen Land, ging es mir durch den Kopf.

»Nein, das kenne ich nicht. Ich habe den Namen des Lokals zwar schon öfter gehört, bin aber noch nie da gewesen.«

»Dort gibt es phantastische Pasta und ganz exzellente Weine. Wir sprechen noch darüber, okay?«

Der Wagen fuhr davon, und ich setzte meinen Heimweg fort, während die verschiedenen Ereignisse jenes erlebnisreichen Tages mir noch im Kopf herumschwirrten. Bemüht, die Erinnerung an das Gespräch mit África beiseitezuschieben, weigerte ich mich eisern, darüber nachzudenken, ob in den heftigen Äußerungen meiner Schwester nicht doch ein Quäntchen Wahrheit steckte. Mir stand der Sinn mehr danach, mich mit angenehmen Dingen zu beschäftigen, wie zum Beispiel mit Luis Zárates Vorschlag. Oder sogar mit Fontanas Nachlass, jenen Schriftstücken, die mich mehr und mehr in Anspruch nahmen und sich meinem Versuch, ihnen mit einem Ordnungssystem Herr zu werden, widersetzten. Das ging sogar so weit, dass ich

deshalb in letzter Minute andere Termine absagte und mich in meiner Mittagspause mit einem grässlichen Sandwich aus dem Automaten begnügte. Mich in diese Dokumente zu vertiefen war eine Tätigkeit, die mich zunehmend begeisterte, und gleichzeitig die beste Therapie. Je mehr mich der Nachlass des verstorbenen Professors in Beschlag nahm, desto mehr wurden mir sein Charisma und seine Kompetenz bewusst. Und ganz nebenbei dachte ich weniger über mich selbst nach.

Inzwischen wusste ich bereits, dass Fontana die Absicht gehabt hatte, nach seinem Aufenthalt als Universitätslektor in Santa Cecilia nach Spanien zurückzukehren, um dort seine Projekte fortzuführen. Er wollte an den Auswahlprüfungen für eine der damals sehr begehrten Stellen an einer höheren Schule teilnehmen, ja, er erwog sogar eine Rückkehr an die Universität, wollte vielleicht in der Zwischenzeit an einer Fachakademie oder einer Privatschule arbeiten. Doch der Ausbruch des Spanischen Bürgerkriegs machte seinen Plänen aus der Ferne ein Ende, ließ seine Seele gefrieren. Überrascht von den dortigen Ereignissen, erschüttert, verzweifelt beschloss er, nicht in seine Heimat zurückzugehen.

Niemals war in seinen Notizen ein offen bekundetes Interesse zutage getreten, in jenes Land zurückzukehren, das sich zwangsläufig von dem unterschied, das er damals hinter sich gelassen hatte. Obwohl zwischen den Zeilen gelegentlich sehr wohl so etwas wie Heimweh hindurchschimmerte. Zumindest hatte ich das Gefühl. Aber er zweifelte nie, packte die Gefühle zusammen mit den Erinnerungen und Eindrücken an seine Kindheit zu einem Bündel, das er fest zusammenschnürte, damit auch nichts verloren ging, und verstaute es im hintersten Winkel seiner Gedanken. Von da an richtete er sich in seinem Gastland mit

dem sicheren Gefühl des Bleibenwollens ein und widmete sich fortan der Tätigkeit, die Sprache und Literatur seines Heimatlandes zu unterrichten, seine Visionen, sein Wissen und seine Erinnerung an jene frühere Welt an Hunderte, wenn nicht Tausende von Studenten weiterzugeben, die manchmal verstanden, was ihm all das bedeutete, und manchmal nicht.

In seinem Nachlass hatte ich zahlreiche Belege von jenen Studenten gefunden, die seine Vorlesungen in den vielen Jahrzehnten durchlaufen hatten. Und mit einem Mal fielen mir wieder jene Postkarten ein, die ich selbst am Nachmittag rasch in die Tasche gesteckt hatte, bevor ich im Laufschritt mein Arbeitszimmer verließ. Auch sie waren, wenn ich mich nicht irrte, Beweise jener Zuneigung, zu der ich mich noch nicht vorgearbeitet hatte.

Im Gehen zog ich sie aus der Tasche. Es war zwar schon dunkel geworden, aber die Straßenlaternen spendeten ausreichend Licht, um sie kurz zu überfliegen. Ich zählte sie nicht, doch es waren sicher etwas mehr als ein Dutzend Karten. Es waren keine wichtigen Dokumente, sondern lediglich kurze Mitteilungen, in denen man dem ehemaligen Dozenten Grüße aus fernen Städten sandte oder in wenigen Zeilen schilderte, wie es einem gerade ging. Jede enthielt nur ein paar Sätze, und auf den ersten Blick waren sie auch überhaupt nicht geordnet, sodass die unterschiedlichsten Orte und Daten durcheinanderwirbelten: Mexiko-Stadt, Juli 1947; St. Louis, Missouri, März 1953; Sevilla, April 1961; Buenos Aires, Oktober 1955; Madrid, Dezember 1958; die Pyramiden von Teotihuacán, der Mississippi, der Parque de María Luisa in Sevilla, der Friedhof La Recoleta in Buenos Aires, die Puerta del Sol in Madrid.

Ich musste lächeln, als ich diese Karte sah. Die Puerta del Sol. Es amüsierte mich, auf einmal eine mir so ver-

traute Ansicht zu sehen, eine Aufnahme aus der Zeit, als die Farbfotografie noch in den Kinderschuhen steckte. Die Leuchtreklame für den beliebten Sherry Tío Pepe, die Uhr, die uns alljährlich den Beginn des neuen Jahres verkündete, das unablässig pulsierende Herzstück der Hauptstadt. Ich blieb unter einer Straßenlaterne stehen, um das Bild eingehender betrachten zu können, während die Studenten mit ihren Rucksäcken eilig an mir vorbeiliefen.

Ich suchte das Datum des Poststempels: 2. Januar 1959. Der kurze Text auf der Postkarte war offenbar hastig mit einem Füllfederhalter geschrieben.

Lieber Professor,
Spanien bleibt faszinierend.
Mit meiner Arbeit komme ich gut voran.
Gleich nach dem Neujahrsläuten werde ich mich auf die Suche nach Míster Witt machen.

Der Text war nur ein weiterer kleiner Beleg für das gute Verhältnis, das Fontana zu seinen Studenten hatte, trug aber zu meiner Arbeit letztlich nichts Wesentliches bei.

Was mich aus der Fassung brachte, waren die letzten Zeilen. Die Schlussformel.

Nicht wegen ihres Inhaltes, sondern wegen des Unterzeichners.

Ein gutes neues Jahr wünscht Ihnen Ihr Freund
Daniel Carter

Kapitel 11

Das Spanien, das Daniel Carter erwartete, als er zum ersten Mal den Atlantik überquerte, war zwar schon aus dem schrecklichen Dämmerzustand der Nachkriegszeit erwacht, doch aus der Sicht eines nordamerikanischen Studenten war es immer noch ein träges, rückständiges und erstaunlich pittoreskes Land.

Als er sich zu diesem Abenteuer einschiffte, hatte er seine zweiundzwanzig Jahre und jede Menge diffuser Gründe dafür im Gepäck: eine gewisse Unbekümmertheit, was das Spanische anging, eine wachsende Leidenschaft für hispanische Literatur und eine unbändige Lust, dieses Land zu bereisen, dem er sich aus der Ferne verbunden fühlte, seit er sich Hals über Kopf entschlossen hatte, sein zukünftiges Schicksal selbst in die Hand zu nehmen.

Daniel Carter war als Sohn eines Zahnarztes und einer kultivierten Hausfrau in der beschaulichen Idylle der Kleinstadt Morgantown in West Virginia im Schutz der Appalachian Mountains groß geworden sowie mit dem sehnlichen Wunsch beider Eltern, ihr Erstgeborener – ein guter Schüler, ein guter Sportler, ein guter Junge – möge eines Tages ein brillanter Rechtsanwalt oder ein begnadeter Chirurg werden. Mindestens. Aber, wie nicht selten bei solch naiven, einseitigen Vorstellungen, gingen die Pläne der Erzeuger in eine bestimmte Richtung, die Ziele und Interessen des Sohnes jedoch in eine völlig andere.

»Ich habe mir Gedanken über meine Zukunft gemacht.«

Ganz beiläufig ließ er diesen Satz fallen, zwischen einem Bissen Kalbfleisch und ein paar Erbsen. Bei einem ganz gewöhnlichen Abendessen. An einem ganz gewöhnlichen Sonntagabend.

»Jura, oder?«, erkundigte sich die Mutter erfreut, die mit Kartoffelpüree beladene Gabel auf halber Strecke zwischen Teller und Mund in der Luft balancierend.

»Nein.«

»Dann also doch Medizin?«, fragte der Vater sichtlich zufrieden.

»Auch nicht.«

Verdutzt schauten sie ihn an, als er mit fester Stimme verkündete, was die beiden sich selbst in ihren kühnsten Träumen nicht hätten vorstellen können. Nach dem College beabsichtige er nicht, sich auf Jura zu spezialisieren, obwohl er von der Cornell University bereits angenommen worden war. Und auch Medizin interessiere ihn nicht im Geringsten, ihn fasziniere weder die Juristerei noch die Funktionsweise des menschlichen Körpers. Er finde eine Zukunft, in der er von Juristen, Operationstischen, Angeklagten oder Skalpellen umgeben sei, alles andere als spannend. Was er sich für sein Leben vorstelle, sei, sich mit anderen Kulturen zu beschäftigen. Und Literatur zu studieren. Fremde Literatur, um genau zu sein.

Der Vater legte betont langsam die Serviette auf den Tisch, wobei er mit starrem Blick die Tischdecke fixierte.

»Entschuldigt mich«, murmelte er tonlos.

Es war in der ganzen Straße zu hören, als er die Haustür zuschlug. Die Gabel noch immer in der Luft balancierend, saß die Mutter stumm da. Aus ihren wunderschönen grünen Augen tropften Tränen, und sie fragte sich, wo und wann sie in der Erziehung ihres Sohnes Fehler gemacht hatten, für den sie doch eigentlich nur das Allerbeste wollten.

Obwohl: Sie beide kannten ihren Sohn, erlebten tagtäglich seine leidenschaftliche Begeisterungsfähigkeit. Und deshalb wussten sie, dass sein Entschluss, so ausgefallen er auch erscheinen, so lächerlich und unvernünftig er auch klingen mochte, schwer rückgängig zu machen sein würde. Seine kleinen Brüder teilten unter dem Tisch gegenseitig Fußtritte aus, doch hüteten sie sich, auch nur ein Wort zu sagen. Sie hatten zwar mit dem Streit nichts zu tun, wollten aber nicht riskieren, auch noch ihr Fett abzukriegen.

Auf jede Aktion folgt eine Reaktion. Von jenem Tag an legte sich wie eine Decke Schweigen über das Haus. Mehr und mehr Wochen verstrichen, in denen man nur selten das Wort an ihn richtete, naiv darauf vertrauend, dass diese Zermürbungstaktik den jungen Widerspenstigen zur Einsicht bringen würde. Doch dadurch heizte sich die Stimmung derart auf, dass die Eltern – statt eines Sinneswandels – nur das Gegenteil erreichten: Sie weckten in ihm das unbändige Verlangen, das Weite zu suchen.

Der nächste Schritt bestand darin, sich für einen Studienplatz an der Universität von Pittsburgh zu bewerben. Nach Ende der Anmeldefrist gelang es ihm nur mit Müh und Not, noch für den Studiengang »Klassische und romanische Sprachen« angenommen zu werden. Dass er in den Vorjahren bereits Kurse in Französisch und Spanisch belegt hatte, erleichterte ihm die Zulassung. Allerdings bekam er wegen seiner gut situierten Eltern und der verspäteten Bewerbung um einen Platz kein Stipendium. Da sich sein Vater aber eisern weigerte, diesen Unsinn zu finanzieren, verließ der junge Carter am Ende des Sommers mit geschultertem Seesack und siebenundsechzig Dollar in der Tasche sein Elternhaus – der Bruch in der Familie war nicht mehr zu kitten.

In Pittsburgh angekommen, musste er sich als Erstes einen Teilzeitjob suchen, denn ihm war klar, dass er mit dem wenigen Geld, das er im Sommer als Rettungsschwimmer verdient hatte, nicht lange auskommen würde. Er fand sie schnell, die Beschäftigung. Bei Heinz, der großen Fabrik für Ketchup, Baked Beans und Dosensuppen. Daniel hatte große Träume und kleine Ansprüche. Nun begann eine für ihn entscheidende Lebensphase.

Das erste Trimester verging wie im Flug. Er mietete sich ein Zimmer in einem alten, heruntergekommenen Haus mit etlichen kaputten Fenstern, das er sich mit sieben anderen Studenten und fünf Katzen teilte. Der verfallene Zustand seiner Unterkunft störte ihn wenig, schließlich kam er ja nur zum Schlafen her. Die restliche Zeit verbrachte er an der Universität oder bei Heinz. Wo er aß und was, war ihm egal. Er setzte sich in irgendeine Ecke oder auf eine Treppenstufe, schaufelte eine Dose kalter Bohnen in sich hinein und ging dabei noch mal seine Grammatikübungen durch. Oder er verschlang mit drei Bissen ein Käsesandwich auf dem Weg zum nächsten Hörsaal. In seiner wenigen freien Zeit – wenn es hochkam, höchstens eine Stunde – schnappte er sich seine Sportschuhe und rannte wie besessen über die Tartanbahnen der Universität. Schon bald war der hochgewachsene, extrovertierte, energiegeladene junge Mann, der immer in Eile war, bei seinen Kommilitonen und Dozenten sehr beliebt. In seinem anderen Umfeld, der Fabrik, machten sie sich über ihn lustig, wenn sie ihn in den Pausen in seiner Arbeitskluft mit einem Buch zwischen den Kistenstapeln sitzen sahen. Er sonderte sich aber keineswegs ab. Trotz dieses chaotischen Multifunktionstrainings entging ihm rein gar nichts – weder die letzte ehrenvolle Niederlage der Pittsburgh Steelers in der National Football League noch die Scherze über die Chefs, die

Frauen und das Leben, die unter den Arbeitern aus aller Herren Länder kursierten, mit denen zusammen er hier seiner Tätigkeit nachging.

Im zweiten Trimester schrieb er sich für vier Kurse ein. Spanische Literatur des zwanzigsten Jahrhunderts war einer davon. Der Unterricht fand von zwei bis halb vier Uhr nachmittags statt, in der Cathedral of Learning, dem imposanten Hauptgebäude der Pitt, wie sie hier alle die Universität nannten. Ein Großteil des Etats für den Bau dieses monumentalen Gebäudes war durch Beiträge von Philanthropen, Unternehmen und ausländischen Regierungen zusammengekommen und nicht zuletzt durch zahllose kleine private Spenden. Wirklich von Herzen kamen die Beiträge von Kindern aus der Umgebung in der schwersten Etappe der insgesamt elfjährigen Bauzeit während der Weltwirtschaftskrise, als das Risiko bestand, dass dieser Turm des Wissens niemals vollendet werden würde. Dank der genialen Kampagne *Buy a Brick for Pitt* sorgten die Schüler des Viertels mit fast hunderttausend Kleinstspenden von jeweils zehn Cent dafür, dass der Bau 1937 eingeweiht werden konnte. Als Gegenleistung erhielt jedes Kind eine offizielle Urkunde, die es als Besitzer eines Ziegelsteins dieses Gebäudes auswies.

Daniel war zur ersten Stunde seines Kurses in letzter Minute eingetroffen, direkt nach dem Essen und wie immer abgehetzt. Die Beine ausgestreckt, die Arme verschränkt, wartete er auf das Eintreffen des Professors. Ein schlechter Moment für einen Kopf auf müden Schultern, die vom nächtlichen Beladen vieler Lastwagen schmerzten. Innerhalb weniger Minuten sank sein Kinn auf die Brust, das Haar fiel ihm über die Augen, und in seinem Gehirn begannen die Neuronen ein Eigenleben zu führen, wie es so häufig der Fall ist, wenn man gerade einschläft.

Er kam wieder zu sich, als er einen kurzen und gezielten Tritt gegen sein linkes Bein verspürte. Sofort war er hellwach, murmelte verwirrt: »I'm sorry«, und richtete sich rasch auf. Vor ihm stand ein Mann mit olivenfarbener Haut. Er hatte einen dichten Vollbart, das dunkle Haar nach hinten gekämmt, und Augen wie zwei schwarze Steine.

»Siestas halten wir zu Hause, allerdings nur im Sommer. Und, wenn möglich, im Schatten eines Weinstocks und mit einem Krug kühlen Wassers in Reichweite.«

»I beg your pardon, Sir …«

»Hierher kommen wir, um zu arbeiten, junger Mann. Für ein kleines Nickerchen gibt es sicher bessere Orte. Wie heißen Sie?«

Daniel war sich im Spanischen noch sehr unsicher, und er schwankte, ob er sich auf diese Sprache oder Französisch spezialisieren sollte. Er hatte sich bislang noch nicht entscheiden können, welche der beiden Kulturen er zu seinem Hoheitsgebiet erklären sollte. Doch den Sinn dieser Aussage erfasste er intuitiv. Den Sinn und den Menschen dahinter, diesen kräftigen Mann, der offenbar nicht bereit war, in seinem Hörsaal irgendwelche Dummheiten zu dulden.

Schon nach wenigen Vorlesungen neigte sich die Waagschale eindeutig auf eine Seite, denn ihn faszinierten die Schriftsteller der *Generation von 27* und der blutige Bruderkampf. Und so kam es, dass sich der junge Mann letztlich für das Studium der spanischen Sprache und Literatur entschied und sich in ihm die Überzeugung festigte, dass sein Entschluss trotz der elterlichen Ablehnung richtig gewesen war. Die Beziehung zu seinen Eltern kam jedoch nicht wieder ins Lot. Die beiden konnten einfach nicht die sonderbare Leidenschaft ihres Sohnes für fremde Kulturen verstehen, ebenso wenig wie den Eifer, mit dem er seine beachtlichen intellektuellen Fähigkeiten für

diese absurde akademische Spezialisierung vergeudete, die in ihren Augen in eine unsichere berufliche Zukunft und eine nicht sehr vielversprechende gesellschaftliche Stellung mündete.

Vielleicht war Daniel Carter selbst nicht einmal in der Lage, seine Entscheidung mit stichhaltigen Argumenten zu begründen. Bevor er für immer die familiären Erwartungen enttäuschte, beschränkten sich seine Kontakte zur spanischsprachigen Welt de facto auf den Erwerb von Grundkenntnissen in ein paar Intensivkursen, in denen er reihenweise Vokabeln und mit Müh und Not Verbformen in Gegenwart, Vergangenheit und Zukunft zu unterscheiden lernte. Außerdem hatten ihn die Lehrbücher mit einem ganzen Arsenal zusammenhangloser Daten und Fakten über Maler, Denkmäler, Museen und exzentrische Spezialitäten wie zum Beispiel *pulpo,* Tintenfisch, *rabo de toro,* ein Ochsenschwanzgericht aus Andalusien, oder das Mandelgebäck mit dem ominösen Namen *huesos de santo,* Heiligenknochen, ausgestattet. Bestenfalls konnte man noch die Lektüre des Buches *Wem die Stunde schlägt* von Ernest Hemingway dazuzählen, das er in einer langen Sommernacht verschlang, und eine Handvoll »umgangssprachlicher« Ausdrücke, die er sich samstagabends im großen Warner Theatre seiner Heimatstadt Morgantown von den schnauzbärtigen Mexikanern in diversen Westernfilmen angeeignet hatte. Kann sein, dass in diesem kargen Sediment das Samenkorn seines Entschlusses Wurzeln schlug. Es kann aber auch ganz anders gewesen sein: Vielleicht entsprang alles einem inneren Impuls zur Rebellion, einem unbewussten Verlangen, die festgefügte Ordnung der Dinge infrage zu stellen.

Was immer der Funken gewesen sein mochte, wie nichtig und banal der ursprüngliche Beweggrund, es entwickel-

te sich eine mächtige Flamme, die die Pläne der Eltern zu Asche werden ließ und mit diesem gewissermaßen frisch gerodeten Boden das Fundament für sein zukünftiges Leben legte. Letztlich hatte den Anstoß aber Andrés Fontana gegeben, nicht im konkreten Sinn, aber mit umso größerer Wirkung.

Beide waren sich dessen nicht bewusst, doch im Grunde kam alles durch einen Vers. Einen simplen handgeschriebenen Vers, gefunden in der Manteltasche eines toten Dichters. Neun Worte von schlichter Schönheit, deren ganze Dimension Daniel niemals verstanden hätte, hätte sein Professor ihm dafür nicht die Augen geöffnet. Neun Worte, die Andrés Fontana mit Kreide an die Tafel schrieb: *Estos días azules y este sol de la infancia – Diese blauen Tage und diese Sonne der Kindheit.*

»Wie war denn die Sonne der Kindheit von Antonio Machado, Professor?«

Die Frage kam von einer aufgeweckten Studentin, die mit ihrer riesigen Hornbrille wie eine Leseratte aussah und immer in der ersten Reihe saß.

»Gelb und hell wie für alle«, kommentierte ein Witzbold, ohne witzig zu sein.

Einige lachten leise.

Fontana nicht.

Daniel auch nicht.

»Man schätzt die Sonne der Kindheit erst, wenn man sie verloren hat«, sagte der Professor und lehnte sich, die Kreide noch in den Fingern haltend, an sein Pult.

»Wenn man die Sonne oder wenn man die Kindheit verloren hat?«, fragte Daniel mit erhobenem Stift.

»Wenn man die Heimat verliert, die Hände, die einen gehalten haben, das Haus, in dem man aufgewachsen ist. Wenn man für immer fortgeht, wenn einen fremde Kräfte

vertreiben und man weiß, dass man niemals zurückkehren wird.«

Und da machte sich der immer korrekte und bis zu diesem Tag stets peinlich genau an seinen Lehrplan haltende Professor von akademischen Zwängen frei und sprach zu seinen Studenten. Von Verlust und Exil, von im Exil entstandener Literatur und von der Nabelschnur der Erinnerung; von der Bindung, die trotz der Berge und Ozeane, die nun die Menschen von den Sonnen ihrer Kindheit trennen, unzerstörbar bleibe.

Als der Gong zum Ende der Vorlesung ertönte, wusste Daniel schon mit absoluter Sicherheit, in welche Richtung sein Weg zukünftig gehen würde.

Einige Wochen später, nachdem sie das Gedicht *Nanas de la cebolla,* was man mit *Wiegenlieder der Zwiebel* übersetzen könnte, von Miguel Hernández gelesen hatten, überraschte Fontana seine Studenten mit einer Bitte.

»Ich brauche einen Freiwilligen für …«

Noch ehe er den Satz beendet hatte, streckte Daniel schon seinen bekanntermaßen langen Arm hoch.

»Glauben Sie nicht, Carter, dass Sie wissen sollten, worum es eigentlich geht, bevor Sie Ihre Hilfe anbieten?«

»Egal, Professor. *Cuenta conmigo* (dt.: Zähl auf mich).«

»*Cuente conmigo* (dt.: Zählen Sie auf mich).«

»*Cuente conmigo,* Entschuldigung.« Das Verhalten des jungen Mannes überraschte Fontana immer wieder. Im Laufe der vielen Jahre, in denen er nun in nordamerikanischen Hörsälen kämpfte, war er schon mit Studenten jeden Typs und jeden Naturells konfrontiert worden. Doch bei wenigen hatte er einen solchen Enthusiasmus gesehen wie bei diesem hochgewachsenen Jungen mit dem langen Pony und dem damals noch ein wenig ungelenken Körper.

»Ich werde Sie drei Tage benötigen. Für ein Treffen von

Hispanisten, eine Art Kongress. Wir werden uns hier ab Donnerstag versammeln. Sie müssen bis Samstagnachmittag für die verschiedensten Aufgaben zu unserer vollen Verfügung stehen. Das Spektrum reicht vom Begleiten der Gäste in ihre Hotels bis hin zum Servieren von Kaffee. Kann ich noch mit Ihnen rechnen, oder machen Sie jetzt einen Rückzieher?«

Obwohl ihnen Fontana anhand des Verses von Antonio Machado versucht hatte zu erklären, was Exil bedeutete, wusste Daniel bis dahin wenig über die zahlreichen Professoren und wissenschaftlichen Assistenten aus spanischen Universitäten, die zwei Jahrzehnte zuvor diesen bitteren Weg hatten gehen müssen. Einige waren während des Bürgerkriegs geflohen, andere hatten bis zu dessen Ende gewartet, ehe sie ihrer Posten enthoben wurden. Für den größten Teil von ihnen begann nun eine Irrfahrt quer durch Zentral- und Südamerika, von einem Land zum anderen, bis sie einen Ort fanden, an dem sie auf Dauer bleiben konnten. Lediglich eine Handvoll ließ sich schließlich in den Vereinigten Staaten nieder. Es gab auch einige, die nach Spanien zurückkehrten und sich, so gut es ging, mit den harschen Vorschriften des Regimes arrangierten. Es gab welche, die zurückkehrten und trotz der Repressalien an ihren Überzeugungen festhielten. Es gab aber auch solche, die niemals gingen und in einem bitteren, stummen inneren Exil lebten. Auf jeden Fall war die Liste der intellektuellen Diaspora lang, und mit einigen von ihnen wollte sich Andrés Fontana nur ein paar Tage später treffen.

»Sicher, Señor, *cuenta conmigo.*«

Fontana hatte nicht mehr die Gelegenheit, ihn zu korrigieren, denn der Junge, entschlossen, kein Risiko einzugehen, kam ihm zuvor:

»Zu Ihren Diensten, Señor!«

Daniel versuchte, aufrichtig und überzeugend zu klingen, doch er log. Er musste in jeder dieser Nächte bei Heinz arbeiten, und zwar volle fünf Stunden à sechzig Minuten. Mittels einiger komplizierter Tauschaktionen und einer Menge großartiger Versprechungen, in den darauffolgenden Tagen dafür Doppelschichten abzuleisten, gelang es ihm schließlich, von mehreren Kollegen Rückendeckung zu bekommen. Ihm war bewusst, dass diese Gegendienste ihn eine zusätzliche Anstrengung kosten würden und er sie gewissenhaft ableisten musste. Aber sein Bauchgefühl sagte ihm, dass diese drei Tage unter Hispanisten die Mühe wert sein würden.

Mit Fontanas Oldsmobile holte er die gerade angekommenen Gäste vom Flughafen, vom Busterminal oder vom Bahnhof ab. Einige sprachen fließend Englisch, wenn auch mit hörbarem Akzent, während die sprachlichen Möglichkeiten vieler anderer eher begrenzt waren. Er fuhr sie hierhin und dorthin, wartete mit seinen besten Manieren und Kenntnissen auf, war allen gegenüber aufmerksam und lernte eine Menge Namen, Posten und Fachgebiete auswendig. Ein gewisser Montesinos kam aus Berkeley, Kalifornien; unser weltweit bester *lopeveguesco*, sagte Fontana, als er ihn vorstellte, und beide Männer brachen angesichts Daniels verdutzter Miene in schallendes Gelächter aus, während sie sich herzlich umarmten. Ein gewisser Américo Castro, deutlich älter als der Durchschnitt, den aber alle zu verehren schienen. Ein gewisser Vicente Llorens, tief erschüttert über den Tod seiner Frau, wie Daniel zu verstehen meinte. Zudem ein Onkel und sein Neffe, beide mit dem Nachnamen Casalduero. Alles in allem zwei Dutzend Professoren.

Und während sie über ihre Literatur diskutierten, in einem Land fern der Heimat, in der sie einst entstanden war,

wandelte sich Daniel, ohne es zu wissen, zum Gegenstück seines Professors in jenen vergangenen Madrider Tagen, fuhr in Hotels zurück, um vergessene Brillen und Aktentaschen zu holen, brachte einen Allergiker zum Arzt, versorgte die Herren, wenn nötig, mit Rauchwaren und begleitete ein paar Nachtschwärmer auf der Suche nach einer noch offenen Bar. Doch vor allem setzte er alle fünf Sinne ein, um zu entschlüsseln, was sich hinter diesen Männern verbarg, die einander wegen ihres großen Mitteilungsbedürfnisses ständig das Wort aus dem Mund nahmen, und bemühte sich, sie kennenzulernen, ihnen zuzuhören und zu erraten, was sich hinter den extravaganten Etiketten *galdosiano, lorquiano, cervantista* oder *valleinclanesco* versteckte, mit denen sie sich gegenseitig bedachten.

Und natürlich wollte er auch die Sehnsucht nach jener Sonne der Kindheit entdecken, von der Fontana gesprochen hatte, aber er bekam nur den Hauch einer Ahnung – als hätten sie alle einen Pakt miteinander geschlossen, sich ja nicht in die Seele schauen zu lassen oder in gefährlich tiefes Wasser zu geraten. So kratzten sie nur an der Oberfläche, warfen den Vögeln nur ein paar Brosamen der Erinnerung zu. Einer verfluchte die teuflische Kälte in dieser Gegend und schwelgte in Erinnerungen an das milde Klima seines heimatlichen Almería. Ein anderer vermisste beim Essen in der Cafeteria der Universität, in der kein Alkohol erlaubt war, einen guten Rioja. Ein Dritter trällerte ein Volkslied, als eine besonders gut gebaute Kellnerin vorbeikam. Ach, und was gäben sie für einen guten Kichererbseneintopf, anstatt dauernd Mais essen zu müssen! Über Politik sprachen sie kaum. Sie hatten zwar irgendwann damit angefangen, hörten aber rasch wieder auf. Keiner wollte dieses Treffen, auf das sich alle so gefreut hatten, mit dunklen Erinnerungen überschatten.

Daniel war ganz hingerissen von diesen Hispanisten und lernte tausend neue Sachen. Klangvolle Worte und Buchtitel, lockere Sprüche, Namen von Autoren und Dörfern und sogar manchen vulgären Ausdruck wie *sin coño,* ohne Scheiß, mit dem viele von ihnen die Unterhaltung würzten. Bis es Samstagnachmittag wurde und er sie, einen nach dem anderen, zu ihren Zügen, Flugzeugen und Bussen brachte. Bis ohne jede Vorwarnung das Unvorhergesehene eintrat.

Das Hotelfoyer war praktisch leer. Die Sekretärin des Fachbereichs und er glaubten, durch mehrmalige Fahrten im Laufe des Nachmittags alle Gäste fortgeschafft zu haben. Sie wollte gerade gehen, und Daniel wartete nur noch auf Fontana, um ihm die Autoschlüssel auszuhändigen, bevor auch er sich auf den Weg machte.

Da sah er sie aus der Bar kommen.

»Und, was unternehmen wir heute Abend, mein Lieber?«, fragte ihn einer von ihnen schon von Weitem. »Wir sind die letzten drei, und Ihr Chef hat uns gesagt, dass Sie sich bis zum Schluss um uns kümmern würden.«

Ein kalter Schauer lief Daniel über den Rücken. In dieser Nacht musste er eine Doppelschicht ableisten, das hatte er mit einem seiner Kollegen in der Fabrik fest abgemacht. Ein schweigsamer Pole und Vater von fünf Kindern, mit dem man sich besser keine Scherze erlaubte.

»Davon weiß ich nichts, Señor«, sagte er, während er sich besorgt nach Fontana umsah.

»Das darf doch nicht wahr sein! Wir haben eigens unsere Fahrkarten umgetauscht, damit wir nicht die ganze Nacht unterwegs sein müssen. Wir haben gerade etwas gegessen und nicht vor, bis morgen früh im Hotel zu versauern.«

»Ich muss erst mit Doktor Fontana sprechen, entschuldigen Sie mich bitte.«

Er versuchte, ruhig zu bleiben, während er weiter nach dem Professor suchte. Schließlich fand er ihn direkt am Eingang des Hotels, auf dem Bürgersteig, wo er ein Ehepaar verabschiedete, das gleich Richtung Buffalo aufbrechen würde. Sie umarmten einander herzlich, sagten sich noch ein paar Nettigkeiten zum Schluss.

»Gut, das wäre geschafft«, verkündete Fontana zufrieden und klopfte seinem Studenten anerkennend auf die Schulter, als er ihn entdeckte. »Gute Arbeit, Carter, ich schulde Ihnen ein paar Bierchen.«

»Ich glaube nicht, Professor …«

»Wollen Sie etwa nicht irgendwann nächste Woche ein Bier mit mir trinken gehen? Auch gut, dann eben einen Kaffee. Oder, wenn Sie nichts dagegen haben, lade ich Sie zum Essen in ein wirklich gutes Restaurant ein.«

»Ich sage ja gar nicht, dass ich nicht ein Bier mit Ihnen trinken gehen will. Ich sage, dass es noch nicht geschafft ist.«

Unauffällig deutete er auf die Professoren, die man durch die Glastür sehen konnte. Das Trio stand im Foyer und wartete, die Hüte in der Hand, zu jeder Schandtat bereit.

»Ich habe schon etwas vor«, murmelte Fontana. »Niemand hat mir gesagt, dass diese drei Kollegen vorhatten, noch eine Nacht zu bleiben.«

Daniel wusste zu dem Zeitpunkt schon, dass es eine Frau in Fontanas Leben gab, allerdings nicht, wie sie hieß oder wie sie aussah. Aber er hatte schon ihre Stimme gehört. Eine Ausländerin. Eine Ausländerin, die sehr gut Englisch sprach. Das wusste er, weil er selbst ihren Anruf in Fontanas Büro vor ein paar Wochen entgegengenommen hatte. Er war lediglich dort gewesen, um Anweisungen für diesen Kongress zu erhalten. Gehen Sie bitte dran, Carter, hatte Fontana ihn nach dem dritten Klingeln gebeten,

während er eilig in sein Jackett schlüpfte. Und sagen Sie, dass ich schon unterwegs bin. Er hörte sie nur seinen Namen sagen: *Andrés?* Und danach: *Ist in Ordnung, danke,* als er ihr sagte, was ihm der Professor aufgetragen hatte. Genug, um zu wissen, dass es sich um eine relativ junge Frau handelte. So weit, so gut.

»Aber wir hatten doch vereinbart, dass meine Verpflichtungen Samstagnachmittag enden«, beharrte Daniel. »Ich muss heute in die Fabrik, weil meine Kollegen doch meine Schichten mit übernommen haben.«

»Du meine Güte, Carter, das fehlt gerade noch.«

»Professor, Sie wissen, dass ich es wirklich gerne machen würde. Aber ich kann nicht, wirklich nicht ...«, wiederholte er und hielt ihm die Autoschlüssel hin.

Der dunkle Klang einer Hupe, der von der anderen Straßenseite ertönte, unterbrach ihr Gespräch. Beide sahen automatisch zu dem weißen Chevrolet hinüber. Auf dem Fahrersitz saß eine Frau, die ihr Haar unter einem geblümten Seidentuch versteckt hatte und eine Sonnenbrille trug. Fontana hob eine Hand, bat sie zu warten.

»Lassen Sie sich etwas einfallen, Carter ...«, murmelte er eindringlich, wobei er kaum die Lippen bewegte. Er machte auch keine Anstalten, nach den Schlüsseln zu greifen, die ihm sein Student reichte. »Sie sehen doch, dass ich mich unmöglich darum kümmern kann.«

»Wenn ich heute Abend nicht in der Fabrik erscheine, werfen sie mich am Montag raus.«

Fontana zündete sich eine Zigarette an und zog nervös daran. Die drei hinter der Glastür wartenden Professoren schienen sich in Bewegung zu setzen.

»Sie wissen, dass ich, wenn ich könnte, es sofort machen würde, Professor, keine Frage, aber ...«

»Der Fachbereich muss demnächst die Stipendienan-

fragen für das kommende Studienjahr bearbeiten«, unterbrach ihn Fontana, eine Rauchwolke ausstoßend.

»Glauben Sie, dass diese Unternehmung einer akademisch herausragenden Leistung entspräche?«, fragte Daniel, der den Ball sofort aufnahm.

»Außerhalb der üblichen Zeiten? Aber auf jeden Fall!«

Erneut ertönte die Hupe, als die drei Professoren schon im Begriff waren, das Hotel durch die Drehtür zu verlassen.

»Ich behalte Ihren Wagen.«

Fontana packte ihn mit seiner großen Hand freundschaftlich im Nacken, während Carter sich die Schlüssel in die Hosentasche steckte.

»Behandle mir die Herrschaften gut, mein Junge.«

Ohne ein weiteres Wort zu verlieren, nahm er einen letzten tiefen Zug von der Zigarette, schnippte sie auf den Bürgersteig und überquerte die Straße Richtung Chevrolet.

Kapitel 12

Sie fuhren ziellos durch Pittsburgh, die Stahlstadt, und Daniel, am Steuer von Fontanas Wagen, warf immer wieder verstohlen einen Blick auf die Uhr. Er musste irgendeine Beschäftigung für die drei Hispanisten finden, sodass er sich abseilen konnte, denn bereits in vierzig Minuten fing seine Schicht an. Es begann zu schneien.

Neben ihm auf dem Beifahrersitz saß ein Professor aus Mexiko, Experte für San Juan de la Cruz, mit dem er von Zeit zu Zeit ein paar Worte auf Englisch wechselte. Auf der Rückbank, im Mantel und eine Zigarette nach der anderen rauchend, ein älterer, zurückhaltender Spanier und ein jüngerer, dessen Sprachenmischmasch er kaum verstand. Für das Carnegie Museum war es schon zu spät, also fuhr er zum Pitt Stadium auf dem Campus und hoffte inständig, dass die Pittsburgh Panthers, das Football-Team der Universität, heute trainierten. Leider war das nicht der Fall. Also weiter. Aber auch beim Forbes Field, dem Stadion der Pittsburgh Steelers, war keine Menschenseele zu sehen. Es fehlten noch dreißig Minuten bis zum Schichtbeginn, als sie vor dem Penn Theater standen und er den Gästen vorschlug, sich den Film *Love Me Tender* mit Elvis Presley anzusehen. Keiner der Professoren zeigte Interesse. Wie wär's mit einem Besuch im Atlantic Grill in der Liberty Avenue, Hochburg der deutschen Küche in der Stadt? Der schweigsame ältere Mann lachte schallend, dann bekam er einen Hustenanfall. Oder auf ein Glas in die Bar des Roosevelt

Hotel? Keinesfalls. Noch zwanzig Minuten, bis er seine Stechkarte stempeln musste, dachte er mit einem erneuten Blick auf die Uhr. Es schneite immer noch. Verdammtes Stipendium.

»Hören Sie, junger Mann«, sagte schließlich der Mexikaner, als sie zum dritten Mal eine der Brücken über den Monongahela River überquerten. »Wir bescheidenen Professoren, derer Sie sich heute Abend freundlicherweise annehmen, kommen aus New York. Ich lehre am Hispanic Institute der Columbia University, Dr. Montero ist Emeritus des Brooklyn College des CUNY, und unser junger Dr. Godoy ist gerade am College derselben Universität auf Staten Island in den Lehrkörper aufgenommen worden. Restaurants, Kinos und Sportstadien haben wir also schon mehr als genug gesehen. Wir würden heute Abend gerne etwas ganz Besonderes erleben, etwas, das man nur in Pittsburgh machen kann, verstehen Sie?«

»Absolut«, bestätigte Daniel und riss das Steuer herum.

Endlich hatte er eine Idee. Es war zwar verrückt, aber die letzte Karte, die er ausspielen konnte.

In der Fabrik lief die Produktion nachts weiter, wenn auch in reduziertem Umfang. Doch da gab es den Wachmann, die erste Hürde.

»Warten Sie hier auf mich, bitte.«

Mit diesen knappen Worten ließ er sie rauchend im Wagen zurück, die Heizung auf höchster Stufe. Verwirrt und verwundert angesichts seines Verhaltens, sahen sie ihm durchs Fenster nach, wie er auf die Pforte zuging. Die Geschichte, die er dem Wachmann dann auftischte, konnten die Herren Professoren nicht hören. Zum Glück.

»Guten Abend, Bill, altes Haus«, grüßte er. Den Namen musste er vom Schildchen an der Brust des Mannes ablesen.

Es hatten immer wieder andere Wachleute Dienst, nicht alle kannte er beim Namen. Aber er erinnerte sich, diesen gelegentlich gesehen zu haben. Und er wusste, dass er nicht gerade der Hellste war. Deshalb beschloss er, in die Offensive zu gehen.

»Guten Abend, junger Mann«, erwiderte besagter Bill, ohne von der Sportseite der *Pittsburgh Post-Gazette* aufzublicken.

»Gleich beginnt meine Schicht«, sagte Daniel und zeigte seinen Firmenausweis vor. »Du kannst dir nicht vorstellen, was mir auf der Fahrt hierher passiert ist.«

»Eine Reifenpanne?«

»Wenn's nur das wäre. Ich habe drei Männern das Leben gerettet.«

»Was, gleich dreien?«, fragte der Wachmann verblüfft, während er die Zeitung beiseitelegte.

»Jawohl, dreien. Und vielleicht auch die Zukunft dieser Firma.«

Daniel wies auf den Wagen, in dem die drei Hispanisten, in Rauchschwaden gehüllt, über die seltsame Situation diskutierten. In verschwörerischem Ton fuhr er mit seiner haarsträubenden Geschichte fort.

»Dort sitzen drei Vertreter der Lebensmittelbranche aus Europa. Sie wollten die weltberühmte Firma Heinz aufsuchen, geschäftlich, aber ihr Mietwagen ist, kaum dass sie den Flughafen verlassen hatten, im Straßengraben liegen geblieben. Der Motor war in Brand geraten, sie hätten umkommen können.«

»Du liebe Güte, Mannomann …«

»Aber stell dir vor, was für ein Glück, dass ich sie, rein zufällig, aufgegabelt habe. Und noch dazu in meinem Auto mitbringen konnte, wenn auch mit gewaltiger Verspätung.«

Der Wachmann, groß, dick, schwerfällig, kratzte sich skeptisch am Kopf. Direkt hinter dem linken Ohr.

»Ich fürchte, heute können sie nicht mehr hinein. Um diese Zeit haben nur die Arbeiter Zugang.«

»Ja, schon, aber sie müssen die Fabrik unbedingt jetzt besichtigen.«

»Und warum kommen sie nicht einfach morgen wieder?«

»Weil morgen Sonntag ist.«

»Dann eben am Montag.«

»Das geht nicht, da werden sie schon bei Coca-Cola in Atlanta erwartet.«

Daniel war selbst verblüfft, wie leicht ihm diese Lügen über die Lippen kamen. Alles wegen des verdammten Stipendiums.

»Also, ich weiß nicht …«

»Und wie willst du dem Geschäftsführer nächste Woche erklären, dass diese Herren nach Europa zurückgekehrt sind mit der Absicht, dort Millionen Liter Coca-Cola zu verkaufen, aber kein einziges unserer Produkte?«

Bill, der gutgläubige Riese, kratzte sich erneut. Dieses Mal am Scheitel.

»Ich habe also in jedem Fall ein Problem, oder?«

»Ja, das sehe ich auch so.«

Zwei Minuten später waren alle in der Fabrik.

»Willkommen, meine Herren, in Amerikas Herzstück!«, rief Daniel in einem übertriebenen Spanisch, das triumphal klingen sollte.

»Wie bitte?«, bemerkte der Emeritus.

»Was ist der Inbegriff des *American Way of Life?«,* fuhr Daniel fort.

Er war wieder in seine Muttersprache verfallen; so fiel ihm die Komödie, die er gleich aufführen wollte, doch ein

Stück leichter. Er ließ ihnen gar keine Zeit zum Nachdenken, sondern schob die Antwort gleich nach.

»Der Hamburger natürlich!«

Während sie die Gänge entlangliefen, gab Daniel ununterbrochen irgendwelchen Unsinn von sich und überlegte fieberhaft, wie zum Teufel er weitermachen sollte.

»Und was ist das Entscheidende für einen guten Hamburger? Das Fleisch, glauben Sie? Aber nein. Das Brötchen? Weit gefehlt. Natürlich auch nicht das Salatblatt oder die Zwiebeln. Entscheidend, meine Herren, ist das Ketchup! Und wer bewahrt das Geheimnis des Ketchups, die Seele des Ketchups? Die Firma Heinz!«

Sie waren in dem Bereich angelangt, wo die Flaschen befüllt wurden, dunkel und gespenstisch zu dieser späten Stunde, da alle Maschinen stillstanden und Grabesruhe herrschte. Er suchte die Lichtschalter, betätigte betont schwungvoll einen nach dem anderen, bis die Neonröhren die gesamte riesige Halle ausleuchteten. Er wusste, er würde ganz schön in der Tinte sitzen, falls ein Werkmeister vorbeikam, aber ihm blieb keine andere Wahl. Von einer Seite zur anderen wechselnd, schüttelte er spontan irgendwelche Erklärungen aus dem Ärmel, wofür die jeweilige Maschine diente. Dabei hatte er kaum eine Vorstellung von ihrer Funktion; in diesem Teil der Fabrik war er zuvor nur wenige Male gewesen. Doch seine Phantasie ließ ihn in seiner Verzweiflung nicht im Stich, und als er an der Etikettiermaschine stand, an die er sich dunkel erinnerte, schilderte er deren Arbeitsweise in blumigen Worten. Dann, als sie in den Bereich kamen, wo die Flaschen verschlossen und versiegelt wurden, bestand er darauf, dass jeder der Professoren einen Schraubdeckel einsteckte. Und als sie ans Ende der Produktionsstraße gelangten, zur Abfüllanlage, sprang Daniel mit einem Satz auf die Plattform

mit dem Tank, in dem sich das Füllgut befand. Er tunkte einen Finger hinein und zog ihn rot wieder heraus.

»Das Ketchup, meine Herren, der Stolz des Hauses Heinz! Hier drin ist es, direkt vor Ihnen! Kommen Sie herauf, probieren Sie!«

Daniel streckte dem jüngsten der Professoren eine Hand entgegen, und dieser wagte in seiner Verblüffung nicht, die Einladung auszuschlagen.

»Probieren Sie, probieren Sie Amerikas göttliche Tomatensoße, Professor!«, wiederholte Daniel noch einmal und nötigte ihn geradezu, seine Hand in den Tank zu stecken. Anschließend half er dem Mexikaner auf die Plattform, der sich ein wenig mehr sträubte, aber dann tauchte auch er seine rechte Hand hinein. Der ehrwürdige Dr. Montero jedoch weigerte sich standhaft, trotz allem Drängen.

Während die Herren Professoren wieder von der Plattform herunterstiegen, nachdem sie mehr als genug von der süßlichen Tomatensoße gekostet hatten, sah Daniel erneut auf die Uhr. Ihm lief die Zeit davon, und er hatte nicht die leiseste Ahnung, wie er die Herrschaften nun beschäftigen sollte. Also ging er mit ihnen zuerst zum Umkleideraum und bat sie, draußen zu warten, damit er den sandfarbenen Overall anziehen konnte, den alle Arbeiter tragen mussten. Im Hintergrund hörte man den Lärm der Förderbänder und Gabelstapler, die rumpelnd die vollen Kartons zu den Lastwagen beförderten. Und Männerstimmen, die sich laut Anweisungen zuriefen, hin und wieder ein kurzes Lachen, gelegentlich auch ein anstößiges Wort. Währenddessen standen die Herren Professoren, die mit ihren langen dunklen Mänteln, mit Krawatte und Hut so gar nicht in die Umgebung passen wollten, konsterniert herum und fragten sich, was zum Teufel sie hier machten.

Im selben Augenblick, in dem Daniel den Umkleide-

raum für Männer verließ, traten drei junge Arbeiterinnen aus dem für Frauen.

»Hallo, Student«, grüßten ihn zwei von ihnen in spöttischem Ton. Die dritte errötete ein wenig, als sie ihn sah.

Sie waren bereits in Straßenkleidung, hatten sich die Lippen nachgezogen, den eben abgelegten Arbeitskittel in der Handtasche verstaut. Jede trug einen Mantel in einer anderen Farbe: einen violetten die hochgewachsene Dunkelhaarige, einen gelben die blonde Mollige, einen blaugrünen die mit den rotbraunen Haaren, die schamhaft errötet war. Im Gesicht des Mexikaners und des jungen Professors aus Spanien zeigte sich endlich ein wenn auch schwaches Interesse. Der Emeritus hustete erneut.

»Na, ihr Hübschen, geht ihr schon nach Hause?«, warf ihnen Daniel zur Begrüßung hin.

»Was bleibt uns anderes übrig …«, erwiderte die Blonde betont gelangweilt. »Hier gibt es weit und breit niemanden, der uns ausführen möchte.«

Das war seine Chance, wenn auch schneller als erwartet. Und er ergriff sie beim Schopf.

»Meine Herren, darf ich Ihnen meine Freundinnen Ruth-Ann, Gina und Mary-Lou vorstellen? Die hübschesten Damen der ganzen South Side. Die schnellsten Packerinnen von Dosensuppen in der verarbeitenden Industrie weltweit. Mädels, ihr seht hier drei überaus gelehrte Herren vor euch.«

Er redete wie gehetzt, denn ihm blieben nur noch wenige Minuten, bis er den Gabelstapler von seinem Vorgänger übernehmen musste. Während die Damen und Herren sich einander mit höflichem Händeschütteln vorstellten, flüsterte er der Blonden verheißungsvoll ins Ohr:

»Fünf Dimes für jede von euch, wenn ihr sie drei Stunden lang bei Laune haltet«, sagte er leise und drückte ihr

unauffällig die Schlüssel zu Fontanas Wagen in die Hand. »Und am Donnerstagabend lade ich euch ins Kino ein.«

»Sechs für jede«, forderte flink besagte Mary-Lou. »Und nach dem Kino spendierst du uns noch ein Essen.«

Er hatte nicht einmal die Zeit, um im Kopf schnell zu überschlagen, dass ihn das den Verdienst einer ganzen Woche kosten würde.

»Meine verehrten Professoren, diese reizenden jungen Damen möchten Ihnen schrecklich gerne alle weiteren Anlagen unserer großartigen Fabrik zeigen. Und anschließend mit Ihnen tanzen gehen. Sie finden in der ganzen Stadt keine angenehmere Begleitung, das versichere ich Ihnen. Dann bin ich jedoch überflüssig, fürchte ich, deshalb werde ich mich hier von Ihnen verabschieden, wenn Sie erlauben.«

Verblüfft sahen die Hispanisten Daniel nach, der den Gang hinunter in Richtung Lager rannte, als wäre ihm der Leibhaftige auf den Fersen. Den drei jungen Arbeiterinnen, mit proletarischem Witz und jugendlicher Ungezwungenheit ausgestattet, gelang es dank der Mischung von Heinz-Dosen mit Baked Beans, Cocktails und Cha-Cha-Cha, Daniel sehr bald vergessen zu machen. Das Professorentrio sollte sich noch lange an diese unvergleichliche Fachkonferenz in Pittsburgh erinnern.

Einen ganz anderen Gang lief Daniel Carter fast zwei sehr ereignisreiche Jahre später, nach unzähligen Kursen und Vorlesungen, mit großen Schritten entlang. Geistig, moralisch und physisch ein gutes Stück reifer, streckte er schließlich den Kopf durch die geöffnete Tür in das Büro von Professor Fontana, das sich in einem der oberen Stockwerke der imposanten Cathedral of Learning befand.

»Nur herein, Carter, nur herein«, forderte dieser ihn mit seiner kräftigen Stimme in seiner Muttersprache auf. »Ich

habe schon auf Sie gewartet. Und Sie sind, wie immer, ganz außer Atem. Setzen Sie sich doch, bitte.«

Daniel war das Durcheinander in den vollgestopften Regalen, den Stapeln von Seminar- und Examensarbeiten in allen Winkeln und dem stets mit Schriftstücken übersäten Schreibtisch inzwischen sehr vertraut. Im Laufe der verschiedenen Kurse und mehrerer Semester war Andrés Fontana nicht nur zum Tutor, sondern auch zu einem hochgeschätzten Mentor und sogar Freund geworden, der dem jungen Amerikaner nach und nach einige rätselhafte Eigenarten eines Landes zu ergründen half, dessen Wunden nach einem der schlimmsten Kriege der Geschichte noch immer nicht ganz verheilt waren.

Der Professor hatte sich seine strenge spanische Förmlichkeit im Umgang mit Kollegen und Studenten bewahrt. Er war schnell im Kopf, ein entschlossener Charakter, körperlich wie seelisch stabil, kräftig gebaut und hatte auffallend große Hände, die für eine gröbere Tätigkeit gedacht schienen als diejenige, die er in Hörsälen, Büros und Sitzungszimmern ausübte. Obwohl er schon auf die fünfzig zuging, hatte er, mit Ausnahme einzelner Silberfäden im Bart und an den Schläfen, noch dichtes dunkles Haar, das er stets nach hinten kämmte, und eine raue Stimme, die niemals ein Lob ohne guten Grund aussprach. Obwohl er schon viele Jahre in den Vereinigten Staaten lebte und formal einwandfreies Englisch sprach, hatte er weder seinen starken spanischen Akzent abgelegt, noch bemühte er sich zu verhehlen, wie sehr ihm bestimmte lockere Umgangsformen gegen den Strich gingen, die man gerade im studentischen Milieu so häufig antraf, in dem er bereits sein halbes Leben verbrachte: die Lacher zur völlig unpassenden Zeit, die gelegentlichen Wettrennen durch die Korridore oder die Vorliebe mancher Studenten, in der ersten Vorle-

sung am Nachmittag ein Nickerchen zu halten. Oberflächlichkeit ertrug er nur schlecht, Nachlässigkeit und Faulheit duldete er schon gar nicht. Und dennoch war er ein lebensfroher Mensch, großzügig und immer zu einem Gespräch bereit, wenn man ihn darum bat, immer bereit, unvoreingenommen zuzuhören und zu debattieren. Immer bereit, jemandem die Hand zu reichen.

Den Füllfederhalter wie einen Stoßdegen führend, setzte er noch einige energische Striche, ohne den Blick von dem Manuskript zu heben, das irgendein mittelmäßiger Student verfasst hatte und das er nun in Stücke riss.

»Ich nehme an, wir haben immer noch Interesse an einem längeren Aufenthalt in Spanien?«, sagte er, die Zigarette zwischen den Lippen, den Blick auf seine erbarmungslose Korrektur gerichtet.

»Ja, *señor profesor,* das wissen Sie doch.«

Trotz des vertrauensvollen Verhältnisses, das sich im Laufe der Zeit zwischen ihnen entwickelt hatte, wahrten sie in der akademischen Umgebung streng die Form.

»Dann habe ich etwas für Sie. Werfen Sie doch mal einen Blick in diese Unterlagen.«

Schon kamen die mit einer Heftklammer zusammengehaltenen Blätter über den Schreibtisch gesegelt, und Daniel fing sie im Flug auf. Fulbright-Programm, las er laut.

»Endlich gibt es auch einen Austausch mit Spanien, gepriesen sei Gott der Allmächtige.«

Wie um seine ironische Bemerkung zu unterstreichen, zog Fontana energisch einen letzten waagrechten Strich durch den massakrierten Text. Anschließend schraubte er die Verschlusskappe auf seinen Füllfederhalter und wandte sich der Angelegenheit zu, deretwegen er den Studenten zu sich gebeten hatte.

»Es ist ein internationales akademisches Austauschpro-

gramm, das seit zehn Jahren existiert und vom amerikanischen Kongress gefördert wird. Allerdings wurde Spanien bislang nur am Rande berücksichtigt wie bei so vielen anderen Dingen. Da sich unsere Länder aber offenbar auf dem Weg einer zarten Annäherung befinden, hat man endlich beschlossen, die Tür aufzustoßen, und in Bälde wird eine gemeinsame Kommission eingesetzt.«

»Und worin besteht dieses Programm genau?«, wollte Daniel wissen, während er neugierig die Seiten durchblätterte.

»Stipendien für ein Spezialisierungsstudium oder eine Forschungsarbeit an einer Universität des Landes Ihrer Wahl.«

»Dafür muss ich aber nicht wie letztens wieder den Alleinunterhalter für ein paar Professoren geben, oder?«

Fontana lachte schallend. Daniel hatte ihm schließlich doch von jenem denkwürdigen nächtlichen Besuch in der Firma Heinz erzählt, weil sie inzwischen recht vertraut miteinander waren.

»Keine Sorge, ich garantiere Ihnen, dass dieses Mal alles streng nach Vorschrift ablaufen wird«, erwiderte er und drückte seine Zigarette in dem ohnehin schon übervollen Aschenbecher aus.

Er hatte immer noch Mühe, in dem ungezwungen auftretenden, zielstrebigen jungen Mann den ungestümen Burschen wiederzuerkennen, der vor gar nicht langer Zeit mit unsicherem Spanisch und einem unbändigen Wissensdurst in diesen heiligen Hallen auftauchte. Er war ruhiger geworden, hatte einen gewissen Schliff bekommen und beherrschte die fremde Sprache inzwischen zehnmal besser, hatte aber dennoch kein Jota von der Begeisterung und intellektuellen Wissbegier eingebüßt, die er schon am ersten Tag mitbrachte. Und er hatte, wie zwischen beiden

vereinbart, das ersehnte Stipendium bekommen, das ihm endlich die Nachtschichten in der Fabrik ersparte, sodass er sich mit ganzem Einsatz auf sein Studium konzentrieren konnte. Doch es würde noch lange dauern, ehe er erreichte, was er sich seit den ersten Seminaren vorgenommen hatte, dachte Fontana. Noch musste man ihm helfen, den rechten Weg zu finden.

»Glauben Sie, dass ich Chancen habe?«

»Wer weiß …«, antwortete der Professor ein wenig hinterlistig.

»Vielleicht habe ich Glück.«

Dann faltete er die Blätter zusammen, steckte sie in die Gesäßtasche seiner Hose und begann, Bücher, Ordner und Jacke eilig vom Boden aufzulesen wie jemand, der immer wenig Zeit und viel zu viel zu tun hatte.

»Menschenskind, Carter, jetzt warten Sie doch einen Augenblick. Ob ich es irgendwann noch schaffe, dass Sie nicht gleich nach fünf Minuten wieder davonrennen?«

»Sie wissen doch, dass ich in diesem Semester sechs Pflichtkurse belegt habe, Professor, und …«

»Erzählen Sie mir keine Schauermärchen, mein Junge. Konzentrieren Sie sich auf das, was ich Ihnen gerade gesagt habe. Diesen Leuten muss man ein seriöses, gut ausgearbeitetes Projekt präsentieren. Setzen Sie sich wieder, bitte.«

Daniel folgte der Aufforderung mit interessierter Miene.

»Ich denke da an jemand Bestimmten. An Ramón J. Sender.«

»Ramón wer?«

»Jot Punkt Sender.«

»Wer ist das?«

»Ein guter Schriftsteller, der sich auch hervorragend als Dissertationsthema eignen würde. Und außerdem ein Freund.«

Fontana warf ihm über den großen Schreibtisch hinweg ein Buch zu.

»Lebt er noch?«, fragte Daniel und fing es geschickt mit der linken Hand auf.

»O ja, und wie! Er erfreut sich bester Gesundheit. Er lehrt moderne Literatur in Albuquerque, New Mexico. Und er schreibt noch immer. Ich habe ihn erst kürzlich beim Kongress für zeitgenössische Prosa in Amherst getroffen.«

»An der Tagung der Hispanisten hat er nicht teilgenommen?«

»Es war ihm nicht möglich. Sie wissen gar nicht, wie sehr ich ihn vermisst habe.«

»Ist er Gastprofessor?«

»Dauergast, sozusagen. Er lebt hier im Exil.«

»Mosén Millán«, las Daniel auf dem Titel. Dann blätterte er mit dem Daumen das schmale Bändchen durch. »Sehr kurz«, war sein einziger Kommentar.

»Und sehr gut. Definitiv. Er hat es vor vier oder fünf Jahren in Mexiko veröffentlicht. Im Moment überlegt er gerade, den Titel zu ändern, zukünftig wird das Buch *Réquiem por un campesino español,* Requiem für einen spanischen Landmann, heißen. Außerdem hat er davor schon etliches geschrieben.«

»Gibt es schon Arbeiten über ihn?«

»So gut wie nichts. In Spanien ist er als Schriftsteller unerwünscht, und außerhalb schätzt man ihn auch nicht überall. Falls Sie sich für ihn als Thema entscheiden, müssen wir also vorsichtig vorgehen.«

Und so verließ Daniel Fontanas Büro nicht nur mit *Mosén Millán* bei seinen ohnehin schon umfangreichen Unterlagen, sondern auch mit dem festen Vorsatz, mit Zähnen und Klauen um dieses Stipendium zu kämpfen,

das ein weiterer Schritt auf dem Weg zur Aussöhnung zwischen seinem eigenen Land und Spanien sein sollte, dem Spanien, das er so gerne kennenlernen wollte. Die Sache mit Sender würde er jedoch in aller Ruhe durchdenken müssen. Er hatte schon früher einmal mit Fontana über seine Absicht gesprochen, sich in seiner Doktorarbeit mit einem zeitgenössischen Autor zu befassen. Aber er kannte den vorgeschlagenen Schriftsteller nicht, und eigentlich hätte er lieber eine klare Vorstellung von jemandem gehabt, ehe er sich jahrelang mühsam durch seine Bücher arbeitete. Obwohl der Umstand, dass es sich um einen in und außerhalb Spaniens Verfemten handelte, durchaus einen gewissen morbiden Reiz auf ihn ausübte.

Er stand schon im Korridor, wollte gerade loslaufen, um nicht zu spät zur nächsten Vorlesung zu kommen, als er wie Donnerhall Fontanas Stimme hörte, der ihm einen letzten, ihm nicht ganz verständlichen Satz nachrief.

»Mal sehen, wie wir es hinkriegen, alle hinters Licht zu führen, ohne dass sie es merken!«

Kapitel 13

Der heiße Sommer 1958 neigte sich seinem Ende zu, als eine Lockheed Super Constellation der TWA Daniel Carter eines Morgens am Rollfeld in Barajas, dem Flughafen von Madrid, absetzte. Er hatte zwei Koffer und eine Reiseschreibmaschine bei sich und war voller Optimismus. Seinen Lebensunterhalt würde er mit dem Fulbright-Stipendium bestreiten, das ihm schließlich gewährt worden war. Bei einem Wechselkurs von zweiundvierzig Peseten für einen Dollar müsste das Geld, so hoffte er, ein ganzes Semester reichen, ohne dass er in Bedrängnis geriet.

Schon kam ein knochendürrer Bursche auf ihn zu. Ohne die durchgeweichte Bisonte aus dem Mund zu nehmen, bot er ihm an, sein Gepäck auf eine ziemlich verrostete Karre zu laden. Draußen vor dem Flughafengebäude hielt ihm nach einem kurzen Gerangel mit zwei Kollegen der Besitzer eines schwarzen Taxis zuvorkommend die hintere Tür auf. Für einen Touristen, der nach Amerikaner aussieht, lohnt sich der Einsatz, dachte der Mann bei sich. In der heutigen Zeit erst recht.

»Wo soll's denn hingehen, der Herr …?«, fragte der Taxifahrer mit einem Zahnstocher im Mundwinkel.

»Calle Luisa Fernanda Nummer 26«, erwiderte Daniel. Das war sein erster Kommunikationsversuch auf spanischem Boden.

Er nahm begierig in sich auf, was am Wagenfenster vorbeizog, alles erschien ihm faszinierend, alles interessant.

Von der trostlosen, staubtrockenen Ödnis in den Außenbezirken Madrids, durch die sie anfangs fuhren, bis zu den immer zahlreicher werdenden Gebäuden und Menschen an Straßenkreuzungen und -ecken. Unterdessen bot sich der Taxifahrer, der auf ein großzügiges Trinkgeld spekulierte, als Fremdenführer an. Unüberhörbar laut, damit sein Fahrgast es auch bestimmt mitbekam.

»Falls Ihnen in den Sinn kommt, mich irgendetwas zu fragen, *míster,* stets zu Diensten.«

»Vielen Dank, Señor«, entgegnete Daniel höflich. Lieber als dem Taxifahrer zuzuhören wollte er jedoch weiter aus dem Fenster sehen und alles in sich aufsaugen, was ihm vor die Augen kam.

Irgendwie beschlich ihn auf der Fahrt durch unterschiedlich breite Straßen der Verdacht, dass der Fahrer eine Spazierfahrt mit ihm machte. Hin und wieder schien ihm sogar, sie hätten eine bestimmte Stelle schon einmal passiert. Arbeiter im Blaumann mit Baskenmütze auf dem Kopf neben einem Graben, Dienstmädchen, die im Laufschritt unterwegs waren, und Polizisten in grauer Uniform, die immer zu zweit im Dienst waren, das alles sah er. Blinde, die mit lauten Rufen Lotterielose verkauften, Mütter mit dem Einkaufskorb am Arm auf dem Weg zum Markt, Postboten auf dem Fahrrad, drei Priester in Soutane, die gleichzeitig die Straße überquerten. Sie alle waren Statisten in dem großen Bühnenbild, das er sich seit Monaten in seiner Phantasie ausgemalt hatte.

»Das da ist die Puerta de Alcalá, tolles altes Ding«, erklärte der Taxifahrer, nachdem sie eine ganze Weile im Zickzack gefahren waren. »Und da drüben der Brunnen mit Cibeles auf ihrem Wagen, sehen Sie, wie eine Königin. Gleich sind wir in der Gran Vía. Und da, da, da, ich glaub's nicht! Die Sarita Montiel in *El último cuplé!* Seit fast einem

Jahr ist sie auf dem Plakat, mir wird immer ganz anders, wenn ich am Teatro Rialto vorbeifahre. Sie dürfen auf keinen Fall verpassen, wie sie *Fumando espero* singt …«

Daniels Augen sprangen nur noch hin und her, von Werbeanzeigen für Liköre und Waschmittel zu Schildern mit den Namen der Metrostationen und Polizisten, die mit ihren Trillerpfeifen den Verkehr regelten. Von riesigen Plakaten, die spanische und ausländische Filme ankündigten, zu jungen Frauen in taillierten Kleidern, die mit wiegenden Hüften die Bürgersteige entlanggingen, während schlanke, geschniegelte Männer, gierig an ihren Zigaretten ziehend, ihnen ungeniert Schmeicheleien und Obszönitäten nachriefen. Alles erschien ihm faszinierend unter dieser Sonne, die sich auch jetzt, im September, noch recht angriffslustig zeigte.

»Gleich kommen wir zur Plaza de España. Schauen Sie, der Torre de Madrid, gerade fertig geworden, fast hundertfünfzig Meter hoch, heißt es. Na, was sagen Sie?«

»Beeindruckend«, schwindelte Daniel. Dass er auf dem Weg nach Spanien kürzlich ein paar Tage in New York verbracht hatte, behielt er lieber für sich.

»Siebenunddreißig Stockwerke und so viele Aufzüge, dass man gar nicht weiß, in welchen man einsteigen soll«, fügte der Fahrer so stolz hinzu, als würde er den Wolkenkratzer erben. »Das höchste Gebäude in Europa. Damit es nicht wieder heißt, wir verstünden nichts von unserem Handwerk.«

»Beeindruckend«, sagte Daniel noch einmal, während er den Blick auf einer Frau in schwarzer Trauerkleidung ruhen ließ, die wenige Meter vor dem Haupteingang mit einem in Lumpen gehüllten Kind an der Brust auf dem Boden saß und um Almosen bettelte.

»Gleich sind wir am Ziel, jetzt kommen wir ins Argüel-

les-Viertel. Das da ist die Calle Princesa, und dort drüben, auf der rechten Seite, man sieht ihn kaum, der Palacio de Liria, die Hütte des Duque de Alba, nicht zu fassen, wie vornehm der Bursche haust. Und nun biegen wir ab in die Calle Luisa Fernanda wie die gleichnamige Zarzuela. Und am Ende der Straße ist die Nummer 26. Da wären wir, mein Lieber. Macht dreiunddreißig fünfzig für die Fahrt, plus zehn Peseten fürs Gepäck und nach Belieben für meine Informationen. Und sagen Sie nicht, dass Ihnen die Rundfahrt nicht gefallen hat, eh, *míster?*«

Daniel dachte sich, dass ihn die gleiche Fahrt mit einem weniger schlitzohrigen Taxifahrer bestimmt weniger gekostet hätte. Aber er bezahlte den verlangten Betrag, ohne zu protestieren, und betrachtete ihn einfach als durchaus vertretbaren Aufschlag für die gerade absolvierte Lehrstunde in angewandter Literatur – ein spanisches Schelmenstück des zwanzigsten Jahrhunderts. Mitten aus dem Leben gegriffen.

Das Trinkgeld kam allerdings nicht so gut an.

»Was haben Sie mir denn da gegeben, mein Freund?«, fragte der Taxifahrer mit einem konsternierten Blick auf die sonderbaren Münzen, die ihm der Amerikaner in die Hand gedrückt hatte. Der abgekaute Zahnstocher landete, vielleicht wegen der Überraschung, endlich auf dem Boden.

»Fünfzehn Cent, Señor. Damit Sie auch mein Land ein bisschen kennenlernen.«

Mit diesen Worten ließ Daniel seinen Fremdenführer stehen, der irgendetwas Unverständliches über seine Vorfahren brummelte, und betrat, in jeder Hand ein Gepäckstück, das Gebäude. Die Vorhalle war geräumig, eines gutbürgerlichen Hauses würdig. Von der Decke hingen zwei prächtige brünierte Lampen. Im Hintergrund schwang

sich eine breite Treppe nach oben, in der Mitte befand sich ein Fahrstuhl. Rechter Hand eine Art Glaskasten, jedoch nicht besetzt. Daneben eine Wohnungstür, nur angelehnt. Das Türschild verriet ihm, dass er an seinem Ziel angelangt war: an der *portería,* der Hausmeisterwohnung.

Er klopfte, doch niemand antwortete. Da entdeckte er eine Klingel und läutete – wieder keine Reaktion. Also streckte er den Kopf hinein und blickte in ein nahezu leeres Zimmer, in dessen Mitte ein runder Tisch mit einer Häkeldecke und vier Stühlen stand. Hallo, rief er laut. Hallo, hallo, wiederholte er noch lauter. Niemand zeigte sich. Offenbar war niemand zu Hause, und so entschied er sich, sein Gepäck vorerst ins Zimmer hineinzustellen und wieder loszugehen. Er wollte keine einzige Minute dieses ersten Morgens in Spanien ungenutzt verstreichen lassen.

Er lief einfach drauflos, nahm mit seinen fünf Sinnen begierig alles in sich auf. Ununterbrochen war er bemüht, Reklamebotschaften und Satzfetzen zu entschlüsseln, während er gleichzeitig die aus verschiedenen Läden dringenden Gerüche einsog, von denen er nicht einmal wusste, was sie ihren Kunden zu bieten hatten. *Salazones y encurtidos, mercería, churrería* – Salzfisch und sauer Eingemachtes, Kurzwaren, *churros,* das in heißem Öl frittierte Gebäck aus Brandteig. Bis er auf einen Zeitungskiosk stieß und ihn die Schlagzeilen zu den jüngsten Ereignissen im Land ablenkten. Er überflog die Titelblätter und wählte fast aufs Geratewohl einige Zeitungen in der Hoffnung, darin Erhellendes über sein Gastland zu finden. *Ya, Pueblo* und *Abc,* weil ihm der Händler versicherte, es seien seine bestverkauften Blätter. Dann nahm er noch *El Caso* dazu, das deftige Einzelheiten zu den vier Morden versprach, die ein Krimineller mit Familiennamen Jarabo in diesem Sommer begangen hatte. Und eine vielfarbige Wochenzeitschrift,

die paradoxerweise *Blanco y Negro,* also *Schwarz-Weiß* hieß und einen schmächtigen, dunkelhaarigen Jungen mit olivenfarbener Haut als Joselito, die kleine Nachtigall, präsentierte. Im letzten Moment bemerkte er zwei Rotzbengel, die ihm kaum bis zur Hüfte gingen. Sie betrachteten verzückt die Comic-Heftchen für Kinder, wobei einer sich mit erstaunlicher Ausdauer am Kopf kratzte und der andere mit einem Finger in der Nase bohrte. Daniel ließ sich drei Exemplare geben. Wollen Sie wirklich den *Tío Vivo,* mein Herr? Zwei schenkte er den kleinen Jungen, das letzte legte er auf den Packen Zeitungen, die er bereits erstanden hatte.

Nachdem er mit einem Hundertpesetenschein bezahlt und eine Handvoll Münzen zurückerhalten hatte, ahnte er, dass ihn das Leben in Madrid erstaunlich billig kommen würde. Umso besser, dachte er, als er die Tür eines benachbarten Lokals aufstieß. Umso mehr konnte er mit seinem Geld anfangen, umso mehr Orte besuchen, umso mehr Bücher kaufen. Aber darüber würde er sich später Gedanken machen. Im Moment war ihm wichtiger, womit er am späten Vormittag in einer Café-Bar seinen hungrigen Bauch füllen könnte. Mit roter Schrift verwies man auf die Spezialität des Hauses – *bocadillos,* belegte Brötchen – und verschiedene kleine Gerichte. Er schlug eines der soeben erstandenen Presseerzeugnisse auf, während er sich fast ohne hinzusehen einverleibte, was der Kellner ihm angesichts seiner Unfähigkeit, die auf der Tafel angepriesenen Spezialitäten zu entziffern, gebracht hatte: ein halbes Stangenbrot, belegt mit gebratenem Tintenfisch, und ein Glas Weißwein, direkt vom Fass und ein wenig trüb. Er verschlang die Zeitungen nicht weniger gierig als sein Essen, und so erfuhr er zwischen zwei Bissen, dass Francos Jacht *Azor* hieß, lernte nebenbei auch die Bedeutung des Verbs *fondear,* vor Anker liegen, kennen und wo genau

die Hafenstadt Vigo lag. Außerdem erfuhr er, dass ein bekannter Torero namens El Litri in der kommenden Saison wieder in die Arena zurückkehren werde, und las unter »Vermischtes«, dass ein Bahnarbeiter mit Namen Emiliano Bermejo Salcedilla am Bahnhof Chamartín von einer Lokomotive überrollt worden war.

Es war schon fast zwei Uhr, als er in die Calle Luisa Fernanda zurückkehrte. Die Tür zur Hausmeisterwohnung war noch immer angelehnt, aber endlich waren Geräusche zu hören. Jemand trällerte ein Liedchen, ein Wasserhahn lief. Dann, als er geläutet hatte, der Ruf »Ich komme ja schon!« und hastige Trippelschritte, die sich näherten.

»Heilige Mutter Gottes, Señorito Daniel, was für ein stattlicher junger Mann Sie sind!«, begrüßte ihn überschwänglich die rundliche Frau, die, sich die Hände an einem Lappen abwischend, zur Tür geeilt war.

Die Schmeichelei brachte ihn zum Lachen. Und gleich darauf musste er sich vorbeugen, fast im rechten Winkel, weil ihm die *portera,* die Hausmeisterin, zwei schmatzende Küsse auf die Wangen drückte. Seit eineinhalb Monaten hielt sie diese herzliche Begrüßung schon für ihn bereit, seit sie den Brief von Andrés Fontana erhalten hatte, in dem er ihr den jungen Amerikaner ankündigte.

»Hereinspaziert, mein Junge, hereinspaziert, der Eintopf ist gerade fertig. Muss ich ausgerechnet in dem Moment zur Drogerie laufen, wo Sie ankommen!«

Daniel hätte ihr gerne gesagt, dass er schon gegessen hatte, dass sie sich seinetwegen keine Gedanken machen müsse, dass es vielleicht besser wäre, er würde sich ein Weilchen hinlegen. Doch er verlor die Schlacht, noch ehe er sie begonnen hatte, und ihm blieb keine andere Wahl, als sich an den bereits gedeckten Tisch zu setzen und sich, wie geheißen, die karierte Serviette umzubinden. Niemand ver-

riet ihm, dass dieser Eintopf, der erste von vielen, die er im Laufe seines Lebens verspeisen würde, mit seiner schmackhaften Brühe, den Kichererbsen und verschiedenen anderen Einlagen – wie so viele Dinge von jenem Tag an, wie so viele andere Tage in den Monaten, die folgen sollten – für ihn nach etwas schmecken würde, das sich nicht in Worte fassen ließ. Da half ihm auch das zweisprachige Wörterbuch nichts, das im Koffer lag.

Aber mit der Schlafstelle war es so eine Sache. Es gab in seinem Gastland zwar keine Bezugsscheine und keine Nothilfe für Bedürftige mehr, es beharrte nicht mehr stolz auf seiner Autarkie, seit es beim Vatikan und der Regierung der Vereinigten Staaten wieder in der Gunst stand und eine Gruppe von Technokraten an die Spitze der Wirtschaftspolitik gesetzt hatte, die, wenn auch mit größeren Fähigkeiten und Kenntnissen ausgestattet als ihre Vorgänger, ebenso viel Interesse an einer Demokratisierung des Landes hatten wie jene. Soll heißen, keines. Dieser lähmende Stillstand schien sich in anderen Lebensbereichen fortzusetzen. Beispielsweise bei der durchschnittlichen Körpergröße der Menschen in Spanien, die bei Männern kaum über eins siebzig hinausging, bei Frauen noch einige Zentimeter darunter blieb. Und bei Möbeln und sonstigen Gegenständen, die noch auf dieses kleinere Maß zugeschnitten waren, wie das unzureichende Bett, das Daniel in seinem Zimmer erwartete; es hatte in ihrer Jugend den Söhnen der Hausmeisterin gehört.

»Herr im Himmel! In welches Bett soll ich Sie bloß stecken, Sie langen Burschen?«

Mit dieser nicht unwichtigen Frage begann sie, den Tisch abzuräumen. Zu ihrer großen Freude hatte der Amerikaner sich noch eine zweite Portion vom Eintopf genommen, danach eine halbe Schüssel Milchreis verputzt und

zum Schluss fast noch eine ganze Schale Kaffee getrunken. Als er sah, dass sie abzuräumen begann, sprang er auf, um ihr zu helfen.

»Nein, nein, mein Junge, kommt nicht infrage«, protestierte sie energisch. »Bringen Sie schon mal Ihre Koffer ins Zimmer, ich brauche nur noch einen kleinen Moment, dann komme ich nach.«

Das Bett war definitiv zu kurz, kein Zweifel. Doch es galt festzustellen, um wie viel.

»Legen Sie sich mal drauf, mein Lieber …«

Beide konnten sich das Lachen kaum verbeißen. Schon ab Mitte der Wade ragten Daniels Beine über das Fußende des Bettes hinaus.

»Das bekommt Mauricio, der Schreiner, schon hin, Sie werden sehen«, sagte sie und tätschelte ihm wie zur Beruhigung den Arm. »Wie groß sind Sie denn, Señorito Daniel, damit ich es ihm sage? Mal sehen, was er machen kann.«

»Sechs Fuß, zwei Zoll«, erwiderte Daniel automatisch und in der Landessprache, ohne sich jedoch des hier geltenden metrischen Maßes bewusst zu sein.

»Und wie viel ist das für Christenmenschen, wenn man fragen darf?«

»Verzeihung?«

»In Metern, Junge, wie groß sind Sie in Metern?«

»Nun … also, ich weiß nicht.«

»Ach, das haben wir gleich«, murmelte sie bei sich und verließ das Zimmer auf der Suche nach ihrem Nähkasten. Wenig später war sie wieder zurück. »Mal sehen, stellen Sie sich an die Wand«, sagte sie, während sie das Metermaß entrollte. Daniel gehorchte amüsiert. »Moment, ich komme nicht hinauf«, sagte sie dann und rückte den einzigen Stuhl im Zimmer heran, den sie hinaufstieg, ohne lange nachzudenken. »Mal sehen, den Kopf ganz hoch, nicht be-

wegen, schon vorbei. Ein Meter achtundachtzig, so, jetzt kennen Sie Ihre Körpergröße, falls man Sie zum Militärdienst holt, was Gott verhüten möge.«

Bei vielen Wörtern und Redewendungen, die seine Hauswirtin benutzte, verstand Daniel nicht die Bedeutung, aber da Gefühle ohne Sprache auskommen, vermittelte sich ihm sehr wohl die darin verborgene Herzlichkeit und ihr überaus großzügiges Naturell. Die beiden, Hausmeisterin und amerikanischer Student, Witwe und eben Angekommener, grundverschieden und dennoch harmonierend wie das Pünktchen mit dem i, lösten das Bettproblem mit ein wenig Erfindungsgeist und der vereinten Unterstützung des Möbelschreiners im Viertel und eines Polsterers in der Nachbarschaft. Ersterer zimmerte aus ein paar Brettern eine Verlängerung für das Bett, der Zweite fertigte dafür eine Matratze auf Maß, und Señora Antonia nähte jeweils ein Stück festen Baumwollstoff an die Laken und Betttücher. *Perfecto,* bestätigte Daniel, als alles fertig war. *Niquelao,* so lautete das Adjektiv, das sie als Lob für die gemeinsame Flickarbeit verwendete. Es fand sofort Eingang in sein Vokabelheft, in dem er fortlaufend seine Neuerwerbungen notierte.

Die Sache mit dem Bett hätte ihm als Entschuldigung dienen können, sich nach einigen Tagen ein neues Quartier zu suchen. Vielleicht hätte er sich, nachdem er sich in der bescheidenen Hausmeisterwohnung ein wenig in Madrid eingewöhnt hatte, doch trauen sollen, in eine bequemere Unterkunft umzuziehen. In eine gute Pension für junge Herren aus der Provinz, ein zentral gelegenes, helles Gästehaus, in die legendäre Residencia de Estudiantes vielleicht. Aber er zog es vor, an Ort und Stelle zu bleiben: in einem dunklen Zimmer zu schlafen, das auf einen Innenhof hinausging, in dem immer Wäsche zum Trocknen

hing und es nach Waschlauge roch, beim spärlichen Licht einer nackten Glühbirne zu studieren und auf einem Korbstuhl sitzend zu lesen, da kein vernünftiger Sessel vorhanden war. Nichts von alledem erschien ihm wichtig, nichts störte ihn. Eher im Gegenteil. Er nahm es als besonders authentisch wahr. Als Realität in ihrer reinsten Form, als Salz des Lebens.

Vielleicht spielte bei seinem Unwillen, sich eine andere Bleibe zu suchen, unfreiwillig auch ein gewisses Verlangen nach Kontinuität mit, der unbewusste und etwas romantische Wunsch, etwas fortzusetzen, das zwei Jahrzehnte zuvor ein jähes Ende gefunden hatte. Bei Señora Antonia hatte nämlich – in einer anderen Hausmeisterwohnung, und zwar in der Calle Princesa, bevor sie mit ihrer Familie in die Calle Luisa Fernanda zog, bevor sie Witwe wurde, die Söhne heranwuchsen und die Mutter verließen – auch schon Professor Andrés Fontana als Student gelebt. Er selbst hatte Daniel diese Unterkunft als Anlaufstelle für die erste Zeit in Spanien empfohlen, hatte der Hausmeisterin von Pittsburgh aus geschrieben und sie gebeten, seinen amerikanischen Schüler für zweihundert Peseten in der Woche aufzunehmen. Wenn der robuste Fontana unter noch widrigeren Umständen dort gewohnt hatte, warum nicht auch ein Daniel Carter? Ihnen zu Ehren, hochgeschätzter Professor, hätte der Amerikaner wohl gesagt, wenn er diesen Ausdruck damals schon gekannt hätte. Leider sollte er ihn erst einige Monate später anlässlich der Feria de San Isidro kennenlernen.

Es gab also eine Menge praktischer und überzeugender Gründe, die zusammengenommen seine ohnehin geringen Zweifel schnell beseitigten. Die gehaltvollen Eintöpfe, deren Soße er mit Brot auftunkte; der starke Kaffee *de puchero,* der ihn morgens im Nu wach machte; die mit

der Hand gewaschenen, gestärkten und sorgfältig gebügelten Hemden. Die Anekdoten der Señora Antonia und ihre Erinnerungen an Vergangenes, die ihm in den zahllosen Stunden, die sie miteinander am Esstisch verbrachten, nach und nach den Charakter des Landes entdecken ließen, in dem er nun lebte. Die Fülle an umgangssprachlichen Ausdrücken, die er tagtäglich hörte, die unablässig auf ihn einströmenden Redewendungen und witzigen Episoden, die er sich zuhauf in einem Heft notierte, das er ab jetzt immer in der Tasche mitzuführen beschloss.

Und es gab, vielleicht ohne dass es ihm bewusst war, gewichtiger als alle übrigen Gründe, wenngleich nicht wahrnehmbar, noch etwas anderes. Etwas nicht Greifbares. Etwas, das er schon in dem Augenblick gespürt hatte, als er diese Wohnung betrat, als er die gehäkelte Tischdecke sah und das viele Jahre alte Bild einer Dorfhochzeit, bei dem schon die Hälfte des Paares fehlte. Der Geruch des auf dem Herd köchelnden Eintopfs, das gerahmte Herz-Jesu-Bild, der Almanach mit Fotografien von Frauen mit olivenfarbener Haut und traurigen Augen, breitkrempige Hüte auf dem Kopf; das ununterbrochen laufende Radiogerät, manchmal so leise gestellt, dass man fast nichts hörte, manchmal mit Quizsendungen, Fortsetzungsgeschichten und Volksliedern lärmende Fröhlichkeit verbreitend. Die Warmherzigkeit. Das freundliche Zugewandtsein. Sich auf einmal wieder umsorgt zu fühlen. Die Tatsache, dass sich nach so langer Zeit, in der er jede emotionale Zuwendung entbehrt und sich schrecklich verlassen gefühlt hatte, nun jemand um ihn kümmerte, nachdem er unmissverständlich klargestellt hatte, dass seine Zukunft sich nicht in Anwaltskanzleien, Gerichtssälen oder Krankenhäusern abspielen werde.

Kapitel 14

Doch es gab ja nicht nur das häusliche Leben. Von Anfang an stürzte er sich auch in das Leben, das sich auf der Straße abspielte. Auf der Straße im ganz allgemeinen Sinn, im Freien, mehr oder weniger vor der Haustür. Er durchstreifte dieses Madrid, das sich vor seinen Augen entfaltete und an jeder Ecke neue Überraschungen bereithielt. Mit solchen ziellosen Streifzügen verbrachte er seine ersten Tage, lief durch typische alte Stadtviertel und Parks, über gepflasterte Bürgersteige und Plätze, ging in Kirchen und Kneipen, streckte den Kopf neugierig in *bodegas,* Geschäfte, Schulen und Kaufhäuser hinein und zeigte immer wieder seine Papiere vor, wenn irgendein unerbittlicher Ordnungs- oder Gesetzeshüter sich unvermutet mit mürrischer Miene vor ihm aufbaute.

Als dieser erste Hunger, dieses elementare Bedürfnis zu sehen, zu hören, zu riechen und zu tasten erst einmal gestillt war, beschloss er, seinen Wegen endlich ein Ziel zu geben, seinem Dasein einen Zweck. Dieses Ziel war ein Gebiet im Westen Madrids, angrenzend an das Argüelles-Viertel, wo er wohnte. Ein Gebiet, in das er, obwohl es offiziell die Rechtfertigung für seinen Aufenthalt lieferte, noch keinen Fuß gesetzt hatte.

Dort, in der Ciudad Universitaria, erwartete ihn die Fakultät für Philosophie und Geisteswissenschaften: Kurz nach der Einweihung hatte sie Andrés Fontana aufgenommen und würde nun, gute zwanzig Jahre später, an

einem bewölkten Vormittag Anfang Oktober, auch seinen amerikanischen Studenten aufnehmen. Zwischen diesen beiden denkwürdigen Tagen hatte sie einen Krieg erlebt, eine radikale Säuberung von unerwünschten Professoren und Studenten und einen Wiederaufbau auf ganzer Linie, der die gesamte Institution von Grund auf verändern sollte.

Wenige Minuten bevor er sich dorthin auf den Weg machte, kam Señora Antonia in sein Zimmer, eine Stielkasserolle in der Hand, deren Griff sie mit einem Lappen umwickelt hatte, um sich nicht zu verbrennen. Sie hatte gerade, Stufe für Stufe, die Treppe gewischt und schickte sich jetzt an, ihm das Frühstück zu servieren. Die Mühsal mehrerer Hausmeisterstellen nach dem Tod ihres Mannes, als sie zwei Söhne allein durchbringen musste und kaum genug zu essen für sie hatte, und der ständige Kampf hatte sie stark gemacht. Ihre Tränen zu verbergen, damit sie ihren Kummer nicht sahen, hatte ebenso wie das Schleppen von Kohlen- und Mülleimern, das geduldige Ertragen allen Elends, eine resolute Frau aus ihr werden lassen, die sich keine Schwäche zugestand.

»Heute sind wir aber elegant! Wo gehen wir denn hin, mein Junge?«, fragte sie, während sie ihm heiße Milch in den Kaffee goss.

Ihr Blick verharrte auf Daniels Krawatte, die mit ihren bunten Streifen so ganz anders war als die schlichten dunklen, die der gewöhnliche Spanier trug. Es war überhaupt das erste Mal, dass sie ihn mit Krawatte sah.

»Ich fürchte, es ist an der Zeit, dass ich zu studieren anfange«, erwiderte er, während er einen *churro,* von denen sie gerade eine Portion aus der *churrería* geholt hatte, in seine Tasse tunkte.

»Dann ist das süße Leben jetzt vorbei?«

Zwei weitere Bissen und er hatte das Gebäckstück aufgegessen. Dann erst antwortete er.

»Oder vielleicht fängt es jetzt erst an, wer weiß …«

Auf dem Weg zur Universität dachte er noch einmal darüber nach, in welcher Weise er das Projekt darstellen sollte, für das ihm die Fulbright-Kommission schließlich ein großzügiges Stipendium bewilligt hatte. Fontana und er hatten ausführlich darüber gesprochen. Manchmal, während sie zwischen Vorlesungen die neugotischen Flure der Cathedral of Learning entlanggingen, beide mit Büchern beladen, unter Scharen von Studenten, die eilig ihrem jeweiligen Hörsaal zustrebten. Manchmal, während sie über den Campus schlenderten. Gelegentlich sogar, an den schon langen und warmen Tagen des vergangenen Frühjahrs, als ihre Beziehung sich so weit gefestigt hatte, dass sie das Gespräch auch jenseits der Universität fortführten, nach den Vorlesungen bei dem einen oder anderen Bier. Sei bloß vorsichtig, Junge, wurde Fontana nicht müde zu wiederholen. Vorsichtig und klug.

»Warum betonen Sie das immer wieder, Professor?«

»Weil die wenigsten Sender schätzen und es nicht gut für uns wäre, wenn wir Argwohn erregen.«

Fontana wusste, wovon er sprach. Der Aragonier Ramón J. Sender genoss in jenen Jahren gegen Ende der Fünfziger einen sehr speziellen Ruf unter den spanischen Schriftstellern, die nach dem Bürgerkrieg ins Exil gegangen waren. Schon zuvor als Autor und Journalist äußerst produktiv, war seine Biografie als Mann der Waffe und des Wortes auf Seiten der republikanischen Partei dennoch von Turbulenzen geprägt. Sympathisant der kommunistischen Partei, von deren Führern obskuren Vorwürfen der Feigheit und des Verrats ausgesetzt, danach Opfer einer anhaltenden Schmähkampag-

ne, ohne jede Rücksicht aus den Exilantenkreisen ausgeschlossen.

Er selbst hatte diese Vorwürfe immer zurückgewiesen, auch wenn er ohne Umschweife zugab, dass es in der Ausübung seiner militärischen Funktionen während des Krieges durchaus zu Disziplinlosigkeiten und sogar verantwortungslosem Verhalten seinerseits gekommen war. Was die kommunistische Partei jedoch als Illoyalität und Hinterhältigkeit verurteilte, sahen Sender und seine wenigen Verteidiger als schlichte Ablehnung der Politik und des militärischen Vorgehens der Parteihierarchien, sozusagen als eine Form persönlicher Rebellion gegen die autoritäre Willkür und Verteidigung seiner Integrität als Individuum. Jedenfalls war der Schriftsteller seiner politischen Haltung treu geblieben und wie so viele andere ins Exil gegangen. Doch er gehörte nie richtig dazu, wurde im Gegenteil häufig fast wie ein Feind behandelt, wie ein unbequemer Gefährte auf der langen Lebensreise in der Diaspora.

Trotz allem ließ er sich von seinem Standpunkt nicht abbringen. Für immer von seiner Familie getrennt – seine Frau wurde auf dem Friedhof von Zamora exekutiert, seine Kinder musste er von Zeit zu Zeit in fremde Obhut geben, nach Aufenthalten in Frankreich und Mexiko ließ er sich schließlich in den Vereinigten Staaten nieder, wo er weiterschrieb und Vorträge hielt, wo er erneut heiratete. Und wo er neue Freunde fand. Viele Amerikaner, den einen oder anderen Spanier. Unter ihnen auch Andrés Fontana.

An die Gespräche mit Fontana erinnerte Daniel sich wieder, als er über das Gelände der Ciudad Universitaria ging und seiner künftigen Fakultät zustrebte. Dort erteilte ihm ein Portier in einer Uniform, die der eines Offiziers an Eleganz nicht nachstand, die benötigte Auskunft.

»Doktor Don Domingo Cabeza de Vaca y Ramírez de Arellano, Zimmer 19, am Ende des Korridors rechter Hand.«

Voller Ehrfurcht lief er die Gänge entlang: nichts als das Geräusch seiner Schritte auf dem gebohnerten Boden war zu hören. Jetzt, um halb zehn Uhr, hatten die Vorlesungen bereits begonnen, und man sah keine Menschenseele außerhalb der Hörsäle. Schließlich klopfte er an die Tür des ihm genannten Zimmers, und als eine klangvolle Stimme »Herein!« rief, trat er ein.

Wahrscheinlich hätte er lange suchen müssen, hätte er ein Zimmer und einen Mann finden wollen, die seinen Erwartungen derart widersprachen. Cabeza de Vaca war in seiner Studentenzeit vor dem Bürgerkrieg ein Freund von Fontana gewesen, und Daniel hatte bei diesem ersten Besuch eigentlich erwartet, dass Umfeld und Person der beiden sich einigermaßen glichen. Hätte eine leichte Ähnlichkeit, eine kleine Parallele erwartet. Aber davon konnte keine Rede sein.

Pulcritud, raigambre, atildamiento. In etwa zu übersetzen als geschliffene Umgangsformen, Traditionsbewusstsein, untadelige äußere Erscheinung. Drei neue Begriffe, die er sich in seinem Vokabelheft notieren würde. Drei Merkmale, die sowohl auf die Person als auch auf ihre Umgebung zutrafen. Ein wuchtiger Schreibtisch aus Nussbaumholz mit gedrechselten Füßen, silbernes Schreibzeug, ein Kalenderblock und ein Kruzifix aus Elfenbein. Ein Lesepult, auf dem aufgeschlagen ein schönes altes Buch lag, schwere Vorhänge aus dunkelgrünem Samt, eine Emailarbeit mit einem heraldischen Wappen, im Bücherschrank mit Glasfront zahllose in Leder gebundene Bände. Hinter dem Schreibtisch saß ein schlanker, äußerst gepflegt wirkender Mann in einem makellosen dreiteiligen Anzug. Heller Teint, das grau melierte Haar nach hinten ge-

kämmt. Manschettenknöpfe, goldene Krawattennadel. Er stand nicht auf, um ihn zu begrüßen, sondern streckte ihm lediglich über den Schreibtisch hinweg die Hand entgegen. Eine schmale, feingliedrige Hand, die trotzdem nicht einer gewissen Kraft entbehrte.

»Sehr erfreut, Sie kennenzulernen, Señor Carter. Bitte nehmen Sie Platz.«

Daniel gehorchte. Er war sich des Kontrastes seiner eigenen Erscheinung in dieser Umgebung zu diesem elegant gekleideten Mann nur allzu bewusst. Schnell rückte er noch unauffällig den Knoten seiner Krawatte zurecht, fuhr glättend über das Revers seiner Jacke und strich die rebellische Haarsträhne nach hinten, die ihm wie meistens ins Gesicht hing. Er kam sich plötzlich ungehobelt und zu auffällig gekleidet vor.

»Ich fühle mich geehrt, dass mein geschätzter Kollege Andrés Fontana so viel Vertrauen in mich setzt, mich als Ihren Tutor zu empfehlen. Ich fühle mich wirklich geehrt!«

Cabeza de Vacas Stimme klang angenehm, seine freundschaftlichen Gefühle für den Professor in Pittsburgh hörten sich echt an.

»Fontanita, Fontanita …«, murmelte er vor sich hin, als wäre er allein. »Wie gut du es schließlich doch getroffen hast, du Gauner … Ich freue mich wirklich sehr … Nun gut, Señor Carter«, fuhr er dann in einem anderen Ton fort. »Sie wollen sich also auf unsere zeitgenössische Prosa spezialisieren.«

»Ja, Señor, so ist es.«

»Ausgezeichnet, junger Mann, ganz ausgezeichnet. Ein großartiges Thema. Eine hervorragende Idee.«

Daniel musste nicht perfekt Spanisch sprechen, um bei den beiden Adjektiven »großartig« und »hervorragend« einen Anflug von Ironie herauszuhören.

»Und wären Sie so freundlich, mir in kurzen Worten darzulegen, was Sie zu dieser Wahl bewogen hat?«

Daniel benötigte siebeneinhalb Minuten, um seine Argumente vorzubringen. Er hatte sich gut vorbereitet. Die große spanische Literatur und ihre berühmten Schriftsteller, ihre kraftvolle Prosa, die Tradition und ihr Vermächtnis, die realitätsgetreue Darstellung des Volkscharakters. Hochtrabendes Blabla, formuliert in recht anständigem Spanisch mit deutlich amerikanischem Akzent, in dem Adjektive wie *silenciado, proscrito* oder *discrepante* – zum Schweigen gebracht, geächtet oder abweichend – nicht vorkamen. Und erst recht nicht der Name Ramón J. Sender.

Unbewegt wie eine Marmorstatue, hörte Cabeza de Vaca ihm zu, den silbernen Federhalter zwischen den Fingern.

»Und Ihre Methodik? Könnten Sie bitte näher ausführen, wie Sie vorgehen wollen?«

Empirische Analyse des Textbezugs, holistische Stringenz, werkimmanente Hermeneutik. Fünf lange Minuten verbaler Verrenkungen, nur um nicht offen zu sagen, dass er sich in Spanien vor allem darauf konzentrieren wollte, die Schauplätze kennenzulernen, an denen sich Leben und Werk eines Exilschriftstellers abgespielt hatten.

»Ich schließe daraus, dass Sie nicht die Absicht haben, sich allzu sehr in Hörsälen und Bibliotheken zu vergraben?«

Es kostete ihn Mühe, nicht erkennen zu lassen, dass die inquisitorischen Fragen des Professors ihn allmählich nervös machten.

»Nun, ich will mich in erster Linie auf die Suche nach *influenzas,* nach Einflüssen, Ansatzpunkten, Quellen und Reminiszenzen machen.«

»Influencias.«

»Verzeihung?«

»Es heißt *influencias,* nicht *influenzas.* Bitte fahren Sie fort.«

»Influencias, Entschuldigung. Ich will sagen … Ich wollte sagen …, dass ich den Lebenswegen der Autoren folgen möchte, um ihr späteres Werk besser zu verstehen.«

Der Satz kam ihm flüssig über die Lippen, er hatte ihn gut vorbereitet. Doch das Hochgefühl war nur von kurzer Dauer.

»Hollar las mismas veredas, sentir el pálpito de los parajes, destripar sus entrañas geofísicas y trasladarlas a su quehacer intelectual. Die gleichen Wege gehen, den Herzschlag der Handlungsorte nachspüren, sie bis ins Innerste sezieren und auf die intellektuelle Ebene transferieren. Ist es das, was Ihnen vorschwebt?«

Seit vielen Jahren hatte Daniel nicht mehr dieses unangenehme Gefühl erlebt, dass ihm eine derartige Hitze ins Gesicht stieg. Er spürte, wie er rot anlief.

»Ich glaube, ich verstehe Sie nicht, Señor.«

»Was verstehen Sie nicht?«

»So ziemlich alles.«

»Hollar? Vereda? Pálpito? Paraje? Destripar? Entraña?«

»Alle diese Wörter, Herr Professor. Ich weiß nicht, was sie bedeuten.«

»Das werden Sie zu gegebener Zeit schon lernen, mein Junge. Fahren wir also fort. Und haben Sie einen bestimmten Autor im Blick?«

Ehe er Cabeza de Vaca darum bat, Daniels Tutor zu werden, hatte Fontana verschiedene Optionen durchgespielt und eine Handvoll früherer Studienkollegen in Betracht gezogen, die nun zum Lehrkörper seiner ehemaligen Fakultät gehörten. Über Kontaktpersonen an anderen amerikanischen Universitäten hatte er Informationen zu ihrer beruflichen Laufbahn und ihren gegenwärtigen Status

eingeholt, inwieweit sie mit dem Regime konform gingen und wie eng sie mit den Vertretern des Staates verbunden waren. Er wollte auf jeden Fall vermeiden, dass sein Schüler in diesem von Kontrollen und Reglementierungen geprägten Spanien Probleme bekam. Deshalb suchte er jemanden, der ihn offiziell an der Universität aufnahm, die erforderlichen Dokumente unterschrieb und den Jungen ansonsten tun ließ, was er wollte. Jemanden, der sich nicht mehr als unbedingt notwendig um diesen hereingeschneiten Ausländer kümmerte. Ein bloßes Bindeglied zur Verwaltung für die offiziellen Formalitäten. Mehr nicht. Die wissenschaftlichen Leitgedanken für seine spätere Doktorarbeit, sobald er nach Amerika zurückgekehrt war, würde er ihm schon selbst vermitteln.

Er hatte sich schließlich für Domingo Cabeza de Vaca entschieden, obwohl das Spezialgebiet seines ehemaligen Kommilitonen Lichtjahre von der zeitgenössischen Prosa entfernt war und noch viel mehr von jenen Schriftstellern, die wegen des Bürgerkriegs ins Exil gehen mussten. Wohl wissend, dass dieser zu den Siegern gehörte und es nicht die leiseste Verbindung zu denen gab, die in jenen drei schrecklichen Jahren auf der anderen Seite gestanden hatten, war er intuitiv doch überzeugt, sich auf ihn verlassen zu können. Einmischen wollte er sich aber lieber nicht allzu sehr, für alle Fälle. Er hoffte, sein Kollege, der sich mit siebenhundert Jahre alten Handschriften beschäftigte, würde mit einer bürokratisch-korrekten Kooperation einverstanden sein, sich ansonsten aber aus der Sache heraushalten. Doch offenbar behagte dieses Arrangement Cabeza de Vaca nicht ganz. Er gab sich damit nicht zufrieden, wollte mehr.

Daniel wusste, dass er jetzt nicht lügen durfte. Er war ja schon zuvor gefragt worden, ob er sich für einen bestimm-

ten Autor besonders interessiere. Ihm war klar, dass es besser war, wenn er nicht offen über Sender redete, wenn er sich eher an allgemeine, abstrakte Begriffe hielt. Aber Fontana und er hatten auch diese Situation bedacht und waren sich einig gewesen, dass es gefährlich wäre, mit dem Versteckspiel weiterzumachen, sollte er sich in die Enge getrieben fühlen.

»Ich muss zugeben, es gibt einen Autor, der mich ganz besonders interessiert, auch wenn eigentlich alle es wert sind …«

Cabeza de Vaca zog nur die Augenbrauen hoch, er brauchte gar nichts weiter zu sagen. Daniel wusste, dass er nun mit der Sprache herausrücken musste.

»Ramón J. Sender, Señor.«

»Interessant … Mit anderen Worten: Sie wollen in Spanien auf Senders Spuren wandeln und sich anschließend mit seinem Werk befassen.«

»So ist es mehr oder weniger«, bestätigte Daniel mit etwas leiserer Stimme als gewöhnlich.

»Sie wollen sich während Ihres Aufenthalts in Spanien also nicht mit der Prosa des Autors beschäftigen? Korrigieren Sie mich, falls ich mich irre.«

Daniel rutschte nervös auf seinem Stuhl herum, schlug die Beine übereinander und nahm dann automatisch wieder die ursprüngliche Haltung ein. Cabeza de Vaca bohrte doch mehr nach, als Fontana und er sich in Pittsburgh ausgemalt hatten.

»Das ist mir nicht möglich, Señor.«

»Wollen Sie so freundlich sein, mir zu erklären, warum nicht?«

Erneut änderte Daniel die Sitzhaltung, lockerte den Krawattenknoten. Er hatte das Gefühl, keine Luft mehr zu kriegen.

»Es ist schwierig, seine Bücher in Spanien zu bekommen«, räumte er schließlich ein.

»Schwierig?«

»Unmöglich, besser gesagt.«

»Und warum das?«

Daniel räusperte sich.

»*Censorship*«, sagte er dann leise.

»Kein Englisch, bitte.«

Er schluckte heftig.

»Wegen der Zensur, Señor. Die Bücher von Ramón J. Sender sind verboten.«

»Halten Sie das für richtig?«

Er spürte, wie sein Mund trocken wurde. Sein Kopf hingegen glühte.

»Finden Sie es richtig oder nicht, Señor Carter?«, bohrte der Professor nach, als keine Antwort kam.

Daniel wusste, dass er jetzt alles auf eine Karte setzen musste. Dass mit dem nächsten Satz alles zu Ende sein könnte: sein Aufenthalt in Spanien, sein Stipendium, seine noch ganz am Anfang stehende akademische Karriere. Aber er riskierte es. Was blieb ihm auch anderes übrig?

»Nein, Herr Professor. Ich finde es nicht richtig.«

»Warum?«

»Weil ich der Meinung bin, dass man Schriftsteller nicht mundtot machen darf, *que las voces no se deben callar.*«

»*Acallar.*«

»Verzeihung?«

»*Callar,* intransitives Verb, heißt ›zu sprechen aufhören‹. *Acallar,* transitives Verb, heißt ›zum Schweigen bringen‹. Ein feiner Unterschied. Hier sprechen wir nicht von eigenen Entscheidungen, sondern von Maßnahmen, die von außen auferlegt wurden, ja oder nein?«

»Ja, Señor«, murmelte Daniel.

Er wollte auf keinen Fall zu erkennen geben, dass ihm linguistische Feinheiten im Moment herzlich egal waren und es ihm lediglich darum ging, nicht mit einem Fußtritt an die frische Luft befördert zu werden.

Es dauerte eine Weile, bis der Professor reagierte, und in diesen wenigen Sekunden, während einer dem Blick des anderen standhielt, schossen Daniel wie im Schnelldurchlauf die schlimmsten Befürchtungen durch den Kopf, die er sich in seinem überschäumenden Optimismus bisher gar nicht hatte vorstellen können. Fontana hatte sich getäuscht: Es war eine riskante Entscheidung gewesen, diesem Kollegen zu vertrauen; sie hatten seine Hinterlistigkeit nicht einkalkuliert. Seine Absicht, über Senders Werk zu arbeiten, würde mit der Todesstrafe geahndet werden, noch ehe er begonnen hatte; mit seinem ersten großen wissenschaftlichen Projekt wäre es aus und vorbei. Die Fulbright-Kommission würde über sein unzulässiges Thema informiert werden, man würde ihm das Stipendium entziehen, und in Kürze würde er nach Pittsburgh zurückkehren müssen. *Adiós,* Madrid, *adiós,* schöner Traum von der Reise durch Spanien. Vielleicht hätte er auf seine Eltern hören und sein absurdes Vorhaben aufgeben sollen, sich mit fremder Literatur wissenschaftlich zu befassen. Vielleicht wartete seine berufliche Zukunft wirklich in der juristischen Fakultät. Oder in der Notaufnahme eines Krankenhauses. Oder in der Fabrik von Heinz, wo er lastwagenweise Ketchup und Dosen mit Baked Beans verladen würde, bis sein Körper nicht mehr mitmachte.

»Gut, Señor Carter, sehr gut …«, sagte der Professor schließlich, und seine Mundwinkel verzogen sich zu einem leichten, ein wenig spöttischen Lächeln. »Ich habe Sie zwar ein bisschen auf die Folter gespannt, aber Sie werden zweifellos ein guter Hispanist werden, wenn Sie Ihre Sprach-

kenntnisse verbessern und mit Ihren Studien vorankommen. Ich habe den Eindruck, Sie sind auf dem richtigen Weg, haben eine eigene Meinung und lassen sich nicht so leicht ins Bockshorn jagen.«

Fast hätte Daniel vor Erleichterung losgelacht, als die Anspannung nun von ihm abfiel. Als er sich gerettet wusste.

»Aber noch liegt ein beschwerlicher Weg vor Ihnen«, fügte Cabeza de Vaca hinzu. »Deshalb müssen wir, als ersten Schritt, bevor Sie sich Ihrem Vorhaben widmen, einige formale Anforderungen erledigen.«

Erneut befiel ihn eine gewisse Unruhe, doch er wusste, das Schlimmste hatte er überstanden. Unterdessen teilte ihm der Professor in wohlgesetzten Worten seine weiteren Überlegungen mit.

»Um allen akademischen Voraussetzungen Rechnung zu tragen, werden wir Sie in zwei Fachgebieten einschreiben. Zum einen in westgotischer Paläographie, mit Schwerpunkt auf dem *Comentario al Apocalipsis* des Beatus von Liébana. Meine Vorlesungen dazu finden am Montag, Dienstag und Mittwoch um acht Uhr morgens statt. Das zweite Fachgebiet: vergleichende Analyse der *Glosas Silenses y Emilianenses.* Donnerstag und Freitag, von halb acht bis neun Uhr abends.«

Im Kopf des jungen Amerikaners mit seinem noch verbesserungswürdigen Spanisch purzelten die Wörter durcheinander, als er krampfhaft nach der passenden Formulierung für einen Vorwand suchte, um diese seinen Interessen diametral entgegengesetzten Lehrveranstaltungen nicht besuchen zu müssen.

»Entschuldigung, Señor, aber … Ich, nun, meine Absicht …«

»Aber Sie werden von der Teilnahme an beiden Fachgebieten befreit, sofern Sie darin die Note ›ausgezeichnet‹

erhalten, wenn Sie in einem Monat wieder hier bei mir erscheinen und mir erzählen, wie es Ihnen im Hocharagón ergangen ist.«

Daniels Gesicht musste maßloses Erstaunen widerspiegeln. Cabeza de Vaca, der sich bisher äußerst distanziert verhalten hatte, lachte laut auf.

»Ihre Argumentation hat mich überzeugt, ebenso die Empfehlungsschreiben, die mich von der Universität Pittsburgh erreicht haben, und die Stellungnahme der Fulbright-Stiftung. Obwohl ich einen Studenten meines lieben Freundes Andrés Fontana natürlich nicht annehmen wollte, ohne zuvor den unterbrochenen Kontakt wieder aufzunehmen. Nicht weil ich ihm misstrauen würde, verstehen Sie mich recht. Ich hätte ihm jede Bitte erfüllt, ohne auch nur eine Sekunde zu zögern. Aber ich wollte die Gelegenheit nicht verstreichen lassen, mit meinem alten Studienkollegen wieder in Verbindung zu treten und zu erfahren, wie es ihm in all den Jahren ergangen ist.«

Also hatte Cabeza de Vaca bereits mit Fontana gesprochen. Also wusste er Bescheid über seine, Daniels, Pläne und das Leben seines alten Freundes in den letzten Jahren. Also hatte er ihn lediglich auf die Probe gestellt. Er war so ungeheuer erleichtert, dass er fast geweint hätte.

Doch in Daniels Erleichterung mischte sich plötzlich die Erkenntnis, dass auch er nicht viel über die Vergangenheit seines Professors wusste. Bei ihren Gesprächen war es fast immer nur um die Gegenwart gegangen, vor allem aber um Zukünftiges: um Pläne und Projekte, um anstehende Aufgaben, um Ziele, die man erreichen wollte. Was er über Fontanas Vergangenheit wusste, beschränkte sich auf Hörsäle und Vorlesungen, auf Historie und Literatur seines Heimatlandes. Anderes hatte er kaum erfahren.

»Es war sehr bewegend, glauben Sie mir. Ich hatte nie

mehr von ihm gehört, seit wir beide 1935 das Studium abgeschlossen haben. Dass er die Absicht gehabt hatte, ein Semester als Dozent an einer nordamerikanischen Universität zu arbeiten, das wusste ich. Aber ob er je zurückgekommen war, im Krieg gekämpft hatte oder nicht, ob er getötet worden war oder überlebt hatte, all das war mir unbekannt.«

»Er ist nie zurückgekehrt«, warf Daniel ein.

»Ich weiß, ich weiß. Jetzt weiß ich das alles. Inzwischen habe ich erfahren, wie weit es dieser Bergmannssohn mit seiner Beharrlichkeit und seinem Elan gebracht hat. Er hat sich unter den jungen Herren, die damals an der Universität herumspazierten, niemals unwohl gefühlt. Das habe ich an ihm immer bewundert – das Selbstvertrauen, seine Fähigkeit, sich nicht entmutigen zu lassen, sich allem anzupassen, ohne jemals aus dem Blick zu verlieren, wer er war und woher er kam. Es hat mich ungeheuer gefreut, wieder von ihm zu hören. Und er hat mir eine Nachricht für Sie übermittelt. Hier, ich habe sie Wort für Wort notiert.«

Er reichte ihm einen gefalteten Zettel, auf dem nur ein einsilbiger Satz in seiner Muttersprache stand.

»Let him do his way«, las er für sich. Lass ihn nur machen, riet ihm sein Professor.

»Anders als von Ihnen beiden anfangs geplant, habe ich mit Andrés Fontana vereinbart, nicht nur nominell als Ihr Tutor zu fungieren, um den Bedingungen für Ihr Stipendium Genüge zu tun, Señor Carter, sondern Sie wirklich zu unterstützen, soweit es mir möglich ist.«

»Ich danke Ihnen, Señor.«

Er bemühte sich, aufrichtig zu klingen, wusste aber nicht recht, ob das Versprechen des Professors sich für sein Vorhaben wirklich positiv auswirken oder eher als Klotz am Bein erweisen würde.

Cabeza de Vaca sprach weiter, als hätte er nichts gehört.

»Anders als Sie beide ursprünglich dachten, gefällt mir Ihr Projekt im Grunde genommen. Oder, besser gesagt, ich werde mich bemühen, Gefallen daran zu finden. Sie werden gleich verstehen, warum ich das sage.«

Dann beugte er sich zum Boden und griff nach etwas, das von der anderen Seite des wuchtigen Schreibtischs nicht zu sehen gewesen war. Es war eine Krücke. Eine Krücke, die der Professor sich nun geschickt unter den rechten Arm schob, während er sich gleichzeitig mit einem energischen Schwung aus seinem Sessel erhob. Erst da bemerkte Daniel seine Behinderung.

»Der Bürgerkrieg hat mir meine Braut genommen, zwei Brüder und ein Bein. Man muss sehr stark sein, um dergleichen zu überwinden und dennoch vertrauensvoll in die Zukunft zu blicken. Ich konnte es nicht. Mir fehlte der Mut, und deshalb suchte ich Zuflucht in der Vergangenheit. Ich ging bis ins Mittelalter zurück«, sagte er, ließ sich wieder in den Sessel sinken und warf die Krücke auf den Boden. Der laute Knall, mit dem die hölzerne Gehhilfe auf den Fliesen aufschlug, schien ihn nicht zu stören. »Bei den Codices, den Chroniken und Cantigas fand ich die innere Ruhe, die Erinnerungen und Albträume mir raubten. Mit ihnen schuf ich mir mehr als nur meine Profession, die Mediävistik – einen Schutzraum, in dem ich mich all die Jahre verstecken konnte.«

»Verstehe …«, murmelte Daniel, auch wenn es nicht ganz der Wahrheit entsprach. Er meinte zu verstehen, war sich allerdings nicht sicher, ob er das Gesagte in seinem ganzen Ausmaß begriffen hatte.

»Aber ich denke, meine Einstellung ist nicht unbedingt die klügste, ganz und gar nicht. Und aus diesem Grund sollte ich mich bemühen, scheint mir, einen Menschen wie

Sie, der vorwärtskommen will, zu verstehen und zu unterstützen. Wissen Sie, ich habe viel darüber nachgedacht, seit ich wieder Kontakt zu Fontana aufgenommen habe. Auch wenn ich nie geglaubt hätte, dass ich mich einmal genötigt sehen würde, diese Haltung zu rechtfertigen, bin ich zu dem Schluss gekommen, dass es um dieses Land schlecht bestellt wäre, wenn alle Intellektuellen sich wie ich in der Vergangenheit vergraben würden, abwesend und fremd im eigenen Land, taub, blind und stumm gegenüber der Gegenwart, in der wir leben.«

»Verstehe«, murmelte Daniel erneut. Im Grunde verstand er noch immer nichts.

»Mein Leben vergeht im Blick auf die Vergangenheit, aber es ist meiner Meinung nach auch unerlässlich, dass unsere Geisteswissenschaft immer wieder neue Nahrung bekommt, dass wir unserer Kultur in allen Bereichen den Weg in die Zukunft öffnen. Und dazu gehören auch, ob es einem gefällt oder nicht, die Stimmen all jener, die die Gräuel des Bürgerkrieges überlebt haben – derjenigen, die geblieben, und derjenigen, die ins Exil gegangen sind.«

»Sie meinen Exilschriftsteller wie Sender, Señor?«, fragte Daniel zweifelnd.

»Richtig. Die Einzigen, deren Stimme für immer verstummt ist, sind die Toten. Alle anderen, auch die in weiter Ferne, bleiben Kinder dieses Landes, halten die Erinnerung wach und bereichern unsere Sprache mit ihrer schriftstellerischen Arbeit. Sie zu ignorieren und die schmerzhafte Trennung zwischen denen im In- und denen im Ausland aufrechtzuerhalten wird nur zu einer weiteren Deformierung der intellektuellen Entwicklung unseres Landes beitragen.«

»Dieser Meinung ist auch Doktor Fontana, Herr Professor«, warf Daniel vorsichtig ein.

»Und ich glaube, so sollten auch hier alle denken. Diejenigen, die nicht zurückkehren können oder wollen, als essenziellen Bestandteil unserer Kultur zu betrachten, ist, ob es uns gefällt oder nicht, eine moralische Verpflichtung. Ich werde Ihnen helfen, dieses Land zu verstehen und Ihren Schriftsteller dem Vergessen zu entreißen, mein Freund, Sie können auf mich zählen. Allerdings werde ich nicht allzu viel für Sie tun können, das sei schon einmal vorausgeschickt. Aber ich stehe zur Verfügung, wenn Sie mich brauchen. Im Gegenzug verlange ich von Ihnen nur, dass Sie mich regelmäßig über Ihre Fortschritte informieren.«

»Das werde ich gerne tun, Herr Professor, vielen Dank.« Mehr konnte Daniel im Moment nicht sagen. So viel an Information, so viel an Aufregung konnte er nicht auf einen Schlag verdauen.

»Ich werde auf Sie warten«, sagte Cabeza de Vaca abschließend und streckte ihm, ohne noch einmal aufzustehen, die Hand entgegen. »Es verabschiedet sich von Ihnen ein heroischer Kämpfer, ein Requeté und Kriegsversehrter, der sich für Gott, Recht und Vaterland aufgeopfert hat. Ein Träumer, dem nicht das Glück Ihres Mentors beschieden war, sondern der den Schwindel vom gerechten Kreuzzug geglaubt und nicht rechtzeitig den Absprung geschafft hat.«

Daniel ergriff seine Hand und drückte sie fest, wie um seine Bewunderung und auch Überraschung auszudrücken.

»In einem Monat bin ich wieder zur Stelle, Señor, ich verspreche es Ihnen.«

»Das hoffe ich. Und noch etwas. Den Film *Bienvenido, Mister Marshall* kennen Sie wahrscheinlich nicht, oder?«

»Nein, den kenne ich nicht …«

»Er kam vor einigen Jahren heraus, 1953, wenn ich mich

recht erinnere. Ein unterhaltsamer Film, gleichzeitig ein wenig bitter, im Grunde genommen erschütternd. Sehen Sie ihn sich an, wenn Sie Gelegenheit dazu haben, und denken Sie hinterher darüber nach. Versuchen Sie, nicht dasselbe zu machen wie Ihre Landsleute in dem Film. Haben Sie Respekt vor diesem Volk, mein Junge. Gehen Sie nicht an den Menschen hier vorüber, ohne wirklich verstanden zu haben, wer wir sind. Verharren Sie nicht beim Anekdotischen, beurteilen Sie uns nicht oberflächlich. Wir bauen auf Sie, Daniel Carter. Enttäuschen Sie uns nicht.«

Kapitel 15

Es wurde Spätherbst, dann kam auch schon Halloween mit seinen Hexen, Gespenstern und Kürbissen. Die Tage danach waren verregnet, und gleichzeitig wurde auch meine Stimmung immer düsterer.

Der Grund dafür war diesmal aber nicht jenseits des Atlantiks zu suchen, sondern viel näher. Nämlich in meinem unmittelbaren Umfeld und der täglichen Arbeit, in Professor Fontanas Nachlass, der sich mir immer verwickelter darstellte. Inzwischen arbeitete ich an Texten aus den Sechzigerjahren, von denen einige mit der Maschine geschrieben waren, zum größten Teil allerdings handschriftlich vorlagen. Mein Problem war dabei jedoch nicht seine Schrift, sondern vielmehr der Inhalt. Zwischen den einzelnen Texten fehlte vielfach der Zusammenhang. Die Informationslücken waren derart groß, als hätte jemand ganze Seiten entfernt.

Als wären die inhaltlichen Brüche nicht genug, war die Thematik nun eine ganz andere als in den Jahrzehnten zuvor. Die spanischen Schriftsteller, die Exilliteratur und sonstige wiederkehrende Themen schienen mit Fontanas Umzug nach Kalifornien Anfang der Sechzigerjahre zunehmend in den Hintergrund gerückt zu sein. Hatten zuvor Romanciers, Dichter und Dramatiker in seinen Notizen dominiert, waren es jetzt die Namen von Entdeckern und Franziskanermönchen, von deren Leben und Taten ich nicht die geringste Ahnung hatte. Statt um literarische

Werke ging es nun um alte Chroniken über die Spanier in jenem nördlichsten Winkel des Vizekönigreichs Neuspanien. Wo zuvor Literaturkritik der Schwerpunkt war, stieß ich jetzt ständig auf die Namen von Missionsstationen und Forts aus der Kolonialzeit. In diesen ganzen Informationswust etwas Ordnung zu bringen kostete mich eine ganze Woche. Eingeschlossen in mein Arbeitszimmer, verbrachte ich ganze Tage, die sich endlos hinzogen, während ich versuchte, Blätter zusammenzuführen, Verknüpfungen herzustellen und einzelne Abschnitte zu verbinden. Oft beschlich mich das Gefühl, vor einem gigantischen Puzzle zu sitzen, bei dem eine ganze Menge Teilchen fehlten.

Bis Donnerstagnachmittag häuften sich meine Zweifel, und so rang ich mich endlich dazu durch, denjenigen zu Rate zu ziehen, an den ich mich eigentlich schon von Anfang an hätte wenden sollen. Vorher ging ich jedoch kurz bei Rebecca vorbei, damit sie mir sagte, wo ich ihn vielleicht finden könnte.

»Versuch es mal in Selma's Café, gleich an der Plaza. Dort geht er fast jeden Nachmittag hin, wenn er hier ist.«

Ich beschloss, mich sofort auf den Weg zu machen. Deutlich früher als sonst erklärte ich damit meine Arbeit für jenen Tag für beendet.

Als ich die Guevara Hall verließ, war das Wetter umgeschlagen und die Umgebung in Aufruhr. Wie mir einige Studenten am Ausgang berichteten, liefen schon die Motoren warm für eine Demonstration gegen das geplante Einkaufszentrum in Los Pinitos, das diese beschauliche grüne Oase, die ich am gleichen Tag entdeckt hatte wie Andrés Fontanas Gesicht auf den Fotos im Sitzungssaal, zu zerstören drohte. Die Gegend, in der er, wie ich später erfuhr, selbst oft spazieren gegangen war.

Der *Santa Cecilia Chronicle* und die Uni-Zeitung wid-

meten diesem Thema immer mehr Raum. Mit informativen Reportagen, mit Meinungsartikeln, die sich dafür oder dagegen aussprachen, und mit Leserbriefen. Wie ich inzwischen wusste, kam der harte Kern der Gegner aus dem universitären Umfeld, und zu ihren führenden Köpfen zählte mein Student Joe Super, der emeritierte Professor für Geschichte, der sich an meinem ersten Vorlesungstag mit seinem Beitrag zu den Franziskanermönchen und ihren Missionsstationen hervorgetan hatte. Sie konnten schlagkräftige Argumente anführen: die Schäden für die Umwelt und eine möglicherweise unrechtmäßige Nutzung des Terrains, da – wie mir Rebecca und Daniel damals erzählt hatten – die Besitzverhältnisse bisher nicht geklärt waren. Das Grundstück befand sich nicht in Privatbesitz, war aber auch nicht öffentlicher Grund und Boden. Die Behörden hatten zwar die Oberhoheit, doch das Gelände war nicht staatliches Eigentum. Ein Interessenkonflikt, durch den sich infolgedessen eine Protestbewegung gebildet hatte, die sich, da keine endgültige Lösung in Sicht war, engagiert und lautstark zu Wort meldete.

Ich sah, dass einige der Studenten Plakate, andere Megafone dabeihatten, weiter hinten entdeckte ich einen jungen Mann mit Rastalocken und einer großen Trommel. Die Demo hatte noch nicht begonnen, aber der Zug, der sich formierte, war schon beachtlich. Ich drängte mich durch eine Gruppe älterer Damen mit weißen, lilastichigen Haaren. Eine von ihnen versuchte, mir ein grell orangefarbenes T-Shirt mit Protestaufdruck zu verkaufen, eine andere überreichte mir einen Aufkleber, auf dem NO! stand. Auf meinem Weg kamen mir Autos mit Spruchbändern entgegen, die zur Unterstützung laut hupten.

Mich im Zickzack zwischen den Demonstranten hindurchwindend, bahnte ich mir einen Weg durch das Ge-

tümmel. Eigentlich hatte ich es nicht weit. Mein Ziel war ein Café, das wirkte, als hätte es schon seit Jahrzehnten geöffnet, ich war schon Dutzende Male daran vorbeigekommen, ohne es je zu betreten. Doch dieses Mal tat ich genau das. Und dort, gleich neben der Glastür, entdeckte ich ihn.

»Dich suche ich.«

»Ich fühle mich geehrt!«, sagte er, als er sich zu meiner Begrüßung erhob. »Ich habe dich zwar gesehen, als du versucht hast, dir einen Weg durch all diese Verrückten zu bahnen, aber ich wäre nie auf die Idee gekommen, dass du zu mir willst. Setz dich doch. Was kann ich für dich tun?«

Auf dem Tisch vor seinem mit altem Leder bezogenen Sessel hatte er einen Laptop aufgeklappt, ein paar Bücher und ein Block mit allerlei Notizen und Gekritzel lagen herum. Ich wusste nicht recht, ob es wirklich ein günstiger Moment war, vielleicht tauchte ich zu überfallartig auf. Aber schließlich hatte er mir bei dem spontanen Abendessen in Rebeccas Haus von sich aus seine Hilfe bei Fontanas Nachlass angeboten.

»Störe ich dich wirklich nicht, Daniel?«, fragte ich, während ich meinen Trenchcoat ablegte. »Wir können auch gerne ein andermal reden, wenn es dir jetzt nicht passt.«

»Natürlich störst du mich. Aber du kannst dir nicht vorstellen, wie sehr ich es nach einem arbeitsreichen Tag um diese Zeit genieße, für ein Weilchen gestört zu werden.«

Das Café war behaglich, gemütlich. Die Wände waren holzgetäfelt und der Boden mit Parkett ausgelegt, viele Sessel und zwei Billardtische über den Raum verteilt. Hinter der langen und leeren Theke trocknete ein Kellner bedächtig ein paar Gläser ab und sah sich unterdessen auf dem Großbildschirm ohne Ton ein Footballspiel an. Aus den Lautsprechern drang kaum hörbar der legendäre Song *Teach Your Children* von Crosby, Stills, Nash & Young.

»Rebecca hat mir gesagt, dass du fast jeden Nachmittag hier anzutreffen bist«, sagte ich, während ich versuchte, mein Haar nach dem windigen Fußmarsch etwas in Ordnung zu bringen.

»Vormittags arbeite ich für gewöhnlich in meinem Apartment. Doch am Nachmittag wechsle ich dann gerne das Ambiente und geh ein bisschen vor die Tür. Das hier ist ein guter Ort, um diese Zeit sind nämlich kaum Leute hier. Und der Kaffee ist auch nicht schlecht. Natürlich gibt es keinen so guten *café con leche* wie in einer spanischen Bar, aber immerhin.«

Er hob seine Tasse, um den Kellner auf sich aufmerksam zu machen und ihm zu signalisieren, dass er auch mir einen Kaffee bringen solle.

Unter seinen Büchern entdeckte ich einige Titel, die ich mit Unterbrechungen gelesen hatte, als meine Söhne klein waren. Damals lief ich immer mit großen Umhängetaschen herum, in denen sich die merkwürdigsten Dinge anzusammeln pflegten: Mitglieder der sagenhaften Playmobil-Familie in friedlicher Koexistenz mit Zigarettenschachteln – ich rauchte Ducados –, Bananen, Stifte ohne Kappe und halb aufgegessene, mit gekochtem Schinken belegte *bocadillos.* Und irgendein Buch. Ich hatte ständig irgendein Buch dabei, in das ich einen Blick warf, wann immer es eben ging, während David auf dem Spielplatz rutschte oder Pablo nach den ersten Bällen trat, während ich im Wartezimmer des Kinderarztes herumsaß, während meine Söhne langsam größer wurden. Mit der Zeit hatte ich aufgehört zu rauchen, meine Kaufkraft besserte sich nachhaltig, die Kinder interessierten sich nicht mehr für Feuerwehr und Cowboys, sondern für Spielkonsolen und ihre Ausgangsrechte. Und statt der unförmigen Umhängetaschen benutzte ich nun Taschen, die ihren Namen verdienten, die modisch und aus

Leder waren. Doch groß mussten sie immer noch sein, und fast immer fand sich auch irgendein Roman darin.

Der Kellner erschien mit meiner Tasse und einer gläsernen Kaffeekanne an unserem Tisch, schenkte mir ein und ihm nach.

»Ich beschäftige mich mit spanischen Erzählern des ausgehenden Jahrhunderts. Mit den letzten fünfundzwanzig Jahren eurer Literatur, um genau zu sein. Mit jenen, die schon vor dieser Zeit bekannt waren, und jenen, die gerade im Kommen waren. Aber ich nehme mal an, du bist nicht hier, um mit mir über diese Schriftsteller zu reden, die du sicher genauso gut kennst wie ich.«

»So ist es«, stimmte ich ihm zu und riss mir ein Briefchen mit Zucker auf. »Ich wollte mit dir über etwas anderes reden.«

Er sah mich mit Augen an, die schon vor diesem grauen Nachmittag viel gelesen und gesehen hatten.

»Vermutlich über Andrés Fontana.«

»Da vermutest du richtig.«

»Wird es denn kompliziert mit dem Nachlass?«

»Du kannst dir gar nicht vorstellen, wie sehr.«

Ich hielt den Blick starr auf den schwarzen Kaffee gerichtet, während ich ihm antwortete. Ohne mir dessen bewusst zu sein, hatte ich die Stimme gesenkt. Als würde ich mit ihm nicht über meine Arbeit, sondern über die intimen Probleme eines gemeinsamen Bekannten sprechen. Als wäre mein Arbeitsauftrag mit einem Mal zu etwas sehr Persönlichem geworden.

»Was du auch brauchst, ich helfe dir, Blanca. Das habe ich dir doch neulich schon gesagt.«

»Deshalb bin ich ja gekommen. Weißt du übrigens, dass ich kürzlich in seinen Unterlagen eine Postkarte von dir gefunden habe?«

»Tatsächlich!«, rief er mit einem ungläubigen Lachen aus.

»Von Silvester 1958. Du berichtest ihm, dass du von Madrid nach Ich-weiß-nicht-wo aufbrichst, um Míster Witt zu suchen.«

»Du meine Güte …«, murmelte er und lächelte etwas wehmütig. »Das war mein erstes Weihnachten in Spanien, als ich noch zu meiner Doktorarbeit recherchierte. Er war übrigens derjenige, der mir vorschlug, über Sender zu arbeiten, und dieses Thema hat, wie soll ich sagen, mein Leben von Grund auf verändert. Wie dem auch sei, ich will dich jetzt nicht mit melancholischen Geschichten aus grauer Vorzeit langweilen. Erzähl mir lieber, welche Schwierigkeiten dir mein alter Professor gerade bereitet.«

Nach den richtigen Worten suchend, ließ ich mir Zeit, während ich den Zucker in meiner Tasse durch andächtiges Rühren auflöste. Mir war selber nicht ganz klar, was ich eigentlich von ihm wollte.

»Ich habe die Einteilung nach Jahrzehnten bis in die Fünfzigerjahre abgeschlossen und arbeite mich gerade durch die Texte aus den Sechzigern, als er schon in Kalifornien war«, sagte ich schließlich. »Sie sind sehr interessant, aber völlig anders als die vorherigen.«

»Vermutlich weniger literarisch.«

»Sehr richtig. Es geht darin nicht wie bisher um Schriftsteller oder Literaturkritik, obwohl diese Aspekte weiterhin in seinen Notizen auftauchen. Doch generell sind seine Aufzeichnungen nun mehr historischer Natur, mehr kalifornisch geprägt und behandeln Dinge, die mir weniger vertraut sind, weshalb ich mich wahrscheinlich auch so schwer damit tue, sie zu bearbeiten. Zudem sind die Daten nicht mehr chronologisch, und gelegentlich komme ich nicht weiter, weil ich das Gefühl habe, dass Informationen fehlen.«

»Und jetzt hast du dir gedacht, ich wüsste eventuell, ob tatsächlich etwas fehlt.«

»Genau. Und wo wir schon einmal dabei sind, könntest du mir vielleicht erzählen, wenn du es weißt, warum seine Karriere auf einmal diese Wendung genommen hat? Das würde mich, rein aus Neugier, wirklich interessieren. Wieso hat er sich urplötzlich nicht mehr mit Literatur beschäftigt, sondern sich in die Geschichte Kaliforniens vertieft? Ein Thema, das ja im Grunde genommen rein gar nichts mit seinen bisherigen akademischen Interessen zu tun hatte?«

Auch er ließ sich mit der Antwort Zeit, hatte nachdenklich die großen Hände um seine Tasse gelegt.

»Die erste Frage, ob Informationen fehlen und ich möglicherweise sogar weiß, welche das sein könnten, ist leicht zu beantworten – ich habe nicht die geringste Ahnung. Ich habe Santa Cecilia kurz nach seinem Tod verlassen und, soweit ich weiß, blieben sämtliche Unterlagen von ihm in der Universität, und niemand hat sie angerührt, bis du gekommen bist. Ich selbst habe sie tatsächlich immer nur in seinem Büro gesehen.«

»Wie lange hast du eigentlich hier gelebt?«, fragte ich ihn geradeheraus, was vielleicht ein wenig indiskret war. Daniel Carters Privatleben hatte rein gar nichts mit meiner Arbeit an Fontanas Nachlass zu tun, doch auf einmal wollte ich es eben gerne wissen.

»Etwas über zwei Jahre.«

»Bis wann?«

»Ich bin 1969 von hier weg, also …« Er überschlug in Gedanken rasch die Jahre und fügte hinzu: »Du liebes bisschen, das ist jetzt fast dreißig Jahre her, Wahnsinn!«

Die langen Beine übereinandergeschlagen, hatte er es sich in seinem Ledersessel bequem gemacht, der linke El-

lenbogen lag lässig auf der Rückenlehne. Er wirkte in seinem marineblauen Pullover wie einer jener Menschen, die trotz aller Wechselfälle des Lebens immer in der Lage sind, sich überall wohlzufühlen.

»Was nun deine zweite Frage angeht, was der Grund für den Wechsel in seinen Forschungsinteressen war, kann ich nach der langen Zeit, die inzwischen vergangen ist, nur Vermutungen äußern, denn mein Gedächtnis ist schon ein wenig eingerostet. Doch ich glaube, er begeisterte sich so sehr für die Geschichte Kaliforniens, weil es ihn hierher verschlagen hatte, und diesen Umstand hat er möglicherweise in seinen Texten verarbeitet. Er entdeckte eine Verbindung zwischen dieser Gegend und Spanien, ein Umstand, der ihn, warum auch immer, faszinierte.«

»Und wieso kam er hierher? Warum verließ er Pittsburgh?«

Auch ich hatte es mir bequem gemacht. Ob es eher an dem gemütlichen Lokal oder an der Wärme spendenden Tasse Kaffee lag, vermochte ich nicht zu sagen. Oder an Daniels unverkrampfter Art, die es mir immer leicht machte, mich wohlzufühlen.

»Wir alle, die ihn kannten, wunderten uns, dass er sich nach den vielen Jahren auf einem so großen und großstädtischen Campus wie der Pitt auf einmal entschloss, in diese Kleinstadt am anderen Ende des Landes zu ziehen. Doch er hatte seine Gründe. Erstens bot man ihm hier einen recht verlockenden Posten als Direktor der Fachabteilung an. Zweitens war er gerade geschieden worden, hatte eine Beziehung hinter sich, die einen üblen Nachgeschmack bei ihm hinterlassen hatte, und ich vermute mal, dass er deshalb das Weite suchte.«

Diese Information überraschte mich, denn ich konnte mich an keinen Hinweis auf eine Ehe oder gar Scheidung

in seinen Unterlagen erinnern. Aus diesem Grund fragte ich nach.

»Die Ehe mit einer ungarischen Biologieprofessorin war nur von kurzer Dauer. Ich kannte sie kaum, aber ich weiß, dass sie einige Jahre zusammen waren, sich trennten, wieder zusammenkamen und sich gegenseitig quälten, bis sie beschlossen zu heiraten. Zu der Zeit war ich schon nicht mehr an der Pitt, doch er selbst erzählte mir Jahre später, ohne ins Detail zu gehen, sie beide hätten schon ein paar Monate später erkannt, dass sie einen Fehler gemacht hatten.«

Ich hätte gerne noch mehr erfahren, aber er schien auch nicht viel mehr zu wissen.

»Obwohl er es nie explizit ausgesprochen hat«, fuhr er fort, »war der Hauptgrund für den Ortswechsel vermutlich gesundheitliche Probleme. Äußerlich wirkte er stark und robust, nicht ohne Grund nannten ihn seine Studenten den spanischen Stier. Doch seine Lunge war angegriffen, er war ja Kettenraucher, die Winter in Pittsburgh waren bitterkalt, und dazu der Qualm aus den Schornsteinen der Industriestadt. All das setzte ihm so sehr zu, dass er sich immer schlechter fühlte. Deshalb beschloss er umzuziehen, sich an einem ruhigen Ort mit gemäßigtem Klima und ohne Umweltverschmutzung niederzulassen. So kam er nach Santa Cecilia.«

»Und du bist ihm gefolgt …«

Wieder wurde mir meine Indiskretion erst zu spät bewusst, aber es schien ihn nicht im Geringsten zu stören.

»Nein, nein, gar nicht«, sagte er, wobei er die Sitzhaltung veränderte. »Ich kam erst Jahre später hierher, vorher war ich noch an einigen anderen Orten. Doch irgendwann wurde hier eine interessante Stelle frei, er schlug mich vor, und so ging ich in Santa Cecilia vor Anker. Eigentlich woll-

te ich nämlich unbedingt an die Universität von Berkeley. Ich dachte, das hier wäre nur eine Übergangsstation, aber wenigstens schon mal in Kalifornien.«

Sein Spanisch überraschte mich mehr und mehr, nur wenige meiner Landsleute hätten für ihre Arbeitssuche das Verb *recalar*, vor Anker gehen, verwendet.

»Und, hast du es nach Berkeley geschafft?«

»Nun, letztlich nahm alles eine ganz andere Wendung, die niemand vorhersehen konnte … Eine lange Geschichte, die ich dir in wenigen Worten zusammenfasse. Ich ging niemals für eine Professur nach Berkeley, und Andrés Fontana blieb lediglich knapp zwei Jahre in Santa Cecilia, dann starb er.«

»So krank war er?«

»Nein, überhaupt nicht. Tatsache ist, dass es ihm hier deutlich besser ging.«

»Was war dann?«

»Er kam bei einem Autounfall ums Leben.« Bevor er fortfuhr, trank Daniel einen Schluck Kaffee. »Das Ganze passierte mit seinem eigenen Wagen, mit dem alten Oldsmobile, den er schon seit ewigen Zeiten fuhr.«

Mit einem solchen Ende hatte ich nicht gerechnet. Ich hatte unbewusst angenommen, er sei eines natürlichen Todes gestorben, einfach weil er alt gewesen war.

Gerne hätte ich noch mehr Fragen gestellt. Daniel schien offen und vorbehaltlos zu antworten. Eigentlich hatte er mir auch nur ein paar kurze Einblicke in Fontanas Leben gewährt, die für mich jedoch sehr wertvoll waren, um seine Aufzeichnungen den jeweiligen Lebensumständen zuordnen zu können, um alles in einem anderen Licht zu sehen. Ich bedauerte es, ihn nicht schon viel früher um Rat gefragt zu haben. Das hätte mir viel Kopfzerbrechen erspart.

Der Lärm von der Straße lenkte unsere Aufmerksam-

keit dort hinüber, auf die andere Seite der Glasscheibe. Auf den Jungen mit den Rastalocken und der Trommel, der wie ein alternativer Rattenfänger von Hameln den langen Demonstrationszug anführte, folgte ein bunt gemischter Haufen: Studenten mit Plakaten und Megafonen, junge Paare mit Babys im Kinderwagen, Professoren und andere Bewohner der Stadt mittleren Alters, Schulkinder mit bunten Luftballons, kämpferische, T-Shirts verkaufende Großmütter, die wie Lkw-Fahrer schrien, und die eine oder andere exzentrisch gekleidete Person, die eher einer Karnevalstruppe oder einer Modenschau für Dragqueens entsprungen schien.

»Gehen wir?«, fragte er und fing an, seine Bücher zusammenzupacken.

Ich zog den Trenchcoat über, während er seine restlichen Sachen verstaute, ein paar Dollar auf dem Tisch ließ, ohne auf den Kellner mit der Rechnung zu warten, und dann rasch etwas auf einer Serviette notierte.

»Wenn du noch mal meine Hilfe brauchen solltest«, sagte er, als er sie mir reichte.

Ich steckte die Papierserviette mit zwei Telefonnummern – vermutlich Festnetz und Handy – in meine Manteltasche, er hängte sich seinen Rucksack über die Schulter und ich mir meine Tasche.

»Tausend Dank, nun verstehe ich einige Zusammenhänge sehr viel besser«, sagte ich, als wir auf den Ausgang zusteuerten.

»Aber nein, Blanca, ich habe dir zu danken. Ich erinnere mich gern an meinen alten Freund und habe so die Gelegenheit, über ihn zu sprechen. Es ist sehr heilsam, im Rückblick das Geschehene etwas objektiver zu betrachten und seinen Frieden mit der Vergangenheit zu schließen.«

Das Wetter an diesem Nachmittag wurde immer un-

freundlicher. Kaum waren wir auf die Straße getreten, knöpfte ich meinen Trenchcoat zu und verschränkte die Arme über der Brust, und er schlug den Kragen seines Jacketts hoch. Der Wind fuhr uns beiden heftig durch die Haare.

»Weißt du«, meinte er mit einem kleinen Lächeln, das über seinem hellen Bart schwebte, »wenn Andrés Fontana noch lebte, wäre er sicher bei dieser Protestaktion dabei gewesen. Er hätte sich bestimmt gegen jede Veränderung dieses Fleckchens zur Wehr gesetzt. Ich habe dir doch erzählt, dass er hier oft spazieren ging, oder? Vor allem in den letzten Monaten vor seinem Tod, nicht ahnend, wie wenig Zeit ihm noch blieb.«

Dann legte er mir den Arm um die Schultern, wie um mich vor dem Tumult zu schützen, aber eigentlich zog er mich hinein. In Sekundenschnelle steckten wir mitten im Demonstrationszug und waren Teil der skandierenden Rufe, der lauten Gesänge und des ohrenbetäubenden Getrommels. Damit ich ihn hören konnte, musste Daniel, der mich noch immer umfasst hielt, schreien.

»Er sagte oft, halb im Scherz, halb im Ernst, er gehe dorthin, um nach der Wahrheit zu suchen.«

Kapitel 16

Mitte November hatte ich Geburtstag, und zu diesem Anlass gratulierten mir meine Familie und jede Menge Freunde via E-Mail. Zusammen mit den besten Wünschen fragten mich die meisten so ganz nebenbei, wann ich denn vorhätte, wieder nach Hause zu kommen. Doch ich nannte niemandem ein konkretes Datum, nicht weil ich ein Geheimnis daraus machen wollte, sondern weil ich es selbst noch nicht wusste. Für mein Forschungsstipendium war keine exakte Frist vereinbart, sondern lediglich ein ungefährer Zeitrahmen von drei bis vier Monaten bis zum Abschluss der mir übertragenen Aufgabe. Aber ich hatte noch genügend Arbeit und Zeit vor mir, sodass ich momentan nicht die Absicht hatte zurückzukehren.

Trotzdem ist älter werden nicht gerade das Tollste, was einem passieren kann, vor allem, wenn einen der Ehemann kurz zuvor gegen ein jüngeres, blonderes und besser verdienendes Modell ausgetauscht hat. Auch hob es nicht gerade meine Stimmung, dass ich von meinen Söhnen so weit weg war und alle vier oder fünf Tage einen aufdringlichen Anruf von meiner Schwester bekam, die mir ständig in den Ohren lag, ich solle meinem Exehemann den Weg ins Glück doch nicht so leicht machen. So war der Stand der Dinge. Dennoch beschloss ich zu feiern, vielleicht, um mir selbst zu beweisen, dass das Leben trotz aller Widrigkeiten weiterging.

Niemand in Santa Cecilia wusste, dass ich Geburtstag

hatte, der Tag hätte also verstreichen können wie jeder andere auch. Aber vielleicht wollte ich genau deshalb selbst dieses Datum hervorheben und ihm auf meine Art ein wenig Farbe verleihen. So kam ich auf die Idee, ein kleines Fest zu organisieren. Ein spanisches Fest für die neu gewonnenen amerikanischen Freunde, die mir ihre Tür geöffnet, mir ihre Zeit und Zuneigung geschenkt hatten. Ein Fest, bei dem es an keiner typisch spanischen, in jedem Reiseführer zu findenden Zutat fehlen sollte, vielleicht eine augenzwinkernde Anspielung auf die lange zurückliegende Debatte um die *hispanidad.* Tortilla, Gazpacho, Sangría, Oliven. Trotzdem beschloss ich, den Anlass für das Fest geheim zu halten. Wen interessierte schon, dass ich wieder ein Jahr älter wurde?

In einem Anfall von Kreativität bastelte ich mit Hilfe des alten Druckers in meinem Büro, der nach Lust und Laune funktionierte oder auch nicht, ein paar Einladungskarten. Ich verteilte sie in die Postfächer der Dozenten und etliche weitere unter den Studenten meines Kurses. Nach den amerikanischen Höflichkeitsregeln hätte ich das Fest deutlich früher ankündigen müssen. Doch die Dinge hatten sich nun mal so entwickelt. Spontan und unerwartet. Wie eigentlich alles in letzter Zeit.

Anhand der Zu- und Absagen rechnete ich mit mehr als dreißig Personen, die entweder allein oder in Begleitung kommen würden. Luis Zárate hatte recht schnell zugesagt, ebenso einige andere Dozenten. Rebecca kam natürlich auch. Daniel Carter vielleicht, wenn er es rechtzeitig schaffen sollte. Er würde erst am gleichen Abend von einem Kongress aus Phoenix, Arizona, zurückkehren, erklärte er mir, als ich ihn anrief. Und die meisten meiner Studenten wollten auch dabei sein.

Obwohl ich mir anfänglich unschlüssig gewesen war,

lud ich auch Fanny ein, aber sie sagte ab, weil sie samstags immer mit den Mitgliedern ihrer Kirchengemeinde zu Abend aß. Nach und nach hatte ich mich an ihr sonderbares Verhalten gewöhnt, und inzwischen verstanden wir uns ganz gut. Ja, mochten uns sogar. Ich wunderte mich nicht mehr über ihre kleinen Ticks oder ihre manchmal übertrieben aufgeregte Art. Mit der Zeit wollte ich sie nicht mehr missen und war ihr herzlich verbunden. Sie deshalb als Freundin zu bezeichnen wäre zu viel gesagt, denn sie war und blieb trotz allem sehr speziell.

»Brauchst du vielleicht Hilfe, oder soll ich dir ein paar Sachen leihen?«, erkundigte sich Rebecca, als ich sie in meine Pläne einweihte.

Noch ehe ich antworten konnte, ging sie davon aus, dass ich ihre Frage bejahen würde, und begann die unentbehrlichsten Gegenstände aufzuzählen, um mein kaum vierzig Quadratmeter großes Apartment in einen festtauglichen Ort zu verwandeln.

»Mal sehen … Ich habe einen extra Tisch und jede Menge Klappstühle für den Fall, dass wir zu Hause mal wieder mehr sind. Wenn nötig, kann ich dir auch Kochgeschirr leihen und, wenn du willst, eine große Tischdecke, Gläser, Besteck …«

Mir blieb keine andere Wahl, ich musste ihre überwältigende Großzügigkeit bremsen, andernfalls hätte ich den zur Verfügung stehenden Raum mit so vielen Extradingen gefüllt, dass der Platz kaum für ein Fünftel meiner Gäste gereicht hätte. Dankend nahm ich den Tisch, ein paar Stühle und einige kleinere Dinge an. Alles andere musste man anschließend entsorgen können. Bloß keine Komplikationen, daran hatte ich keinen Bedarf.

»Freitagnachmittag warte ich nach der Arbeit auf dich, und wir fahren zusammen zu mir. Wir beladen mein Auto

und bringen die Sachen in dein Apartment. Samstagmorgen muss ich nämlich nach Oakland, werde aber sicher rechtzeitig zu deinem Fest zurück sein. Deshalb erledigen wir besser schon alles am Vortag.«

Kurz nach fünf parkten wir vor ihrem Haus, in dem sie schon seit Langem wohnte. Es hatte einen Garten voller Bäume und Büsche und einen Swimmingpool im rückwärtigen Teil. Rebecca lebte mit einem großen Mischlingshund, der ein weißgraues Fell und einen kurzen Stammbaum hatte – und eine Vorliebe für Pizzaränder. Er war genauso sympathisch wie sein Frauchen und hieß Macan. Vor gut einem Jahrzehnt tauchte er eines Tages plötzlich auf, erzählte sie mir, er war einer ihrer Töchter, die mit dem Fahrrad unterwegs war, einfach hinterhergelaufen. Kein Mensch vermisste ihn, obwohl sie das ganze Viertel mit Zetteln pflasterten, dass man sein Herrchen suche. Macan blieb.

Noch immer fanden sich Spuren der früheren Hausbewohner: Skateboards und Fahrräder in der Garage, Regenmäntel an der Garderobe hinter der Tür. Drei Kinder, fünf Enkel, alle in weiter Ferne. Doch das Haus wirkte nicht wie das Domizil einer reiferen, allein lebenden Frau, sondern wie das Heim einer Familie, deren Mitglieder gerade ins Kino gegangen waren oder Besorgungen machten; nicht, als hätten sie sich schon längst ihr eigenes Leben in den entferntesten Winkeln des Landes aufgebaut. Es war nicht einfach ein ungenutztes, leeres Nest, sondern eine Zufluchtsstätte, in die alle jederzeit zurückkehren und sich so fühlen konnten, als seien sie niemals weg gewesen.

»Lass uns in der Küche anfangen«, schlug Rebecca vor.

Die Küche, durch deren großes Fenster man direkt in den Garten blickte, wurde von einer imposanten holzverkleideten Kochinsel mit einem Herd in der Mitte be-

herrscht. Über ihm hingen an einem eisernen Gestell Pfannen, Töpfe und Sträuße getrockneter Kräuter. Rebeccas Effizienz reichte also über ihre Tätigkeit im Büro hinaus und war auch in ihrem Haushalt sichtbar. Alles stand an seinem Platz, die Einmachgläser waren fein säuberlich beschriftet, auf dem Kalender an der Wand waren in Schönschrift Termine eingetragen, und auf der Arbeitsplatte stand eine Vase mit frisch geschnittenen Blumen.

»Das könntest du für die Gazpacho nehmen«, sagte sie und reichte mir aus einem Schrank einen riesigen Motorblock mit Elektrokabel, zu dem ein großer gläserner Behälter mit Deckel gehörte.

Ich versuchte ihr klarzumachen, dass ein einfacher Pürierstab es auch täte, doch in dem Land, in dem alles *big* sein muss, war es das kleinste Küchengerät, über das Rebecca verfügte, um ein paar Tomaten zu pürieren.

»Und das ist für die Sangría. Vor Jahren hat mir das Pablo González, der kolumbianische Professor, aus Spanien mitgebracht«, rief sie und schwenkte triumphierend einen riesengroßen, braun glasierten Tonkrug. »Und jetzt gehen wir in den Keller wegen der Stühle.«

Wir stiegen hinab in einen kahlen, schmucklosen Raum, in dem, ordentlich sortiert, alle möglichen ausrangierten Gegenstände zu finden waren. Ein Pingpongtisch, brechend volle und mit Namen beschriftete Umzugskartons, jede Menge Poster von ehemals bekannten Sängern, Hunderte von Schallplatten und Unmengen von Fotos, Wimpeln und Urkunden, an einer riesigen Pinnwand festgesteckt. Dieser Raum war ein Paradies für Fans des geordneten Trödels.

Während Rebecca nach den Klappstühlen fahndete, konnte ich es mir nicht verkneifen, einen Blick auf die mit Reißzwecken befestigten Fotos zu werfen, die die Ge-

schichte ihrer Familie in Bildern erzählten: Strandpicknicks, Kindergeburtstage, Abschlussbälle an der Highschool. Babys, die inzwischen erwachsen, Jugendliche, die nun selbst Eltern waren, und Großeltern, die nur noch in der Erinnerung ihrer Nachkommen weiterlebten.

»So, das war's«, verkündete sie, nachdem sie etliche Stühle an die Treppe gestellt hatte. Als sie bemerkte, dass ich mir die Fotos ansah, kam sie näher. »Die sind echt uralt«, meinte sie lachend.

Und genauso wie sie mir kurz nach meiner Ankunft im Sitzungssaal Andrés Fontana auf den Bildern dort gezeigt hatte, erklärte sie mir jetzt anhand ihres überdimensionalen Familienalbums, wer wer war. Mit jedem Bild verband sie eine Erinnerung, eine Anekdote.

»Das hier war an einem 4. Juli, am amerikanischen Unabhängigkeitstag, am Strand. Gegen Abend wurden wir von einem unglaublichen Gewitter überrascht, das uns das Feuerwerk vermasselte. Hier sind wir auf einem Ausflug nach Angel Island zu sehen, in der Bucht von San Francisco. Das war an dem Tag, als mein Sohn Jimmy vom Skateboard stürzte und sich über der Augenbraue eine klaffende Wunde zuzog, die mit sieben Stichen genäht werden musste.«

Mit jeder kleinen Geschichte, die sie erzählte, mit jedem Schnappschuss, den sie mir zeigte, bewegte sie sich zeitlich immer weiter zurück. Bis sie auf das Bild einer Gruppe junger Erwachsener stieß.

»Du meine Güte, wie sahen wir denn aus? Das muss ja Ewigkeiten her sein! Das Foto habe ich mir wirklich schon lange nicht mehr angeschaut. Mal sehen, ob du jemanden darauf erkennst«, meinte sie.

Ich betrachtete die Aufnahme eingehend. Vier Personen im Freien, die beiden Männer seitlich, die zwei Frauen

in der Mitte. Alle lehnten an einem staubbedeckten großen roten Auto. Hinter ihnen waren eine wüstenähnliche Landschaft und mexikanisch anmutende Häuser zu erkennen. In der Ferne sah man das Meer. Der Erste auf der linken Seite war ein sehr schlanker, braungebrannter Mann, der ein breites Stirnband trug. Im geblümten Hemd stand er da mit einem Bier in der ausgestreckten Hand, als wolle er dem Fotografen zuprosten. Neben ihm eine zierliche Frau mit einem breiten Lachen im Gesicht. Ihre Hände steckten in den Taschen ihrer Shorts, auf ihrem gelben T-Shirt prangte der Aufdruck *PEACE*. Das Haar hatte sie zu zwei Zöpfen geflochten. Die Dritte im Bunde war eine junge, schlanke, wunderschöne Frau mit einem üppigen Mund. Sie schien in dem Moment fotografiert worden zu sein, als sie gerade laut auflachte. Ihr langes weißes Kleid reichte fast bis zu den nackten Füßen, um den Hals hatte sie unzählige bunte Ketten geschlungen. Der große Mann neben ihr bildete mit seinem verwaschenen T-Shirt und den zerrissenen Jeans das Schlusslicht der Gruppe. Seine Gesichtszüge waren zu einem großen Teil von einer schulterlangen blonden Mähne, einem dichten Bart und einer Sonnenbrille verdeckt und daher kaum zu erkennen. Das Foto musste im Sommer entstanden sein, denn alle waren braungebrannt; sie verströmten pure Lebensfreude.

»Keine Ahnung.«

Ich wusste nicht, wer sie waren, aber ich wäre gerne eine von ihnen gewesen. Sie strahlten so fröhlich, wirkten so unbeschwert.

»Das bin ich«, sagte sie und deutete auf die junge Frau mit den Zöpfen.

»Nicht die Möglichkeit!«, sagte ich laut auflachend.

Es fiel mir wirklich schwer, mir vorzustellen, dass die elegante und reifere Rebecca Cullen, die ich kannte, jenes

Mädchen mit den knappen Shorts sein sollte, das auf seiner Brust den Weltfrieden proklamierte.

»Und da gibt es noch jemanden, den du kennst. Sieh noch mal genauer hin …«

Ich tat es, aber mir kam wirklich niemand bekannt vor. Da legte sie den Finger auf die letzte Person im Bild, auf den groß gewachsenen Mann mit Bart und langen Haaren.

»Erkennst du ihn denn nicht?«

Die Gesichtszüge waren wirklich schwer auszumachen, doch etwas an ihm ließ mich stutzig werden, sodass ich auf einmal so eine Ahnung hatte.

»Daniel Carter?«, fragte ich zweifelnd.

»Bingo!«, bestätigte sie mit einem wehmütigen Lächeln. »Meine Güte, wie die Zeit vergeht! Sieh doch nur, wie jung wir waren, was für Klamotten wir trugen, und erst die Haare …« Erneut deutete sie auf das Foto, fuhr diesmal allerdings mit dem Finger über die beiden anderen Gesichter. »Das war seine Frau, und das hier ist mein Exmann Paul.«

Ich biss mir auf die Zunge, um nicht mit der Frage herauszuplatzen, was aus ihnen geworden war. Wie ging die Geschichte weiter, was war passiert? Doch es war gar nicht nötig, meine Neugier so offen zu zeigen, denn als sich Rebecca von der Pinnwand entfernte, um die Stühle nach oben zu tragen, begann sie zu reden, ohne dass ich sie dazu hätte ermuntern müssen.

»Das Foto wurde im Sommer 1968 in Cabo San Lucas im mexikanischen Bundesstaat Baja California Sur aufgenommen. Obwohl ich auf dem Bild sehr jung wirke, waren zu dem Zeitpunkt bereits meine drei Kinder geboren. Paul, mein Mann, war damals hier in Santa Cecilia Philosophieprofessor. Drei Jahre zuvor waren wir von Wisconsin nach Kalifornien gezogen. Die Carters kamen wenig später her, und wir vier wurden dicke Freunde.«

Wir stiegen die Treppe hinauf, sie mit den Stühlen beladen vorneweg, ich, den Klapptisch über den Boden schleifend, hinterher.

»Damals widmete ich mich ausschließlich der Familie. Ich arbeitete nicht, denn die Kinder waren noch klein, sie wurden sehr schnell nacheinander geboren. Wir hatten gerade dieses Haus gekauft, das ziemlich heruntergekommen war und von uns renoviert werden musste. In jenem Sommer kamen meine Eltern aus Chicago und blieben eine Woche bei den Kindern, sodass mein Mann und ich endlich mal Urlaub machen konnten.«

Oben in der Küche kam die pragmatische Rebecca von heute wieder zum Vorschein.

»Gut, jetzt packen wir das alles ins Auto. Als Erstes am besten den Tisch, der braucht schließlich am meisten Platz. Dann verladen wir die Stühle, und obendrauf kommen die restlichen Sachen, was meinst du?«

Ich stimmte ihr zu, aber das war gelogen. Denn in Wirklichkeit fand ich das gar nicht gut. Ich hätte ihr viel lieber weiter zugehört, wie sie Geschichten aus ihrem Leben erzählte, von jenem Sommer, als sie alle noch jung waren und in einem staubigen Auto die Pazifikküste entlangfuhren.

Zu meinem Glück bewies mir diese immer so unglaublich effiziente Frau, dass sie mühelos in der Lage war, zwei Dinge gleichzeitig zu erledigen.

»Vier Jahre später verließ uns Paul. Wegen einer Studentin, die bei ihm promovierte. Meine Tochter Annie war damals gerade neun, Jimmy sieben und Laura fünf. Er sagte, es sei eine animalische Leidenschaft, eine höhere Macht, die er nicht beherrschen könne.«

Inzwischen waren wir im Vorgarten angekommen, beim Auto. Es dämmerte bereits.

»Eine Zeit lang kam und ging er, brachte damit die Kinder durcheinander und machte mich völlig verrückt«, fuhr sie fort. »Er verschwand einfach für eine Woche, und wenn er dann zurückkam, bat er mich um Verzeihung, schwor, die Affäre beendet zu haben, und gelobte, mir nun bis zum Ende seiner Tage treu zu sein. So ging das vier oder fünf Monate.«

Sie stellte die Stühle ab, öffnete den Kofferraum und redete unterdessen ganz normal weiter. Ohne zu dramatisieren oder das Geschehene als unwichtig abzutun, mit dem durch die inzwischen vergangene Zeit richtigen Abstand, mit dem wir uns an Ereignisse erinnern, die das Leben uns zu bewältigen zwang. Macan, der Hund, war uns aus dem Haus gefolgt und beobachtete, phlegmatisch auf dem Rasen ausgestreckt, was sich da vor seinen Augen abspielte. Er leistete uns nur Gesellschaft, wobei er sich vermutlich fragte, warum zum Teufel sein Frauchen so viele Stühle hortete, wo man doch ganz wunderbar einfach auf dem Boden liegen konnte.

»Annie, die bis dahin ein sanftes und fleißiges Mädchen gewesen war, wurde bockig und strengte sich in der Schule überhaupt nicht mehr an. Jimmy begann nachts ins Bett zu machen, und Laura schlief nur ein, wenn ich neben ihr lag. Als ich die ganze Situation nicht mehr aushielt, packte ich die Koffer und fuhr mit den Kindern zu meinen Eltern nach Chicago. Leg bitte zuerst den Tisch hinein.«

Wortlos gehorchte ich. Anschließend packte sie ordentlich einen Stuhl nach dem anderen dazu.

»Ich richtete mich dort mit den Kindern häuslich ein, aber Paul rief mich ständig an«, erzählte sie, während sie weiter Stühle ins Auto verfrachtete. »Er erklärte mir, alles sei ein großer Irrtum gewesen und er habe sich wie ein Idiot benommen. Wieder und wieder beteuerte er, dass

er die Affäre beendet habe und sich nicht mehr mit dieser Frau treffe. Sie war Halbrussin und hieß Natascha. Er flehte uns an, nach Santa Cecilia zurückzukehren, er könne nicht ohne die Kinder und ohne mich leben. Er schrie wie ein Wahnsinniger, nur ich sei seine einzig wahre Liebe. Schließlich kam er nach Chicago. Er redete mit meinen Eltern und mit uns, bat um Vergebung, weil er uns so großes Leid zugefügt hatte, und schwor mir, dass alles wieder so werden würde wie früher. Und jetzt gib mir den Mixer.«

Sie redete weiter, mit der gleichen Stimme wie immer, das alles schien sie nicht mehr zu berühren, und belud dabei konzentriert und methodisch das Auto.

»Bis er mich schließlich überzeugt hatte. Wir kehrten gemeinsam heim, und ein paar Monate funktionierte alles ganz wunderbar. Er war der beste Vater und der zärtlichste Ehemann, den man sich vorstellen konnte. Er spielte stundenlang mit den Kindern und kaufte ihnen einen kleinen Hund. Er kochte abends und deckte den Tisch mit Kerzen, er schenkte mir ständig Blumen. Bis er eines Morgens, nachdem er vorher noch Frühstück für uns gemacht hatte, in die Uni ging und am Abend nicht nach Hause kam. Auch nicht in der folgenden oder darauffolgenden Nacht. Am vierten Tag tauchte er wieder auf. Haben wir alles, Blanca?«

»Und was hast du dann gemacht?«, fragte ich sie, während ich ihr den Sangría-Krug reichte. Das letzte Stück, das noch mit musste.

Sie schlug den Kofferraumdeckel mit einem dumpfen Knall zu.

»Ich ließ ihn gar nicht erst herein, sondern schickte ihn zum Teufel und suchte mir eine Arbeit.«

Sie drehte sich zu mir um und sah mich mit ihren hellen Augen an, um die sich im Schein der Gartenlaternen

unzählige winzige Fältchen kräuselten. Und trotz der traurigen Geschichte, die sie mir gerade erzählt hatte, brachte sie ein Lächeln zustande, in dem auch ein wenig Wehmut mitschwang.

»Hätte jener Sommer in Cabo San Lucas doch ewig gedauert! Keiner von uns konnte sich damals auch nur im Mindesten vorstellen, wie hart das Leben mit uns allen noch umspringen würde.«

Kapitel 17

Ende Oktober 1958 brach Daniel Carter in die Heimat von Ramón J. Sender, nach Aragón, auf. In der Provinz Huesca besuchte er dessen Geburtsort Chalamera und einige andere Dörfer, in denen der Schriftsteller seine Kindheit verlebt hatte und an die er sich gerne erinnerte. Alcolea de Cinca, unterhalb eines Berges gelegen, der, wie er einst selbst sagte, aussah, als hätte man ihn mit dem Messer abgeschnitten. Tauste, wo er seinen Roman *Crónica del alba* ansiedelte, in dem er seine jugendliche Liebe zu Valentina noch einmal durchlebte.

Daniel wanderte an Straßen und Wegen entlang, flüchtete sich bei Regen in halb verfallene kleine Kapellen, schlief in billigen Pensionen und sprach mit den Einheimischen, von denen er jede Menge neue Wörter lernte. Er trank den Wein aus den ledernen Schläuchen, die man ihm anbot, und aß, was es eben gab, wo ihm die Gastfreundschaft fremder Menschen einen Platz an ihrem Tisch und einen vollen Teller bescherte. Von Aragón ging es nach Navarra, von Navarra nach Castilla la Vieja und von dort nach Castilla la Nueva. Wenn möglich, nahm er den Zug oder den Bus und kletterte bereitwillig in jeden Karren, Kleinlaster oder Lieferwagen, der seinen Weg kreuzte, wenn die Fahrer gut aufgelegt waren und ihn mitnahmen. Der amerikanische Student reiste kreuz und quer durch das alte Spanien und war von allem fasziniert, was ihm unterwegs begegnete. Provinzhauptstädte mit breiten Straßen, Glo-

ckenstühlen und Turmspitzen; mit vornehmen und weniger vornehmen Häusern und solchen, die so gar nichts Vornehmes mehr hatten, zwischen Pfützen, Marktständen und Armenvierteln. Die Dörfer und Felder waren wie Kulissen, vor denen die immer gleichen Figuren auftraten: verdreckte Kinder, Frauen mit Körben, die wie von Zauberhand auf ihren Köpfen gehalten wurden, Schweine und Hühner unterwegs auf schlammigen Wegen und zahnlose Männer mit Baskenmütze auf dem Rücken betagter Maultiere. Im Norden fand er Steine, und Kalk, je mehr er nach Süden kam, doch ansonsten keine wesentlichen Unterschiede. Rückständigkeit und Armut in einem Spanien, das erst fünf Jahre zuvor wieder das gleiche Pro-Kopf-Einkommen erreicht hatte wie vor dem Bürgerkrieg, und schon damals war es sehr bescheiden gewesen.

Einen größeren Unterschied zu seiner Heimat konnte es kaum geben: Die USA waren zu der Zeit eine wohlhabende und dynamische Nation, in der der Babyboom gerade seinen Höhepunkt erreichte und die Menschen sich voller Optimismus moderne Häuser in den grünen Vorstädten bauten. Ein Land, in dem Ford Fairlanes und Chevy Impalas die Straßen füllten und in dem Elektrogeräte keine Luxusgüter mehr waren, sondern der Hausfrau die alltägliche Arbeit erleichterten. Ein konsumorientiertes und widersprüchliches Amerika, in dem einerseits Wohlstand und Unterhaltung Priorität genossen, andererseits antikommunistische Paranoia, brutale Auswüchse der Rassentrennung und die Bedrohung durch einen Atomkrieg existierten.

Trotz des immensen Kontrastes zu seiner Heimat genoss er jede Stunde in diesem armen Land von trocken Brot, Haferbrei und Speck, von Zichorienkaffee und schwarzem Grobschnitttabak, in dem ihm auf Schritt und Tritt Kirchengeläut, Lobgesänge auf den Herrn und Patrouillen der

immer paarweise auftretenden Guardia Civil begegneten. Es herrschte bereits beißende Kälte, als er Ende November mit schwieligen Füßen, fünf randvollen Notizbüchern, einer Handvoll Negativfilme und dem guten Gefühl nach Madrid zurückkehrte, jede Minute dieser Initiationsreise ausgekostet zu haben.

Nachdem Señora Antonia ihn wieder unter ihre Fittiche genommen und er sich einige Tage mit ihren schmackhaften Eintöpfen gestärkt hatte, kam er seinen Verpflichtungen nach und machte sich zum Büro von Professor Cabeza de Vaca auf.

Er überbrachte ihm den Bericht, für den er, um ihn auf der Schreibmaschine fein säuberlich zu tippen, zwei Tage gebraucht hatte. In ihm schilderte er detailliert sein Abenteuer: was er in Senders Heimat alles gesehen hatte, seine Gespräche mit den Einheimischen, seine Besuche in anderen Städten, Dörfern und Gegenden. Das Gesehene, das Erlebte, das Gefühlte, das Gelernte.

»Ausgezeichnet, Señor Carter, ganz ausgezeichnet«, sagte der Professor, während er die Blätter in eine Schublade legte. »Und nun ist es an der Zeit, Madrid zu erkunden. Ich erwarte Sie morgen früh im Museo del Prado.«

»Ich danke Ihnen für Ihr Interesse, Professor, aber ich kenne den Prado schon. Ich habe dort einen ganzen Nachmittag verbracht, *Las Meninas* gesehen, *Die Übergabe von Breda* und *Die Erschießung der Aufständischen,* ja sogar …«

Cabeza de Vacas Augenbrauen zogen sich gefährlich nach oben, was ihn besser schweigen ließ.

»Betrachten Sie es als meinen Beitrag zu Ihrer umfassenden Bildung, mein Junge. Eine zweiwöchige intensive Einführung in die spanische Malerei. Um zehn Uhr. Unter meiner Aufsicht.«

Und so verbrachte der Amerikaner den letzten Ab-

schnitt des Jahres mit Gemälden und Unterweisungen seines kriegsversehrten Mentors. Gemeinsam durchstreiften sie die Gänge des Museums in unterschiedlichem Schritttempo. Und sein Professor war es auch, der dafür sorgte, dass Daniel noch an einigen zum Thema passenden Vorlesungen teilnehmen konnte. Auf diese Weise lernte er ein paar Studenten kennen, die ihn zu Festen einluden und zu einer Exkursion nach Palacio Real de La Granja de San Ildefonso, der ehemaligen Sommerresidenz der spanischen Könige, mitnahmen. So vergingen die Tage einer nach dem anderen, während sich die herbstlichen Straßen Madrids mit Maroni- und Losverkäufern der staatlichen Lotterie füllten, die dem Volk, das noch an allen Ecken und Enden Mangel litt, eine reiche Zukunft versprachen.

Ohne dass Señora Antonia ihn allzu sehr bitten musste, willigte er ein, den Heiligabend mit dem Rest ihrer Familie im Haus ihres Sohnes Joaquín zu verbringen. Er wohnte damals in der Calle Santa Engracia, hatte eine Frau namens Teresa und drei Töchter, die ganz vernarrt waren in diesen langen Kerl, der Spanisch mit einem ganz merkwürdigen Akzent sprach, sich von den kleinen bröckeligen Kuchen, den *polvorones,* immer gleich zwei auf einmal in den Mund schob, mit ihnen aus vollem Halse Weihnachtslieder schmetterte und immer wieder nach der Bedeutung von Worten fragte, die niemand kannte. Wieso trug der Esel ein Kohlenbecken mit sich, und was wollte er mit dem Schokoladenkännchen und der Kaffeemühle? Diese geräuschvolle Art, Weihnachten zu begehen, mit einer Stabreibtrommel, einem Tamburin und einer Gabel, mit der man rhythmisch über eine Anisflasche Marke La Asturiana reiben konnte und dank deren Struktur einen interessanten Klang erzeugte, machte ihm ungeheuren Spaß. Und er war davon so gefangen, so begeistert, dass er nicht

einmal die heimlichen Tränen bemerkte, die der Witwe Antonia aus den erschöpften Augen rannen, als sie an ihren Marcelino und an jene vergangene, schreckliche und gleichzeitig innige Zeit zurückdachte, die für immer in ihr Gedächtnis eingebrannt sein würde.

»Silvester verbringst du auch mit uns, nicht wahr, mein Junge?«, fragte sie ihn ein paar Tage später. Nachdem Daniel monatelang darauf beharrt hatte, hatte sie sich endlich angewöhnt, ihn zu duzen.

»Nun ... Sie wissen ja, wie sehr ich Ihre Gastfreundschaft schätze, doch ich dachte eigentlich ... ich wollte ... nun, eigentlich würde ich Silvester lieber woanders feiern, wenn es Ihnen nichts ausmacht.«

Er hatte andere Pläne. Oder, um genauer zu sein, er hatte einen anderen Plan. Er wollte zur Puerta del Sol und sich dort ins Getümmel stürzen. Mehr nicht. Er wollte Professor Cabeza de Vacas Ratschlag befolgen: »Verharren Sie nicht beim Anekdotischen, beurteilen Sie uns nicht oberflächlich.« Wohl wissend, dass er damit das tat, was alle an jenem Tag taten, konnte er der Versuchung nicht widerstehen, denn er wollte unbedingt an Silvester seine ersten zwölf Trauben essen, mit jedem Glockenschlag um Mitternacht eine, so war und ist es in Spanien Brauch, umgeben von einer aufgekratzten Menschenmenge, in der jeder mit Apfelwein und einer Luftrüsseltröte ausgerüstet schien, sich unter all die Soldaten mischen, die Ausgang hatten, die Lebenskünstler unterschiedlichster Natur und die festlich gekleideten Leute vom Land, die erst seit Kurzem in der Hauptstadt waren.

»Und warum isst du nicht zuerst mit uns zu Abend und machst dich dann auf den Weg? Ich habe meiner Schwiegertochter schon angekündigt, dass ich heute Nachmittag recht früh zu ihr komme, ich werde nämlich ein Spanfer-

kel grillen, das sie mir aus meinem Heimatort mitgebracht haben. Es wird mindestens so gut schmecken wie das in der berühmten Casa Botín.«

»Glauben Sie, dass mir dann noch genug Zeit bleibt?«, fragte Daniel, dem schon das Wasser im Munde zusammenlief. Señora Antonia wusste inzwischen, dass man den jungen Mann immer mit einer Mahlzeit locken konnte.

»Mach dir mal keine Gedanken, ich sorge schon dafür, dass wir bis elf Uhr fertig gegessen haben.«

Und so war es dann auch. Eine halbe Stunde vor Mitternacht war er an der Puerta del Sol, ja, ihm blieb sogar noch Zeit, ein paar Postkarten zu kaufen, sie rasch zu schreiben und in den Briefkasten für Übersee zu werfen.

Als er am Neujahrsmorgen aufwachte, hing an der Wand des Esszimmers bereits der neue Kalender für das Jahr 1959, und den Anfang machte im Januar *La Chiquita Piconera,* das bekannte Gemälde von Julio Romero de Torres. Auf dem Tisch erwarteten ihn bereits frisch gebrühter Kaffee und noch warme *porras.* Wie jeden Morgen.

»Na, mein Junge, tja, wieder ein Jahr mehr auf dem Buckel. Und, hast du dir schon überlegt, was du machen wirst? In Madrid bleiben oder wieder auf Reisen gehen, so wie letztes Mal, und auf Gottes Spuren wandeln?«

»Ich mache mich wieder auf den Weg. Das habe ich zumindest vor, man muss schließlich arbeiten.«

»Und wohin geht die Reise diesmal, wenn man fragen darf?«

»Zum Cantón de Cartagena, wenn ich herausfinde, wie man dorthin kommt.«

Míster Witt en el Cantón hieß der Roman, für den Ramon J. Sender 1935 den Premio Nacional de Literatura bekommen hatte, und Daniel hatte sich vorgenommen, dass seine nächste Reise ihn in jenen Winkel führen sollte, der

für das literarische Schaffen des Autors von so großer Bedeutung gewesen war. Señora Antonia, die von Geografie keine Ahnung hatte, wie von so vielen anderen Dingen auch, die nichts mit ihrer Arbeit zu tun hatten, konnte ihm nicht weiterhelfen, sodass ihm nach dem Frühstück nichts anderes übrig blieb, als seine abgegriffene Landkarte von Spanien zu Rate zu ziehen.

Er schob die leere Milchkaffeeschale beiseite und breitete die Karte auf dem Tisch aus. Sein Ausgangspunkt war Madrid, mit dem Zeigefinger fuhr er die Außenbezirke der Hauptstadt ab, dort konnte er das gesuchte Ziel allerdings nicht finden. So weitete er den Radius auf die umliegenden Provinzen aus, aber wieder tauchte nirgendwo der Ortsname auf, den er suchte. Immer weiter zog er den Kreis, bis er schließlich die Küsten erreicht hatte. Es dauerte eine Weile, bis er sie abgearbeitet hatte, doch er fand lediglich den Namen Cartagena, Cantón erschien nirgends. Aber da war immerhin Cartagena, in einer Ecke im Südosten. Er holte einen roten Stift hervor und markierte die Stadt mit einem Kreuz. Sein nächstes Ziel.

Kapitel 18

Ende der Fünfzigerjahre mit dem Zug von der Hauptstadt aus quer durch die Halbinsel zu fahren war ein heldenhaftes Unterfangen, ein Abenteuer, das Daniel Carter auf seinem Platz in der dritten Klasse wie ein privilegierter Zuschauer in der Ehrenloge erlebte. Als er am Bahnhof Atocha am Schalter stand, wusste er nicht recht, für welche Klasse er eine Fahrkarte lösen sollte. Zu Hause in Amerika hätte er es sich wahrscheinlich nicht leisten können, sich spontan für die eine oder andere Klasse zu entscheiden, doch dank der niedrigen Preise in seinem Gastland konnte er alle Alternativen bedenken, ohne dass sein Geldbeutel allzu leer wurde. In der ersten Klasse reiste es sich vermutlich bequem, aber es war bestimmt langweilig. Die zweite versprach weder großen Komfort noch neue Erfahrungen. Also entschied er sich für die dritte Klasse, wieder aus dem Wunsch heraus, das spanische Volk wirklich kennenzulernen. Und dieser Wunsch ging in Erfüllung. Ihm begegnete das pralle Leben.

Noch waren die Dampflokomotiven Herz und Seele der spanischen Eisenbahn, wenn auch faktisch recht lahm, und die Einhaltung der Fahrpläne eine bloße Illusion, je nachdem, wie viele Post- und Güterzüge man auf der Strecke passieren lassen musste. In den mit Holzbänken ausgestatteten Waggons hielt man es im Winter trotzdem aus, denn die dicht gedrängt sitzenden Menschen gaben Wärme ab wie eine Heizung. An den zahllosen Stationen wur-

de das rhythmische Rattern abgelöst von Hammerschlägen, da die Eisenräder kontrolliert werden mussten, die Kessel wurden aufgefüllt und alle naselang Rangiermanöver durchgeführt, die sich ewig hinzogen. Durch die Zugfenster wurden Unmengen an Holzkoffern, mit Schnüren zusammengehaltene Kartons, Seesäcke von Soldaten und in Stoff eingeschlagene Bündel weiß Gott welchen Inhalts hinein- und hinausgehievt. In La Roda sah er sogar zwei Hühner und eine zusammengerollte Matratze von Vater zu Sohn wandern.

Staunend verfolgte er, wie sich die Bahnsteige in provisorische Marktplätze verwandelten, auf denen je nach Örtlichkeit *tortas de Alcázar,* eine Art Biskuitgebäck, Taschenmesser aus Albacete oder Zettel für die Verlosung einer Schinkenkeule angepriesen wurden. Und noch mehr faszinierte ihn, wenn schließlich, mangels eines Speisewagens, große Henkelkörbe hinauf- und heruntergehoben wurden, aus denen, begleitet von einem solidarischen »Möchten Sie ein Stück?« Rundbrote auftauchten, dick belegt mit Scheiben von durchwachsenem Schinken, und Blechdosen mit ähnlichem Inhalt. Lederne Weinschläuche wanderten von Hand zu Hand, während die Reisenden beherzt zubissen, halbe Stangenbrote mit Sardinen, groß wie Torpedos, verschlangen, eingewickelt in Zeitungspapier, ein Cocktail aus Fischöl und Nachrichten, der ebenso schwarze Flecken hinterließ wie der Kohlenstaub der Lokomotive. Trinken Sie einen Schluck, *amigo,* drängte man den Amerikaner immer wieder. Probieren Sie von dieser *chorizo,* nehmen Sie ein Stückchen von der Blutwurst, ist aus unserer eigenen Schlachtung, sie wird Ihnen bestimmt schmecken. Nichts und niemanden wies Daniel zurück.

Im Verlauf endloser Kilometer verdichtete sich der Rauch von Celtas Cortos und Grobschnitttabak mit dem Gegrei-

ne der Säuglinge, den unterdrückten Seufzern alter Frauen in ihrem ewigen Schwarz und einem intensiven Geruch nach Schweißfüßen zu einer unnachahmlichen Mischung. Durch die Luft flatterten Fetzen zwanglosen Geplauders zwischen einander unbekannten Menschen – Prognosen zur nächsten Ernte, Kommentare zur letzten *corrida* von Antoñete und episch ausgewalzte Berichte über Heldentaten von Verwandten, die im vergangenen Jahr nach Barcelona ausgewandert waren.

Hin und wieder gelang es ihm mit viel Mühe, sich auf *Míster Witt en el Cantón* zu konzentrieren. In Zeitungspapier eingeschlagen, damit es keine Probleme gab. Er hatte das Buch bereits im vergangenen Winter in Pittsburgh gelesen, musste jetzt aber noch einige Informationen heraussuchen. Soweit es ihm die beengten Verhältnisse erlaubten, bemühte er sich, bestimmte Szenen, Passagen und Namen in diesem Roman über den revolutionären Kampf der Kantonalisten um die Unabhängigkeit der Stadt, zu der er unterwegs war, mit Bleistift zu markieren. Dreiundzwanzig Tage hatte Sender gebraucht, wie Fontana ihm erzählt hatte, um in seiner leichthändigen Prosa die glücklichen und unglücklichen Ereignisse im aufständischen Cartagena während der Ersten Republik 1873 zu Papier zu bringen.

Etliche Male gingen zwei Polizisten in Zivil durch den Waggon. Während sie mit mürrischer Miene die Papiere verlangten, verstummten die Gespräche, und die Reisenden sahen zu Boden. Niemand protestierte. Als die Kontrolle vorüber war, belebten sich die Gespräche schlagartig wieder, manche Fahrgäste wechselten einen schnellen Blick, andere unterdrückten einen erleichterten Seufzer. Bis schließlich Müdigkeit um sich griff und sich der eine auf den Boden legte, um dort laut schnarchend tief und

fest zu schlafen, andere immer wieder einnickten und den Kopf auf die Schulter des Nachbarn sinken ließen.

Im Städtchen Chinchilla stieg er aus, um sich die Beine zu vertreten und ein wenig frische Luft zu schnappen, eine Nachtluft, die ihm eiskalt entgegenschlug, als er die Zugtür öffnete. Er flüchtete sich in die Bahnhofsgaststätte und bestellte sich mit wortloser Geste das Gleiche wie die zwei Soldaten, die entspannt an der Theke lehnten und sich unterhielten: ein Glas Zichorienkaffee mit Milch und einen Anis Machaquito.

Bis er endlich, endlich, endlich sein Reiseziel erreichte. Zu seiner Überraschung schien die Stadt, in der er sich nach der schier nicht enden wollenden Bahnreise wiederfand, anfangs in keiner Weise anderen von ihm besuchten Städten im Landesinneren zu gleichen. Vielleicht kam es ihm auch nur so vor, weil er zum ersten Mal das winterliche Licht am Mittelmeer erlebte. Oder vielleicht, weil die auf der unendlich langen Zugfahrt angesammelte Müdigkeit seine Wahrnehmung verändert hatte. Wie dem auch sei, er betrat diese Stadt mit der Bereitschaft, ein neues Kapitel seiner iberischen Erkundungstour aufzuschlagen.

Es war Sonntag, die Menschen trugen ihren Sonntagsstaat und gaben sich ganz dem althergebrachten Ablauf dieses besonderen Wochentags hin: erst zur heiligen Messe gehen, anschließend einen Aperitif nehmen, dann in der Konditorei La Royal Kuchen und Gebäck aussuchen. Von zwei Señoras, die er auf offener Straße ansprach, holte er sich Rat. Eine Unterkunft? Gleich hier, in der Pension in der Calle del Duque. Zentral gelegen und sauber, wozu wollen Sie noch weitersuchen? Für bescheidene fünfundsiebzig Peseten die Nacht nahm er sich dort ein Zimmer, erst einmal für drei Nächte. Als er seinen Koffer nach oben trug, spürte er einen stechenden Kopfschmerz und

fühlte sich plötzlich wie benommen, führte sein Unwohlsein aber auf die Müdigkeit und die Kälte zurück, die ihm noch immer in den Knochen steckten. Das schmale Bett erschien ihm mit einem Mal überaus verführerisch, doch er gab der Verlockung nicht nach. Anstatt sich hinzulegen, obwohl sein Körper förmlich danach schrie, raffte er den Rest an Energie zusammen und verließ die Pension wieder. Es ging ihm nicht gut, und das war ihm durchaus bewusst, sein unwiderstehlicher Drang, auf keinen Fall etwas zu verpassen, trieb ihn allerdings wieder hinaus auf die Straßen, zu einem Rundgang ohne bestimmtes Ziel.

Bald fand er sich in einer von Balkonen flankierten, langen, schmalen Straße ohne Autoverkehr wieder. Sie mündete in einen Platz, der, wie in allen Zentren von allen Städten, die er bisher besucht hatte, den Namen Plaza del Caudillo trug. Ein Stück weiter lag wohl der Hafen, aber so weit kam er nicht mehr. Er spürte, dass er immer schlapper wurde, sein Mund ganz trocken war und in den Schläfen der Straßenlärm und die Stimmen der Leute widerhallten. Deshalb beschloss er, wieder umzukehren, auf die belebte Calle Mayor zurückzugehen und in einem der Cafés dort etwas zu trinken. Er bemerkte nicht einmal, dass das Lokal, das er zufällig wählte, seines Namens wegen förmlich prädestiniert schien, ihn besonders gastfreundlich zu empfangen. Es hieß Bar Americano.

»Ein Glas Wasser, bitte.«

»Wie meinen?«

Der kahlköpfige Kellner mit Fliege hatte ihn sehr wohl verstanden, wollte sich aber eine Bedenkzeit verschaffen, ehe er das Gewünschte brachte. Der hoch aufgeschossene Fremde mit den wirren Haaren und der zerknitterten Kleidung hatte bereits die Aufmerksamkeit der anderen Gäste erregt, und zwar keine wohlgefällige. Unter den sonntäg-

lich herausgeputzten Herrschaften, ein Gläschen Wermut mit Olive und Schälchen mit Mandeln vor sich, hatte sich ein argwöhnisches Gemurmel erhoben, und man warf ihm missbilligende Blicke zu, die nicht die geringste Sympathie erkennen ließen.

»Ein Glas Wasser bitte«, wiederholte Daniel. »Oder ein Selters …«

Da seine Aufnahmefähigkeit erheblich eingeschränkt war, registrierte Daniel weder die Blicke noch die Bemerkungen in seiner Umgebung. Er verharrte einfach nur regungslos und wartete darauf, dass man ihm irgendeine Flüssigkeit hinstellte, um seinen ausgetrockneten Mund zu befeuchten. Stattdessen berührte ihn jemand an der Schulter, als wollte er ihn auf sich aufmerksam machen.

»Ich glaube, Sie haben sich in der Örtlichkeit geirrt, mein Lieber.«

»Verzeihung?«

Als er sich umdrehte, sah er einen Mann mit Menjoubärtchen in feinem Zwirn vor sich stehen. Er reichte ihm bestenfalls bis zur Schulter.

»Das hier ist ein Lokal für rechtschaffene Leute. Bitte gehen Sie, seien Sie so gut.«

»Ich möchte nur ein Glas Wasser trinken«, erklärte Daniel nun schon zum dritten Mal und fügte mit Blick zum Kellner hinzu: »Oder eine Coca-Cola, wenn es geht …«

»Wasser ist für die Frösche. Und die Coca-Cola trinken Sie besser woanders, in Ihrem Land. Verlassen Sie das Lokal, und zwar sofort. Los!« Der Wächter spanischer Tugenden ließ nicht locker.

Erneut bemühte sich Daniel, dem Herrn, dessen Gesicht, Stimme und Bärtchen sich immer mehr zu verzerren schienen, zu erklären, dass er doch nur etwas trinken wolle. Aber seine Worte, die zäh und zusammenhanglos

daherkamen, trugen keineswegs zur Klärung bei, sondern bestätigten lediglich, was fast alle Anwesenden von Anfang an gemutmaßt hatten: Dieser ungepflegte Ausländer war bereits stockbesoffen. Und es hatte noch nicht einmal zu Mittag geläutet.

Als Nächstes spürte er, wie er am Arm gepackt wurde.

»Verschwinden Sie endlich, verdammt noch mal! Nichtsnutzige Trunkenbolde wie Sie haben hier nichts zu suchen!«

Wahrscheinlich war Daniels Spanisch schwer zu verstehen, vielleicht vermischte er es auch mit dem Englischen.

»Lassen Sie mich los, Señor, bitte! Please, Sir, please …«

Da der kampflustige Sittenwächter nicht von ihm ablassen wollte, machte Daniel, benommen, wie er war, unbewusst eine heftige Bewegung, um sich den Mann vom Hals zu schaffen. Fast hätte er ihn zu Boden geworfen.

Angesichts dieser dem Anschein nach dreisten Reaktion des Fremden entledigten sich einige Herren in aller Eile ihrer Jacketts, um ihn außer Gefecht zu setzen. Damit war die kleine Auseinandersetzung schnell beendet, und im Handumdrehen fand sich der junge Mann, konsterniert und taumelnd, auf der Calle Mayor wieder. Neugierig beäugt von Passanten, wie er, die Hemdschöße aus der Hose hängend, die Haare wirr, ein Ärmel auf Schulterhöhe halb herausgerissen, verloren dastand.

»Elende Hunde! Wollt ihr es wirklich wagen? Wenn ihr Streit sucht, könnt ihr ihn haben! Michael O'Reilly hat noch nie gekniffen!« Der Mann an der Rezeption der Pension war so in den Wildwestroman von Marcial Lafuente Estefanía vertieft, dass er nicht einmal den Blick hob, als der Gast an den Tresen trat. Ohne ihn anzusehen, streckte er ihm den Zimmerschlüssel hin, schnalzte missbilligend mit der Zunge und schüttelte den Kopf. Dann befeuchtete

er den Daumen, um die Seite von *Incendiarios en Oklahoma,* Brandstifter in Oklahoma, besser umblättern zu können. Warum sollte er wegen eines sonderbaren Reisenden von so vielen, die tagtäglich im Hafen ankamen, seine fesselnde Lektüre unterbrechen?, dachte er wohl. Ausgerechnet in dem Moment, als der County-Sheriff drauf und dran war, den zwei flüchtigen Verbrechern, die im Saloon Randale machen wollten, eine Ladung Blei zu verpassen.

Dreißig Stunden lang verließ er sein karges Zimmer nicht mehr, lag nur zwischen den zerwühlten Laken im Bett. Einmal war ihm schrecklich kalt, das andere Mal schwitzte er, als befände er sich mitten in der Wüste. Hin und wieder erwachte er aus seinem Dämmerzustand, stand auf und ging mit unsicheren Schritten zum Waschbecken, um dort gierig seinen Durst zu löschen. Außer diesem Wasser nahm er nichts zu sich. Bis nachmittags am zweiten Tag jemand an die Tür klopfte. Erst zurückhaltend, dann mit Nachdruck. Als Daniel mit Mühe ein schwaches »Herein!« herausbrachte, streckte eine Frau mit sorgenvoller Miene den Kopf ins Zimmer. Er wusste nicht, wer sie war, ob die Besitzerin der Pension, eine Angestellte oder ein Engel mit weißer Schürze, den der Himmel schickte. Jedenfalls bezog ihm diese barmherzige Seele, die sich Sorgen gemacht hatte, weil man von dem Gast nichts mehr hörte und sah, nun das Bett frisch und brachte ihm eine zusätzliche Decke, ein paar Schmerztabletten, ein Glas warme Milch und zur Kräftigung ein Stück Stangenbrot mit Eieromelett darauf, das ihm, da seine Lebensgeister langsam wieder erwachten, geradezu himmlisch schmeckte.

In der folgenden Nacht schlief er wieder recht gut, er bekam weder Schüttelfrost noch Albträume. Am nächsten Morgen, es war schon reichlich spät, konnte er endlich wieder aufstehen und sich, wenn auch langsam, duschen,

rasieren, anziehen und auf die Straße gehen. Durch die unfreiwillige Schwitz- und Hungerkur hatte er nicht nur einige Kilos verloren, sondern auch den letzten Rest Erinnerung an den Ärger in der Bar Americano.

Die Stadt empfing ihn mit freundlichem Sonnenschein. Ihn lockten die Jugendstilfassaden mit ihren verspielten schmiedeeisernen Balkonen, die weißen Erker an zahlreichen Gebäuden und die Straßen voller Menschen. Das Licht und der Geruch des Meeres erschienen ihm überaus verführerisch. Doch er wollte sich lieber nicht ablenken lassen, sondern sich nur auf sein Vorhaben konzentrieren: eine Apotheke zu finden. Er wusste, es war nicht mehr als ein grippaler Infekt zur falschen Zeit gewesen, und einen Arzt brauchte er deshalb nicht aufzusuchen, aber er fühlte sich noch immer schwach und war sich klar darüber, dass ein Rückfall drohen konnte. Um einen solchen zu vermeiden, musste er als Erstes ein garantiert wirksames Medikament auftreiben, damit er seine Tage nicht wieder im Bett seines tristen Pensionszimmers verbringen musste. Den Hinweisen des Rezeptionisten folgend, hatte er nach wenigen Minuten gefunden, was er suchte.

In der Apotheke des examinierten Pharmazeuten Carranza war man gerade dabei, für die lange Mittagspause zu schließen. Der Inhaber hatte sich bereits vor einer ganzen Weile verabschiedet, weil er, ehe er zum Mittagessen nach Hause ging, noch im Club vorbeischauen wollte, um einen Blick in die Zeitung zu werfen und einen Aperitif zu trinken. Die guten Sitten durften schließlich nicht in Vergessenheit geraten! Als Daniel die Ladentür aufstieß, war der grämliche Gehilfe, ein Mann in den Vierzigern, gerade im Begriff, seinen weißen Kittel aufzuknöpfen, denn er konnte es gar nicht erwarten, sich über das wunderbare Reisgericht mit Kaninchenfleisch herzumachen, das seine

Mutter ihm am Vorabend versprochen hatte zu kochen. Er versuchte den jungen Ausländer abzuwimmeln, wir schließen, Señor, kommen Sie doch später am Nachmittag wieder, wenn es Ihnen nichts ausmacht. Aber Daniel blieb hartnäckig. Nicht im Traum würde er ohne ein Arsenal an Medikamenten von hier fortgehen. Das Hin und Her zwischen den beiden hatte erst ein Ende, als sich aus dem Hinterzimmer eine weibliche Stimme vernehmen ließ.

»Schon gut, Gregorio, gehen Sie nur. Ich schließe ab!«

Für seinen Magen, der einem Vielfraß hätte gehören können, war dieser Vorschlag zwar erfreulich, aber so ganz schien der Gehilfe nicht überzeugt. Er konnte sich nicht mit dem Gedanken anfreunden, die Apotheke zu verlassen, wenn ein Fremder darin herumstand, und so brauchte er noch eine Weile, bis er eine Entscheidung traf. Doch schließlich siegte die Gefräßigkeit über alle Bedenken, und besagter Gregorio verabschiedete sich mit einem eiligen »Bis später« von der Stimme im Hinterzimmer, nachdem er den kurz zuvor erschienenen Kunden mehrmals von Kopf bis Fuß gemustert hatte, als wollte er abschätzen, ob er denn hinreichend Anstand besaß.

In der Apotheke roch es angenehm nach Arzneien, und Medikamente wollte er sich hier ja besorgen. Alles strahlte Ruhe und Wohlstand aus. Der Ladentisch aus Marmor gegenüber der Tür, auf dem eine uralte Registrierkasse stand. Der breite Bogendurchgang zum Hinterzimmer. Der schwarz-weiß geflieste Boden, der an ein großes Schachbrett erinnerte. Während er darauf wartete, bedient zu werden, sah er sich, um die Zeit totzuschlagen, die Keramikbehälter in den verglasten Schränken an und versuchte, die lateinische Beschriftung zu entziffern.

Als er die bislang gesichtslose Stimme plötzlich in seiner Nähe hörte, fuhr er zusammen.

»Entschuldigen Sie bitte, ich war gerade dabei, eine Lieferung auszupacken …«

Er ließ Latein Latein sein und sah sich um. Da, kaum drei Meter von ihm entfernt, stand sie, die Wangen noch gerötet von der Anstrengung zuvor. Mit flinken Bewegungen bemühte sie sich, ihre wilde flachsblonde Lockenmähne in Ordnung zu bringen. Eine junge Frau, ganz anders, als man sich eine Apothekerin vorstellte, anders als seine Kommilitoninnen an der Universität. Anders als jede Frau, der er bis zu diesem Tag begegnet war.

»Wie kann ich Ihnen helfen?«

Noch immer mühte sie sich ab, die rebellische Haarfülle zu zähmen, während sie diese Frage stellte und darauf wartete, dass er etwas sagte. Ihr üppiger Mund lächelte in einer Mischung aus Sympathie und Überraschung bei der Aussicht, als Abschluss dieses Vormittags jemanden zu bedienen, der sich von der gewohnten Kundschaft auffallend unterschied.

»Ich glaube, ich habe eine Grippe, *un gripe«,* brachte er schließlich heraus.

»Una gripe?«, fragte sie zurück, und bei dem Grammatikfehler wurde ihr Lächeln unbewusst noch breiter.

»Una gripe, Entschuldigung.«

Bei manchen spanischen Wörtern hatte er immer noch Mühe, sich das richtige grammatische Geschlecht zu merken. Umso mehr in seinem noch leicht fiebrigen Zustand. Umso mehr angesichts dieser hinreißend zerzausten jungen Frau, wie ihm in seinen kühnsten Träumen keine begegnet war.

Er hörte ihr schweigend zu, während sie ihm verschiedene Medikamente gegen seine Beschwerden empfahl, sollten sie sich wieder verschlimmern. Dann hörte er sie davon reden, wie trügerisch das hiesige Klima für Fremde

sei, die immer dächten, am Mittelmeer gäbe es nur eitel Sonnenschein. Stumm, fasziniert, verdattert stand er da, ließ sich von ihr mit dem grenzenlosen Gottvertrauen eines Taufbewerbers beraten und konnte nicht den Blick von ihr wenden, während sie mit geschmeidigen Bewegungen in Schränken und Schubladen herumsuchte und die Medikamente auf dem Verkaufstisch aus weißem Marmor abstellte.

Bis die Anweisungen zu Dosis und Häufigkeit der Einnahme schließlich an ihr Ende kamen und ihm nichts anderes mehr übrig blieb, als zu bezahlen. Und während er den Betrag abzählte, suchte sein immer noch benommener Kopf krampfhaft nach einer Ausrede, um länger bleiben zu können, um nicht gehen zu müssen, um weiter die wirre Lockenmähne, die grauen Augen, die langgliedrigen Finger dieser jungen Frau betrachten zu können, die sich um sein Wohlergehen sorgte. Doch sein benebeltes Gehirn schien ihm jede Unterstützung zu verweigern, während er absichtlich langsam und in aller Seelenruhe die Scheine, die er zurückbekommen hatte, in die Geldbörse sortierte, diese gemächlich in der Tasche seines Jacketts verstaute, dann so tat, als habe er es sich anders überlegt, und sie in die Hosentasche steckte.

Bis es wirklich nichts mehr gab, was er hätte tun können. Keine Geldscheine zu sortieren, keine Börse zu verstauen, keine Fragen zu beantworten. Nur sein Päckchen mit den Medikamenten zu nehmen und zu gehen. Etwas anderes blieb ihm nicht übrig.

»Sie waren sehr freundlich, vielen Dank.« Mehr, etwas Natürlicheres als diese höfliche Abschiedsformel fiel ihm nicht ein.

»Gern geschehen«, erwiderte sie und reichte ihm das Päckchen. Für einen winzigen Moment schien ihm, ihre

Finger hätten sich berührt. »Passen Sie gut auf sich auf. Und halten Sie sich schön warm.«

Er nickte nur, die in Seidenpapier verpackten Medikamente in der Hand und mit einer seltsamen Empfindung an einer nicht genau zu bestimmenden Stelle im Bauch. Die schwarz-weißen Bodenfliesen geleiteten ihn zum Ausgang, er meinte, im Rücken ihren Blick zu spüren. Als er an der Querstange aus poliertem Messing zog, klirrte die Glasscheibe in der Tür leise. Noch einen Schritt, dann stand er wieder auf der Straße. Auf der Straße voller Menschen. Anonymer Menschen, einer Masse von Menschen, unter denen er dieser jungen Frau, die er gleich hinter sich lassen musste, wahrscheinlich nie mehr begegnen würde.

Doch dann ließ ihn ihre Stimme innehalten.

»Sind Sie von der amerikanischen Militärbasis?«

Die Tür schwang wieder zu, das Glas hörte auf zu vibrieren.

»Ich bin Amerikaner, aber kein Soldat«, sagte er, ohne sich umzudrehen, ohne sie anzusehen, ohne die Türstange loszulassen.

Schließlich wandte er sich um. Und flüchtig blitzte in seinem Kopf der prophetische Gedanke auf, eine Vorahnung, dass er sich nie ganz von ihr würde losreißen können.

Möglicherweise hatte die junge Frau schon mit einer verneinenden Antwort gerechnet, ehe sie die Frage stellte, denn dieser Fremde sah trotz seiner tadellosen Haltung nicht nach Soldat aus. Dafür trug er die Haare zu lang, und er strahlte in seinen Bewegungen und Gesten eine Lockerheit aus, die so gar nichts Soldatisches an sich hatte. Trotzdem hatte sie ihn gefragt. Und er hatte ihr eine klärende Antwort gegeben.

Doch es drängte ihn, ihr mehr über sich zu erzählen,

er wollte, dass sie ihn als den Mann sah, der er wirklich war, und nicht nur als bloßen Kunden, der Medikamente brauchte, damit er wieder auf die Beine kam. Dass er spanische Literatur studiere, sagte er. Dass er Universitätsprofessor werden wolle, dass er in diese Stadt gekommen sei, weil er den Spuren eines Romans folge …

Auf einmal öffnete sich die Tür hinter ihm, und er hielt inne. Drei hustende, rotznasige Kinder stürmten in die Apotheke, gefolgt von einer sichtlich erschöpften Mutter.

»Das war knapp! Ich habe schon gedacht, wir schaffen es nicht mehr rechtzeitig!«

Mit einem Schlag wurde es laut in der Apotheke, die Kinder begannen Fangen zu spielen, während die arme Señora in ihrer Handtasche nach dem Rezept kramte und gleichzeitig versuchte, die Kleinen im Zaum zu halten. Eines der Kinder stieß ein anderes gegen einen der verglasten Schränke, in denen reihenweise Keramikgefäße standen, sodass der Schrank schwankte und umzukippen drohte. Der Übeltäter bekam von der Mutter eine Kopfnuss, worauf er sofort wie am Spieß zu brüllen begann und vor Wut auf den Boden stampfte.

Die junge Frau hinter dem Ladentisch bedeutete Daniel mit einem entschuldigenden, hilflosen Achselzucken, dass sie nichts machen könne. Die vertraute Atmosphäre, die sich zuvor zwischen ihnen entwickelt hatte, war unwiderruflich zerstört.

»Kein Problem«, murmelte er und versuchte ein Lächeln, das ihm aber nur schlecht gelang.

Die beiden wechselten die letzten Worte, ohne auf den familiären Disput zu achten, und blickten sich über die drei kleinen Rabauken und ihre leidgeprüfte Mutter hinweg in die Augen.

»Adiós«, las er von ihren Lippen ab. Ihre Stimme, über-

tönt vom Geheul der Kinder und dem zornigen Geschimpfe der Mutter, hörte er kaum.

»Adiós«, erwiderte er, ebenfalls nahezu unhörbar.

Als er sich endlich aufraffen konnte, sich von ihrem üppigen Mund und den grauen Augen zu trennen, verließ er die Apotheke.

Nie war es ihm draußen auf der Straße kälter erschienen als in diesem Augenblick.

Kapitel 19

Er ließ sie keine Sekunde aus den Augen, als er hinter ihr herging. Er folgte ihr in einiger Entfernung, ohne zu wissen, wohin ihre federnden Schritte und seine impulsive Unvernunft ihn am Ende führen würden. Vernünftig wäre es gewesen, in die Pension zurückzukehren, seine Medikamente zu nehmen und sich auszuruhen. Aber er konnte nicht, es war ihm unmöglich. Vielmehr bezog er an der Ecke Posten und wartete auf sie, versteckt hinter einem in der Nähe geparkten Lieferwagen. Bis er sie herauskommen sah.

Zuvor war die Mutter mit ihren drei Rabauken erschienen, den besonders Aufsässigen an der Hand hinter sich herzerrend. Danach ein kränklicher alter Mann, dem es gelungen war, sich in allerletzter Minute wie ein Regenwurm in die Apotheke zu schlängeln. Und zuallerletzt sie. In einem blauen Mantel, den sie erst halb übergezogen hatte, sich eine rebellische Haarsträhne aus dem Gesicht streichend, die Augen zukneifend, weil das intensive Mittagslicht sie unvermittelt blendete. Da nun der Ladentisch nicht mehr wie eine Barriere zwischen ihnen stand, konnte Daniel endlich ihre ganze Gestalt sehen, während sie abschloss und die Schlüssel in die Manteltasche steckte. Und dabei empfand er wieder etwas, das er nicht hätte beschreiben können. Nicht einmal in seiner eigenen Sprache.

Er passte sich mit seinen langen Beinen dem Tempo der jungen Frau an, die leichtfüßig Straßen überquerte und

sich zwischen den anderen Menschen ihren Weg suchte, wobei ihm ihre flachsblonden Haare als Orientierung dienten. Hin und wieder sah er sie Bekannte grüßen, gelegentlich blieb sie stehen, um ein, zwei Minuten mit jemandem zu plaudern. Dann tat er so, als müsste er sich den Schuh zubinden, zündete sich eine Zigarette an, das Gesicht halb hinter der hohlen Hand verborgen, oder betrachtete scheinbar interessiert das nächstbeste Plakat. Mehrere Male ging ihm durch den Kopf, das alles sei Unsinn, vielleicht hätte er sie ganz offen ansprechen sollen, nach ihrem Namen fragen, darum bitten, sie begleiten zu dürfen, ihr vorschlagen, gemeinsam irgendwo einen Kaffee zu trinken. Aber er fühlte sich noch immer sehr schlapp. Er hatte Mühe, einen klaren Gedanken zu fassen, das Fieber setzte ihm immer noch zu. An jedem anderen Tag hätte ihn nichts davon abhalten können. Doch jetzt zögerte er.

Er folgte ihr einen kurzen Anstieg hinauf, der sie ein gutes Stück über Meereshöhe brachte. Mit einem Mal sah man kaum noch Leute auf der Straße, nur ganz selten fuhr ein Auto vorbei, sodass er doppelt vorsichtig sein musste. Er verlangsamte seine Schritte, drehte sich um und ging einige Meter zurück, ehe er ihr wieder folgte. Schließlich gelangten sie zu einem Sträßchen, das kaum als solches zu erkennen war. Auf der linken Seite reihten sich Gebäude unterschiedlicher Höhe aneinander, auf der rechten Seite befand sich eine Art kleiner Promenade mit einer Mauerbrüstung. Unten der Hafen, weiter hinten das Meer. Er nahm die besondere Mischung aus Licht, Salpetergeruch und Stille nur ganz kurz wahr, denn schon verschwand die junge Frau im Portal eines Gebäudes, das, wie er annahm, ihr Elternhaus war.

Über Daniels Kopf kreischten ein paar Möwen, die Son-

ne verschwand plötzlich hinter den Wolken. Der Wind blies unangenehm, und er schlug den Kragen seines Jacketts hoch, barg die Hände in den Achselhöhlen und machte sich auf den Rückweg zur Pension. Später würde er wieder zur Apotheke gehen, vielleicht fühlte er sich dann besser.

Doch ehe er umkehrte, wollte er noch wissen, wie die Straße hieß. Paseo de la Muralla, las er. Im nächsten Moment gab es ihm einen Stich, und ihm wurden auf einen Schlag zwei Dinge klar, die ihm bis dahin nicht bewusst gewesen waren. Erstens, dass er früher oder später von allein hier gelandet wäre, in ebendieser Straße, in der auch der fiktive Míster Witt gelebt hatte, der Protagonist des Romans, der ihn in diese Stadt geführt hatte. Zweitens, dass er außer dem *bocadillo,* das ihm die unbekannte Frau gebracht hatte, seit über zwei Tagen nichts gegessen hatte. Letzteres ließ sich glücklicherweise schnell beheben, als er eine Gaststätte entdeckte. Als der Teller mit Eintopf vor ihm stand, begann er nachzudenken, und als die gebratenen Sardinen auf den Tisch kamen, neigte sich die Waagschale bereits in eine bestimmte Richtung. Beim *flan* schließlich war er sich ganz sicher: Seine literarischen Erkundungen mussten vorerst zurückstehen. Denn in dem Moment, in dem er es am wenigsten erwartet hätte, fast wie durch Magie, war ihm auf seinem Lebensweg etwas begegnet, das ihm wesentlich wichtiger schien.

Er kehrte in die Pension zurück, um sich eine Weile hinzulegen, damit die Medikamente, die sie ihm gegeben hatte, ihre Wirkung tun konnten. Es würde ihm sicher guttun, er fröstelte wieder, fühlte sich wackelig und immer noch leicht fiebrig, auch wenn nicht mehr so sehr wie in den vergangenen Tagen. Er legte sich angekleidet aufs Bett mit dem festen Vorsatz, den Kontakt zu ihr wieder

zu suchen, sobald er sich ein wenig ausgeruht hatte. Doch er schlief so tief und fest, dass es, als er wieder aufwachte, desorientiert und benommen, schon Viertel nach neun Uhr abends war. Er sprang auf und stürmte aus seinem Zimmer, zog sich noch das Jackett über, während er schon die Treppe hinunterlief, drei Stufen auf einmal nehmend und mit lautem *fuck, fuck, fuck* sein Pech verfluchend. Ehe er aus der Tür trat, fuhr er sich mit den Fingern schnell durch die Haare, und dann hastete er mit großen Schritten die Straße entlang in Richtung seines Ziels. Die wenigen Fußgänger hatten es schon eilig, zum Abendessen mit der Familie nach Hause zu kommen, die Straßen waren fast menschenleer, alle Geschäfte geschlossen. Bald darauf fand er seine Befürchtung bestätigt. Auch die Apotheke hatte bereits zu.

Den nächsten Morgen begann er mit dem festen Vorsatz, sich auf die Suche nach der jungen Frau ohne Namen zu konzentrieren. Nur der Gehilfe bediente die zahlreichen Kunden, als Daniel erneut die Apotheke betrat. Er wartete geduldig, bis er an die Reihe kam, während das Radio im Hinterzimmer – es wurde die Ziehung der Weihnachtslotterie wiederholt – in endloser Folge die gezogenen Losnummern verkündete, die von Kindern gesungen wurden, und die Stammkunden um ihn herum eifrig diskutierten, was sie mit dem Gewinn anstellen würden, auf den sie sicher ihr Leben lang vergeblich warteten. Nummer zweitausendvierhundertfünfzehn: dreiiitauuuusend Peseten! Nummer dreizehntausendsechshunderteinundvierzig: dreiiitauuuusend Peseten …

»Sie wünschen?«

»Eine Schachtel Aspirin, bitte.«

Er brauchte zwar keins, hoffte aber, dass dieser Gregorio ihm zusammen mit der Acetylsalicylsäure auch irgend-

einen Hinweis zu seiner Arbeitskollegin geben würde. Zu seiner Enttäuschung erhielt er jedoch nichts weiter als das Schächtelchen mit den Tabletten, sorgsam in Papier eingewickelt.

»Acht fünfzig, weil Sie es sind.«

»Bitte?«

Er verstand den Scherz nicht, einen Moment lang dachte er, dass der Gehilfe vielleicht auf die Tatsache anspielte, dass er schon am Vortag da gewesen war. Oder dass er Ausländer war. Oder vielleicht hatte es, noch besser, etwas mit der nicht anwesenden jungen Frau zu tun. Doch er irrte sich. Der Apothekenhelfer meinte keineswegs ihn persönlich, sondern wiederholte nur zum zigsten Mal eine Bemerkung, die er schrecklich geistreich fand.

»Acht fünfzig, Señor. Ein *durito,* drei Peseten und fünfzig *céntimos.* Preiswert. Und was darf es für Sie sein, Doña Esperanza? Das Gleiche wie immer, nicht wahr? Zwei Schachteln Abführzäpfchen und eine Flasche vom Heilwasser aus Carabaña.«

Während er wieder sehr umständlich nach den passenden Münzen suchte, wie er es auch am Vortag bei der jungen Frau gemacht hatte, wurde Daniel klar, dass er sehr bald keine Chance mehr haben würde, etwas über sie in Erfahrung zu bringen, denn Gregorio kümmerte sich nicht mehr um ihn, sondern bediente bereits eifrig andere Kunden. Jetzt oder nie, dachte er.

»Ist die Señorita heute nicht da?«, fragte er schließlich mit klopfendem Herzen und deutete in Richtung Hinterzimmer.

Daraufhin verkündete der Gehilfe, überlaut und betont langsam, als wäre Daniel nicht nur Ausländer, sondern auch taub:

»Nein, nein! Die Señorita ist heute nicht da! Sie ist ein-

kaufen! Die Heiligen Drei Könige! Sie kommen doch heute Abend!«

Und während er aus vollem Hals ein bekanntes Kinderlied zu schmettern begann, *ya vienen los Reyes Magos, ya vienen los Reyes Magos, caminito de Belén …*, betätigte er wie nebenbei die Registrierkasse. Im Hintergrund hörte man die Kinder der altehrwürdigen Madrider Schule San Ildefonso die Nummer für den dritten Preis vorsingen, die gerade gezogen worden war.

Auf der Suche nach der jungen Frau schlenderte er den Rest des Vormittags ziellos durch die Straßen, blickte suchend in alle Ecken, musterte prüfend jede Gruppe junger Mädchen, die Eingangstüren der Geschäfte und die Tische vor den Cafés. Der Innenstadtbereich war zum Glück recht überschaubar, und so stellte er nach einiger Zeit fest, dass er schon mehrmals dieselben Straßen abgelaufen hatte, ohne die Gesuchte zu entdecken. Um halb zwei schickte man sich in den Geschäften an, für die Mittagspause zu schließen: Die Angestellten kurbelten mit langen Eisenhaken die metallenen Rollläden herunter, die Señoras sahen auf ihre Uhren und schrien erschrocken auf, weil es schon so spät war, und das geschäftige Treiben ließ allmählich nach.

Und dann sah er sie. Endlich. Anmutig wie eine Feder, wieder waren ein paar rebellische Strähnen aus der Spange geschlüpft, mit denen sie ihre Lockenpracht zusammenzuhalten versuchte, gehüllt in einen beigefarbenen, in der schmalen Taille fest verknoteten Trenchcoat. Flankiert von zwei elegant gekleideten Damen, die doppelt so alt waren und sich bei ihrer angeregten Unterhaltung ständig gegenseitig unterbrachen. Und mit einem Mal fiel ihr Blick auf ihn. Den hübschen, vergrippten Amerikaner, dem sie am Tag zuvor Medikamente verkauft hatte, den Studenten

mit dem extravaganten Berufswunsch, an einer Universität seines fernen Heimatlandes spanische Literatur lehren zu wollen. Und zum zweiten Mal in seinem Leben wusste der sonst so entschlussfreudige Daniel Carter nicht, was er tun sollte.

Dieser Mann, der schon so früh für sich selbst sorgen musste, der, obwohl noch jung an Jahren, schon mehr von der Welt gesehen hatte als manch anderer in seinem ganzen Leben; der sich seinen Unterhalt mit eigenen Händen verdient hatte, Schulter an Schulter mit derben Fabrikarbeitern; der alle spanischen Klassiker gelesen und ganz allein die staubigen Straßen dieses fremden Landes zu Fuß erkundet hatte; dieser Mann stand jetzt vollkommen hilflos da, als er die junge Frau auf sich zukommen sah.

»Ich hoffe, die Medikamente haben Ihnen geholfen.«

Er konnte sich später nie daran erinnern, was er ihr zur Antwort gab, vielleicht irgendeine Plattitüde voller Grammatik- und Aussprachefehler. Erst als er ihren Rücken in der Menschenmenge verschwinden sah, wurde ihm bewusst, dass die Begegnung schon wieder vorbei war. Er hatte nichts Neues über sie erfahren, hatte sie ein weiteres Mal verloren, ohne ihren Namen zu kennen. Aber ihr Gesicht und ihre Stimme blieben ihm in lebhafter Erinnerung während des Mittagessens und ebenso danach, als er vergeblich versuchte, sich ein paar Stunden auf seine Lektüre zu konzentrieren, wie ein Gefangener auf seinem schmalen Bett in der Pension ausgestreckt, von einem nie gekannten Gefühl der Schwäche übermannt, ohne konkrete Aufgabe oder Ziel, und niemand an seiner Seite, dem er hätte erzählen können, was in seinem Innern vorging.

Als er bemerkte, dass sich nach der langen Siesta, die in den spanischen Familien traditionell dem gemeinsamen Essen vorbehalten ist, die Straßen wieder mit Leben zu fül-

len begannen, machte auch er sich wieder zum Ausgehen bereit. Noch wusste er nicht, dass an diesem Tag Kaspar, Melchior und Balthasar zur gleichen Zeit durch Hunderte von Dörfern und Städten rund um die Welt ziehen würden: das alljährliche Wunder ihrer Multilokation.

Das bunte Treiben versetzte Daniel, der diesen Brauch nicht kannte, erneut in Erstaunen. Es gelang ihm sogar, das Mädchen aus der Apotheke einige Minuten lang aus seinen Gedanken zu verbannen und sich auf das Spektakel, den Einzug der Heiligen Drei Könige, zu konzentrieren. Fasziniert beobachtete er die Reaktionen der Kinder, die prächtigen Kostüme der Könige aus dem Orient und ihres Gefolges. Doch nicht lange. Wie es der Zufall wollte, entdeckte er plötzlich ihr Gesicht in der Menschenmenge.

Sie standen sich fast gegenüber, er auf der einen, sie auf der anderen Straßenseite, und zwischen ihnen zogen, begleitet von begeisterten Rufen und Klatschen, die Heiligen Drei Könige mitsamt ihrem Anhang vorbei. Sie trug denselben Trenchcoat wie am Morgen, nur hatte sie sich inzwischen einen grünen Schal um den langen, schlanken Hals geschlungen; sonst kam sie ihm ganz unverändert vor. Sie unterhielt sich lachend mit jemandem, der neben ihr stand, und dieser Jemand machte Daniels Hoffnungen mit einem Schlag zunichte. Ein junger Mann mit sehr kurz geschnittenem Haar und gebräuntem Gesicht, der lächelnd nickte, während sie, vertrauensvoll bei ihm eingehakt, etwas zu ihm sagte. Vielleicht war es ihr Verlobter. Vielleicht ihr Ehemann. Wahrscheinlich ein Soldat, vielleicht bei der Marine. Vermutete er zumindest.

Auf einmal war Daniels Interesse an allem, was sich um ihn herum tat, wie weggeblasen. Die begeistert klatschenden Kinder erschienen ihm nicht mehr wie reizende kleine Geschöpfe, sondern verwandelten sich in brüllende kleine

Teufel. Die prunkvolle Aufmachung der Heiligen Drei Könige und ihrer Begleiter kam ihm plötzlich geschmacklos übertrieben vor für dieses Land, das viele andere Dinge so dringend brauchte. Zu allem Überfluss zerlief in Balthasars Gesicht langsam die Schuhcreme, und bei Kaspar war der angeklebte Bart inzwischen verrutscht.

Plötzlich wurde ihm heiß, es kam ihm vor, als würde das Fieber schlagartig wieder steigen. Mit rotem Kopf beschloss er, in die Pension zurückzukehren, dem lärmenden Tumult zu entfliehen, der ihm mit einem Mal unerträglich erschien. Doch das ging nicht so schnell, wie er gewollt hätte, denn er war eingekeilt zwischen den dicht gedrängt stehenden Menschen, die nichts von seinen zerstörten Hoffnungen wussten, sondern den Umzug weiter begeistert verfolgten. Und dann, während er noch überlegte, wie er aus dem Gewühl herauskommen könnte, bemerkte sie ihn von der gegenüberliegenden Straßenseite aus und sandte einen Gruß herüber, öffnete und schloss ein paar Mal die Hand, bestimmt, herzlich. Er antwortete darauf unbeholfen mit der gleichen Geste und einem linkischen Lächeln und wünschte sich mit aller Macht, niemals in diese Stadt gekommen zu sein, in der auf einmal alles so verdammt kompliziert wurde. Schließlich gelang es ihm, sich eine Gasse durch die Menschenmenge zu bahnen, er musste dazu fast seine Ellenbogen einsetzen, aber ehe er verschwand, drehte er sich doch noch ein letztes Mal zu den beiden auf der anderen Straßenseite um. Er stellte fest, dass sie ihn beobachteten. Und miteinander redeten. Sicher über ihn.

Bis in sein Pensionszimmer dröhnten die Trommeln des verfluchten Umzugs herauf. Er wollte lesen, konnte sich aber nicht konzentrieren. Er wollte schlafen, aber der Schlaf kam nicht. Und so lag er eine ganze Weile aus-

gestreckt auf dem Bett, die Arme hinter dem Kopf verschränkt, mit finsterem Gesicht und den Blick starr auf einen unförmigen Fleck an der Zimmerdecke gerichtet. Frustriert, niedergeschlagen. Als sich seine Aufgeregtheit in etwas erträglicheren Verdruss verwandelte und er die Situation nüchtern analysieren konnte, kam er zu dem Schluss, dass seine Gewinnchancen bei dieser Tombola wohl nie sehr groß gewesen waren.

Es war von Anfang an Unsinn gewesen zu denken, er könne ihr näherkommen. Nichts als eine Illusion. Und pure Überheblichkeit anzunehmen, hinter ihrer freundlichen Art, hinter ihrem Lächeln und dem Glanz in ihren Augen stecke mehr als schlichte Höflichkeit gegenüber einem hilflosen Ausländer.

Als er sich halbwegs eingeredet hatte, dass er ohnehin nie eine konkrete Chance gehabt hatte, konnte er sich endlich wieder irdischeren Problemen zuwenden, und mit einem Mal spürte er, wie sein Magen knurrte. Der Dreikönigsumzug war schon geraume Zeit vorüber, doch er hatte keine Lust, auf die nun menschenleeren Straßen hinauszugehen, in denen noch die traurigen Spuren des Festzuges zu sehen sein würden. Also ging er zur Rezeption hinunter in der Hoffnung, die Frau aus der Nacht der Fieberattacke könnte ihm wieder ein *bocadillo* machen. Der Kummer drückt weniger mit Brot im Bauch, wie Señora Antonia mit diesem Sprichwort aus ihrem unerschöpflichen Fundus an Volksweisheiten zu sagen pflegte. Mal sehen, ob es stimmte.

Die Gesuchte traf er zwar nicht an, dafür aber den Rezeptionisten vom Tag seiner Ankunft, der wieder vollkommen in seine Lektüre versunken war. Dieses Mal trieb er sich in der Wüste Arizonas herum und wusste immer noch nicht, ob der Gouverneur die Viehdiebe am Ende verurtei-

len würde oder nicht. *Nacidos para la horca* – Für den Galgen geboren, las Daniel von der Seite den Titel ab.

»Interessant?«, fragte er. Nur der Höflichkeit wegen. Eigentlich war es ihm herzlich egal.

»Geht so!! *Plomo en el pecho* – Blei in der Brust, hat mir besser gefallen, wenn ich ehrlich bin. Und erst *El cobarde de Syracusa* – Der Feigling von Syracus! Hier drunter habe ich sie …«, sagte er und verschwand für einen Augenblick unter dem Tresen. Kurz darauf tauchte er mit zwei abgegriffenen Romanheften in der Hand wieder auf. »Wenn Sie möchten, leih ich Ihnen eins, damit Sie die Nacht herumbekommen, vor morgen muss ich sie nicht zum Kiosk zurückbringen.«

Wildwestfilme hatte er im Kino eine Menge gesehen, aber noch nie einen Wildwestroman gelesen. Nicht einmal die seines berühmten Landsmannes Zane Grey. Nun ausgerechnet mit solchen anzufangen, die ein Spanier geschrieben hatte, hielt er für keine gute Idee; wer weiß, welcher Unsinn darin stand.

»Was ist jetzt, möchten Sie eins der Hefte mitnehmen, mein Lieber?«, fragte der Rezeptionist noch einmal nach. »Ich erzähle Ihnen keinen Quatsch, sie sind wirklich spannend. Und wenn Ihnen diese beiden nicht gefallen, bringe ich Ihnen morgen ein paar andere von El Coyote mit, wenn Sie möchten, ich habe sie bergeweise zu Hause, schon seit Jahren. Diese zwei spielen in Kalifornien, und die Personen sind wie Spanier, ich weiß nicht, ob Ihnen …«

»Ist schon recht, vielen Dank. Ich habe mir selbst Bücher mitgebracht.«

Das war nicht gelogen, ihn erwarteten oben einige Bücher, die gelesen werden wollten. Ernstere, für seine zukünftige Karriere wichtigere Bücher. Sie handelten von Flussufern, Scheibengardinen, Bienenkörben und Ostwin-

den. Werke zeitgenössischer spanischer Autoren, die er nun nach und nach kennenlernte.

»Na, Sie müssen's wissen, aber was Besseres werden Sie meiner Meinung nach nicht finden. Also, nehmen Sie schon …«

Das Gespräch erfuhr eine Unterbrechung, da der unbekannte Engel erschien, der ihm Beistand geleistet hatte, als er mit Fieber im Bett lag. Um die fünfzig, mit Pantoffeln an den Füßen und karierter Schürze.

»Sag mal, Modesto, machst du heute die Nachtschicht, oder kommt endlich dein Cousin Fulgencio?«

»Ich weiß es nicht, Catalina, er hat mir noch nicht Bescheid gegeben.«

»Ich frage nur, weil ich mich jetzt entweder ans Abendessen mache oder noch ein Weilchen warte. Nudelsuppe, dachte ich, und marinierte Makrele hätte ich noch. Soll ich Ihnen auch einen Teller raufbringen, junger Mann?«, fragte sie dann an Daniel gewandt, der noch immer an den Empfangstresen gelehnt stand. »Heute Abend wird's scheußlich draußen, da müssen Sie nicht mehr weggehen. Das wird Ihnen guttun, Sie sehen richtig schlapp aus, bei dem Fieber, das Sie hatten, und dem ganzen Hin- und Hergerenne! Sie bleiben ja keine Minute ruhig sitzen, womöglich werden Sie wieder krank. Gleich stelle ich Ihnen einen Teller beiseite, wo zwei satt werden, reicht's auch für drei.«

»Moment, Catalina, erst muss er sich ein Heft aussuchen. Welches möchten Sie haben, mein Lieber?«

Plomo en el pecho war der Preis, den er für sein Abendessen bezahlen musste.

Am nächsten Tag wollte er einiges zu Senders Hintergrund in der Zeit recherchieren, als er den Roman schrieb. Ehe er zu Bett ging, überflog er noch einmal seine Notizen zu Örtlichkeiten und Personen. Die Kneipe La Turquesa

in Cartagenas Hafenviertel Molinete, Paco, der Mann von Tadea, in Escombreras, Milagritos mit ihrem wohlproportionierten Körper und ihrer derben Art, Leute, die sich von Kartoffeln und Sardellen ernähren, die Burg von Galeras. Das alles schien ihn mit einem Mal nicht mehr zu interessieren, und obwohl er sich fest vornahm, sich ganz auf seine Arbeit zu konzentrieren, fasste er auch den Entschluss, am nächsten Tag nach Madrid zurückzufahren, falls sich die Lage nicht ändern sollte.

Kurz bevor ihm die Augen zufielen, fügte er seiner Liste noch einen letzten Punkt hinzu: nicht mehr an das Mädchen aus der Apotheke denken. So hinreißend war die Kleine nun auch wieder nicht, wenn man's recht überlegte. Ihr Gang wirkte übermäßig energisch, ihre Figur doch ein wenig zu üppig im Vergleich zu anderen Frauen ihres Alters. Und diese rebellische Lockenmähne, viel zu auffallend. Die meisten Spanierinnen waren dunkelhaarig und sorgfältig frisiert. Ihm waren in seinem Leben schon andere Frauen begegnet, sagte er sich, hübschere, zugänglichere, ihm weniger fremde, und es würden ihm auch in Zukunft welche begegnen. Er schlief ein in der Überzeugung, dass sein Interesse für das Mädchen vom Paseo de la Muralla definitiv erloschen war. Für immer, das nahm er sich fest vor. Keine halbe Stunde später träumte er, dass er mit den Fingern durch die flachsblonden Locken in ihrem Nacken fuhr, sie an sich zog und ihren üppigen Mund küsste, der süß schmeckte wie Honig.

Als er am nächsten Tag aufwachte, regnete es in Strömen, und es hörte bis zum Abend nicht auf. Ein trübsinniger, düsterer Tag, die Straßen menschenleer, die Rollläden der Geschäfte heruntergelassen. Ein bleigrauer Himmel und Wasserlachen, in denen Schwermut trieb. Doch er ließ sich nicht entmutigen, sondern machte sich tapfer auf

den Weg, bewaffnet mit einem Regenschirm aus Catalinas Besitz, dem zwei Stäbe fehlten, und seinem abgegriffenen Exemplar von *Míster Witt en el Cantón,* noch immer in Zeitungspapier eingeschlagen. Der Name eines Exilautors, für jedermann deutlich sichtbar, hätte ihm möglicherweise Ärger eingebracht. Er hatte die vage Hoffnung, irgendeine Spur zu finden, was Sender zu der Figur des alten englischen Ingenieurs inspiriert haben konnte, den der Schriftsteller in das aufständische Cartagena der Ersten Republik platziert hatte. Oder zu den Vorkommnissen in jener Zeit. Oder zu den Personen und Schauplätzen, die in seinem Roman auftauchten. Aber niemand konnte ihm Auskunft geben, denn er begegnete kaum einem Menschen an diesem verregneten Tag, an dem alle lieber zu Hause blieben. Und wie er schon befürchtet hatte, entdeckte er auch nichts auf seinem Rundgang. Keinen Straßennamen, keine noch so kleine Gedenktafel, nicht einmal das Titelblatt des Buches im Schaufenster einer Buchhandlung. Und zu allem Überfluss war auch die öffentliche Bibliothek geschlossen.

Der Einzige, der diese beklagenswerten Umstände ein wenig zu lindern versprach, war ein älterer Herr, offenbar Stammgast, der schon ein bisschen zu tief ins Glas geschaut hatte. Er erklärte Daniel in einer Café-Bar in der Calle Cuatro Santos, Sender sei ein verdammter Roter gewesen, dessen Namen in diesem Land des Friedens und der Ordnung, das man dem Caudillo verdanke, niemand in den Mund nehme. Zum Schluss erhob er sich schwankend und stieß ein markiges *Arriba España* hervor. Als er zu dieser Demonstration seines Patriotismus die Hacken zusammenschlagen wollte, wäre er fast hintenübergefallen, hätte Daniel ihn nicht gerade noch festgehalten.

Durchnässt und in einer Stimmung so düster wie der

ganze Tag, kehrte er in die Pension zurück. Er ließ den Nachmittag mit einer weiteren tiefschürfenden Betrachtung der Flecken an der Zimmerdecke verstreichen und begann dann einen Brief an Professor Fontana, brachte jedoch nicht mehr als die Anrede zustande. Gegen sieben Uhr ging er zur Rezeption hinunter und warf einen Blick in die Lokalpresse. Einer Anzeige entnahm er, dass an diesem Abend im Kino Central der Film *Der Prinz und die Tänzerin* Premiere hatte. In Cinemascope und Technicolor. Wenn er sich beeilte, kam er noch rechtzeitig zur Vorstellung um halb acht. Es wäre immerhin eine Ablenkung. Auch wenn er Marilyn Monroe und Laurence Olivier auf Spanisch würde flirten hören.

Als er aus dem Kino zurückkam, packte er seinen Koffer; er würde am nächsten Tag auf jeden Fall nach Madrid zurückfahren. Ohne eine einzige neue, interessante Information für seine Arbeit gefunden zu haben und ohne die geringste Absicht, sich noch einmal darum zu bemühen. Und mit dem noch frischen Bild des Mädchens aus der Apotheke im Kopf, trotz aller Bemühungen, es aus seinen Gedanken zu verbannen. Was seine Arbeit betraf, würde er eben auf das Material der Nationalbibliothek zurückgreifen müssen. Und das Bild in seinem Kopf würde mit der Zeit von allein verblassen.

Um sich Unannehmlichkeiten wie auf der Hinfahrt zu ersparen, löste er am Bahnhof für die Rückfahrt gleich eine Fahrkarte erster Klasse. Er würde noch Zeit genug haben, sich dem spanischen Volkscharakter anzunähern; im Moment interessierte ihn nichts anderes, als aus dieser Stadt fortzukommen. Je schneller, desto besser.

Der Zug stand zwar schon abfahrbereit da, doch er wollte noch nicht einsteigen, sondern setzte sich lieber auf eine Bank am Bahnsteig und beobachtete das Hin und Her der

Reisenden mit ihrem Gepäck. Nach dem Dauerregen am Vortag war der Himmel wieder strahlend blau, und so genoss er ein letztes Mal die intensive Sonne dieses Landstrichs am Mittelmeer, an den zurückzukehren er nicht die Absicht hatte.

Ihm gefielen Bahnhöfe und die immer gleichen Abläufe dort, es machte ihm Spaß, Spekulationen über das Leben der Reisenden und ihr jeweiliges Ziel anzustellen, über die Gründe, die sie zu ihrer Reise veranlasst haben mochten. Einige Gepflogenheiten der Spanier fand er besonders auffällig, etwa ihre Vorliebe, gleich mit mehreren Generationen am Bahnsteig anzurücken, wenn es ein Familienmitglied zu verabschieden oder zu begrüßen galt.

Angesichts seiner bevorstehenden Abreise nun besser gelaunt, betrachtete er interessiert die Umgebung, während er mit halbem Ohr die Musik wahrnahm, die hinter ihm aus der geöffneten Tür der Bahnhofsgaststätte drang. Der Radioapparat lief in voller Lautstärke und übertönte sogar Geschirrklappern und Gläsergeklirr. *Olé, olé, te mueves mejor que las olas y tienes la gracia del cielo, la noche en tu pelo, mujer española …* Der eingängige Rhythmus des Liedes am frühen Morgen fuhr ihm, ohne dass er es bemerkte, direkt in die Beine, und er begann fast unbewusst, den Takt mit der Schuhsohle mitzuklopfen, während er weiter seinen Gedanken nachhing. *Olé, olé, tus ojos son tan pintureros que cuando los miro de cerca, prendido en su embrujo, soy su prisionero …* Inzwischen war er überzeugt, dass diese Stadt sehr bald im hintersten Winkel seines Gedächtnisses verschwinden würde. *Olé, olé, envidia te tienen las flores, que llevas esencia en tu entraña del aire de España, María Dolores.* Sobald der Zug diese Stadt hinter sich lassen würde, bliebe nur noch die leise Erinnerung an eine literarische Figur zurück, von der er keine Spuren hatte entdecken können,

und an eine junge Frau, die ihn für einen Moment fasziniert hatte, von der er aber nicht einmal den Namen kannte. *Olé, olé y olé, por linda y graciosa te quiero …* Bis sein Fuß, der unaufhörlich den Rhythmus geklopft hatte, zwischen zwei Noten abrupt innehielt und Jorge Sepúlveda im Radio in der Gaststätte das Lied ohne seine rhythmische Begleitung beenden musste. *Y en vez de decirte un piropo, María Dolores, te canto un bolero …*

Ein elegant gekleidetes Paar mittleren Alters, eine betagte, sehr distinguierte Dame und drei Kinder erreichten gerade im Laufschritt und mit Koffern beladen den Bahnsteig. Instinktiv, ohne zu überlegen, warum, schlug er eine der Zeitungen auf, die er zuvor gekauft hatte, und versteckte sich dahinter, behielt die Gruppe aber im Auge, indem er hin und wieder auf der rechten Seite hervorspähte.

Sie alle begleiteten eine junge Frau mit flachsblondem Haar, die nach den Weihnachtsfeiertagen an die Universität von Madrid zurückkehrte, um dort ihr letztes Semester in Pharmazie zu Ende zu bringen. Umarmungen und Küsse wurden ausgetauscht, wie er beobachtete, und sie fielen besonders herzlich aus, als der große Bruder an der Reihe war, ein junger Leutnant der Luftwaffe mit raspelkurzem Haar und gebräuntem Gesicht, der in Kürze wieder auf den Kanarischen Inseln zum Dienst antreten musste.

Erst in der letzten Sekunde sprang auch er mit einem Satz in den Waggon. Vom Fenster aus verfolgte er, wie die Familie, dicht beieinanderstehend, immer kleiner wurde und alle heftig mit den Armen wedelten. Sie schienen sie schon jetzt zu vermissen.

Mittlerweile kämpfte die junge Frau eine hartnäckige Träne zurück, die schon eine ganze Weile im Augenwinkel hing. Damit sie nicht doch zu weinen begann, konzentrierte sie sich darauf, ihr Gepäck zu verstauen. Einen gro-

ßen Koffer, eine Reisetasche, den blauen Mantel von der ersten Begegnung …

»Kann ich dir helfen?«, hörte sie hinter sich jemanden fragen.

Wieder begrüßte sie ihn mit ihrem strahlenden Lächeln und diesen grauen Augen, die wie das Meer gegenüber ihrem Balkon an einem Wintermorgen glänzten. Und endlich erfuhr er ihren Vornamen, der aus sechs Buchstaben bestand.

Kapitel 20

Es hatte mir schon immer Spaß gemacht, in der Küche mit Pfannen und Töpfen zu hantieren, und ich genoss es ebenso, neue Rezepte auszuprobieren und klassische Gerichte zuzubereiten. Jede Ausrede, jeder noch so kleine Anlass war mir recht gewesen, um Freunde und Familie um den Tisch zu versammeln. Das Semesterende, ein Geburtstag, der kleinste Erfolg meiner Söhne oder einfach ein Freitagabend. Manchmal ging es hoch her, man führte lautstarke Streitgespräche und saß ewig lange zusammen. Manchmal waren es eher intime Tischrunden bei Wein und Kerzenlicht bis zum Morgengrauen in dem Gefühl, die Welt um uns herum sei stehen geblieben.

Doch das war Vergangenheit. Meine langjährigen Freunde befanden sich am anderen Ende der Welt, meine Familie war zerbrochen, und ich hatte kein anderes Ereignis zu feiern als die vom Kalender bestätigte Tatsache, dass ich wieder ein Jahr älter geworden war. Kein Grund zum Jubeln, aber, bei Licht besehen, vielleicht eine gute Gelegenheit, in meinem neuen Leben Fuß zu fassen. Einem Leben, das sich völlig unerwartet so ergeben, das ich nicht selbst gewählt hatte, ein Leben, in dem mir vieles fehlen würde. Ein Leben, das plötzlich, von einem Tag auf den anderen, von mir verlangt hatte, mich neu zu erfinden und erste unsichere Schritte zu wagen. Wie ein Kind, das Laufen lernt, nur dass ich viereinhalb Jahrzehnte mehr auf dem Buckel hatte. Ein Alter, in dem ich eine gewisse Reife erlangt ha-

ben sollte, eine heitere Gelassenheit, gestützt auf die Erfahrung und Sicherheit des im Laufe der Jahre Erreichten, das mich aber auf dem falschen Fuß erwischt hatte. Mit einem schwer angeschlagenen Selbstwertgefühl, einer extremen Verletzlichkeit und dem ekelhaften Geschmack des Gescheitertseins im Mund. Ohne Perspektive, ohne Hoffnung. Verwirrt und orientierungslos, eine Zukunft vor Augen, so trüb wie ein Glas Wasser mit einem kräftigen Schuss Tinte.

Am späten Vormittag machte ich mich auf den Weg zum Einkaufen. Ich brauchte noch Eier, Kartoffeln, Tomaten für die Gazpacho und Pfirsiche für die Sangría, außerdem Knoblauch. Die Anchovis aus dem Kantabrischen Meer, zwei großzügige Stücke Käse – ich hatte mich für einen reifen Manchego entschieden – und einige andere Leckerbissen hatte ich bereits vor einigen Tagen erstanden und dafür ein kleines Vermögen ausgegeben. Mir fehlten nur noch die Grundnahrungsmittel, deshalb ging ich nicht zum eher exklusiven Meli's Market, sondern zu G & G abseits der Plaza. Wo die Studenten und die Familien mit bescheidenerem Einkommen einkauften. Wo man sich auf das Wesentliche beschränkte.

Ich suchte gezielt zusammen, was ich benötigte, und war schnell fertig, denn ich hatte es eilig und wollte möglichst bald mit dem Kochen beginnen. Doch als ich schon an der Kasse anstand, fiel mir plötzlich ein, dass ich noch Papierservietten brauchte. Ich verfluchte im Stillen meine Vergesslichkeit. Kommando zurück. Wo werden wohl diese verdammten Servietten sein?, dachte ich. Als ich im Gang mit den Papierartikeln stand und den Blick suchend über die Regale wandern ließ, sah ich sie. Es schien, als würde sie die genaue Stückzahl eines Pakets Kleenex-Tücher prüfen wollen, denn sie drehte und wendete es, auf einen

Rollator gestützt, hin und her. Dank der in einem für ihr Alter unmöglichen Blond gefärbten Haare und der riesigen Sonnenbrille gab es für mich keinen Zweifel, wer sie war. Fannys Mutter, Darla Stern. Die in ferner Vergangenheit die Sekretärin des Fachbereichs gewesen war und der Daniel Carter nicht mit der gleichen Herzlichkeit begegnete wie allen anderen.

Ich kehrte ihr unauffällig den Rücken zu. Für den Fall, dass sie mich wiedererkannte. Für den Fall, dass Fanny, die bestimmt irgendwo in der Nähe war, plötzlich neben ihr auftauchte und mich in ein Gespräch verwickeln wollte. Damit es erst gar nicht so weit kam, schnappte ich mir schnell meine Servietten und machte mich aus dem Staub.

Den Rest des Tages war ich damit beschäftigt, Tortillas zuzubereiten und Tomaten zu pürieren. Während ich mit einer Hand Eier aufschlug, verscheuchte ich mit der anderen die Gespenster, diese lästigen Wesen, die mich bedrängten, wissend um die Zauberkraft der Gerüche, uns im Handumdrehen in die Vergangenheit zu katapultieren und die tiefsten Emotionen aus unserem Innersten hochzuholen. Um halb acht war ich mit meinen Vorbereitungen fertig. Rebeccas Klapptisch kam mir vor wie ein Geschenk des Himmels, meine alten Gespenster hatten sich wieder verkrochen. Ich zog ein schwarzes Kleid an, legte eine CD von Ketama ein und steckte mir, um das Bild von der typischen Spanierin zu vervollständigen, zwei voll aufgeblühte Nelken ins Haar, die ich im G&G kurz vor der Kasse in einem Anfall noch schnell gekauft hatte.

Ich tuschte mir gerade zum zweiten Mal die Wimpern, als das Telefon läutete. Vermutlich Rebecca, dachte ich, die sich erkundigen wollte, ob ich noch irgendetwas bräuchte, oder einer der Gäste, der sich reichlich spät entschuldigen wollte, dass er nicht kommen könne, doch ich irrte

mich. Die Stimme am anderen Ende der Leitung, so unendlich viele Kilometer entfernt, gehörte jemandem, der vor über zwanzig Jahren fast ein Stück von mir gewesen war. Jemand, der mich inzwischen um eine ganze Handbreit überragte und auf eigenen Füßen stand, sosehr ich mir auch gewünscht hätte, dass er für immer bei mir geblieben und mir höchstens bis zur Schulter gegangen wäre.

»Heeey, Mama! Wo steckst du? Hier ist der Stolz von Spanien!«

Mein Sohn Pablo, offenbar etwas beschwipst zu vorgerückter Morgenstunde. Seit dem Sommer machte er die Strände von Cádiz unsicher und frönte seiner jüngsten Leidenschaft, dem Surfen – bis er sich irgendwann für etwas Neues begeistern würde. Entgegen aller Befürchtungen hatte er sein BWL-Studium im Juni abgeschlossen, was wir gar nicht zu hoffen gewagt hatten angesichts der Tatsache, dass er sich im fünften Semester drei Vieren und etliche Dreien geleistet hatte. Aber so war er, impulsiv und spontan. Und so hatte er sich auch spontan dazu entschlossen, sich eine einjährige Auszeit zu gönnen, ehe er sich einer Beschäftigung zuwandte, die ihn beruflich vorwärtsbrachte. So standen die Dinge also bei ihm. Ganz anders sein Bruder, der im Jahr zuvor ein Stipendium zum Masterstudium an der London School of Economics erhalten hatte. Pablo hatte entschieden, sich nach seinem Abschluss erst einmal ein paar Monate lang ausschließlich dem Wellenreiten an der Südspitze der Iberischen Halbinsel zu widmen. Allerdings hatte er vorgehabt, an diesem Wochenende nach Madrid zurückzufahren, und von dort rief er mich nun mitten in einer feuchtfröhlichen Nacht an.

»Mein Gott, wie alt du schon bist, Mami, fünfundvierzig Lenze! … Quatsch, ich mach nur Spaß… Du bist noch der reinste Teenager … Und die Aaallerschönste!«

Ich musste unwillkürlich lächeln, obwohl ich eine leise Wehmut spürte wie einen Stich. Es war sehr eng im Badezimmer, also setzte ich mich mit dem Telefon am Ohr auf den Rand der Badewanne. Mein Kind. Das mir viel zu schnell entwachsen war.

»Hallo? … Hörst du mich?« Er schrie weiter ins Telefon, denn im Hintergrund herrschte ein Lärm, den ich schwer einordnen konnte. »Wir sind hier … und haben von dir geredet, wir waren essen und nachher noch was trinken, und dann sind wir weitergezogen in die nächste Bar … und so fort … und … der wird Ärger kriegen, wenn er nach Hause kommt, ich schwör's …«

Wildes Gelächter schnitt ihm das Wort ab. Ich wusste nicht, wen er mit »der« meinte, wahrscheinlich einen seiner Freunde. Ich bekam aber gar keine Chance, eine Vermutung zu äußern. »Warte, ich gebe ihn dir.«

»Hallo, Blancurria! Ich bin's.«

Schlagartig gefror mir das Lächeln, das mir Pablos Stimme ins Gesicht gezaubert hatte. Ich hatte Alberto an der Strippe, meinen Exgatten, mit ungewohnt näselnder Stimme. Der mich mit meinem alten Kosenamen ansprach, aus der Zeit, als wir noch zusammengehörten und ein eingeschworenes Team gewesen waren.

»Ich sitze hier mit Pablito, er hat mich dumm angeredet, der freche Kerl …«, fuhr er fort, ohne mich zu Wort kommen zu lassen. »Er ist schon ein richtiger Mann geworden, der Bursche, mit einer Mähne … er könnte sich ruhig mal die Haare schneiden lassen … Aber was ich sage, interessiert ihn ja nicht, vielleicht redest du mal mit ihm, auf dich hört er, du weißt ja, wenn ich was sage, geht ihm das am Arsch vorbei. Na ja, also … alles Gute zum Geburtstag. Ein Geschenk habe ich nicht für dich, du bist ja so weit weg. Letztens habe ich ein Bild gesehen, nichts Be-

sonderes, eigentlich ein Staubfänger, das Meer mit ein paar Booten, ein bisschen kitschig, und ich dachte, das wäre was für Blanca, wo sie doch im Winter immer das Meer so sehr vermisst. Aber dann fiel mir ein, dass du ja nicht mehr da bist, dass du fortgegangen bist … also, dass … dass ich gegangen bin …«

Er verstummte, und ich war zu keinem einzigen Wort fähig. Der ohrenbetäubende Lärm im Hintergrund ließ das Schweigen zwischen uns noch angespannter wirken. Es vergingen einige Sekunden, die mir endlos erschienen, wir beide stumm, er in seiner Bar und ich in meinem Bad, beide sich der schweigenden Gegenwart des anderen in weiter Ferne bewusst. Trotz des Atlantiks und der tiefen Kluft zwischen uns, trotz der emotionalen Distanz, die ich seit Langem spürte, fühlten Alberto und ich uns zum ersten Mal seit langer Zeit einander nah. Er begann als Erster wieder zu reden. Seine Stimme drang deutlich an mein Ohr. Sie klang belegt, doch er war kristallklar zu verstehen.

»Also, ich weiß nicht, ob das so klug war …«

Plötzlich hatte ich einen Kloß im Hals, und mir stiegen Tränen in die Augen. Es kostete mich Mühe, nicht sofort loszuheulen. Aber meine Verbitterung behielt trotz allem die Oberhand. Alberto. Schlagartig hatte ich wieder sein Gesicht vor Augen, spürte seine ungeheure Präsenz. Wie er geräuschvoll die Treppe heruntergetrabt kam, sein Wärme spendender Rücken, wenn er neben mir schlief. Sein dunkles Haar, sein Lachen, seine Finger, seine Haut. Einen Moment lang wünschte ich mir, dass er recht hätte, dass alles nur ein böser Traum gewesen wäre. Dass das Kind, sein Kind, das in einer anderen Frau heranwuchs, nur ein Produkt meiner Phantasie gewesen sein möge. Vielleicht ist noch Zeit, dachte ich, unser Leben wieder in Ordnung zu

bringen, noch einmal neu anzufangen. Zeit für Vergebung und Vergessen. Genau das wollte ich ihm sagen.

Aber durch irgendeine merkwürdige neuronale Fehlkopplung zwischen Denken und Sprache – vielleicht war es auch ein Rettungsseil, wie es uns in lichten Momenten manchmal zugeworfen wird, wenn wir am Rand des Abgrunds stehen – kamen ganz andere Wörter aus meinem Mund.

»*Adiós,* Alberto. Ruf mich nicht mehr an.«

Mir blieb praktisch keine Zeit, das Telefonat mit Alberto zu verdauen, denn fast im selben Augenblick, als ich auflegte, läutete es an der Tür. Ich sah auf die Uhr, schon acht vorbei. Langsam konnte das Fest beginnen. Ehe ich an die Tür ging, warf ich noch rasch einen prüfenden Blick in den Badezimmerspiegel. Der folkloristische Kopfputz über meinem linken Ohr kam mir plötzlich ziemlich albern vor. Nelken passten weder zu meiner momentanen Stimmung noch zu meinem Gesicht. Also riss ich sie mit einem Ruck aus den Haaren, warf sie in die Toilette, betätigte die Spülung und schritt mit einem aufgesetzten Lächeln zur Tür, um meine Gäste zu begrüßen.

Als Erste kam natürlich Rebecca, mit einer Riesenportion Spinat-Dip und einer großen Schüssel Guacamole und wie immer bereit, sofort mitzuhelfen. Danach eine Professorin für Portugiesisch mit ihrem kanadischen Freund, und kaum zwei Minuten später drei meiner Schüler mit noch einmal so vielen Flaschen Wein unter dem Arm. Als Nächster erschien Luis Zárate, unser Direktor, mit einem gut abgelagerten Tequila und in Jeans. Bald war das Apartment von Stimmengewirr, Musik und Rauch erfüllt. Die Platten und Schüsseln mit Essbarem begannen sich in einem unglaublichen Tempo zu leeren, während ich mich bemühte, meine innere Unruhe wenigstens nach außen

hin nicht zu zeigen. Es war ein ständiges Hin und Her, es wurde langsam stickig und heiß, jemand öffnete ein Fenster. Mancher kam gar nicht, mancher brachte ein paar Freunde mit. Eine Weile später tauchte noch ein anderer Schüler von mir mit einer Gitarre auf und hatte ein Pärchen aus Uruguay, das ich nicht kannte, im Schlepptau. Während ich mich mit den beiden bekannt machte, spürte ich, wie mich jemand am Arm berührte, um auf sich aufmerksam zu machen.

»Ich gehe Limetten und mehr Eis holen, bin gleich wieder zurück.«

Es war Luis Zárate, der sich gleich nach seinem Eintreffen spontan als Barkeeper zur Verfügung gestellt hatte. Anders als erwartet, war er allein gekommen, ohne die junge Deutschdozentin, mit der ich ihn einmal in der Stadt gesehen hatte und mit der er, Gerüchten im Kollegenkreis zufolge, seit einiger Zeit enger befreundet war. Nie hätte ich in ihm einen Typ vermutet, der gerne Feste feierte und die Nacht durchmachte, aber zu meiner Überraschung mixte er sehr gekonnt Margaritas und Caipirinhas und unterhielt gleichzeitig die Gäste mit viel Witz und Humor.

»Super, aber komm wirklich wieder. Wir brauchen dich, sonst gibt's nichts mehr zu trinken, und die Nacht ist noch lang. Wie kommt es eigentlich, dass du so gut Cocktails mixt?«

»Da gibt's einen Trick dabei«, flüsterte er mir ins Ohr. »Wissenschaftlich fundierte Ausbildung am konkreten Objekt. Soll heißen, ich habe vor ein paar Jahren einen Barkeeper-Kurs gemacht, aber verrate es bloß keinem.«

»Okay, aber dann sei nett zu mir, damit ich dieses Geheimnis nicht einmal gegen dich verwenden muss.«

»So nett, wie du mir erlaubst ...«

Wieder verringerte er den Abstand zwischen uns. Sei-

nem Verhalten nach hatte er bestimmt einen guten Teil der Cocktails, die er seit seinem Eintreffen gemixt hatte, selbst getrunken. Doch er war entspannt und gut gelaunt, also machte ich mit bei seinem Spielchen.

»Wenn du mir einen neuen Drucker für mein Büro besorgst, können wir darüber reden«, erwiderte ich lachend. Ich hatte auch schon einiges getrunken. »Im Moment reicht es, wenn du dich um das Eis kümmerst.«

»Und wenn …?«, fing er wieder an.

Ich ließ ihn nicht ausreden, sondern packte ihn am Arm und führte ihn zur Wohnungstür.

»An der Ecke gibt es einen 7-Eleven, wie du sicher weißt. Lass dir bloß nicht einfallen, mit dem Auto zu fahren!«

»Zu Befehl, *doctorsita«,* entgegnete er mit pseudo-mexikanischem Akzent, während ich die Tür hinter ihm schloss.

Man plauderte in einer Mischung verschiedener Sprachen, man amüsierte sich, und schließlich griff jemand zur Gitarre, begann jemand einen Rhythmus zu klatschen, und daraus entwickelte sich ein ganzes Repertoire aus alten spanischen und amerikanischen Schlagern, die wir lauthals und ungeniert und ohne besonderes Taktgefühl mitsangen.

Irgendwann im Laufe des Abends, zwischen Gelächter und den Strophen einer südamerikanischen *ranchera,* hörte ich es an der Tür klingeln. Ich nahm an, endlich käme Luis wieder, der schon vor einer ganzen Weile gegangen war, um Eis und Limetten zu besorgen. Doch nicht der Direktor des Fachbereichs stand vor der Tür, sondern Daniel Carter in einer dunklen Lederjacke, in der einen Hand eine Reisetasche, in der anderen eine Plastiktüte. Im Hintergrund schmetterten meine Gäste *Pa todo el año* zur Erinnerung an den großen José Alfredo Jiménez.

»Ich dachte schon, du versetzt mich.«

»Nie im Leben«, antwortete er, während er sein Gepäck

abstellte und die Jacke auszog. »Mein Flugzeug hatte Verspätung, ich war schon kurz davor, den Piloten zu strangulieren.«

Und dann nahm er, ohne mir Zeit für eine Antwort zu lassen, meine Hand, fasste mich um die Taille, stimmte mit seiner sonoren Stimme in den verstimmt klingenden Chor ein – *porque yo tendré el valor de no negarlo, gritaré que por tu amor me estoy matando, y sabrán que por tus besos me perdí …* – und führte mich mit vier gekonnten Tanzschritten ins Wohnzimmer; er hoffte wohl, noch einen Rest Tortilla zu ergattern – um diese Uhrzeit eine vergebliche Hoffnung.

Es wurde sehr, sehr spät, von den Produkten meiner Kochkunst blieb kein Krümel übrig, und Zárate ließ sich nicht mehr blicken. Als die Letzten gegangen waren, war auch ich meiner Pflichten als gute Gastgeberin enthoben, und so beschloss ich, alles zu lassen, wie es war, und sofort ins Bett zu gehen. Mir fehlte jede Energie, irgendetwas wegzuräumen, seien es die Reste vom Fest oder die Fragmente des Gesprächs mit Alberto, das mir trotz allem den ganzen Abend im Kopf herumgespukt hatte. Meine Müdigkeit und der Alkohol machten es mir leicht. Zum Glück schlief ich sofort ein, ohne auch nur eine Sekunde länger an unsere traurige Wiederbegegnung zu denken.

Am nächsten Vormittag, nach einer Dusche, die mich wieder einigermaßen munter werden ließ, machte ich mich dann ans Werk. Zwischen zusammengeknüllten Servietten, leeren Gläsern und Bergen von Flaschen ohne jede Spur ihres ursprünglichen Inhalts entdeckte ich zwei von meinen Gästen vergessene Gegenstände. Das eine war ein roter Pullover, der hinter einem Sessel auf den Boden gerutscht war, und ich erinnerte mich, dass einer meiner Studenten ihn getragen hatte. Das andere war eine grünweiße

Plastiktüte der Buchhandelskette Barnes & Noble. Als ich einen Blick hineinwarf, um anhand des Inhalts festzustellen, wem sie gehören könnte, fand ich ein Buch und ein Kuvert mit meinem Namen darin. Da tauchte vor meinem geistigen Auge Daniel Carter auf, wie er sehr spät zu meinem Fest gekommen war. In der einen Hand hatte er ebendiese Plastiktüte getragen.

Das Kuvert enthielt eine schlichte Karte mit zwei kurzen Sätzen in einer energischen Schrift, mit schwarzer Tinte geschrieben.

Auf dass das Licht der Jahre dir helfen möge, deinen Weg klarer zu erkennen. Herzlichen Glückwunsch.

Und ein Buch. Ein Buch mit einem gelben Schutzumschlag. *A History of California.* Ich blätterte es durch. Dreihundertvierundvierzig Seiten in Englisch über die Geschichte Kaliforniens, aufgeteilt in vierzehn Kapitel, mit einer Landkarte, einer Chronologie, etlichen Fotografien und bibliografischen Hinweisen.

Ich verstand nicht recht, welchen tieferen Sinn dieses unerwartete Geschenk haben sollte, vermutlich gar keinen, wahrscheinlich hatte er das Buch nur auf die Schnelle gekauft, um nicht mit leeren Händen bei mir zu erscheinen. Und woher wusste Daniel überhaupt, dass ich Geburtstag hatte? Vermutlich hatte Rebecca es ihm gesagt. Nach einem letzten Blick in das Buch legte ich es zusammen mit dem roten Pullover auf einen Sessel, damit ich weiter sauber machen konnte.

Ich lüftete gründlich, füllte drei Säcke mit Müll, wischte durch und brachte gefühlte tausend Flaschen zum Recycling-Container. Als ich fertig war, fiel mir plötzlich auf, dass ich einen Riesenhunger hatte und der Kühlschrank

leer war, also ging ich los, um irgendwo etwas zu essen. Unterwegs kaufte ich gleich noch ein paar Zeitungen und machte einen kurzen Spaziergang, ehe ich nach Hause zurückkehrte. Ein Sonntagnachmittag im Herbst. Nicht besonders gut geeignet, um nostalgische Gefühle im Zaum zu halten, gerade nach Albertos Anruf am Abend zuvor.

Ich schaltete den Fernseher ein, um mich mit irgendetwas abzulenken. CNN berichtete über einen Flugzeugabsturz mit achtzehn Toten in Mexiko, eine Explosion in einem Altenheim in Michigan und dass die Pokémons in die Kinos kamen. Beim Herumzappen zwischen den Kanälen stieß ich auf eine Wiederholung von *Rambo III,* zwei Teleshopping-Sender, eine Reportage über Hundesalons und die zigste Episode von *Miami Vice.* Im Lokalsender von Santa Cecilia brachten sie wieder einmal einen Bericht zum Thema Los Pinitos. Ich verfolgte ihn ein paar Minuten lang, die Kameras schwenkten über die Landschaft, und es wurden einige Passanten interviewt. Fast alle äußerten sich eindeutig gegen die Zerstörung dieses Naturraumes, wenn auch nicht alle gleichermaßen empört. Anschließend sprach der Reporter mit meinem Studenten Joe Super, dem emeritierten Professor für Geschichte, von dem ich wusste, dass er sich stark in der Bürgerinitiative engagierte. Er könne nicht zu meinem Fest kommen, er sei nicht in der Stadt an diesem Tag, hatte er mir frühzeitig mitgeteilt. Es freute mich, ihn wenigstens im Fernsehen zu sehen, wie er mit überzeugenden Argumenten über die verheerenden Folgen des geplanten Einkaufszentrums referierte. Nach Joe kamen noch einige andere Mitglieder der Initiative zu Wort, die mich aber mit einem Mal nicht mehr interessierten. Während sich einer der Sprecher über die zweifelhaften Besitzverhältnisse bei diesem Areal ausließ, schlief ich ein.

Als ich aufwachte, war es bereits Nacht geworden. Ein verwirrter Blick auf die Uhr machte mir bewusst, dass ich mehr als drei Stunden tief und fest geschlafen hatte. Vielleicht hatte mich die Generalreinigung der Wohnung so müde gemacht. Vielleicht hatten der Alkohol und das bis in die Morgenstunden dauernde Fest ihren Tribut gefordert. Vielleicht hatte auch irgendein unbewusster Mechanismus mich davor bewahrt, in Schwermut zu verfallen. Wie auch immer, die brutale Realität sah jedenfalls so aus, dass ich allein in einer halb leeren Wohnung saß und bis zum Morgen nicht mehr würde einschlafen können. Am Freitag hatte ich einen Roman fertig gelesen und keine Zeit gehabt, mir ein anderes Buch zu kaufen oder in der Bibliothek vorbeizugehen. Wieder zappte ich mich x-mal durch die Fernsehkanäle, ohne irgendetwas Interessantes zu finden. Ich aß einen Joghurt. Dann durchforstete ich die Zeitungen, aber es kam mir vor, als wäre alles schon Schnee von gestern. Ich vertiefte mich in einen Artikel über Intelligent Design und las ein Interview mit Oprah Winfrey, aß eine Banane. Was für eine hirnrissige Idee, dachte ich, dass ich meinen Laptop dieses Wochenende nicht mit nach Hause genommen hatte, weil ich dachte, ich hätte wegen des Festes ohnehin keine Zeit für andere Dinge. Und dann fiel mein Blick auf das Buch von Daniel Carter. Die Geschichte Kaliforniens. Ich schlug es auf und begann zu lesen.

Auf Seite drei ahnte ich es bereits, und auf Seite sechs war ich mir ganz sicher. Dieses Buch war keineswegs ein Verlegenheitsgeschenk, auf die Schnelle irgendwo gekauft. An dem Nachmittag, den wir bei einem Kaffee im Gespräch verbracht hatten, hatte ich ihm erzählt, wie viel Kopfzerbrechen mir Fontanas Nachlass in den letzten Tagen bereitete. Mit diesem überraschenden Geschenk woll-

te er mir deutlich machen, dass meine Vorgehensweise vielleicht nicht die geeignetste war, und er gab mir damit gewissermaßen einen Rat. In den vergangenen Monaten war mein Leben nichts als eine Flucht nach vorn gewesen. Mein unmittelbares Ziel hatte darin bestanden, Fontanas Vermächtnis möglichst zügig zu sichten und zu ordnen, die Schwierigkeiten und Lücken, die in den Schriftstücken ständig auftauchten, nach Möglichkeit zu umgehen. Unvollständige Texte, Verweise auf unbekannte Quellen, Kommentare zu nicht existenten Vermerken und eine gewaltige Unwissenheit meinerseits.

Fontanas ehemaliger Student legte mir nun eine überaus sinnvolle Lösung nahe, die ich, obwohl sie sich geradezu aufdrängte, nicht gesehen hatte. Alles gelassen und ruhig angehen. Und alles detailliert dokumentieren, um die vielen verschiedenen Schriftstücke des alten Professors chronologisch rekonstruieren und vervollständigen zu können.

Nachdem ich die ersten Kapitel in einem Zug gelesen hatte, wusste ich, dass ich intuitiv ins Schwarze getroffen hatte. Schon jetzt konnte ich den letzten Teil des Vermächtnisses besser und klarer einordnen. Aber die spanische Präsenz in Kalifornien wurde nur in den ersten drei Kapiteln des Buches behandelt, sie lieferten mir zwar in groben Zügen grundlegende Informationen zum allgemeinen Hintergrund, doch ich musste noch wesentlich mehr darüber wissen.

Es war schon fast vier Uhr morgens, und mich wollte endlich der Schlaf übermannen, als ich beschloss, etwas so Wichtiges nicht auf den nächsten Tag zu verschieben. Also tippte ich schnell noch eine SMS:

Habe verstanden. Werde versuchen, mich der Sache gewachsen zu zeigen.

Ich nahm an, dass Daniel meine Nachricht nicht vor dem nächsten Tag lesen würde, aber irgendein irrationaler Impuls hatte mich dazu getrieben, mich sofort bei ihm zu bedanken. Gerade als ich wieder das Licht ausschalten wollte, hörte ich ein Bip-Bip. Schon im Halbschlaf, drückte ich auf das Symbol auf meinem Handy, den kleinen Briefumschlag.

Wie immer.

Kapitel 21

Er war nicht der Neueste, aber, verglichen mit meinem klapprigen Uraltmodell, nachgerade ein Wunderwerk der Technik wie aus einer anderen Galaxie. Ich schloss ihn nicht sofort an, sondern machte mich erst einmal auf die Suche nach dem dafür Verantwortlichen.

»Dein Verschwinden sei dir vergeben«, verkündete ich, als ich in seiner Tür stand. Luis Zárate saß hinter seinem Schreibtisch und war ganz der Alte: beherrscht und professionell. Zumindest hatte es den Anschein.

»Versprochen?«, gab er fragend zurück und sah vom Bildschirm seines Computers auf.

»Wir mussten zwar auf deine wunderbaren Margaritas verzichten, aber dafür habe ich einen anständigen Drucker bekommen. Kein schlechter Tausch.«

»Weißt du, mir ist es sogar gelungen, Eiswürfel aufzutreiben, aber dann bin ich doch lieber nach Hause gegangen. Ich hatte schon ordentlich einen in der Krone, und ein zweiter Spaziergang hätte womöglich fatale Folgen gehabt.«

»Für den Kater oder für deinen Ruf?«

»Für beide, nehme ich mal an. Und, wie ist es noch so gewesen?«

»Gut, gut … Ein bisschen zu ausgelassen vielleicht, aber gut. Auf jeden Fall war es ein sehr lustiger Abend.«

»Und glaubst du, ich kann etwas von dem nachholen, was ich verpasst habe?«, erkundigte er sich, während er sich von seinem Platz erhob.

Ich stand noch immer in der Tür, denn ich hatte nicht die Absicht einzutreten. Es war Montag, die Arbeitswoche hatte gerade begonnen, und wir alle hatten Berge von Arbeit vor uns. Es war nicht der richtige Moment für eine ausführliche Unterhaltung. Ich war lediglich vorbeigekommen, um mich kurz für seine Geste zu bedanken. Mir stand nicht der Sinn nach einem längeren Gespräch.

»Ich fürchte, als Gastgeberin habe ich meine Quote erfüllt.«

»Tja, dann bin ich wohl an der Reihe«, meinte er und beugte sich, auf die Tischkante gestützt, leicht vornüber. Mehr Nähe, weniger Distanz.

»Gibst du eine Party bei dir zu Hause?«

»Das würde ich gerne, aber ich fürchte, dass ich im Gegensatz zu dir ein schlechter Gastgeber bin. Aber es steht ja noch immer ein Abendessen im Los Olivos aus, du erinnerst dich?«

Natürlich. Seit dem Nachmittag – ich war gerade fertig mit der Arbeit und wollte nach Hause –, als er mit seinem Auto auf dem Campus direkt neben mir gehalten hatte.

»Wie ich bereits sagte, jederzeit gerne.«

Wieder war meine Antwort ehrlich gemeint. Ich hatte nichts dagegen, mit ihm essen zu gehen. Uns fielen immer tausend Dinge ein, über die wir reden konnten, und nachdem er sich auf meinem Fest weniger förmlich, sondern mehr von seiner menschlichen Seite gezeigt hatte, hatte er auf meiner persönlichen Skala ein paar Punkte dazugewonnen.

»Bald ist Thanksgiving, dann haben wir ein paar unterrichtsfreie Tage. Sollen wir lieber davor oder danach essen gehen?«

»Für die nächste Zeit habe ich noch nichts geplant. Sag einfach, wann es dir am besten passt.«

»An Thanksgiving erwartet mich meine Mutter in Concord, dieser Tag wird mit der ganzen Familie gefeiert. Für Einzelkinder ein Pflichttermin. Und davor stehen noch ein paar berufliche Verpflichtungen an. Wahrscheinlich ist es besser nach meiner Rückkehr.«

Gerade wollte ich erwidern, dass die Woche immerhin sieben Tage hat und es vielleicht nicht nötig war, etwas so lange im Voraus zu planen. Doch ich hielt lieber den Mund. Oder vielleicht sollte ich besser sagen, sie hielten mich davon ab. In diesem Moment kamen nämlich drei Frauen auf die Tür zu, an der ich lehnte. Drei Dozentinnen des Instituts, die ihre Räume in einem anderen Stockwerk hatten und mir deshalb nur selten über den Weg liefen. Eine war Lisa Gersen, die alle für Zárates Freundin, Lebensgefährtin oder was auch immer hielten. Sie war in den Dreißigern, hatte eine sehr helle Haut, ihr Haar straff nach hinten zu einem Knoten gefasst und trug immer Schuhe mit Absätzen. Die anderen beiden waren Kolleginnen von ihr und unterrichteten ebenfalls Deutsch.

Ich trat zur Seite, als ich sie mit Papieren und Ordnern beladen kommen sah. Vermutlich hatten sie eine Besprechung mit dem Direktor.

»Wir reden später«, sagte ich als Verabschiedung zu Luis. Die drei protestierten, als sie sahen, dass ich gehen wollte. »Bleib ruhig, wir können warten«, meinten sie zu mir. Luis richtete sich auf und sah dabei auf die Uhr.

»Wunderbar. Dann können wir noch einen Termin für unser Treffen vereinbaren.«

Wir beide sprachen zwar Spanisch miteinander, aber trotzdem vermied er es, das Wort Abendessen zu verwenden. Unser Treffen, sagte er nur. Vielleicht war es Zufall, vielleicht ein Automatismus aus Rücksicht auf die gerade gekommene Person. Schließlich war sie jemand, der

ihm sehr nahegestanden hatte; womöglich war das immer noch der Fall. In eine feste Beziehung hineinzugeraten hätte mir gerade noch gefehlt, dachte ich, als ich zurück in mein Büro ging. Ich erholte mich noch immer von einer Dreiecksgeschichte, bei der ich letztlich den Kürzeren gezogen hatte. Ein denkbar schlechter Zeitpunkt, um mich aus heiterem Himmel erneut in eine solche Geschichte verwickeln zu lassen.

Allerdings konnte ich weder die Funktionstüchtigkeit meines neuen Druckers testen noch mir weiter den Kopf darüber zerbrechen, warum Luis Zárate das Wort Abendessen lieber vermieden hatte. Ich hatte Dringenderes zu erledigen. Etwas, das nicht direkt mit meinem Fest, sondern eher mit seinen Folgen zu tun hatte, mit dem Buch über Kalifornien nämlich, das Daniel Carter in einer schlichten Plastiktüte mitgebracht hatte, als wäre es einfach neuer Lesestoff. Doch dieses Buch hatte meinen Wissensdurst geweckt.

Keine halbe Stunde später schlug ich mein Lager in der Bibliothek auf mit dem festen Vorsatz, den Nachlass nicht weiter auseinanderzunehmen, ehe ich nicht sicher wusste, in welchem zeitlichen und örtlichen Rahmen sich Fontanas Themen bewegten. Und dort, allein und ungestört, im hintersten Winkel des vierten Stocks, gelang es mir anhand verschiedener Quellen, die geografischen und historischen Koordinaten einzugrenzen, die unabdingbar waren für ein besseres Verständnis dessen, was sich in dieser Region ereignet hatte, die heute unter dem Namen Kalifornien auf zwei Staaten aufgeteilt ist.

Unter den Dokumenten, die ich einsah, fand ich Übereinstimmungen, anrührende Passagen und zig Daten, die sich wunderbar zusammenfügten. Nun endlich war ich in der Lage, die großen und kleinen Geschichten über die

Mitwirkung meiner Landsleute bei der Entstehung Kaliforniens und Andrés Fontanas schriftliche Notizen dazu richtig zu- und einzuordnen. Und konnte, wenn ich sie auf eine andere Zeit übertrug, verstehen, wie Mut und Leidenschaft manche Exilanten dazu befähigen, fern der Heimat eigentlich Unmögliches in Angriff zu nehmen.

In meiner selbst gewählten Klausur redete ich in den ersten zwei Tagen praktisch mit niemandem, sondern informierte lediglich Rebecca, wo ich mich befand, und tauchte ansonsten in die Arbeit ein, widmete mich meinem Forschungsauftrag und versuchte, die Bruchstücke eines auf dem Meeresgrund weit verstreuten Schatzes zu finden. Doch ebenso wie Taucher musste auch ich gelegentlich wieder nach oben kommen und mich mit Nahrung versorgen, um bei Kräften zu bleiben. Und so ließ ich für gewöhnlich gegen ein Uhr die Arbeit Arbeit sein und ging rasch etwas essen. Mein Magen hatte sich nämlich inzwischen an die hiesigen Mittagszeiten gewöhnt.

Als ich an diesem Mittwoch die Campus-Cafeteria betrat, entdeckte ich im Gedränge unter all den Professoren und Studenten, zwischen all den Rucksäcken und Büchern, bei Geschirr- und Besteckgeklapper und einem intensiven, nicht sonderlich appetitanregenden Essensgeruch von Weitem Daniel Carter. Für mich war es wegen seiner hellen Haare, seiner Statur und seiner entspannten Art immer leicht, ihn in der Masse zu erkennen. Er unterhielt sich angeregt mit zwei Professoren, offensichtlich hatten sie ihre Mahlzeit schon beendet. Aus der Ferne hörte ich sie laut lachen. Vermutlich war es ihm nicht aufgefallen, dass ich ebenfalls hier war.

Aus den verschiedenen Tagesangeboten wählte ich einen Burrito mit Hühnerfleisch, dazu eine Coca-Cola, und stellte mich geduldig in der Schlange an, um zu bezahlen, um

mich herum Studenten mit Tabletts, auf denen sich riesige Sandwiches, Pasta in verschiedenen Variationen und das Supertagesangebot, Rindergulasch, türmten. Mit der Uni-Zeitung als Gesellschaft ließ ich mich anschließend in einer Ecke nieder. Ich hatte gerade drei Happen gegessen, als der Stuhl mir gegenüber auf einmal nicht mehr frei war.

»Was für eine Überraschung, dich hier zu sehen, Doktor Perea. Ich wollte dich schon als vermisst melden.«

»Daran bist du schuld.«

Er sah mich fragend an.

»Weil dein Buch mir Lust gemacht hat, mehr über Kalifornien in Erfahrung zu bringen. Natürlich hätte ich mich schon längst bei dir bedanken sollen, entschuldige.«

»Aber das hast du doch schon getan, gleich in aller Herrgottsfrüh um zehn vor vier. Oder habe ich bloß von dir geträumt?«

Je länger wir uns kannten, desto mehr gewöhnte ich mich an seine natürliche Art, durchs Leben zu gehen, daran, mit welcher Warmherzigkeit er alle Menschen behandelte und wiederum von allen, die ihn kannten, behandelt wurde. Er flirtete mit den Kellnerinnen, je hässlicher und dicker sie waren, umso mehr. Er umarmte und küsste ausnahmslos alle seine Freunde und pflegte die Dinge mit ironischer Distanz zu betrachten, sodass in seiner Gegenwart alles ganz einfach schien. Nur in der Gegenwart von zwei Personen hatte ich ihn je angespannt erlebt, zufälligerweise am gleichen Tag. Mit Zárate an jenem nun schon lange zurückliegenden Nachmittag anlässlich der Debatte um die *hispanidad.* Und ein wenig später mit Fannys Mutter. Die Gründe für ihre Unstimmigkeiten waren mir nicht bekannt, eigentlich sogar gleichgültig. Viel wichtiger war mir, weiter auf ihn zählen zu können, damit er mir half, beim Nachlass seines alten Professors Licht ins Dunkel zu bringen.

»Nein, das hast du nicht geträumt. Aber du hast mir mit deinem Geschenk den Schlaf geraubt. Und mich dazu gezwungen, mich in der Bibliothek zu vergraben.«

»Du weißt gar nicht, wie sehr mich das freut«, sagte er und schnappte sich ein Stückchen von meinem Burrito.

»Aber du hast doch gerade erst gegessen ...«, protestierte ich.

»Aber du hast heute die bessere Wahl getroffen, mein Gulasch war leider ein Reinfall. Erzähl mir mehr darüber, was du gerade machst.«

»Jetzt sehe ich alles sehr viel klarer. Allmählich verstehe ich, warum sich Fontana immer mehr für die Geschichte seiner Landsleute hier in dieser Region begeisterte, ja, auch ein persönliches Interesse für dieses Thema entwickelte, was sich natürlich auf seine Forschung auswirkte, bei der er mit immer größerer Begeisterung das alte Kalifornien in den Fokus stellte. Und ganz allmählich drang ich nun zum Kern jener Welt vor, in der er sich bewegte.

»In welchem Umfeld denn?«

»Ich sitze gerade an Dokumenten, die sich mit den letzten, von den Franziskanern errichteten Missionsstationen beschäftigen, zu der Zeit, als Kalifornien noch der spanischen Krone gehörte. Bevor die Region kurzzeitig unabhängig war und schließlich Teil der Vereinigten Staaten wurde.«

»Die Geschichte mit den Missionsstationen ist wirklich nicht uninteressant, obwohl ich Jahre gebraucht habe, um das zu erkennen. Ich erinnere mich, dass ich es für ein stinklangweiliges Thema gehalten habe, als Fontana anfing, sich damit zu beschäftigen.«

»Warum?«

»Weil ich damals ein totaler Ignorant war, auch wenn ich mich für eine große Leuchte hielt. Ich konnte nicht nach-

vollziehen, warum sich ein Literaturexperte seines Formats auf einmal für Lehmziegelbauten, eine Handvoll zerlumpter Priester und einen Haufen verwirrter Ureinwohner begeisterte, denen man auf einen Schlag andere Namen und eine andere Sprache aufgezwungen und ihre Lebensgrundlage genommen hatte. Und obwohl er sich redlich bemühte, mir sein Interesse nahezubringen, konnte er mich nicht überzeugen.« Wieder riss er sich ein Stück von meinem Burrito ab. »Das war das letzte Mal, versprochen.«

Die Cafeteria hatte sich mittlerweile geleert, lediglich drei oder vier Tische waren noch besetzt, die Hintergrundgeräusche verebbt. Ab und zu hörte man eine kurze Verabschiedung und das Geschirrgeklapper der Angestellten beim Abräumen der Tabletts.

»Vielleicht war er es leid, jahrzehntelang das Gleiche zu machen«, warf ich ein. »Vielleicht brauchte er neue Herausforderungen in seinem Fachgebiet. Und in diesen Missionsstationen, die geografisch, von Spanien aus betrachtet, zwar in weiter Ferne lagen, ihm aber kulturell sehr nahe waren, fand er sie womöglich.«

»Sicherlich hast du recht. Doch eine Sache würde ich gerne wissen, nur so aus Neugier. Bist du bei deinen Recherchen auf irgendeinen Hinweis zu einer angeblichen Misión Olvido gestoßen?«

»Du meinst, in den Unterlagen, die ich momentan in der Bibliothek sichte?«

Er schüttelte den Kopf.

»In Fontanas Papieren.«

»Nein, aber da gibt es noch vieles, was ich bisher nicht durchgesehen habe. Warum fragst du?«

»Weil ich mich daran erinnern kann, dass er diesen Namen kurz vor seinem Tod mehrfach erwähnte. Ich nehme an, du wirst auf ihn stoßen, wenn er wichtig war.«

Angeregt plaudernd, verließen wir die Cafeteria, und nachdem wir uns vor dem Eingang voneinander verabschiedet hatten, wandte sich jeder von uns wieder seinen Aufgaben zu. Den gerade erwähnten Namen noch im Ohr, ging ich auf dem Rückweg zur Bibliothek in Gedanken die einundzwanzig von den Franziskanermönchen gegründeten Missionsstationen durch, die über ganz Kalifornien entlang des Camino Real errichtet worden waren. In den letzten Tagen hatte ich mich mit ihnen vertraut gemacht: San Diego de Alcalá, San Luis Rey, San Buenaventura, La Purísima, Santa Inés, La Soledad … Geschichten über couragierte Mönche und gewalttätige Soldaten, über getaufte und aufständische Indianer, von machtgierigen Königen, über Expeditionen in ein unbekanntes Land und ein altes Spanien, das darauf bedacht war, seine Grenzen bis ins Unendliche auszudehnen, ohne die Kurzlebigkeit dieser Eroberungen vorauszusehen. Doch weder war mir dieser Name untergekommen, noch hatte ich irgendeinen Hinweis auf diese Misión Olvido gefunden, da war ich mir ganz sicher. Rasch speicherte ich diese Information noch in meinem Gedächtnis im Ordner *Missionen* ab, ehe ich schwungvoll die Tür zur Bibliothek aufstieß und mein mit Teppichboden ausgelegtes Paradies betrat, in dem alles, was ich momentan an Wissenswertem benötigte, schon auf mich wartete.

Am späten Vormittag des darauffolgenden Tages erhielt ich überraschend Besuch von einer hektischen und nervösen Fanny. Auf ihren Schläfen glitzerten kleine Schweißperlen, und in dem Moment, wo sie mich sah, atmete sie erleichtert auf.

»Endlich habe ich Sie gefunden, Doktor Perea!«

Zugegeben, es war wirklich nicht leicht, mich hier im hintersten Winkel der Bibliothek aufzustöbern, denn der

vierte Stock war fast immer wie ausgestorben. Der größte Teil der Studenten arbeitete in den besser zugänglichen Bereichen im ersten Stock, bei den Computern. In Prüfungszeiten war es sicher viel voller hier, aber momentan ähnelte meine Arbeitsecke eher einer friedlichen Oase, in die nur gelegentlich ein Student auf der Suche nach einem bestimmten Buch vorbeikam. Doch Fannys lauter Auftritt machte diesem Idyll ein Ende.

»Ist was passiert?«, erkundigte ich mich erschrocken.

»Nein, nein, nichts, zum Glück nichts. Ich laufe nur schon eine ganze Weile auf der Suche nach Ihnen herum. Mich schickt Mrs. Cullen. Das hier ist für Sie.«

Fanny überreichte mir einen cremefarbenen Umschlag. An mich adressiert, inzwischen etwas zerknittert und mit ein paar feuchten Abdrücken von den verschwitzten Händen der Überbringerin versehen, denn ihr verzweifeltes Bemühen, mich zu finden, hatte Spuren hinterlassen. Darin befand sich eine Karte von Rebecca, mit der sie mich einlud, mit ihr und ihrer Familie Thanksgiving zu feiern. Eine elegante Lösung, mit dem für sie so typischen, ganz besonderen Taktgefühl ausgeführt, um mich nicht mit einer persönlich und völlig unerwartet ausgesprochenen Einladung in Verlegenheit zu bringen.

Thanksgiving bedeutete mir wirklich nichts, weil es diesen Feiertag in Spanien nicht gab, also verband ich damit auch keine wehmütigen Erinnerungen. Ich hätte den Tag problemlos allein in meinem Apartment mit einem guten Buch oder einem schönen Film verbringen können, ohne meine Kinder, den Truthahn oder den Kürbiskuchen zu vermissen. Aber ich wusste, dass dieser Tag für die Amerikaner von fundamentaler Bedeutung war, das wichtigste Familienfest im Jahr. Daher fand ich es sehr tröstlich zu wissen, dass Rebecca mich mit einplante.

»Fanny, sag Mrs. Cullen bitte ganz herzlichen Dank von mir. Ich nehme ihre Einladung sehr gerne an und komme so bald wie möglich bei ihr im Büro vorbei.«

»Okay«, erwiderte sie im Flüsterton.

Sie hatte begonnen, sich hin- und herzuwiegen. Vor und zurück, als säße sie auf einer Schaukel. Die Beine fest in den Boden gestemmt, die Hände auf dem Rücken, stand sie mit gesenktem, konzentriertem Blick da. Doch ihre Aufmerksamkeit galt nicht meinen Worten, das gerade von ihr ausgesprochene Okay hätte sie auf alles geantwortet. Unterdessen huschte ihr Blick über meinen Tisch und die darauf von mir ausgebreiteten Bücher, Karten und Unterlagen.

Eine Zeit lang schwiegen wir beide. Während sie den Tisch betrachtete, betrachtete ich sie, und keine von uns beiden sagte ein einziges Wort. Bis ihr Blick schließlich meinen suchte.

»Arbeiten Sie nicht mehr am Nachlass von Professor Fontana, Doktor Perea?«

Sie hatte die Frage schüchtern, fast schamhaft formuliert. Möglicherweise dachte sie, sie sei zu intim.

»Doch, Fanny, natürlich. Obwohl mir inzwischen nicht mehr viel fehlt, um die Arbeit abzuschließen. Bevor ich damit weitermachen kann, muss ich mich allerdings über einige Dinge informieren, deswegen bin ich hier in der Bibliothek. Ich brauche aber nicht mehr lange, bin fast fertig. In ein paar Tagen sitze ich wieder in meinem Büro und arbeite da weiter. Dann sehen wir uns wieder häufiger.«

Sie nickte, fuhr jedoch gleichzeitig fort, sich hin- und herzuwiegen. Vor und zurück. Vor und zurück. Ihr glattes Haar, das an der Seite von einer Kinderhaarspange in Form einer rosa Wolke gehalten wurde, schwang im Takt mit. Erneut konzentrierte sich ihr prüfender Blick auf mei-

ne Unterlagen. Drei aufgeschlagene und ein paar geschlossene Bücher. Ein Haufen Fotokopien. Zwei ausgebreitete Landkarten. Verschiedene, mit Notizen beschriebene Blätter. Ich verstand nicht, was daran für sie interessant war.

»Er hat auch so gearbeitet«, sagte sie schließlich und deutete mit dem Finger auf den Tisch. »So wie Sie, mit ganz vielen Papieren und Karten, und er hat immer ganz viel dazu geschrieben. Mit seinem Füllfederhalter und einer Schreibmaschine. Auf der Schreibmaschine zu schreiben gefiel ihm nicht, sodass Mama es manchmal für ihn machte. Mama konnte ganz schnell auf der Maschine schreiben. Seeeeehr schnell. Doch sie schrieb nicht gerne spanische Texte ab, weil sie die nicht verstand. Sie kann nur Englisch. Doch er schrieb lieber auf Spanisch. Und redete auch lieber so. Onkel Andrés war ein guter Mensch. Ein seeeehr guter Mensch. Er hat mir immer was geschenkt. Schuhe. Kleidung. Und Puppen. Und hat uns in seinem Auto mitgenommen. Und hat mir Eis und Milchshakes gekauft. Vor allem mit Erdbeergeschmack.«

Es dauerte einen Moment, bis ich mir einen Reim auf das Gehörte machen konnte und schließlich begriff, dass der Fontana, der mir schlaflose Nächte bereitete, und dieser Onkel Andrés ein und dieselbe Person waren. Mich überraschte, dass Fanny und der Professor eine so enge Beziehung gehabt haben sollten, daher hörte ich interessiert zu, während sie weiterredete, ohne mich anzuschauen. Auch wenn es den Anschein hatte, als ruhte ihr Blick auf dem Tisch, sah sie doch in Wahrheit nichts konkret an; ihre Augen waren ausschließlich in die Vergangenheit gerichtet.

Ich unterbrach sie nicht, ich glaube, sie hätte mich nicht einmal gehört.

»Einmal fuhr er mit uns zum Santa Cruz Beach Board-

walk, dem Vergnügungspark direkt am Meer. Er ist sehr alt, der älteste Freizeitpark in Kalifornien. Einige Fahrgeschäfte waren sehr lustig. Seeeeehr lustig. Und andere gefährlich. Seeeeehr gefährlich. Ich bin in fast allen gewesen, am meisten gefiel mir die Achterbahn. Er ist mit mir zusammen gefahren und hat meine Hand ganz fest gehalten, damit ich keine Angst hatte. Mama ist unten geblieben. Das war ein toller Tag.«

Aus ihrem abwesend wirkenden Gesicht verschwand auf einmal das Lächeln.

»Ich war sehr traurig, als er starb. Ich habe geschlafen, und Mrs. Walker, die Nachbarin, kam und hat mich geweckt. Mama war nicht da, sie war ausgegangen. Ich bin nicht gerne mit Mrs. Walker allein, sie nennt mich dumm und sagt andere hässliche Sachen zu mir. Onkel Andrés hat mich nie geschimpft, er sagte immer: Sehr gut, Fanny! Oder: Gut gemacht, Fanny! Er ist genauso zu mir. Nie sagt er etwas Schlechtes oder Böses über mich. Nur gute Sachen.«

Ich blinzelte verwirrt, hatte den Faden verloren und wusste nicht, von wem nun die Rede war. In meinem Bemühen, ihren Gedankensprüngen zu folgen, sah ich sie eindringlich an, während sie weiter in Erinnerungen schwelgte, begleitet vom rhythmischen Hin- und Herschaukeln ihres dicklichen Körpers, der in einem bis obenhin zugeknöpften lachsfarbenen Kleid steckte, darüber ihr noch immer verschwitztes Gesicht. Ihr Blick blieb abwesend in die Ferne gerichtet, während sie vor sich hin plapperte, zwar monoton, allerdings mit einer gewissen Zartheit.

»Er ist wie Onkel Andrés, aber anders. Ich sehe keinen von beiden, doch ich weiß, dass sie da sind. Beide sind gut zu mir. Auch er sagt immer: Weiter so, Fanny! Du schaffst das, Fanny! Du bist ein tolles Mädchen, Fanny!«

Und in dem Moment machte es bei mir klick. Ich erinnerte mich an ihr Büro, an die Aufkleber am Auto, ihre überschwänglichen Begrüßungen. Jetzt wusste ich, wer *er* war, dieser andere, der sie genauso liebevoll behandelte wie früher Andrés Fontana. Sie sprach von ihrem Gott, jenem besonderen Gott, den sie sich nach ihren Vorstellungen gestaltet hatte, um Licht in die dunklen Ecken ihres Lebens zu bringen.

»Mama gefällt es nicht, dass ich so oft mit ihm rede und so viel Zeit mit ihm verbringe«, fuhr sie in ihrem eintönigen Singsang fort. »Ich glaube, das ist so, weil er ihr nicht das gibt, was sie gerne hätte. Was ihr Onkel Andrés gegeben hat, als ich noch klein war, später nicht mehr. Geschenke, Spazierfahrten. Manchmal hat er ihr das Auto sogar geliehen, damit sie selbst fahren konnte ohne ihn. Ich setzte mich dann auf den Beifahrersitz, und sie fuhr und fuhr und fuhr. Sie ist sehr gern Auto gefahren, aber wir hatten keins, weil Papa es mitgenommen hat, als er ging, und wir konnten uns keins leisten, deshalb durfte sie manchmal das Auto von Onkel Andrés nehmen. Auch ich fahre gern Auto. Das gefällt mir. Sehr. Nach dem Unfall war sein Auto nur noch Schrott. Mama hätte es gerne behalten, aber das ließ sich nicht regeln. Es war vollkommen kaputt.«

Das Eintreffen zweier Studentinnen störte Fannys Monolog. Unbekümmert, im Jogginganzug und künstlich gebräunt, unterhielten sie sich lachend, und ihre blonden Pferdeschwänze wippten im Takt. Uns ignorierten sie. Dass sie das Buch nicht fanden, das sie suchten, schienen sie unglaublich witzig zu finden. Ihr seichtes Geschwätz holte Fanny zurück in die Realität.

»Ich glaube, ich muss gehen, ich bin schon ein bisschen spät dran«, verkündete sie, nachdem sie sich die Armbanduhr dicht vor die Augen gehalten hatte. »Ich werde Mrs.

Cullen Bescheid sagen, dass Sie bei nächster Gelegenheit bei ihr vorbeischauen.«

Ich sah ihr nach, als sie mit tapsigen Schritten davonging, während ich mir einen Filzstift schnappte, um mich erneut an die Arbeit zu machen. Doch ich zog nicht einmal die Kappe ab, denn Fontana und Fanny schwirrten mir noch immer im Kopf herum. Fontana und Fanny, Fontana und Darla Stern – auf einmal wurden unerwartete Verknüpfungen für mich sichtbar. Ich hatte nicht gewusst, dass Mutter und Tochter ein so enges Verhältnis zu ihm gehabt hatten. Andererseits war es aber auch nicht weiter verwunderlich. Schließlich war Fontana der Direktor der Fachabteilung gewesen, Darla seine Sekretärin. Fanny ein kleines, unbeholfenes, vaterloses Mädchen, das vielleicht seinen Beschützerinstinkt geweckt hatte, und sicher nicht nur bei ihm.

Die Zeit hatte die Puzzleteile neu geordnet. Er war nicht mehr unter uns, sie jedoch schon. Er tot, sie beide lebten. Und damit auch die Erinnerung an ihn, zumindest bei Fanny. Bei Darla vielleicht auch.

Ich zwang mich, wieder an die Arbeit zu gehen, und fuhr auf der Karte erneut die Orte der alten Missionsstationen ab. Von Santa Bárbara nach Santa Inés, von Santa Inés nach Purísima Concepción. Der Nachmittag verstrich, ich sah, wie die Sonne hinter der Scheibe unterging. Doch das Bild des spanischen Professors und der kleinen Fanny, wie sie zusammen Achterbahn fuhren, blieb mit mir in diesem Raum, leistete mir Gesellschaft. Wie eine kleine Spinne, die an einem kaum sichtbaren Faden hängt.

Kapitel 22

Am nächsten Morgen kehrte ich in die Guevara Hall zurück, um Rebecca zu treffen. Wie immer empfing sie mich sehr herzlich, bot mir einen Tee an. Sie arbeitete bei leiser Hintergrundmusik und hatte frische Blumen am Fenster stehen – mich packte der blanke Neid. Jedes Semester nahm ich es mir wieder vor, doch ich schaffte es nie, mir für mein Büro eine Kaffeemaschine zuzulegen oder wenigstens einen Wasserkocher oder eine kleine Stereoanlage. Ja, nicht mal ein paar Gänseblümchen oder ein altes Transistorradio hatte ich. Das Einzige, wozu ich es je gebracht hatte, waren ein paar Topfblumen. Die vertrockneten mir aber regelmäßig über die Semesterferien.

»Es kommen meine Kinder und meine Enkel wie immer. Wir werden Truthahn essen, den ich wie jedes Jahr nach dem Rezept meiner Großmutter mütterlicherseits zubereite, und nach dem Festmahl werden sich die Jungs im Fernsehen das Footballspiel ansehen und wir Mädels räumen die Küche auf, ganz wie es sich gehört«, sagte sie mit einem ironischen Augenzwinkern.

»Ich freue mich schon sehr, diesen besonderen Tag bei euch verbringen zu dürfen.«

Sie schwieg eine Weile, als überlegte sie, ob sie mir noch etwas anderes anvertrauen oder besser schweigen sollte.

»Übrigens, Daniel Carter wird auch kommen.«

»Super!«

»Und … und noch jemand.«

Wieder schwieg sie einen Moment lang, ehe sie hinzufügte:

»Paul kommt auch.«

»Paul … dein Exmann?«

Sie nickte, ja der. Sie hatte nicht mehr von ihm gesprochen, seit wir ihr Auto mit den Stühlen für mein Fest beladen hatten. Seither hatte ich gedacht, Paul sei für immer aus ihrem Leben verschwunden. Doch offensichtlich hatte ich mich getäuscht.

»Vielleicht weil …?«

»Wenn du an eine Versöhnung denkst, ist die Antwort nein.«

»Warum dann?«

»Nun …, weil das Leben immer wieder völlig unerwartete Wendungen nimmt, Blanca. Weil wir manchmal denken, jetzt hätten wir alles im Griff, und plötzlich wird uns bewusst, dass nichts so sicher und stabil ist, wie wir dachten. Und was ich momentan möchte, ist, dass er seine Kinder wiedersieht.«

»Aber ich dachte, ihr hättet keinen Kontakt mehr zu ihm, dass …«

»Anfangs rief er gelegentlich bei uns an, dann wollte er die Kinder ein paar Mal im Jahr sehen. Doch sie kamen einfach nicht mit seinen wechselnden Launen klar, mal vergötterte er sie, dann ließ er sie wieder links liegen …«

»Und so baute sich bei ihnen allmählich eine Distanz zu ihm auf«, nahm ich den Rest ihres Satzes vorweg.

»Ja, genauso war es. Die Distanz wurde mit der Zeit immer größer, und zwar in jeder Hinsicht, bis sie schließlich gar nichts mehr von ihm wissen wollten.«

»Ich nehme an, er wohnt nicht in der Nähe.«

»Er ist nie richtig sesshaft geworden, hat x-mal die Universität gewechselt, und obwohl er, soweit ich weiß, einige

Beziehungen nach mir hatte, ist aus keiner was Festes geworden. Unterdessen wurden die Kinder erwachsen und fingen an, ihr eigenes Leben zu leben. Doch nun möchte ich sie alle wieder vereinen.«

»Aber warum, Rebecca, warum ausgerechnet jetzt, nach so langer Zeit?«

»Damit sie sich voneinander verabschieden. Möglicherweise sehen sie sich zum letzten Mal.«

Sie nahm ihre Brille ab und schloss die Augen. Mit den Fingern massierte sie sich den oberen Teil der Nase, dort, wo ihr Brillengestell aufsaß und zwei Druckstellen hinterlassen hatte. Ich vermutete, dass diese Male schmerzten, aber vielleicht war es auch nur eine Geste der Abwehr gegenüber der Frage, die ich ihr gleich stellen würde.

»Und sie wissen noch nicht, dass er kommen wird, nicht wahr?«

Sie schüttelte den Kopf, doch weitere Fragen von meiner Seite waren nicht nötig, denn gleich darauf klärte sie mich über die Situation auf.

»Seit drei Jahren lebt Paul wieder in Kalifornien, in einer Einrichtung in Oakland. Manchmal besuche ich ihn dort. Er hat Alzheimer.«

Endlich kam er, der große Feiertag am vierten Donnerstag im November. Die Universität schenkte uns allen, genau wie Luis Zárate mir angekündigt hatte, ein paar unterrichtsfreie Tage. Die meisten Studenten fuhren nach Hause, ins elterliche Nest, die Studentenwohnheime und -apartments leerten sich. In den Hörsälen und auf den Gängen verstummten das Gelächter und die Gespräche. Und diejenigen, die – wie ich – allein und fern der Heimat waren, wurden, wenn sie Glück hatten, von Freunden aufgenommen.

Es dauerte, bis ich mich entscheiden konnte, was ich zu diesem Anlass anziehen sollte. Ich hatte nicht die geringste Ahnung, wie formell dieses wichtige Familienfest begangen wurde, noch wusste ich, wie die Stimmung sein würde, wenn die Kinder erst heute von Rebeccas Entscheidung erfuhren, auch den Vater einzuladen. Vielleicht akzeptierten sie es, weil sie die Gefühle ihrer Mutter verstanden. Vielleicht war es für sie aber auch wie ein Schlag in die Magengrube, weil sie nicht nachvollziehen konnten, warum Rebecca alle Familienmitglieder an diesem Tag bei sich haben wollte. Auch wenn die Ehe mit ihrem Mann in die Brüche gegangen war.

Ich entschied mich für ein bordeauxrotes Samtkostüm und ein Paar silberne Ohrringe, die es mir im letzten Frühling auf einer Reise nach Istanbul mit Alberto und seinen Geschwistern angetan hatten. Ein Paar lange Ohrringe, die ich bisher nie Gelegenheit hatte zu tragen. Ich hatte sie mir für den Sommer aufgehoben, für entspannte Abende an der Küste, für Essen mit dem salzigen Geruch nach Meer, mit Gelächter und Freunden. Doch diese Tage kamen nicht mehr. In jenen Monaten der Hitze hatte es weder Abendessen unterm Sternenhimmel noch Gelächter oder Treffen mit Freunden gegeben. Nur Wut und Verlorenheit, diese Verlorenheit, die mich dazu bewog, mein Leben zu ändern. Aber all das hatte ich hinter mir gelassen. Nun musste ich nach vorn schauen, und als Huldigung an diese Zukunft, die sich mir Schritt für Schritt eröffnen würde, entschloss ich mich endlich, meine neuen Ohrringe aus altem Silber zu tragen.

Um fünf Uhr nachmittags – für einen spanischen Magen eine höchst unpassende Uhrzeit für ein Abendessen – klingelte ich an Rebeccas Haustür. Als Gastgeschenk hatte ich eine Flasche Viña Tondonia dabei, die ich für den

Preis eines Fasses Erdöl erstanden hatte, und eine Schachtel Schokotäfelchen für die kleinen Gäste. Mir öffneten zwei quirlige blonde Mädchen, sicher nicht älter als sechs Jahre, die mich mit einem Haufen Fragen und Forderungen bombardierten, ehe sie mich überhaupt hereinließen. Wie heißt du, woher kommst du, für wen ist die Schokolade, wie viele Kinder hast du, zeig uns deine Schuhe, bück dich doch mal, zeig uns deine Ohrringe, versprich uns, dass du sie uns nach dem Essen ausleihst. Gleich darauf verschwanden die beiden Blondschöpfe blitzschnell im Garten, und erst jetzt bemerkte ich Daniel, der in der Nähe des Eingangs an einem Türrahmen lehnte. Belustigt hatte er die Szene mitverfolgt. Er trug ein graues Jackett, ein blaues Hemd mit Krawatte und hatte ein Glas in der Hand.

»Test bestanden«, sagte er grinsend, als er auf mich zukam, um mich zu begrüßen.

»Glaub ja nicht, dass das leicht ist. Kinder sind unerbittlich, wenn du es dir mit ihnen gleich am Anfang verscherzt, bist du verloren. Die Krawatte steht dir sehr gut, aber sie sitzt schief.«

»Die beiden kleinen Quälgeister haben versucht, sie mir auszuziehen. Die zwei sind sehr gefährlich!«

»Lass mal sehen, ich probier's mal.« Ich reichte ihm die Weinflasche und die Schachtel, damit ich die Hände frei hatte, und zog den Knoten gerade. Er ließ es geschehen. »So, perfekt.«

Im Haus war es ungewöhnlich ruhig, wenn man bedachte, dass gleich ein großes Familienessen stattfinden sollte. Hinter den Schiebetüren, die den Eingangsbereich vom Wohnzimmer trennten, hörte man jedoch gedämpft eine Unterhaltung.

»Und, wie läuft's?«, fragte ich auf dem Weg zur Küche.

»Keine Ahnung, ich bin erst seit etwa zehn Minuten

hier. Rebecca spricht gerade mit ihren Kindern. Ich nehme mal an, sie versucht, ihnen die Situation zu erklären. Sie waren sicher alle etwas überrascht, ihren Vater hier zu sehen. Er wurde vor einer Weile gebracht und ist gerade mit seiner Krankenschwester im Garten. Die Kinder sind natürlich gleich zu ihm gelaufen und haben Blödsinn gemacht. Sie bestaunten ihren Großvater wie eine Rummelplatzattraktion.«

»Kennen sie ihn denn nicht?«

»Sie wussten nicht einmal, dass er existiert.«

Mein Blick wanderte durch die Küche, während er mir ein Glas Wein einschenkte. Alles war bestens organisiert für das große Essen. Platten, Schüsseln und Schälchen, Brotkörbe, Kürbiskuchen. Alles stand bereit. Und dem Ofen entströmte ein Duft, der einem das Wasser im Mund zusammenlaufen ließ. Wir setzten uns auf zwei hohe Hocker gleich unter den Töpfen und Pfannen, die von oben herabhingen.

»Paul war dein Freund, nicht wahr?«

»Ein wirklich großartiger Freund, aber das ist viele Jahre her.« Er trank einen Schluck, wobei er seinen Blick auf einen unbestimmten Punkt draußen, jenseits des Fensters, gerichtet hatte. Vielleicht sah er dorthin, wo Paul sich gerade befand. »In einer schwierigen Phase meines Lebens war er mir eine große Hilfe. Das Schicksal führte uns später auf verschiedene Wege, und wir verloren uns aus den Augen. Er verließ seine Familie – ich glaube, den Teil der Geschichte kennst du bereits –, und ich war beruflich an unterschiedlichen Orten, bis ich mich, nach einiger Zeit, schließlich in Santa Barbara niederließ. Doch über die Jahre habe ich stets die Freundschaft zu Rebecca aufrechterhalten. Und sie hat mich immer wissen lassen, was sie so von ihm und seinem Leben erfuhr. Von dem ganzen

Hin und Her, seinen chaotischen Beziehungsgeschichten, seinen Versetzungen quer durchs Land von einer Uni zur nächsten unter immer schlechteren Bedingungen. So hörte ich von seiner psychischen Labilität und seinem beruflichen Abstieg. Und eben auch von seiner Krankheit.«

»Und du hast ihn bis heute nicht wiedergesehen?«

Meine Frage bewog ihn, mich direkt anzusehen und seinen Blick nicht länger in die Ferne zu richten. Er sprach ruhig und ohne jede Sentimentalität.

»Als sie ihn vor ein paar Jahren einlieferten, erzählte mir Rebecca davon, und ich fuhr nach Oakland, um ihn zu besuchen. Ich schuldete ihm wenigstens einen Besuch in seiner persönlichen Hölle, nachdem er ja auch Zeuge meiner Hölle gewesen war.« Er trank einen Schluck und sah wieder in die Ferne. »Das sind alles uralte Geschichten, die praktisch schon vergessen sind. Als ich damals aus Santa Cecilia wegging, das ist jetzt … wie viele Jahre es waren, habe ich dir letztes Mal gesagt. Dreißig Jahre?«

In der Küche war es ruhig. Rebecca und ihre Kinder saßen noch immer hinter verschlossenen Türen im Wohnzimmer, hin und wieder hörte man eine Stimme lauter werden und das Gelächter der Kinder aus dem Garten.

»Als ich ihn das erste Mal nach all der Zeit gesehen habe, traf ich nicht die Person, die ich erwartet hatte«, fuhr er fort. »Da saß nicht der unruhige Geist, der mein Freund gewesen war, der Philosophieprofessor, der etwas älter war als ich, schlau wie ein Fuchs und wahnsinnig witzig, den ich kennenlernte, als ich zum ersten Mal an diese Universität, nach Santa Cecilia, kam. Paul Cullen war nur noch der Schatten seiner selbst. Aber da ich weiß, dass sich auch Schatten hin und wieder über Gesellschaft freuen, besuche ich ihn gelegentlich, alle zwei oder drei Monate.«

»Spricht er mit dir? Oder versteht er dich wenigstens?«

»Weder noch. Anfangs konnte er sich immerhin noch einigermaßen verständlich machen, obwohl es ihm ungeheuer schwerfiel, seine Sätze zu beenden, und er sehr schnell verwirrt war. Nach und nach wurde sein Wortschatz immer geringer, bis er sein Gedächtnis vollständig verlor. Nur während meines ersten Besuchs hat er mich für wenige flüchtige Augenblicke lang erkannt. Es war hart, aber sehr bewegend. Als wir uns davor zuletzt gesehen hatten, geschah das unter schwierigen Umständen, und daher war nun dieses Treffen sehr speziell. Beim zweiten Mal behandelte er mich mit großer Zuneigung, doch ich glaube, er verstand nicht recht, wer ich war oder was ich dort zu suchen hatte. Ab dem dritten Besuch war nicht einmal mehr ein kurzes Gespräch möglich.«

»Aber du fährst immer noch hin …«

»Ich verbringe den Nachmittag mit ihm und erzähl ihm was, irgendwelche Belanglosigkeiten. Ich spreche über Bücher und Filme, über Reisen, über Politik. Über die Basketball-Liga, über die Hintern der Krankenschwestern. Über Sachen, die mir passiert sind, was mir gerade so einfällt …« Er leerte sein Glas. »Komm ihn kennenlernen. Neulich habe ich ihm auch von dir erzählt.«

Fast unbemerkt hatte er mich in den Garten gelotst, der sich in ein Panoptikum voller merkwürdiger menschlicher Gestalten verwandelt hatte. Die Kleinsten, die eigentlich von einem japanischen Au-pair-Mädchen beaufsichtigt werden sollten, waren völlig außer Rand und Band und machten, was sie wollten. Ein fünfjähriger Terminator zerfetzte sich gerade mit einem Ast die Hose, und ein Zwillingspärchen stritt mit vollem Körpereinsatz um einen gelben Plastiklaster, während ihr Babysitter stur auf den Game Boy starrte. Die kleinen blonden Quälgeister, die mich vorhin empfangen hatten – Natalie und Nina –,

waren gerade dabei, Onkel Jimmys Freundin einer vermeintlichen Schönheitsbehandlung zu unterziehen. Die Ärmste, in einem Liegestuhl ausgestreckt, ertrug stoisch die Misshandlung, während die lieben Kleinen ihr Haar zu unmöglichen Knoten wanden und ihr die Nägel knallgrün lackierten. Weiter hinten, gleich neben dem Pool, blätterte eine rosige, korpulente Krankenschwester durch die Zeitschrift *People* und erläuterte einem Mann, der im Rollstuhl saß, die neuesten Enthüllungen über Hollywood-Berühmtheiten.

»Betty, das ist unsere Freundin Blanca. Sie möchte Paul und dich gern kennenlernen.«

Die Art und Weise, wie Daniel uns einander bekannt machte, ließ keinen Zweifel daran, wer in Pauls Leben das Sagen hatte: Wenn man zu Paul wollte, musste man erst an Betty vorbei.

»Nett, Sie kennenzulernen, Liebes«, erwiderte diese und reichte mir ihre schlaffe Hand. »Wir verbringen hier einen wundervollen Nachmittag. Ich sagte gerade zu Paul, dass mir der neue Look von Jennifer Lopez gar nicht gefällt. Was meinen Sie?«

»Blanca, das ist Paul.«

Er hatte sich hinter den Rollstuhl seines Freundes gestellt, die Hände auf dessen Schultern gelegt und mit einer kraftvollen Massage begonnen, die er gar nicht wahrzunehmen schien.

In meinem Kopf gab es nur ein Bild von Paul, das aus alten Zeiten: das Foto an der Pinnwand im Keller dieses Hauses, das einst auch sein Haus gewesen war. Das Bild des jungen Mannes mit dunklen, abstehenden Haaren, der ein Stirnband und ein schreiend buntes Hemd trug, mit einem Lachen auf den Lippen und einem Bier in der Hand. Es hatte rein gar nichts mit dieser zerbrechlich wirkenden

Person mit schütterem Haar zu tun, dessen Blick verloren in die Unendlichkeit gerichtet war und mit der Daniel sprach, als sei sein Verstand hier, im Garten, bei uns, und nicht in einem tiefen Loch, in dem keiner den anderen erkennt. Weder Jennifer Lopez noch sein eigenes Spiegelbild.

»Vor Kurzem habe ich dir von Blanca erzählt, erinnerst du dich, Paul? Sie arbeitet an Fontanas Nachlass, weißt du? Du erinnerst dich doch noch an Andrés Fontana, nicht wahr? Ihr habt bei mir mal über Thomas von Aquin diskutiert. Er war ein harter Brocken, mein spanischer Freund, nicht wahr?«

Da rief Rebecca uns von der Küchentür aus hinein und erlöste uns damit von Pauls endlosem Schweigen zu den Fragen seines alten Freundes. Die Kinder stürmten sofort ins Haus, wir kamen langsamer hinterher. Daniel schob Pauls Rollstuhl, während Betty weiter wie ein Wasserfall den neuesten Klatsch aus der Welt des Showbiz zum Besten gab. Bis Rebecca mich erlöste.

»Mir gefallen deine Ohrringe, danke für den Wein und die Schokotäfelchen. Ich hoffe, die Kinder haben dich nicht allzu sehr misshandelt.«

Sie lächelte, aber in ihren Augen lag auch eine Traurigkeit, die sie nicht zu verbergen vermochte.

Rasch füllte sich das Haus mit Stimmen und Geräuschen. Die Kleinen wuschen sich im Badezimmer die Hände und machten es sich anschließend im Esszimmer auf ihren Plätzen bequem. Man hörte das Geplauder der Erwachsenen und das Lachen der Kinder. Ohne mich dabei anzusehen, sprach Rebecca weiter mit mir, während sie gleichzeitig pausenlos durch die Küche lief, von einer Stelle zur anderen, und organisierte, was noch auf den Tisch sollte.

»Gleich stelle ich dir meine Kinder vor. Tut mir leid, dass

wir dich vorher nicht begrüßt haben, aber wir hatten ein langes Gespräch.«

»Um mich brauchst du dir keine Gedanken zu machen. Ich habe mich mit Daniel unterhalten und Paul kennengelernt. Kann ich dir irgendwie helfen?«

»Mal sehen ... Zuallererst, glaube ich, müssen wir den Truthahn aus dem Ofen holen, nicht dass er uns noch im letzten Moment verkohlt.«

In weniger als zehn Minuten waren wir alle um die sowohl große als auch großartig dekorierte Tafel versammelt. Ein quadratischer Tisch mit einer kupferfarbenen Decke und weißem Porzellangeschirr. Fünf Kinder und zwölf Erwachsene. Die Familie, ihre Lebensgefährten sowie ihre Kinder. Plus ein alter Freund der Familie, ein japanisches Au-pair-Mädchen, eine dicke Krankenschwester. Und ich. Sechzehn mal ein wacher Verstand und einmal ein erloschener. Annie, Jimmy und Laura, Rebeccas Kinder, waren genauso sympathisch wie ihre Mutter, sie hatten mich sehr herzlich begrüßt, bevor sie sich setzten. Paul saß zwischen Betty und Daniel, und gleich daneben, so stand es auf dem Namenskärtchen, ich selbst. In der Mitte des Tisches prangte ein Blumenarrangement, das mit herbstlichen Früchten dekoriert war. Einer der kleinen blonden Quälgeister, Natalie, saß mir gegenüber und hörte nicht auf zu schielen und dazu furchterregende Grimassen zu schneiden. Ich schickte ihr ein paar zurück.

Bis auf einmal Daniels Stimme an mein Ohr drang.

»Rebecca hat mich gebeten, ein paar Worte zu sagen. Ich fang einfach mal an.«

Damit auch wirklich alle zuhörten, klopfte er mit der Gabel leicht gegen sein Glas. Der fröhliche Klang dieses Geräusches sorgte schließlich für Ruhe.

»Liebe Familie Cullen, liebe Freunde. Rebecca hat mich

gebeten, heute zu unserem gemeinsamen Essen an Thanksgiving ein paar Worte zu sagen. Und da ich dieser Frau noch nie etwas abschlagen konnte, stehe ich nun heute hier vor euch als ältester Freund der Familie, um als Zeremonienmeister zu fungieren. Doch bevor wir das Dankgebet sprechen, möchte ich euch ein paar Dinge erzählen, die mir seit ein paar Tagen im Kopf herumgehen. Seit Rebecca mir von ihrem Entschluss erzählt hat, uns heute alle hier zu versammeln.

Als ich aus eurem Leben verschwand, Annie, Jimmy und Laura, wart ihr noch sehr klein, sodass es sehr gut sein kann, dass ihr euch kaum an mich erinnert.« Er wandte sich jetzt direkt an die Kleinsten. »Natalie und Nina, wisst ihr, dass eure Mutter, als sie so alt war wie ihr beide, einen Kuchen in meiner Küche gebacken hat und fast das Haus abgebrannt wäre?« Mit einer theatralischen Geste imitierte er eine riesige Explosion, was großes Gelächter bei den Kindern auslöste und dafür sorgte, dass Annie verlegen die Hände vors Gesicht schlug. »Und du, Jimmy, wolltest immer, dass ich dich auf meine Schultern nehme. Du sagtest, du könntest dann fast die Wolken berühren. Und du, Laura, warst damals noch so klein, dass du, wenn du versuchtest zu laufen, immer hingefallen bist. Und einmal habe ich zusammen mit Paul, eurem Vater« – er legte erneut seine Hand auf dessen Schulter –, »für euch ein Häuschen aus Holz und Pappe im Garten gebaut. Leider stand es nur drei Tage, denn in einer Gewitternacht fiel es in sich zusammen, und danach haben wir es nicht mehr aufgebaut bekommen.

Seitdem ist viel Zeit vergangen, doch obwohl ich euch in all diesen Jahren nicht gesehen habe, bin ich von eurer Mutter immer auf dem Laufenden gehalten worden. Sie erzählte mir, was ihr gerade so macht, ich hörte von euren

beruflichen Ambitionen, von euren Techtelmechteln und ernsteren Beziehungen, von der Geburt eurer Kinder, diesen netten Jungen und Mädchen, die heute um den Tisch versammelt sind und schon sehnsüchtig den Truthahn erwarten. Rebecca und ich sehen uns nicht so oft, wie wir gerne möchten, aber unsere nächtlichen Telefongespräche können Stunden dauern, sodass ich mit Fug und Recht behaupten kann, über alles Bescheid zu wissen, was euch betrifft. Wusstet ihr übrigens, Kinder«, sagte er wieder an die Jüngsten gewandt, »dass eure Großmutter wie ein Uhu ist und nachts kein Auge zutut? Wenn alle Welt sich schlafen legt, wird sie wieder munter und fängt alles Mögliche an. Sie geht ins Internet, kocht merkwürdige Rezepte nach, schwimmt im Pool oder ruft irgendjemanden an. Bis in die Puppen. Manchmal geht einer dieser Anrufe an mich.

Deshalb, Annie, Jimmy und Laura, weiß ich über alles, was ihr erlebt und erlitten habt, Bescheid. Auch was für großartige Menschen ihr geworden seid. Und ich weiß, dass euch sehr wohl bewusst ist, dass all das nicht möglich gewesen wäre ohne die außergewöhnliche Frau, die dieses Festmahl für uns zubereitet hat, das wir gleich gemeinsam essen werden. Aus diesem Grund möchte ich euch bitten, dass ihr ihretwegen, und vielleicht auch nur ihretwegen, akzeptiert, dass die Dinge heute nun mal so sind, wie sie sind. Dass wir hier und heute Abend alle um diesen Tisch versammelt sitzen, so wie wir sind.

Wenn man älter wird, sind Geburtstage nicht mehr so lustig wie früher als Kind. Niemand schenkt einem mehr etwas Interessantes, man bekommt nur noch Bücher, CDs, Schals und anderes Zeug. Doch es hat auch etwas Positives, ein gewisses Alter zu erreichen. Auf dem Weg dorthin verliert man einiges, dafür gewinnt man anderes dazu. Zum Beispiel lernt man, die Welt mit anderen Augen zu se-

hen, und entwickelt besondere Gefühle. Gefühle wie zum Beispiel Mitleid. Und Mitleid bedeutet, nichts anderes zu wollen, als dass andere nicht mehr leiden müssen, unabhängig von dem Leid, das diejenigen uns möglicherweise zuvor zugefügt haben. Ohne Rechenschaft ablegen zu müssen oder zurückzublicken. Heute wissen wir nicht, ob Paul leidet, wir können nicht in sein Gehirn sehen. Dass er heute bei uns ist, macht ihn vielleicht weder glücklicher noch unglücklicher, obwohl man sagt, dass Menschen wie er nie ganz ihr affektives Gedächtnis verlieren. Angeblich bleibt ihnen die Fähigkeit, sich an emotionale Momente zu erinnern, unverändert erhalten, ebenso ihr Geschmackssinn. Und auf ihre Art genießen sie eine einfache, herzliche Äußerung oder einen Löffel Eis oder eine Liebkosung.

Man sagt, dass Mitleid ein Zeichen emotionaler Reife ist. Es ist weder eine moralische Verpflichtung noch ein Gefühl, das durch Reflexion entsteht. Es ist einfach etwas, das kommt, wenn es kommt. Heute Paul bei uns haben zu wollen ist weder ein Verrat von Rebecca noch ein Zeichen von Schwäche. Meiner Ansicht nach ist es nur ein Beispiel für ihre unglaubliche Großzügigkeit. Für mich war Paul ein großartiger Freund, eine Zeit lang der beste. Er hat Sachen für mich gemacht, die sonst hoffentlich nie jemand für einen anderen tun muss. Wisst ihr, Kinder, dass er mir einmal sogar die Fußnägel geschnitten hat? Mit einer riesigen uralten Schere, die ihm irgendjemand geliehen hatte. Er war ein guter Freund, aber das ist nur ein Teil seiner Persönlichkeit.

Ich weiß sehr wohl, dass er weder ein guter Vater noch ein guter Partner war. Das kann man nur schwer verzeihen und vergessen. So wird seine Anwesenheit heute uns nicht helfen, die Vergangenheit zu überwinden oder die Jahre zu kompensieren, in denen er nicht für euch da war.

Doch Rebecca wollte es so, daher bitte ich euch, ihre Entscheidung zu respektieren. Paul war kein guter Vater, aber ich weiß, weil er es mir selbst gesagt hat, dass er in seinem chaotischen Leben und auf seine ganz eigene Art euch alle geliebt, sehr geliebt hat. Bis zum letzten Augenblick, bei dem er noch bei klarem Verstand war.

Ich möchte langsam zum Schluss kommen, der Truthahn wartet nämlich schon ganz ungeduldig auf uns. Heute ist Thanksgiving, und ich glaube, trotz des erfahrenen Leids haben alle Anwesenden vieles, für das sie sich bedanken können. Worüber ich mir allerdings nicht so ganz im Klaren bin, ist, an wen unser Dank gerichtet sein soll, das ist die ganz persönliche Entscheidung eines jeden Einzelnen. Doch als ich so darüber nachdachte, an wen wir heute gemeinsam unseren Dank richten könnten, ist mir ein altes Lied eingefallen, das Rebecca früher so gerne mochte. Ein Lied, das ihr auf einer großen schwarzen Scheibe findet, die sie, wie ich weiß, noch gelegentlich auf dem alten Plattenspieler laufen lässt, der unten im Keller steht. Denn in ihren verrückten Nächten, falls ihr es noch nicht wusstet, Kinder, singt und tanzt eure Großmutter auch gern bei voll aufgedrehter Musik im Nachthemd durchs Haus. Ja, ja, lacht nur! Wenn ihr der Oma im Morgengrauen nachspioniert, werdet ihr schon sehen! Das Lied, von dem ich spreche, hat vor ewigen Zeiten eine andere, ebenfalls etwas verrückte Großmutter gesungen. Sie heißt Joan Baez. Sie wiederum hat sich den Text dieses Liedes von einer anderen verrückten Großmutter geliehen, die Violeta Parra heißt. Der Liedtext ist auf Spanisch, und der Song heißt *Gracias a la vida* und handelt, kurz gesagt, davon, sich für all das zu bedanken, was uns hilft, jeden Tag glücklich zu sein. Für die Augen, weil wir mit ihnen die Sterne sehen, für das Alphabet, weil wir damit wunderschöne Worte bil-

den, für die Füße, weil wir mit ihnen durch Städte und Pfützen laufen. Und für all die anderen Alltäglichkeiten, über die einige schon nicht mehr verfügen und wir deshalb dankbar sein sollten, dass wir das große Glück haben, sie noch erleben zu dürfen.

Und auch wenn das Leben uns manchmal schwere Zeiten beschert, haben wir doch letztlich noch immer diese kleinen Dinge, für die wir dankbar sein können. So wollen wir nun alle an diesem Thanksgiving ein lautes, von ganzem Herzen kommendes Danke an das Leben sagen. Auf Spanisch und auf Englisch. *Gracias a la vida! Here's to life!*«

Auf das Ende der Rede reagierte jeder auf seine Weise. Die Kleinen, gefangen genommen von der Rhetorik und Gestik dieses spontanen, bärtigen Komikers, der alle Geheimnisse aus der Familienvergangenheit zu kennen schien, brüllten gleich mehrere Male aus vollem Hals ihren Dank ans Leben und warfen dazu unter Gelächter ihre Servietten durch die Gegend. Annie rannte aus dem Zimmer und schnell die Treppe hinauf, während ihre Schwester Laura die Hand ihres Mannes ergriff und still vor sich hin weinte wie bereits seit geraumer Zeit schon. Rebecca und Daniel umarmten einander, Jimmys Freundin und ich wechselten ein paar Blicke, in denen sich Verblüffung und Rührung mischten. Das japanische Au-pair-Mädchen, das von alledem hier rein gar nichts verstand, drückte ununterbrochen auf den Auslöser seiner Digitalkamera, und die Krankenschwester Betty, der klar wurde, dass es so schnell nichts zu essen geben würde, entschloss sich, das Tranchieren des Truthahns selbst in die Hand zu nehmen. Nur Paul blieb vom Geschehen unbeeindruckt, bis sein Sohn Jimmy kurzerhand von seinem Platz aufstand und sich auf Daniels frei gewordenen Stuhl setzte. Unendlich liebevoll ergriff er die Hand seines Vaters und streichelte ihm mit der anderen

übers Gesicht. In diesem Moment meinte ich zu erkennen, wie Paul – ganz, ganz leicht – lächelte.

Ein paar Tupperdosen mit Resten des köstlichen Abendessens war nicht das Einzige, was ich aus dem Haus der Cullens an jenem Thanksgiving mit in mein Apartment nahm. Ich nahm auch ein wohliges, schwer zu beschreibendes Gefühl mit: einen Hauch Optimismus, etwas, das ich schon seit Langem nicht mehr gespürt hatte. Ein diffuser Optimismus, der sich auf nichts Konkretes stützte. Nur auf das sichere Wissen, dass alles, wirklich alles, irgendwann mal wieder besser werden würde.

Doch außer dem Essen, das für die nächsten Tage reichen würde, und meiner positiven Grundstimmung bekam ich an jenem Abend noch zwei weitere Geschenke, die dafür sorgen würden, dass ich unter Leute kam. Eines stammte von Rebecca und ihren Töchtern: Wir wollten gemeinsam am nächsten Tag einen Einkaufsbummel machen, eine alte Thanksgiving-Tradition.

»So kannst du schon mal ein paar Geschenke besorgen, wenn du an Weihnachten nach Spanien zurückkehrst. Zu der Zeit wirst du ja sicher zurückfliegen, nicht wahr?«

Wir waren gerade dabei, die Küche aufzuräumen, als mir Rebecca völlig unerwartet diese Frage stellte. Als ich schließlich reagierte, konzentrierte ich mich angestrengt darauf, eine Sauciere abzutrocknen, als müsste ich für diese Aufgabe meine gesamten fünf Sinne mobilisieren.

»Ich weiß es nicht, wir werden sehen.«

Das war nicht nur so dahingesagt. Ich hatte wirklich keine Ahnung, was ich machen würde, sobald ich Fontanas Nachlass geordnet hätte. Und jeden Tag blieb weniger zu tun. Mit dem Ende meines Forschungsauftrags lösten sich auch meine sämtlichen Verpflichtungen an der Universität

in Luft auf. Dann gab es keine Rechtfertigung mehr, meinen Aufenthalt hier zu verlängern, obwohl ich gelegentlich schon mit dem Gedanken gespielt hatte, mich mit der FACMAF in Verbindung zu setzen, der Stiftung, die meine Arbeit finanzierte, um vielleicht ein weiteres vergleichbares Stipendium zu erhalten. Tatsächlich hatte ich mir überlegt, obwohl es für den Fortgang meiner Arbeit nicht im Geringsten notwendig war und auch nicht zu den üblichen Gepflogenheiten gehörte, mich mit diesen Leuten in Verbindung zu setzen, um ihnen mitzuteilen, dass alles seinen geordneten Gang ging. Hin und wieder hatte ich Rebecca schon um die Adresse oder Telefonnummer bitten wollen oder daran gedacht, mit Luis Zárate über dieses Thema zu sprechen. Doch immer war mir entweder etwas dazwischengekommen, oder ich hatte es vergessen, war zu sehr in Eile oder schlicht und einfach zu faul.

Der zweite Vorschlag kam von Daniel, als er mich an Thanksgiving spätabends nach Hause fuhr. Vor meinem Haus angekommen, erkundigte er sich, was ich am Wochenende vorhätte.

»Morgen gehe ich mit den Cullen-Girls bummeln. Sie haben mir erzählt, dass man am Freitag nach dem Fest, am sogenannten Black Friday, traditionell einkaufen geht. Sie haben gemeint, das dürfe ich mir auf keinen Fall entgehen lassen.«

»Selbstverständlich nicht. Das wird eine ganz wunderbare kulturelle Erfahrung für dich werden. *America at its best!*«

»Und am Samstag mache ich einen kleinen Ausflug. Rebecca leiht mir ihr Auto, ich will Sonoma besuchen.«

»Meinst du den Ort Sonoma oder das Weinbaugebiet?«

»Die Missionsstation, San Francisco Solano, das Ende des Camino Real. Du weißt ja, dass ich seit mehreren Wo-

chen einiges über die verschiedenen Missionsstationen in Fontanas Unterlagen lese, und diese eine möchte ich wenigstens gesehen haben. Und natürlich die Misión Olvido, nach der du mich letztens gefragt hast und die bisher nirgendwo auftaucht.«

»Das hatte ich mir schon gedacht. Musst du unbedingt diesen Samstag dorthin?«

»Nein, ich könnte auch ein andermal fahren. Doch dieses Wochenende habe ich noch nichts vor. Wieso fragst du?«

Er war aus dem Wagen ausgestiegen, um mich zur Haustür zu begleiten. Plaudernd blieben wir im matten Lichtkreis der Lampe an der Fassade stehen. Es war ungewöhnlich still für die Gegend. Nach der kollektiven Flucht der Studenten, die dieses Fest mit ihren Familien feierten, präsentierte sich meine Nachbarschaft erstaunlich friedlich. Es fuhren kaum Autos vorbei, und es dröhnte auch keine Musik vom Parkplatz des nahen 7-Eleven herüber, wo sich die Leute nächtens oft alkoholische Getränke holten. Und auch von den Veranden der umliegenden Häuser, wo sonst fast täglich irgendwo ein Fest stattfand, war kein Gelächter oder Geschrei zu hören.

»Weil ich gerne mitkommen würde, aber dieses Wochenende kann ich nicht. Ich fahre morgen nach Santa Barbara zurück, mich erwartet ein weiteres Abendessen, diesmal bei mir zu Hause. Ein Thanksgiving der etwas anderen Art. Dieses Jahr wollte ich auf keinen Fall das Wiedersehen mit Paul und seiner Familie verpassen, und deshalb haben wir das Essen auf morgen verschoben.«

»Tja, da wirst du wohl zweimal hintereinander Truthahn essen müssen.«

»Ach, im Grunde ist das mit dem Truthahn bloß die Ausrede dafür, dass ein paar alte Freunde mal wieder zu-

sammensitzen und reden wollen. Wir saufen wie die Kosaken, spielen Poker und bringen nebenbei mal eben die Welt in Ordnung. Das ist in aller Kürze, was wir tun werden. Eine etwas grenzwertige und ziemlich respektlose Interpretation des traditionellen Thanksgiving-Festes, um es mal vornehm auszudrücken. Wenn du Lust hast vorbeizuschauen, bist du herzlich eingeladen. Du wärst die erste Frau, der die Ehre zuteilwürde, an dieser denkwürdigen Nacht teilzunehmen, zusammen mit einem halben Dutzend randvoll mit Whisky abgefüllten Sonderlingen.«

»Danke, da verzichte ich lieber«, lehnte ich die Einladung rundheraus ab. »Kein wirklich attraktiver Vorschlag.«

»Das hatte ich schon befürchtet. Obwohl ich dich bei dieser Gelegenheit darauf aufmerksam machen möchte, dass du dein Kommen zu einem Besuch der Mission in Santa Barbara nutzen könntest.«

»Die Königin unter den Missionsstationen.«

»So wird sie in der Tat genannt. Ich wohne sogar ganz in der Nähe, sodass wir …«

Mein verneinendes Kopfschütteln ließ ihn aufgeben.

»In Ordnung, ich ziehe den Vorschlag zurück. Doch am Dienstag bin ich wieder da. Wenn du also auf mich wartest und nicht übermorgen allein nach Sonoma fährst, könnten wir nächstes Wochenende zusammen hinfahren. Und sogar, wenn uns noch Zeit dafür bleibt, irgendeine andere Missionsstation besuchen. Obwohl: Ich weiß gar nicht, ob es hier im nördlichen Teil der Bucht noch eine gibt.«

»Ja, da ist eine, die zwanzigste. San Rafael Arcángel. 1817 gegründet von Pater Vicente Francisco de Sarría.«

»Jetzt beeindruckst du mich aber wirklich«, sagte er mit einem Lachen. »Was hast du eigentlich in den Tagen gemacht, an denen ich dich nicht gesehen habe? Eine Doktorarbeit über die Missionsstationen geschrieben?«

»Na ja, sagen wir, ich habe eine Basisrecherche durchgeführt. Genauso, wie du es mir vorgeschlagen hast.«

»Ach, eine kleine Recherche, sagst du? Hat man dich das etwa an der Universität Complutense in Madrid so gelehrt?«

»Nein«, gab ich zurück. »Diese Arbeitsweise habe ich mir im Laufe der Jahre mühsam selbst beigebracht. Ruf mich einfach an, wenn du wieder da bist. Und danke für dein Angebot, mich zu begleiten.«

Ich stieg die Treppe zu meinem Apartment hinauf. Etwas an unserem gerade geführten Gespräch irritierte mich. Aber was? Ein Missklang, der nicht passte. Ich hatte schon den Schlüssel ins Schloss gesteckt, als ich es mit einem Mal wusste. Ich rannte die Stufen hinunter auf die Straße, als er gerade losfuhr.

»Daniel!«

Er war gerade erst ein paar Meter gefahren, bremste nun abrupt ab und öffnete das Fenster.

»Woher weißt du, dass ich an der Complutense studiert habe?«, rief ich.

Er stieg nicht aus, sondern blieb hinter dem Steuer sitzen. Auch er rief durch die Nacht.

»Das habe ich einfach vermutet. Dort hat auch Fontana studiert. Und kurze Zeit sogar ich. Und andere Leute, die ich sehr mag und in Spanien kennengelernt habe. Damals hieß sie noch Universidad Central. Vielleicht habe ich dich einfach aus Gewohnheit dorthin verpflanzt.«

Kapitel 23

Professor Cabeza de Vaca erwartete ihn erneut in seinem Büro, als wäre zwischen den beiden Besuchen nichts geschehen. Gepflegt wie immer, saß er hinter seinem wuchtigen Schreibtisch aus Nussbaum, Schreibzeug und elfenbeinernes Kreuz an ihrem angestammten Platz, wie für einen Fototermin arrangiert. Die schweren Vorhänge dämpften das morgendliche Licht.

»Nun, mein Junge, ich freue mich, Sie endlich wieder hier zu haben«, sagte er und streckte ihm über den Schreibtisch hinweg die Hand entgegen. »Wir haben schon Mitte Februar, und seit vor Weihnachten habe ich kein Wort von Ihnen gehört. Ihr Streifzug durch den alten Cantón wird also eine intensive Erfahrung gewesen sein, vermute ich.«

Trotz aller Mühe, sich gedanklich nach Cartagena zu versetzen, wollte Daniel kein einziger der literarischen Schauplätze einfallen, nach denen er hatte suchen wollen, aber nie kennengelernt hatte. Stattdessen tauchte eine lange Folge von Bildern, Wahrnehmungen und Gefühlen in ihm auf. Auroras Gesicht, Auroras Augen, Auroras Duft. Ihre unendliche Zärtlichkeit, ihr ansteckendes Lachen, ihre Stimme.

»Intensiv, ja, das war es, Señor.« Er musste erst schlucken, ehe er diese knappe Antwort herausbrachte. »Eine sehr intensive Erfahrung.«

»Dann werden Sie den geografischen Hintergrund von Senders Roman bis ins Detail kennen, vermute ich.«

Daniel nickte stumm. Das war natürlich glatt gelogen. Er hatte die Schauplätze von *Míster Witt en el Cantón* bestenfalls im Vorbeigehen wahrgenommen. Stattdessen hatte er sich in das Abenteuer gestürzt, die junge Frau zu erforschen, der er dort begegnet war. Die winzige Narbe über dem Backenknochen, ihre weichen Lippen und die vier kleinen Muttermale direkt am Haaransatz. Ihre sanften Finger, wenn sie ihn zärtlich streichelte, und den salzigen Geschmack nach Meer, den er hier in Madrid, Hunderte von Kilometern von jeder Küste entfernt, noch auf seiner Haut zu haben meinte.

»Und Sie werden sich vermutlich auch mit den historischen Ereignissen vertraut gemacht haben, die er in seinem Buch aufgreift.«

Wieder nickte er. Wieder gelogen. Die einzigen Ereignisse, die sich für immer in sein Gedächtnis eingegraben hatten, hatten alle mit Aurora zu tun. Jene erste Begegnung in der Apotheke ihres Vaters … Und wie sie ihre Arme hob, um ihre Lockenmähne in Ordnung zu bringen. Wie er ihr heimlich folgte, voller Angst, sie aus den Augen zu verlieren. Die erneute Begegnung mitten auf der Straße am nächsten Tag, als er nur in ihre grauen Augen mit den dichten Wimpern schauen konnte und nicht wusste, was er tun oder sagen sollte. Sein hilfloser Zorn, als er sie am Dreikönigstag mit einem jungen Mann auf der gegenüberliegenden Straßenseite stehen sah und daraus einen vollkommen falschen Schluss zog. Die lange Zugfahrt, bei der sie sich ein wenig kennenlernten, der Anfang von allem, was später kam.

»Und ebenso nehme ich an«, fuhr Cabeza de Vaca fort, der von all den Gedanken, die dem jungen Amerikaner gerade durch den Kopf gingen, nichts wusste, »dass Sie den vereinbarten Bericht über Ihre Entdeckungen und Überlegungen dazu bereits verfasst haben.«

Dieses Mal bestand die Antwort in einem Räuspern. Und dann, unfähig weiterzulügen, murmelte Daniel irgendetwas in seinen nicht vorhandenen Bart.

»Ich verstehe Sie nicht, Carter. Sprechen Sie bitte deutlich.«

»Dass ich es nicht machen konnte, Señor.«

»Ich verstehe immer noch nicht. Was konnten Sie nicht machen? Relevante Informationen zu Ihrer geplanten Doktorarbeit recherchieren oder den Bericht schreiben?«

»Keins von beidem.«

Cabeza de Vaca zeigte seine Überraschung auf elegante Weise, nämlich lediglich mit einem leichten Kräuseln des Mundwinkels. Doch es genügte.

»Wären Sie so freundlich, mir den Grund dafür zu erläutern?«

Daniel räusperte sich erneut.

»Eine private Angelegenheit.«

»Was heißt privat?«

»Sehr privat, Señor.«

Die unendlich langen Minuten des Wartens am Eingang zur Fakultät für Pharmazie, wenn er es schon gar nicht mehr erwarten konnte, dass sie die Treppe herunterkam, mit einem Stapel Bücher unter dem Arm und den Mantel erst halb angezogen. Die Telefonate zu den unmöglichsten Zeiten, um sich irgendwelche Albernheiten zu sagen, die innigen Küsse, heimlich, in irgendeiner Ecke in der Dämmerung. Die tausend Mal, die sie Händchen haltend durch die Straßen von Madrid bummelten und versuchten, dem anderen die jeweilige Muttersprache beizubringen, zuvor durch ein Weltmeer getrennt und nun durch die Macht der Liebe plötzlich einander so nah. Aurora lehrte ihn Vokabeln aus der Wissenschaft und dem Labor, alltägliche Ausdrücke und Worte, die nach Familie schmeckten, nach

Kindheit und Schulhof. Daniel wiederum einfache Substantive, elementare Verben und Adjektive für ihre ersten Versuche in der englischen Sprache, die ihm die Liebe eingab. Aurora is beautiful. Aurora is gorgeous. I love Aurora from the morning until the night.

Wie sollte er dem pingeligen Philologen das alles erzählen! Wie sollte dieser kriegsversehrte Mediävist, der sich in seiner Welt der Codices und uralter Pergamente vergrub, die entsetzliche Kälte verstehen, die ihn jedes Mal befiel, wenn er sich um zehn Uhr abends an der Tür ihres Studentenwohnheims von ihr verabschiedete und auf dem Heimweg im Licht der Straßenlampen dann jedem Stein einen Fußtritt versetzte. Woher sollte er wissen, wie er sich Nacht für Nacht in seinem kargen Zimmer in der Hausmeisterwohnung, in seinem notdürftig verlängerten Bett fühlte, wenn er sich im Dunkeln ihren langgliedrigen Körper ins Gedächtnis rief, seine Straffheit, seine Wärme.

Nun räusperte sich der Professor, und gleich danach stellte er eine Frage. Eine eher rhetorisch gemeinte, sicherlich. Aber eine Frage, auf die er letzten Endes eine Antwort erwartete.

»Sprechen wir vielleicht von einer jungen Dame?«

Jetzt musste er Farbe bekennen. Daniel nickte.

»Homo sine amore vivere nequit …«

»Verzeihung?«

»Dass der Mensch ohne Liebe nicht leben kann, Carter. Am wenigsten in einem fremden Land.«

»Ich … also, es ist so …«

»Bemühen Sie sich nicht, mein Junge, ich habe nicht die Absicht, mich in Ihr Privatleben einzumischen. Aber wenn Sie erlauben, möchte ich Ihnen einen Rat geben.«

Daniel konnte sich schon denken, was der Professor ihm gleich sagen würde. Mit einem scharfen Verweis rechne-

te er nicht, das entsprach nicht Cabeza de Vacas Stil. Aber dass er ihm den Kopf zurechtrückte. Und das mit gutem Grund. Vergessen Sie nicht, dass Sie gewisse Verpflichtungen eingegangen sind, meinte er ihn schon sagen zu hören. Vergessen Sie nicht, dass das Fulbright-Stipendium, in dessen Genuss Sie gekommen sind, als finanzielle Unterstützung eines wissenschaftlichen Projekts und keines Liebesabenteuers gedacht ist. Vergessen Sie nicht, dass Professor Andrés Fontana ebenso wie ich Ihnen unser ganzes Vertrauen geschenkt haben. Konzentrieren Sie sich vorerst auf das, was für Ihre akademische Karriere wirklich wichtig ist. Vergessen Sie alle Liebeleien, und widmen Sie sich Ihrer Arbeit.

Doch nichts dergleichen kam aus dem Mund des alten Herrn. Nichts, was auch nur entfernt eine derartige Botschaft vermittelt hätte.

»Aber zuvor habe ich noch eine Frage an Sie. Hand aufs Herz, sind Sie sicher, dass diese Liebe kein *ave de paso,* kein Zugvogel ist, der bald weiterfliegt?«

»Ave wie *pájaro,* meinen Sie?«, fragte Daniel verwirrt zurück.

»Ich fürchte, Ihr Gespür für Metaphern lässt heute ein wenig zu wünschen übrig, junger Mann. Lassen Sie mich meine Frage anders formulieren: Sind Sie sicher, dass es sich nicht um einen vorübergehenden Anfall von Liebeswahn handelt, *un arrebatamiento transitorio,* wie der Spanier sagt?«

»Ich glaube, ich verstehe auch die Bedeutung dieses Wortes nicht, Señor«, gab er verlegen zu. *»Arrepatamiento,* sagten Sie?«

Auf diesen linguistischen Lapsus ging Cabeza de Vaca gar nicht mehr ein, sondern versuchte geduldig, sich etwas präziser auszudrücken.

»Ich frage Sie, ob Ihrerseits wirklich ernsthafte Absichten bestehen, der eiserne Wille vorhanden ist, alle Widrigkeiten des Lebens gemeinsam zu meistern. Der feste Wunsch nach Dauerhaftigkeit und die Bereitschaft, vereint gegen die Schicksalsschläge anzukämpfen, die das Leben für Sie bereithalten wird, und es werden, angesichts der besonderen Umstände in Ihrem Fall und wenn Sie mir diese Offenheit erlauben, nicht gerade wenige sein …«

Daniel rutschte nervös auf seinem Stuhl herum, unfähig, all diese verwirrenden Fragen zu verarbeiten. Da ihn offenbar weder Metaphern noch erklärende Umschreibungen ans Ziel brachten, beschloss der Professor, kurzen Prozess zu machen.

»Damit Sie mich endlich verstehen, mein Junge, sind Sie sich sicher, dass sie die Frau Ihres Lebens ist?«

Endlich. Endlich begriff er. Endlich konnte er antworten.

»Hundertprozentig, Señor.«

»Dann sollten Sie sie gut festhalten, junger Freund.«

Auf seine Krücke gestützt, sah er den beiden vom Fenster aus nach, wie sie sich mit dem unbekümmerten, leichten Schritt derjenigen entfernten, die gegenüber jeder Gefahr außerhalb ihrer rosaroten Welt immun sind. Sie umfasste ihn fest in der Taille, er hatte den Arm um ihre Schulter gelegt, durch die wilde Lockenmähne hindurch, und hielt sie auf diese Weise dicht bei sich. Der Professor wusste intuitiv, dass sie pausenlos miteinander redeten, sich darüber austauschten, was wenige Minuten zuvor in seinem Büro geschehen war.

Er hatte gesehen, wie sie sich am Fuß der Treppe zum Eingang küssten, alles um sich herum vergessend, unter der schwachen Wintersonne, während ein leichter Wind die Seiten des Skripts über Bromatologie umblätterte, das

Aurora überflogen hatte, als sie auf Daniel wartete. Danach hatte sie ihm etwas ins Ohr geflüstert, er hatte laut aufgelacht und ihr noch einen Kuss gegeben. Cabeza de Vaca wusste nur allzu gut, wie flüchtig das Glück sein konnte, wie leicht, mit einem brutalen Prankenhieb, das Schicksal vernichten kann, was wir in unserer Naivität für dauerhaft und auf einem festen Fundament ruhend halten. Dennoch hätte er sein heiles Bein dafür gegeben, hätte er noch einmal die wunderbare, vertrauensvolle Verliebtheit dieser zwei jungen Menschen erleben dürfen.

Zwischen Hörsälen und Zärtlichkeiten, Reagenzgläsern, Liebesschwüren und Bibliotheken begann um Daniel Carter und Aurora Carranza herum endlich der Frühling zu sprießen. Und Tag für Tag, fast ohne es zu bemerken, streckte auch der kriegsversehrte, melancholische Mediävist, nachdem er dem jungen Amerikaner mit seiner Leidenschaft für Spanien, spanische Literatur und eine spanische Frau die Augen geöffnet hatte, langsam den Kopf aus seiner Höhle. Und sah, dass es draußen hell und licht war. Dass die Welt voranschritt, dass die Wunden vernarbten, dass die Menschen sich liebten.

Bis schließlich die Osterferien kamen und Aurora unter allen Umständen nach Hause fahren musste. Die beiden nahmen am selben Bahnsteig am Bahnhof Atocha Abschied voneinander, wo sie nach der bewussten Zugfahrt, die ihnen beiden wie im Flug verging, angekommen waren. Drei Monate höchsten Glücks lagen nun hinter ihnen, elf Tage der Trennung erwarteten sie. Ich werde dich vermissen, ich dich mehr, ich noch mehr, vergiss mich nicht, du mich auch nicht, ich sehne mich jetzt schon nach dir …

Daniel nahm sich fest vor, diese Tage möglichst gut zu nutzen. Seit dem Gespräch mit Cabeza de Vaca im Februar

hatte er sich entschlossen, sich wieder ganz auf die Arbeit zu konzentrieren. Und das war ihm gelungen. Da Aurora immer in seiner Nähe war und er bis über beide Ohren verliebt, ohne jedoch sein ferneres Ziel aus den Augen oder dem Kopf zu verlieren, war er fähig gewesen, die Vorarbeiten für seine Dissertation entschlossen wiederaufzunehmen. Bis Aurora fortfuhr und seine guten Vorsätze, kaum dass ihre Abwesenheit fühlbar war, sich in Luft auflösten. Schon am dritten Tag ohne sie interessierte ihn plötzlich nichts mehr. Er hatte nicht voraussehen können, wie schwer er unter dieser ersten Trennung leiden würde, und deshalb auch nicht gewusst, wie sehr sie ihm fehlen würde. Also beschloss er, einfach in seinem Zimmer zu bleiben, und vermisste sie schrecklich: es war, als würde ihm die Luft zum Atmen fehlen. Er wartete sehnsüchtig auf einen Anruf von ihr oder einen Brief, der schon aus dem Grund unmöglich kommen konnte, weil sie doch gerade erst fortgefahren war, und dachte über die Zukunft nach.

»Was ist nur mit dir los, mein Junge? Den ganzen Tag wanderst du herum wie eine Seele im Fegefeuer!«

Aus der Frage der Hausmeisterin klang Beunruhigung. Fast mütterliche Besorgnis. Wenn sie am Herd stand, hörte sie Daniel ständig aus seinem Zimmer kommen und wieder hineingehen, es war ihm unmöglich, sich länger als zehn Minuten auf eine simple Lektüre zu konzentrieren. Wenn sie bügelte, sah sie ihn mürrisch von einer Ecke in die andere laufen, wie ein Löwe im Käfig, sinnlos Türen öffnen und schließen, vor sich hin brummeln, völlig grundlos Gegenstände hierhin und dorthin stellen. Frühmorgens drehte er seine Runden auf der Tartanbahn der Ciudad Universitaria, eine Gewohnheit aus seiner Zeit in Pittsburgh, die er in Madrid wieder aufgenommen hatte. Am Nachmittag ging er, wenn es hochkam, ins Café Viena, um dort einen

cortado, einen Kaffee mit wenig Milch, zu trinken. Den Rest des Tages hing er seinen Gedanken nach, unfähig, sich auf etwas anderes zu konzentrieren.

»Es ist wegen dem Mädchen, mit dem du seit Kurzem herumturtelst, stimmt's? Die große, schlanke Blonde mit dem blauen Mantel, mit der ich dich letzte Woche in der Calle Altamirano gesehen habe?«, fragte sie, während sie mit den Fingern ein wenig Wasser auf eines seiner Hemden spritzte.

»Glauben Sie, dass sie mit mir nach Amerika kommt, wenn ich zurückmuss?«, fragte er schließlich geradeheraus.

Nein, mein Junge, nein, wollte sie schon sagen, genauso gut könnte man an den Osterhasen glauben. Aber ehe sie den Mund öffnete, hielt sie mit dem Bügeln kurz inne und sah ihn an.

Er hatte sich aus der Obstschale, die mitten auf dem Esszimmertisch stand, eine Mandarine genommen und begann, sie langsam, mit gesenktem Blick, zu schälen, ganz darauf konzentriert, die runzelige Schale abzuziehen, als fände er darunter ein Mittel gegen seinen Herzschmerz. So ein guter Junge, so fremd und doch so vertraut, dachte die Hausmeisterin. Mit seinen Körpermaßen, für die alles in ihrer Wohnung zu klein geraten war. Mit seinem Akzent und seiner Weltanschauung, die ihn ihr gleichzeitig unzugänglich und liebenswert machte.

»Hasta las trancas«, sagte die Hausmeisterin dann und setzte sich zu ihm an den Tisch.

»Wie bitte?«

»Dass du verliebt bist bis über beide Ohren, *hasta las trancas,* mein Junge.«

Diesen Ausdruck kannte er noch nicht, hatte ihn noch nicht in seinem Vokabelheft notiert, verstand aber intuitiv, was sie sagen wollte.

»Ich glaube schon.«

»Und du rechnest nach, wie viel Zeit dir noch bleibt, bis du wieder in deine Heimat zurückmusst, und die Rechnung geht dir nicht auf.«

»Weniger als drei Monate, mehr bleibt mir nicht.«

Von der Wand blickte wie immer das schon verblichene Hochzeitsbild von Antonia und dem verstorbenen Marcelino herab, und dazu, auf dem Kalenderblatt des Monats März, ein Bild des Malers Julio Romero de Torres. Aus dem Radio erklang Marifé de Triana mit ihrem *Torre de arena: como un lamento del alma mía, son mis suspiros, válgame Dios, fieles testigos de la agonía, que va quemando mi corazón.* Hätte Daniel ein wenig auf den Text geachtet, hätte er sich der Sängerin seelisch sehr verbunden gefühlt.

»Weil du, selbst wenn du wollen würdest, nicht hierbleiben kannst, habe ich recht …«, fragte Señora Antonia vorsichtig nach.

»Was sollte ich hier anfangen? Womit sollte ich mir in diesem Land den Lebensunterhalt verdienen, welche Zukunft hätte ich? Bestenfalls könnte ich Nachhilfestunden in Englisch geben, aber die wenigsten interessieren sich für eine andere Fremdsprache als Französisch«, erwiderte er, ohne den Blick von einer neuen Mandarine zu heben. Es lagen bereits vier geschälte neben ihm, gegessen hatte er noch keine. »Aber wenn sie mit mir kommen würde, dann vielleicht …«

Die Hausmeisterin schüttelte resigniert den Kopf, seufzte und fasste dann mit ihrer abgearbeiteten Hand nach seinem Arm, der auf der Häkeldecke lag.

»Du hast nicht begriffen, Danielillo, mein Junge, du hast es noch immer nicht begriffen.«

»Was denn?«

»Dass es nicht darum geht, ob die Kleine mit dir gehen

will oder für den Rest ihrer Tage hierbleiben wird«, sagte die Hausmeisterin und drückte ihm wie zur Bestätigung fest das Handgelenk. »Dass es überhaupt nicht darum geht, was sie will.«

»Aber …«

»Du musst sie heiraten, und zwar kirchlich, ehe du fortgehst. Eine andere Möglichkeit gibt es nicht.«

Kapitel 24

Dienstag der Karwoche, gegen Mittag. Zeit, sich auf den Heimweg zu machen, Zeit für das Mittagessen. Drei Personen kamen auf den Paseo de la Muralla zu. Man hatte im Mastia einen Aperitif getrunken und plauderte nun angeregt wie wohl jede Familie, die über Ostern wieder vereint ist, über irgendwelche Nichtigkeiten. Bis sie ihn sah. An die Mauerbrüstung gelehnt, das Meer im Rücken, wartend. Verwirrt, fast bestürzt, entschuldigte sie sich kurz bei ihren Eltern.

Ihn überkam eine große Zärtlichkeit, als er ihre Lockenmähne und ihr Gesicht sah, als sie mit ihrem federnden Gang auf ihn zukam, als er wieder ihren Mund vor sich sah, für den er bedenkenlos seine Seele an den Teufel verkauft hätte. Am liebsten hätte er sie auf der Stelle geküsst, er konnte sich gerade noch beherrschen.

»Was machst du denn hier?«, fragte sie flüsternd. Ihre Stimme klang nervös, verriet innere Unruhe.

»Ich bin gekommen, um dich zu fragen, ob du mich heiraten möchtest«, erwiderte er und hob schon die Hand, um ihr Gesicht zu streicheln.

Sie stoppte ihn gerade noch rechtzeitig. Die Liebkosung wie der Heiratsantrag blieben gewissermaßen in der Luft hängen.

»Nicht hier, Daniel, nicht so …«, stammelte sie.

»Ich kann nicht ohne dich nach Amerika zurückgehen, du musst mitkommen.«

Er hätte noch tausend Gründe anführen können, warum sie mit ihm kommen musste, aber er hatte keine Zeit dazu. Von der anderen Straßenseite drang eine Stimme herüber. Die der Mutter, um genau zu sein, die in schneidend scharfem Ton, scharf wie ein Rasiermesser, nach ihrer Tochter rief.

»Denk nicht mal dran …«, flüsterte Aurora ihm gerade noch zu.

Zu spät. Als sie ihn zurückhalten wollte, hatte er sie schon bei der Hand genommen und zog sie mit sich auf die gegenüberliegende Seite.

»Ich heiße Daniel Carter, komme aus Nordamerika und möchte Sie um die Hand Ihrer Tochter bitten.«

Er hatte den Satz geübt. Dutzende von Malen. Während Señora Antonia am Spülbecken in der Küche abwusch, während sie im Innenhof Wäsche aufhängte oder am Herd stand und prüfte, ob die Linsen noch Salz brauchten, hatte er ihr in den Ohren gelegen, ob sein Heiratsantrag, den er wie eine endlose Litanei wiederholte, denn nun richtig formuliert sei. Deshalb kam ihm der Satz sehr flüssig über die Lippen. Fehlerfrei. Nicht vorbereitet war er jedoch auf die Reaktion der Eltern.

Dem Herrn Apotheker verschlug es die Sprache, er brachte kein vernünftiges Wort mehr heraus, sondern blickte nur mit ungläubiger Miene auf die beiden jungen Menschen vor ihm. Die Mutter, erzürnt und finster dreinschauend, ganz standesbewusst und vornehm mit ihrer Perlenbrosche am Revers, sprach schließlich das Urteil.

»Mir scheint, Sie sind nicht ganz bei Trost, junger Mann.«

Hochmütig musterte sie ihn von Kopf bis Fuß.

»Lassen Sie uns in Frieden, wenn ich bitten darf«, fügte sie dann hinzu.

»Señora Carranza, ich …«

Sie würdigte ihn keines Blickes.

»Nach Hause, Aurora!«, befahl sie im Kommandoton.

»Nein«, widersprach diese dickköpfig und umfasste Daniels Arm mit beiden Händen.

»Nach Hause, habe ich gesagt, sofort!«, wiederholte die Mutter noch energischer.

»Señora, nur einen Augenblick …«

Wieder ignorierte die Apothekergattin hochmütig Daniels flehentliche Bitte. Es gingen einige Leute vorbei, die zwar nicht stehen blieben, die Szene aber aus den Augenwinkeln neugierig beobachteten. Sie bedachte sie mit einem kurzen Gruß und einem falschen Lächeln. Als sie wieder unter sich waren, wandte sie sich erneut den beiden jungen Leuten zu.

»Mach hier auf offener Straße keine Szene, Aurora«, zischte sie mit unterdrücktem Zorn. »Sind wir denn alle verrückt geworden? Wo kommt dieser dreiste Bursche überhaupt her, was hast du mit ihm zu schaffen? Nach Hause, auf der Stelle, ich sage es nicht noch einmal.«

»Ich gehe nicht, ehe ihr ihn angehört habt.«

»Aurora, mir reißt langsam der Geduldsfaden …«

»Señora, ich bitte Sie …«, wiederholte Daniel nun zum dritten Mal.

»Lassen Sie uns in Frieden, habe ich gesagt!«, schrie die Mutter daraufhin fast schon hysterisch. In einiger Entfernung drehten Passanten ruckartig die Köpfe, und sie, außer sich, senkte die Stimme, was ihr jedoch kein bisschen von ihrer Schärfe nahm. »Für wen halten Sie sich eigentlich?«

In diesem Moment brach Aurora, da sie die Anspannung nicht mehr aushielt, in Tränen aus. Unaufhaltsam strömten sie ihr in einer Mischung aus Enttäuschung, Wut und Trauer über das Gesicht. Daniel machte Anstalten, sie in

die Arme zu nehmen, ihr Wärme zu geben, aber dieses Mal war es der Vater, der dazwischenging; er hatte sich endlich wieder gefangen.

»Nun gehen Sie endlich, seien Sie so gut!«, sagte er mit der Autorität des Familienvorstands, während er Aurora zu sich zog. »Komm, meine Tochter, wir gehen auch.«

Als Daniel begriff, dass seine Kühnheit ihn einen Preis kosten würde, den er nicht einkalkuliert hatte, besann er sich.

»Wir reden ein andermal …«, sagte er zum Abschied zu Aurora.

Mit grimmiger Miene erhob die Mutter erneut ihre Stimme.

»Es ist schon genug geredet! Wir werden auf keinen Fall dulden, dass unsere Tochter eine Beziehung zu einem wildfremden Ausländer unterhält, haben Sie verstanden? Das fehlte noch! Kommen Sie nie wieder in ihre Nähe! Nie wieder!«

»Aber Sie müssen mich anhören, bitte, vielleicht nicht gerade hier. Ich möchte doch nur …«

Seine Bitte verhallte ungehört, er konnte den Satz gar nicht mehr zu Ende bringen, denn die drei hatten sich bereits in Bewegung gesetzt und waren auf dem Weg zu ihrem nur wenige Schritte entfernten Haus. Die Mutter noch immer zornentbrannt, der Vater stumm und nachdenklich. Und Aurora, seine Aurora, in Tränen aufgelöst, untröstlich.

Er sah ihnen fassungslos nach, während über ihm kreischend einige Möwen kreisten. Zum ersten Mal kamen ihm Zweifel.

In den sechs Monaten, die er nun bereits in Spanien lebte, hatte er sich immer bemüht, ein einigermaßen entlastendes Argument für die tausend absurden Verhaltens-

weisen zu finden, denen er hier ständig begegnete. Die Duldsamkeit des Volkes angesichts ihm aufgezwungener Beschwernisse, dass niemand aufbegehrte, keinen kritischen Geist zeigte, der starrköpfige Stolz. Der hartnäckige Widerstand gegen jeglichen Fortschritt, die Duckmäuserei und das bloße Nachplappern, das sich mit keinem Fünkchen Modernität vereinbaren ließ. Getreu Cabeza de Vacas Ratschlag hatte er sich jedoch bemüht, sich nicht auf das rein Anekdotische oder das oberflächlich Sichtbare zu versteifen. Er hatte immer versucht, eine Rechtfertigung für alles zu finden, eine Begründung, mit der sich das eigentlich Unhaltbare begründen, das Komplexe verständlich machen ließe. Häufig hatte er etwas einfach stillschweigend hingenommen, wenn die Widersinnigkeiten allzu sehr überhandnahmen. Haben Sie Respekt vor diesem Volk, junger Mann, fällen Sie nicht leichtfertig ein Urteil, hatte ihn der alte Mediävist bei ihrem ersten Gespräch in Madrid gebeten. Und Daniel Carter hatte sich daran gehalten. Bis dieser Blick auf die Welt durch die Brille der Nachsicht nicht mehr nur das ihm vollkommen Fremde betraf, sondern sich gegen ihn selbst wandte, bis es um sein Leben ging. Da begann es richtig zu schmerzen. Und da musste er widerstrebend zugeben, dass sein Gastland auch undankbar und ungerecht sein konnte.

An jenem Nachmittag ergab sich keine Gelegenheit mehr, Aurora noch einmal zu sehen. Er postierte sich rechtzeitig gegenüber ihrem Haus und wartete, aber sie kam nicht heraus. Sie erschien auch an keinem Fenster, ihre Silhouette zeigte sich an keinem Balkon. Von einer lauten Bar aus rief er bei ihr an; der Mann hinter dem Tresen hatte ihm eine Telefonmarke gegeben. Eine Stimme erklärte ihm unwirsch, sie sei nicht da, doch er wusste, dass

man ihn anlog. Er ging zur Apotheke, aber auch dort hatte er kein Glück; er hatte ohnehin vermutet, dort nur Gregorio und seine von allen möglichen Beschwerden geplagte Kundschaft anzutreffen. Danach streifte er ziellos durch die Straßen, niedergeschlagen, ohne es begreifen zu können. Unterwegs begegnete er Männern in langen Kutten und mit Spitzhauben unter dem Arm, schwarz gekleideten Señoras mit *mantilla,* und erinnerte sich an die glücklichen Tage in Madrid, als Aurora ihm bewegt von der Semana Santa in ihrer Heimatstadt erzählt hatte. Von den Prozessionen, auf die er schon sehr gespannt gewesen war und die ihm jetzt, in seiner trüben Stimmung, da ihm jedes tiefere Verständnis fehlte, nur noch obskur erschienen. Typisch für Leute, die noch im Mittelalter leben, dachte er, der aus einer großen Industriestadt stammende Amerikaner. Leute wie dieses Ehepaar beispielsweise, das ihn wenige Stunden zuvor voller Verachtung gedemütigt hatte.

Noch um zwei Uhr morgens lag er wach, der Schlaf wollte einfach nicht kommen. Praktisch schon ganz Cartagena wusste, dass ein Ausländer mit zweifelhaftem Ruf auf offener Straße um die Hand der Tochter der Carranzas angehalten hatte, doch er ahnte das nicht einmal. In sein Zimmer in der Pension drang nichts von dem Geschwätz, das seit der Begegnung mit den Eltern am Paseo de la Muralla in der Stadt die Runde machte, von den vornehmsten Mündern mit schlüpfrigem Lächeln den feinsten Ohren nahegebracht. Wenn ich es dir doch sage, mitten auf der Straße, stell dir das mal vor, aber ja!, Marichu hat fast der Schlag getroffen, und Enrique verschlug es die Sprache, wie sollte es auch anders sein?, ein Weltenbummler oder weiß Gott was, weder Beruf noch Vermögen hat das Bürschchen, heißt es, was für eine Dreistigkeit, eigentlich ist er ja gar nicht so übel, der junge Mann, aber was denkt er sich

dabei?, niemand weiß, wo er herkommt, so eine Frechheit, womöglich will er sich ins gemachte Nest setzen, wo kommen wir denn da hin!, vielleicht ist er sogar Kommunist, bestimmt ein Protestant oder Atheist, ich weiß nicht, was schlimmer ist, und die Kleine hat sich in ihrem Zimmer eingeschlossen und sagt, sie kommt nicht mehr heraus, so eine Schamlosigkeit, keine Ehre im Leib, das kommt davon, wenn man seine Tochter auf die Universität schickt, und … welchem Schauspieler sieht er ähnlich, sagst du?

Am folgenden Tag stand er schon vor neun Uhr morgens wieder am Paseo de la Muralla, in einiger Entfernung hinter einer Palme halb verborgen, und blickte abwechselnd auf das seidig schimmernde Meer und auf das Portal des Hauses, in dem Aurora lebte. Um Viertel vor zehn sah er den Apotheker Carranza herauskommen. Allein. Eine halbe Stunde später die Mutter mit einem der kleineren Kinder, ein Junge, den die Mutter zeternd ausschimpfte.

Allmählich wurde die Lage übersichtlicher, doch er beschloss, noch ein wenig abzuwarten. Nachdem er sich hier schon am Vortag die Beine in den Bauch gestanden hatte, kannte er die Fenster und Balkone des Hauses, in dem die Carranzas wohnten, beinahe auswendig, kannte die Besonderheiten seiner Architektur und das mürrische Gesicht des Pförtners, eines mickerigen Männchens, das auf den Namen Abelardo hörte und den Eingang wie ein Zerberus bewachte, da es über die im Hause herrschenden Spannungen informiert war und von der Apothekergattin strenge Anweisungen erhalten hatte.

Über eineinhalb Stunden blieb Daniel auf seinem Posten in der Hoffnung auf eine Wende des Schicksals, allein mit seinen Gedanken und den kreischenden Möwen, die über dem Hafen kreisten. Sie wurden ihm lang, diese eineinhalb Stunden, bis das gleichzeitige Eintreffen des Postboten, ei-

nes Lebensmittellieferanten und zweier Matrosen, die ein großes Paket trugen, kurzzeitig zu einem Stau in dem kurzen Straßenstück gegenüber dem Haus führte. Wir müssen das hier bei Oberst Del Castillo abgeben, dieses Einschreiben ist für die Señora de Conesa, unterschreiben Sie bitte hier, seien Sie so gut, wünsche einen guten Tag, Abelardo, Osasuna hat 3:0 verloren, Ihre Tipps können Sie in der Pfeife rauchen, mit einem solchen Totoschein wird das nie im Leben was mit unserem Reichtum, helfen Sie mir bei diesem Sack Kartoffeln, kommen Sie, dann verrate ich Ihnen, wer das Spiel Betis gegen Celta gewinnt, mal sehen, ob Sie's endlich mal kapieren …

Das günstige Zusammentreffen der Fußballexperten, die alle einen Kommentar loswerden wollten, und sonstigen zweitrangigen Pflichten verschaffte ihm die ersehnte Gelegenheit. Gento? Gento, sagst du? Geh mir doch mit dem! Wenn Kubala erst mal angreift …

Es ging blitzschnell. Noch ehe Abelardo seine Meinung zu den Pässen des Ungarn kundtun konnte, war der junge Amerikaner mit vier langen leisen Schritten schon im Haus verschwunden.

Das imposante Wohnhaus besaß sogar einen Fahrstuhl, aber er beschloss, ihn lieber nicht zu benutzen. Hastig, er spürte vor Ungeduld den Puls in den Schläfen pochen, stürmte er, drei Stufen auf einmal nehmend, die Treppe zum zweiten Stock hinauf. Dort jedoch befiel ihn mit einem Mal Verwirrung. Den ganzen Vormittag lang hatte er diesen Augenblick herbeigesehnt, und nun kamen ihm Zweifel. Zwei Wohnungstüren erwarteten ihn, beide fest verschlossen, während er mit sich zu Rate ging. Sollte er einfach läuten? Sollte er lieber warten, bis jemand herauskam, und dann vorsichtig nachfragen? Die Zeit arbeitete gegen ihn, die Stimmen der Fußballfreunde auf der Stra-

ße waren nicht mehr zu hören. Der Fahrstuhl setzte sich in Bewegung, jemand kam nach oben.

Zum Glück öffnete sich im selben Moment die Tür zu seiner Linken, und er hörte eine Frau etwas in die Wohnung hineinsagen, während sie schon aus der Tür trat.

»Aber ja, ich vergesse es nicht, also, ihr seid schon Nervensägen ... Also, bis später, *adiós, adiós* ...«

Etwas wollte die alte knochige Dame mit dem aufgebauschten Haar noch sagen, als sie ihn erblickte. Daniel wiederum wusste nicht, was er tun sollte. Es war zu spät, sich aus dem Staub zu machen, und er war zu durcheinander, um klar denken zu können. Also beschloss er, einfach stehen zu bleiben und abzuwarten. Er fuhr sich mit den Fingern rasch durchs Haar, zog die Manschetten unter den Ärmeln seines Jacketts hervor und rückte den Knoten der Krawatte zurecht, die er sich für den Fall der Fälle umgebunden hatte.

Die Dame fuhr zusammen, als sie den Fremden auf dem Treppenabsatz stehen sah, legte dann – es zeugte von guten Reflexen – sofort einen Finger an den Mund und flüsterte: »Pssst!« Obwohl er sie am Bahnhof nur flüchtig gesehen hatte, erkannte Daniel in der Señora mit Zobelstola und doppelreihiger Perlenkette recht schnell Auroras Großmutter. Gebürtige Baskin, ein wenig eigen, hatte ihm Aurora einmal erzählt, wie er sich erinnerte. Von allen nur Nana genannt.

»Sie sind der Amerikaner, der meiner Enkelin den Kopf verdreht hat, stimmt's?«, wisperte sie verzückt.

»Ja, Señora, ich fürchte, der bin ich.«

Es war weder Zeit, sich einander formvollendet vorzustellen, noch Missverständnisse aufzuklären. Lieber galt er als der ausländische Verführer, ehe er auf die Chance verzichtete, von der alten Dame zu erfahren, wie es Aurora ging und was sich in der Familie inzwischen ereignet hatte.

»Nun, die Kleine sieht aus wie der Tod, und meine Tochter ist außer sich vor Zorn, kein Christenmensch hält es noch eine Minute länger in diesem Haus aus«, fuhr sie fort, jede Vorsicht außer Acht lassend. »Ich habe gesagt, dass ich einen Rundgang mache, dass ich tausend Dinge zu besorgen habe, obwohl ich mich eigentlich nur aus dem Staub machen will. Aber ich würde mich gerne mit Ihnen unterhalten, junger Mann. Warten Sie in einer halben Stunde in der Gran Bar auf mich, falls Sie Lust auf einen kleinen Plausch haben.«

Mit ihrer knochigen, aber perfekt manikürten Greisinnenhand deutete sie auf die Treppe. Nicht zuletzt das Klimpern der Goldmünzen an ihren Armreifen veranlasste Daniel, sich schnellstens davonzumachen.

Die alte Señora zog genüsslich an ihrer Zigarette und stieß eine ganze Rauchwolke aus, bevor sie sagte: »Meine Tochter ist altmodisch bis auf die Knochen und mein Schwiegersohn stocksteif.«

Daniel war aufgestanden, als er sah, dass sie in die Bar trat. Er hatte ihr den Stuhl zurechtgerückt, damit sie sich bequem setzen konnte, ihr eine Zigarette angeboten und Feuer gegeben, nachdem sie sie in ihre Zigarettenspitze aus Elfenbein gesteckt hatte.

»Die zwei sind schier unerträglich, und es wird nicht einfach sein, sie dazu zu bewegen, ihre Meinung zu ändern. Sie werden sich also anstrengen müssen, wenn Sie die Kleine mit nach Amerika nehmen wollen.«

Dass sie in aller Seelenruhe gegenüber einem ihr unbekannten Ausländer, der angeblich den guten Namen der Familie in den Schmutz zog, private Dinge ausplauderte, verblüffte ihn doch sehr.

»Wissen Sie, mein Lieber, als ich jung war, hatte ich

auch einmal die Chance, den großen Teich zu überqueren«, sprach sie weiter, nachdem sie einen Schluck von ihrem Wermut genommen hatte. »Ich hatte einen Verehrer, der nach Argentinien ging, wie hieß er noch … *Ay, ay, ay,* wie hieß er gleich wieder … Ro… Ro… Romualdo, richtig, Romualdo, Romualdo Escudero de la Sierra war sein Name, jawohl, und glauben Sie nur nicht, dass er sich auf und davon machte, weil es ihm hier nicht gut gegangen wäre, nein, nein, nein, ganz und gar nicht. Er stammte aus einer fabelhaften, hervorragenden, ausgezeichneten Familie, aber er ging fort, weil er ein Abenteurer war, ein mutiger Bursche, zum Unternehmer geboren. Er baute drüben ein großes Geschäft auf, und zwar für … für …« Dass ihr Gedächtnis sie im Stich ließ, schien sie kurz zu irritieren, doch dann setzte sie ihren Bericht fort. »Nun, für was auch immer, ist ja gleichgültig. Jedenfalls hat er sich eine goldene Nase verdient, im Ernst, das dürfen Sie mir glauben. Man erzählte sich, dass er in der Avenida Corrientes in Buenos Aires ganze Häuser besaß und eine *estancia* in der Pampa, und ich weiß nicht, was noch alles. Aber wissen Sie was?«, setzte sie dann impulsiv hinzu.

»Nein, was meinen Sie?«, erwiderte Daniel, der keine Ahnung hatte, worauf die alte Dame mit ihrer skurrilen Geschichte hinauswollte.

»Na ja, viele Jahre später erfuhr ich, dass er nie geheiratet hatte, und manchmal kommt mir der Gedanke, das lag vielleicht daran, dass ich ihm sein ganzes Leben lang in Erinnerung geblieben bin. Um ehrlich zu sein, ich habe ihm nicht besonders nachgetrauert, als er fortging. Mir wäre es nicht mal im Traum eingefallen, mit ihm zu gehen, warum auch, wo ich damals in Neguri doch ein wunderbares Leben hatte. Also sagte ich zu ihm: ›Kommt gar nicht infrage‹, und bin mit Freuden hiergeblieben. Aber später, mit

den Jahren, wenn ich so überlegte, also, manchmal sage ich mir, na, was wäre wohl aus mir geworden, wenn ich zu diesem Verehrer Ja gesagt hätte und mit ihm nach Argentinien gegangen wäre? Also, ich würde ganz sicher himmlisch Tango tanzen und reden wie die da drüben, mit diesem lustigen Akzent und der komischen Ausdrucksweise ...«

Mit einem Mal strahlten ihre Augen verträumt wie die eines jungen Mädchens – trotz der fast achtzig Lebensjahre, die in ihren Krähenfüßen steckten. Dann drückte sie mit einer überaus eleganten Bewegung ihre Zigarette aus und betrachtete sinnend den Solitär, der an ihrem Ringfinger funkelte. Ein Lichtpunkt an einer Hand voller Altersflecken, Falten und blauer Venenstränge, der die schmerzlichen Zeichen des Verfalls überstrahlte. Dann neigte sie sich zu Daniel und flüsterte mit gesenkter Stimme, als wollte sie ihm etwas sehr Intimes anvertrauen, ins Ohr:

»Denken Sie nur, was für beeindruckende Klunker unsere Aurorita jetzt erben würde!«

Daniel kam bald zu dem Schluss, dass diese kokette, redselige Matriarchin in den Augen ihrer Tochter und ihres Schwiegersohns nichts anderes war als eine leicht verwirrte Greisin, die nichts mitzureden hatte, wenn es um familiäre Entscheidungen ging. Die alte Dame erging sich noch weitschweifig über ihre luxuriösen Jugendjahre und die Scharen von Verehrern, mit denen sie bei rauschenden Festen Foxtrott tanzte. Über die bitteren Zeiten in ihrem Leben ging sie jedoch geschickt hinweg, vielleicht hatte ihre Erinnerung sie – bewusst oder unbewusst – auch gelöscht. Dass ihr Vater das Familienunternehmen, das Industriebetriebe mit Material versorgte, durch seine Spielleidenschaft nach Nächten im Casino von Biarritz in den Bankrott gestürzt hatte. Ihre schwierige Ehe mit einem herrschsüchtigen Mann, der ihr nie auch nur ein Quänt-

chen Glück schenkte. Der zwangsläufige, überstürzte Umzug in den ihnen fremden Süden des Landes in der Hoffnung, sich dort eine Zukunft aufbauen zu können, die es ihnen ermöglichen würde, die Möbel nachzuholen. Dass ihre beiden Söhne mit noch nicht einmal fünfundzwanzig Jahren beide im Bürgerkrieg gefallen waren. Die schier unerträglichen Knochenschmerzen, die ihr die feuchte Meeresluft im Winter bescherte, und so manch andere Widrigkeit des Lebens, die sie lieber im Dunkeln ließ und sich stattdessen der nostalgischen Erinnerung an eine Zeit hingab, die schon über ein halbes Jahrhundert zurücklag.

Nachdem sie, eine nach der anderen, fünf Zigaretten von Daniels Chesterfields geraucht und drei Wermut getrunken hatte – sie bestellte, er bezahlte –, schickte sich die alte Dame – sag Nana zu mir und du, mein Lieber – an zu gehen. Sie rückte die Pelzstola am Hals zurecht, verstaute ihre Zigarettenspitze in der Handtasche, die sich mit einem satten Klick schloss, und erhob sich mit majestätischer Distinguiertheit, während er, hinter ihr stehend, eilfertig den Stuhl zurückzog. Da sie sich nun gewissermaßen als seine Mitverschwörerin fühlte, formulierte sie wie zum Abschied noch einmal, was sie ganz zu Beginn gesagt hatte, als sie in die Bar gekommen war:

»Du bist ein ganz reizender Bursche, aber meine Tochter und mein Schwiegersohn sind zwei Sturköpfe, und sie werden es nicht zulassen, dass du die Kleine einfach so mitnimmst.« Und sie schenkte ihm ein Lächeln, das trotz aller Falten, aller wirren Momente und selektiver Erinnerung bezaubernd war. »Du liebst sie sehr, nicht wahr?«

Er lächelte zurück und zuckte lediglich mit den Schultern. Um diese Stunde, beim Aperitif in einer Bar, konnte er ihr unmöglich seine Gefühle offenbaren.

»Nun, wenn es so ist, wenn du sie wirklich für immer

an deiner Seite haben möchtest, würde ich mir an deiner Stelle einen guten Fürsprecher suchen.« Wie um ihren Vorschlag zu bekräftigen, tätschelte sie ihm liebevoll den Arm. Dann senkte sie ein wenig die Stimme und fügte hinzu: »In diesem unserem Lande, mein Lieber, erreicht man alles mit einem guten Fürsprecher, lass dir das gesagt sein.«

Daniel hatte daraufhin eine seltsame Geste gemacht, die die alte Dame sofort richtig interpretierte, denn sie setzte hinzu:

»Denk darüber nach ... Es gibt bestimmt jemanden, der dir in dieser Sache helfen kann.«

Ohne ihm Zeit für eine Antwort zu lassen, hauchte sie ihm links und rechts einen Kuss auf die Wange, zart wie Schmetterlingsflügel, und ging mit energischem Schritt zur Tür, als wäre sie noch immer neunzehn Jahre alt, und vor der Gran Bar wartete ein verwegener Abenteurer, um sie in ein Land jenseits der Meere mitzunehmen, auf der Suche nach neuen Reichtümern.

Kapitel 25

Das Treffen mit Nana hatte Daniel ein bisschen Mut gemacht. Im Grunde genommen, war alles wie zuvor, das Gespräch mit ihr hatte nichts gelöst, und sie hatte ihm auch keine konkrete Lösung vorschlagen können. Trotz allem und obwohl die alte Dame in seiner Sache keinerlei Einflussmöglichkeit zu haben schien, hatten ihre manchmal etwas wirren Äußerungen ihm doch ein wenig Optimismus vermittelt, ein wenig Energie, sodass er nicht ganz den Mut verlor.

Auf dem Rückweg zur Pension dachte er über den Ratschlag nach, den sie ihm beim Abschied mitgegeben hatte. Dass er sich einen Fürsprecher suchen solle. Einen guten Fürsprecher. Über die Intrigen und Schachereien, auf die man in Spanien zurückgriff, um sich durchs Leben zu bringen, wusste er zwar recht wenig, und er ahnte, dass sich hinter der Empfehlung der alten Señora mehr verbarg als die Bedeutungen des Wortes *padrino,* Pate, die ihm geläufig waren: Person, die die Braut zum Altar begleitet oder bei der Taufe eines Kindes als Zeuge anwesend ist. Erst bei der dritten Bedeutung fand er im Wörterbuch die Antwort: derjenige, der einem anderen bei Forderungen, Vorhaben oder Plänen zur Seite steht oder ihn unterstützt, stand da. Nun erfasste er den Sinn, wusste aber dennoch nicht, was er mit ihrem Rat anfangen sollte, und so behielt er ihn vorerst nur im Hinterkopf. In Erwartung der Dinge, die da kommen sollten.

Von der Rezeption aus rief er erneut bei Aurora an. Von der alten Dame hatte er erfahren, dass sie zu Hause mit niemandem sprach außer eben mit Nana und mit Asunción, dem Kindermädchen seit ewigen Zeiten, die ihr Fleischbrühe brachte, *croquetas* und *torrijas,* eine süße Köstlichkeit zur Fastenzeit, in dem vergeblichen Bemühen, sie damit zur Vernunft zu bringen. Doch niemand nahm ab, und nach dem dritten Versuch gab er auf. Unterdessen las Modesto, der Rezeptionist, hinter seinem Tresen mit einem Auge sein Groschenheft *El justiciero del Colorado* – Der Rächer von Colorado – weiter, während er mit dem anderen nach Daniel schielte. Den Pulverdampf des Wilden Westens in der Nase, beobachtete er ihn ungeniert und fragte sich, wen der Amerikaner wohl mit solcher Beharrlichkeit anrief und warum er hinterher immer den Hörer krachend auf die Gabel warf, mit niemandem ein Wort sprach und ein missmutiges Gesicht machte.

»Ihnen gefällt es anscheinend bei uns, hab ich recht, mein Freund?«, fragte er schließlich und legte seinen Wildwestroman beiseite; hin und her fliegende Pistolenkugeln, Staub und wiehernde Pferde konnten einen Moment warten. Er wollte endlich wissen, was mit dem Gast los war.

Daniel nickte höflich, lieferte ihm aber keine weitere Erklärung. Doch Modesto blieb am Ball. Gerne sogar.

»Wie in Amerika ist es hier nicht, aber man lebt nicht schlecht, oder, *míster* Daniel? Wir binden zwar die Hunde nicht mit Bratwürsten an, das muss man sagen, aber wer sich ins Zeug legt und zusieht, dass er seine Schäfchen ins Trockene bringt … und sonntags gibt's immer ein Fußballspiel, und Toreros haben wir hier, na, da brauche ich Ihnen nichts zu erzählen. Es gibt sogar Leute, die haben einen Kühlschrank, und schmecken die Bierchen nicht wunderbar, wenn sie schön kalt sind … Und obwohl hier alles

noch streng geregelt ist, über kurz oder lang, mehr sage ich nicht dazu, in null Komma nichts wird uns der Tourismus reich machen, Sie werden sehen.«

Daniel äußerte sich nicht zu den naiven Träumen des Rezeptionisten, warum sollte er ihm seine Illusionen nehmen.

»Aber bei Ihnen daheim lebt man bestimmt noch besser, stimmt's oder hab ich recht?«, fuhr er fort. Er wurde mit jedem Satz munterer. »Mit diesen Schlitten, die man im Kino sieht, und diesen kurvigen Blondinen mit den tollen Beinen, die eine Zigarette nach der anderen rauchen, und diese Dekolletés! Heilige Mutter Gottes! Da drüben muss es tolle Weiber geben, was, *míster* Daniel? Und eine Seife habt ihr, die riecht so himmlisch, und sie zerbröckelt einem nicht in den Händen wie trockener Lehm, und Feuerzeuge, die sehen aus wie silbern und gehen nie einfach so aus, egal, ob der Wind von Osten oder Südwesten weht, und diese Apparate zum Rasieren, wo man nachher eine Haut hat wie ein Babypopo, nicht wie mit den Rasierklingen von Palmera, die wir hier benützen, die macht dir Schnitte, dass du daherkommst wie das Leiden Christi, da können sie im Radio noch so oft sagen, dass es die allerbeste ist. Also, Sie haben wirklich Glück, dass Sie Amerikaner sind, aber das muss ich Ihnen ja nicht sagen, *míster* …«

»Nun ja, so toll ist es dort auch wieder nicht …«, entgegnete Daniel, um den nicht enden wollenden Lobgesang auf die materiellen Vorzüge seines Heimatlandes zu stoppen.

»Ha, so toll ist es dort auch wieder nicht, sagt er … Mir brauchen Sie nichts zu erzählen … Ich erfahre das alles von meinem Schwager, wissen Sie?«, fuhr Modesto hartnäckig fort. »Er hat eine Anstellung bei Ihren Landsleuten da in Algameca gefunden und sagt, die Kerle von der Navy

sind super, wie die alles organisiert haben. Sogar wenn nur eine Gartenmauer hochzuziehen ist, kommen sie mit einem Plan daher, mehr muss ich nicht sagen. Erzählt mir der Agustín, mein Schwager, dass die spanischen Arbeiter letztens ein Holzhäuschen aufstellten, und als sie sahen, dass es mit der Hälfte der Nägel schon einen festen Stand hatte, haben sie es einfach so gelassen. Und nach einer Weile kommt der amerikanische *sargento,* schaut sich die Hütte an, schaut sie sich noch mal an, und dann sagt er, das Häuschen wird wieder ab- und neu aufgebaut. Wenn in den Anweisungen steht, es müssen fünfhundert Nägel reingeschlagen werden, sagt er, müssen auch fünfhundert nagelneue Nägel reingeschlagen werden. Der weiß, was er will, der Bursche. Also wurde das Häuschen wieder ab- und dann wieder aufgebaut, mit allen fünfhundert Nägeln an der richtigen Stelle, ich schwör's Ihnen ...« Er schnalzte mit der Zunge und machte ein bewunderndes Gesicht. »Das sind schon Teufelskerle, diese Amerikaner!«

Da packte Daniel die Neugier, und er wurde immer neugieriger, während der Rezeptionist weiterschwadronierte. Stützpunkt, Amerikaner, Navy. Drei Wörter, die Raum für Hoffnung schufen.

»Also ...«, setzte er an und schob sein Päckchen Chesterfield auf dem Tresen in Richtung Modesto. Er suchte nach den richtigen Wörtern. »Also, wenn Ihr Schwager bei meinen Landsleuten arbeitet, dann bedeutet das doch, dass es zwischen den Amerikanern und den Spaniern ganz normale Kontakte gibt.«

»Aber klar doch, *míster,* das möchte ich meinen«, erwiderte der Rezeptionist und nahm sich zwei Filterzigaretten. Die eine steckte er sich zwischen die Lippen, die andere hinter das linke Ohr. »Bei denen arbeiten doch massenhaft Spanier. Erst letztens stand eine Anzeige in der Zei-

tung, dass sie spanisches Zivilpersonal suchen, sogar ich hab meine Papiere hingebracht, aber sie haben mich nicht genommen, weiß der Himmel warum, ich hätte ihnen ihre Prüfungsfragen schon beantwortet. Ich würde in meiner Pförtnerloge stehen, in meiner Uniform, wie ein General. Sie möchten hinein? Sie möchten hinaus?, mal sehen, und Sie? Ihre Papiere … Ha! Da wär's mir verdammt gut gegangen, bei den Amerikanern, wenn sie mich genommen hätten.«

Die Wunschträume des Rezeptionisten interessierten Daniel nicht sonderlich, es war die blanke Intuition, die ihn mit einem Mal direkt aufs Ziel zusteuern ließ.

»Und sagen Sie, Modesto, werden diese Amerikaner immer wieder abgelöst, oder leben sie auf Dauer hier?«

»Also, ich glaube, es sind nur ein paar, die länger hier leben. Zumindest sieht man sie ab und zu durch die Stadt fahren, mit Autos, dass einem die Spucke wegbleibt, manchmal in Uniform und manchmal mit bunten Hemden, die sie nicht in die Hose stecken, wie das aussieht, aber wem erzähle ich das. Ist Ihnen denn noch keiner über den Weg gelaufen?«

Nein, bis jetzt war ihm noch keiner dieser Landsleute begegnet, er hatte während seiner kurzen Aufenthalte hier ja auch kaum Zeit für Spaziergänge gehabt. Oder vielleicht war er einem begegnet, aber er hatte es gar nicht bemerkt, weil er so mit seinen eigenen Dingen beschäftigt gewesen war. Da erinnerte er sich an den Tag, als er Aurora kennengelernt hatte, als sie selbst ihn gefragt hatte, ob er denn ein Soldat vom amerikanischen Stützpunkt sei. Drei lange Monate waren seither vergangen. Vielleicht war es jetzt an der Zeit, diese Landsleute endlich kennenzulernen.

»Und denken Sie, ich hätte Probleme, dort hineinzukommen?«

»In den Stützpunkt, meinen Sie? Also, ich glaube, das wird verdammt schwierig«, entgegnete der Rezeptionist und schnalzte bedauernd mit der Zunge. »Mein Schwager hat mir erzählt, dass sie alles kontrollieren wie der Teufel. Genehmigung hier, Passierschein da … Am Eingangstor das Gleiche, sie lassen Sie gar nicht rein. Also, wenn ich der Wachmann wäre, nur mal angenommen, und ich Sie kommen sähe …«

In Daniels Kopf hatte mittlerweile eine potenzielle Verbindung zwischen jenen Landsleuten und dem von Nana empfohlenen Fürsprecher Gestalt angenommen, während der Rezeptionist, dessen Träume vom schmucken Wachmann in Uniform sich erschöpft hatten, wieder mit seinem Geschwätz über rauchende Blondinen, diese schamlosen Weiber, und die Wolkenkratzer aus den Filmen begann, gewürzt mit ein paar geografischen Kenntnissen aus seinen Cowboyromanen und den kalifornischen Abenteuern von El Coyote aus der Feder seines hochgeschätzten Autors Mallorquí. Bis seine Frau Catalina an der Rezeption erschien, bewaffnet mit Staubwedel und Putzlappen, sich in das Gespräch einmischte und die Sache auf ihre patente Art klärte.

»Was weißt du schon von diesen Leuten, Modesto, du hast sie doch höchstens von Weitem gesehen, und die Papiere für die Bewerbung hast du auch zu spät hingebracht! Wir rufen jetzt auf der Stelle meinen Bruder Agustín an, der arbeitet nachmittags in einer Autowerkstatt hier in der Nähe. Los, wähl schon die Nummer und hör endlich auf, Unfug zu reden!«

Es dauerte nicht lange, und der bewusste Agustín erschien auf der Bildfläche. Mit Blaumann und Baskenmütze, Motoröl unter den Fingernägeln und strotzend vor Hilfsbereitschaft.

»Sagen Sie mir, was Sie wissen wollen, mein Freund, und Sie erfahren es aus erster Hand.«

Seit Jahren schon wurde an diesem Marinestützpunkt gebaut, an der spanisch-nordamerikanischen Basis, verteilt auf Tentegorra und Algameca, die im Unterschied zu dem gigantischen Stützpunkt in Rota, dem sie zugeordnet war, weniger groß ausfallen und sich nicht allein in nordamerikanischer Trägerschaft befinden sollte, sondern eben in der gemeinsamen von Spanien und den USA.

Die Versorgung der amerikanischen Marineangehörigen wurde über ein logistisches System abgewickelt, das alle Bedürfnisse abdeckte, und das Personal wohnte in einer noch nicht ganz fertiggestellten Siedlung einige Kilometer außerhalb der Stadt in einem bergigen, mit Pinien bestandenen Gebiet. Die Amerikaner würden zwar für sich wohnen und unabhängig arbeiten, doch war von Anfang an eine Annäherung an das örtliche Leben beabsichtigt, ja, sie wurde sogar von den Befehlshabern selbst gefördert, um die freundschaftliche Beziehung zwischen den beiden Nationen zu stärken. Zu diesem Zweck fanden ebenso offizielle Begegnungen wie auch vieles andere statt, wozu es, dem Lauf des Lebens folgend, eine Zusammenarbeit braucht: Die Ehefrauen der amerikanischen Marineinfanteristen brachten ihre Kinder mit Hilfe spanischer Hebammen und einer Dolmetscherin in örtlichen Kliniken zur Welt; die spanischen Kinder umringten die amerikanischen Marinesoldaten, sobald sie ihrer ansichtig wurden, und verlangten lauthals nach Kaugummi; und manche Junggesellen unter ihnen heirateten irgendwann ein hübsches Mädchen aus Cartagena, während andere, vielleicht etwas weniger romantisch veranlagt, sich an den Tagen, wenn sie ihr Gehalt bekamen, mit den Huren von Molinete vergnügten und sie hinterher, zusätzlich zum üb-

lichen Tarif, großzügig mit Eindollarscheinen, einer Dose Kondensmilch und dem einen oder anderen Päckchen Philip Morris beschenkten.

Von all diesen Dingen sollte Daniel im Laufe der nächsten Tage und aus anderen Quellen erfahren. Im Augenblick interessierte ihn von dem, was Catalinas Bruder zu berichten wusste – ähnlich belanglose Anekdoten wie die Geschichte von den Nägeln, dem *sargento* und dem Holzhäuschen –, nur eines: wie zum Teufel er mit seinen Landsleuten in Kontakt kommen konnte.

»Also, ich sage Ihnen eins, mein Freund«, erklärte der Schwager mit Entschiedenheit, nachdem er ein letztes Mal an seiner zerfransten Ideales gezogen hatte, »ohne Papiere ist gar kein Drandenken, die werden Ihnen nicht mal die Schranke aufmachen. Was anderes wär's, wenn Sie Ihre Landsleute auf der Straße oder in einer der Bars treffen würden, denn eine Abwechslung wissen sie alle zu schätzen, was soll ich Ihnen erzählen.«

In diesem Stil ging die spontane Diskussionsrunde an der Rezeption der Pension weiter, nur hin und wieder unterbrochen durch die Ankunft eines Gastes, dem niemand Beachtung schenkte, da alle drei mit den wundersamen Abenteuern beschäftigt waren, die sich aus zwei so ungleichen Nationen ergaben. Modesto hinter seinem Tresen, Agustín und Daniel ihm gegenüber, die Ellenbogen aufgestützt. Catalina fuhrwerkte ohne allzu großen Eifer mit Putzlappen und Staubwedel herum, mischte sich aber immer wieder ins Gespräch ein.

»Und wenn ich zu dieser Wohnsiedlung ginge, meinen Sie, ich würde mit ihnen reden können?«, fragte Daniel aufs Geratewohl, um einer Lösung endlich näher zu kommen.

»Hm … ich weiß nicht …«, erwiderte Modesto und strich sich über das schüttere Haar. Eigentlich hatte er

nicht die leiseste Ahnung, wie diese Ausländer reagieren würden, gesetzt den Fall.

»In Tentegorra wohnen schon welche, dort haben sie tolle Häuser hingestellt. Mit automatischen Waschmaschinen, Heizung und auf dem Boden festgeklebten Teppichen in allen Zimmern, habe ich gehört«, ergänzte der Schwager und stieß seitlich aus dem Mund den Rauch seiner Zigarette aus, denn er hatte sich mit seinem Taschenfeuerzeug inzwischen eine neue angezündet. »Ganz in der Nähe sollen sie sogar einen Grasplatz haben, wo sie mit einem Stock und einem kleinen Ball spielen, der in ein Loch fallen soll. Wie heißt das, *míster?* Gor? Gos? Wie das *gol* beim Fußball, nur ohne Tor …«

»Golf«, beeilte sich Daniel das lexikalische Problem zu lösen, um nicht noch mehr Zeit zu verlieren. »Und leben die Marinesoldaten dort allein oder mit ihren Familien?«

»Meiner Meinung nach müssen sie ihre Ehefrauen dabeihaben«, schaltete sich Modesto mit neu entfachtem Interesse ein. »Denn wenn nicht, dann soll mir jemand sagen, wo nur die ganzen Weiber bleiben, die ich manchmal mit diesen engen Hosen herumlaufen sehe, dass ich sie am liebsten … am liebsten …«

»Mach mal halblang, Modesto, sonst geht's noch mit dir durch«, wies ihn Catalina zurecht und holte ihn aus seinen heißen Phantasien auf den Boden der Tatsachen zurück. Dann klemmte sie sich den Staubwedel unter den Arm und wandte sich direkt an Daniel, um dieser Diskussion, bei der sie vom Hundertsten ins Tausendste kamen, endlich eine Richtung zu geben. »Ich will ja nicht indiskret sein, *míster* Daniel, aber warum liegt Ihnen so viel daran, mit Ihren Landsleuten zu sprechen? Geht es um Arbeit, sollen sie Ihnen eine Anstellung verschaffen oder was?«

Drei Augenpaare sahen ihn in Erwartung einer interes-

santen Erklärung gespannt an, während ein gerade eingetroffener Gast nachdrücklich mit dem Schlüssel auf den Tresen klopfte, um den pflichtvergessenen Rezeptionisten auf sich aufmerksam zu machen.

»Nun … Es geht eher um … um etwas Familiäres, könnte man sagen.«

So ganz der Wahrheit entsprach das nicht, doch es war auch nicht rundweg gelogen. Auf lange Sicht hatte er schließlich durchaus die Absicht, mit Aurora eine Familie zu gründen.

»Wenn das so ist, wissen Sie, was ich an Ihrer Stelle machen würde? Aber ich will Ihnen nicht zu nahetreten …«

Alle blickten auf Catalina. Daniel, weil er endlich eine Lösung für sein Dilemma finden wollte. Der Bruder, weil hier die Stimme des Blutes sprach. Und Modesto, weil er wusste, dass seine Catalina, auch wenn sie weder einen Alabasterhintern noch einen üppigen Busen wie die Grazien aus Hollywood besaß, von den praktischen Dingen des Lebens durchaus etwas verstand.

»Also, ich an Ihrer Stelle«, fuhr sie fort und stopfte den Putzlappen in die Tasche ihrer Kittelschürze, »ich würde mich gleich morgen früh auf die Suche nach den Frauen der Amerikaner machen. Sehen Sie, in familiären Dingen kennen wir uns immer besser aus. Und später, wenn es nötig ist, können ihre Männer klären, was geklärt werden muss.«

Ein Lichtblick, diesmal in Gestalt von Catalina. Wie in jener Nacht, als er fiebernd im Bett lag und sie ihm ein halbes Stangenbrot mit Omelett brachte, zeigte sie ihm jetzt eine Möglichkeit, wie er endlich aktiv werden konnte.

»Agustín, wann ist auf dem Stützpunkt Arbeitsschluss?«, erkundigte sich Daniel, während er schnell sein Jackett anzog und auf die Uhr sah. Zwanzig Minuten nach vier.

»Schlag fünf heult eine Sirene, uuuuuuuuuhhh, und dann gehen die einen hierhin, die anderen dorthin, und dann …«

Wie sehr er in diesem Moment seine alten Sportschuhe vermisste, mit denen er in Madrid tagtäglich laufen ging!

»Könnten Sie mir bitte ein Taxi holen, Modesto?«, bat er den Rezeptionisten, um sowohl seinen eigenen Gedanken als auch den weitschweifigen Geschichten des Schwagers ein Ende zu machen.

»Schon erledigt, *míster.* Begleiten soll ich Sie wohl nicht?«

Kapitel 26

Bei der Wohnsiedlung angekommen, hatte Daniel das Gefühl, er wäre wie durch Zauberhand aus der Karwoche in einem Mittelmeerland in eine Gegend irgendwo in seiner Heimat versetzt worden. Was er vor Augen hatte, wirkte wie ein Vorort einer beliebigen amerikanischen Kleinstadt. Moderne Häuser mit Satteldach, umgeben von makellosen Rasenflächen, rot lackierten Hydranten auf den Gehsteigen und blonden Kindern in Bluejeans, die auf dem Rasen Frisbee spielten.

Er ging ein paar Schritte, konnte gar nicht glauben, was er sah, fühlte sich in irgendeine Vorstadt in Ohio, Connecticut oder North Carolina versetzt, ein fast surrealistisches Erlebnis. Bis eine Gruppe junger Frauen mit Babys auf den Armen und Kleinkindern, die ihnen zwischen den Beinen herumliefen, ihn vom Aussehen her als Landsmann erkannten und ihn in seiner eigenen Sprache grüßten. Hi! Hello! Hi! Are you American? How're you doing?

Auf den wenigen Metern, die ihn von der Gruppe trennten, traf er eine Entscheidung. Vorerst wollte er auf keinen Fall sagen, worum es ging. Auf keinen Fall seine Absicht zu erkennen geben. Eigentlich war ihm selbst nicht klar, wie er diese Sache mit dem Fürsprecher *a la española,* den er suchte, in seiner Muttersprache formulieren sollte.

Es waren sechs oder sieben junge Mütter, junge Amerikanerinnen, die genau dem Typ von zukünftiger Ehefrau entsprachen, den er hätte wählen müssen, wenn er eine ge-

ruhsame Zukunft ohne Schwierigkeiten angestrebt hätte. Aber er hatte inzwischen schon genug erlebt, um zu wissen, dass das Leben an jeder Ecke einen Haken schlagen kann. Und anstatt sich ganz unkompliziert in ein gutes amerikanisches Mädchen zu verlieben, hatte der Zahnarztsohn aus Morgantown, West Virginia, nicht nur hinsichtlich seiner beruflichen Zukunft einen anderen Weg gewählt, als die Familie es sich wünschte, sondern auch in Sachen Liebe, und schenkte seine Zuneigung lieber einer anderen Vertreterin des Abendlandes. Und da stand er nun und bemühte sich, eine Möglichkeit zu finden, in dieser Stadt der für ihn unverständlichen Verhaltensweisen akzeptiert zu werden, in der Jahr für Jahr sehr ausgefallene Ereignisse stattfanden, so wie Prozessionen, bei denen schwere Holzkonstruktionen mit Darstellungen der Kreuzabnahme und Figuren der Schmerzensmutter Maria auf den Schultern durch die Straßen getragen wurden; oder mit einem Pasodoble als Begleitmusik Petrus in einem alten Waffenarsenal einzusperren. Vielleicht war das der Grund, warum er seinen Landsmänninnen nur die halbe Wahrheit erzählte. Aber das immerhin mit Lust und Laune. Um sie für sich zu gewinnen, obwohl er bislang weder wusste, wie, noch zu welchem Zweck.

»Awesome!«

»Amazing!

»So interesting!«

Das waren die Reaktionen der Amerikanerinnen, abgesehen von entzücktem Lachen und bewundernden Gesten, als Daniel, nachdem man sich reihum begrüßt und vorgestellt hatte, seine spanischen Abenteuer mit bildhaften Worten beschrieb – ein Spanien, das sie selbst kaum kannten. Nächte in verfallenen mittelalterlichen Burgen, in denen man noch die ehemaligen Bewohner zu spüren meinte; Besichtigungen in Weinkellereien voller riesiger

Holzfässer; und Basiliken, die um ein Mehrfaches größer waren als ein Baseball-Stadion.

Wow! Fascinating! Really? Die derartige Begeisterung hervorrufende Anekdotensammlung hätte endlos weitergehen können, wären nicht wenig später auch die Ehemänner zu der Runde gestoßen, die auf offener Straße den Reiseabenteuern lauschte. Und von da an wurde alles anders. Zwei kamen zu Fuß und zogen Trolleys mit einer ganzen Auswahl an Golfschlägern hinter sich her, genau wie Schwager Agustín es vorhergesagt hatte; drei weitere kamen im Auto vorgefahren und trugen Uniform. Bis auf die Kleidung schienen alle aus dem gleichen Holz geschnitzt: durchtrainierter Körper, relativ groß gewachsen, breites Lächeln, Bürstenhaarschnitt. Alle begrüßten Daniel mit einem herzlichen Händedruck und freundlichen Floskeln. Wie geht's?, was für eine Überraschung!, ah, ein Literaturexperte, wie interessant.

Bis die Unterhaltung mit einem Mal kreuz und quer verlief und er nicht mehr im Mittelpunkt des Interesses stand. Jeder der gerade Hinzugekommenen hatte etwas anderes zu berichten, die Aufmerksamkeit der Gattinnen wandte sich ihnen zu, und Daniels Glücksstern sank so schnell wie eine Silvesterrakete. Sein Ruhm hatte wenig mehr als eine halbe Stunde überdauert, und das Schlimmste war, dass er auch nicht mehr daran würde anknüpfen können. Das Gefühl, dass ihm die große Chance nun unwiderruflich entglitt, ihm zwischen den Fingern zerrann, wuchs in dem Maße, wie sich die Gruppe nach und nach auflöste. Also dann, viel Glück, Kumpel, bis die Tage, alles Gute, sagten die Männer. Es hat uns sehr gefreut, dich kennengelernt zu haben, Dan, hoffentlich kannst du deine Abenteuer weiterhin genießen, sagten ihre Frauen. Das war's.

Ein Paar nach dem anderen ging, seine Sprösslinge im

Schlepptau, zu sich nach Hause, Kinderlachen und fröhliches Geplapper verstummten. Je weniger noch draußen standen, je mehr Ruhe einkehrte, umso mutloser wurde Daniel. Vielleicht hatte er die Sache ganz falsch angefangen, dachte er, als er die letzten Familien nur noch von hinten sah. Vielleicht war es ein Fehler gewesen, sich nur als Landsmann darzustellen, der herumvagabundierte, als sympathischer, sorgloser Student. Vielleicht hätte er offen und ohne Umschweife erzählen sollen, mit welch zorniger Verachtung Auroras Eltern ihn behandelten, von Auroras hartnäckigem Widerstand, von seinem eigenen Bemühen, um jeden Preis eine Lösung, einen Weg zu finden, um sie nicht zu verlieren. Er hätte ihnen gestehen sollen, dass seine geradezu irrationale Begeisterung für diese fremde Kultur zum ersten Mal seit seiner Ankunft in Spanien Zweifeln gewichen war. Dass seine scheinbar endlosen Flitterwochen mit diesem Land langsam an Glanz verloren.

Bis schließlich nur noch zwei junge Frauen bei ihm standen, die ältesten der Gruppe, obwohl noch jung an Jahren. Die groß gewachsene mit dem kastanienbraunen Pferdeschwanz, den grünen Augen und einer gelb karierten Bluse hieß Vivian und hatte einen leichten Südstaatenakzent. Und Rachel, die Blonde mit dem türkisen Tuch im Haar, das wie ein Diadem auf dem Kopf saß. Bei beiden hätte der Rezeptionist von der Pension sicher zu sabbern begonnen, wenn er von ihnen gewusst hätte.

»Na gut, langsam sollten wir auch daran denken, nach Hause zu gehen«, meinte die Erste, die offenbar keine große Lust dazu hatte.

Anscheinend musste sich keine von beiden um einen Säugling oder ein Kleinkind kümmern, bestimmt gehörte das halbe Dutzend Rabauken zu ihnen, die auf ihren Fahrrädern wie die Wilden durch die Gegend sausten.

Daniel spürte, dass sich seine letzte Chance gleich in Luft auflösen würde. Sobald die beiden ihre Haustür hinter sich geschlossen hatten, stünde er wieder allein da. Allein am Rand des Abgrunds, nach einem letzten vergeblichen Versuch, und kein verdammter Fürsprecher in Sicht.

»Wo sind denn eure Männer?«, fragte er unumwunden. Ob sie ihn jetzt indiskret fanden, war nun auch schon egal. Er hatte nicht mehr viel zu verlieren.

»Sie werden erst in den frühen Morgenstunden hier sein, sie kommen vom Stützpunkt in Rota, hat mit ihrer Arbeit zu tun«, klärte Vivian ihn auf.

Er musste sich zusammenreißen, damit man ihm nicht anmerkte, dass diese Information ihn geradezu elektrisierte. Die beiden waren mit Angehörigen der U.S. Navy verheiratet, und er hatte noch etliche Stunden allein mit ihnen. Trotz seiner neu aufkeimenden Zuversicht fiel ihm noch ein, was der arme Modesto gesagt hatte.

»Rota, wie interessant! Das liegt in Andalusien, nicht wahr?«, fragte er und bot den beiden Zigaretten an, um die Unterhaltung noch etwas zu verlängern.

Rachel zuckte nur die Achseln, während Daniel ihr ein brennendes Streichholz hinhielt. Vivian erwiderte, sie meine, ja. Keine der beiden schien sich in der Geografie der Iberischen Halbinsel übermäßig gut auszukennen.

»Es muss schön sein für eure Männer, eine heimelige Familienatmosphäre vorzufinden, wenn sie spät nach Hause kommen«, bemerkte er, blies das Streichholz aus und fügte dann mit betont mitleiderregender Miene hinzu: »Hätte ich doch nur auch jemanden, der sich um mich kümmert …«

Verräter, flüsterte sein Gewissen. Genügt dir denn Auroras hingebungsvolle Liebe nicht? Ist es vielleicht wenig, was Señora Antonia tagtäglich für dich tut?

»Dass dir jemand mal ein Brathähnchen macht, zum

Beispiel«, spann er den Faden weiter. Seine Gewissensbisse überhörte er einfach. Damit würde er später schon irgendwie ins Reine kommen, im Augenblick musste er sich darauf konzentrieren, diese einmalige Chance nicht ungenutzt zu lassen. »Ofenkartoffeln mit Sour Cream, Schokoladeneis. Essen, das schmeckt wie zu Hause …«

In Wirklichkeit hatte er all diese Dinge in den mehr als sechs Monaten, die er sich schon in Spanien aufhielt, in Café-Bars und Speiselokalen aß und die gehaltvolle Hausmannskost von Señora Antonia genoss, kaum vermisst. Kutteln und Kalbsbries, Geflügelleber, gebratene Blutwurst mit Zwiebeln und Schweinsohren, alles schmeckte ihm. Trotzdem bemühte er sich, es Vivian und Rachel nicht merken zu lassen. Er musste es unbedingt schaffen, dass eine der beiden, egal welche, ihn zum Abendessen einlud.

Die Unterhaltung endete abrupt, denn plötzlich hörte man großes Geschrei von einem der Kinder, die auf dem Fahrrad herumkurvten. Es war Rachels Sohn, wie sich herausstellte, ein Rabauke von neun Jahren, dem das Blut aus der Nase lief. Hinter ihm kam sein kleiner Bruder getrabt, der von dem bösen Sturz berichtete, und ein rothaariges Mädchen mit Zöpfen, das seine eigene Version beisteuerte. Gleich darauf tauchten noch zwei Bengel auf, gefolgt von einem Hund.

»Ich sterbe vor Hunger, Mama. Was gibt es heute Abend zu essen?«, fragte einer von ihnen.

»Makkaroni mit Käse überbacken«, gab Rachel zurück, die ihrem ältesten Sohn ein Taschentuch fest auf die Nase drückte.

»Und bei uns?«, wollte ein anderer Bursche wissen, während er sein Fahrrad aufhob.

»Brathähnchen«, verkündete Vivian kurz und knapp.

Er konnte sich nicht mehr beherrschen.

»Mit Kartoffeln?«

Aus irgendeinem Grund, den er nicht hätte benennen können, wusste er instinktiv, dass sich mit diesen beiden eine Lösung für sein Problem ergeben würde. Es war ihm jedoch bewusst, dass sie über so gut wie keine Mittel dazu verfügten: Sie sprachen kein Spanisch, kannten keine wichtige Person in der Stadt und hatten nicht die geringste Ahnung, wie die gesellschaftlichen Beziehungen hier funktionierten. Dem Anschein nach waren es einfach junge Mütter ohne größeren Anspruch im Leben, als sich um die Familie zu kümmern. Es konnte gut sein, dass sie die hiesige Kultur überhaupt nicht interessierte, dass ihnen jede intellektuelle Neugier und die nötige Sensibilität fehlte, um den historischen und künstlerischen Reichtum ihres gegenwärtigen Lebensumfelds schätzen zu können. Dass es ihnen gleichgültig war, ob sie im Südosten der Iberischen Halbinsel, in Haifa oder auf Korfu lebten. Doch er spürte, dass sich hinter der Fassade der schlichten Hausfrau starke Frauen verbargen, resolut und entschlossen. Schließlich waren sie in der Lage gewesen, ihre Heimat zu verlassen, waren fähig, sich allein um ihre Kinder zu kümmern, da ihre Ehemänner oft für lange Zeit abwesend waren, und immer bereit, ihr gesamtes Leben in Kisten und Koffer zu packen und dort neu zu beginnen, wo die U.S. Navy sie hinzuschicken beliebte. Patente Frauen, für die Solidarität kein Fremdwort war, die gewohnt waren, für jedes Problem eine Lösung zu finden, sich tausendmal veränderten Gegebenheiten anzupassen und immer in Unsicherheit zu leben, abhängig von der nächsten Beförderung oder einer erneuten Versetzung an irgendeinen fernen Ort auf dem Erdball.

Die beiden wechselten einen schnellen Blick.

»Na, dann komm mit. Du bist zum Abendessen eingeladen, wir müssen nur zuerst die Rasselbande versorgen.«

Kapitel 27

Zwischen dem Mittwochabend der Karwoche und dem Ostersonntagmorgen liefen zwei sehr unterschiedliche Unternehmungen auf Hochtouren. Auf der einen Seite gab die ganze Stadt ihr Bestes, um die höchsten Feiertage der Semana Santa angemessen zu begehen. In den Straßen standen die Menschen dicht gedrängt, um die aufwendig gestalteten, prächtigen *tronos* und die langen Reihen der Büßer in ihren verschiedenfarbigen Kutten im Licht der großen Fackeln zu sehen. Auf der anderen Seite, jeder religiösen Inbrunst und Bußfertigkeit abhold, arbeitete eine Handvoll Ausländer mit einem gemeinsamen Ziel vor Augen eine so detaillierte Strategie aus, als wäre sie für die 6. US-Flotte bestimmt.

Der Startschuss fiel am Morgen des Gründonnerstags, als Vivian und Rachel, die beiden jungen amerikanischen Mütter, unangemeldet bei David Harris, Kapitän zur See, vor der Tür standen, wohl wissend, dass der höchste Offizier des spanisch-amerikanischen Stützpunkts bereits auf dem Weg ins Büro war. Genauso sicher waren sie sich jedoch auch, dass seine Frau zu Hause war. Nur bei der Uhrzeit lagen sie ein wenig daneben. Für die Dame des Hauses, die weder Kinder noch irgendwelche Verpflichtungen hatte, kamen sie entschieden zu früh.

Loretta Harris, ungekämmt, im langen Morgenrock und noch ziemlich verschlafen, blickte misstrauisch auf die beiden Frauen, die morgens um halb zehn mit einer Himbeertorte als Alibi an ihrer Tür läuteten.

»Morning, my darlings.«

Ihre Stimme klang belegt, und sie bemühte sich nicht, ihre Unlust zu verbergen. Trotzdem bat sie die beiden hinein.

Es war das immer gleiche Ritual: Kaffee anbieten, sich eine Zigarette anzünden und darauf warten, dass der Besuch loslegt. Seit inzwischen fünfundzwanzig Jahren zog sie als Gefährtin eines energischen Marineoffiziers durch die Welt, sie wusste nur zu gut, dass etwas wirklich Dringendes anlag, wenn die Frauen von Marineleutnants um diese Uhrzeit bei der Gattin des Kommandanten vorstellig wurden.

Den Entschluss, diese Vermittlerrolle zu übernehmen, hatten Vivian und Rachel am Vorabend gefasst, bei einem einfachen Brathähnchen mit Kartoffeln und Sour Cream zu Ehren des Gastes. In dem Maß, wie sein Teller sich leerte, legte auch Daniel nach und nach seine Fassade vom unbekümmerten Weltenbummler ab, hinter der er sich am Anfang versteckt hatte. Nun zeigte er sich so, wie er war, mit seinen Sorgen und Kümmernissen. Mit seinem großen Problem, für das er noch keine Lösung gefunden hatte.

»Langsam glaube ich, dass ich diese Stadt mit dem falschen Fuß betreten habe«, gestand er, als er schon einigermaßen Vertrauen gefasst hatte.

Nach dem Essen setzten sie die Unterhaltung fort, im Hintergrund lief der Radiosender AFN. Die beiden Freundinnen hatten ihre Kinder ins Bett geschickt, sich endlich der Schuhe entledigt und hörten ihm nun, entspannt auf dem Sofa sitzend, interessiert zu. Alles um ihn herum wirkte heimelig und vertraut: die Klinken der Türen, die veralteten Ausgaben des *Time Magazine,* die Farbe der Tischdecke. Mit freundlicher Empfehlung der U.S. Navy für ihre Leute in allen möglichen Regionen der Erde. Vielleicht war

das der Grund, dass er sich irgendwie zu Hause fühlte und schließlich aus der Deckung kam.

»Kaum war ich angekommen, hat mich die Grippe erwischt«, erzählte er, »und aus einer Café-Bar haben sie mich fast mit Gewalt hinausgeworfen, weil sie mich für betrunken hielten.«

»Na ja, das hat schon seinen Grund«, meinte Rachel und verzog ironisch den Mundwinkel. »Die haben wahrscheinlich gedacht, du bist einer von den vielen Kerlen, die sich volllaufen lassen und fast täglich irgendwo Rabatz machen.«

»Das ist eines der Hauptprobleme, mit denen sich unsere Männer zurzeit herumschlagen müssen«, klärte Vivian ihn auf. »Es ist immer das Gleiche, hier wie auf anderen Stützpunkten. Manche unserer Soldaten trinken über den Durst, dann fangen sie an zu streiten, und am Ende fliegen die Fäuste. Es gibt oft Schlägereien mit Einheimischen, manchmal sogar unter den Soldaten selbst. Die Prügeleien zwischen den Soldaten von Rota und denen von Morón sind schon fast legendär, heißt es.«

»Und das wirft ein schlechtes Licht auf die Truppe, nehme ich an …«, sagte Daniel.

»Ein sehr schlechtes«, bekräftigten die beiden wie aus einem Mund. Und dann ergriff Rachel das Wort.

»Die Anweisung für die Soldaten lautet, die spanische Bevölkerung nicht zu belästigen, freundlich und entgegenkommend, großzügig und hilfsbereit zu sein. Unter anderem sind unsere Männer dafür verantwortlich, und wir Frauen versuchen, sie dabei zu unterstützen.«

»Wie denn?«

Hätte Daniel damals die Zeitung gelesen, hätte er beispielsweise gewusst, dass zu Weihnachten eine dickbäuchige Gestalt mit rotem Mantel, langem weißem Bart und

einem Sack voller Geschenke in der Casa de Misericordia, dem städtischen Heim für Straßenkinder, erschienen war. Das sei Santa Claus, sagte man den Kindern, auch wenn fast alle wussten, dass es sich in Wirklichkeit um einen gewissen *sargento* Smith handelte.

»Außerdem planen wir ein Softball-Turnier für amerikanische und spanische Kinder und für den Sommer eine Schwimmmeisterschaft.«

»Und eine Woche der Kultur.«

Die beiden Freundinnen nahmen sich vor lauter Begeisterung für ihre Projekte geradezu das Wort aus dem Mund.

»Und eine Modenschau für Sportbekleidung.«

»Und für unseren Nationalfeiertag, den 4. Juli, dachten wir an ein gigantisches Feuerwerk.«

»Und den Bedürftigen im Altenheim bringen wir laufend Lebensmittel und Medikamente.«

Daniel, der in Gedanken mit seinem eigenen Problem beschäftigt war, hatte gar keine Zeit herauszufinden, ob hinter diesem Engagement für die einheimische Bevölkerung echtes menschliches Interesse steckte, das Bedürfnis, ihre Männer bei ihrem beruflichen Auftrag tatkräftig zu unterstützen, oder einfach der oberflächliche Wunsch nach Abwechslung, um in der Verbannung der Langeweile zu entkommen.

»Aber uns fehlt noch ein Knalleffekt«, warf Vivian ein.

»Etwas wirklich Spektakuläres, zu dem viele Leute kommen.«

»Was zum Beispiel?«, wollte Daniel wissen.

»Das wissen wir noch nicht, wir überlegen noch. Etwas, das Erwartungen weckt, das einflussreiche Personen anlockt und von dem man tagelang spricht. Vielleicht ein Tanzabend mit vielen geladenen Gästen.«

»Oder ein großes Festival …«

»Wie wär's mit einer Hochzeit?«

Rachel starrte ihn mit offenem Mund an, das Weinglas verharrte einen halben Zentimeter vor ihren Lippen. Vivian verschluckte sich am Rauch ihrer Zigarette. Beide machten tellergroße Augen.

»Hier habt ihr einen Freiwilligen. Ich bin bereit, fünfzig Prozent des Brautpaars zu stellen.«

Am nächsten Morgen kam die Sache in Gang. Als das Koffein ihre grauen Zellen in Schwung gebracht hatte, begann Loretta Harris allmählich eine Vorstellung davon zu entwickeln, worum es konkret bei diesem allzu frühen Besuch ging. Nachdem sie ihnen mit aller Aufmerksamkeit zugehört hatte, zu der ihre noch halb schlafenden Neuronen fähig waren, glaubte sie verstanden zu haben, was die beiden Ladys im Sinn hatten: Sie sollte ihren Mann überreden, den Vermittler gegenüber wem auch immer in der hiesigen Gesellschaft zu spielen. Die beiden wollten sich dafür einsetzen, dass ein junger Landsmann von spanischen Eltern, die sich diesem Wunsch stur widersetzten, die Erlaubnis erhielt, ihre Tochter zu heiraten. Alle würden davon profitieren, wenn die Sache zu einem guten Ende kam. Die höchsten in Cartagena stationierten Vertreter der U.S. Navy und die Honoratioren der hiesigen Gesellschaft würden sich die Kirchenbänke ebenso teilen wie danach die mehrstöckige Hochzeitstorte. Man hatte nichts zu verlieren. Aber vielleicht sehr viel zu gewinnen.

Die Gattin von Kapitän Harris fand es keineswegs merkwürdig, dass er gebeten wurde, sich für einen Zivilisten einzusetzen. An Orten, wo es weder eine Botschaft noch ein Konsulat gab, kam es häufiger vor, dass die militärischen Befehlshaber in gewisser Weise als inoffizielle Repräsentanten ihres Landes fungierten. Deshalb fand sie das Ansinnen überhaupt nicht abwegig, hielt aber vorerst klugerwei-

se den Mund. Sie hatte in ihrem langen Nomadenleben, in dessen Verlauf sie an über den halben Erdball verteilten Standorten ihre fünf Kinder großgezogen hatte, schon wesentlich schwierigere Situationen zwischen Militärpersonal und Einheimischen erlebt. Ungehörige Schwangerschaften, Väter, die keine Verantwortung übernehmen wollten, Schlägereien, Raubüberfälle, Erpressungen und Betrügereien. Sich einzuschalten, wenn es nur um das Glück eines verliebten Paares ging, war dagegen ein Kinderspiel. A piece of cake, wie man in Amerika sagte. Und wenn die Sache ihr Ansehen in der hiesigen Gesellschaft erhöhte und sich dadurch Brücken zwischen den beiden Nationalitäten bauen ließen, umso besser. Vivian und Rachel waren nicht auf den Kopf gefallen. Wenn es ihnen gelang, diese Geschichte zufriedenstellend hinzubekommen, dann wäre es für sie alle ein Gewinn. Aber zuerst musste sie, Loretta Harris, noch einige Erkundigungen einholen. Falls sich dabei nichts Zweifelhaftes ergab, konnte die detaillierte Planung beginnen.

Aber diese Gedanken behielt sie erst einmal für sich. Stattdessen goss sie ihren Besucherinnen noch einmal Kaffee nach, zündete sich eine weitere Zigarette an und erklärte, wie der erste Schritt aussehen sollte. Sie musste den jungen Mann, um den es ging, persönlich kennenlernen, das war die Vorbedingung. Um grundlegende Informationen zu erhalten und einschätzen zu können, welches Ausmaß die Sache annehmen würde, sagte sie. An diesem Nachmittag hatte sie Zeit, ihr Gatte war bis in den Abend hinein mit beruflichen Verpflichtungen beschäftigt, die Kinder studierten inzwischen in Amerika. Es war das erste Jahr, dass sie nun allein lebten. Der Kaffee ist alle, meine Lieben, verkündete sie dann und drückte ihre Zigarette aus. Dieser Carter soll um fünf Uhr hier bei mir erscheinen. Pünktlich.

Der Rezeptionist Modesto wähnte sich in einem seiner heißesten Wunschträume, als ein Jeep ohne Verdeck vor der Tür der Pension eine Vollbremsung hinlegte und zwei atemberaubende Amerikanerinnen in knallengen Bluejeans ausspuckte. Ohne ein halbwegs verständliches Wort in Spanisch von sich zu geben, machten sie sich, lachend und reizende Laute ausstoßend, immerhin so weit verständlich, dass er ahnte, nach wem sie fragten.

»Ah, die Damen suchen *míster* Daniel! *Míster* Daniel Carter, stimmt's oder hab ich recht?«, rief er übertrieben laut.

»Ganz genau«, bestätigte Vivian und zwinkerte Modesto mit einem ihrer grünen Augen zu.

Dem armen Modesto wurde der Hemdkragen plötzlich zu eng, er fuhr mit dem Finger hinein, um ihn ein wenig zu lockern, und schluckte. Sträub dich nicht gegen dein Glück, Puppe, sagten die Helden in den Wildwestromanen immer. Ich bin gefährlich, Kleine, sei schön vorsichtig. Aber wie zum Teufel sagte man das auf Englisch?

»*Míster* Daniel ist ausgegangen, er ist fort«, erklärte er und wedelte mit der Hand in Richtung Straße. Im nächsten Moment bereute er seine Aussage. Verdammt, dachte er. Wenn ich nicht aufpasse, sind die beiden Hübschen auch gleich weg. »Aber vielleicht ist er wieder zurückgekommen, und ich habe ihn nur nicht gesehen«, korrigierte er sich sofort. »Oder vielleicht kommt er auch bald wieder.«

»Nun … vielleicht können wir eine Nachricht for him hinterlassen? Für ihn, I mean, ja?«

»Natürlich, Señora, natürlich. Was immer Sie mit diesem Mund befehlen, schöne Frau. Stets zu Diensten, dafür sind wir ja da …«, erwiderte Modesto Rachel, den Blick starr auf ihr Dekolleté gerichtet, das ein knapper zitronengelber Pullover aufs Appetitlichste im Zaum hielt.

Er reichte ihnen ein kleines Blatt Papier, auf dessen Vorderseite Haushaltsausgaben addiert waren, das auf der Rückseite aber noch leer war, und einen alten Bleistift, an dessen Ende er selbst reichlich herumgekaut hatte. Und während die beiden Frauen eine kurze Mitteilung für ihren neuen Freund verfassten, dass er sich noch am selben Nachmittag im Haus des hiesigen Oberbefehlshabers auf dem Stützpunkt einfinden möge, sprangen seine Augen eifrig hin und her. Von Vivians runden Hüften zu Rachels vollen Brüsten, von Rachels dunkelblonder Mähne zu Vivians Wespentaille. Er begann zu schwitzen.

»*Muchas gracias*«, sagten die beiden artig im Chor, als sie fertig waren.

Dem Rezeptionisten strahlten die weißesten Zähne entgegen, die er in seinem Leben gesehen hatte. Und die üppigsten Lippen. Und das betörendste Lächeln, in doppelter Ausführung. Heilige Mutter Gottes, murmelte er mit trockenem Mund.

Er geleitete die beiden Amerikanerinnen zur Tür und versuchte, ihnen so unabsichtlich wie möglich nahezukommen, als er ihnen scheinbar diensteifrig öffnete. Und dann sah er ihnen nach, im Stillen sein Heidenpech verfluchend, dass ihm die kommunikativen Hilfsmittel fehlten, um sie noch eine Weile aufzuhalten. »Das ist doch zum Kotzen!«, brummte er vor sich hin, ehe er wütend ausspuckte. Das halbe Leben galoppierte er schon durch die Romane von Marcial Lafuente Estefanía und begleitete El Coyote bei seinen Abenteuern, und dann wusste er nach all den Jahren nicht mehr zu sagen als Whisky, Sheriff und Saloon.

Auch für Daniel hatte sich der Vormittag gelohnt. Zuerst, hatte er beschlossen, würde er am Paseo de la Muralla Posten beziehen. Nah genug, um das Haus beobachten zu

können, in dem Aurora wohnte, um zu sehen, wer heraus- und hineinging. Weit genug entfernt und versteckt, um nicht aufzufallen. Wie am Vortag auch sah er zuerst den Vater herauskommen, dessen Stimmung er zuerst nicht recht einschätzen konnte, doch aus dem frostigen Gruß, den er dem Pförtner zuwarf, ließ sich erahnen, dass sie nicht gerade die allerbeste war. Kurz darauf verließen Mutter und Großmutter das Haus, beide erhobenen Hauptes und sichtlich aufgebracht, in einen hitzigen Wortwechsel verstrickt, den er jedoch nicht verstehen konnte. Sobald er die beiden Gestalten in der Eingangstür auftauchen sah, machte er sich mit dem Geschick eines Zauberkünstlers unsichtbar und schlüpfte blitzschnell hinter den Stamm einer Palme.

Als er die beiden um die Straßenecke verschwinden sah, verließ er sein Versteck und ging auf das Haus zu. Kaum erblickte ihn Abelardo, der Pförtner, da versuchte er sich ihm mit der Strenge entgegenzustellen, die man in seiner Stellung von ihm erwartete. Er wusste sehr wohl, dass der Amerikaner sich schon einmal hinter seinem Rücken ins Haus geschlichen hatte, und wollte nicht, dass man ihm noch einmal Vorhaltungen machte.

»Sie kommen hier nicht rein! Hier kommen Sie nicht rein!«

Ein Hundertpesetenschein, das überzeugendste aller Argumente, zwischen Zeige- und Mittelfinger gefaltet, als wäre er ein Passierschein, brachte die Barrikade im Handumdrehen zum Einsturz. Keinen einzigen Gedanken verschwendete Abelardo mehr an seine Aufgabe, der Geldschein verschwand in den Tiefen seiner linken Hosentasche ebenso schnell, wie der junge Amerikaner ins Haus schlüpfte und, drei Stufen auf einmal nehmend, die Treppen hinaufstürmte. Letzten Endes, dachte sich der Pfört-

ner mit einem erleichterten Seufzer, was machte es schon, wenn ihn die aufbrausende Señora Carranza wieder anschnauzte, wo dieses Geld fast für den Kommunionanzug seines Sohnes reichte.

Eine schon recht alte Frau mit gutmütigem Gesicht und einem Dutt öffnete die Tür, aufgeschreckt vom stürmischen Klingeln, das man im ganzen Haus hörte. Er grüßte sie nicht einmal, äußerte sich weder zum Zweck seines Besuchs, noch sagte er ihr seinen Namen. Sobald die Tür aufging und er spürte, dass der Weg frei war, sagte er nur noch ein Wort, das er drei Mal wiederholte, ja schrie: Aurora!

Es dauerte wirklich nur den Bruchteil einer Sekunde, bis am Ende des Flurs ein Wirbelwind im Pyjama auftauchte. Barfuß kam sie auf ihn zugerannt, warf sich Daniel wie eine Wildkatze in die Arme, klammerte sich an seinem Hals, seinem Körper und seinen Beinen fest, krallte die Finger in seinen Rücken und streichelte, gleichzeitig weinend und lachend, seinen Nacken. Er wiederum konnte nichts anderes tun, als immer wieder ihren Namen zu flüstern, während er sie mit aller Kraft an sich drückte, mit einer Hand ihre Schultern umklammernd, mit der anderen ihre schmale Taille, ihr Lachen im Ohr und auf dem Gesicht ihre Tränen, die er als überaus köstlich empfand.

Beobachtet wurden die beiden von zwei Personen, die sich verwirrt fragten, ob diese stürmische Umarmung von bodenloser Schamlosigkeit und Sündhaftigkeit zeugte oder von einer überströmenden Zärtlichkeit, der kein Mensch mehr Einhalt gebieten konnte. Die eine war Asunción, die Frau, die die Tür geöffnet hatte, die sich seit über vierzig Jahren für die Familie aufopferte und angesichts dieser Szene nur noch »Heilige Mutter Gottes!« und »Gott steh mir bei!« hervorstieß wie eine Litanei, die kein Ende zu haben schien. Die andere Adelaida, das junge Dienstmäd-

chen. Halb verborgen hinter einer Kommode im elisabethanischen Stil, betrachtete sie die beiden hingerissen und fragte sich, warum ihr Verlobter, der seinen Militärdienst ableistete, nicht auch so zärtlich mit ihr umging, wenn er Ausgang hatte.

Bis Asunción endlich reagierte, und es war allein ihr beharrliches Bemühen, Aurora aus Daniels Armen zu befreien, das die beiden wieder in die Wirklichkeit zurückholte. »Kind, Kind! KIND!« Erst da wurde Daniel bewusst, dass er zum ersten Mal in der Wohnung stand, in der seine geliebte Aurora geboren wurde. Dass er auf dem Boden stand, auf dem sie laufen gelernt hatte, dass er, wenn auch nur flüchtig, all jene Dinge sah, die Aurora ihr ganzes Leben lang umgeben hatten. Die Familienfotos im Silberrahmen, die von väterlicher Seite geerbte Bibliothek, die zum Hafen gehenden Balkone, das Ölbild einer noch sehr jungen Nana, die einem anonymen Maler kokett zulächelte.

Unterdessen bettelte Aurora: »Nur ein Weilchen, Asunción, lass ihn nur noch eine Weile bleiben, bitte …«

Doch die alte Asunción war ein harter Knochen. Sie hatte Aurora großgezogen, liebte sie von ganzem Herzen und litt seit Tagen mit ihr. Aber vorher hatte sie deren Mutter aufgezogen, sie kannte ihren Charakter und wusste, was für einen Aufruhr sie veranstalten konnte, wenn sie erfuhr, dass sie, Asunción, den Amerikaner ins Haus gelassen hatte.

»Nie und nimmer! Er muss gehen, auf der Stelle. Um Gottes willen, Kind, es darf nicht sein, es darf nicht sein …«, wiederholte die gute Frau, während sie schon die Tür öffnete.

Auroras Augen füllten sich erneut mit Tränen, fest hielt sie Daniels Arm umklammert.

»Ich bitte dich, Asunción, ich flehe dich an, nur eine Weile, dann geht er, ich verspreche es dir …«

Bei diesem ganzen Hin und Her bemühte Daniel sich um eine neutrale Haltung. Am liebsten wäre er nicht nur eine Weile geblieben, sondern sein ganzes Leben, aber ihm war auch bewusst, dass sein Eindringen in die Wohnung schon reichlich verwegen gewesen war und es nicht zu ihrem Vorteil wäre, wenn sich die Fronten verhärteten. Bis er die Anspannung nicht mehr ertrug.

»Darf ich mich bitte kurz einmischen? Wir versprechen es Ihnen, Asunción, fünf Minuten, keine einzige mehr. Wir geben Ihnen unser Ehrenwort«, sagte er und legte demonstrativ die Hand aufs Herz.

»Nein«, beharrte die Kinderfrau.

»An einem Ort, den Sie bestimmen, und, das versteht sich von selbst, in Ihrer Anwesenheit«, bot er ihr dann in seiner Verzweiflung als Geste des guten Willens an.

»Nein.«

»Und wenn Sie einwilligen, werden wir Sie von jetzt an nicht mehr behelligen, das verspreche ich Ihnen.«

Das couragierte Auftreten des jungen Mannes und seine lehrbuchmäßige Höflichkeit überwanden schließlich die Abwehr der alten Kinderfrau. Doch Asunción, obwohl wider Willen schwer beeindruckt von den guten Manieren und den überzeugenden Argumenten des jungen Mannes, der keineswegs der bockbeinige Teufel war, den sie sich in der Phantasie ausgemalt hatte, bestimmte Bedingungen und Territorium mit dem Eifer eines treuen Wachhundes. Exakt nach dem Minutenzeiger. In ihrer Anwesenheit. Und die Hände schön bei sich behalten oder Schluss. Eigentlich brauchten Daniel und Aurora nur noch Amen zu sagen.

Sie führte die beiden in die geräumige, weiß getünchte

Küche, in deren Mitte der große Tisch mit der Marmorplatte stand. Der Tisch, an dem gefrühstückt und nach der Rückkehr aus der Schule ein Stück Weißbrot mit Schokolade als Belag verzehrt wurde. An dem die Hausaufgaben erledigt wurden, menschenfressende Riesen und gute Hexen zu Gast waren, Geschichten von Pumby, dem glücklichen Kater, vom Däumling und von einem maskierten Ritter erzählt wurden. An dem Streitigkeiten unter Geschwistern ausgetragen, Geheimnisse ausgetauscht wurden. An dem an Winterabenden heiße Milch getrunken und, kurz bevor es Essen gab, noch schnell ein Stück vom Stangenbrot stibitzt wurde. Jetzt war die Küche der Ort, den Asunción für die dringend notwendige Aktualisierung der Liebesangelegenheiten der jungen Frau gewählt hatte, die bis dahin ihr kleines Mädchen gewesen war und nun ihrem Angebeteten gegenübersitzen musste wie bei einem Besuch im Gefängnis. Asunción blieb mit strengem Aufsehergesicht in zwei Meter Entfernung stehen und behielt die Uhr im Auge.

»Es gibt jemanden, der uns vielleicht helfen kann«, eröffnete Daniel Aurora schließlich.

Dann berichtete er ihr von seinem Ausflug in die Wohnsiedlung der U.S. Navy und dass ihm seine neuen Bekannten fest versprochen hätten, sich für sie beide einzusetzen.

»Aber was können diese Frauen schon ausrichten?«, seufzte Aurora und schlug verzweifelt die Hände vors Gesicht. »Meine Eltern kennen keinen einzigen Amerikaner, sie haben überhaupt keine Beziehung zu diesen Leuten.«

»Na, bald werden sie vielleicht eine haben.«

Das war natürlich nicht viel mehr als ein frommer Wunsch. Ein ebenso illusionäres wie unausgegorenes Vorhaben, um dem geliebten Mädchen mit einer potenziellen Lösung, in die nicht einmal er selbst besonders viel Vertrauen hatte, ein wenig Optimismus zu vermitteln.

Sie rauchten gemeinsam eine Zigarette und genossen es, dass ihre Lippen dieselbe Stelle berührten, ihre Finger sich flüchtig streiften, auch wenn es nur ein Tausendstel dessen war, wonach sich ihre Körper sehnten, hätte eine geheimnisvolle Macht die Kinderfrau wie durch Zauberhand verschwinden lassen.

Sie hatten gerade die zweite Chesterfield angezündet, als Asunción mit der Präzision eines Uhrwerks verkündete, dass das Gespräch beendet sei.

»Los, junger Mann, Sie sind noch mein Untergang«, sagte sie, wies auf die Tür und stieß dabei einen Seufzer aus, als würde sie sich einer toten Katze entledigen.

Jetzt würden sie keine Minute mehr herausschinden können, und wenn sie noch so bettelten, das war ihnen klar.

»Wann fährst du nach Madrid zurück?«, fragte Aurora, während beide so freudig aufstanden wie zum Tode Verurteilte auf dem Weg zur Hinrichtung.

»Ohne dich fahre ich nicht.«

»Sag so etwas nicht, Daniel …«, flüsterte sie und hob die Hand, um ihm übers Gesicht zu streicheln.

Doch Asunción ging dazwischen.

»Schluss, habe ich gesagt!«

Es blieb ihm nichts anderes übrig, als zu gehen. Draußen, vor der Tür, drehte er sich noch einmal um und suchte mit den Augen noch einmal das geliebte Mädchen. Da stand sie, im blau gestreiften Pyjama eines ihrer Brüder, die flachsblonde Lockenmähne zerzaust, die Augen glänzten von den noch ungeweinten Tränen, die sie nicht mehr würde zurückhalten können, sobald sie ihn die Treppe hinuntergehen hörte. Und dann konnte er sich, trotz seiner guten Vorsätze und obwohl er sich bis zur letzten Sekunde zusammengenommen hatte, nicht mehr beherrschen.

Wohl wissend, dass er sich damit Asuncións Anweisung widersetzte und riskierte, ihr Vertrauen für alle Zeit zu verlieren, stürzte er noch mal in die Wohnung hinein und verabschiedete sich von Aurora mit dem schönsten Kuss, den es in der Geschichte des Kusses jemals gegeben hatte.

Wäre eine Filmkamera mitgelaufen, die Szene wäre bestimmt nicht durch die Zensur gekommen, nicht einmal mit persönlicher Empfehlung des Generalsekretärs des Movimiento Nacional.

Kapitel 28

Die Nachricht, dass die Ehefrau des Stützpunktkommandanten damit einverstanden war, ihn zu Hause zu empfangen, versüßte seinen Tag mit einem weiteren Schuss Optimismus. Mehrmals las Daniel die Mitteilung und prägte sich alle Einzelheiten ein. Der Rezeptionist ließ ihn inzwischen nicht aus den Augen, beherrschte nur mühsam den Drang zu erfahren, was jene beiden Schönheiten, deren Bild er nicht mehr aus dem Kopf bekam, wohl geschrieben haben mochten.

»Könnten Sie mir bitte für Viertel vor fünf noch einmal ein Taxi bestellen, Modesto?«

»Ist schon geschehen, *míster* Daniel. Werden Sie Ihre amerikanischen Freundinnen besuchen?«, konnte er sich nicht mehr verkneifen zu fragen.

»Vorerst wohl nicht. Heute habe ich andere Dinge zu erledigen.«

Zum vereinbarten Zeitpunkt erwartete ihn ein Taxi vor der Pension. Ein Taxi und noch jemand.

»Ich habe erfahren, dass wir heute Morgen Besuch hatten.«

»Nana, aber was machst du denn hier?«

Diesmal trug sie Grau, den Kopf bedeckte ein schwarzer Schleier.

»Ich wollte dich sehen, mein Lieber. Und mich von dir auf einen Kaffee einladen lassen, bevor ich mich auf den Weg zur Kirche mache. Ich bin schon zu alt, um

unnötig lange zu knien. Wo willst du denn mit mir hinfahren?«

»Nirgends, tut mir leid. Ich werde erwartet.«

»Na, so was, wie schade! Dann hast du sicher auch keine Zeit zu lesen, was ich für dich in der Tasche habe.«

Er sah sie an, ohne ihr wirklich zu glauben.

»Es ist nur ein ganz kurzes Briefchen, keines wie die, die wir seinerzeit an unsere Verehrer geschrieben haben, in denen wir jede noch so belanglose Kleinigkeit erzählt haben. Aber Aurora würde sich bestimmt sehr freuen, wenn du ihn liest.«

»Machen wir es doch so«, schlug er vor, als er den Bestechungsversuch der alten Dame durchschaut hatte. »Du gibst mir jetzt den Brief, ich fahre los, und nachher, wenn ich zurück bin, treffen wir uns. Dann trinken wir einen Kaffee oder machen das, wozu du Lust hast.«

»Nein, mein Lieber, denn bis dahin hat mich Marichu schon geschnappt, damit wir uns auf die Karfreitagsprozession vorbereiten.«

»Fahren wir langsam, Señor?«, fragte der Taxifahrer ungeduldig. »Es ist schon zehn vor durch, und um Viertel nach fünf muss ich am Bahnhof sein, um Reisende mit einem Haufen Gepäck abzuholen.«

Mit einer Handbewegung bat Daniel ihn, einen Moment zu warten, während er sich mit Geduld wappnete. Anschließend wandte er sich noch einmal an Auroras Großmutter.

»Sieh mal, Nana …«, tastete er sich so taktvoll er konnte voran. »Ich würde nichts lieber tun, als den Nachmittag mit dir zu verbringen, aber ich kann nicht bleiben, weil ich ein sehr, sehr wichtiges Treffen habe. Wichtig für Aurora und wichtig für mich. Für uns beide.«

»Dann lass mich mitkommen. Schließlich bin ich mit ei-

ner der beteiligten Parteien blutsverwandt, vielleicht kann ich dich sogar unterstützen.«

»Ich danke dir von Herzen, doch das ist unmöglich. Diese Sache muss ich allein regeln.«

»Señor, es ist fünf vor …«, drängte der Taxifahrer.

»Na dann, mein Goldstück, werde ich dir das Briefchen wohl nicht geben können.«

»Nana, bitte.«

»Señor, meine Fahrgäste kommen mit viel Gepäck, ich werde sie verpassen, wenn ich nicht rechtzeitig da bin …«

»Und unsere Aurora wird alles andere als begeistert sein, das kann ich dir versprechen.«

»Señor, es ist gleich fünf …«

Daniel wusste nicht, ob er die alte Dame oder den Taxifahrer erwürgen sollte, entschied sich dann allerdings für den goldenen Mittelweg.

»Steig ein, schnell. Aber vorher gib mir den Brief. Und Sie fahren bitte so schnell Sie können.«

Er faltete das Blatt so heftig auseinander, dass das Papier einriss. Darauf standen nur einige wenige zärtliche Worte, die Auroras Freude über seinen unverhofften Besuch in Erinnerung riefen. Trotzdem las er den Brief vier oder fünf Mal, ohne dem unaufhörlichen Redefluss der Großmutter Beachtung zu schenken. Diese nahm unterdessen den Schleier ab, steckte ihn achtlos in die Tasche und ordnete mit Blick in den Rückspiegel ihre Frisur.

Loretta Harris empfing ihren Gast im Vorgarten ihres Domizils. Falls sie überrascht war, dass er eine ehrwürdige alte Dame mitbrachte, die sich bei ihm eingehakt hatte, so ließ sie es sich jedenfalls in keiner Weise anmerken.

»Je suis Auroras Großmutter«, stellte die Dame sich vor, um jeden Zweifel auszuräumen, dass ihre Anwesenheit le-

gitim war. Und bevor Daniel überhaupt den Mund aufmachen konnte, ließ sie in überkorrektem Französisch einen Schwall antiquierter Begrüßungsfloskeln folgen.

Die Amerikanerin hörte verblüfft und belustigt zu, während sie aus den Augenwinkeln Daniel betrachtete und sich ein Bild von dem Ankömmling zu machen versuchte, für den sie sich verwenden sollte. Er tat das Gleiche, seinerseits bemüht, diese Landsmännin mit dem ungezwungenen Auftreten und der üppigen Figur, die sich bereit erklärt hatte, ihm beizustehen, vorab ein wenig einzuschätzen.

»Vielen Dank, dass Sie uns empfangen, Mrs. Harris«, brachte er heraus, als Nana einmal Luft holte. Diese Worte sagte er aus Rücksicht auf die alte Dame in Spanisch, fügte aber rasch auf Englisch hinzu, dass Auroras Großmutter gegen seinen Willen und sehr gebieterisch beschlossen habe, bei dem Besuch dabei zu sein.

Loretta tat diesen Umstand mit einem beschwichtigenden, strahlenden Lächeln ab.

»Bitte, kommen Sie doch herein«, sagte sie nur und trat beiseite, um die alte Dame hereinzubitten. »Es freut mich, Sie hier zu haben.«

Das große, neu erbaute und im amerikanischen Stil der Fünfzigerjahre – der fabelhaften Fünfziger – eingerichtete Haus hatte mit den Häusern gutbürgerlicher Familien, die Nana sonst besuchte, so wenig Ähnlichkeit wie ein Ei mit einer Kastanie. Das amerikanische Design vermittelte den Optimismus und die Konsumfreude, die sich nach dem Zweiten Weltkrieg immer stärker durchsetzten, spiegelte ein Land wider, das sich immer moderner und mächtiger dünkte. Während die Spanier Vorhänge aus Spitze und Samt, Tische mit Holzkohlenbecken darunter und pergamentartige Porträts der Urgroßeltern bevorzugten, stellten die Amerikaner dreibeinige Sessel und Aschenbe-

cher in knalligen Farben zur Schau. Während die Spanier Tradition, höfliche Zurückhaltung und düsteren Prunk schätzten, kultivierten die Amerikaner eine Helligkeit und Ungezwungenheit, die in diesen Breiten unbekannt war.

Kaum hatte Nana einen ersten Blick auf diese faszinierende neue Welt getan, blieb sie abrupt stehen, schlug theatralisch eine Hand vor den Mund und versuchte, ihre maßlose Bewunderung im Zaum zu halten. Ihre Augen flogen über die mit abstrakten Bildern geschmückten Wände und die etwas skurrilen kegelförmigen knallblauen Lampen.

»Wie wunderbar das alles ist, es gefällt mir, es gefällt mir unglaublich gut! Diese hochmodernen Häuser und diese Möbel, die so … so … so … ich finde keine Worte, aber ich mag sie für mein Leben gern!«, lautete ihr begeisterter Kommentar, kaum dass sie eingetreten war.

»Vielen Dank, meine Liebe«, entgegnete Mrs. Harris.

»Vielleicht kannst du dich mit meiner Tochter Marichu anfreunden«, fügte Auroras Großmutter hinzu und tätschelte Lorettas Unterarm. »Du könntest sie überreden, all die schrecklichen Reliquien, die wir zu Hause haben, einem Altwarenhändler mitzugeben und solche Sachen zu kaufen, wie du sie hast – so modern und so fabelhaft und so phantastisch und so, so, so …«

Loretta und Daniel warfen einander einen verstohlenen Blick zu. Er bat damit stumm um Entschuldigung, und sie beruhigte ihn, bedeutete ihm ohne Worte, er solle sich keine Gedanken machen, sie habe kein Problem mit der Anwesenheit dieser ganz besonderen Dame. Als Nana schließlich schwieg, um sich noch mal im Raum umzusehen, schaffte es Loretta endlich, ihrem Besuch einen Platz anzubieten, sich in einem der großen Sessel niederzulassen, deren Ästhetik und Bequemlichkeit die alte Dame sofort wieder zu übertriebenen Lobeshymnen animierte.

»Kaffee? Tee?«, konnte die Gastgeberin schließlich fragen.

Die elegante Geste, mit der Auroras Großmutter ablehnte, veranlasste sie, unverzüglich ein weiteres Angebot zu machen.

»Oder vielleicht einen Martini?«

Das Gespräch kam in Gang – in einer Mischung aus Spanisch und Englisch, durchsetzt mit französischen Einsprengseln, die Nana ab und zu ganz unpassend beisteuerte –, angerostete Reminiszenzen ihrer Reisen nach Paris und der unbeschwerten Sommer, die sie vor ihrer Ehe in Biarritz verbracht hatte, vor der durch ihren ausschweifenden Vater verursachten Katastrophe, bei der die Familie ihr gesamtes Vermögen einbüßte. So plauderten sie ein paar Stunden lang, bis Mrs. Harris merkte, dass sie sich schon ein ungefähres Bild der Lage gemacht hatte. Sie überblickte die Genealogie beider Familien, der spanischen und der amerikanischen, wusste, wo sie die Carranzas innerhalb der hiesigen Gesellschaft einzuordnen hatte, und kannte bereits die Schwachpunkte von Enrique und Marichu. Genügend Material, um mit der Arbeit zu beginnen, entschied sie.

An diesem Punkt hätte der Besuch zu Ende sein müssen. Es wäre der geeignete Moment gewesen – Loretta hätte einfach goodbye, my dear friends sagen können. Aber es war schon fast acht Uhr, und der Nachmittag hatte sich weit unterhaltsamer gestaltet als erwartet. Außerdem hatte ihr Ehemann einen Termin, sie verspürte allmählich ein wenig Hunger und eine gewisse Leichtigkeit im Kopf, die vom Alkohol herrührte. Also lud sie die beiden, ohne es sich groß zu überlegen, zum Abendessen ein.

Daniel kam gar nicht dazu, darüber nachzudenken, ob er die Einladung annehmen sollte, denn Nana bat bereits um ein Telefon, um ihre Tochter anzurufen und ihr eine

faustdicke Lüge zu präsentieren, damit sie noch bleiben konnte. Sie hörten sich also eine Reihe zusammenhangloser, schamloser Lügen an, in denen ein angebliches Ausrutschen ihrer Freundin María Angustias auf der Straße eine Rolle spielte, ein womöglich gebrochenes Handgelenk und die zwingende Notwendigkeit, an ihrer Seite zu bleiben, bis jemand käme und sie in ihrer Rolle der guten Samariterin ablöste.

»Macht euch meinetwegen keine Gedanken«, betonte sie noch einmal, bevor sie auflegte. »Für eine Herzensfreundin ist man zu allem fähig. Ich komme heim, sobald ich kann, macht euch bitte keine Sorgen …«

Daniel wurde es mulmig. Er hatte schon genug Probleme mit der Familie, weil er die Tochter verführt hatte, nun würde man ihm auch noch vorwerfen, dass er einen schlechten Einfluss auf die Großmutter ausübe. Doch er war machtlos. Augen zu und durch, wie Señora Antonia zu sagen pflegte. Oder hieß es Augen auf und durch? Egal, dachte er hilflos, während er seinen dritten Martini austrank. Es hatte wenig Sinn, sich die möglichen Folgen auszumalen.

Das Abendessen zog sich bei entspanntem Gespräch lange hin, bis Nana, als der Fertig-Käsekuchen gegessen und der Kaffee getrunken war, die Ellenbogen auf den Tisch stützte und mit der Handfläche hörbar daraufschlug.

»Und jetzt? Wie wäre es mit einem kleinen Spiel, meine Lieben?«

Da war Daniel klar, dass der Moment gekommen war, sie notfalls mit Gewalt fortzuschleppen. Seine Beziehung zu den Carranzas war schon schlecht genug, aber es konnte auch alles noch viel schlimmer werden.

Am nächsten Morgen rief Loretta Harris als Allererstes bei Vivian an, um ihr zu bestätigen, dass die Operation be-

reits im Gange sei, und sie zu bitten, gemeinsam mit Rachel ihren Landsmann aufzusuchen und sich um ihn zu kümmern. Als Begründung brachte sie vor, dass der Junge dringend ein wenig Ablenkung brauche. Nicht einmal andeutungsweise ließ sie den wahren Grund für ihren Vorschlag erkennen, nämlich, dass sie es für angebracht hielt, ihn auf Abstand zu den Aktivitäten zu halten, die in den nächsten Stunden zu seinen Gunsten unternommen werden sollten. Der gestrige lange Abend war unterhaltsam gewesen und hatte viele wichtige Erkenntnisse gebracht, doch sie ahnte, dass es ein wenig riskant sein könnte, Daniel allein in der Stadt herumlaufen zu lassen. Vielleicht sogar kontraproduktiv, was ihre Pläne anging: Er konnte jeden Moment am unpassendsten Ort auftauchen, sich ungeschickt verhalten oder etwas Ungebührliches sagen. Auch war es in ihren Augen nicht förderlich, wenn er sich wieder mit Nana traf. Die alte Dame war zwar sehr geistreich und charmant, aber auch eine tickende Zeitbombe – wenn sie explodierte, waren die Folgen unabsehbar.

Also machte sie den jungen Frauen einen spontanen Vorschlag. Ob sie nicht, da doch Feiertag und wunderbares Wetter sei, mit ihm bis Samstagnachmittag am Meer zelten gehen wollten? Mit diesem scheinbar harmlosen Vorschlag gedachte sich die Frau des Kommandanten alle vom Hals zu schaffen, wenn auch unausgesprochen.

Natürlich sagten die zwei zu. Ein paar Stunden später machten sich die beiden Familien zusammen mit einem weiteren Paar in drei Jeeps unter Kinderlachen, fröhlichem Gekreische und Elvis Presleys *Jailhouse Rock* in voller Lautstärke auf den Weg zu Daniel. Dass sie mit ihrem Verhalten den Karfreitag, den traurigsten Tag des Jahres, entweihten, war ihrer Unkenntnis der hiesigen Sitten und Gebräuche zuzuschreiben.

Loretta Harris beobachtete, diskret hinter einer Gardine versteckt, ihre Abfahrt und rauchte dabei die vierte Zigarette an diesem Morgen. Als sie meinte, die Ausflügler seien weit genug entfernt, griff sie zum Telefon und wählte eine Nummer, die sie auswendig kannte.

»Nieves am Apparat«, antwortete eine Stimme am anderen Ende der Leitung.

Und dann kam die Kugel ins Rollen.

Sargento Ricardo Nieves war zwei Jahre zuvor mit dem Auftrag nach Cartagena gekommen, die nötige Logistik vorzubereiten, um den amerikanischen Militärs und ihren Familien das Leben so angenehm wie möglich zu machen. Aussehen und Körperbau nach hätte er ein Nachkomme von Pancho Villa sein können, doch die Tür zu dieser Anstellung hatte ihm seine Zweisprachigkeit geöffnet, nicht sein Kampfgeist. Aus dem Grenzgebiet zwischen den USA und Mexiko stammend, bereitete dem würdigen Vertreter dieser Grenzregion das Jonglieren mit Englisch und Spanisch keinerlei Mühe, war er doch sein Leben lang zwischen Laredo, Texas, und Nuevo Laredo, Mexiko, unterwegs gewesen, den beiden durch eine Brücke verbundenen und durch einen Fluss, der an beiden Ufern anders hieß, getrennten Städten. Vierundzwanzig Monate nachdem er sich am Mittelmeer niedergelassen hatte, bewegte sich der hispanische *sargento* der U.S.-Navy in der Stadt, als sei er in der Calle del Aire von Cartagena geboren. Von militärischen Strategien, geheimdienstlichen Methoden oder Unterwasserwaffen verstand er nichts, aber er war ein Naturtalent, wenn es darum ging, alle möglichen Dinge zu erledigen, zu lösen, zu verhandeln und zu besorgen – seien es Fahrräder oder eine Blinddarmoperation, eine Schachtel Alka-Seltzer oder drei leichte Mädchen für den Junggesellenabschied eines Fouriers.

Loretta und er teilten sich die Arbeit zu gleichen Teilen auf. Ja, der junge Amerikaner, der die junge Spanierin heiraten wollte, machte einen hervorragenden Eindruck. Doch die Frau des Marineoffiziers hatte mehr als genug davon, junge Leute kennenzulernen, die nach außen hin keinerlei Makel aufwiesen und ausgezeichnete Manieren an den Tag legten, sich dann aber als zwanghafte Lügner, als skrupellos, unverschämt oder als Kandidaten für irgendeine Geisteskrankheit entpuppten. Sie würde also damit beginnen müssen, Nachforschungen anzustellen, um sicherzugehen, dass der Mann, dem sie zu helfen planten, tatsächlich die minimalen persönlichen Voraussetzungen besaß, um ihrer Hilfe würdig zu sein. Ein Problem stellte das für sie nicht dar, denn die Gattin eines Stützpunktkommandanten der U.S. Navy findet immer Mittel und Wege. Das war vorerst ihre Mission – die Flanke Carter. Was Nieves anging, so würde dieser sich um die Situation vor Ort kümmern. In einem in schwarzes Wachstuch gehülltes Notizbuch hielt er die Einzelheiten fest, die Mrs. Harris ihm lieferte: den exakten Familiennamen, wie die Familie lebte, wo sie wohnte, mit wem sie Umgang pflegte, wie sie ihr Geld verdiente, wie viel sie besaß … Alles, was sie brauchten, um loszulegen.

In den folgenden Stunden streckte jeder von ihnen in seinem Einsatzbereich die Fühler aus. Loretta Harris machte es aus der Ferne. Dank der Position ihres Mannes hatte sie breit gefächerte Ressourcen zur Verfügung, von denen sie jedoch zunächst immer diejenigen einsetzte, die ihr intuitiv als die besten erschienen – und das waren in diesem Fall die persönlichen Kontakte. Es genügte, dass sie bei zwei von den fünf Anrufen, die sie tätigte, Fäden in die Hand bekam, an denen sie ziehen konnte. Der Rest lief dann wie von selbst.

Sargento Nieves arbeitete inzwischen vor Ort, führte viele Gespräche mit Bauunternehmern, Schiffsagenten, Marinesoldaten, Lebenskünstlern und Opportunisten unterschiedlichster Couleur. Er benutzte dazu nicht das Telefon, sondern die Straße, Tische in Cafés und Bars, die heute, am düstersten Tag der Karwoche, ziemlich verlassen waren.

Am Abend trafen sie sich zu einer Lagebesprechung. Inzwischen war Loretta Harris mit Hilfe ihres weit gespannten Netzes von Kontakten bereits zu der Gewissheit gelangt, dass Daniel Carter ganz genau der war, als der er sich präsentierte. Nieves für seinen Teil hatte eine ansehnliche Zahl von Zetteln beisammen, die darauf hindeuteten, dass die Mission von Erfolg gekrönt sein würde. Als nächsten Schritt galt es nun, den Schauplatz vorzubereiten.

Am späten Nachmittag des Karsamstags kehrten die Ausflügler in die amerikanische Siedlung zurück. Sie hatten bestes Wetter gehabt, waren gelaufen und geschwommen, hatten Burgen gebaut, Lieder in ihrer Sprache gesungen und ordentliche Portionen am offenen Feuer zubereiteter Speisen verzehrt. Die Einheimischen hatten sie aus der Ferne beobachtet, als seien sie Außerirdische. Bei ihrer Rückkehr erwartete sie unter Rachels Tür eine handschriftliche Notiz. Daniel Carter sollte zu den Harris kommen. Dringend.

Zum wiederholten Mal in den vergangenen Tagen diente ein Küchentisch als Operationsbasis für das weitere Vorgehen in der Angelegenheit. An einem Ende nahm Daniel Platz, dessen besorgter Gesichtsausdruck nicht zu seinem lässigen Äußeren passen wollte: kurze Hose, ein von einem Marinesoldaten geliehenes khakifarbenes Hemd, ein sonnenverbranntes Gesicht und von Sand und Salz verklebtes Haar. Am anderen Ende saß Nieves in Uniform mit seinem schwarz eingebundenen Notizbuch und stieß den

Rauch der Zigarre aus, die er sich gerade angezündet hatte. An die Arbeitsplatte gelehnt, stand, von beiden gleich weit entfernt, Loretta Harris und rauchte schweigend. Aufmerksam, wachsam.

Sie kamen weder mit nutzlosen Ratschlägen, noch fragten sie ihn nach seiner Meinung oder boten ihm gar die Möglichkeit, sich mit seinen Ansichten, die sich eventuell von ihren unterschieden, in die Sache einzumischen. Alles war bereits organisiert und sollte noch am gleichen Abend über die Bühne gehen – während eines Essens, zu dem der Kommandant und seine Frau eine ausgewählte Gästeschar einladen würden. Je früher, desto besser, denn angesichts der ohnehin schon verworrenen Situation war es günstiger, sie unvorbereitet zu überraschen, als die Situation noch mehr zu verkomplizieren.

Als handelte es sich um die Schulung eines Geheimagenten, legte Nieves mit der Kaltblütigkeit eines Neurochirurgen und einer Zigarre zwischen den Fingern Daniel Carter detailliert dar, auf welche Weise er, falls nötig, vorgehen sollte. Auf keinen Fall und unter keinen Umständen durfte er den Namen des Professors erwähnen, der für seinen Aufenthalt in Spanien verantwortlich war, jener Mann, der beschlossen hatte, niemals in das große und freie Heimatland Francos zurückzukehren. Ebenso wenig sollte er enthüllen, dass er in Madrid seit sechs Monaten bei der Witwe eines Anarchisten wohnte oder dass er eine Doktorarbeit über einen roten Schriftsteller vorbereitete, auch wenn dieser den Premio Nacional de Literatura erhalten hatte. Auch die Zeit, als er in Pittsburgh unter gewerkschaftlich organisierten Arbeitern gearbeitet hatte, sollte er besser nicht erwähnen. Das Gleiche galt für die Tatsache, dass er mit Hilfe von Stipendien studiert und erste Kenntnisse über jenes ferne Land namens Spanien aus *Wem die Stunde schlägt*

von Hemingway gewonnen hatte, jenem ideologisch fragwürdigen Roman, in dem ein amerikanischer Professor die Hauptrolle spielt, der als Sprengmeister in den Reihen der Internationalen Brigaden endete, die in der Sierra de Guadarrama die Republik verteidigten.

Ausführlich könne er hingegen über die Zahnarztpraxis seines Vaters berichten, über die Begabung seiner Mutter für das Klavierspiel, über ihre zahlreichen karitativen Tätigkeiten und ihre Verwandtschaft mit einem konservativen Kongressabgeordneten aus dem Bundesstaat Wyoming, auch wenn sie diesen Cousin zweiten Grades zuletzt vor vierzehn Jahren bei einer Beerdigung gesehen hatte. Was die Religion betraf, so solle er, falls er gefragt würde, am besten einfach antworten, er sei Christ, ohne ins Detail zu gehen, weder über seine wachsende Neigung zum Agnostizismus noch über die Methodistenkirche, die seine Familie jeden Sonntagmorgen besuchte, sprechen. Für den Fall, dass Fragen zu seiner akademischen Ausbildung kämen, solle er offen seine Bewunderung für die spanische Literatur früherer Jahrhunderte zeigen und sich dabei möglichst auf Helden, Heilige, Mönche und Romantiker konzentrieren. El Cid, San Juan de la Cruz und Fray Luis de León könne er problemlos rühmen. Liberale, Regenerationalisten oder Politiker, die einer Überfremdung das Wort redeten, dürfe er allenfalls am Rande erwähnen. Über Schriftsteller, die ins Exil gegangen seien, dürfe er keinesfalls sprechen. Und kein Wort über Ramón J. Sender verlieren.

»Aber über Professor Domingo Cabeza de Vaca, heroischer Kämpfer und Kriegsversehrter«, schloss Nieves, nachdem er ein letztes Mal an seiner Zigarre gezogen hatte, »können Sie, wenn Sie wollen, bis zum Morgengrauen fabulieren, mein Lieber.«

Daniel Carter verschlug es angesichts dieser langen Liste von Ratschlägen, die umfassenden Einblick in alle Facetten seines Lebens bewies, erst einmal die Sprache. Einerseits fühlte er sich unbehaglich und verletzt, empfand es als Angriff auf seine Privatsphäre – seine Interessen wurden falsch wiedergegeben, persönliche Entscheidungen, um die er so lange gerungen hatte, zunichtegemacht. Deshalb erschien ihm das alles als ungehöriges Eindringen in sein Leben und seine Person. Um ein Haar hätte er dieses Unbehagen offen geäußert.

Auf der anderen Seite musste er jedoch zugeben, dass tadellose Arbeit geleistet worden war. Immerhin hatte er um Hilfe gebeten, ohne irgendwelche Einschränkungen beim Vorgehen zu verlangen. Er hatte seine Landsleute aufgesucht mit der Bitte, ihm aus der Klemme zu helfen, da er keine Möglichkeit gefunden hatte, es allein zu schaffen. Erst da wurde ihm bewusst, dass dies, so wie die Dinge lagen, seine einzigen Trümpfe waren. Nur sie boten wenigstens entfernt die Möglichkeit, sich Auroras Familie geneigt zu machen – eine andere Option gab es nicht.

Entweder akzeptierte er die Karten, die er jetzt in der Hand hatte, oder er konnte sich gleich auf den Heimweg machen.

Entweder spielte er mit Köpfchen, oder die Partie war verloren.

Kapitel 29

Sargento Nieves und Loretta Harris beschlossen, eiligst alle für ihre Inszenierung erforderlichen Statisten am Karsamstagabend im Haus des Stützpunktkommandanten zusammenzutrommeln. *Cena de amistad,* ein Abendessen im Namen der Freundschaft, so lautete die von ihnen gewählte Rechtfertigung. Beide waren sich darüber im Klaren, dass es nicht der beste Zeitpunkt war, aber sie vertrauten darauf, dass die Betroffenen diese überstürzte Einladung schlicht als interkulturelles Missgeschick einiger verschrobener Ausländer interpretierten, die wenig oder gar nichts über die gesellschaftlichen Gepflogenheiten dieser Stadt wussten. Es war unmöglich, dahinter das Vorgehen und die Kniffe einiger weniger Ränkeschmiede zu vermuten.

Zwei Soldaten überbrachten den Gästen persönlich die eindrucksvolle Einladung mit dem goldblauen Wappen der U.S. Navy. Mit Unterstützung der Ehefrau des Kommandanten hatte Nieves die Liste der Geladenen exakt auf die in den letzten Stunden gewonnenen Erkenntnisse zugeschnitten. Sie schloss hochrangige Vertreter der Stadt mit ein, ebenso hohe Militärs der amerikanischen wie der spanischen Armee und eine Reihe von Ehepaaren mit einem gewissen Hintergrund: Niemand von Rang, Reichtum oder hohem Ansehen fehlte auf der Liste. Alle Einladungen wurden von ihren Empfängern gleichermaßen überrascht wie verblüfft entgegengenommen, doch keiner von ihnen zog es auch nur für eine Sekunde in Erwägung, nicht zu erscheinen.

Für die Mehrheit der geladenen Gäste wäre es die erste persönliche Begegnung mit diesen undurchschaubaren Ausländern. Deshalb waren die Stunden vor dem Ereignis für die meisten höchst aufregend; von den Machenschaften und unterschwelligen Interessen dahinter wusste ja niemand. Aufregend speziell für die Damen. Eilends wurde eine Friseuse ins Haus bestellt, man probierte ein Kleid nach dem anderen an und verlor langsam die Nerven. Das eine schied aus, weil es zu aufgedonnert wirkte, das andere, weil es zu schlicht war, und überhaupt wusste man nicht, was zum Teufel man zu solch einem Anlass tragen sollte, um nicht unpassend gekleidet zu erscheinen.

Die Herren ihrerseits nahmen die Einladung überrascht entgegen, allerdings nicht ohne eine gewisse Genugtuung, wenn sie feststellten, dass nur die Crème de la Crème der Stadt eingeladen worden war. Eine vortreffliche Gelegenheit, um Verbindungen zu knüpfen, Geschäftsbeziehungen zu vertiefen und Missverständnisse auszuräumen, dachte sich so manch einer. Um jede Menge Klatsch und Tratsch zu erfahren und sich auf den neuesten Stand zu bringen. Damit die Maschinerie der gesellschaftlichen Kontakte, die sich letztlich immer auszahlten, gut geschmiert blieb.

Im Hause Carranza war die Lage nicht anders. Marichu, die Mutter – mit Lockenwicklern im Haar und im Unterrock –, blies nach der Maniküre nervös auf ihre Nägel. Sie schwankte zwischen einem atemberaubenden pfauenblauen Cocktailkleid und einem dezenteren korallenroten Ensemble. Ihren Mann, den Apotheker, focht das Tohuwabohu nicht an, er schlug die Zeit mit einem Kreuzworträtsel tot, das er im Wohnzimmer in aller Seelenruhe löste, wohl wissend, dass er sich nur noch einmal rasieren und den Smoking anziehen musste. Unterdessen lief Nana aufgebracht von einem Ende der Wohnung zum anderen,

während sie hin und her überlegte, wie sie ihre Tochter dazu bringen könnte, sie mitzunehmen. Aber sie hatte kein Glück. Als das Paar gegangen war, traf jedoch, zusammen mit einer Karte, ein Blumenstrauß von Loretta ein. Sie entschuldigte sich und lud Nana unter dem Vorwand, ihr detailliert jede Einzelheit des Abends schildern zu wollen, für den kommenden Tag zum Essen ein. Eigentlich wollte sie die alte Dame für den Moment allerdings nur vom Ort des Geschehens fernhalten.

Pünktlich um acht trafen die Gäste im Haus der Harris ein. Es erwartete sie ein phantastisches Buffet. So etwas, zur Selbstbedienung angerichtete Speisen, galt als furchtbar chic und war äußerst ungewöhnlich im Spanien des Jahres 1959, in dem rund fünfundvierzig Prozent der Bevölkerung Analphabeten waren und das jährliche Pro-Kopf-Einkommen nicht einmal dreihundert Dollar erreichte. Lorettas gute Beziehungen zur Frau des Stützpunktkommandanten in Rota auf der einen Seite und Nieves' Freunde auf der anderen hatten es ermöglicht, das sehr begrenzte Angebot an amerikanischen Produkten in der Region deutlich zu verbessern. Es gab Waldorfsalat, geräucherten Wildlachs, Langusten aus New England mit Buttersoße und andere Köstlichkeiten aus Übersee, die in Kühlboxen angeliefert und mit einem Militärfahrzeug durch die Gegend kutschiert worden waren. Gleich neben dem Essen war blütenweißes Porzellan mit einer goldblauen Verzierung und dem Wappen der U.S. Navy gestapelt. Es sollte an nichts mangeln.

Captain Harris, Kapitän zur See, hatte sich am Vortag, als seine Frau und sein Untergebener ihr Ränkespiel zu planen begannen, kaum mit ihnen austauschen können, aber er vertraute voll und ganz auf die Fähigkeiten der beiden. Und einem Fest war er ohnehin nie abgeneigt. Als die Gäste ein-

trafen, erwartete seine Frau sie bereits in einem knallroten Kleid und begrüßte jeden Einzelnen ganz bezaubernd, während er, seine Körperfülle in eine Uniform mit vier goldenen Streifen am Ärmel gezwängt, sie mit einem ins Gesicht gemeißelten Lächeln empfing. Beide bemühten sich, mit ihrem besten Spanisch aufzuwarten. Dazu spielte im Hintergrund Louis Armstrong leise Trompete. *Sargento* Nieves hielt sich, seinem Rang entsprechend, abseits.

Die Roben und der Schmuck der Damen funkelten prächtig, wobei man sich einerseits mit kritischen Blicken taxierte und andererseits verstohlen die moderne Einrichtung der amerikanischen Gastgeber begutachtete. Unter den Herren waren Militäruniform und Smoking vorherrschend, obwohl einige, aus Unkenntnis oder Ignoranz, im gewöhnlichen Straßenanzug erschienen waren – ein grober Fauxpas, der ihren beschämten Angetrauten auf ewig in Erinnerung bleiben würde.

Unauffällig, mit für die anderen nicht wahrnehmbaren Blicken, wies Nieves das Ehepaar Harris auf die Carranzas hin. Die elegante Dame in dem blauen Kleid, lachend inmitten einer heiteren Gruppe, war die Mutter, der Vater jener ein wenig zerstreut wirkende Herr, der neugierig die merkwürdigen Gemälde betrachtete, auf denen Linien und geometrische Formen ein wildes Durcheinander bildeten. Er solle die Carranzas nicht aus den Augen lassen, lautete die Anweisung, obwohl sie die Herrschaften vorerst noch in Ruhe lassen würden. Besser, man überrumpelte sie nicht gleich zu Beginn.

Nach und nach wagten sich die Gäste ans Buffet, bedienten sich hier und da mit aufgesetzter Natürlichkeit, in den meisten Fällen nicht mal ahnend, was zum Kuckuck sie sich da auf die Teller häuften. Im Heimatland der Großmärkte, der Konsumvereine, der preiswerten Gasthöfe und

Esslokale war es damals noch nicht Mode, sich selbst zu bedienen. Und dieses sich hier und da ein Häppchen nehmen, um gleich darauf alles im Stehen zu verzehren, erwies sich für die Spanier als teuflisch komplizierte Angelegenheit. Die Unfähigkeit der meisten, gleichzeitig einen Teller, die Gabel und ein Glas zu halten und nebenbei noch Konversation zu machen, überforderte nicht wenige, die nach etlichen Versuchen entnervt das Handtuch warfen und einfach aufhörten zu essen. Besser hungrig bleiben, als sich lächerlich zu machen, wenn womöglich etwas im Dekolleté irgendeiner Dame landete, müssen sie wohl gedacht haben.

Nach einer Weile signalisierte ein weiterer Blickwechsel zwischen Nieves, Harris und seiner Frau, dass die Carranzas nun zum Abschuss freigegeben waren. Mit einer naiven Frage zur chemischen Zusammensetzung des beliebten Medikaments Calmante Vitaminado drängte Loretta den Apotheker unauffällig in eine Ecke des Saals und verwickelte ihn in ein intensives, von Verständnisschwierigkeiten geprägtes Gespräch über spanische und amerikanische Medikamente. Ungefähr zeitgleich, in einer anderen Ecke des Raums, konnte der praktischerweise gerade in der Nähe stehende Kapitän zur See verhindern, dass das pfauenblaue Kleid von Marichu durch einen ungeschickten, ins Stolpern geratenen Gast ruiniert wurde. Behände fing der Seemann nämlich im Flug gerade noch das Weinglas auf und rettete damit nicht nur das Kleid, sondern löste mit seinem heroischen Einsatz auch eine Woge der Dankbarkeit bei jener Dame aus, die ihm als Ausrede dafür diente, eine Unterhaltung mit ihr zu beginnen.

Weder der Apotheker noch seine Frau konnten sich später detailliert an den Verlauf ihrer Unterhaltungen erinnern, aber untermalt von jeder Menge hihihi hier und

hahaha dort sah sich Auroras Vater plötzlich mit dem überwältigenden Angebot konfrontiert, von seiner Apotheke aus zweihundert Ampullen Penicillin, das begehrteste Medikament in seiner rückständigen und unter Versorgungsengpässen leidenden Heimat, zu vertreiben. Praktisch im gleichen Augenblick nahm seine Gattin hocherfreut die Einladung zur Feria de Abril in Sevilla an, noch dazu in Begleitung der höchsten Vertreter des amerikanischen, in Spanien stationierten Militärs. Vollkommen zufrieden beobachtete Nieves im Hintergrund, wie sich die Dinge an beiden Fronten entwickelten. Um die Zeit bis zum nächsten Schritt totzuschlagen, trank er inzwischen seinen siebten Tequila.

Als die akrobatischen Verrenkungen nach dem Buffet überstanden waren, lockerten Alkohol und Rock 'n' Roll-Musik die Atmosphäre. Fröhliches Gelächter und das Klingen der Gläser erfüllten den Raum, während in den verschiedenen Grüppchen die Geschäfte und der Klatsch blühten. Einige Paare bemühten sich, nach dem merkwürdigen Rhythmus dieser neumodischen Musik zu tanzen, die einem sofort in die Beine ging. Zur selben Zeit versuchte der für öffentliche Ordnung zuständige Stadtrat, die Frau eines Korvettenkapitäns der U.S. Navy zu befingern, und kassierte dafür eine Ohrfeige, die sich gewaschen hatte. Während das Ehepaar Carranza wie verzaubert dem Charme der Harris erlag, dachten Letztere, die bisher an separaten Flanken operiert hatten, bereits an die unauffällige Annäherung beider Paarungen. Das Zeichen zum Einsatz gab Nieves. Als dieser sich vergewissert hatte, dass die vier zusammenstanden, eilte er in die Küche und von dort in den Garten. Dann steckte er zwei Finger in den Mund, und ein gellender Pfiff zerriss die Stille der Nacht. Fünf Schatten tauchten wie aus dem Nichts auf, fünf Gestalten,

zwei in Galauniform, zwei im Cocktailkleid und einer im Smoking. Letzterer war zusammen mit den Delikatessen für das Buffet vom Stützpunkt in Rota gekommen, nachdem zuvor peinlich genau Maß genommen worden war.

Der Auftritt des Quintetts ließ die Gespräche schlagartig verstummen.

»Guten Abend, meine Lieben!«, rief Loretta vom anderen Ende des Raumes zu ihnen hinüber.

Die fünf, schmuck und gebräunt nach ihrem Ausflug ans Meer, machten gewaltig Eindruck. Die Frauen in ihren ärmellosen Kleidern, Schultern und Dekolleté sonnengeküsst, sahen hinreißend aus. Daniel, der sein störrisches Haar mit einer ordentlichen Portion Pomade gebändigt hatte, war in seinem Smoking eine tadellose Erscheinung. Rasch ließ er den Blick über die Anwesenden schweifen. Bis er die Carranzas gleich neben dem Ehepaar Harris entdeckte: Sie waren also gekommen. Die erste Hürde wäre überwunden, nun rücken wir weiter vor und dann Attacke, dachte er, obwohl sich sein Magen zusammenkrampfte.

Die Gastgeber empfingen die fünf mit einem an Euphorie grenzenden Enthusiasmus. Teils, weil der Plan es so vorsah. Teils, weil die beiden nun schon seit über zwei Stunden reichlich dem Alkohol zusprachen.

»Danny, my dear, you look absolutely gorgeous!«, rief sie mit einem wiehernden Lachen. Sie boxte die Gäste geradezu beiseite, um zu ihm durchzukommen.

»Meine liebe Loretta, du siehst phantastisch aus, herzlichen Dank für die Einladung zu diesem großartigen Fest«, erwiderte Daniel in seinem allerbesten Spanisch.

Galant küsste er ihr die Hand. Als würden sie sich schon seit Ewigkeiten kennen.

Er benahm sich ganz so, wie sie es abgesprochen hatten. Zuerst der große Auftritt, dann Sondierung des Ge-

ländes. Anschließend, um gebührend Aufsehen zu erregen, eine besonders herzliche Begrüßung der Gastgeber. Dritter Schritt: Captain Harris. Los, Attacke!, beschwor er ihn innerlich.

Als Auroras Eltern sahen, mit welcher Herzlichkeit der einflussreiche Kommandant des amerikanischen Stützpunkts seinen jungen Landsmann zur Begrüßung umarmte, den sie erst wenige Tage zuvor voller Verachtung als nichtsnutzigen Abenteurer behandelt hatten, verschluckte der Apotheker sich fast an einem Eiswürfel in seinem Whisky, und seine Gattin spürte am Rücken kalten Schweiß ausbrechen, der ihr das Seidenkleid zu ruinieren drohte. Alle hielten diese überaus herzliche Umarmung für eine Demonstration von Harris' großer Wertschätzung für den gerade erschienenen Gast. Zum Glück wusste niemand, dass seine Reaktion eher ein Reflex auf die Order seiner Frau war, der sie mit ihrem Absatz in seinem linken Fuß Nachdruck verliehen hatte. Keiner der Anwesenden ahnte, dass sich die beiden Männer zum ersten Mal in ihrem Leben sahen.

Erst dann, nachdem die ersten drei Ziele erreicht waren, entspannte sich Daniel ein wenig, während eine Handvoll Damen sich um Loretta scharte. Sie interessierten sich sofort für diesen als auffallend gut aussehend eingestuften jungen Mann, bei dem sich die Gute sehr vertraut eingehakt hatte. Und da er allein erschienen war, nahmen sie an, er sei noch zu haben, und stürzten sich sogleich auf die Beute, denn jede von ihnen hatte eine Tochter, Nichte oder kleine Schwester im heiratsfähigen Alter, die einen solchen Prachtkerl sicher gerne glücklich machen würde. Und offensichtlich war er sogar gut bekannt mit dem bezaubernden amerikanischen Paar, das ihnen das beste Fest seit vielen Jahren beschert hatte. Zu seinem Glück identi-

fizierte ihn niemand als den liebeskranken Fremden, der sich unsterblich in die Tochter jenes Ehepaares verliebt hatte, das sich konsterniert in eine Ecke zurückgezogen hatte und miteinander tuschelte.

Bis jetzt war der Plan von Loretta und Nieves voll aufgegangen, aber als der *sargento* die sich bewundernd um Carter drängenden Frauen sah, die entzückt lauschten, was Mrs. Harris von ihm zu berichten wusste, und versuchten, seine Aufmerksamkeit mit Schmeicheleien und geistreichen Kommentaren auf sich zu ziehen, schrillten bei ihm sämtliche Alarmglocken. Er streckte sich, hüstelte und strich seinen Schnurrbart glatt. Das war nicht vorgesehen. Hier geschah etwas völlig Unerwartetes. Sie hatten gedacht, die Annäherung zwischen den Carranzas und den Harris würde ihre Zeit brauchen, sich allmählich vertiefen, und dass mit Daniels Erscheinen auf der Bildfläche noch jede Menge Arbeit vor ihnen läge. Sie hatten angenommen, sie würden den Jungen vorstellen, nach und nach die Eltern davon überzeugen müssen, dass der junge Mann ihrer Tochter würdig sei, ihnen beweisen, dass er als Ausländer nicht zwangsläufig ein zügelloser, amoralischer Mensch oder gar ein armer Teufel sei, der nicht einmal Papiere hatte.

Womit Nieves nicht im Geringsten gerechnet hatte, war, dass die herzliche Umarmung des Kommandanten und die geräuschvoll demonstrierte Zuneigung seiner Frau genügten, um jeglichen Argwohn der Anwesenden augenblicklich und wie durch Zauberhand fortzuwischen. Da begriff der *sargento,* dass alle Instruktionen, die er dem jungen Mann mitgegeben hatte – wie er sich benehmen, was er aus seinem Leben erzählen und worüber er besser schweigen sollte –, vollkommen nutzlos waren. Das interessierte keinen oder besser keinen mehr. Er hatte ja

nicht ahnen können, dass der Junge sich allein durch die Protektion der Harris auf einen Streich vom ungepflegten Abenteurer zum Objekt der Begierde mausern würde, vom unerwünschten Ausländer zur begehrten Partie. Wie viel Lebensweisheit hatte da doch Auroras Großmutter bewiesen, als sie Daniel empfahl, sich einen guten Fürsprecher zu suchen.

Mit einem schnellen Blick hatte Nieves erfasst, wo die Carranzas steckten. Missgelaunt hatten sie sich in eine Ecke zurückgezogen, sie fühlten sich unbehaglich und wussten nicht, was sie tun sollten. Daniel stand unterdessen, von den Gastgebern flankiert, noch immer in der Mitte des Raumes, ein leeres Glas in Händen. Den Gin Tonic hatte er mit drei Schlucken hinuntergestürzt. Mit Stil und Format kaschierte er seine Verblüffung angesichts der maßlosen Lobeshymnen über seine Person, seine Herkunft und seine phantastischen beruflichen Aussichten, die Loretta nicht müde wurde, lautstark und mit immer schwerer werdender Zunge zu verkünden.

Da wusste der *sargento,* dass er eingreifen musste. Und zwar unverzüglich. Der Apotheker und seine Frau waren derart durcheinander, dass sie gar nicht mehr in der Lage waren, überhaupt zu handeln. Er musste ihnen beistehen, doch es blieb keine Zeit mehr – weder für subtile Tricks noch für gekonnte Vorwände. Deshalb trat er mit ein paar raschen Schritten hinter das Ehepaar Carranza, aber so, dass sie ihn nicht bemerkten. Dann neigte er unauffällig den Kopf, sodass sich sein Gesicht genau zwischen ihrem rechten und seinem linken Ohr befand. Und nachdem er seine unvermeidliche, ihn stets begleitende Zigarre aus dem Mund genommen hatte, ließ er sie Folgendes wissen:

»Entweder gehen Sie jetzt zu der Gruppe bei den Harris hinüber, oder die Frau des Registrators schnappt sich den

Gringo für ihre Marité, und Ihre Tochter kann ins Kloster gehen, ganz wie Sie wollen. Los, gehen Sie schon.«

Ein Piksen mit dem Schnappmesser hätte bei Marichu Carranza nicht mehr Wirkung zeigen können. Während der Apotheker sich immer noch fragte, wo zum Teufel dieser Kerl in amerikanischer Marineuniform, der Spanisch sprach wie der mexikanische Schauspieler Cantinflas, auf einmal herkam, hatte seine Frau ihn schon am Arm gepackt und zu der Gruppe gezerrt, aus der Daniels Gesicht hervorstach, da er alle anderen überragte.

Um den Rest kümmerte sich wieder einmal Loretta.

Das Fest endete um vier Uhr früh im Garten, wo alle zu *La conga de Jalisco* ausgelassen rund um das Haus tanzten. Zufrieden beobachtete Nieves, der an einen Baum geklammert eine Flasche Tequila Herradura leerte, aus dem Dunkel heraus die Szene. In ihrem knallroten, bis zum Oberschenkel gerafften Kleid führte Mrs. Harris die Polonaise an. Ihr folgte eine lange Schlange von Gestalten, aufs Kurioseste durcheinandergemischt. Daniel hielt sich am Gürtel der Mutter seiner Braut fest, und der Apotheker Carranza, dessen Beine dem Takt der Musik so gar nicht folgen wollten, klammerte sich wiederum ans Smokingjackett seines zukünftigen Schwiegersohns. Der Herr Stadtrat, völlig verschwitzt, mit gelöster Fliege und halb aufgeknöpftem Hemd, klemmte gierig sabbernd zwischen Vivians prächtiger Kehrseite und dem üppigen Dekolleté von Rachel. Der Kommandant des spanisch-amerikanischen Stützpunktes bildete das Schlusslicht des Zugs, noch nicht ahnend, dass er den historischen bilateralen Verträgen zwischen Spanien und den USA, dem 1953 geschlossenen Pakt von Madrid, eine weitere wichtige Note hinzugefügt hatte. Drei Monate später heirateten Aurora Carranza und Daniel Carter an einem strahlend schönen Sonntag-

mittag Ende Juni. Die Braut trug ein Kleid aus altem Organza, und obwohl ihre Mutter wollte, dass man ihr das Haar zu einem prächtigen Knoten à la Grace Kelly hochsteckte, weigerte sie sich kategorisch; sie wollte es unbedingt offen tragen. Der Bräutigam, im Cut, erwartete seine zukünftige Frau am Altar der Basílica de la Caridad, als wäre es der Moment, auf den er sein Leben lang gewartet hatte. Von Auroras Seite nahm die Crème de la Crème der örtlichen Gesellschaft an der Hochzeit teil, und man stellte aus diesem Anlass die schönsten Hüte, Gewänder, Perlen und Stoffe zur Schau. Von seiner Seite unterzeichnete Domingo Cabeza de Vaca als Trauzeuge, der in Begleitung einer jungen Dozentin für westgotische Kunst erschien, der er seit dem Frühjahr den Hof machte. Außerdem war Señora Antonia mit ihren Söhnen gekommen – die beiden mussten ihrer Mutter unablässig Taschentücher reichen, da sie vor Rührung immer wieder in Tränen ausbrach –, ebenso wie der in Cartagena stationierte Regimentsstab der U.S. Navy. Auch seine Eltern waren aus den Vereinigten Staaten angereist, was natürlich, wieder einmal, auf Lorettas Betreiben hin geschehen war. So konnte man endlich die alten Misshelligkeiten begraben. Andrés Fontana sandte ihnen ein Telegramm aus Pittsburgh. Meine besten, herzlichsten Wünsche für das große Abenteuer, zu dem ihr gemeinsam aufbrecht, schrieb er.

Sie feierten das Ereignis mit einem Mittagessen am Mittelmeer im Regattaclub der Stadt und verbrachten die Hochzeitsnacht im Gran Hotel. Es erregte Anstoß bei den beiden Müttern und Freude bei Nana, dass die zwei Frischvermählten die Hochzeitssuite erst um sechs Uhr abends des nächsten Tages verließen, als sie zu ihrer Hochzeitsreise aufbrachen, die sie nach Chalamera, Pamplona, Biarritz und Paris führte. Chalamera besuchten sie auf Wunsch von

Daniel, der Aurora die Heimat des Schriftstellers zeigen wollte, dank dessen Werk sie sich überhaupt kennengelernt hatten – seine Art, zum Ursprung zurückzukehren. Mit dem Aufenthalt in Biarritz wollten sie Nana huldigen, und die Reise nach Paris war ein Geschenk seiner Eltern, eine Entschädigung für die Jahre der Eiszeit zwischen ihnen.

Den Grund, warum sie nach Pamplona wollten, erfuhr niemand. Beide Familien begriffen erst, was die Brautleute geplant hatten, als sie unter den vielen, Monate später mit der Post eintreffenden Fotos eins von Daniel entdeckten, auf dem er in weißer Kleidung und mit einem roten Halstuch wie ein Besessener durch die Calle Estafeta vor einem Stier herlief, keine zwei Handbreit von den Hörnern entfernt. Auf einem anderen Foto sah man die beiden Jungvermählten auf einer Terrasse neben einem weißbärtigen älteren Herrn sitzen, den nur wenige erkannten. Es handelte sich um Ernest Hemingway, und für ihn war es das letzte Jahr, in dem er am San-Fermin-Fest in Pamplona teilnahm. Geblieben ist sein Reisebericht »Gefährlicher Sommer«, der kurz darauf in der Zeitschrift *Life* erscheinen sollte. Einige behaupteten, die Alkoholexzesse des Schriftstellers auf seiner monatelangen verrückten Stier-Wallfahrt quer durch Spanien hätten ihn letztlich das Leben gekostet. Doch für das junge Paar war jener Sommer der Beginn einer Zeit voller Glückseligkeit.

Aurora brachte in die Ehe einen Abschluss in Pharmazie und ihre Aussteuer an Tisch- und Bettwäsche mit, die sie von ihrer Großmutter bekommen hatte; sie war mit geklöppelter Spitze aus Valenciennes verziert. Doch sie konnte nicht einmal ein Spiegelei braten und nur ein paar Sätze in der Sprache des Landes radebrechen, in dem sie bis ans Ende ihrer Tage leben würde. Ohne sie zu kennen, machte sie sich die biblischen Worte aus dem Buch Rut zu eigen:

Wohin du gehst, dahin gehe auch ich, und wo du bleibst, bleibe auch ich. Dein Volk ist mein Volk, und dein Gott ist mein Gott. Daniel brachte als Startkapital sein beeindruckendes Spanisch und ein bescheidenes Angebot für eine Stelle mit, die er durch Andrés Fontanas Fürsprache bekommen hatte. Er konnte an einer Universität im Mittleren Westen spanische Philologie lehren und gleichzeitig an seiner Doktorarbeit über Ramón J. Sender schreiben, deren Vorbereitung seinem Leben eine völlig neue Richtung gegeben hatte.

Hinter sich ließen sie ein Land, das damals neben Portugal das ärmste Europas war. Eine Nation, die durch moralischen Konformismus und ein diese Haltung stützendes soziales Gefüge unterjocht war. Nur vier von hundert Haushalten verfügten über einen Kühlschrank, und Frauen war es untersagt, ein Bankkonto zu eröffnen oder ohne Erlaubnis der Eltern oder des Ehemannes ins Ausland zu reisen. Aber nach und nach änderten sich die Dinge. Die schwarzen Schleier, die in den Straßen bettelnden Kinder, die Nachttöpfe unter den Betten und die pompöse Rhetorik des Regimes: All das verschwand, als zögerlich der industrielle Fortschritt einsetzte und eine bescheidene Öffnung des Landes begann, die zur Entwicklung Spaniens führte.

Noch Ende desselben Jahres sollte Franco, einstiger Todfeind der Amerikaner, Präsident Eisenhower bei dessen Besuch 1959 in Madrid herzlich umarmen und damit den 1953 unterzeichneten unbefristeten Pakt von Madrid besiegeln. Er autorisierte die Vereinigten Staaten, wie einige meinten, nach Lust und Laune auf der Iberischen Halbinsel zu agieren. Im Gegenzug sollte Spanien wirtschaftliche und militärische Unterstützung in Höhe von zwei Millionen Dollar erhalten, verteilt auf einen Zeitraum von zehn

Jahren. Trotz dieses Regens auf ausgedörrten Boden gab es nicht wenige, die dachten, der Caudillo habe die nationale Souveränität für ein Linsengericht verkauft.

Und obwohl zahlreiche ausländische Regierungen noch an der Legitimität des Regimes zweifelten, fand Spanien von nun an zunehmend Akzeptanz auf allen internationalen Ebenen. Die Ergebnisse ließen nicht lange auf sich warten: Der Zustand der Straßen verbesserte sich deutlich, Devisen bringende Touristen strömten ins Land, das völlig veraltete Heer wurde modernisiert, das Pro-Kopf-Einkommen erhöhte sich, kurzum, das durch den Bürgerkrieg verwüstete Spanien begann sich zu erholen, war auf dem Weg in den Wohlstand. Und zur großen Freude der Kinder wurden tonnenweise Milchpulver und merkwürdige riesige Käse – cremige, in Dosen verpackte – in den Schulen verteilt, die mit dem Emblem des Hilfsprogramms geschmückt waren: zwei ineinander verflochtene Hände vor einer US-amerikanischen Flagge.

Dafür arbeiteten die Nordamerikaner mit der für sie üblichen Effizienz bereits auf Hochtouren an den ihnen vereinbarungsgemäß zugestandenen militärischen Anlagen: den Luftwaffenstützpunkten für B-47-Bomber in Torrejón, Zaragoza und Morón de la Frontera, einem großen Marinestützpunkt in Rota, sowie zusätzlichen Einrichtungen in den Häfen von El Ferrol, Palma de Mallorca, Las Palmas und Cartagena.

Wie es der Rezeptionist Modesto schon vorausgeahnt hatte, bevölkerten alsbald nordeuropäische Schönheiten im Bikini die Strände. Dazu kamen das Fernsehen, Fabriken und Hochöfen, und Emigranten mit Pappkoffern machten sich auf den Weg nach Deutschland. Es dauerte auch nicht lange, bis andere Freizeitbeschäftigungen als Fußball, Stierkampf, Chorsingen und Volkstanz zum

alltäglichen Leben in Spanien gehörten. Die aufstrebende Mittelschicht begann, sonntags Brathähnchen zu essen, und übte sich redlich in der Aussprache barbarischer fremder Wörter, die gerade ins Land gekommen waren und sich anhörten, als habe man Kieselsteine im Mund: Winston, Hollywood, Kelvinator.

Und während Spanien langsam seine Rückständigkeit hinter sich ließ und die Tür zur Moderne ein wenig öffnete, saß Anfang August 1959 ein junger Amerikaner an Bord eines Atlantikflugs und säuselte einer verschlafenen jungen Spanierin, deren Gesicht halb verdeckt war von ihrem zerzausten flachsblonden Haar, einige Zeilen von Pedro Salinas ins Ohr. *Ich will dich rein, frei, / einzig: dich selbst. / Ich weiß, wenn ich dich rufe / unter allen Völkern / der Welt, / nur du bist du. / Und wenn du mich fragst, / wer ist's, der dich ruft, / dich als die Seine will, / begrab ich die Namen, / die Schilder, die Geschichte. / Ich zerschlage alles, / was man mir aufgepackt / schon vor der Geburt. / Und zurückgekehrt zum namenlos / Ewigen der Nacktheit, / des Steins, der Welt, / werd ich dir sagen: / »Ich liebe dich, ich bin's.«*

Gemeinsam gingen sie einer Zukunft entgegen, von der sie nicht ahnten, zum Glück für beide, was sie an Schicksalsschlägen bereithielt.

Kapitel 30

Er wartete draußen auf mich, mit verschränkten Armen an seinen Wagen gelehnt, einen blauen Volvo, der weder allzu neu noch allzu sauber war. Eine getönte Brille zum Schutz der Augen, der helle Bart in der Morgensonne noch heller und die Haare wie immer ein wenig zu lang. Er trug verknitterte Chinos und eine alte Jeansjacke, was ihn gleichzeitig lässig und attraktiv aussehen ließ.

»Du bist wohl gerade erst aufgestanden, bestimmt hast du nicht einmal gefrühstückt.« Mit dieser treffsicheren Bemerkung begrüßte er mich.

Er hatte recht, die Zeit hatte nur für zwei, drei Schluck Kaffee gereicht. Ich war so spät wach geworden, dass ich mich nur schnell duschen, ein wenig zurechtmachen und aus dem Haus gehen konnte, als er bereits zum zweiten Mal hupte.

Er hatte mich Mitte der Woche angerufen, um für unser Vorhaben, über das wir am Abend von Thanksgiving gesprochen hatten, ein konkretes Datum auszumachen.

»Am Samstag gehe ich mit Luis Zárate essen, deshalb wäre der Sonntag günstiger«, schlug ich vor. Nach den paar freien Tagen zu Thanksgiving hatten der Direktor und ich endlich Nägel mit Köpfen gemacht.

»Und wenn er dich entführt und du nicht zurückkommst?«, sagte er mit spöttischem Unterton. »Warum fahren wir nicht schon am Freitag?«

Ich willigte ein. Mit ihm zusammen zu sein empfand ich

immer als angenehm, und diese in Fontanas Papieren so häufig erwähnte Missionsstation interessierte mich immer mehr. Warum den Ausflug dorthin noch aufschieben? Allerdings waren die Tage davor noch einigermaßen anstrengend. Seit Beginn des letzten Monats im Jahr wurde ich mit E-Mails aus Spanien regelrecht bombardiert, in denen ich immer wieder nach meinen Plänen für die nächste Zeit gefragt wurde, manchmal eher diskret, manchmal in einer Art, die schon fast unverschämt war. Die befreundeten Kollegen von der Universität wollten wissen, ob ich denn zum traditionellen Weihnachtsumtrunk beim Dekan kommen würde, und meine Schwester África lag mir ständig mit Ideen in den Ohren, wie man meinem zukünftigen Ex eins auswischen könnte. Die gemeinsamen Freunde aus der Zeit mit Alberto, mit denen wir unsere Kinder großgezogen und so viel erlebt hatten, erkundigten sich diplomatisch nach meinen Plänen in der Absicht, wie ich intuitiv ahnte, getrennte Begegnungen einzufädeln, um ein peinliches Zusammentreffen von uns beiden unter demselben Dach nach Möglichkeit zu vermeiden. Sie alle vertröstete ich. Ich sag euch noch Bescheid, wir werden sehen, wir bleiben in Kontakt, ich habe viel Arbeit, *adiós,* bis bald, *adiós.*

Auf dem Campus breitete sich inzwischen die für ein Semesterende typische Stimmung aus. Ende des Semesters, Ende des Jahres, Ende des Jahrhunderts und des Jahrtausends, große Veränderungen standen vor der Tür. Was die Studenten im Augenblick jedoch viel mehr beschäftigte, war zweifellos, dass bald Prüfungen abgehalten, Seminararbeiten, schriftliche Proben und Projekte abgegeben werden mussten. Die Überlastung war überall spürbar, auch in den Freizeiteinrichtungen, auf den Sportanlagen und in den Cafés herrschte Unruhe. In den Wohnheimen und

Apartments brannte das Licht bis in die frühen Morgenstunden, und die Bibliothek blieb, wie ein großes Flüchtlingslager, vierundzwanzig Stunden am Tag geöffnet.

Ähnlich war die Atmosphäre bei den Professoren und Dozenten. Wesentlich kürzere Gespräche auf dem Korridor, Berge von Prüfungen, die es vorzubereiten galt. Stapelweise Aufgaben zu korrigieren, Zeitdruck und der dringende Wunsch, die erste Hälfte des Semesters endlich abschließen zu können. So war die Grundstimmung bei meinen Kollegen, nicht anders als Jahr für Jahr bei mir an meiner Universität in Spanien. Nur jetzt nicht. Zum ersten Mal in meinem Leben sehnte ich die Ferien nicht herbei.

Und trotzdem wurde mit jedem Tag deutlicher, dass meine Arbeit am Nachlass von Andrés Fontana allmählich in die Endphase trat. Die Papierstapel auf meinem Tisch nahmen in dem Maße ab, wie ihr Inhalt auf der Festplatte des Computers gespeichert wurde. Die Unterlagen wanderten, sobald ich sie gelesen und eingeordnet hatte, der Reihe nach in Pappkartons, die sich am Boden aufreihten. Was ich im Laufe der letzten Wochen über die Geschichte Kaliforniens erfahren und im Gedächtnis behalten hatte, hatte mir die Arbeit wesentlich erleichtert, doch mir fehlte bei der Rekonstruktion dessen, was der Professor gegen Ende seines Lebens geschrieben hatte, immer noch der rote Faden. Ich wurde das Gefühl nicht los, dass mir Daten fehlten, Dokumente, Teile des großen Puzzles, das seine letzte Forschungsarbeit darstellte. Dem allen einen Zusammenhang zu geben lag außerhalb meiner Fähigkeiten, aus so wenigen Weidenruten konnte ich kaum Körbe flechten. Vielleicht konnte ich es deshalb kaum erwarten, dass endlich der Freitag kam.

»Wir wär's, wenn wir erst mal eine Kleinigkeit essen?«,

schlug Daniel vor, als ich ihm bestätigte, dass ich tatsächlich noch nichts im Magen hatte.

Wir hatten es nicht besonders eilig loszufahren, und so hielten wir am Stadtrand bei einem Café, wo sich eine Handvoll übernächtigter Hippies mit Arbeitern und weißhaarigen Großmüttern auf dem Weg zum wöchentlichen Friseurtermin mischten. Wir nahmen einen Tisch an einem großen Fenster und wählten bewusst ein üppiges Frühstück: Eier mit Bacon, Pancakes, Kaffee und Orangensaft.

Wir unterhielten uns, während wir bei den zwei riesigen Tellern, die uns eine kräftige mexikanische Kellnerin hingestellt hatte, ordentlich zugriffen. Sie hatte uns sicher größere Portionen gegeben als üblich als Dank für die Komplimente in ihrer Muttersprache, mit denen ihr Daniel die morgendliche Unlust versüßt hatte.

»Ich gebe auf«, sagte ich schließlich, ohne fertig gegessen zu haben. »Ich bringe keinen Bissen mehr hinunter.«

»Komm, iss nur!«, scherzte er. »Deine Familie soll nicht denken, wir hätten dich in Kalifornien hungern lassen.«

Ich blickte starr auf die Dotterreste eines Spiegeleis.

»Was ich noch an Familie habe, und ob es die überhaupt interessiert …«

Schon ehe ich mich das letzte Wort aussprechen hörte, bereute ich, was ich gesagt hatte. Vielleicht hatte ich nur eine ironische Bemerkung loslassen wollen, aber herausgekommen war ein vollkommen ungefilterter Schwall an Verbitterung, ohne jeden Grund. Ich wollte gar nicht von mir selbst, über meine Gefühle und Nöte sprechen. Plötzlich war ich vollkommen durcheinander und verstand nicht, warum. Mit einem Mal fing ich völlig grundlos an, mich selbst zu bestrafen. Und das ausgerechnet zu einem Zeitpunkt, wo ich gerade begonnen hatte, wieder ein we-

nig optimistischer in die Zukunft zu blicken, wieder ein wenig Kraft geschöpft hatte. Vielleicht war ich aus diesem Grund mit meinen Äußerungen nicht mehr so vorsichtig gewesen. Vielleicht hatte ich aber auch schon viel zu lange viel zu viel schlucken müssen und mich deshalb nicht mehr zurückhalten können.

»Sag so was nicht, Blanca, bitte. Ich weiß, dass du Kinder hast, du hast einmal von ihnen gesprochen. Und obwohl du immer sehr darauf achtest, nichts von dir persönlich preiszugeben, denke ich mir, dass es noch jemand anderen gibt, dem du wichtig bist. Jemanden, den es interessiert zu erfahren, dass es dir gut geht, dass du viel arbeitest, dass du gesund bist und auf dich aufpasst, dass du an diesem Ort, der so weit entfernt ist von deiner Heimat und deinem gewohnten Leben, doch Freunde gefunden hast, die dich schätzen. Geschwister, Eltern, Freunde, Partner, Expartner, zukünftiger Partner, was weiß ich. Oder einen Ehemann, vielleicht eher einen Exmann. Vielleicht ist jetzt genau der richtige Moment, mir einmal etwas mehr über dich zu erzählen als nur, wie du mit deiner Arbeit an Fontanas Nachlass vorankommst.«

»Du willst etwas über mich wissen?«, sagte ich dann und hob den Blick von meinem halb abgegessenen Teller. »Na gut, dann erzähle ich dir was. Meine Kinder, zwei Söhne, gehen schon ihre eigenen Wege. Sie sind fertig mit dem Studium und längst flügge. Der eine macht ein Aufbaustudium in London, der andere nimmt sich gerade eine Auszeit und pendelt zwischen Tarifa und Madrid, beide machen ihr Ding und kümmern sich nicht groß um mich. Eltern habe ich keine mehr, sie sind beide schon gestorben. Mein Vater vor fünfzehn Jahren an Prostatakrebs und meine Mutter vor vier Jahren an einer Gehirnblutung, wenn du es genau wissen willst. Ich habe, das ja, eine Schwester, die África heißt,

mich dauernd anruft, mich moralisch fertigmacht und dabei denkt, sie bringe mein Leben wieder auf die Reihe, aber auf ihre Weise, und das entspricht leider nicht dem, wie ich es mir einrichten möchte. Und bis vor wenigen Monaten hatte ich noch einen Mann an meiner Seite, mit dem ich seit fast fünfundzwanzig Jahren verheiratet war, und glaubte, ein stabiles und einigermaßen glückliches Eheleben zu führen. Doch eines schönen Tages hörte er auf, mich zu lieben, und zog aus. Er verliebte sich in eine andere Frau, die beiden bekommen nun ein Kind, und ich wollte ihn seither nicht mehr sehen, deshalb habe ich beschlossen fortzugehen, und aus diesem Grund bin ich jetzt hier. Nicht, weil mich das akademische Leben an dieser Universität am Ende der Welt so besonders interessieren würde oder weil ich unbedingt den verstaubten Nachlass eines Toten ans Licht holen will. Ich bin nur hierhergekommen, weil ich vor der puren, bitteren Trostlosigkeit flüchten wollte. Das war's, Professor Carter, so sieht mein Leben aus. Faszinierend, nicht wahr? Du siehst also, es interessiert wirklich niemanden, ob ich etwas esse oder nicht.«

Mir wurde plötzlich flau, und ich wandte den Blick ab, um ihm nicht in die Augen sehen zu müssen. Aber ich bereute es nicht, ihm von mir erzählt zu haben. Ein Gefühl der Erleichterung verspürte ich allerdings auch nicht. Im Grunde war es mir gleichgültig. Ich gewann nichts dadurch, dass ich ihm von meinem Leben erzählt hatte, und ich verlor auch nichts.

Ich schaute durch das große Fenster neben mir, ohne etwas Bestimmtes ins Auge zu fassen. Weder das kränklich wirkende Pärchen, das in diesem Moment hereinkam, noch den Geländewagen, der gerade einparkte, oder den fast schrottreifen Lieferwagen, dessen Fahrer unbeabsichtigt zurücksetzte, obwohl er eigentlich losfahren wollte.

Bis ich bemerkte, dass Daniels Arme sich über den Tisch in Richtung meines Tellers streckten. Zwei lange Arme mit großen, knochigen Händen. Mit ihnen griff er nach meinem Besteck, drehte es um und machte sich über die Reste meines Frühstücks her. Schnitt, spießte auf, legte das Messer beiseite und hob die Gabel. An meinen Mund. Und dann sagte er mit professoraler Autorität, wie er sie wahrscheinlich einsetzte, wenn er seine Studenten mal zurechtweisen musste:

»Mich interessiert es sehr wohl. Iss!«

Ich musste beinahe lachen. Nicht aus purer Lebensfreude natürlich, schon ein wenig bitter. Aber auch ein bisschen dankbar.

»Komm, lass uns gehen«, sagte ich, als ich das Stück Pancake, das er mir anbot, schließlich hinuntergeschluckt hatte.

Während er bezahlte, stand ich auf und trat hinaus, bald stand er neben mir. Ohne Eile gingen wir zum Wagen, jeder seinen Gedanken nachhängend. Irgendwann auf dem kurzen Weg fuhr er mit der Hand in mein Haar und drückte mir einen Moment lang den Nacken.

»Blanca, Blanca …«

Mehr sagte er nicht.

Auf den ersten Blick wirkten Sonoma und Santa Cecilia ziemlich ähnlich und gleichzeitig doch verschieden. Es war ruhiger, das laute Studentenvolk fehlte. Wir parkten direkt auf der Straße mitten im Zentrum neben einem großen Platz, an dem das Rathaus stand, umgeben von hundertjährigen Bäumen. Ringsherum niedrige Häuser in bunten Farben: das legendäre Hotel Toscano und das Blue Wing Inn, das Teatro Sebastiano, alte Unterkünfte der mexikanischen Armee und die Casa Grande, während der ersten Jahre der Unabhängigkeit im Besitz des Kommandanten Mariano Guadalupe Vallejo.

»Und hier haben wir unsere Missionsstation …«

An einer Ecke. Schlicht, weiß gekalkt, schmucklos. Mit einem über die gesamte Längsseite verlaufenden Säulengang mit hölzernen Balken. San Francisco Solano, üblicherweise Mission Sonoma genannt. Die letzte der von spanischen Franziskanermönchen im Zuge ihrer abenteuerlichen Missionsarbeit gegründeten Siedlungen, letzte Station des sagenumwobenen Camino Real, dieses langen Weges, den die Mönche auf dem Rücken von Maultieren und mit harten Ledersandalen an den Füßen entlanggezogen waren. Wie bei allen anderen Missionsstationen auch hier eine gusseiserne, an einem Querbalken in der Fassade hängende Glocke, ein Symbol in ganz Kalifornien, vom hohen Norden bis in den tiefen Süden, das Meile für Meile verkündete, dass sich hier in nicht allzu ferner Vergangenheit jene einfach lebenden Männer niedergelassen hatten.

Schweigend standen wir davor. An den klaren Linien, an ihrer Schlichtheit war gar nichts Besonderes. Aber irgendwie, vielleicht gerade deshalb, waren wir beide sehr bewegt. Die Dachziegel aus Lehm, die helle Sonne auf den blendend weißen Mauern. So vergingen einige Minuten.

»Ich war vorhin nicht ganz ehrlich zu dir.«

Er fragte nicht, warum, ich sollte es ihm selbst sagen. Und das tat ich, ohne ihn anzuschauen, ohne den Blick von der Fassade zu nehmen.

»Es stimmt, dass ich die Arbeit an Fontanas Nachlass anfangs als simple Verpflichtung gesehen habe, um Abstand zu meinen Problemen zu bekommen, um mich physisch wie psychisch davon zu lösen. Das bedeutet aber nicht, dass ich sie als schlichten Zeitvertreib aufgefasst hätte. Was anfangs bloße Pflicht war, interessiert mich inzwischen auch persönlich.«

Weder äußerte er eine Meinung dazu, noch gab er ein

Urteil ab. Er ließ lediglich einige Augenblicke verstreichen, um meine Worte sacken zu lassen. Dann nahm er mich am Ellenbogen und sagte: »Komm, gehen wir.« Und wir setzten uns in Bewegung.

Ebenso wie die anderen zwanzig Missionsstationen hatte man auch San Francisco Solano vollständig neu aufgebaut, von dem ursprünglichen Gebäude war nur noch wenig erhalten. Überdauert hatten jedoch die Ästhetik, die Atmosphäre und die Struktur des Ganzen mit dem einfachen Kreuz aus unbearbeitetem Holz im oberen Teil. Auf einer Gedenktafel aus Metall konnte man ihre Geschichte kurzgefasst nachlesen. Schlichtheit in ihrer reinsten Form, zu Herzen gehend und ergreifend in ihrer Kargheit.

Es schien zu dieser Uhrzeit keine weiteren Besucher zu geben, und so begleitete uns nur der Klang unserer Schritte auf dem rötlichen Steinboden, als wir uns die Kapelle mit den weiß gekalkten Wänden und dem schlichten, in naiver Weise gestalteten Altar ansahen. Anschließend betrachteten wir den Flügel, in dem die Patres lebten, umgewandelt in ein winziges Museum, in dem hinter Glas ein Modell der Missionsstation ausgestellt war, ebenso wie eine Kupferpfanne, mehrere Brandeisen zum Markieren von Vieh und eine Handvoll Schwarz-Weiß-Fotografien aus verschiedenen Phasen ihrer Existenz.

Kaum ein Wort wechselnd, sahen wir uns weiter um. Trotz ihrer Schlichtheit und kargen Ausstattung strahlten die Gebäude, die ganze Örtlichkeit einen großen Zauber aus und vermittelte einem gleichzeitig eine große innere Ruhe. An den Wänden des Raumes, der ehemals vermutlich das Refektorium gewesen war, entdeckten wir zahlreiche alte Aquarelle – vierzig oder fünfzig, vielleicht sechzig – und hielten inne, um sie in aller Ruhe in Augenschein zu nehmen. Es waren Darstellungen der Missionsstationen

in ihrem erhabenen Verfall, vor dem Wiederaufbau. Mit halb eingestürzten Mauern und Dächern oder es lag alles schon in Ruinen. Der Glockenturm von einem Gerüst gestützt, Zwischenwände mit Löchern, von Kletterpflanzen überwucherte Mauern und ein starkes Gefühl von Verlassenheit und Einsamkeit.

»Glaubst du, dass er recht hatte?«

Er stellte die Frage ganz unvermittelt in die Stille hinein, den Blick unverwandt auf das Bild eines halb verfallenen Bogengangs gerichtet. Ohne die Hände aus den Hosentaschen zu nehmen, ohne sich mir zuzuwenden.

»Wer und womit?«

»Fontana mit seiner Idee, dass vielleicht noch eine weitere Missionsstation existierte, über die nirgendwo etwas dokumentiert ist.«

Er starrte unbewegt auf das Aquarell vor ihm, als könnte es ihm die Antwort verraten.

»In seinen Papieren habe ich keinen Hinweis darauf gefunden«, erwiderte ich. »Aber er hatte das Gefühl, dass es einmal eine gab, wie du selbst mir erzählt hast. Er nannte sie Misión Olvido, nicht wahr?«

»Diesen Namen habe ich von ihm gehört, ja. Vielleicht war es der richtige Name, vielleicht ein von ihm selbst erfundener, um etwas zu benennen, worüber er vermutlich niemals Gewissheit erlangte.«

Ein Touristenpaar kam in den Raum. Sie, die Kamera im Anschlag, einen Augenschirm auf den dauergewellten roten Haaren; er mit einer auffallenden Gürteltasche am überquellenden Bauch und einer umgekehrt aufgesetzten Baseballkappe. Wir traten beiseite, um die beiden vorbeizulassen; die überaus nostalgischen Bilder schienen keine große Begeisterung bei ihnen zu wecken.

»Tja, ich fürchte, wir werden auch zukünftig keine Spur

dieser vergessenen Missionsstation finden«, fügte ich hinzu, als wir wieder allein waren.

Als wir den Raum mit den Aquarellen verließen und zum Garten im Innenhof schlenderten, hörten wir mit einem Mal Kinderstimmen. Es waren offenbar Schüler, die mit ihrer jungen Lehrerin einen Ausflug machten, begleitet von einer ältlichen Fremdenführerin, die mit äußerst mäßigem Erfolg um Ruhe bat. Wir traten näher, blieben aber in angemessener Entfernung neben einem aus Ziegelsteinen gemauerten Brunnen in der Mitte des Hofes stehen, um uns anzuhören, was die Frau den Kindern nun endlich erzählen konnte. Historisches in leicht verdaulichen Happen, geeignet für Kinder der vierten Grundschulklasse. Erwähnung fanden das Gründungsjahr, 1823, der Gründer selbst, Pater Altimira, wie die Patres arbeiteten und die neu getauften Indianer unterrichteten, die sie hier aufnahmen.

Wir verließen die Missionsstation in tiefem Schweigen, jeder hing seinen Gedanken nach, vielleicht beide den gleichen. Er dachte wahrscheinlich an den Andrés Fontana von damals und dessen Ahnungen, denen er, Daniel Carter, seinerzeit kaum Beachtung geschenkt hatte. Ich für meinen Teil machte mir ein Bild des Professors anhand der schriftlichen Zeugnisse, die er bei seinem Tod hinterließ. Zwei unterschiedliche Versionen ein und desselben Menschen: einmal aus der persönlichen Erinnerung geschöpft, einmal aus dem geistigen Vermächtnis rekonstruiert.

Als wir wieder an der gusseisernen Glocke vor dem Eingang vorbeikamen, blieb Daniel stehen. Er fuhr mit seinen großen Händen über die dicken Holzbalken, an denen sie aufgehängt war, strich liebevoll über die raue Oberfläche. Dann lenkten wir unsere Schritte, ohne uns abgesprochen zu haben, zu dem großen Platz und ließen uns auf einer Bank nieder, um die letzten Sonnenstrahlen zu genießen.

Uns gegenüber, zwischen riesigen Bäumen, ein Standbild aus Bronze, ein Soldat mit der alten Bärenflagge, die hinter ihm im Wind weht, zum Gedenken an die so kurze Unabhängigkeit Kaliforniens. Ein Stück entfernt ein Spielplatz in vollkommener Ruhe, die Schaukeln standen still, kein Kind war zu sehen.

Obwohl es mir anfangs unangenehm gewesen war, dass ich Daniel beim Frühstück von meinem Privatleben erzählt hatte, fühlte ich mich danach in gewisser Weise besser. Von einer Last befreit, leichter, mehr im Einklang mit mir selbst. Ich empfand es fast als Befreiung, dass ich mein Leben vor einem Fremden ausgebreitet hatte, was ich niemals gedacht hätte. Vielleicht lag es daran, dass ich innerlich zunehmend stärker wurde. Vielleicht auch daran, dass dieser Fremde mir immer vertrauter wurde.

»Wusstest du, dass es diese Missionsstation war, für die sich Fontana am meisten interessierte? Und für ihren Gründer, Pater José Altimira, den die Fremdenführerin vorhin erwähnt hat, als sie den Schulkindern von der Geschichte dieser Mission erzählte. Er war ein junger katalanischer Franziskanermönch, den man erst kurz zuvor nach Alta California entsandt hatte. Über ihn habe ich bei seinen Papieren tatsächlich einiges entdeckt.«

»Und was hat er herausgefunden?«, fragte mein Begleiter, der sich mir zugewandt hatte, den Ellenbogen auf die Rückenlehne der Bank gestützt, und mir interessiert zuhörte.

»Dass er seine Oberen überreden konnte, ihm in einer ganz schlechten Zeit die Genehmigung für die Errichtung dieser letzten Missionsstation zu erteilen. Die Mission Dolores in San Francisco war damals in einem beklagenswerten Zustand, und er schlug vor, sie hierher zu verlegen, aber seine Oberen erlaubten es ihm nicht. Kurz zuvor hatte Mexiko seine Unabhängigkeit von Spanien er-

langt, und man ahnte schon, dass es nicht lange dauern würde, bis man die Missionsstationen auflöste, auch wenn die Franziskaner sich weigerten, eine Regierung anzuerkennen, die nicht von ihrem spanischen König eingesetzt war. Der damalige Gouverneur von Kalifornien hingegen nahm Altimiras Vorschlag an, und dank ihm konnte er mit der Errichtung der Missionsstation beginnen.«

»Ich vermute, dem Gouverneur ging es nicht um das Seelenheil der Ungläubigen.«

»Natürlich nicht. Sein Beweggrund war ein ganz praktischer: Er wollte eine dauerhafte Präsenz in dieser Region gewährleistet sehen, denn die Russen hatten sich etwas nördlicher, an der Küste des Pazifiks, von den Indianern bereits ein riesiges Gebiet erschlichen, im Tausch gegen ein paar Decken, Reithosen, etliche Äxte und ein paar Kleinigkeiten mehr.«

»Gerissene Kerle, diese Russen von Fort Ross. Hast du Lust, irgendwann dorthin zu fahren? Morgen zum Beispiel.«

»Morgen bin ich zum Abendessen mit Zárate verabredet, wie du weißt.«

»Lass dir irgendeine Ausrede einfallen und komm noch mal mit. In seiner Gesellschaft wirst du dich wesentlich mehr langweilen.«

»Sei still«, sagte ich halb im Ernst, halb im Spaß. »Willst du nicht wissen, wie es mit Altimira weiterging?«

»Doch, natürlich, sollte nur ein kleiner Einwurf sein. Erzähl weiter, ich bin ganz Ohr.«

»Nun gut, wie ich schon sagte, hatte Altimira zwar die Genehmigung der weltlichen Obrigkeit erhalten, nicht jedoch die Erlaubnis seiner Ordensoberen. Aber er nahm sich die Freiheit, selbst zu entscheiden, wählte diesen damals absolut unwirtlichen Ort, errichtete mit Hilfe von vier Baumstämmen und ein paar dicken Ästen einen Altar,

schlug ein Kreuz aus Stöcken in den Boden und gründete so diese Missionsstation.«

»Ein wenig renitent, dieser Altimira, nicht?«

»Ja, er muss ein ziemlich rebellischer Geist gewesen sein, obwohl seine Oberen am Ende klein beigaben und ihm erlaubten, die Mission zu unterhalten. Aus irgendeinem Grund, der mir noch nicht klar ist, scheint sich Fontana überaus für diese Persönlichkeit interessiert zu haben. Bei seinen Papieren gibt es, wie ich schon sagte, etliche Hinweise auf ihn, und man kann erkennen, dass Fontana sich sehr bemühte, Altimiras weitere Unternehmungen zu rekonstruieren.«

»Und hatte er Glück?«

»Wie man's nimmt. Als er trotz aller Widerstände seine Missionsstation hier in Sonoma errichtet hatte, begehrten die neu getauften Indianer auf, die in ihr lebten. Offenbar war Altimira ein tüchtiger Entscheidungsträger und Verwalter, aber es gelang ihm nie, eine herzliche Beziehung zu den Ureinwohnern herzustellen. In seinem Eifer, zivilisierte Menschen aus ihnen zu machen, scheint er übermäßig hart und fordernd gewesen zu sein, und mit seinen körperlichen Züchtigungen hat er sich nicht gerade ihr Vertrauen erworben.«

»Und dann haben sie den Spieß umgedreht.«

»Genau. Zwei oder drei Jahre später plünderten die Indianer die Missionsstation und steckten sie in Brand. Altimira und einige Neugetaufte konnten sich gerade noch retten und flüchteten.«

»Was ist aus ihm geworden?«

»Was in den folgenden Tagen oder sogar Monaten geschah, ist nicht klar, obwohl Fontana, wie bereits gesagt, sich sehr für sein weiteres Leben interessierte. Ich habe aber nichts weiter dazu gefunden.«

»Und ich vermute, mit seinem Fortgang war auch das Ende dieser Missionsstation besiegelt.«

»Oh nein, keineswegs. Kurz nach dem Brand und Altimiras Flucht machte sich ein anderer Franziskaner ans Werk, Pater Fortuni, ein alter, aber tatkräftiger Priester, der im Handumdrehen Ordnung schuf und die nötige moralische Kraft für den Wiederaufbau vermittelte. Nichtsdestotrotz hatte er mit noch Schlimmerem zu kämpfen als Feuer und Plünderung.«

»Mit der Säkularisierung der Missionsstationen.«

»Ganz genau. Eine Säkularisierung, die unter denkbar schlechten Voraussetzungen begann, dann bemühte man sich um Ruhe und Ordnung, und schließlich endete wieder alles in Gewalt. Zuerst machten sich die neuen militärischen Vertreter Mexikos auf den Weg nach Alta California mit der Absicht, dort eine neue Gesellschaftsordnung einzuführen. Und von einem Tag auf den anderen begannen die Konflikte zwischen den verschiedenen Gruppen. Zwischen den Militärs und den Franziskanern, Letztere der alten spanischen Ordnung bis zum Tod treu verbunden. Zwischen den Militärs und der nicht indianischen Bevölkerung (den Kaliforniern, ebenfalls spanischer Herkunft), die bis dahin nichts anderes getan hatten, als sorglos auf ihren *ranchos* zu leben, ihr Land zu bebauen und ihr Vermögen zu mehren.«

»Und zu reiten, den Rosenkranz zu beten und bei ihren *fandangos,* wie sie hier die Feste nannten, zu tanzen, zu singen und Gitarre zu spielen. Es wundert mich nicht, dass sie mit den neuen liberalen Ideen nichts anzufangen wussten, bei dem schönen Leben, das sie führten …«, bemerkte er sarkastisch.

»Ihnen blieb aber gar nichts anderes übrig. Von Mexiko aus hatte man entschieden, das System der Missionsstati-

onen sei ein Anachronismus, und angeordnet, dass sie alle sofort aufgelöst und ihr Land unter den hispanisierten Indianern und den neuen Siedlern aufgeteilt werden müsse, die sich dort niederlassen wollten. Was wiederum zu Streitigkeiten führte, denn ein paar besonders Schlaue wollten sich diese Ländereien zum Nulltarif aneignen, während andere, Vernünftigere der Meinung waren, sie müssten an die ehemaligen rechtmäßigen Besitzer zurückgegeben werden.«

»Das wären dann wohl die Indianer«, meinte mein Begleiter. »Die alteingesessene Bevölkerung.«

»Sehr richtig. Wie ich gelesen habe, hatten die Franziskaner niemals die Absicht, das Land, auf dem sie sich niederließen, in Besitz zu nehmen, und obwohl sie in ihren Bemühungen größtenteils scheiterten und häufig ungeeignete Mittel ergriffen, bestand ihr einziges Ziel doch darin, den Ureinwohnern ihren Glauben nahezubringen und sie zu mehr oder weniger gut integrierten Mitgliedern ihrer Gemeinschaften zu machen.«

Wir saßen noch immer an dem großen Platz, umgeben von Bäumen, die Sonne ging langsam unter, nur hin und wieder lenkte ein Passant unsere Aufmerksamkeit auf sich.

»Doch diesem Vorhaben war kein Erfolg beschieden …«

»Nein, denn der großartige Plan einer gerechten Rückgabe wurde schließlich fallen gelassen und nur ein kleiner Prozentsatz der Ländereien wieder an jene zurückgegeben, denen sie von Rechts wegen zustanden.«

»Und die Indianer, die man zuvor fast mit Gewalt aus ihrem gewohnten Leben und ihrer Kultur gerissen hatte, waren schließlich die großen Verlierer.«

»Leider Gottes, ja. Und wie es anschließend weiterging, das weißt du besser als ich, denn es ist die Geschichte deines Heimatlandes.«

»Es kam die kurzlebige Republik Kalifornien, danach der Krieg zwischen Mexiko und den damaligen Vereinigten Staaten. An dessen Ende stand der Vertrag von Guadalupe Hidalgo, der uns einen großen Gebietszuwachs bescherte, denn der ganze Norden Mexikos, einschließlich Kaliforniens, wurden den USA zugeschlagen.«

»So ist es. Und von diesem Zeitpunkt an gerieten die Missionsstationen vollkommen in Vergessenheit, bis man in den Zwanzigerjahren dieses Jahrhunderts mit dem Wiederaufbau begann, und seit den Fünfzigern sind sie auch Gegenstand historischer Forschung.«

»Und schlugen Romantiker wie Andrés Fontana in den letzten Jahren seiner akademischen Karriere in ihren Bann«, fügte er hinzu.

»Und deshalb sind wir heute hier, du und ich, am Endpunkt des legendären Camino Real, in der letzten Missionsstation dieser Reliquien aus der kolonialen Vergangenheit Spaniens. Reliquien einer gar nicht so fernen Vergangenheit, derer sich trotzdem fast niemand erinnert.«

»In Spanien kennt man sie noch weniger.«

»Das stimmt. Mit Ausnahme von mir«, scherzte ich, »die ich dank einer unbekannten Stiftung von meiner Ignoranz erlöst wurde, weil sie mich im richtigen Moment mit einem Stipendium bedachte und ich mich darauf einließ, ohne überhaupt zu ahnen, welche Aufgabe mich erwartete.«

Wieder veränderte er die Haltung, aber diesmal wandte er sich von mir ab und richtete den Blick auf irgendeinen unbestimmten Punkt. Auf das Bronzestandbild des heroischen Soldaten mit der Bärenflagge vielleicht oder auf die verwaisten Schaukeln auf dem Spielplatz.

»Ich habe wirklich Glück gehabt, dass die FACMAF mir das Stipendium gewährt hat«, fuhr ich fort. »Es ist sehr an-

genehm, dass ich ohne Zeitdruck oder irgendwelche Vorgaben arbeiten kann. Man schickt mir jeden Monat einen Scheck, ich kann mir die Arbeit einteilen und gebe am Ende meinen Abschlussbericht ab, wenn ich fertig bin.«

Er verharrte in Schweigen, hörte mir scheinbar zu, wirkte aber abwesend, mit einer Mischung aus Distanz und Interesse.

»Komm, lass uns gehen«, war das Einzige, was er nach einer Weile sagte. »Fahren wir nach Santa Cecilia zurück, oder drehen wir hier noch eine Runde?«

Wir spazierten in der Umgebung des Platzes herum, entdeckten kleine Gassen nur für Fußgänger mit Läden, Kunstgalerien und Cafés. Bis wir auf ein Irish Pub stießen, das so gar nicht in die Umgebung passen wollte. An der Tür wurde ein Konzert angekündigt, und wir wollten gerne etwas trinken, also gingen wir hinein.

Wir setzten uns an die Theke. Die Zeit fürs Mittagessen war schon lange vorbei, die fürs Abendessen noch nicht gekommen, aber was das Lokal uns zu bieten hatte, genügte vollkommen. In einer Ecke bereitete sich ein Trio älterer Musiker, alle knapp unter sechzig, auf seinen Auftritt vor. Einer hatte einen langen grauen Zopf, der ihm fast bis zur Taille reichte, der andere hatte seinen beachtlichen Bauch in ein schwarzes T-Shirt mit einem Hanfblatt darauf gezwängt, und der dritte kramte, auf dem Boden kniend, in einer großen Tasche herum.

Wir bestellten uns jeder ein Bier und unterhielten uns, umgeben von grünen Kleeblättern und Sprüchen in gälischer Sprache an den Wänden. Wieder wandten wir uns Fontana und seinem Nachlass zu, vielleicht als unbewusster Tribut an die Missionsstation, die wir, angeregt durch sein Interesse daran, gerade besucht hatten.

»Damals, als er anfing, sich mit der Geschichte des spa-

nischen Kalifornien und den Missionen zu beschäftigen«, erzählte Daniel, als er den ersten Schluck von seinem dunklen Bier genommen hatte, »begann er auch, mit Begeisterung alte Dokumente über die Kolonialgeschichte zu kaufen. Registerbücher, Landkarten, Akten, die vermutlich von den Missionsstationen oder anderen Einrichtungen in ihrer Nähe stammten.«

»Davon findet sich in dem Nachlass, der mir übergeben wurde, kaum etwas. Es sind meistens andere Dokumente. Wie kam er an diese Sachen?«

Daniel zuckte die Achseln.

»Er stöberte sie irgendwo auf und bezahlte höchstens ein paar Dollar dafür. Offenbar erkannte damals kaum jemand den Wert dieser alten, auf Spanisch geschriebenen Dokumente.«

»Vielleicht suchte er in ihnen nach der Misión Olvido.«

Man stellte uns eine Schale mit Pommes frites auf den Tisch, und wir griffen zu.

»Vielleicht«, bekräftigte er mit vollem Mund, da er an den ersten Kartoffelstäbchen kaute. »Und wenn ich scharf nachdenke«, fuhr er fort, nachdem er geschluckt hatte, »erinnere ich mich, dass er einmal erwähnte, sie könnte in der Nähe von Santa Cecilia gewesen sein. Wahrscheinlich war er deshalb so daran interessiert, alte Schriftstücke aus der Gegend in die Hände zu bekommen, weil er hoffte, auf irgendwelche Hinweise zu stoßen. Aber du bist sicher, dass sich nichts dergleichen unter seinen Papieren befindet, die du gerade sichtest?«

»Wie ich dir schon sagte, nichts, absolut nichts. Obwohl ich immer noch das Gefühl habe, dass sein Nachlass nicht vollständig ist, dass es mehr Unterlagen zum letzten Teil seiner Arbeit geben müsste, sodass sich ein sinnvollerer Zusammenhang ergibt.«

»Es ist seltsam«, meinte er nachdenklich, während er erneut nach den Pommes frites griff. »Seit du zum ersten Mal erwähnt hast, dass deiner Ansicht nach Unterlagen fehlen, frage ich mich dauernd, was geschehen sein kann. Vielleicht ist bei irgendeinem Umzug ein Teil des Materials abhandengekommen. Vielleicht hat er selbst Unterlagen vernichtet, auch wenn ich es bezweifle, denn er hat nie etwas weggeworfen. Du kannst dir nicht vorstellen, wie sein Büro aussah, Ali Babas Höhle ist nichts dagegen.«

»Ich weiß nicht, möglicherweise bilde ich mir nur ein, dass etwas fehlt. Aber es würde mir die Arbeit natürlich wesentlich erleichtern, wenn alles lückenlos vorhanden wäre.«

Inzwischen war es voller geworden, die Stimmung stieg von Minute zu Minute, die bejahrten Musiker bereiteten immer noch ihren Auftritt vor.

»Es gibt ziemlich viele Notizen, die sich auf eine Bibliothek der Universität von Kalifornien beziehen, in der sich der Großteil der Registerbücher der Missionsstationen befindet. Dort würde ich auch gerne einmal hinfahren.«

»Die Bancroft Library in Berkeley.«

Überrascht registrierte ich, dass ihm ein solches Detail bekannt war, obwohl er doch mit der ganzen Angelegenheit nichts zu tun hatte. Allerdings bot er mir nicht an, mich hinzufahren.

»Auf der Rückfahrt von dort war er an dem Tag, als er ums Leben kam, er hatte Dokumente eingesehen und Daten recherchiert. Es war am 17. Mai 1969, schon fast dunkel. Und es regnete sehr heftig wie oft im Frühling. Ein Lastwagen nahm ihm die Vorfahrt, sein Wagen geriet ins Schleudern …«

»Wie furchtbar traurig, oder?«, unterbrach ich ihn. »So viel Mühe zu investieren, um Vergessenes ans Licht zu ho-

len, und dann zu sterben, allein, in einer Regennacht im Straßengraben.«

Es verging eine Weile, ehe er etwas erwiderte. Doch die anderen Gäste sorgten dafür, dass es nicht allzu still wurde. Als er schließlich etwas sagte, hielt er den Blick auf das Bierglas gerichtet, das er zwischen den Händen drehte, als suche er darin Inspiration oder den nötigen Anstoß, um ausdrücken zu können, was er sagen wollte.

»Er war nicht allein im Auto. Es starb noch jemand bei diesem Unfall.«

»Wer?«

Die Musiker ließen die ersten Akkorde ihrer keltischen Musik hören, und die Gespräche verebbten langsam.

»Wer, Daniel?«

Da hob er endlich den Blick und antwortete.

»Eine Frau.«

»Welche Frau?«

»Was interessiert schon der Name nach so langer Zeit? Hast du noch Hunger? Sollen wir noch etwas bestellen?«

Kapitel 31

An jenem Samstag ging ich gegen Mittag zu Rebeccas Haus. Ich wusste, dass sie in Portland war, bei der Geburtstagsfeier einer ihrer Enkelinnen, es hatte also überhaupt keinen Sinn, dass ich dort vorbeiging. Trotzdem lief ich die Straße entlang, in der sie wohnte, betrachtete die geschlossenen Fenster, die Garage mit dem heruntergelassenen Tor. Von ihrem gutmütigen Hund Macan keine Spur.

Ich hätte gerne mit ihr gesprochen. Über Daniel, über Fontana, über die widersprüchlichen Gefühle, die beide in mir auslösten, und jene längst vergangene Zeit, als Rebecca selbst mit beiden in Kontakt stand; vielleicht sogar über die Frau, die mit dem Professor in jener Regennacht ums Leben gekommen war. Aus reiner Neugier, ohne jeden vernünftigen Grund, nur interessehalber. Das sind doch alte Geschichten, Schnee von gestern, hatte Daniel fast emotionslos gesagt, wohl bedingt durch die zeitliche Distanz, als er von dem Unfall sprach. Danach hatten wir uns über andere Dinge unterhalten. Wir bestellten noch ein Bier, ließen uns Hamburger bringen, von denen er eineinhalb und ich einen halben aß. Und so hatten wir, bei keltischer Musik und in Erinnerung an den Besuch der Missionsstation, den Nachmittag ausklingen lassen.

Es war bereits stockfinster, als wir die Rückfahrt nach Santa Cecilia antraten. Auf dem Weg zum Parkplatz sah er etwas in einem Schaufenster, sagte nur: »Warte einen Moment!«, ging in den Laden und kam nicht einmal eine Mi-

nute später mit einer kleinen gusseisernen Glocke wieder heraus, einer Nachbildung des mythischen Symbols der Missionsstationen. »Ein kleines Andenken an den heutigen Tag«, erklärte er, während er sie mir überreichte.

»Noch hast du Zeit, mit mir zu flüchten und deinen Direktor morgen sausen zu lassen«, bemerkte er in seiner üblichen ironischen Art, als er vor meinem Apartment hielt. »Wie wär's, wenn wir morgen ins Napa Valley fahren und ein paar Weinkeller testen?«

»Ausgeschlossen.«

»Okay, du hast gewonnen, auch wenn du es bereuen wirst. Und was machst du nächste Woche?«

»Arbeiten. Ein paar Dinge abschließen, einiges noch klären, was Fontanas Nachlass betrifft. Anfangen, mich zu verabschieden, fürchte ich. Die Zeit ist wie im Flug vergangen, wir haben schon Dezember, und mir bleibt immer weniger zu tun, wie ich dir schon sagte.«

»Und dann verlässt du uns«, bemerkte er.

Ich zögerte kurz, ehe ich antwortete.

»Mir bleibt wohl nichts anderes übrig, nehme ich an.«

Ich hätte nichts weiter zu sagen brauchen, hätte meine Gedanken für mich behalten können. Aber da ich mich ihm gegenüber schon am Morgen geöffnet hatte, konnte ich genauso gut auch dabei bleiben.

»Eigentlich möchte ich nicht fort, weißt du? Ich möchte nicht zurück nach Spanien.«

»Was du nicht möchtest, ist, dich mit der Realität auseinanderzusetzen.«

»Wahrscheinlich hast du recht.«

»Aber das musst du.«

»Ich weiß.«

Noch immer saßen wir im Auto vor dem Haus, in dem ich wohnte, und unterhielten uns im Dunkeln.

»Es sei denn, die FACMAF gewährt mir ein weiteres Stipendium«, fuhr ich fort. »Vielleicht sollte ich mit den Leuten Kontakt aufnehmen, obwohl es schon etwas spät ist.«

»Ich glaube, das ist keine gute Idee.«

»Warum nicht?«

»Weil man zulassen muss, dass alles irgendwann zu Ende geht, Blanca, auch wenn es wehtut. Es ist nicht gut, offene Wunden zu hinterlassen. Die Zeit heilt alle Wunden, sagt man, aber zuvor muss man sich aussöhnen mit dem, was man zurückgelassen hat.«

»Wir werden sehen ...«, erwiderte ich, nicht sehr überzeugt.

»Pass gut auf dich auf.«

Er legte seine Hand auf die meine und drückte sie als Geste des Abschieds. Ich blieb reglos sitzen.

Bis mein taiwanesischer Nachbar, ein Mathematikprofessor, in unser Blickfeld trat, beladen mit einem riesigen Karton, der, dem Umfang nach zu schließen, einen Fernseher enthielt. Er musste reichlich jonglieren, um seine Last ins Haus zu befördern, ohne dass sie zu Boden fiel, und lenkte dadurch unsere Aufmerksamkeit auf sich.

Ich entzog Daniel meine Hand, öffnete die Tür und stieg aus.

»Wir sehen uns«, sagte ich von draußen in gebückter Haltung, um mit ihm auf Augenhöhe zu sein.

»Wann immer du willst.«

Sobald ich das Haus betrat, startete er und fuhr los.

Am nächsten Abend holte mich Luis Zárate an der gleichen Stelle ab. Es war ein seltsames Gefühl, dass ich, die ich früher überall selbst mit dem Auto hingefahren war, auf einmal ohne fahrbaren Untersatz dastand und auf jeman-

den wartete, der mich abholte. Eine weitere Veränderung in meinem Leben, eine von vielen.

Ziel war das Los Olivos, endlich lernte ich das berühmteste Restaurant der Stadt kennen. Es war proppenvoll, aber für uns hatte man einen guten Tisch reserviert. Das Restaurant hatte Stil, ohne überladen zu wirken, an den hohen Backsteinwänden Flaschenregale mit tausend verschiedenen Weinen und dazwischen große Bilder.

»Was möchtest du trinken? Cabernet? Syrah? Oder probieren wir einen Petit Verdot? Mir gefallen deine Ohrringe, sie stehen dir sehr gut.«

Es waren dieselben, die ich an Thanksgiving bei Rebecca getragen hatte. Wer hätte gedacht, wie sehr mein Leben nur wenige Monate später durcheinandergeraten würde, als ich sie im Großen Basar von Istanbul kaufte. Aber so war es gekommen. Nicht einmal ein Jahr nach dieser letzten Reise mit meinem Mann, noch ganz in der naiven Überzeugung, dass unsere Ehe auf einem soliden Fundament stand, fand ich mich auf einem anderen Kontinent beim Abendessen mit einem anderen Mann wieder, etwas jünger als ich und außerdem mein Vorgesetzter. Ein Mann, der, im Licht der weißen Kerze, die in einer dickwandigen Glasglocke zwischen uns stand, in die Weinkarte vertieft, wieder einmal dunkel gekleidet, aber an diesem Abend doch irgendwie anders, durchaus keine schlechte Gesellschaft versprach.

»Danke, sie sind aus der Türkei. Und was den Wein angeht, entscheide lieber du.«

»Ihr Spanierinnen habt eine ganz besondere Art, euch schön zu machen. Spanierinnen und Argentinierinnen, auch die Italienerinnen. Magst du Pasta? Dann empfehle ich dir Linguine alle vongole.«

»Ich glaube, ich nehme das Risotto mit Pilzen«, erwider-

te ich und klappte die Speisekarte zu. »Es ist schon ewig her, dass ich Reis gegessen habe.«

»Eine ausgezeichnete Wahl.«

»Ich lasse dich probieren. Und, wie geht es so?«

»Gut, gut, gut …«

Der Fachbereich, seine Kurse, meine Kurse, irgendein Buch, irgendein Ort, dieser oder jener Bekannte, über tausend Dinge sprachen wir bei sanftem Kerzenlicht und etlichen Gläsern Wein.

Fast übergangslos und ohne uns dessen recht bewusst zu sein, gerieten wir nach Hummus und Tapenade als Vorspeisen, nach Salat und dem Hauptgericht, vom beruflichen auf eher privates Terrain. Keiner von uns beiden ging ins Detail oder sprach offen über emotionale Dinge, wie es mir am Tag zuvor passiert war. Aber wir ließen doch die eine oder andere Bemerkung über Persönliches, das wir noch nie angesprochen hatten, fallen. Nichts wirklich Intimes, sondern nur objektive, eigentlich eher belanglose Fragen, die sich irgendwie aus dem Beruflichen ergaben. Dass er eine kleine Tochter in Massachusetts hatte, mit deren Mutter aber nie verheiratet war. Dass ich gerade eine relativ abrupte Trennung hinter mir hatte. Dass durch seinen Umzug nach Kalifornien seine Beziehung vollends abgekühlt war. Dass meine Söhne mich kaum noch brauchten. Lisa Gersen erwähnte er nicht, die junge Dozentin für Deutsch, mit der ich ihn am Abend der Podiumsdiskussion und bei einigen anderen Gelegenheiten gesehen hatte. Von der alle im Fachbereich glaubten, dass ihn etwas Besonderes mit ihr verband. Aber ich fragte auch nicht nach.

Wir waren mitten im Gespräch, als mit einem Mal jemand an unseren Tisch trat. Einer meiner Schüler aus dem Konversationskurs, Joe Super, der nette emeritierte Ge-

schichtsprofessor. Ich hatte ihn gar nicht gesehen, denn er saß an einem Tisch hinter mir.

Ich freute mich, ihn zu sehen. Und Luis, dem er die Hand schüttelte, offenbar auch.

»Ich wollte meiner lieben, verehrten Dozentin nur mitteilen«, sagte er formvollendet in seinem ausgezeichneten Spanisch, »dass ich diesen Dienstag nicht zum Kurs kommen kann.«

»Du wirst uns fehlen, Joe.«

Und das meinte ich ernst. Er war ohne Zweifel einer der aktivsten Kursteilnehmer, jemand, der in jeder Situation einen lockeren Spruch, ein intelligentes Argument beizutragen hatte.

»Wahrscheinlich werden einige andere auch nicht kommen«, fügte er hinzu.

»Wegen der Sache mit Los Pinitos, nehme ich an«, bemerkte Luis, ehe ich nachfragen konnte.

Joe Super war nach wie vor in der Initiative gegen das Bauvorhaben engagiert. Ich erinnerte mich, dass ich ihn im Fernsehen gesehen hatte, und auch im Kurs warf er hin und wieder eine Bemerkung dazu ein, ohne aber im Entferntesten penetrant oder aufdringlich zu wirken.

»So ist es, so ist es. Diesen Dienstag treffen wir uns noch einmal im Audimax. Bald läuft die Einspruchsfrist gegen das geplante Einkaufszentrum ab, und wir sind alle ein bisschen nervös.«

»Dann seid ihr entschuldigt.«

»Du bist natürlich herzlich eingeladen, auch zu kommen, wenn du wissen möchtest, wie die Sache weitergeht.«

»Danke, Joe, aber ich glaube, eher nicht. Du weißt ja, ich bin hier in Santa Cecilia nur zu Besuch. Ihr werdet mir auf alle Fälle berichten, ja?«

»Ich nehme an, auch unser gemeinsamer Freund Dan

Carter wird sich dort sehen lassen«, sagte er, schon zum Gehen gewandt. »Er wird mich bestimmt ausschimpfen, weil ich den Kurs unserer reizenden Gastdozentin aus Spanien schwänze.«

Mit einem freundlichen Augenzwinkern kehrte er an seinen Tisch zurück, Luis und ich waren wieder allein. Dennoch änderten sich plötzlich Ton und Inhalt unseres Gesprächs.

»Euer gemeinsamer Freund Dan Carter«, wiederholte er mit ironisch verzogenen Mundwinkeln, während er sein Weinglas hob, als wollte er mir zuprosten. »Der Riese tritt wieder auf den Plan.«

Dan. Mit dieser Kurzform seines Namens sprachen Daniel seine alten Freunde in Santa Cecilia an. Häufig auch Rebecca. Doch Luis Zárate gehörte, wie ich sehr wohl wusste, nicht zu diesem Kreis.

»Gehst du nicht hin?«, fragte ich und häufte mir den letzten Rest Pilzrisotto auf die Gabel. Auf seine Bemerkung wollte ich lieber nicht eingehen.

»Nein danke. Damit habe ich nichts am Hut«, erwiderte er, dessen Teller mit Pasta ebenfalls schon fast leer war. »Köstlich!«, kommentierte er und wischte sich den Mund ab. »Offen gestanden, ist mir die ganze Sache mit Los Pinitos und dessen Zukunft vollkommen gleichgültig.«

Seine Reaktion erstaunte mich, aber ich ließ mir nichts anmerken. Inzwischen räumte die junge Kellnerin unsere Teller ab. Ich selber wohnte ja erst seit kurzer Zeit in dieser Stadt, war eine Fremde und wusste so gut wie nichts über ihre Probleme. Dennoch konnte ich den Widerstand meiner Kollegen gegen die geplante Zerstörung eines Erholungsgebietes, um dort ein weiteres Einkaufszentrum hinzustellen, gut verstehen. Und seine Reaktion nicht.

»Aber du lebst doch hier, es muss dir doch etwas ausma-

chen. Fast alle sind dagegen, die Gründe dafür liegen auf der Hand, deine eigenen Kollegen engagieren sich pausenlos …«

»Siehst du?«, sagte er mit einem schiefen Lächeln. »Carter hat dich schon auf seine Seite gezogen, dieser alte Fuchs. Trinkst du zum Nachtisch noch ein Glas Wein?«

Ich sagte nicht Nein. Vielleicht lag es genau daran, am Wein, den wir beide reichlich genossen, dass ich mit einem Mal beschloss, nicht weiter um den heißen Brei herumzureden.

»Zwischen euch beiden herrscht richtiggehend Krieg, oder?«

»Ach, so schlimm ist es auch wieder nicht. Wir haben nur nicht die gleiche Wellenlänge. Weißt du übrigens, dass die Ersten, die hier in Kalifornien Weinstöcke gesetzt haben, deine Landsmänner waren, die Franziskanermönche? Sie brachten Rebstöcke aus Spanien mit, weil sie Messwein brauchten …«

»Schweif nicht ab, Luis. Klär mich doch endlich auf, was zwischen euch los ist. Worauf beziehst du dich mit der Wellenlänge?«

»Auf unsere berufliche Beziehung natürlich. Aber auch menschlich sind wir sehr verschieden, würde ich sagen. Es ist allerdings nichts, was wirklich tief gehen würde, wir wollen nicht dramatisieren. Eigentlich habe ich mit ihm nur einmal auf Augenhöhe gesprochen, abgesehen von der Veranstaltung zum Monat der *hispanidad,* doch diese erste Begegnung war sogar noch viel banaler.«

»Möchtest du's mir nicht erzählen?«

Wir sprachen recht vertrauensvoll miteinander, er bemühte sich nicht mehr so angestrengt wie früher, sich mir gegenüber als der perfekte Gentleman, der perfekte Chef oder der perfekte Kollege zu zeigen, stets aufmerksam und

liebenswürdig. Und auf dieser Ebene verstanden wir uns hervorragend. Wir waren zwar vom Wesen her sehr verschieden, hatten aber einige Codes gemeinsam, dank derer die Kommunikation zwischen uns immer im Fluss blieb. Obwohl er drei oder vier Jahre jünger war als ich, gehörten wir fast derselben Generation an und hatten uns in der Vergangenheit in verwandten Gefilden bewegt. Deshalb, wegen meiner guten, wenn auch sehr unterschiedlichen Beziehung zu Daniel wie zu Luis Zárate, störte es mich, dass die beiden sich gegenseitig mit Giftpfeilen beschossen, wenn ich dabei war. Und da mir das nicht passte, änderte ich meine Meinung. Jetzt wollte ich endlich wissen, was der Grund für diese Antipathie war, die, von welcher Seite sie auch kam, mich immer störte.

»Dir kann's doch egal sein, Blanca. Deine Einstellung ist die intelligenteste. Du stellst dich mit allen gut und hältst dich aus den Streitereien zwischen den Leuten heraus. An dem einen Tag gehst du mit mir zu Abend essen, am anderen mit ihm frühstücken …«

»Und woher weißt du das?«

»Weil mir gestern jemand erzählt hat, dass er euch zusammen gesehen hat, wie ihr am späten Vormittag aus dem Café an der Landstraße nach Sonoma gekommen seid, das ist alles. Santa Cecilia ist ein Dorf, das weißt du doch. Auf alle Fälle darfst du dich sehr geehrt fühlen, dass der große Daniel Carter dir aus der Hand frisst.«

»Übertreib nicht, Zárate!«, gab ich zurück, während ich endlich meinen Käsekuchen probierte. »Wie auch immer, ich weiß wirklich nicht, welches persönliche Interesse er an der Sache mit Los Pinitos haben sollte, außer seinen Freunden von der Bürgerinitiative zur Seite zu stehen.«

Dass dem so war, wusste ich, weil wir irgendwann darüber gesprochen hatten, an einem windigen Nachmittag

im Café vor der großen Demonstration. Was er über die bloße Unterstützung hinaus mit der Sache zu tun haben konnte, entzog sich jedoch meiner Kenntnis.

»Er hat sehr wohl ein persönliches Interesse daran, das kannst du mir glauben. Sogar ein sehr großes.«

Ich bemühte mich, meine Überraschung nicht zu zeigen.

»Gegen Ende des letzten Semesters«, fuhr er fort und griff nach der Kuchengabel, ohne jedoch sein Tiramisu zu probieren, »rief mich Carter von seinem Büro in Santa Barbara an und bat mich um ein Gespräch hier in Santa Cecilia, sagte aber nicht, worum es ging. Ich gab ihm einen Termin für die folgende Woche. Er erschien selbstherrlich im Institut und wollte mir mehr oder weniger erklären, wie ich meinen Fachbereich zu leiten hätte – ohne mich überhaupt zu kennen, wohlgemerkt. Fast hätte er mich gezwungen, in seinem Sinne aktiv zu werden.«

Ich verstand überhaupt nichts. Vielleicht lag es am Wein, vielleicht aber auch an etwas weniger Flüchtigem als Alkohol, etwas Grundlegenderem.

»Es hatte mit dem Bauprojekt in Los Pinitos zu tun. Er wollte mich überreden, dass der Fachbereich mit all seinen Ressourcen in dieser Sache eingreifen solle.«

»Welche Ressourcen?«, fiel ich ihm ins Wort.

»Ich weiß es nicht, und ich habe ihm gar keine Gelegenheit gegeben, es mir näher zu erläutern. Ich weiß nicht, ob ihm vorschwebte, dass alle Professoren und Dozenten ein Manifest unterschreiben sollten, ob wir unsere Studenten mobilisieren sollten oder Spenden sammeln für diese Sache … Ich weigerte mich, ihm länger zuzuhören, noch ehe er sich über Details auslassen konnte. Mir war diese Sache damals schon ebenso gleichgültig wie heute. Aber ich konnte keinesfalls zulassen, dass jemand, der mit unserer Universität absolut nichts mehr zu tun hat, so berühmt er

inzwischen auch sein mochte, mich zu irgendetwas nötigt und mir sagt, was ich in meinem Aufgabenbereich zu tun habe oder nicht, welche Maßnahmen ich in welchen Angelegenheiten zu ergreifen habe, die mit unserem Fachgebiet nicht das Geringste zu tun haben.«

Während Luis redete, krachten in meinem Kopf, ohne dass ich irgendeinen Einfluss darauf hatte, die Gedanken aneinander wie Autoscooter in einem Vergnügungspark. Daniel und Fontanas Nachlass, Fontana und Los Pinitos, Daniel und ich, Fontana und ich. Was Luis Zárate nie erfahren hatte, dämmerte mir in ebendiesem Augenblick. Blitzschnell versetzte mich mein Gedächtnis wieder in den schmutzigen Keller der Guevara Hall. Und wenn das die Ressourcen waren, auf die Daniel sich bezog? Greifbare Ressourcen, Dokumente nämlich, quantifizierbar, im Besitz eines Fachbereichs, der ihnen nie Beachtung schenkte. Und wenn er damals Luis Zárate hatte dazu bewegen wollen, dass ebendieser Fachbereich Fontanas Nachlass vom Staub der Jahrzehnte befreite und zugunsten der Initiative gegen das Bauvorhaben in Los Pinitos nutzte? Und wenn Daniel von Anfang an den Verdacht hatte, dass sich darin ein entscheidender Hinweis verbarg, mit dessen Hilfe sich das Einkaufszentrum verhindern ließe? Und wenn er, angesichts der abschlägigen Antwort des Direktors, seinen eigenen Weg gesucht hätte, um diese Dokumente zutage zu fördern?

»Also weigerte ich mich«, fuhr Zárate fort. »Aus Prinzip. *Por cojones,* wie ihr in Spanien sagt. Verzeih mir meine Ausdrucksweise.«

Ich reagierte nicht auf seine unverblümte Bemerkung, denn ich war in Gedanken immer noch damit beschäftigt, die verschiedenen Puzzleteile zusammenzusetzen. Dokumente, greifbares Material, das sich vielleicht in den Tau-

senden von Papieren fand, mit denen ich mich schon seit drei Monaten befasste. Etwas, das unter Umständen mit Daniels ständigen Nachfragen zu tun hatte, wie ich denn mit meiner Arbeit vorankäme, was ich denn entdeckt hätte, über diese mysteriöse Misión Olvido, nach der er mich immer wieder fragte.

»Und damit war das Gefecht auch schon beendet, mehr gibt es dazu nicht zu sagen. Obwohl es durchaus interessant war«, fügte er ironisch hinzu. »Man begegnet nicht alle Tage einer lebenden Legende.«

Mein Gehirn war immer noch damit beschäftigt, Verbindungen zwischen einzelnen Fakten herzustellen, um eine Vermutung, die immer deutlicher Gestalt annahm, zu unterfüttern, aber mein Gesichtsausdruck verriet ihm offenbar, dass ich mehr wissen wollte. Und er befriedigte meine Neugier.

»Da ihr auf verschiedenen Gebieten arbeitet, wirst du den wahren Daniel Carter gar nicht kennen, vermute ich?«

»Dann klär mich bitte auf.« Ich musste es wissen. Unbedingt.

»In der Hispanistengemeinde dieses Landes, und wir sind einige Tausend, ist er ein echtes Schwergewicht. Er war Präsident der einflussreichen MLA, der Modern Language Association of America, und Leiter einer der renommiertesten Fachzeitschriften auf unserem Gebiet, *Letras y Crítica.* Von ihm verfasste Bücher wie *Literatura, vida y exilio* oder *Claves para la narrativa española del siglo XX* sind Standardwerke, die seit Jahren an allen Spanischabteilungen amerikanischer Universitäten verwendet werden. Bei Kongressen und Konferenzen zu unserem Fach steht er als Referent so hoch im Kurs wie wenige andere, und wenn er eine wissenschaftliche Tagung vor dem Plenum mit seinem Vortrag eröffnet oder beschließt, ist der volle Erfolg

garantiert. Eine positive Referenz oder ein Empfehlungsschreiben mit seiner Unterschrift können einen Karrieresprung für jeden bedeuten, die wir uns mit dieser Materie beschäftigen.«

Dieser Mann, dessen Charakter vor meinen Augen langsam Konturen bekam, begann mich ebenso zu irritieren wie sein Interesse daran, in den Archiven des Fachbereichs, der ihm schon seit Jahrzehnten nicht mehr unterstand, etwas aufzuspüren.

»Dein Freund Daniel Carter, liebe Blanca, ist nicht einfach nur ein unbekannter sympathischer Professor auf den letzten Metern seiner akademischen Karriere mit wenig Verpflichtungen und viel Freizeit. Er ist bis zum heutigen Tag eine der angesehensten und einflussreichsten Personen innerhalb der nordamerikanischen Hispanistengemeinschaft.«

Diese Charakterisierung verstärkte meine Zweifel nur noch. Ich bemühte mich, Luis mein Unbehagen nicht zu zeigen. Erneut musste der Käsekuchen zur Tarnung herhalten.

»Außerdem steht er in dem Ruf«, fuhr er fort, »ein charismatischer Typ zu sein, mit vielen Freunden und Beziehungen und, wie man sich erzählt, einer etwas speziellen Vergangenheit. Schade, dass ich ihn bei der Diskussion letztens nicht festnageln konnte und meine Beziehung zu ihm, anders als bei dir, von Anfang an missglückt war.«

Er schob das letzte Stückchen Tiramisu in den Mund, während ich parallel dazu versuchte, die verwirrenden Puzzleteile, die sich vor mir ausbreiteten, in den richtigen Zusammenhang zu bringen.

»Mir sind diese heiligen Kühe unerträglich, die glauben, sie könnten sich überall breitmachen, weißt du?«

Er äußerte sich weiter ohne jeden Vorbehalt, als hätte er

seine Ansichten schon gründlich bedacht, als hätten ihn diese Gedanken schon seit Langem beschäftigt.

»Es passt mir nicht, dass man in unserer Profession immer noch die Dinosaurier verehrt und niemand sich traut, es mit ihnen aufzunehmen.«

In diesem Augenblick trat Joe Super erneut an unseren Tisch, aber nur, um sich zu verabschieden. Wir lächelten ihn an, er lächelte uns an. Er hatte uns noch nicht einmal den Rücken gekehrt, als ich endlich auch etwas sagte.

»Aber was macht er dann eigentlich in Santa Cecilia?«, fragte ich kaum hörbar.

»Sein Sabbatjahr genießen und ein Buch schreiben. Behauptet er zumindest.«

»Spanische Literatur des ausgehenden Jahrhunderts, wenn ich es recht behalten habe. Aber warum hier und warum gerade jetzt?«

Seine Antwort kam wie aus der Pistole geschossen. Als hätte er sie schon auf der Zunge gehabt.

»Das frage ich mich auch.«

Kapitel 32

Den ganzen Sonntag verbrachte ich damit, meine Zweifel wiederzukäuen. Daniel traf ich nicht, ich rief ihn auch nicht an, er mich ebenso wenig, und es brachte mir auch niemand seinen Namen in Erinnerung, weil ich den ganzen Tag kaum ein Wort mit jemandem wechselte. Aber ich hatte ihn ständig im Hinterkopf seit dem Abendessen mit Luis Zárate im Los Olivos.

Ich wachte früh auf und konnte nicht mehr einschlafen. Also ging ich ins Schwimmbad auf dem Campus, das noch so gut wie leer war, und zog ebenso lust- wie kraftlos meine Bahnen. Dann kaufte ich mir Zeitungen und einen Kaffee, den ich nicht einmal austrank. Mittags brachte ich keinen Bissen hinunter. Offenbar war mein Magen plötzlich geschrumpft. Mein Kopf hingegen arbeitete auf Hochtouren. Was mir bis jetzt harmlos und zufällig erschienen war, kam mir nun verdächtig vor: seine ständige Anwesenheit an einem Ort, wo er gar nichts zu suchen hatte; sein hartnäckiges Interesse an meiner Arbeit; seine Kenntnis einiger privater Informationen über mich, die er nach meiner Erinnerung nicht von mir bekommen hatte. Als ich die Monate seit meiner Ankunft noch einmal Revue passieren ließ, fielen mir wieder die vielen Situationen und Momente ein, die wir gemeinsam erlebt hatten. Ich sah ihn wieder ohne jede Eile die Wege auf dem Campus entlanglaufen, ein paar Bücher unter dem Arm, eine Hand in der Hosentasche, sah ihn am Abend von Weitem in Sportkleidung

joggen. Ich erinnerte mich wieder an den Tag, als wir uns im Meli's Market kennenlernten und als er mich scheinbar spontan zu der Demonstration mitzog. An die Situation mittags in der Cafeteria, als er mir Stückchen Hühnerfleisch aus meinem Burrito stibitzte, an den gemeinsam verbrachten Nachmittag, als er mir voller Zuneigung von Andrés Fontana erzählte, von dem Tag, an dem er ihn kennenlernte; an seine sonore Stimme, mit der er auf dem Fest an meinem Geburtstag südamerikanische Volkslieder sang; an seine Arme, die den Rollstuhl des geistig nicht mehr anwesenden Freundes schoben, und die Rede an Thanksgiving, mit der er die Leute zum Lachen wie zum Weinen brachte, als er dem Leben danke sagte und das Hohelied des Mitgefühls sang. Und, erst vor Kurzem, seine Finger in meinem Nacken nach dem endlosen Frühstück, sein gespanntes Interesse an meinen Ausführungen zur Mission Sonoma, als wir dort auf der alten Holzbank saßen. Wie er von Fontanas Tod mit der für mich immer noch namenlosen Frau erzählte, sein guter Rat später im Wagen, ich solle meine seelischen Wunden heilen lassen. Meine Hand in seiner Hand, ehe wir uns verabschiedeten. Immer locker, herzlich, zugewandt. Zu sehr vielleicht.

Am späten Nachmittag verließ ich mein Apartment erneut. Ich ging wieder an Rebeccas Haus vorbei, fand es abermals verschlossen vor, denn sie war noch nicht zurückgekehrt. Also machte ich mich auf den Weg zur Bibliothek. Trotz des Feiertags tummelten sich dort zahlreiche Studenten. Die Heizung lief auf Hochtouren, die meisten der jungen Leute liefen kurzärmlig herum, manche sogar in Bermudas, ich sah sogar einen besonders Abgehärteten mit Flipflops.

Ich setzte mich an einen der Computer im Erdgeschoss, um Anhaltspunkte und Koordinaten ausfindig zu machen.

Wie möchten Sie suchen?, fragte mich die Maschine. Ich wählte die Option *Autor*, tippte dann den Nachnamen und anschließend den Vornamen ein. Im Handumdrehen hatte ich eine lange Liste von Fundstellen vor Augen. Vierzehn Bücher als alleiniger Autor, haufenweise Veröffentlichungen als Mitautor, Dutzende von Artikeln in renommierten Fachzeitschriften, jede Menge Prologe und kommentierte Ausgaben. Prosa, Kritik, Ramón J. Sender, Exil, Stimmen, Literatur, Analyse, Nostalgie, Blickwinkel, Identität, Revision. All diese Wörter tauchten, sicher nicht zufällig, in den Titeln der gewaltigen wissenschaftlichen Produktion von Daniel Carter auf.

Anschließend notierte ich mir die Signatur und machte mich auf die Suche. Bis ich im dritten Stock landete, in der Abteilung für spanische Literatur. Ich nahm ein paar Bände aus den Regalen, überflog ein paar Seiten, las andere gründlich, sah durch, wog ab. Luis Zárate hatte nicht übertrieben. Das waren Arbeiten eines überaus kompetenten Wissenschaftlers, keine Produkte eines einfachen, gelangweilten Professors, der keine anderen Verpflichtungen hatte, als eine erst kürzlich hier gelandete Kollegin zu Missionsstationen der Franziskaner zu begleiten und mit ihr in einem Irish Pub ein Glas dunkles Bier zu trinken.

Gegen sieben machte ich Schluss. Es hatte keinen Sinn, mich weiter durch Material zu graben, ich hatte schon zur Genüge bestätigt gefunden, was ich wissen wollte. Mich in weitere Artikel aus seiner Feder über jugendliche Banditen, letzte Tage mit Teresa, rostige Lanzen oder Merkmale von Identität zu vertiefen, würde mich auch nicht weiterbringen. Es würde mir diesen Mann, dessen Konturen ich nun herausgearbeitet hatte, kaum noch deutlicher machen.

Der große Zentralbereich der Bibliothek war noch im-

mer ziemlich belebt, als ich mich in Richtung Ausgang bewegte. Etliche Studenten kamen jetzt erst, einige steuerten zielstrebig auf die Computer zu, die meisten suchten einen freien Tisch, an dem sie sich niederlassen konnten. Einige gingen, wie ich, auch hinaus. Auf die Straße, in die Nacht, zurück in ihre Wohnheime und Apartments, in ihr normales Leben ohne Teppichböden und endlose Regalreihen voller Bücher. Wahrscheinlich hätte ich es ihnen nachtun sollen, in mein Leben zurückkehren, nicht weiter nachforschen.

Ich tat es nicht.

Im letzten Moment – ich hatte schon meine Jacke angezogen – beschloss ich, mich auf die Suche nach dem, was ich intuitiv als mögliches Fenster zur Wahrheit erkannte, zu machen. Auf die Suche nach einem weiteren Puzzlestück als Ergänzung der vielen, die ich bereits gesammelt hatte. Nach dem eindeutigen Beweis für das, was damals geschah.

Am entsprechenden Schalter holte ich mir Informationen. Presseerzeugnisse aus dem Jahr 1969? Die Lokalzeitung? Haben wir alles auf Mikrofilm. Einen Augenblick, bitte. In drei Minuten hielt ich den Microfiche, den ich benötigte, in der Hand, eine Minute später saß ich bereits vor dem Lesegerät mit dem leuchtenden Bildschirm, das mir die Seiten einer Zeitung von vor dreißig Jahren lesbar vergrößern sollte. Daniel hatte erwähnt, Fontanas Unfall sei im Mai 1969 passiert, an das genaue Datum erinnerte ich mich nicht. War es der 7.? 17.? Der 27.?

Als ich mich mit der Handhabung des Geräts vertraut gemacht hatte, konnte ich die Seiten sehr schnell durchgehen. Und stieß schließlich auf das Titelblatt des *Santa Cecilia Chronicle.*

USC PROFESSOR KILLED IN CAR ACCIDENT
Spanish Professor Andrés Fontana, 56, Chairman of the Department of Modern Languages, was killed last night in a car crash … Along with him, Aurora Carter, 32, wife of Associate Professor Daniel Carter, was killed as well …

Aurora Carter, zweiunddreißig Jahre alt, Gattin des Professors Daniel Carter. *Killed as well.* Ebenfalls getötet. *Along with him.* Mit ihm zusammen.

Ich konnte nicht mehr weiterlesen. Mit einem Mal hatte ich das Gefühl, in der überheizten Bibliothek ersticken zu müssen. Mein Mund war wie ausgetrocknet, meine steifen Finger umklammerten die Tischkante, mir wurde schwindelig. Bis ich es, erschöpft, dennoch schaffte, mich zusammenzureißen und die restlichen drei Spalten des Zeitungsberichts zu lesen. Der Regen, die dunkle Nacht, ein Lastwagen. Der Zusammenstoß, die Feuerwehr, mehrere Stunden, Polizei. Spanien, Ehemann, Tod.

Ich weigerte mich, weiter nach Informationen zu suchen, mir fehlte der Mut. Oder die Kraft. Oder das dicke Fell. In den Zeitungsausgaben der nachfolgenden Tage hätte ich sicherlich noch Dutzende von Einzelheiten entdecken können. Wie sehr die Hinterbliebenen trauerten, wer die Totenwache hielt, wo sie begraben wurden. Doch ich wollte es nicht wissen. Ebenso wenig wollte ich, dass meine Phantasie sich allzu intensiv mit dieser traurigen und verstörenden Dreiecksbeziehung beschäftigte, die sich mir gerade eröffnet hatte. Als ich den Bericht zu Ende gelesen hatte, sprang ich so plötzlich auf, dass der Stuhl umfiel.

Die für das Zeitungsarchiv zuständige Mitarbeiterin sprach mich von ihrem Tisch aus in gereiztem Ton an, als

sie meinen überstürzten Abgang bemerkte. Ich solle das Lesegerät ausschalten, meinte ich zu verstehen. Und ihr den Microfiche zurückbringen. Ich kümmerte mich nicht darum, sondern ging weiter, drehte mich nicht einmal um. Vielmehr beschleunigte ich den Schritt, ließ sie hinter mir schimpfen und rannte beinahe hinaus ins Freie.

Als ich wieder in meinem Apartment zurück war, schrieb ich als Erstes eine E-Mail.

> Rosalia, ich bin noch in Kalifornien. Bitte recherchiere umgehend so viel wie möglich über die FACMAF, die Stiftung, von der mein Stipendium stammt. Ich muss wissen, wer dahintersteht, wer sie führt. Hoffentlich irre ich mich, aber ich habe das Gefühl, dass mich da jemand in eine sehr seltsame Sache hineingezogen hat.

Am folgenden Morgen herrschte im Fachbereich die gleiche Atmosphäre wie an jedem anderen Montag. Leute, Schritte, das Klappern einer Tastatur, das Geräusch des unentwegt Seiten ausspuckenden Fotokopierers. Wie immer grüßte ich jeden, der mir über den Weg lief, sagte *buenos días* zu jemandem, der an der Treppe stand, *buenos días* zu einem anderen Kollegen zehn Meter weiter. Ich gab mir Mühe, ganz natürlich zu klingen, wie immer eben, die vom Himmel gefallene spanische Gastdozentin, die sich tagtäglich in das mickerigste und abgelegenste Büro des ganzen Hauses vergrub und über Bergen von alten Schriftstücken grübelte, die keinen Menschen interessierten.

Zuallererst öffnete ich meine E-Mails. Die Antwort, auf die ich gewartet hatte, war bereits da.

Tausend Besprechungen, und immer wenn ich gerade gehen will, pfeifen sie mich für die nächste zurück, zum Verrücktwerden, ich sag's dir! ! Zu deinem Stipendium finde ich nur die Ausschreibung samt den Dokumenten und E-Mails, die wir seinerzeit mit der Uni in Santa Cecilia ausgetauscht haben, und die hast du ja selber auch. Aber im Aktenordner habe ich den Mailausdruck mit der Telefonnummer der Person bei der FACMAF gefunden, mit der ich damals Kontakt aufgenommen hatte, ein toller Typ, der perfekt Spanisch sprach. Hier ist sie, hoffe, sie nützt dir was.
Besos, Rosalía
PS: Bist du rechtzeitig zum Weihnachtsumtrunk beim Dekan zurück?

Ich holte tief Luft, hob beklommen den Hörer meines uralten Telefons ab und wählte die Nummer, die Rosalía mir gemailt hatte. Wie ich befürchtet hatte, hörte ich nach dem fünften Klingeln seine Stimme vom Anrufbeantworter. Zuerst in seiner, dann in meiner Sprache. Der Text war kurz und bündig. Das genügte ja auch.

Hier ist der Anrufbeantworter von Professor Daniel Carter, Fachbereich Spanisch und Portugiesisch der Universität von Santa Barbara, Kalifornien. Ich bin gerade aus beruflichen Gründen nicht erreichbar. Bitte hinterlassen Sie Ihre Nachricht bei der Sekretärin.

Am liebsten hätte ich den Telefonapparat gegen die Fensterscheibe geschleudert, dem Computer einen kräftigen Fußtritt verpasst. Die schlimmsten Schimpfwörter gebrüllt, die mir einfielen, und haltlos zu weinen begonnen. Alles gleichzeitig. Oder nacheinander, das war mir egal.

Doch ich tat nichts von alledem. Nichts. Ich verschränkte lediglich die Arme auf dem Tisch, barg mein Gesicht

darin und begann in dieser dunklen Geborgenheit, ganz auf mich selbst zurückgeworfen, nachzudenken. Eine ganze Weile. Und als ich meine Gedanken schließlich geordnet hatte, schickte ich Rosalía ein paar Zeilen, sie solle sich nicht weiter bemühen. Dann griff ich mir, ohne irgendein anderes Dokument zu öffnen, das die Arbeit betraf, ohne eines der wenigen Schriftstücke des Nachlasses anzufassen, die noch übrig waren, aus einem Regal das Buch über Kalifornien mit dem gelben Umschlag, das er mir geschenkt hatte, hängte meine Tasche über die Schulter und verließ den Raum.

»Du wusstest es, stimmt's?«, fragte ich von der Tür aus. Ohne lange Umschweife. Ich sagte nicht einmal hallo.

Rebecca hob den Blick von der Tastatur. Sie trug eine auberginefarbene Bluse und wirkte, wie immer, vollkommen in sich ruhend.

»Hallo, Blanca«, erwiderte sie mit ihrer gewohnten Freundlichkeit. »Könntest du mich bitte aufklären, was du meinst?«

»Du wusstest, dass dein Freund Daniel Carter hinter der FACMAF steckt?«

Meine Frage schien sie nicht zu überraschen. Nur dass sie ihre Lesebrille abnahm und sich gelassen in ihrem Stuhl zurücklehnte, ehe sie mir eine Antwort gab.

»Anfangs nicht.«

»Und später?«

»Später kam mir der Verdacht. Aber ich habe nicht weiter nachgeforscht.«

»Warum?«

»Weil ich ihn nicht danach fragen wollte. Weil es mich nichts angeht. Und weil ich zu wissen glaube, aus welchem Grund er es gemacht hat, sodass ich lieber nicht weiter nachgebohrt habe.«

»Es hat mit Andrés Fontana und mit Daniels Frau zu tun. Mit deiner Freundin Aurora, stimmt's?«

»Das nehme ich an. Aber ich glaube, du solltest mit ihm selbst sprechen.«

»Das habe ich vor, und zwar jetzt gleich«, entgegnete ich und rückte den Schulterriemen meiner Tasche zurecht. »Du musst mir nur verraten, wo er wohnt.«

»Willst du ihn nicht zuerst anrufen?«, fragte sie, während sie auf einem gelben Haftzettel die Adresse notierte.

»Wozu? Er arbeitet vormittags doch zu Hause oder nicht? Es ist mir lieber, ihn persönlich aufzusuchen.«

Ich stand schon auf dem Flur, als ich ihre Stimme hinter mir hörte.

»Vergiss nicht, Blanca, jeder von uns hat offene Rechnungen mit der Vergangenheit, in der einen oder anderen Weise.«

Auf dem Weg nach draußen kam mir plötzlich Fanny entgegen. Sie machte Anstalten, stehen zu bleiben, sie wollte mir offenbar etwas zeigen. Ich bemühte mich, ein Lächeln zustande zu bringen, doch es gelang mir nicht. Wir sehen uns später, sagte ich und lief im gleichen Tempo weiter. Ich ließ sie einfach dort stehen, regungslos, verwirrt.

Bald wusste ich, dass Rebecca recht gehabt hatte. Nicht mit jenem ominösen Ratschlag, den sie mir mit auf den Weg gegeben und an den ich noch keinen Gedanken verschwendet hatte, sondern mit ihrer Bemerkung, ich solle Daniel besser anrufen, ehe ich zu ihm fuhr. Niemand öffnete mir, als ich an der Tür von Apartment 4B läutete, in dem großen Haus, das in mehrere Wohnungen mit separatem Eingang aufgeteilt war. Niemand reagierte, als ich mit der Faust mehrere Male kräftig an die weiße Tür seines momentanen Domizils hämmerte. Also setzte ich mich auf die Treppe und holte mein Handy heraus.

Ich hatte zwei Nummern von ihm, die seiner derzeitigen Bleibe und die seines *cellular,* wie man hier sagte; beide hatte er mir an dem Nachmittag gegeben, als ich ihn gesucht und in Selma's Café aufgespürt hatte. Wenn du noch mal meine Hilfe brauchen solltest, hatte er gemeint. Dieser Moment war jetzt gekommen.

Ich rief die erste Nummer an, obwohl ich schon wusste, was passieren würde. Ich täuschte mich nicht; hinter der Wohnungstür, neben der ich saß, läutete das Telefon, und niemand nahm ab. Dann versuchte ich es bei der zweiten Nummer. Der Teilnehmer, den Sie angewählt haben, ist derzeit leider nicht verfügbar, erklärte mir ein Fräulein mit Falsettstimme auf Englisch. Sagte es noch einmal. Und noch einmal. Bis ich die Verbindung unterbrach.

Dann holte ich das Buch über Kalifornien aus meiner Tasche. Das, von dem ich gedacht hatte, es sei nur ein mehr oder weniger zufälliges Geschenk gewesen, zur Unterstützung meiner Arbeit gedacht. Für ihn war es wahrscheinlich nichts als ein Köder, der mich bei der Stange halten sollte, wie die sprichwörtliche Mohrrübe, die man einem Maultier hinhält, damit es brav das Schöpfrad bewegt. Ein Trick, ein hinterhältiger Trick. Noch einer. DU HAST MICH MANIPULIERT UND HINTERGANGEN. MELDE DICH, WENN DU ZURÜCK BIST. Ich schrieb meine Nachricht mit einem solchen Zorn in das Buch hinein, dass ich fast das Papier zerrissen hätte. Eine Unterschrift sparte ich mir.

Ich steckte das Buch in den Briefkasten an der Vorderfront des Hauses, an dem sein Name stand; es gab einen dumpfen Schlag, als es hineinfiel. Anschließend machte ich mich auf den Heimweg und beschloss, ihn nicht mehr anzurufen. Ich wollte weder seine Stimme hören noch der Botschaft vom Anrufbeantworter lau-

schen. Nur von Angesicht zu Angesicht, ohne Ausflüchte und Ausreden.

Es vergingen vierunddreißig Stunden, bis ein Lebenszeichen von ihm kam. Vierunddreißig öde und deprimierende Stunden, bis er mich im unpassendsten Moment aufsuchte.

Ein schnelles, leises Pochen an der Tür des Hörsaals, die sich gleich darauf öffnete. Kopf und Oberkörper erschienen. Helles Haar, heller Bart, grauer Rollkragenpullover und darüber ein Jackett. Dazu ein gebräuntes Gesicht, das Besorgnis ausdrückte.

Er brauchte nicht mal zwei Sekunden, um die Situation zu erfassen. An der Tafel eine Dozentin, ich, stehend, leicht an die Vorderseite des Tisches gelehnt, die Arme unter der Brust verschränkt, einen Filzstift in der Hand. Mit einem müden Gesicht, dem man ansah, dass sie sich anstrengen musste, ihre innere Unruhe nicht zu zeigen. Darum herum fünf Schüler aus meinem Konversationskurs, weniger als die Hälfte der Teilnehmer an anderen Tagen.

Er sagte kein einziges Wort, sondern hielt nur etwas hoch, mit ernster Miene, damit ich es auch wirklich sah. Das Buch über Kalifornien. Meines. Seines. Das er mir als Geschenk in einer anonymen Plastiktüte dagelassen hatte, nach einem Abend mit Tortillas, Gazpacho und Lachen. Dasselbe Buch, das ich ihm zurückgegeben, in seinen Briefkasten geworfen hatte. Ich will nichts von dir haben, wollte ich ihm damit deutlich machen. Ich nahm an, dass er das verstanden hatte. Dann bedeutete er mir mit einer Geste, dass er es irgendwo hinterlegen würde. In meinem Fach, dachte ich intuitiv. Ich sagte weder Ja noch Nein, und er wartete auch meine Antwort nicht ab. Er schloss nur die Tür wieder und verschwand.

Das war nie meine Absicht.
Ich warte im Audimax auf dich.
Komm asap, pls.

Diese Zeilen fand ich nach meinem Kurs in dem Fach, wo interne Nachrichten und Briefe aus der Heimat hinterlegt wurden, die ich hin und wieder bekam. Auf einer weißen Karte ohne Briefkopf, aufs Geratewohl zwischen die Seiten eines Buches mit gelbem Umschlag hineingesteckt, das mir inzwischen schon mehr als vertraut war.

Die erste Zeile wies meinen Vorwurf zurück.

Die zweite Zeile verlangte ein Treffen mit mir.

Die letzte signalisierte Dringlichkeit. Komm asap, as soon as possible, möglichst bald.

Pls, please, bitte.

Auf dem Podium saßen fünf Referenten, unter ihnen mein Schüler Joe Super und zwei Professoren, die ich vom Sehen kannte. Ebenso wie bei der Demonstration war die Schar der Sympathisanten bunt gemischt. Sehr viele Studenten, die kämpferischen Großmütter mit erhobenem Spruchband, Dutzende ehrenwerte Bürger, und etwas weiter entfernt sah ich auch den Jungen mit den auffallenden Rastalocken. Doch von der geradezu feierlichen Stimmung am Tag der großen Demonstration war nichts zu spüren. Ernste Gesichter, kaum ein Lächeln, konzentrierte Aufmerksamkeit nahm ich wahr.

Das Treffen hatte bereits vor einer Stunde begonnen, einer der Referenten erzählte etwas von einer archäologischen Grabung auf dem Gelände. Auf dem Podium stand auch eine weiße Tafel, auf die jemand mit dickem Filzstift *10 days to Dec 22* geschrieben hatte. Der Bürgerinitiative blieben nur noch zehn Tage zum Handeln, meinte ich zu verstehen. Zehn Tage bis zum Ende der Einspruchsfrist.

Wenn sie den Behörden bis dahin nichts Entscheidendes vorweisen konnten, hätten sie den Kampf verloren.

Daniel saß in der vorletzten Reihe.

»Wir müssen reden«, flüsterte ich ihm zu, ohne ihn zu begrüßen, während ich mich neben ihm niederließ. »Gehen wir.«

»Fünf Minuten«, bat er mich mit gedämpfter Stimme. »Ich bitte dich, Blanca, gib mir nur fünf Minuten.«

»Entweder du kommst jetzt mit oder nicht, deine Entscheidung.«

Da nannte der Referent, der gerade sprach, seinen Namen, er sollte irgendeine Frage beantworten.

»Warte auf mich«, bat er eindringlich und packte mich am Handgelenk, während man am Mikrofon auf dem Podium seinen Namen und die Frage wiederholte.

Ich riss mich mit einem Ruck los. Dann stand ich auf und ging.

Kapitel 33

Eine halbe Stunde später stand er vor meiner Tür.

»Es tut mir wirklich sehr leid«, sagte er, trat hastig ein und brachte, groß und ruhelos, wie er war, die friedliche Stille meines Apartments durcheinander. »Ich wusste nicht, dass sie mich dabeihaben wollten, in letzter Minute bekam ich den Anruf, ich war gerade erst aus Los Angeles zurückgekommen, als ich dein Buch im Briefkasten fand, bin ich sofort los, dich suchen gegangen, gestern bin ich frühmorgens weg …«

Ich unterbrach ihn nicht. Wenn er vor anderthalb Tagen vor mir gestanden hätte, wäre ich ihm vielleicht an die Gurgel gegangen, hätte ihn zornentbrannt angebrüllt und ihm meine ganze aufgestaute Wut entgegengeschleudert, wenn sich bewahrheitete, was ich bereits ahnte. Da inzwischen aber so viel Zeit vergangen war, ließ ich ihn einfach reden. Inzwischen war mein Zorn verraucht und die Wut, die anfänglich an mir genagt hatte, etwas anderem gewichen. Einer Art Verzweiflung, einer tiefen Verbitterung, was auf lange Sicht vielleicht sogar schlimmer war.

Nachdem er endlich seine tausend Entschuldigungen losgeworden war, um die ich ihn nicht gebeten hatte, war ich an der Reihe.

»Warum hast du mich belogen?«, fragte ich ihn schroff.

»Das war nie meine Absicht, Blanca. Ich hatte nie vor, dich zu täuschen.«

Er kam einen Schritt auf mich zu, streckte einen Arm

nach mir aus. Als wolle er mir über die Berührung eine Extraportion Aufrichtigkeit vermitteln.

»Aber du hast es getan«, sagte ich und trat einen Schritt zurück; er sollte mich nicht einmal streifen. »Die FAC-MAF existiert überhaupt nicht, und das Stipendium, von dem ich seit Monaten lebe, ist ein von dir eingefädeltes Manöver, das du mir die ganze Zeit verschwiegen hast. Du hast mir das alles verheimlicht und mich damit betrogen und belogen. Das hat mich tief verletzt.«

»Wirklich, du kannst dir gar nicht vorstellen, wie sehr mir die ganze Sache leidtut. Aber ich möchte, dass du weißt, dass ich niemals vorhatte …«

»Ich brauche keine Entschuldigungen, ich möchte eine Erklärung«, schnitt ich ihm das Wort ab. »Ich will, dass du mir sagst, was hinter dieser ganzen Inszenierung steckt, und dann verschwinde gefälligst für immer aus meinem Leben.«

Er fuhr sich mit der Hand durchs Haar, dann durch den Bart. Fühlte sich sichtlich unwohl.

»Erklär's mir, Daniel«, beharrte ich. »Ich will nur eine Erklärung, mehr nicht.«

Teilnahmslos, ernüchtert, kühl. Ich unternahm keinerlei Anstrengung, um so auf ihn zu wirken, ich zeigte lediglich, wie ich mich fühlte.

»Gut, eines vorab, du hast recht, offiziell existiert die FACMAF nirgends als Fundación de Acción Científica para Manuscritos Académicos Filológicos, als Stiftung für die wissenschaftliche Bearbeitung akademisch-philologischer Manuskripte«, gab er schließlich zu. »In diesem Punkt hast du recht, es handelt sich tatsächlich um einen falschen Namen, das stimmt. Aber sie existiert, sagen wir mal, in anderer Form, nicht unbedingt offiziell.«

»Als was? Als etwas, das du dir nach dem Tod Fontanas und deiner Frau ausgedacht hast?«

Für einen Moment sah er mich an. Konzentriert. Ernst. Aber nicht überrascht.

»Ich habe mir schon gedacht, dass du Nachforschungen anstellen würdest.«

Wie meine Antwort lauten würde, war derart klar, dass ich mir die Mühe sparte, sie zu formulieren.

»Die FACMAF«, fuhr er fort, »die ich mir ausgedacht habe, ist im Wesentlichen ein Fonds, der Fondo Aurora Carter para la Memoria de Andrés Fontana, der Aurora-Carter-Fonds zum Gedenken an Andrés Fontana. Aurora Carter oder Aurora Carranza, wie ja ihr spanischer Nachname lautete, das ist egal. Im Grunde handelt es sich darum, das intellektuelle Vermächtnis meines Mentors durch das Erbe meiner Frau zu bewahren. Das Akronym gilt ja für beide Versionen.«

»Hör schon mit deinen Sprachspielchen auf, mir ist wirklich herzlich egal, ob das erste F für Fondo oder Fundación steht. Mich interessiert einzig und allein, warum du das Ganze inszeniert hast. Dreißig Jahre nach dem Tod von Fontana und deiner Frau hast du dich zu diesem seltsamen Manöver entschlossen und mich in die ganze Sache mit hineingezogen.«

Er vergrub die Hände in den Taschen und senkte den Kopf, als stünde dort auf dem Boden die Antwort. Den Blick starr auf meinen scheußlichen maulwurfsbraunen Teppichboden gerichtet, der tagtäglich meine Schritte dämpfte, wenn ich mich in den vier Wänden meiner derzeitigen Bleibe bewegte.

»Es war die einzige Möglichkeit, um Fontanas Vermächtnis zutage zu fördern«, sagte er und sah endlich wieder hoch. »Die einzige Lösung, die mir einfiel, als alle anderen Türen sich schlossen.«

»Welche Türen?«

»Die üblichen, die man auf dem Dienstweg normalerweise nutzt, über den Fachbereich für Moderne Sprachen.«

»Und wer hat sie dir verschlossen, Luis Zárate?«

»Wer sonst?«

Ich erinnerte mich daran, was der Direktor bei unserem Essen im Los Olivos erzählt hatte, an seine Darstellung der Ereignisse jenes Tages, als Daniel ihn in seinem Büro aufsuchte: Es war eine vollkommen andere Version dessen, was sich zwischen ihnen beiden zugetragen hatte.

»Ich glaube dir nicht. Du hast versucht, ihn zu nötigen, wolltest, dass er nach deiner Pfeife tanzt. Und er war damit nicht einverstanden.«

»Ich nehme mal an, das ist seine Version der Dinge.«

»Eine Version, die grundsätzlich nicht mehr und nicht weniger plausibel ist als deine.«

»Zugegeben, aber sie trifft nicht ganz zu. Ich habe niemals versucht, ihn zu nötigen. Ich habe ihm lediglich vorgeschlagen, der Fachbereich könnte vielleicht von seinen Ressourcen Gebrauch machen …«

»… um in der Sache wegen Los Pinitos aktiv zu werden, soweit ich verstanden habe«, fiel ich ihm ins Wort.

»Genau.«

»Und obwohl du es nicht explizit gesagt hast, als du diese Ressourcen erwähntest, bezogst du dich auf Fontanas Nachlass.«

»Ich sehe, du weißt über alles Bescheid.«

Eine Antwort auf diese Feststellung erübrigte sich, deshalb wartete ich darauf, dass er endlich fortfuhr.

»Schon damals vermutete ich, dass sich unter den Dokumenten, die nach seinem Tod in seinem Büro an der Uni blieben, möglicherweise ein paar interessante Fakten finden ließen. Fakten, die belegen, dass Los Pinitos eine historische Bedeutung besaß, irgendetwas, das man anführen

könnte, um den geplanten Bau dieses absurden und unnötigen Einkaufszentrums zu verhindern.«

»Etwas so Bedeutsames wie zum Beispiel eine Missionsstation der Franziskaner?«

»Genau.«

»Denn wenn sich beweisen ließe, dass sich dort eine Missionsstation befand, wie Fontana vermutete, dann ließe sich das Vorhaben stoppen.«

»Oder man könnte es zumindest versuchen. Die Stadtverwaltung von Santa Cecilia hat, rechtlich gesehen, die Entscheidungsgewalt über dieses Gebiet, ist aber eben nicht Eigentümer. Es findet sich bisher kein Dokument, das belegt, wem dieses Territorium einst gehörte. Wenn man nun argumentieren könnte, dass sich dort irgendwann einmal eine alte Missionsstation befand, müsste alles noch einmal geprüft werden. Und solange diese Untersuchung nicht endgültig abgeschlossen wäre, läge das Bauvorhaben vorerst auf Eis.«

»Deshalb wolltest du immer wissen, ob in Fontanas Nachlass an irgendeiner Stelle diese vermeintliche Misión Olvido, die Vergessene Missionsstation, erwähnt wird. Deshalb hast du ständig nachgefragt. Und deshalb fingst du an, meine Arbeit zu kontrollieren. Erst schenkst du mir ein Buch, damit ich etwas über die Geschichte Kaliforniens lerne, dann fährst du mit mir zu einer Missionsstation hier ganz in der Nähe …«

»Nein, Blanca«, widersprach er kategorisch. »Ich habe weder versucht, dich zu kontrollieren, noch mich in deine Arbeit eingemischt. Ich habe immer voll und ganz auf dich vertraut. Das Einzige, was ich versucht habe, war, dich bei allem zu unterstützen, damit du vorankommst. Aber du musst mir glauben, alles fing mit Zárates Weigerung an. Von da an sah ich keine andere Möglichkeit mehr, als die-

se ganze Geschichte mit der FACMAF zu inszenieren. Ich musste diese Stiftung unauffällig im Fachbereich einführen und dann nur noch die Stellenausschreibung aushängen. So kamst du ins Spiel.«

Ich war noch immer wütend, noch immer frustriert, aber je länger er redete, desto größer wurde meine Neugier. Eine Neugier, die darauf brannte zu erfahren, welch verwickelte Beziehungen zwischen ihnen allen ihn zu diesem Verhalten bewogen hatte.

»Wie dem auch sei, ich verstehe noch immer nicht, was die Rekonstruktion von Fontanas Unterlagen mit alledem zu tun hat. Wenn du nur auf der Suche nach konkreten Fakten über eine bestimmte Missionsstation warst, wieso musste ich dann meine Zeit damit vergeuden, seinen gesamten Nachlass akribisch zu katalogisieren? Warum musste ich Tausende winzige Teilchen sortieren, um Fontanas Leben zu rekonstruieren? Ich habe mir drei Monate lang die Zähne daran ausgebissen, Daniel, drei volle Monate habe ich wie eine Wahnsinnige geschuftet, meine ganze Energie in eine Arbeit gesteckt, die niemanden interessiert«, sagte ich mit immer lauter werdender Stimme, denn ich konnte meinen Unmut einfach nicht länger unterdrücken.

»Warte, Blanca, warte, warte …«

Er sprach mit Nachdruck, unterstrich jedes Wort mit seinen Händen, die er endlich wieder aus den Taschen seiner grauen Hose hervorgeholt hatte. Heute hatte seine Kleidung so gar nichts Lässiges an sich wie sonst bei seinen Besuchen in Santa Cecilia. Guter Schnitt, guter Stoff, akademischer Chic. Keine Spur von zerknitterten Chinos und der alten Jeansjacke wie an dem Tag, als wir nach Sonoma fuhren. Seine andere Seite. Die Schokoladenseite.

»Deine Arbeit interessiert sogar sehr. Sie ist von unschätz-

barem Wert, sie liefert die Basis, gibt dem Ganzen wirklich einen Sinn. Aber es stellen sich noch andere Fragen.«

»Sag mir doch endlich, worum es eigentlich geht, verdammt noch mal.«

»Wie erkläre ich dir das am besten …«, sagte er, während er nach den richtigen Worten suchte. »Die Sache mit Los Pinitos war sicher der Impuls, der das Ganze in Gang brachte. Zweifellos ein sehr mächtiger Impuls. Aber es gibt da noch etwas anderes. Dahinter verbirgt sich auch eine offene Rechnung.«

»Mit Fontana?«, fragte ich ungläubig.

»Ja, mit Fontana. Mit der Erinnerung an ihn, mit seinem Anstand.«

»Du willst doch nicht etwa sagen, dass du dreißig Jahre nach seinem Tod noch eine offene Rechnung mit deinem Professor zu begleichen hast?«

»So war es«, gab er unumwunden zu. »Es tut mir sehr leid, aber so war es. Obwohl inzwischen dreißig Jahre nach seinem und Auroras Tod vergangen sind, obwohl mein Leben wieder vollkommen in Ordnung ist und diese ganze Geschichte schon längst der Vergangenheit angehört, standen noch immer ein paar ungeklärte Fragen zwischen uns.«

»Also, ich muss ehrlich sagen, das übersteigt mein Fassungsvermögen«, murmelte ich.

»Im Grunde ist alles ganz einfach. Erschreckend einfach. Um es auf den Punkt zu bringen, es waren die schrecklichsten Jahre meines Lebens. Du musst wissen, nach dem entsetzlichen Unfall war ich am Boden zerstört. Wie Dante in seiner *Göttlichen Komödie* verirrte auch ich mich in der Mitte meines Lebenswegs in einem tiefen, dunklen Wald, weil ich den rechten Weg verloren hatte. Ich stieg hinab in die Hölle. Und beging einige Dummheiten.«

»Das tust du immer noch.«

Mein Kommentar schien ihn nicht weiter zu stören.

»Doch leider waren die von damals weitaus schlimmer. Unter anderem hatte ich die Erinnerung an meinen Lehrer aus meinem Gedächtnis gestrichen. Nach dem Unfall bin ich buchstäblich geflohen. Eigentlich wusste ich gar nicht, dass ich flüchtete, ich wollte Abstand bekommen, mich von allem befreien, was in irgendeiner Weise in Beziehung zu meinem früheren Leben stand.«

»Vor allem zu deinem Leben mit Aurora, nehme ich an.«

»Ja, vor allem. Zehn glückliche Jahre zusammen mit einer phantastischen Frau, von der ich mich nach dem Frühstück an unserem Küchentisch mit einem innigen Kuss verabschiedete und die ich noch in derselben Nacht zum letzten Mal sah, im Morast am Straßenrand, unter einer blutbefleckten Decke, mit zerschmettertem Schädel zwischen den Trümmern des Autos.«

Mich berührte seine drastische Schilderung, mich erschütterte die frappierende Natürlichkeit, mit der er davon erzählte. Ich sagte jedoch nichts, sondern ließ ihn weiterreden.

»Aber ich habe es überwunden. Mit der Zeit und unter großen Mühen, nach vielen Turbulenzen verwandelte sich meine Verzweiflung mit der Zeit zuerst in tiefe Trauer, später in eine erträgliche Traurigkeit und zum Schluss in eine leise Melancholie, die mit den Jahren immer weniger wurde.«

Ich setzte mich in einen Sessel, er sich auf das Sofa gegenüber. So saßen wir da, von Angesicht zu Angesicht, nur durch einen niedrigen Couchtisch, auf dem ein paar alte Zeitschriften lagen, wie durch eine Feuerschneise voneinander getrennt. Er stützte die Ellenbogen auf die Knie und beugte sich ein wenig vor.

»Ich bin kein Verrückter, der von einem erlittenen Ver-

lust nicht loskommt, Blanca. Die dunklen Zeiten habe ich schon vor vielen Jahren hinter mir gelassen«, versicherte er. »Ich musste unter großen, sehr großen Schmerzen lernen, ohne Aurora zu leben und mein Leben wieder in den Griff zu bekommen. Doch mit Andrés Fontana ist es mir leider nicht gelungen. Der Verlust meiner Frau hatte mich am Boden zerstört, ich war derart verloren und untröstlich, dass ich mit seinem Verlust nicht meinen Frieden gemacht habe, denn um ihn weinte ich nicht.«

»Und so hast du nach all den Jahren dieses Stipendium ausgeschrieben und mich engagiert, um seinen Nachlass von den Spinnweben zu befreien, wobei du nicht nur auf der Suche nach Fakten gegen den Bau des Einkaufszentrums warst, sondern auch dein Gewissen nicht länger belasten wolltest, ohne dir die Finger schmutzig zu machen.«

Er antwortete nicht. Er hielt meinem Blick stand, aber er antwortete nicht.

»Ich habe dir vertraut, weißt du?«, fuhr ich fort, während ich auf den Tisch hinuntersah, der uns wie eine Barriere trennte, ein vierbeiniges Sinnbild für die Distanz zwischen uns. Bis ich meinen Blick wieder hob und ihn anschaute. »Verglichen mit deiner persönlichen Tragödie, mögen dir meine Probleme vielleicht belanglos erscheinen, aber auch ich weiß, was es heißt zu verlieren.«

»Ich weiß, Blanca, ich weiß …«

»Ich kam vollkommen durcheinander und tief verletzt nach Santa Cecilia, auf der Flucht, musste darum kämpfen, nicht unterzugehen, nachdem meine Ehe Schiffbruch erlitten hatte.«

»Ich weiß, ich weiß, ich weiß …«, wiederholte er.

»Und ich klammerte mich an Fontanas Nachlass wie an einen Rettungsring. Und dann, mittendrin, tauchtest du auf einmal auf, scheinbar immer bereit, mir zu helfen, mir

das Leben zu erleichtern, mich zum Lachen zu bringen … mich … mir … Und nun …« Ich musste mich sehr bemühen, nicht die Fassung zu verlieren, und schluckte schwer. »Ich hielt dich für einen Freund.«

Er streckte mir eine Hand entgegen, doch ich wich aus. Ich wollte keinerlei Berührung. Es war einfach zu viel geschehen.

»Lass mich dir fertig erzählen, was hinter meiner Handlungsweise stand. Bevor du über mich urteilst, muss ich dir mehr über Fontana, Aurora und mich erzählen. Danach kannst du tun, was du für richtig hältst, mich aus deiner Wohnung und deinem Leben werfen, mich hassen, mir vergeben oder das tun, was du für richtig hältst. Aber zuerst musst du mir zuhören, um das Ganze zu verstehen.«

Mir fiel wieder das alte Foto ein, das mit Reißzwecken an der Pinnwand in Rebeccas Keller befestigt war. Die wunderschöne junge Frau mit dem strahlenden Lächeln, dem weißen Kleid und der wilden Mähne unter der Sonne von Cabo San Lucas, deren Leben in einer Regennacht endete. Vielleicht hielt ich ihretwegen instinktiv Abstand.

»Die beiden verstanden sich sofort unglaublich gut, als sie sich das erst Mal begegneten, nachdem Aurora und ich nach Santa Cecilia gezogen waren. Wir drei waren sehr eng befreundet, unsere Beziehung ging weit über das Berufliche hinaus. Doch die beiden verband eine ganz besondere Freundschaft, sicher auch, weil sie beide hier fremd waren, ein geheimes Einverständnis, das mitunter nicht einmal ich durchschaute. Anspielungen und unsichtbare kulturelle Codes, Nuancen, die auch mir entgingen, die beiden aber näher zusammenbrachte. Eine innige Freundschaft. Und mit der Zeit begann Aurora für ihn zu arbeiten.«

»Als was?«

»Sie begleitete ihn häufig bei seiner Suche nach Doku-

menten, gemeinsam verglichen sie Daten und durchforsteten Unterlagen.«

»Weil sie Historikerin war …?«, mutmaßte ich.

»Nein, nein, sie war Apothekerin. Als wir nach Santa Cecilia kamen, hatte sie gerade erst in Indiana, wo wir zuvor fünf Jahre lebten, ihren Doktor in Pharmazie gemacht. Formeln und chemische Zusammensetzungen waren ihr Ding, aber, ich weiß nicht, aus welchem Grund, vielleicht, weil er ihr die Leidenschaft dafür vermittelt hatte, begann auch sie sich diesen Landsleuten von früher verbunden zu fühlen, die vor gut zweihundert Jahren hier gewesen waren. Sicher spielte bei alledem auch eine Rolle, dass sie sich ihren katholischen Glauben bewahrt hatte, der sie zu einem großen sozialen Engagement motivierte. Sie arbeitete mit Immigranten und alten Menschen, beteiligte sich an Alphabetisierungskampagnen für Erwachsene. Aller Ehren wert, gerade weil sie mit einem halsstarrigen Agnostiker, wie ich es damals war, zusammenlebte. Mit der Zeit zogen die alten Missionsstationen der Franziskaner auch sie immer mehr in ihren Bann, und als der Unfall passierte, kamen die beiden gerade von einem Besuch in der Bibliothek in Berkeley zurück, von der ich dir in Sonoma erzählte. Dort hatten sie nach Dokumenten zu jener Missionsstation gesucht, die sie Misión Olvido nannten. Bis heute weiß ich nicht, ob ihre Suche erfolgreich war oder nicht. Mit dem Tod der beiden endeten diese Nachforschungen mit einem Schlag, und das Kapitel über die mysteriöse Mission fand keinen Abschluss.

»Aber …«

»Warte, warte«, murmelte er. »Lass mich fortfahren, ich glaube, du musst erst noch einiges wissen. Fontana hat in seinem Testament vier Erben benannt. Aurora erbte die Hälfte seiner Ersparnisse, die damit an mich fielen. Von

diesem Geld, das ich nie angerührt habe, stammen die Schecks, die du jeden Monat erhalten hast, und die drei ersten Buchstaben des Akronyms FACMAF, Fondo Aurora Carranza.«

»Und wer sind die anderen Erben?«

»Die andere Hälfte des Geldes hatte er Fanny Stern vermacht, die damals noch ein kleines Mädchen war. Er hatte sie sehr liebgewonnen. Ihre Mutter Darla hast du an dem Abend kennengelernt, als wir auf dem Weg zu Rebecca waren. Sie arbeitete damals im Institut als Sekretärin. Mit ihr verband ihn eine sehr spezielle Freundschaft.«

»Das weiß ich, Fanny selbst hat mir davon erzählt«, unterbrach ich ihn.

»Namentlich erbte sie einen Teil seines Geldes, aber de facto kommt es natürlich ihnen beiden zugute. Sein Haus vermachte er der Universität, das Gelände ist inzwischen Teil des Campus. Ein paar Jahre nach seinem Tod hat man das Haus abgerissen und auf dem Grundstück, soweit ich mich erinnere, ein Labor errichten lassen. Und mich hat er sozusagen zu seinem intellektuellen Erben gemacht. So erhielt ich die phantastische Bibliothek, die er im Laufe der Jahrzehnte aufgebaut hatte. Doch seine Dokumente, seine persönlichen Schriftstücke, seine Forschungsunterlagen … gelangten nie in meinen Besitz. Sie blieben hier, in Santa Cecilia, in irgendeinem vergessenen Keller der Guevara Hall, ohne dass sich jemand auch nur im Mindesten dafür interessiert hätte.«

»Aber du hättest sie doch einfordern können. Sie gehörten zum Nachlass deines Mentors, und du warst ja immerhin der Erbe.«

Hilflos zuckte er die Achseln.

»Ich weiß. Rechtlich gesehen wäre das meine Aufgabe gewesen. Und moralisch gesehen natürlich auch.«

»Aber du hast es nie getan.«

»Nein, nie.«

»Weil dich sein Nachlass gar nicht interessiert hat.«

»Vermutlich.«

»Und weil du für immer die Verbindungen kappen wolltest, die dich an die Vergangenheit erinnerten.«

»Vermutlich auch das.«

»Aus keinem anderen Grund?«

Er starrte mich an und presste, nach Worten ringend, mit aller Kraft die Hände gegeneinander.

Schließlich sprach ich aus, was ihm offensichtlich nicht über die Lippen kommen wollte.

»Oder vielleicht hast du auch insgeheim den Wunsch verspürt«, sagte ich und senkte unbewusst die Stimme, »Andrés Fontana für immer aus deinem Leben zu streichen.«

Er nickte. Zunächst kaum merklich, aber dann immer deutlicher.

»Ich konnte ihm einfach nie ganz vergeben«, gestand er schließlich mit belegter Stimme ein. »Während meiner langen Trauerzeit, in jenen schrecklichen Monaten und Jahren tiefster Verzweiflung, weinte ich nur um Aurora. Ihn beschuldigte ich nur. Nicht, dass er sie getötet hätte, nein, es war eindeutig ein Unfall, so viel war klar. Doch ich warf ihm in gewisser Weise vor, sie mir weggenommen zu haben, sie in etwas ihr Fremdes hineingezogen zu haben. Dass er sie mir zum Teil entzogen hatte, meiner Obhut, meinem Schutz …«

»Und deshalb hast du beschlossen, ihn zu bestrafen und seinen Nachlass, die Erinnerung an ihn, dreißig Jahre in einem staubigen Keller verrotten, ihn dem Vergessen anheimfallen zu lassen.«

Nun musste er schlucken, ehe er wieder etwas sagen konnte.

»Du drückst es sehr krass aus, aber vielleicht hast du nicht unrecht. Ich habe freiwillig auf seinen schriftlichen Nachlass verzichtet und mich auf diese Weise auch des Menschen selbst entledigt.«

»Bis du vor ein paar Monaten wegen der Sache mit Los Pinitos beschlossen hast, ihn gewissermaßen zu begnadigen. Du hast gedacht, dass vielleicht der alte Fontana mit seiner späten Leidenschaft für die bescheidenen Franziskanermönche und seiner verschrobenen Idee von einer vergessenen Missionsstation vielleicht doch nicht so danebenlag. Und hast dich entschlossen zu handeln.«

Sein Mund verzog sich zu einem sarkastischen Lächeln. Er hatte sich auf dem Sofa zurückgelehnt. Angespannt und erschöpft. Angespannt, traurig und erschöpft. Wie ich.

»Ja und nein. Als ich durch Rebecca von dem geplanten städtebaulichen Wahnsinn erfuhr, begab ich mich auf die Suche. Ich erinnerte mich an die Spaziergänge, die Aurora und er ganze Nachmittage lang im letzten Frühjahr, als sie noch lebten, dort unternommen hatten. Doch all meine Bemühungen blieben ebenso ergebnislos wie ihre Arbeit, die sie nicht hatten zu Ende bringen können, weil der Tod ihnen zuvorkam. Und mit ihnen gingen auch ihre Vermutungen, ihre Ahnungen und vor allem deren Nutzen für die Gegenwart dahin. Ich stellte auf eigene Faust ein paar Nachforschungen an und erfuhr, dass das Gelände von Los Pinitos der Stadtverwaltung untersteht, da es keinen historisch dokumentierten, legitimen Eigentümer gibt.«

»Und hast angefangen, dir einen Reim darauf zu machen …«

»Und ich hielt es keineswegs für eine Schnapsidee, dass sich zwischen all den in Vergessenheit geratenen Unterlagen möglicherweise der Schlüssel zur Klärung dieser Geschichte finden könnte. Doch das Wichtigste war, dass ich

auch dachte, nun sei der Moment gekommen, mich endlich mit meiner Vergangenheit auszusöhnen, endlich Frieden mit jenem Mann zu schließen, der eine so wichtige Rolle in meinem Leben gespielt hatte. Um endlich mein unangemessenes Verhalten zu sühnen und zu versuchen, seiner Person und seinem Werk, teils privat, teils öffentlich, Tribut zu zollen.«

»Und so fing alles an.«

»So fing alles an, Blanca. So begann meine Aussöhnung.«

Kapitel 34

Die Nacht schritt voran, und wir blieben dort, von Angesicht zu Angesicht, sitzen. Im Schein des trüben Lichts einer Straßenlaterne saßen wir da, ohne ein Glas billigen Weins, ohne irgendwelche Hintergrundmusik, nicht einmal ein Glas Wasser hatten wir, das unseren Kummer erträglicher gemacht hätte. Ohne irgendein Geräusch, das diese intensiven Momente hätte stören können, abgesehen von dem Straßenlärm, der gelegentlich gedämpft durch das geschlossene Fenster hereindrang. Hin und wieder fuhr ein Auto vorbei, oder eine Gruppe Studenten war unterwegs zum 7-Eleven, sonst nichts.

Die Nacht schritt voran, doch die Traurigkeit blieb an mir haften. Ich war traurig wegen mir, wegen ihm, wegen seiner, wegen meiner Vergangenheit, wegen unser beider Gegenwart. Wegen der Art und Weise, in der alles zerfiel, wie in der Hand zusammengeballter Sand, der durch die geöffneten Finger rinnt.

Seine Gefühle waren zweifellos echt, ich stellte auch seine Aufrichtigkeit nicht infrage. Aber das genügte mir nicht. Abgesehen von seinen manchmal überzeugenden, manchmal erschütternden Worten, blieb nur der bittere Nachgeschmack, erneut von jemandem betrogen worden zu sein, dem ich blind vertraut hatte. Als wenn sich die Geschichte wiederholte.

Nüchtern betrachtet, hatte dies hier rein gar nichts mit den Verletzungen durch das Scheitern meiner Ehe zu tun.

Albertos Untreue glich einem zerstörerischen Zyklon, der meine Welt auf den Kopf gestellt hatte. Verglichen damit war Daniels Täuschungsmanöver ein leichtes Sommergewitter. Dennoch hatte es mich tief getroffen, wie wenn man bei einem Platzregen, der an einem Spätnachmittag im August unverhofft niedergeht, bis auf die Knochen nass wird. Es hatte meinen seelischen Verschleiß beschleunigt, diese emotionale Erosion, von der ich mich erholt wähnte und die nun schlagartig und ohne jede Vorwarnung wieder einsetzte, sodass mir nicht einmal die Zeit blieb, zum Schutz einen Regenschirm zu öffnen oder mich wenigstens unterzustellen. Je mehr er sich bemühte, mir mit großartigen Worten und in sich schlüssig die Entstehungsgeschichte dieses zweifelhaften Manövers zu erklären, je mehr er mich von seiner Aufrichtigkeit zu überzeugen wusste, desto hartnäckiger blieb in mir doch das bittere Gefühl, hintergangen worden zu sein.

»Und nun, nachdem du deine angebliche Stiftung eingerichtet hattest oder deinen Fonds oder wie auch immer du die Sache nennen willst, wieso hast du da ausgerechnet mich ausgewählt?«, wollte ich wissen, um endlich zum Schluss zu kommen.

»Das sind deine Söhne, nicht wahr?«, fragte er mich plötzlich und deutete dabei auf ein im Regal stehendes Foto.

Im Schein der einzigen Lichtquelle, gleich neben meinen Schlüsseln, dem Flyer für ein chinesisches Restaurant und der Nachbildung einer Missionsglocke, die er mir geschenkt hatte. Das Foto hatten David und Pablo mir zusammen mit einem Paar Handschuhen und einer CD von Joaquín Sabina geschickt. *Happy cumple,* alles Gute zum Geburtstag, Mama, mit Verspätung wie immer, aber du weißt ja, wir sind eine Katastrophe, tut uns leid, stand

auf der beiliegenden Karte. Auf dem Bild sah man sie mit braungebrannten Gesichtern an irgendeinem Tag in den vergangenen Ferien. Das feuchte Haar fiel ihnen in die Augen, sie lachten vergnügt nach einem Nachmittag am Strand, es waren die letzten Tage der Unbekümmertheit.

»Ja, das sind meine Söhne, aber das tut momentan nichts zur Sache.«

Als hätte er mich nicht gehört, stand er auf und ging zu dem Regal mit dem Foto hinüber.

»Sie sehen dir sehr ähnlich«, sagte er mit einem Lächeln. Das erste halbwegs echte, das in dieser Nacht einer von uns beiden zustande bekommen hatte.

»Lässt du es bitte stehen?«

Er stellte das Foto zurück ins Regal und setzte sich wieder aufs Sofa.

»Es gab keine anderen Bewerber«, meinte er, während er sich zurücklehnte. »Du warst die Erste, die auf die Ausschreibung geantwortet hat, und ich wusste sofort, dass du diejenige bist, die ich hier haben wollte. Ich hatte den Eindruck, dass du alle Anforderungen voll und ganz erfüllst. Mehr gab es nicht zu bedenken.«

Die Beine übereinandergeschlagen, sprach er wieder mit selbstsicherer Stimme, ganz natürlich. Ohne Schmeichelei, ohne Heuchelei.

»Aber meine Erfahrungen passten doch gar nicht so gut«, warf ich ein. »Mein Arbeitsgebiet ist, und das weißt du auch genau, angewandte Linguistik.«

»Das war zweitrangig. Was ich suchte, war ein Akademiker, der in der Lage war, die Grundlagen stringent herauszuarbeiten, und der sich mit elementaren methodischen Arbeitsverfahren auskannte. Es sollte jemand sein, der Englisch spricht und problemlos an einer ausländischen Universität zurechtkommt. Außerdem hatte ich es

eilig. Je früher man anfing, desto besser, denn die Sache mit Los Pinitos war dringlich und duldete keinen weiteren Aufschub.«

»Und wieso hast du eigens jemanden aus Spanien kommen lassen? Warum hast du nicht hier vor Ort nach einem geeigneten Kandidaten gesucht?«

»Aus purer und absurder Sentimentalität«, gestand er. »Anfangs dachte ich, ein Landsmann könne sich besser in Andrés Fontana hineinversetzen. Und wo wir schon dabei sind, um ganz ehrlich zu sein, muss ich dir sagen, dass noch ein anderer Faktor eine nicht unwesentliche Rolle spielte, warum meine Wahl auf dich fiel. Dein Alter. Ich nahm an, dass jemand mit einer gewissen Lebenserfahrung und Reife die Rekonstruktion eines Nachlasses von einer ganz anderen Warte aus in Angriff nehmen würde.«

Dann richtete er sich auf, beugte sich vor, wobei er wieder die Ellenbogen auf den Knien abstützte und damit erneut die Distanz zwischen uns verringerte.

»Ich suchte einen Profi und du einen neuen Platz in der Welt«, meinte er und sah mich unverwandt an. »Ich brauchte etwas, du brauchtest etwas, und so sind wir uns über den Weg gelaufen. Dank unseres Vertrags hast du dein Ziel erreicht, möglichst schnell deinem bisherigen Umfeld zu entfliehen. Und ich meins, nämlich die rasche Aufarbeitung des Nachlasses meines Freundes. *Quid pro quo,* Blanca, mehr nicht.«

Ich wandte den Blick ab und schaute zum Fenster hinüber, durch das man aber lediglich einen Ausschnitt der dunklen Nacht sah.

»Auf jeden Fall«, fügte er hinzu, »sollst du wissen, dass, seit ich dich kennenlernte, kein Tag vergangen ist, an dem ich dir nicht die ganze Geschichte erzählen wollte.«

»Aber du hast es nie getan!«, rief ich wütend und mach-

te meinem Ärger Luft, von dem ich angenommen hatte, ihn unter Kontrolle zu haben. »Und das ist das Schlimmste, Daniel, das Schlimmste von allem! Wenn alles von Anfang an klar gewesen wäre, säßen wir vielleicht nun auch hier, aber du hättest mir eine Menge Kummer erspart.«

»Du hast völlig recht. In allem, Blanca, vollkommen recht«, räumte er kategorisch ein. »Ich hätte von Anfang an ganz offen zu dir sein müssen, doch das weiß ich erst jetzt, vorher war mir das nicht klar. Denn ich bin tatsächlich nicht davon ausgegangen, dass du und ich, dass wir beide irgendetwas miteinander zu tun haben würden. Ich glaubte, du würdest für mich nur eine Art Mitarbeiterin im Hintergrund sein. Anfänglich hatte ich ja auch überhaupt nicht die Absicht, in Santa Cecilia zu bleiben. Als Rebecca uns einander in Meli's Market vorstellte – erinnerst du dich? –, war ich eigentlich nur gekommen, um dich kennenzulernen und zu überprüfen, ob mein Projekt auch so in Gang gekommen war, wie ich es mir erhoffte.«

»Und warum bist du geblieben? Wenn du und ich uns nicht besser kennengelernt hätten oder wenn es bei diesem ersten Treffen geblieben wäre, dann wäre alles sehr viel leichter gewesen. Viel einfacher und nicht so verworren.«

»Weil ... weil die Dinge sich manchmal anders entwickeln als erwartet, weil ... weil das Leben eben so ist, Blanca, weil Pläne sich manchmal ändern ...«

Er stand auf und durchmaß das Zimmer von einem Ende zum anderen. Dafür benötigte er vier oder fünf Schritte, mehr Platz gab es nicht. Anschließend blieb er stehen und zerpflückte, aus seiner Sicht, die einzelnen Etappen unseres gemeinsam zurückgelegten Weges.

»Erst durch dich erfuhr ich, dass diese Arbeit einen ganz anderen Verlauf nahm, als ich gedacht hatte. Du hast dich mit Fontana und seiner Welt sehr viel intensiver befasst,

als ich angenommen hätte. Da wurde mir klar, dass ich den Arbeitsumfang möglicherweise schlecht kalkuliert, die Komplexität seines Nachlasses unterschätzt und deine Einstellung dazu nicht gekannt hatte. Da beschloss ich zu bleiben. Also mietete ich ein Apartment, holte aus meinem Haus in Santa Barbara das, was man für ein paar Wochen unbedingt braucht, und kam wieder her. Damit ich in der Nähe wäre, falls du mich brauchen solltest. Nicht, um dich zu kontrollieren oder zu manipulieren, sondern lediglich, um in deiner Nähe zu sein und dich auf deinem Weg begleiten zu können.«

»Drei Monate sind eine lange Zeit, drei Monate, in denen du nie ein Wort darüber verloren hast …«

»Weil es nicht möglich war, weil es immer etwas gab, das mich daran hinderte«, beharrte er. »Ständig war Zárate um dich herum. Ich beobachtete, wie ihr euch näherkamt, ich sah euch zusammen auf dem Campus, in der Cafeteria. Ich war mir sicher, dass du dich verpflichtet fühlen würdest, ihn davon in Kenntnis zu setzen, wenn ich dir erzählt hätte, wie das Stipendium zustande kam. Weil du dich der Uni verpflichtet gefühlt hättest. Und natürlich auch moralisch. Oder etwa nicht?«

»Möglicherweise«, musste ich zugeben.

»Ob es mir passt oder nicht, er ist der Direktor des Fachbereichs, und ihn zu betrügen hieße, die Universität zu betrügen. Und das wäre in meinem Fall sehr schwerwiegend.«

Seine Meinung blieb unwidersprochen, während ich aufstand. Einmal auf den Beinen, fuhr ich mir mit den Fingern durchs Haar und massierte mir mit leichtem Druck den Nacken, als wollte ich Stauungen in meinem Gehirn beseitigen oder die verworrenen Gedanken aus meinem Kopf bekommen oder weiß der Teufel was.

»Das hättest du dir vorher überlegen müssen, Professor

Carter«, sagte ich und ging in Richtung Tür. »Viel früher. Jetzt ist es für alles zu spät. Auch dafür, dass du noch länger bleibst.«

Kerzengerade blieb er sitzen, ließ mich nicht aus den Augen, als wolle er mir mit seinem hellen, durchdringenden Blick etwas mitteilen. Doch er prallte an dem harten Panzer ab, den ich mir zugelegt hatte, damit er mich nach ihm vor dem Rest der Welt schützte.

»Es gibt noch einen weiteren Grund«, meinte er. »Den letzten und vielleicht wichtigsten.«

»Welchen?«

»Ich lernte dich besser kennen. Und bevor es mir bewusst wurde, war ich nicht mehr in der Lage, dich einfach aus meinem Gedächtnis zu streichen, als wenn nichts gewesen wäre. Da war ich schon viel zu sehr darin verwickelt, dir viel zu nahegekommen.«

Mit einem Mal fühlte ich mich schrecklich schwach. Was sollte das jetzt alles?

»Geh endlich, es hat keinen Sinn, hier noch länger darüber zu diskutieren, was hätte sein können und was nie sein wird. Nächste Woche fliege ich nach Madrid zurück, hier gibt es für mich nichts mehr zu tun. Ich will meine Kinder wiedersehen und zurück in die Normalität. Es wird hart werden, mein altes Leben wieder aufzunehmen, aber da kenne ich wenigstens die Eckdaten und weiß, wer wer ist.«

Er sagte nichts, deshalb fuhr ich fort.

»Und was meine Arbeit angeht, brauchst du dir keine Sorgen zu machen«, fügte ich hinzu, während meine Hand schon die Türklinke umfasste. »Alles, was im Keller lag, ist praktisch bearbeitet und einsortiert. Ich muss nur noch ein paar Dinge abschließen. Um die Sachen, die fehlen, und es fehlt definitiv einiges, kann ich mich nicht mehr kümmern, das war nicht Bestandteil meines Vertrags. Es

ist schade, dass die eine Hälfte deines Projekts, die Sache mit der Missionsstation, kein glückliches Ende hat, aber ich fürchte, es ist schon zu spät, als dass nun noch ein Hinweis auftauchen könnte. Du und deine Freunde von der Bürgerinitiative für den Erhalt von Los Pinitos müsst eben den Bau des Einkaufszentrums oder was auch immer dort geplant ist, hinnehmen. Um ehrlich zu sein, mich interessiert euer Vorhaben jetzt einen Dreck. Meinetwegen könnten sie euch ein Endlager für Atommüll hinstellen. Aber zumindest hast du die jahrelange Forschungsarbeit deines Professors vor dem Vergessen bewahrt, und das ist doch auch schon was. Nachdem du dir so lange Vorwürfe gemacht hast, kannst du immerhin wieder in den Spiegel schauen.«

Ich öffnete die Tür und forderte ihn damit auf zu gehen. Als er schon auf dem Treppenabsatz stand, fiel mir noch etwas ein, und ich ging zurück in die Wohnung.

»Warte.«

Aus dem Regal nahm ich die Nachbildung der gusseisernen Glocke und gab sie ihm.

»Ich will sie nicht mehr sehen. Und dich auch nicht.«

Dann schlug ich die Tür zu.

»Wieder allein, Blanca«, flüsterte ich vor mich hin und ließ mich auf der anderen Seite der Tür zu Boden sinken. »Du bist wieder allein, mehr denn je zuvor.«

Kapitel 35

Eine Kopfschmerztablette, viel Kaffee und ein starker Wille waren nötig, damit ich am nächsten Morgen wieder in die Gänge kam. Nach einer unruhigen Nacht frühstückte ich sehr zeitig und überlegte, was mir in diesem fernen Land in den noch verbleibenden Tagen zu tun blieb. Dann machte ich mich, wie an jedem Morgen, auf den Weg zur Arbeit. Ernüchtert und verletzt, aber wieder im Einsatz.

Den ganzen Tag über versuchte ich, niemanden zu sehen. Nicht einmal zum Mittagessen ging ich vor die Tür, um ja keinem Kollegen oder meinen Studenten zu begegnen. Ich widmete mich voll und ganz meiner Arbeit, sonderte mich ab, um mich ausschließlich Fontanas letzten Dokumenten zu widmen und Ordnung in diese unzusammenhängenden Papiere zu bringen, mit denen, wohl oder übel, unwiderruflich meine Aufgabe hier in Santa Cecilia enden würde. Unabhängig davon, wer sich diese Aufgabe ausgedacht hatte; unabhängig davon, ob der zukünftige Verwalter des Nachlasses eine ehrenwerte Institution oder eine Person mit turbulenter Vergangenheit und einigen offenen Rechnungen sein würde, war es meine Pflicht, diese Aufgabe so gut und genau wie möglich zu erledigen. Mit dieser Absicht hatte ich den Auftrag angenommen. Und so wollte ich ihn auch zu Ende bringen.

Meine Bemühungen, mich einzuzügeln, waren leider nicht von Erfolg gekrönt, denn einige unvorhersehbare Unterbrechungen machten mein Vorhaben zunichte.

Als Erstes wurde ich von jemandem gestört, von dem ich es am allerwenigsten erwartet hätte, von Fanny. Nach der Mittagszeit erschien sie in meinem Büro mit einem in Plastikfolie verpackten formlosen Sandwich und einer Flasche, deren Inhalt an Hustensaft erinnerte.

»Mir ist aufgefallen, dass Sie nicht zum Essen gegangen sind. Zu viel Arbeit, oder? Deshalb habe ich Ihnen etwas mitgebracht«, verkündete sie und streckte ihre Arme ungelenk wie ein Roboter aus.

»Vielen Dank, Fanny«, sagte ich. Gut gemeint, zweifellos. Aber wenig appetitanregend.

Trotz meiner bemüht freundlichen Art und ihrer eingeschränkten Auffassungsgabe schien ihr etwas an meinem Gesichtsausdruck zu missfallen.

»Ist alles in Ordnung, Doktor Perea? Sie sehen nicht gut aus.«

»Alles bestens, Fanny, danke«, log ich. »Ich bin momentan nur ziemlich beschäftigt, weil das hier dringend fertig werden muss. Schließlich reise ich bald ab.«

»Wann fahren Sie denn?«, erkundigte sie sich hastig. Als würde es sie tatsächlich interessieren, wann diese Gastdozentin wieder ginge, die für ein paar Monate den hintersten Winkel des Fachbereichs okkupiert hatte.

»Nächsten Freitag.«

Mit halb offenem Mund, die Arme schlaff an ihrem Körper herabhängend, schaute sie mich sprachlos an, bis sie auf dem Absatz kehrtmachte und vor sich hin brabbelnd auf den Flur hinausging.

Ich versteckte das Sandwich ganz unten in meiner Tasche, damit sie nicht argwöhnte, dass ich es in Wahrheit niemals essen würde. Dann machte ich weiter, lustlos, kraftlos, aber in dem Bewusstsein, dass es sein musste.

Bis erneut an meine offen stehende Tür geklopft wurde:

die zweite Unterbrechung. Ich hob den Kopf von einem meiner letzten Texte über die Säkularisierung der Missionsstationen und entdeckte, nur ein paar Schritte von mir entfernt, Luis Zárate.

Ich bemühte mich nach Kräften, damit er nicht merkte, dass er nun wirklich der Letzte war, den ich sehen wollte. Um nicht an seinem Büro vorbeigehen zu müssen, hatte ich in den letzten Tagen sogar statt des Fahrstuhls regelmäßig die Treppe genommen. Anfänglich wegen meines Verdachts, später wegen der Gewissheit. Ich hatte das Gefühl, ihn hintergangen zu haben, weil ich nicht zuerst mit ihm über meine Zweifel bezüglich des Stipendiums gesprochen hatte, und später die Beweise, wer hinter der ganzen Angelegenheit steckte, für mich behalten hatte. Doch ich musste noch über die ganze Geschichte nachdenken, brauchte Zeit, um mir darüber klar zu werden, wie ich mich letztlich entscheiden sollte. Daher ging ich ihm momentan aus dem Weg. Ihn in meinem Büro zu sehen brachte mich aus der Fassung.

»War Samstagabend so schlimm, dass du nun auf der Flucht vor mir bist?«

Er sagte es im Scherz, dennoch zögerte ich einen Moment mit meiner Antwort. Nein, im Gegenteil, der Abend war ganz wundervoll, hätte ich erwidern können. Das Lokal war nett, das Essen phantastisch, du bist ein gut aussehender Mann, ich habe mich sehr wohl mit dir gefühlt, und wir beiden haben uns gut verstanden, so etwas in der Art. Aber. Aber was?, hätte er dann gefragt. Aber du hast die Lunte in Brand gesetzt. Welche Lunte? Die gerade den Haufen verworrener Gefühle, die mir selbst noch gar nicht recht bewusst waren, in meinem Innern lodern ließen wie ein Bündel Reisig.

Nichts von dem sprach ich laut aus, nur in meinem Ge-

hirn spielte sich dieses Gespräch ab. Weder ahnte Luis Zárate etwas, noch hatte ich im Augenblick die Absicht, ihn an meinem Gefühlswirrwarr teilhaben zu lassen. Im Moment zumindest. Später? Wir würden sehen.

»Ich komme nur schleppend voran. Wie du siehst, habe ich jede Menge zu tun«, sagte ich und deutete auf meinen Schreibtisch, auf dem sich die letzten Papierstapel des Nachlasses türmten. Ich versuchte, dabei so glaubhaft, so liebenswürdig, so normal wie möglich zu klingen. Doch ich war nicht überzeugend.

»Ist es wirklich nur das?«

Ich registrierte, dass er auf meinen Tisch zusteuerte, und erhob mich im gleichen Augenblick. Wie zur Verteidigung, wie zum Schutz. Ich ertrug den Gedanken nicht, dass er mich über meinen Papieren zusammenbrechen sah.

»Ich habe schlecht geschlafen, vielleicht habe ich etwas zu viel gegessen.«

»Sicher, dass es nur das ist?«, hakte er nach und ging noch einen Schritt auf mich zu.

»Ganz sicher. Übrigens, ich wollte dir sagen, dass mir nicht mehr viel zu tun bleibt und ich daher beschlossen habe, Weihnachten bei meinen Kindern zu verbringen, sodass …«

»Sodass du bald abreisen wirst.«

»Nächste Woche, zur gleichen Zeit wie die Studenten. Ich wäre später noch bei dir vorbeigekommen, um es dir zu sagen.«

Ich log so schlecht, dass er mir das nicht abnahm.

Er tat noch einen Schritt auf mich zu. Mein Arbeitszimmer war so klein und eng, dass er nun direkt vor mir stand.

»Was ist los, Blanca?«, murmelte er und streckte eine Hand nach mir aus.

Ich antwortete nicht, als ich die Wärme seines Atems an meinem Hals spürte.

»Du weißt doch, dass du auf mich zählen kannst.«

Er war noch ein bisschen näher an mich herangerückt, seine leise Stimme flüsterte mir direkt ins Ohr. Ich blieb stumm. War zu aufgewühlt, zu müde, zu schwach. Seine Lippen wollten die meinen berühren, doch ich drehte den Kopf ein wenig zur Seite, ließ es nicht geschehen. Wandte mich aber auch nicht wirklich von ihm ab.

»Egal, worum es geht, du kannst auf mich zählen, sei unbesorgt«, flüsterte er weiter. Sein Atem noch immer auf meinem Hals, seine Stimme noch immer an meinem Ohr.

Ich hätte laut rufen können, ja, ich weiß, hilf mir, hol mich aus diesem Schlamassel, in den ich mich selbst hineingeritten habe, lass mich alles und alle vergessen, nimm mich ganz fest in den Arm, hol mich hier raus. Aber ich antwortete ihm nicht. Vielleicht aus Selbstschutz, vielleicht, um nicht alles noch komplizierter zu machen. Stattdessen löste ich mich langsam aus seiner Umarmung.

Und genau in diesem Moment stürmte Fanny in mein Büro.

»Entschuldigen Sie, Professor Zárate! Ich wusste nicht, dass Sie hier sind«, bat sie eilig um Verzeihung.

»Immer hereinspaziert, Fanny«, erwiderte er. »Ich habe bereits alles mit Doktor Perea besprochen und bin schon weg. Wie gesagt, Blanca«, meinte er zum Abschied, »du weißt ja, wo du mich findest.«

»Meine Mutter würde Sie heute Abend gerne sehen, Doktor Perea«, verkündete Fanny, kaum dass Luis gegangen war. Ohne mir Zeit zu lassen zu begreifen, was da gerade zwischen uns geschehen war. Ohne mir auch nur eine Sekunde zum Nachdenken zu geben. »Als ich ihr erzählte, dass Sie schon bald abreisen«, fuhr sie aufgeregt fort, »hat sie mir gesagt, dass Sie mit Ihnen sprechen möchte, dass Sie etwas hat, das Sie vielleicht interessiert.«

Diesen Tag mit einem Höflichkeitsbesuch bei Darla Stern zu beenden erschien mir in jenem Moment genauso reizvoll wie ein Schluck Terpentin. Doch Fanny sprach ständig von ihrer Mutter und hatte mir mehr als einmal erzählt, dass die alte Dame mich gerne sehen wolle. Stets hatte ich Ausreden und Entschuldigungen parat gehabt, weil ich darauf vertraut hatte, dass es niemals zu einem solchen Treffen kommen würde. Nichts erschien mir weniger erstrebenswert als eine Begegnung unter vier Augen mit einer verschrobenen Achtzigjährigen, die mir sicher nicht viel mehr anzubieten hatte als ein wirres Gespräch und vielleicht noch ein paar verstaubte Informationen zu Fontana, die ich gar nicht wissen wollte. Nichts interessierte mich zu diesem Zeitpunkt weniger als ihre damalige Beziehung, ob sie rein beruflicher Natur gewesen oder ob mehr daraus geworden war. Aber aus Rücksicht auf Fanny fühlte ich mich nun so kurz vor der Abreise verpflichtet, die Einladung anzunehmen.

»In Ordnung, Fanny. Sag mir, wo du wohnst und wann ich da sein soll.«

Die dritte überraschende Unterbrechung erwartete mich eine halbe Stunde später in Form eines Anrufs. Ein Anruf, der mich erneut aus der Arbeit riss und die Stille meines Büros störte und alles durcheinanderbrachte.

Daniel Carter. Wieder einmal.

Während der Stunden der Ungewissheit, die ich nach seinem Weggang gestern Nacht durchleben musste, bis ich schließlich einschlief, hatten in mir den festen Vorsatz reifen lassen, ihn ein für alle Mal aus meinem Leben zu streichen und in der kurzen Zeit bis zu meinem Abflug jeglichen Kontakt mit ihm zu vermeiden. Ich verstand seine Gründe und seinen Schmerz, konnte seine Absicht, seine Entscheidung, ja sogar sein Handeln nachvollziehen. Ei-

gentlich fast alles. Doch etwas hatte er mir bisher nicht erklärt: sein Schweigen. Deshalb hatte ich mich entschlossen, mich von ihm fernzuhalten. Hatte angefangen zu vergessen, dass eines Tages ein hochgewachsener bärtiger amerikanischer Kollege meinen Weg gekreuzt und mich in meiner Muttersprache angesprochen hatte, die er fast besser sprach als ich.

Doch mein altes Telefon stammte aus einer Zeit, als es noch keine Displays gab, auf denen man die Nummer des eingehenden Anrufs sehen konnte. Und so konnte ich nicht wissen, wer am anderen Ende der Leitung war. Vermutlich hatte er sich aus diesem Grund dazu entschieden, mich nicht auf dem Handy anzurufen, weil er bereits ahnte, dass ich ansonsten das Gespräch nicht angenommen hätte.

Als ich seine Stimme erkannte, wollte ich gleich wieder auflegen, da mir schwante, dass er seine Entschuldigungen wiederholen und erneut versuchen würde, sich zu rechtfertigen. Doch ich täuschte mich. Der Grund für seinen Anruf war ein anderer und hatte nichts mit dem zu tun, was gestern vorgefallen war, sondern mit der unmittelbaren Zukunft. Seine Stimme klang ernst und entschlossen. Nicht autoritär, aber beinahe.

»Leg nicht auf, Blanca, bitte. Hör mir nur einen Moment lang zu, es ist wichtig. Ich weiß, dass Darla Stern dich sehen will. Auch mir hat sie eine Nachricht hinterlassen, in der sie mich bittet, um acht Uhr zu ihr zu kommen. Ich vermute, du sollst um dieselbe Zeit bei ihr sein, oder? Sie sagt, sie will uns beiden etwas vorschlagen. Kannst du mir folgen?«

»Ja.«

»Gut, geh auf keinen Fall allein zu ihr. Warte auf mich. Ich hol dich in deinem Apartment ab, und wir gehen zusammen.«

»Das ist nicht nötig, danke. Ich finde den Weg auch alleine«, erwiderte ich, ohne nach einer Erklärung für seine Warnung zu fragen.

Nach einer kurzen Pause fuhr er fort.

»Wie du willst. Aber geh auf keinen Fall früher und ohne mich hinein. Ich warte vor dem Haus auf dich. Punkt acht.«

Mit Hilfe der Wegbeschreibung, die Fanny mir mit beinahe kindlichen Strichen auf ein Blatt Papier gekritzelt hatte, fand ich ohne Schwierigkeiten dorthin. Am Ende der Straße sah ich eine dunkle Silhouette auf den Stufen der Veranda sitzen.

»Fanny wird nicht da sein«, verkündete ich kühl anstelle einer Begrüßung. »Sie hat mir erzählt, dass sie am Abend in ihrer Kirchengemeinde ist, aber die Tür für uns offen lässt. Scheinbar ist ihre Mutter vor Kurzem gestürzt und kann nicht gehen.«

Bei meinen Worten erhob sich Daniel, packte mich bei den Schultern und zwang mich, ihm in die Augen zu sehen. In jene Augen, die mich im gelblichen Schein einer Straßenlaterne nicht wie sonst komplizenhaft, zärtlich oder ironisch anblickten. In ihnen spiegelte sich lediglich Ernüchterung und Beharrlichkeit. Und vielleicht ein Hauch Besorgnis.

Ohne mich loszulassen, begann er zu sprechen.

»Hör mir gut zu, Blanca. Obwohl ich noch einmal bekräftigen möchte, was ich dir gestern gesagt habe, habe ich viel über deine Reaktion nachgedacht und verstehe sie. Ich verstehe, dass du dich hintergangen fühlst, dass du mir nicht mehr vertraust und mich aus deinem Leben streichen willst. Ich an deiner Stelle würde genauso reagieren. Oder schlimmer noch. Doch jetzt möchte ich etwas ganz anderes vorwegnehmen. Etwas sehr viel Drängenderes.«

Weder antwortete ich, noch rührte ich mich.

»Ich habe nicht die geringste Ahnung, was uns dort drinnen erwartet, doch ich ahne, es wird nichts Gutes sein. Ich weiß, wie diese Frau früher war, und bezweifle sehr, dass sie sich mit den Jahren geändert hat. Sie war schon immer ein echtes Miststück, und ich denke, das wird sich nicht geändert haben. Daher nehme ich mal an, dass dies kein reiner Höflichkeitsbesuch wird. Kann sein, dass ich mich irre, und ich hoffe, dass es so ist, aber ich fürchte, das Einzige, das Darla will, ist, im Dreck zu wühlen, wenn sich die Gelegenheit dazu bietet. Und falls dem so ist, weiß ich nicht, ob ich mich zurückhalten kann.

Vielleicht bringt das, was wir hier heute hören werden, meine schlechtesten und abgründigsten Seiten zum Vorschein«, fuhr er fort. »Doch ich will nicht, dass du das, was dort drinnen vielleicht passiert, falsch verstehst. Dass Darla und ich auf bestimmte Ereignisse der Vergangenheit anspielen, heißt nicht, dass ich damit nicht abgeschlossen hätte. Ich habe dir schon gestern gesagt, dass ich sehr viel Zeit meines Lebens damit verbracht habe, mich an meine Erinnerungen zu klammern. Aber inzwischen kann ich die Vergangenheit von der Gegenwart trennen. Meine Toten sind schon lange begraben, und obwohl es mir das Herz bricht, die Erinnerung an sie zu bewahren, bin ich nicht bei ihnen. Ich bin unter den Lebenden. Im Hier und Jetzt, mit dir. Verstehst du, Blanca Perea? Hast du mich verstanden?«

Er ließ mich nicht aus den Augen, als er auf meine Antwort wartete. Seine großen Hände hielten meine Schultern umklammert, und seine Augen fixierten mich. Bis ich schließlich nickte. Eine unbedachte, instinktive Reaktion, die ich sofort bereute. Ich hätte noch weitere Erklärungen von ihm verlangen sollen. Oder vielleicht hätte ich in je-

nem Augenblick gehen, vor jener dunklen Geschichte fliehen sollen, die rein gar nichts mit mir zu tun hatte.

Doch er ließ mir keine Wahl. Der feste Druck seiner Hände auf meinen Schultern übermittelte mir sein Vertrauen. Nun gab es kein Zurück mehr.

»Lass uns gehen. Je schneller wir es hinter uns bringen, desto besser.«

Kapitel 36

Mit zwei langen Schritten überwand er die vier Stufen der Vortreppe, klopfte an die Tür und stieß sie auf, ohne eine Reaktion abzuwarten. Ich folgte ihm, und wir standen direkt im Wohnzimmer. Dunkel, düster, vollgestopft mit Möbeln und allem möglichen Schnickschnack.

Aus dem Hintergrund kam eine barsche Stimme. Es war, als müsste sie sich erst durch die stickige, abgestandene Luft, die von Verfall zeugte, einen Weg bahnen.

»Seit Wochen wollte ich euch schon zum Abendessen einladen, aber die Nachricht, dass Doktor Perea dieser Tage abreist, kam doch sehr überraschend für mich. Ich hoffe, ihr seht mir nach, dass ich in der Kürze der Zeit keine großen Vorbereitungen treffen konnte.«

Eine Lampe tauchte das Zimmer in trübes Licht. Gegenüber dem Sessel, in dem die alte Frau saß, lief ohne Ton der Fernseher und warf einen bläulichen Widerschein auf die unmittelbare Umgebung. Sie sah so aus, wie ich sie in Erinnerung hatte: das dichte Haar in einem nordischen Blond gefärbt, das überhaupt nicht zu ihrem Alter passte; die Lippen in dem von zahllosen Falten durchzogenen Gesicht knallrot nachgezogen, als wollte sie auf eine große Party gehen. Ihre Kleidung, ein alter Jogginganzug unbestimmter Farbe, ließ jedoch erkennen, dass sie nicht die Absicht hatte, das Haus zu verlassen.

»Aber wenn ihr Hunger habt, bedient euch. Im Kühlschrank müsste noch eine Hühnerkeule von neulich liegen,

und ich glaube, es gibt auch noch ein halbes Päckchen Brot und etwas Kohlsalat von letzter Woche.«

Mir wurde schon bei dem Gedanken daran übel, das zu essen, aber Daniel reagierte gut erzogen.

»Danke, Darla, nicht nötig.«

»Setzt euch doch wenigstens, macht es euch bequem. Fühlt euch wie zu Hause.«

»Weißt du, wir sind ein bisschen in Eile«, gab er erneut vor, ohne sich zu rühren. »Also sag uns lieber, weshalb du uns hergerufen hast, und dann lassen wir dich wieder in aller Ruhe fernsehen.«

Die alte Frau schnalzte mit der Zunge.

»Ach, Carter, Carter, du bist immer in Eile ... Es kommt mir vor, als wäre es erst gestern gewesen ... Du warst genauso eilig zu deinem Hörsaal unterwegs wie zu einer dieser politischen Versammlungen oder um beim Dekan irgendetwas einzufordern. Immer wie von einer Hundemeute gehetzt.«

Er reagierte nicht, sie schnalzte erneut mit der Zunge.

»Ja, das war eine schöne Zeit ... nicht wahr, mein Lieber? Eine sehr schöne Zeit ...«

Er sagte kein Wort darauf.

»Na schön«, fuhr sie dann fort, da er eisern schwieg. »Ich sehe schon, du hast kein allzu großes Interesse daran, in Erinnerungen zu schwelgen. Schade, wenn ich ehrlich sein soll, denn wir könnten einen wunderbaren Abend damit verbringen, du und ich, ein paar Anekdoten Revue passieren zu lassen. Erinnerst du dich, wie ...?«

»Doktor Perea und ich möchten endlich wissen, weshalb du uns hergerufen hast.«

Mit einem Mal war die aufgesetzte Höflichkeit verschwunden, mit der er das Gespräch begonnen hatte, sein Ton wurde schärfer. Sie seufzte theatralisch.

»Na gut, wenn du darauf bestehst, dass wir deine kostbare Zeit nicht mit einem Schwatz unter alten Freunden verschwenden, wenden wir uns den wichtigen Dingen zu.«

»Und die wären, wenn ich fragen darf?«

»Geschäfte, mein Freund. Wie intellektuell oder spirituell wir uns auch geben mögen, am Ende geht es doch immer um Geld.«

»Ach ja?«, bemerkte Daniel sichtlich desinteressiert.

»Geschäfte, Geld; ich biete etwas an, du kaufst. Wenn euch interessiert, was ich euch anzubieten habe, natürlich.«

»Das bezweifle ich, aber lass uns doch Näheres wissen.«

»Lass mich zuerst unseren Gast begrüßen. Wie geht's, Doktor Perea?«

»Danke, gut«, erwiderte ich schroff.

Mir gefiel der Ton nicht, der hier angeschlagen wurde. Mir gefiel Darla Stern nicht und wie sie mit Daniel sprach, und noch viel weniger gefiel mir, was mich offenbar von ihrer Seite erwartete. Sie musterte mich eingehend mit zusammengekniffenen Augen, um mich besser sehen zu können, den Kopf zur Seite geneigt.

»Von der Größe her sind sie mehr oder weniger gleich, nicht? Und beide sehr schlank, aber die hier kommt mir ein bisschen ernster vor, nicht wahr, Carter? Die andere lachte mehr, war eher … Und auch die Haarfarbe …«

»Hör auf, Darla!«, fuhr er sie in schneidendem Ton an.

»Entschuldige, mein Lieber, es fiel mir nur auf«, antwortete sie, ohne sich einschüchtern zu lassen. »Gut, dann zu unserer Angelegenheit. Wie ich höre, wühlt Doktor Perea noch immer in den Papieren unseres vielbetrauerten Andrés Fontana herum.«

Ehe ich antworten konnte, ergriff Daniel das Wort.

»Doktor Perea hat schlicht die Aufgabe, seinen Nachlass für die Universität zu sichten und zu ordnen.«

»Dass ich nicht lache! Die Universität interessiert Fontanas Nachlass einen Dreck, seine Sachen lagen jahrzehntelang im Keller bei den Ratten. Bis auf einmal – wie aus heiterem Himmel! – eine kleine Spanierin daherkommt, um ihre Nase hineinzustecken. Und genau dann taucht der illustre Professor hier wieder auf und spaziert auf dem Campus herum wie in alten Zeiten.«

»Tja, wie das Leben so spielt«, entgegnete Daniel zynisch.

Wir beide standen noch immer mitten im Zimmer, die Atmosphäre wurde durch die flackernden stummen Fernsehbilder immer unerträglicher und surrealistischer.

»Mir brauchst du nichts vorzumachen, Carter. Man hat mir berichtet, dass du in der akademischen Welt eine Koryphäe geworden bist, aber ich kenne dich schon länger, als es dir und mir lieb ist. Und diese Geschichte stinkt. Stinkt zum Himmel. Nach dem Unfall bist du verschwunden, als hättest du dich mit der Pest angesteckt, du bist nicht einmal geblieben, um die Toten zu betrauern. Du warst am Ende, wirklich am Ende. Und jetzt, mit einem Mal, bist du wieder hier, wer weiß, mit welchen Absichten. Doch mir machst du nichts vor. Ich war vielleicht nie so gebildet wie ihr, aber eins und eins kann ich immer noch zusammenzählen.«

»Das bezweifelt niemand.«

»Deshalb glaube ich, dass ich etwas habe, das euch interessieren könnte, auch wenn ich nicht weiß, was ihr konkret sucht. Etwas, das die hier«, sagte sie mit einer verächtlichen Kopfbewegung in meine Richtung, »seit Wochen vermisst, wie mir meine Fanny erzählt hat. Ich habe sie von klein auf angehalten, mir alles zu berichten, was sie so mitbekommt, sie ist seit Jahren mein Fenster zur Welt. Von ihr weiß ich, dass deine Frau Doktor Papiere von Fontana braucht, die einfach nicht aufzufinden sind. Und ich neh-

me an, sie würde sie gerne möglichst bald in Händen halten, wenn es stimmt, dass sie demnächst abreisen wird …«

»Du wirst doch nicht Sachen von ihm behalten haben, die dir nicht zustehen?«

In Daniels Stimme klang Verblüffung wie Misstrauen mit. Und die Antwort kam schneller, als man der alten Frau zugetraut hätte.

»Ich habe alles behalten, wonach mir der Sinn stand, dafür habe ich ihn auch begraben! Denn du, sein bester Freund, bist nicht einmal zu seiner Beerdigung erschienen, obwohl du für ihn wie ein eigener Sohn warst!«

»Ich hatte leider anderes zu tun«, erwiderte er mit bitterer Ironie. »Meine eigene Frau in ihrer Heimat zu begraben, beispielsweise.«

»Und wie oft warst du danach am Grab deines Lehrers? Wie oft hast du dich darum gekümmert, dass die Sachen geordnet werden, die er hinterlassen hat?«

»Ich besuche niemals Gräber. Weder Fontanas noch das meiner Frau noch das Grab irgendeines anderen Menschen. Sie leben in meiner Erinnerung und in meinem Herzen weiter, was auf den Friedhöfen liegt, ist mir scheißegal«, entgegnete er aufgebracht. »Und jetzt hören wir auf mit diesen Spielchen, wenn es dir recht ist. Sag uns endlich, was du hast, von dem du glaubst, es könnte uns interessieren.«

Auf die erste Frage, warum er Fontanas Grab nicht besuchte, hatte er geantwortet. Auf die zweite, dass er sich nicht um den Nachlass gekümmert habe, ging er nicht ein. Zum Glück bohrte die alte Frau nicht weiter nach.

»Einen Haufen Kartons voller uralter Unterlagen, das habe ich. Die letzten, an denen er in seinem Leben arbeitete. Bei deinem zwanghaften Bedürfnis, allem aus dem Weg zu gehen, was sich hier tat, hast du vermutlich auch ver-

gessen, dass in den Wochen vor dem Unfall in der Guevara Hall umgebaut wurde und dort kein Mensch mehr normal arbeiten konnte«, fuhr sie fort. »Deshalb hat er die ganzen Papiere nach Hause geschafft, um sich dort mit ihnen zu beschäftigen, ich selbst habe ihm dabei geholfen. Ich erinnere mich noch gut, wie schwer die verfluchten Kartons waren, ich habe mir dabei sogar ein paar Fingernägel abgebrochen. Ich hatte keine Ahnung, was sie enthielten, ich verstehe eure verdammte Sprache nicht, und seine wissenschaftliche Arbeit hat mich auch nie interessiert. Aber er hat sich eine ganze Weile in dieses Altpapier vertieft, bis zuletzt lag das ganze Zeug in seiner Wohnung herum.«

Daniel öffnete den Mund, doch er brachte keinen Ton heraus. Er war vollkommen perplex; was er da gerade gehört hatte, machte ihn sprachlos, ließ ihn an seinem Gedächtnis zweifeln, aber er war unfähig, seine Reaktion in Worte zu fassen.

»Wo befinden sich die Unterlagen jetzt?«, mischte ich mich ein, denn ich konnte mich nicht mehr beherrschen.

Die alte Frau stieß ein bitteres Lachen aus.

»Denkt ihr, ich bin gaga, glaubt ihr, ich sage es euch einfach so?«

»Was willst du dafür?«, schaltete sich nun Daniel wieder ein, der in die Realität zurückkehrte.

»Ich habe es dir bereits gesagt, mein Lieber, Geld! Was soll ich schon wollen? Ich bin eine arme, hilfsbedürftige alte Frau, die in einem Dreckloch leben muss. Verschafft mir eine bessere Zukunft, dann bekommt ihr die Dokumente und könnt damit machen, was ihr wollt; von mir aus auch den Hintern damit abwischen.«

Ich dachte, er würde dieser Erpressung sofort den Riegel vorschieben, einer solch niederträchtigen Nötigung nicht nachgeben. Es gab doch sicher einen besseren, weniger

ruinösen Weg, sich den restlichen Nachlass zu beschaffen. Aber ich irrte mich wie schon so oft in letzter Zeit. Denn er begann fast sofort, mit ihr zu verhandeln. Und zu meiner Überraschung bezog er mich mit ein.

»Zuerst müssen wir prüfen, ob es wirklich die Dokumente sind, die Doktor Perea interessieren.«

»Gute Idee! Ihr könnt euch die Sachen ansehen, dann besprecht ihr unter euch, was ihr zu besprechen habt, und überlegt, ob euch der Handel zusagt oder nicht. Allerdings gebe ich euch diese Chance nur einmal. Morgen früh um zehn Uhr wird ein Anwalt hier sein, ihr habt dann fünf Minuten Zeit, euch den Inhalt der Kartons anzusehen. Wenn ihr dann entscheidet, dass er euch interessiert, nehmt ihr sie mit. Wenn nicht, werde ich dafür sorgen, dass der ganze Papierkram am Nachmittag vernichtet wird, falls es euch mit eurem hoch entwickelten Intellekt einfallen sollte, dass ihr die arme Alte ja austricksen und euch das Zeug auf andere Weise kostenlos verschaffen könntet. Übrigens ist der Preis dafür wirklich nicht allzu hoch, eigentlich nur symbolisch.«

»Wie symbolisch denn?«

»Er sollte dem Betrag für ein behindertengerechtes Zwei-Zimmer-Apartment in einem Wohnkomplex entsprechen.«

Daniel lachte auf, rau und bitter. Durchdringend.

»Du hast ja den Verstand verloren!«

»Eigentlich bin ich dir gegenüber mehr als großzügig, Carter. Wenn du mir von Anfang an gegeben hättest, was mir zustand, hätte ich sicher viel mehr bekommen.«

»Ich weiß nicht, wovon du redest.«

Die alte Frau ließ sich Zeit mit ihrer Antwort. Zum ersten Mal, seit wir hier waren, schien sie ihre Worte abzuwägen, um auf keinen Fall einen Fehler zu machen.

»Du hast das Geld von Fontana eingesteckt, das uns beiden zugestanden hätte«, sagte sie schließlich betont langsam. »Das er in seinem Testament deiner Frau vermachte, nachdem sie ihn bezirzt hatte.«

»Pass auf, was du sagst, Darla!«, entgegnete Daniel mit warnend erhobenem Finger.

»Ich weiß sehr gut, was ich sage. Deine Frau hat Fontana verführt. Und er hat ihr sein Geld hinterlassen, das schließlich in deiner Tasche landete. Das uns beiden zugestanden hätte, meiner Tochter und mir, wenn ihr beide nicht plötzlich hier aufgetaucht wärt und er sich wie ein totaler Idiot in sie verliebt hätte.«

Mir sträubten sich die Haare, als ich sie so reden hörte. Daniel brachte bei seiner Antwort kaum die Zähne auseinander.

»Du weißt nicht, was du redest.«

»Das weiß ich sehr gut. Andrés Fontana war verrückt nach deiner Frau, und sie hat das Spiel mitgemacht. Immer trieb sie sich in seiner Nähe herum, mit ihrer Lockenmähne, ihrem ständigen Lächeln. Wenn sie im Fachbereich auftauchte, geriet er immer ganz aus dem Häuschen. Du hast dich ja höchstens eine Minute um sie gekümmert, du gabst ihr ein Küsschen, machtest einen Witz, und dann gingst du wieder deiner Wege. Also hat sie ihn besucht, und er verschlang sie mit den Augen, wurde plötzlich ein anderer, sanft wie ein Lamm. In all den Jahren, in denen ich ihn kannte, habe ich ihn nie so oft lachen hören wie mit ihr. Er betete sie an, Carter, und du hast es nicht einmal gemerkt.«

»Sie will dich nur provozieren, Daniel«, flüsterte ich ihm auf Spanisch zu. »Gehen wir. Mach dieser Farce ein Ende.«

»Siehst du? Die hier macht es genauso, um dich einzuwickeln, sie spricht ihr verdammtes Spanisch. Denn deine

kleine Freundin hier hat, genau wie die andere, sicher irgendwo einen Ehemann sitzen, oder?«

Ich zog es vor, nicht darauf zu antworten. Daniel hingegen hielt sich nicht zurück.

»Was geht dich das an, lass sie in Ruhe!«, brüllte er. Vielleicht um mich zu schützen, vielleicht sich selbst, griff er nach meiner Hand und hielt sie fest. »Das ist eine Sache zwischen dir und mir, Darla. Wag es ja nicht, sie anzugreifen!«

»Am Ende wiederholt sich die Geschichte doch immer wieder, so dumm und einfältig sind wir Menschen«, fuhr sie gelassen fort. »Die kluge junge Frau verführt den reifen Mann, und der reife Mann, der sich für noch klüger hielt, verfällt ihr wie ein Schuljunge. Ich weiß nicht, ob jemand auf dich in Santa Barbara oder wo immer du wohnst wartet, während du mit der hier herumturtelst, aber Fontana hatte sehr wohl jemanden, als deine Frau ihn umgarnte. Er hatte mich.«

Diesmal war es Daniel, der heiser auflachte und sie damit unterbrach.

»Fontana hatte gar nichts mit dir. Er war einfach ein guter Mensch, deshalb hatte er Mitleid mit dir und deiner Tochter.«

»Er gehörte mir allein, bis ihr aufgetaucht seid!«, schrie jetzt die alte Frau und richtete sich zornig in ihrem Sessel auf. »Er hat für meine Fanny und mich gesorgt, hat für uns Verantwortung übernommen, nachdem mein Mann, der nichtsnutzige Säufer, uns im Stich gelassen hatte. Aber dann musstet ja ihr daherkommen, die großartigen Carters, und alles kaputt machen. Und dann hat deine Frau ihn eingefangen, er ging ihr ins Netz und hat uns vernachlässigt.«

»Er hatte dich satt, Darla«, entgegnete Daniel. Er versuchte, sich mit Geduld zu wappnen, doch es gelang ihm

kaum. »Er hatte deine Launen satt und deine ewigen Forderungen, dein unverschämtes Verhalten ihm und uns allen gegenüber. Ich weiß nicht, was zwischen euch war, ehe meine Frau und ich uns in Santa Cecilia niederließen, er hat mir nie davon erzählt. Vielleicht hattet ihr eine Affäre, kann sein. Aber ich weiß ganz sicher, dass, als wir hierherkamen, von dieser Zuneigung, die er dir irgendwann entgegengebracht haben mag, nichts mehr übrig war. Überhaupt nichts. Für ihn waren wir eine Befreiung, wir brachten frischen Wind. Dank Aurora und mir konnte er sich ein Stück von dir distanzieren.«

»Und weißt du was?«, fuhr sie fort, ohne auf seine Worte einzugehen. »Alles, was danach geschah, war deine Schuld. Du hättest besser auf sie aufpassen sollen, hättest immer ein Auge auf sie haben müssen. Du hattest die Verantwortung: Du hast sie aus ihrer Heimat herausgerissen, von ihrer Familie und ihrer Welt getrennt. Du hast sie in ein fremdes Land geschleppt, warst aber nicht in der Lage, sie richtig zu beschützen. Vielleicht wäre das alles, was wir so sehr betrauern, später nicht passiert, wenn du dich mehr gekümmert hättest.«

Ich musste an das denken, was er mir in der Nacht zuvor in meinem Apartment erzählt hatte. Wie er selbst die Sache sah, dass er viele Jahre lang mit Fontana gehadert hatte.

»Was zum Teufel weißt du schon von meinem Leben mit meiner Frau!«, brüllte er zornentbrannt.

Im selben Augenblick – er hielt immer noch meine Hand – trat er mit solcher Wut gegen einen Stuhl, dass eine Unmenge Krimskrams durch die Luft flog und an der Wand zerschellte. Der Boden war übersät mit kopflosen Nippesfiguren, Keramikscherben und Bruchstücken von Souvenirs. Ohne sich um das Chaos zu kümmern, sprach die alte Frau gleichmütig weiter.

»Ich habe euch oft gesehen, euch beobachtet, ich habe alles mitbekommen. Sie war ständig da, kam und ging, wie sie wollte. Und du hast die ganze Zeit in deinem Büro gesessen und auf diese Schreibmaschine eingehämmert, dass man es auf dem ganzen Stockwerk hörte, dort in der Guevara Hall. Es kommt mir vor, als hörte ich dich noch auf die Tasten einhacken, tack, tack, tack, tack, und wie du dann am Ende einer Zeile mit einem groben, lauten Schlag auf den Zeilenhebel den Wagen zurückbefördert hast, zack, zack! Und dann wieder das Gehämmer, Herr im Himmel, es war die reinste Folter. Aber du hast ja von alledem nichts mitbekommen, du wolltest unbedingt Karriere machen. Du wolltest weg von hier, erinnerst du dich? Es wurde dir zu eng hier, du wolltest nach Berkeley gehen, dich an einer großen Uni profilieren.«

»Hör auf, Darla …«, forderte er sichtlich angespannt. Seine Geduld schien allmählich am Ende zu sein.

»Du warst der beliebteste Professor der Uni, glaubwürdig und amüsant wie kein anderer, und sahst noch dazu sehr gut aus«, fuhr sie unbeirrbar fort. »Und wenn du nicht in deinem Büro gehockt oder Vorlesungen gehalten hast, bei denen der Hörsaal immer voll war, oder deine Studenten zu Partys bei euch zu Hause eingeladen hast, die bis in die Puppen dauerten, dann hast du sie auf dem Campus mit deinen Tiraden gegen den Vietnamkrieg mobilisiert, mit deinen Hetzereien gegen das System. Hast du das auch vergessen? Man musste dich mehrere Male zur Ordnung rufen, man hat ein Disziplinarverfahren gegen dich eingeleitet.«

»Hör auf, Darla, hör endlich auf, bitte …«, wiederholte er noch einmal.

»Fontana und deine Frau starben zusammen, weil du so egoistisch warst, weil du nicht wissen wolltest, was zwischen ihnen war, weil du dich in dein eigenes Universum

zurückgezogen hattest. Du hättest Bescheid wissen müssen, hättest nicht zulassen dürfen, dass sie so vertraut miteinander wurden. Du hättest einschreiten müssen. Wenn du das getan hättest, hätten weder deine Frau noch mein Mann dieses traurige Ende gefunden.«

Angespanntes Schweigen breitete sich in dem düsteren Wohnzimmer aus. Ich spürte, wie Daniel sich seine Antwort überlegte, wie er die Informationen verarbeitete, seine Gedanken ordnete und seine Worte wählte. Und da wurde mir klar, dass die Sache langsam zu weit ging. Darla zerrte ihn geradezu auf einen Abgrund zu, und er machte mit bei ihrem makabren Spiel.

Ich ließ seine Hand los und packte ihn am Arm.

»Gehen wir!«, sagte ich und zog gleichzeitig an ihm. »Jetzt gleich!«

»Eine Minute, Blanca, nur eine Minute, dann hat der Spuk ein Ende.«

Im nächsten Moment wandte er sich wieder an die alte Frau, jedoch in einem veränderten Tonfall, mit einer anderen Ausdrucksweise.

»Es ist zu lange her, Darla, und die Zeit lässt sich nicht mehr zurückdrehen. Nichts, was du mir heute erzählst, bringt mir die beiden wieder zurück. Deine ungeheuren Vorwürfe, ob sie zutreffen oder nicht, ändern nichts daran, wie unendlich ich damals gelitten habe, aber das ist Vergangenheit, und ich habe diese schreckliche Zeit hinter mir. Deshalb bitte ich dich: Lass uns dieses Gespräch endlich beenden.«

»Kümmere du dich darum, dass ich das Geld für ein Apartment für Leute wie mich bekomme, dann ist die Sache erledigt.«

»Für Leute wie dich? So altersschwach oder so niederträchtig?«

»Hört, hört!«, erwiderte sie und lachte zynisch auf. »Ich sehe, dein kluges Köpfchen funktioniert noch, Professor. Dann hat dir der ganze Dreck, mit dem du deinen Körper malträtiert hast, doch nicht das Gehirn zerfressen. Hat er dir erzählt, warum er seine Stelle an dieser Universität verloren hat? Ich kenne die Geschichte nur zum Teil, aber sie ist bestimmt interessant. Erzähl's ihr, Carter, erzähl's ihr, wenn du heute Nacht deine neue spanische Hure fickst, falls du ihn überhaupt noch hochbekommst.«

»Jetzt gehen wir wirklich, Blanca«, sagte er endlich, ohne auf ihr obszönes Gerede zu reagieren. »Und entschuldige dieses erbärmliche Spektakel. Sie ist nur eine pathetische alte Frau, die dreißig Jahre lang ihren Hass in sich hineingefressen hat.«

»Ay, ay, ay, sei nicht so böse zu mir, mein Lieber«, sagte sie scheinbar gekränkt, doch es war die pure Heuchelei. »Morgen, um zehn Uhr. Vergesst es nicht!«

»Wir denken darüber nach. Und jetzt verschwinden wir, wenn du erlaubst. Wir haben heute Abend schon genug Mist gehört.«

Wir wandten uns zum Gehen und ließen die verbitterte alte Frau in ihrem Sessel allein. Ich war so erleichtert, dass ich am liebsten laut geschrien hätte, und froh, endlich wieder an der frischen Luft zu sein, in die reale Welt zurückzukehren.

Als wir gerade die Eingangstür öffnen wollten, hörten wir wieder ihre Stimme hinter uns.

»Carter!«

Eher ein Krächzen als ein Ruf. Ein gellender, barscher Ruf, der nicht nur mir, sondern sicher auch Carter in den Ohren wehtat.

Wir wandten beide den Kopf, und mir wurde blitzartig klar, dass die Sache noch nicht beendet war. Es fehlte noch der Knalleffekt bei diesem traurigen Spektakel.

Darla Stern saß noch immer zusammengesunken da, mit verschmiertem Lippenstift, die langen blonden Haare wie von einer billigen Puppe hingen wirr über die Sessellehne, als sie ihren letzten Giftpfeil abschoss.

»Vielleicht wäre das alles nicht passiert, wenn du deiner Frau hättest geben können, wonach sie geradezu schrie!«

Und nach einer wirkungsvollen Pause:

»Ein Kind, zum Beispiel.«

Kapitel 37

Darla Stern lachte ein letztes Mal laut auf. Es war ein hässliches, böses Lachen. Automatisch blickte ich zu Daniel und sah, wie er die Augen halb schloss und tief Luft holte. Da ich schon ahnte, was kommen würde, packte ich ihn am Arm, um ihn festzuhalten, doch er riss sich los und hob die Faust, während er einen großen Schritt vorwärts tat. Er war drauf und dran, sich blind vor Wut auf sie zu stürzen. Ich reagierte sofort, denn mir war klar, dass ich ihn auf der Stelle von dort wegbringen musste. Ihn von Darla fortschaffen, von diesem alten, arthritischen Gerippe. Wenn ich ihn an sie heranließe, würde er sie totschlagen.

Zwei Schritte, dann stand ich vor ihm. Ich stemmte beide Hände gegen seine Brust und stoppte ihn dadurch wie eine Mauer. Er, völlig außer sich, brüllte wie ein Besessener, die Faust noch immer drohend erhoben, die Haare wirr ins Gesicht hängend, schleuderte ihr zornentbrannt die wüstesten Beschimpfungen entgegen, ohne auch nur Luft zu holen. Da sprach ich ihn an mit einer Autorität, von der ich nicht wusste, woher sie kam.

»Schluss! Die Alte ist geisteskrank, sie provoziert dich nur. Mach doch ihr Spiel nicht mit!«

Es gelang mir mit Müh und Not, ihn einige Augenblicke zu bremsen, sie kamen mir allerdings wie eine Ewigkeit vor, bis ich schließlich spürte, wie die Anspannung in seinem Körper nachließ. Dann packte ich ihn wieder am

Arm und zog ihn mit aller Kraft zur Tür, fort aus dieser grotesken Szenerie.

Ich fragte ihn nicht, ob er mit dem Wagen gekommen war. Aus purer Gewohnheit liefen wir einfach los. Schweigend und deprimiert, beide völlig erschöpft von dieser entsetzlichen Begegnung.

Es hatte geregnet, die Straßen waren menschenleer, nur unsere Schritte auf dem nassen Asphalt waren zu hören. Eine ganze Weile liefen wir ziellos dahin, während mir tausend Fragen, tausend Zweifel durch den Kopf gingen. Doch ich behielt sie lieber für mich und versuchte auch nicht, ihn zum Reden zu bringen. Bis er irgendwann stehen blieb und mich ansah.

»Aurora war schwanger. Sie hatte schon zwei Fehlgeburten erlitten, nun erwarteten wir zum dritten Mal ein Kind. Es war ihre bisher längste Schwangerschaft, sie hatte Schwierigkeiten, ein Kind auszutragen. Sie wünschte sich so sehr, Mutter zu werden, ertrug die Schicksalsschläge aber trotzdem mit bewundernswerter Tapferkeit. Sie war eine wunderbare Frau, ein großartiger Mensch.«

Dann verstummte er, und ich nickte nur, weil ich nicht wusste, was ich dazu sagen sollte. Schweigend liefen wir weiter über verlassene Straßen und Plätze. Alles war bereits geschlossen, die Restaurants, die Läden, die Cafés. Mit Ausnahme des einen oder anderen Autos, das gelegentlich an uns vorbeifuhr, war in dieser Ecke der Stadt keine Menschenseele unterwegs.

»Du hattest auch hin und wieder den Verdacht, stimmt's?«

Ich war selbst überrascht, als ich mich diese Frage aussprechen hörte. Mich erschreckte geradezu meine Unverfrorenheit, meine Dreistigkeit, in seine Privatsphäre einzudringen. Doch mein Unterbewusstsein hatte erkannt,

dass ich eine Antwort auf diese Frage brauchte. Und er verstand mich.

»Hin und wieder? Nein, ich habe hundert-, tausendmal darüber nachgedacht, Blanca.«

Er ließ einige Momente verstreichen, schluckte einige Male schwer. Dann sprach er weiter.

»Ich verlebte drei grauenhafte Jahre außerhalb der Zivilisation, verschollen, verloren, ohne Kontakt zur Realität. Drei Jahre reichen, um einige Dummheiten zu machen und auch, um viel nachzudenken.«

»Und zu welchem Schluss bist du gekommen?«

»Dass er sich still und heimlich in Aurora verliebte«, erwiderte er mit belegter Stimme. »Und dass er ihr nie etwas davon sagte.«

Wieder verstummte er, wieder verfiel er ins Sinnieren. Dann aber redete er weiter.

»Er war schon dabei, die Segel einzuholen, enttäuscht nach schwierigen Beziehungen, die nie ein gutes Ende nahmen, er wurde alt und wollte eigentlich nichts anderes mehr, als seine wissenschaftliche Arbeit und sein Leben ohne größere Aufregungen zu Ende zu bringen.«

»Und da bist du mit ihr auf der Bildfläche erschienen …«

»Da erschien sie mit ihrem inneren Strahlen. Mit ihrer Lebensfreude und ihrer Sanftheit, im Herzen die alte Heimat, in die er nie mehr zurückgekehrt war. Und er, der trotz eines Körpers wie ein Stier sehr empfindsam war, wie im Grunde wir alle, er, der sich schon auf dem Rückzug glaubte, verliebte sich Hals über Kopf.«

Seine Stimme zitterte leicht, sodass ich lieber nicht weiter nachfragte, mehr musste ich auch nicht wissen. Inzwischen waren alle Puzzleteile an ihrem Platz. Doch es hatte seinen Preis gehabt, das Puzzle zu vervollständigen. Für mich und noch viel mehr für ihn. Man erkannte an seinem

verzerrten Gesicht, welche Seelenqualen er litt, an seinem angespannten Körper neben mir, an dem Schweigen, das er nun nicht mehr brach.

Unsere Schritte führten uns zu seinem Apartment, vielleicht habe auch ich instinktiv diese Richtung eingeschlagen. Ich begleitete ihn hinein. Er machte nicht einmal Licht, zog sein Jackett aus, ließ es auf den Boden fallen und sank in einem Sessel zusammen.

Im Dunkeln steuerte ich auf die Küchenzeile zu. Das war nicht weiter schwierig, denn es gab kaum Möbel oder andere Hindernisse, denen ich hätte ausweichen müssen. Wie meine eigene Unterkunft war auch dieses Apartment eine Art Durchgangsstation, wo die Menschen, die hier als zeitweiliger Gast wohnten, keine Spuren hinterließen. Dann suchte ich im gelblichen Licht der Straßenlampe, das durch das Fenster fiel, in den nahezu leeren Schränken herum. Zwischen ein paar einzelnen Gläsern und einigen Suppentellern fand ich eine Flasche Four Roses, zur Hälfte geleert. Ich goss zwei Gläser voll und reichte ihm eines. Er bedankte sich nicht, sah mich nicht einmal an, sondern nahm es nur und trank einen großen Schluck; ich tat es ihm nach. Unsere gequälten Seelen brauchten ein wenig Unterstützung, um das eben Erlebte zu verdauen. Um das Gefühl tiefer Trostlosigkeit nach dieser Auseinandersetzung zu dämpfen.

Wir wechselten kein einziges Wort, bis ich, nach einer ganzen Weile, schließlich aufstand. Er blieb regungslos sitzen, von der Dunkelheit fast verschluckt, in den Händen das leere Glas. Ich nahm es ihm behutsam fort und stellte es auf den Tisch. Anschließend setzte ich mich neben ihn auf die Sessellehne, fuhr ihm mit der Hand durch die Haare, über den Bart und das noch immer verkrampfte Gesicht.

»Ich gehe jetzt nach Hause.«

Ich war noch nicht an der Tür, als er mich rief. Seine Stimme klang rau und dunkel, als käme sie aus der Tiefe eines Brunnens. Aus dem bodenlosen Brunnen erneut durchlebter Qualen.

Ich drehte mich um.

»Bitte geh nicht. Bleib bei mir heute Nacht.«

Wortlos ging ich zu ihm zurück, kauerte mich neben ihn, damit er sich nicht mehr so allein fühlte, und dann rechnete jeder von uns beiden mit seinen inneren Dämonen ab. Nach einiger Zeit, die wir so verharrten, begann er zu reden.

»Ich habe nie eine Erklärung dafür gefunden, warum ich damals so ausgerastet bin. Ich weiß nicht, ob es eine Art Rebellion oder ob es Feigheit war oder einfach eine primitive Reaktion auf die abgrundtiefe Verzweiflung und den Schmerz, aber ich konnte nach dem Unfall die Vorstellung nicht ertragen, zukünftig allein in Santa Cecilia zu leben. Deshalb entschloss ich mich, Hals über Kopf zu verschwinden, ohne den laufenden Kurs zu Ende zu bringen, ohne irgendjemandem etwas zu sagen und ohne die geringste Ahnung, wo das alles hinführen sollte. Nachdem ich mich eine ganze Weile an der mexikanischen Pazifikküste herumgetrieben hatte, landete ich schließlich in einem Fischerdorf in der Nähe von Zihuatanejo, und dort blieb ich fast drei Jahre. Drei Jahre, in denen ich nichts anderes tat, als mich körperlich und seelisch zu quälen – ich las kein einziges Buch, schlug kein einziges Mal eine Zeitung auf, schrieb keine einzige Zeile. Ich tat nichts anderes, als meinen Körper mit allem möglichen Zeug zu vergiften und mich in meinem Kummer zu vergraben; abgemagert, zerlumpt wie ein Bettler, mit kaum jemand ein Wort wechselnd. Auf das Meer hinausstarren und mich zudröhnen, das war alles, was ich tat.«

»Bis Paul Cullen sich auf die Suche nach dir machte«, warf ich ein, denn ich erinnerte mich an unser Gespräch an dem Tag, als ich Rebeccas Exmann kennenlernte. »Deshalb hast du an Thanksgiving zu mir gesagt, er habe deine Hölle miterlebt.«

Er versuchte zu lächeln, doch es war eine verzerrte Grimasse, die ich im Halbdunkel wahrnahm.

»Einen Rest von Verstand muss es in meinem armen Kopf noch gegeben haben, denn nach einiger Zeit gab ich ein Lebenszeichen von mir und rief bei den Cullens an. Dann kam Paul, und als er sah, in welchem Zustand ich mich befand, blieb er eine Weile bei mir. Er schnitt mir die Haare und die Fußnägel, rasierte mich und fütterte mich, als wäre ich ein kleines Kind. Er sorgte dafür, dass die zahllosen Wunden und Stiche an meinem Körper heilen konnten, und hielt mich in den Armen wie seine eigenen Kinder, wenn sie nachts Fieber hatten oder Albträume sie quälten.«

»Aber es gelang ihm nicht, dich zur Rückkehr zu bewegen ...«

»Ich war noch nicht bereit dazu, und er verstand es. Es brauchte noch eine Zeit, bis mein abgrundtiefer Schmerz langsam nachließ. Ich weiß nicht, was mich in diese ausweglose Situation getrieben hat«, fügte er achselzuckend hinzu, »ich schwöre es dir, ich habe nicht die geringste Ahnung. Nur eines weiß ich sicher: dass ich es am Ende doch noch geschafft habe, wieder herauszukommen. Um Aurora und meiner selbst willen; im Gedenken an sie, um meines Verstandes und meiner Würde willen. Irgendwann war ich wieder so weit klar im Kopf, dass ich erkennen konnte, was aus mir mit siebenunddreißig Jahren geworden war: ein ehemaliger Rauschgiftsüchtiger, einsam wie ein räudiger Hund, ärmer als eine Kanalratte und ohne jede Aussicht

auf Arbeit in naher Zukunft. Trotz allem habe ich gelernt, wieder zu leben, mit erhobenem Kopf, und nach vorne zu schauen. War wieder bereit, für mein Glück zu kämpfen, aber offenbar nicht ganz darauf vorbereitet, dass jemand plötzlich mit einem Fußtritt die Tür aufstößt, die ich seit so langer Zeit fest verschlossen glaubte.«

Als ich aufwachte, flutete schon das erste Sonnenlicht in das Apartment. Ich brauchte nicht lange, um mich zu orientieren, und auch die Erinnerung an die vergangene Nacht war mit einem Schlag wieder da. Ich lag auf dem Sofa, doch der Platz neben mir war leer. Im Hintergrund, hinter einer geschlossenen Tür, hörte ich es aus der Dusche plätschern. Auf dem Boden lagen Sportschuhe, die zuvor nicht dort gewesen waren, Zeugen einer morgendlichen Joggingrunde, wie ich ahnte. Ob er überhaupt hatte schlafen können, wusste ich nicht. Vermutlich nicht.

Mein Kopf war bleischwer, als ich aufstand, der Mund fühlte sich klebrig an, meine Glieder waren steif, und auch meinen Hals konnte ich kaum bewegen. Barfuß und verschlafen machte ich mich an der Kaffeemaschine zu schaffen. Die beiden Gläser, aus denen wir getrunken hatten, standen im Spülbecken, die Bourbonflasche lag, geleert, im Mülleimer.

Wenige Minuten später tauchte Daniel auf. Mit feuchten Haaren, in frischer Kleidung und mit glasigen Augen ging er zur Küchenzeile und krempelte sich dabei die Ärmel seines schwarzen Hemdes hoch. Schwarz wie seine Stimmung, wie seine Seele. Wir wechselten kein einziges Wort, ich hielt ihm einfach die Kaffeetasse hin. Er nahm sie mir mit der linken Hand ab und stellte sie auf die Arbeitsfläche. Mit der rechten zog er mich an sich.

»Komm her.« Er nahm mich in die Arme. »Danke, dass

du nicht gegangen bist. Es war eine sehr lange Nacht. Sehr lang und sehr traurig, eine Nacht voller Schmerz. Ich hätte nie gedacht, dass einen die Gespenster der Vergangenheit doch wieder derart heimsuchen können.«

Ich legte meinen Kopf an seine Brust und schloss die Augen, ich war noch schrecklich müde. So aneinandergeschmiegt standen wir noch eine ganze Weile da.

Kapitel 38

Gegen Mittag waren wir zurück in Daniels Apartment, nachdem wir die letzten Kartons mit Material aus dem Kofferraum seines Wagens geholt hatten.

Doch zuvor, als wir uns schließlich wieder den drängenden Angelegenheiten der Gegenwart zuwandten, hatte er mir noch erzählt, welche Entscheidung er letzte Nacht getroffen hatte.

»Kannst du es dir wirklich leisten, ihr so viel Geld zu geben? Für ein paar Kartons voller Papier, deren Inhalt du nicht einmal kennst?«, fragte ich ungläubig.

»Lieber gehe ich dieses Risiko ein, als dass sie die ganzen Unterlagen verbrennt oder durch den Reißwolf jagt. Und außerdem ist es Fontanas eigenes Geld, mit dem ich dafür zahle, das Erbe, das er Aurora zukommen lassen wollte, ohne zu ahnen, dass sie zusammen ums Leben kommen würden. Ich habe es nicht angetastet, außer, wie ich dir schon sagte, um deine Arbeit in diesen Monaten zu bezahlen. Aber es ist wesentlich mehr da. Anfangs waren es seine Ersparnisse und eine nicht zu verachtende Versicherungssumme, und mit der Zeit ist daraus ein kleines Vermögen geworden. Ich hatte immer vor, es der Universität oder einer wohltätigen Einrichtung zu hinterlassen; niemals hätte ich es für mich verbraucht.«

»Ich verstehe immer noch nicht …«

»Ich habe nicht das geringste Interesse daran, Darla auf ihre alten Tage in irgendeiner Weise das Leben zu versü-

ßen; von mir aus können sie die Würmer auch lebend verspeisen. Aber es tröstet mich, dass das Geld zumindest auf lange Sicht der armen Fanny einen Nutzen bringen wird, dass sie aus diesem Dreckloch wird ausziehen und sich ein anständiges Zuhause wird leisten können, das später ihr gehört. Aus diesem Blickwinkel ist es gar keine so schlechte Lösung. Er selbst hätte diese Verwendung seines Erbes sicher gutgeheißen.«

Ich bohrte nicht weiter nach, schließlich war es nicht meine Sache, fragte mich aber doch, ob seine Entscheidung richtig war, während er mit seiner Bank telefonierte und alles Nötige in die Wege leitete.

Punkt zehn Uhr standen wir, wie vereinbart, wieder in Darla Sterns Wohnzimmer. Es wirkte bei Tageslicht nicht weniger deprimierend als am Abend zuvor, alles noch genauso schäbig: die wenigen Möbelstücke, ein umgestürzter Stuhl, der ohne Ton laufende Fernseher und der Ekel erregende Geruch nach Verfall. Die alte Frau saß in ihrem Sessel, sie hatte sich sicherlich nicht einmal hingelegt. Der einzige Unterschied war, dass sie bei diesem neuerlichen Besuch die ganze Zeit über schwieg. Stumm, fast lethargisch, die Augen geschlossen. Vielleicht sediert, vielleicht erschöpft. Vielleicht tat sie auch einfach nur so.

Ein korpulenter Mann mit Metallbrille und einem dicken goldenen Ring am kleinen Finger stellte sich als ihr Rechtsvertreter vor, der die Transaktion abwickeln würde.

»Bitte folgen Sie mir.«

Durch die schmutzige, verwahrloste Küche, in der es nach verfaulten Lebensmitteln roch, führte er uns durch eine Seitentür zur Garage, die er kaum aufbekam. Er musste mehrere Male kräftig mit der Schulter dagegen drücken, bis sie aufging. Dann trat er zur Seite, sodass wir hineingehen konnten in den Garagenraum, eine Mischung aus

Mülldeponie und Abstellkammer mit zahllosen Spinnweben, voller Gerümpel, Bergen von verknoteten Müllsäcken und stapelweise Zeitungen vergangener Jahrzehnte. Im trüben Licht einer schwachen Glühbirne, an der Schmutz und tote Insekten klebten, wies der Anwalt auf Kartons, die separat an einer Wand gestapelt standen.

Während Daniel mit ihm verhandelte – er bemühte sich in keiner Weise, seine Antipathie zu verbergen –, öffnete ich einen der Kartons, um den Gegenstand der Erpressung zu prüfen. Trotz der unangenehmen Umstände konnte ich mir einen erleichterten Seufzer nicht verkneifen. Ich musste gar nicht lange herumwühlen, um festzustellen, dass es sich hier offenbar tatsächlich um die fehlenden Unterlagen aus Fontanas Nachlass handelte. Hier lag also vermutlich, was ich so sehr vermisst hatte in den vergangenen Wochen, fast Monaten, in denen mir der rote Faden bei der Arbeit am Nachlass meines Landsmannes immer wieder entglitten war wie ein schlüpfriges Reptil. Vergilbt und sichtlich älteren Datums, enthielten diese vollkommen ungeordneten Papiere zweifellos die notwendigen Informationen, um die letzte Zeitspanne seiner Forschungen in einen sinnvollen Zusammenhang zu bringen.

Daniels Stimme holte mich aus meiner Versunkenheit heraus, er brauchte nur in fragendem Ton meinen Namen auszusprechen. Ich antwortete ihm mit einem Kopfnicken. Kurz und knapp, unmissverständlich. Daraufhin zog Daniel ein Scheckheft aus der Innentasche seines Jacketts und unterzeichnete mehrere Schecks, die er gleich an den Anwalt weiterreichte, der sich bereits die Hände rieb. Darla war bei der Abwicklung des Geschäfts nicht anwesend, sie schlief inzwischen im Wohnzimmer.

Wir brauchten mehrere Stunden, bis wir alle Kartons aus der vermüllten Garage geholt und in Daniels Volvo

verstaut hatten. Es waren sogar zwei Fahrten notwendig, obwohl wir Kofferraum und Rückbank nutzten. Unterwegs wechselten wir kaum ein Wort. Auch nicht, als wir die Kartons zu zweit vom Wagen ins Apartment schafften. Und ebenso wenig, als wir sie dort auf dem Parkettfußboden zweifelnd beäugten, als wären es außerirdische Wesen. Schließlich brach Daniel das Schweigen.

»Und, was machen wir jetzt?«

»Ich weiß es nicht, Daniel, ich weiß es nicht …«, murmelte ich und fuhr fort, nachdem ich tief Luft geholt hatte: »Ich ahne, was dir gerade durch den Kopf geht, und ich fürchte, ich muss Nein sagen. Es ist zu spät dafür, ich bin schon raus aus der Geschichte. Außerdem fliege ich in ein paar Tagen nach Spanien zurück, wie du weißt.«

Ich spürte seinen Blick auf mir ruhen, starrte aber konzentriert auf die Kartons vor mir.

»Kannst du nicht, oder willst du nicht?«

»Ich kann mich nicht darum kümmern, es ist unglaublich viel Material. Und mir fehlt auch die Kraft dazu nach allem, was in den letzten Tagen passiert ist. Ich wäre nicht in der Lage, das alles in derart kurzer Zeit zu sichten, das sind ja Berge, siehst du das denn nicht?«, sagte ich hilflos und wies auf die vollen Kartons.

»Aber du weißt auch nicht, ob du willst.«

Ich ließ ihn wortlos stehen und ging ins Bad, ohne ihn um Erlaubnis zu fragen, um mir meine schmutzigen Hände zu waschen. Rundherum die schlichten, nützlichen Dinge eines Mannes, der es gewohnt ist, allein zu leben. Zahnbürste und Zahnpasta, Rasiermesser und an einem Haken an der Wand ein Duschtuch. Die verschwitzten Sachen vom Frühsport lagen in einer Ecke auf dem Boden; auf einem Regal ein Radio. Keine Spur von irgendwelchen Wässerchen oder unnötigem Krimskrams.

»Es sind viele unerwartete Dinge geschehen in diesen letzten Tagen …«, sagte ich, als ich ins Wohnzimmer zurückkam und mir noch die Hände an der Hose abwischte.

Er hatte sich nicht von der Stelle bewegt, konzentrierte sich noch immer ganz auf die Dokumente. Zumindest hatte ich den Eindruck.

»Dinge, die uns beide durcheinandergebracht haben, die manchmal Distanz zwischen uns schufen, uns manchmal einander aber auch näherbrachten …«

»Aber du denkst immer noch, ich hätte dich hinters Licht geführt«, unterbrach er mich.

Beide hoben wir gleichzeitig den Blick und sahen uns in die Augen. Ich in seine hellen, er in meine dunklen. Müde Augen hatten wir beide.

»Ich habe dir noch gar nicht sagen können, wie sehr es mir leidtut«, fuhr er fort. »Ich könnte es von morgens bis abends wiederholen, und trotzdem würde ich mir nicht verzeihen können, wie dumm ich mich dir gegenüber verhalten habe. Idiotisch und feige. Ich verstehe gut, wie du dich fühlst, und würde alles darum geben, wenn ich diese Sache noch einmal unter anderen Voraussetzungen beginnen könnte. Aber das ist leider nicht möglich, Blanca. Wir können die Zeit nicht zurückdrehen, sondern jetzt nur nach vorne schauen. Deshalb bitte ich dich: Lass uns den Zähler wieder auf null stellen. Lass uns ohne bittere Gefühle noch einmal von vorn anfangen.«

Wir standen noch immer vor den Kartons, beide mit verschränkten Armen, regungslos.

»Nächste Woche ist alles vorbei«, fuhr er fort. »Am Tag deiner Abreise läuft auch die Frist für Einsprüche gegen das Bauvorhaben in Los Pinitos ab, du müsstest nicht einmal deinen Flug umbuchen.«

»Aber, Daniel, es gibt doch eine viel einfachere Lösung:

Du nimmst die Sache in die Hand, du kannst diese Arbeit genauso gut machen wie ich. Dafür muss man kein Spezialist für irgendetwas sein, das hast du doch selbst gesagt. Man muss einfach nur genau sein und methodisch vorgehen.«

»Dazu ist die Zeit zu knapp, ich würde niemals so schnell vorankommen wie du, ich müsste das gesamte vorherige Material durchsehen, um zu wissen, wonach ich überhaupt suchen muss. Und ich fürchte, dazu ist es jetzt wirklich zu spät. Bei dem engen Zeitrahmen bist du die einzige Person, die eine präzise Vorstellung davon hat, in welche Richtung das Ganze geht: Du hast die Vorgeschichte im Kopf, weißt, welche Lücken da sind und wie die verschiedenen Dokumente zusammenhängen, welches Puzzleteil wohin gehört. Die Einzige, die diese Arbeit machen und herausfinden kann, ob sich in diesen Kartons noch ein entscheidender Hinweis versteckt, das bist du.«

Mit dem festen Vorsatz, bei meinem Nein zu bleiben, verließ ich Daniels Apartment.

Ich machte mich auf den Weg in mein Büro. Am Nachmittag fand zum letzten Mal mein Konversationskurs statt, und zuvor hatte ich noch einiges zu erledigen.

Sosehr ich mich auch bemühte, einen klaren Kopf zu bekommen und wieder zur Normalität zurückzufinden, die letzten beiden Tage waren so ereignisreich und aufregend gewesen, dass ich gedanklich und gefühlsmäßig ganz durcheinander war. Vielleicht kostete es mich deshalb so viel Mühe, mich auf die allerletzten Schriftstücke zu konzentrieren, und ich vertippte mich am laufenden Band. Ich hatte meine fünf Sinne wirklich nicht ganz beisammen. Meine Gedanken gingen andere Wege.

Nachdem ich eine ganze Weile lang absolut unproduktiv gewesen war, löste ich den Blick vom Bildschirm und

betrachtete die Berge von inzwischen gesichteten und geordneten Dokumenten, in die sich Fontanas ursprünglich völlig chaotischer Nachlass mit der Zeit verwandelt hatte.

Mich in die Arbeit zu vertiefen erschien mir im Moment sinnlos, also lehnte ich mich zurück und ließ meine Gedanken schweifen. Ich rief mir Fontanas kräftige Gestalt in Erinnerung, die ich auf den alten Fotos im Sitzungssaal gesehen hatte, den dunklen Bart, die wachen Augen, den scharfen Blick. Ich ging in Gedanken noch einmal die von ihm verfassten Schriftstücke durch, seine Briefe und die Tausenden von Notizen, hingeworfen in seiner energischen Schrift. Und gleichzeitig versuchte ich, seinen verschlungenen Lebensweg im Laufe der sechsundfünfzig Jahre zu rekonstruieren, die ihm das Schicksal zugestanden hatte. Monatelang hatte ich automatisch angenommen, er sei in einem wesentlich höheren Alter gestorben. Mein alter Professor, nannte Daniel ihn oft. Mittlerweile war er selbst bereits älter als Fontana.

Ohne dass ich es wollte, wirbelten mit einem Mal Geräusche und Bildsequenzen durch meinen Kopf, Bilder, wie sich der tragische Unfall, bei dem er zu Tode kam, abgespielt haben könnte. Scheinwerfer blenden ihn, er reißt das Steuer herum, kreischende Reifen. Sie, Entsetzen im Gesicht, sich an ihm festkrallend, als der finale Countdown schon begonnen hat. Grelle Lichter, zersplitternde Scheiben, Schreie. Unablässig trommelt der Regen auf die Karosserie, als alles stillsteht, dann absolute Ruhe. Und, am Ende, die Dunkelheit.

Ich stand auf, ging zum Fenster hinüber. An den Rahmen gelehnt, das Gesicht kaum eine Handbreit von der Fensterscheibe entfernt, blickte ich auf den um diese Tageszeit nahezu verlassenen Campus. Die Studenten absolvierten ihre letzten Vorlesungen oder saßen über ihren Bü-

chern, um sich auf ihre Examen vorzubereiten, der Herbst ging zu Ende, der Winter stand vor der Tür, auf dem Rasen häufte sich das Herbstlaub zu Bergen, und die Bäume reckten schamlos ihre nackten Äste.

Mir kam wieder in den Sinn, was Darla Stern gesagt hatte; vielleicht lag darin die letzte große Gewissheit im Leben des Professors. Darla war überzeugt, dass er in Aurora verliebt gewesen war. Daniel, trotz anderem Blickwinkel, glaubte es ebenfalls. Hatten die beiden recht, war das die Wahrheit? Der Sohn des Bergmanns, ganz im Bann der Frau seines Freundes und Schülers, einer Frau, die er niemals besitzen konnte. Tief berührt von dieser jungen und hübschen Landsmännin, von der ihn eine Barriere trennte, die er niemals würde überwinden können.

Ich löste den Blick von der herbstlichen Szenerie draußen und betrachtete die wohlgeordneten Stapel, die sich nach monatelanger Arbeit aus dem Nachlass ergeben hatten. Ein ebenso vager wie hartnäckiger Gedanke begann plötzlich Gestalt anzunehmen. Eine Ahnung, eine Eingebung. Ein unbestimmtes Gefühl sagte mir, dass es in diesen Stapeln von Papier etwas gab, das beweisen könnte, was alle als sicher annahmen. Etwas, das mir entgangen war, das ich gelesen hatte, ohne zu erkennen, was sich wirklich dahinter verbarg.

Gedanklich kam ich nicht mehr weiter. Ich blickte auf die Uhr. Noch fünf Minuten bis zu meiner letzten Kursstunde in Santa Cecilia. Der erste Abschied.

Eine Stunde später, als die Veranstaltung bereits jeden Anschein von wissenschaftlicher Diskussion eingebüßt hatte, als wir auf das Ende zugingen und E-Mail-Adressen austauschten für den Besuch in Spanien, mit dem mich alle meine Schüler irgendwann zu beehren versprachen, blitzte im hintersten Winkel meines Gehirns plötzlich ein Licht

auf. Klein wie die Flamme eines Streichholzes in der Dunkelheit mitten auf freiem Feld. Fast nicht wahrnehmbar und doch in der Lage, mir den Weg zu weisen.

Während ich mit schnellen Schritten wieder meinem Büro zustrebte, festigte sich meine Überzeugung. Ich stürmte zur Tür hinein, kniete mich vor einem der Papierstapel auf den Boden und begann, mit beiden Händen darin herumzuwühlen. Bis es plötzlich auftauchte. Ein vergilbtes Blatt Papier mit einer Strophe aus einem Gedicht von Luis Cernuda, das Fontana, der Typografie nach zu schließen, auf einer alten mechanischen Schreibmaschine getippt hatte. Ein weiteres Dokument, wenn auch sehr kurz, wie so vieles andere bei seinen Schriftstücken archiviert.

Es waren die ersten vier Verse seines Gedichts *Wo das Vergessen wohnt,* mit einigen Ergänzungen.

Und in diesen Ergänzungen fand sich der Beweis.

Wo das Vergessen wohnt,
in weiten Gärten ohne Morgenröte;
o h n e A u r o r a
Aurora – A-u-r-o-r-a – Aurora
ohne Morgenröte ohne Aurora
AURORA A – U – R – O – R – A
Wo ich nichts bin als Gedächtnis eines Steins, begraben zwischen Brennnesseln,
über dem der Wind flieht vor seiner Schlaflosigkeit.
A – U – R – O – R – A
Aurora
Ohne Aurora
Gärten ohne Aurora
Ohne Aurora
Aurora
Du

Als ich am Ende angelangt war, hätte ich am liebsten geweint.

Befreit von Darla Sterns bösartigen Unterstellungen, nahe den Zweifeln, die Daniel in seinen dunkelsten Momenten überkamen, wurden zwischen diesen Versen Andrés Fontanas Gefühle ganz unverstellt deutlich, bewiesen seine heimliche Liebe zu der unerwartet aufgetauchten Landsmännin, die ihm auf dem letzten Stück seines Lebenswegs schenkte, wonach er sich seit so langer Zeit sehnte, vielleicht ohne es selbst zu wissen.

Den Klang seiner Muttersprache, seiner Heimat und seiner Kindheit. Den Klang der *erres* und *eñes,* der *elles* und *zetas. Barreño, chorro, aliño. Arrullo, chiquillo, chispazo, barrizal.* In den hintersten Winkel der Erinnerung verbannte Reminiszenzen, Sprichwörter und typische Ausrufe, die er seit mehr als drei Jahrzehnten nicht mehr gehört hatte. Erinnerungen an Eintöpfe, die auf dem Herd köchelten, an das Kinderlied *Mambrú se fue a la guerra,* an Quittenpaste, das eine oder andere *Ave María Purísima* oder *Válgame Dios.* Der fremde Geruch, das junge Lachen, die unbeabsichtigte Berührung. Der Verstand, der versucht, seinen Gefühlen den Riegel vorzuschieben, und die Gefühle, überschäumend, ungehorsam, werden immer übermächtiger.

Eine stumme Leidenschaft, von der die Welt nichts wusste. Vielleicht nicht einmal die Angebetete selbst. Aber lebendig und real, stark. Andrés Fontana und Aurora Carter. Der alte Professor, seit Langem im Exil, und die Frau vom Mittelmeer, die an der Hand seines Schülers in dieses Land kam, das weder seines noch ihres war. So verschieden in allem. Sich am Ende so nah.

Und plötzlich, ganz merkwürdig, sprang der geistige Funke über, blitzartig stellte sich eine Verbindung her; mir

ging sozusagen erneut ein Licht auf. Ein Licht, das hell wie ein Scheinwerfer mein Leben ausleuchtete und für einen kurzen Moment den dichten Nebel vertrieb, in dem ich mich seit Monaten bewegte. Indem ich Fontanas leidenschaftliche Zuneigung zu Aurora nachvollzog, konnte ich auf einmal auch Alberto in gewisser Weise verstehen. Durch diese beiden begriff ich etwas so Simples, so Natürliches und Elementares, nämlich, dass der einzige Grund, der ihn veranlasste, von mir fortzugehen, die Macht der Liebe war, diese Naturgewalt, die seinen Lebensweg kreuzte; genauso gut hätte es mir passieren können. Ein Gefühl, das ihn überwältigte.

Trotz seines verletzenden Verhaltens mir gegenüber, trotz allem, was man ihm vorwerfen konnte, trotz allem Schmerz, den er mir zugefügt hatte: die Liebe dieses mir fremden Menschen, des alten Professors, machte mir begreiflich, dass angesichts der Kapriolen, die uns das Schicksal zumutet, der Verstand manchmal nichts mehr zu melden hat.

Erst da begriff ich, dass nichts zu Ende gegangen war.

Dass vielmehr fast alles gerade erst begann.

Keine Menschenseele hielt sich mehr in der Guevara Hall auf, als ich mein Büro verließ, rundherum nur Stille, geschlossene Türen und öde, leere Flure.

Als ich wieder in Daniels Apartment eintraf, fand ich ihn in einem Zustand absoluter Unkonzentriertheit an seinem Schreibtisch vor. »Come in!«, rief er nur, nachdem ich an die angelehnte Tür geklopft hatte. Er stand nicht einmal auf, als ich eintrat.

Im Sessel zurückgelehnt, barfuß, die Hände im Nacken verschränkt, einen abgekauten Bleistift zwischen den Zähnen, so saß er da. Die Denkblockade in Person. Um ihn he-

rum auf dem Boden verstreut einzelne Schriftstücke, aufs Geratewohl aus den Kartons geholt.

Er veränderte seine Körperhaltung nicht, als ich eintrat. Er wirkte weder überrascht, noch begrüßte er mich. Er ließ lediglich seine Lesebrille auf die Nasenspitze rutschen und sah mich über den Rand hinweg an.

»Du siehst furchtbar aus, gehen wir ein bisschen spazieren«, sagte ich von der Tür aus.

Ich wartete auf der Straße, wenige Sekunden später stand er neben mir.

»Was ich heute Morgen noch kategorisch abgelehnt habe, sage ich dir jetzt zu«, verkündete ich, nachdem wir vielleicht hundert Meter schweigend nebeneinanderher gelaufen waren. »Ich übernehme es, den Inhalt aller Kartons zu sichten, die Darla uns überlassen hat, ich bin bereit, mich richtig hineinzuknien und zu versuchen, die letzten Lücken zu schließen.«

»Was du nicht sagst …«

»Aber du sollst wissen, warum ich mich so entschieden habe«, fuhr ich fort, sodass er gar nicht weiterreden konnte. »Es geht mir nicht um den städtebaulichen Unsinn, der in Los Pinitos geplant ist, es ist auch nicht wissenschaftliches Interesse, und ich tue es auch nicht für dich. Ich tue es ausschließlich für Fontana. Für diesen Andrés Fontana, dessen Leben ich im Laufe der letzten Monate rekonstruiert habe, weil ich mich ihm in gewisser Weise verpflichtet fühle. Seine Arbeit soll nicht dem Vergessen anheimfallen wie seine alte Missionsstation. Ich tue es nur für ihn, Daniel, schreib dir das hinter die Ohren. Nur für ihn.«

Wir gingen weiter, ohne uns anzusehen, doch aus den Augenwinkeln nahm ich wahr, dass sich sein Gesichtsausdruck verändert hatte.

»Und du solltest auch nicht zu früh jubeln«, fügte ich

hinzu. »Ich stelle nämlich Bedingungen. Die erste betrifft meine Abreise: Ich werde auf jeden Fall am 22. fliegen, komme was wolle. Meine zweite Bedingung hat mit dir zu tun. Ich habe dich heute Morgen nicht belogen, es ist wirklich ungeheuer viel Arbeit, und ich allein werde sie in der kurzen Zeit, die mir noch zu Verfügung steht, nicht schaffen können. Deshalb musst du mir helfen. Ich gebe die Richtung vor, aber ich brauche deine Augen, deine Hände und deinen Kopf zu meiner Unterstützung, deinen hundertprozentigen Einsatz, wann immer er notwendig ist, und es gibt keine Garantie, dass wir noch rechtzeitig zu einem Ergebnis kommen. Also bereite dich innerlich darauf vor, deine spanischen Schriftsteller des ausgehenden Jahrhunderts vorläufig beiseitezulegen, denn du wirst deinen Blick auf eine wesentlich frühere Epoche richten müssen.«

Er blieb abrupt stehen und wandte sich mir zu. Die kurz zuvor noch besorgt gerunzelte Stirn hatte sich geglättet.

»Ich gebe mich in deine Hände, meine liebe Blanca.«

Ohne den Blick von mir zu lösen, schob er mir behutsam eine Haarsträhne aus dem Gesicht, die sich aus der Spange gelöst hatte.

»Ich bin ganz und gar der deine, bis zum Schluss.«

Kapitel 39

Als würde man ein Feldlazarett in den Trümmern eines Erdbebengebiets aufschlagen oder einen Ponton ins Meer hinaus bauen, so machten auch wir uns an die Aufgabe, Daniels Apartment in eine Art Forschungslabor für Dokumente zu verwandeln. Beide sehr bequem, fast nachlässig gekleidet, stellten wir zwei Holzböcke mitten ins Wohnzimmer, legten darauf eine große Platte, und wir hatten einen Tisch, auf dem unsere Laptops, ein Scanner und der Drucker, den ich aus meinem Büro geholt hatte, Platz fanden. Und gewissermaßen als Gegengewicht zur modernen Technik ein paar Relikte aus alter Zeit, die ein ehemaliger Kollege Daniels uns aus Gott weiß welcher Abstellkammer der Universität besorgte: ein prähistorisches Lesegerät für Microfiches, ein uraltes Tonbandgerät und zwei riesige vorsintflutliche Lupen.

Die dekorative Kargheit des Apartments erleichterte uns die Sache. An den nackten Wänden hängten wir einige Landkarten auf, und auf dem Boden verteilten wir Berge von Papier, Schriftstücke unterschiedlichster Art: offizielle Dokumente, in Fontanas unverwechselbarer Handschrift vollgekritzelte Blätter, vergilbte Manuskripte in der Schrift des neunzehnten Jahrhunderts und dünne Durchschläge aus der Zeit, als man noch Kohlepapier verwendete. Sogar ein Kreuz entdeckten wir. Ein schlichtes Holzkreuz, eigentlich nicht mehr als zwei Stäbe, mit einer ausgefransten Schnur mehr schlecht als recht zusammengehalten.

»Wo er das wohl herhatte?«, murmelte ich.

Daniel nahm es mir aus den Händen.

»Weiß der Himmel …«, meinte er und sah es nachdenklich an. Er strich mit den Fingern geradezu liebevoll über das knorrige Holz und die rauen Kanten. »Aber wenn es ihm geholfen hat, dann wird es auch uns helfen.«

Er lehnte das Kreuz gut sichtbar an das alte Tonbandgerät. Nicht anders, als die Franziskanermönche es seinerzeit auf ihren Missionsstationen taten. Damit es uns auf dem schwierigen Weg begleite wie diese Patres, uns unser schwieriges Unterfangen leichter mache. Keinen von uns beiden bewegten religiöse Gefühle, ebenso wenig wie damals Andrés Fontana, aber dieses alte Holzkreuz brachte uns ihm doch näher.

Der Tod hatte ihn überrascht, ehe er aus seiner Forschung endgültige Schlüsse hatte ziehen können, aber die titanischen Anstrengungen, die er dazu unternommen hatte, waren unübersehbar. Er hatte praktisch alle Archive und Bibliotheken in Kalifornien aufgesucht, in denen möglicherweise Informationen über die spanische Präsenz in der Region zu finden waren; hatte eine nach der anderen alle Missionsstationen, Diözesen und Erzdiözesen des Bundesstaates persönlich besucht, und wo das nicht möglich gewesen war, hatte er die Post bemüht und Hunderte von Briefen geschrieben, die von den Adressaten ausführlich beantwortet wurden. Er hatte überaus gründlich und penibel gearbeitet. Jetzt waren wir in der Pflicht.

Wir begannen am Freitagmorgen und vergaßen völlig, dass im Kalender normaler Menschen etwas existierte, das sich Wochenende nannte. Eine Weile arbeiteten wir im Sitzen, dann wieder stehend, den großen Tisch umkreisend. Manchmal hielten wir Abstand zueinander, jeder auf sein Dokument konzentriert. Dann wieder, wenn wir uns über

dasselbe Schriftstück beugten, zwangsläufig ganz nah beieinander. Wir suchten, fanden, markierten. Schulter an Schulter, die Köpfe zusammengesteckt, meine Finger berührten seine Finger, seine Finger berührten meine Haut.

Mit Worten tauschten wir uns wenig aus, fast nur im Telegrammstil. Vor Überraschung, wegen einer unerwarteten Schwierigkeit oder aus bloßer Bewunderung für all das, was dieser letzte Teil des Nachlasses uns vor Augen führte, entfuhr uns hin und wieder ein deftiger Ausruf. In Englisch oder Spanisch, wie es einem eben einfiel. Fuck. *Qué tío.* Shit.

Wir glichen Daten ab, markierten Orte und fanden Übereinstimmungen. Bis sich die ersten Überraschungen ergaben.

»In Sonoma hast du mir gesagt, dass Pater Altimira der Gründer dieser Missionsstation war, stimmt's?«, fragte mich Daniel irgendwann am Samstagnachmittag von der anderen Tischseite aus. »Der ungehorsame Franziskanermönch, der sie ohne die Erlaubnis seiner Oberen errichtete, wie du mir erzählt hast.«

»Hast du etwas über ihn gefunden?«, erwiderte ich überrascht. »Ich bin schon drei Mal auf ihn gestoßen.«

»Ich auch, mehrere Male«, bestätigte er. »Und hier taucht er in einer handschriftlichen Notiz auf, hör mal:

Dezember 1820: Pater José Altimira meldet Coronel Pablo Vicente de Solá, dem letzten spanischen Gouverneur von Alta California, seine neu errichtete Missionsstation in diesem Gebiet. Juni 1821: Altimira dankt Solá für verschiedene Gefälligkeiten. Oktober 1821: Altimira teilt Solá die Lieferung einer Ladung Getreide für ein russisches Schiff mit ...

Die Fakten waren nicht unbedingt von Bedeutung, es wurde auch kein besonders wichtiges Ereignis erwähnt, aber diese Notiz belegte immerhin die kontinuierliche Beziehung des vor Kurzem hier eingetroffenen Franziskanermönchs mit den höchsten zivilen Vertretern des Königreichs Spanien.

»Es gibt jedenfalls Namen, die relativ häufig auftauchen. Pater Señán ist mir schon in vier oder fünf Dokumenten begegnet und Pater Fortuni ungefähr ebenso oft.«

Im Laufe der Zeit wurde die Spur der alten Franziskanermönche in den Schriftstücken immer deutlicher sichtbar.

»Leg doch auf jeden Fall alles beiseite, in dem Altimira vorkommt. Stapeln wir die betreffenden Dokumente erst mal hier«, schlug er vor und wies auf eine Ecke unseres provisorischen Tisches. »Damit er uns nicht wieder entwischt.«

Und er entwischte uns nicht. Weder er noch ein anderer. Weder Altimira noch Fortuni oder Señán noch die Dutzende von Mönchen, Missionsstationen, Forts, Gesetze oder Gouverneure, auf die wir nebenbei stießen. Immer in hohem Tempo, immer auf jeden noch so kleinen Fakt achtend, der uns ins Auge fiel.

Es verging der Samstag, es verflog der Sonntag, es kam der Montag. Am Ende jedes Tages setzten wir uns, in Jacken gehüllt, auf den kleinen Balkon des Apartments, um frische Luft zu schnappen und wieder einen klaren Kopf zu bekommen, legten die Beine auf das Geländer und tranken ein Glas Wein. Oder zwei. Oder drei.

Am Montagabend – wir hatten uns noch überhaupt keine Pause gegönnt – wurde die konzentrierte Arbeitsatmosphäre plötzlich gestört.

»Hier ist sie! Hier ist sie!«

Es war fast sieben Uhr, und wir hatten den ganzen Tag

Schriftstücke gesichtet und eine Menge alter Tonbänder abgehört. Interviews mit Pfarrern, Archivaren und einfachen Leuten, im Hintergrund Fontanas sonore Stimme. Es berührte mich sehr, ihn zu hören. Daniel noch mehr.

Es klopfte an der Tür, er rief sein übliches »Come in!«, und noch ehe wir sie begrüßen konnten, hörten wir Fanny wie eine Verrückte schreien.

»Hier ist sie! Ich habe sie gefunden!«

Als uns klar wurde, wen sie in ihrer überschäumenden Begeisterung meinte, wechselten Daniel und ich einen erstaunten Blick.

»Hier ist sie, Professor Zárate! Wir brauchen nicht weiterzusuchen! Hier ist Doktor Perea, zusammen mit Professor Carter!«

In der Tür erschien die Gestalt des hochgewachsenen Luis Zárate, und wir hatten keine Zeit, uns zu überlegen, was wir tun sollten. Ich stieß im Geiste einen kräftigen Fluch aus. Wie konnte ich vergessen, dem Direktor Bescheid zu sagen, meine Abwesenheit mit irgendeiner Entschuldigung zu kaschieren?

Doch jetzt half kein Jammern. Wir erhoben uns, begrüßten ihn und blieben dann regungslos neben dem großen Tisch stehen. Zárate war inzwischen eingetreten, ohne dass Daniel ihn dazu aufgefordert hätte, und ließ nun den Blick forschend über das Material und die technische Ausrüstung wandern, die wir rundherum verteilt hatten. Aktenbündel, Pläne, Landkarten. Unsere Laptops. Der Scanner. Die anderen uralten Gerätschaften. Und der Drucker. Mein Drucker. Derselbe Drucker, den er mir besorgt hatte.

Die Situation wurde äußerst unangenehm für alle drei, und ich verfluchte mich im Stillen erneut, dass ich nicht an die Möglichkeit eines solch unglücklichen Zusammentreffens gedacht hatte.

Die allgemeine Anspannung löste sich, als er zu reden begann.

»Was für eine interessante Begegnung!«, bemerkte er ironisch, ohne jemanden direkt anzusprechen. Dann sah er mich an. »Wir haben dich gesucht, Blanca, weil Fanny sich in den Kopf gesetzt hatte, dir könnte etwas passiert sein. Du bist am Freitag nicht in deinem Büro erschienen, sagt sie, und heute auch nicht. Wir haben mehrere Male erfolglos in deinem Apartment angerufen, dein Handy hast du ausgeschaltet, und Rebecca Cullen besucht einen Kurs in San Francisco, also konnten wir auch über sie nicht in Erfahrung bringen, wo du steckst.«

»Sieh mal, Luis, ich ...«

»Es gehört natürlich nicht zu meinen Aufgaben als Direktor, die Stadt nach jemandem abzusuchen, der nicht an seinem Arbeitsplatz erscheint«, unterbrach er mich, »aber Fanny war ziemlich beunruhigt, und angesichts ihres Drängens hatte ich keine andere Wahl, als mich mit ihr gemeinsam auf die Suche nach dir zu machen.«

»Ich bitte vielmals um Entschuldigung. Ich hätte dich informieren sollen, dass ich vorübergehend nicht im Büro zu erreichen bin«, erwiderte ich.

Meine Entschuldigung war ernst gemeint. Es tat mir wirklich leid, dass ich nicht Bescheid gesagt hatte, aber die Ereignisse hatten sich derart überstürzt, dass ich überhaupt keinen Gedanken daran verschwendet hatte, den Fachbereich von meinem Vorhaben zu unterrichten. Obwohl, dachte ich plötzlich: Vielleicht war meine Vergesslichkeit nur ein Abwehrmechanismus, um nicht etwas verschleiern zu müssen, das für Luis inakzeptabel gewesen wäre.

Ich hatte ihn seit dem Tag nicht mehr gesehen, rechnete ich nach, als er überraschend in meinem Büro aufgetaucht war. Als wir abends Hals über Kopf zu der unangenehmen

Unterredung mit Darla Stern aufgebrochen waren, als ich die folgende Nacht, an Daniel gekuschelt, auf dem Sofa verbrachte und er uns, der Dunkelheit und mir, von den traurigsten Tagen seines Lebens erzählt hatte. Seit dem Tag, an dem ebendieser Luis Zárate mir bei sich zu Hause in einer Art und Weise seine Unterstützung angeboten hatte, die alles andere als rein beruflich gewesen war.

Diese freundschaftliche Haltung schien angesichts der neuen Umstände wie weggeblasen. Und deshalb war mir klar, dass ich vorerst am besten schwieg.

»Du scheinst ja sehr produktiv zu sein, wie ich sehe«, fuhr er fort, während er gleichzeitig in dem Material herumwühlte.

Er nahm eine Karte der kalifornischen Küste in die Hand und betrachtete sie mit gespieltem Interesse. Anschließend tat er dasselbe mit einem Schreiben, das den Briefkopf der Huntington Library im kalifornischen San Marino trug. Schließlich legte er die linke Hand auf den Drucker und tätschelte ihn ein paar Mal.

Daniel und ich hielten inzwischen wohlweislich den Mund, denn uns war noch nicht klar, mit welchem Anliegen Zárate gekommen war. Fanny wiederum, die überhaupt nicht erfasste, was vor sich ging, betrachtete die Szene in aller Gemütsruhe und strahlte zufrieden, dass sie mich gefunden hatte. Natürlich hatte sie keine Ahnung, was für eine heikle Geschichte sie ins Rollen gebracht hatte.

»Soviel ich sehe«, fuhr Luis schließlich an mich gewandt fort, Daniel mit abweisender Überheblichkeit ignorierend, »hast du dir nicht unbedingt ein paar Tage Urlaub genommen, stimmt's, Blanca? Du hast hart gearbeitet und dich sogar mit nichts anderem als deinem Forschungsauftrag beschäftigt.«

»So ist es«, erwiderte ich knapp. »Und Professor Carter unterstützt mich.«

»Was mir jedoch nicht gerade normal erscheint, da es sich um eine Person handelt, die mit dieser Universität nichts zu tun hat. Und außerdem verstehe ich nicht ganz, was all diese Dokumente, die Eigentum der Universität sind, in seiner Privatwohnung zu suchen haben. Falls du es vergessen haben solltest: Diese Schriftstücke sind noch nicht erfasst und dürften die Universität nicht ohne Genehmigung verlassen.«

Wo war nur der Luis Zárate von dem Abend im Los Olivos geblieben? Der auf meinem Geburtstagsfest Cocktails mixte, der mir bei einem herrlichen Pilzrisotto ungeniert Komplimente machte, mich freundschaftlich im Nacken fasste, der mir eine scheinbar ehrliche Zuneigung entgegengebracht und mich zu küssen versucht hatte?

»Dieses Material gehört nicht der Universität, es ist mein Eigentum«, stellte Daniel klar, ehe ich etwas sagen konnte. In einem scharfen Ton, um erst gar keine Zweifel aufkommen zu lassen.

Gleich darauf zog er ein paar Geldscheine aus der Hosentasche und fuhr in völlig verändertem Ton fort:

»Fanny, Liebes, würdest du uns ein paar Pizzen holen? Solche, die du magst, die dir am besten schmecken. Danke, meine Hübsche. Und lass dir Zeit, es hat keine Eile.«

Von Fanny erlöst, versuchten wir, dem Direktor kurz gefasst zu erklären, wie diese Dokumente in unsere Hände gelangt waren. Natürlich erzählten wir ihm nur etwa zwei Drittel der Wahrheit. Wir berichteten von Darla Sterns Garage, aber nicht von den dicken Schecks zur Befriedigung ihrer Wünsche; wir erwähnten die lang zurückliegende Beziehung zwischen Fontana und Daniel, aber nicht, dass er sie dreißig Jahre lang verschwiegen hatte. Doch er

wollte uns unsere Geschichte trotz unserer Bemühungen, glaubwürdig zu erscheinen, nicht abnehmen.

»Alles sehr lobenswert, ohne Zweifel. Für mich ist allerdings nur von Belang, was ich mit eigenen Augen sehe«, entgegnete er und streckte bekräftigend beide Hände über den vollgepackten Tisch. »Dass dieses ganze Material zu dem gehört, was Andrés Fontana bei seinem Tod dem Fachbereich hinterließ, den heute ich leite, so wie er in der Vergangenheit. Und nun befinden sich die Unterlagen in der Privatwohnung einer Person, die mit unserer Universität nichts zu tun hat. Und das allem Anschein nach in unzulässiger Weise unterstützt von der Gastdozentin, die offiziell mit der Bearbeitung des Nachlasses betraut ist.«

»Luis, bitte …«, unterbrach ich ihn fassungslos mit vor Aufregung hoher Stimme.

»Und deshalb bin ich der Meinung, so leid es mir tut, ist es meine Pflicht als Vertreter der Universität, darauf zu bestehen, dass das gesamte Material diese Wohnung sofort verlässt und ich anschließend einen Bericht über diese ganzen Unregelmäßigkeiten verfasse. Diesen Bericht werde ich natürlich auch dem Dekan zukommen lassen müssen.«

Daniel und ich wechselten erneut einen kurzen Blick, aber keiner von uns beiden sagte etwas.

»Und wahrscheinlich«, fuhr er dann in einem anmaßenden Ton fort, den er mir gegenüber noch nie angeschlagen hatte, »werde ich diesen Bericht auch deiner eigenen Universität schicken müssen, Blanca.«

»Der wird sie nicht sonderlich interessieren«, entgegnete ich ein wenig schnippisch.

Er ignorierte meine Bemerkung.

»Und was Sie betrifft, Carter, Sie können davon ausgehen, dass ich auch einen Weg finden werde, meinen Bericht Santa Barbara zur Kenntnis zu bringen.«

»Lassen Sie doch diesen Unfug, Zárate, seien Sie so gut. Und haben Sie ein wenig Vertrauen zu uns.«

»Es wird sicher viele unserer Kollegen amüsieren zu erfahren«, fuhr der Direktor fort, als hätte er ihn nicht gehört, »dass der ehrenwerte Daniel Carter bei seiner Forschung Methoden anwendet, die, sagen wir, ein wenig unorthodox sind.«

Ich spürte, dass Daniel der Geduldsfaden riss.

»Jetzt reicht's mir langsam mit Ihren Drohungen, Herr Direktor.«

Fast hätte ich losgelacht. Die Situation war angespannt, das schon, aber auch ziemlich lächerlich. Zwei gestandene Akademiker, die sich in einen absurden Disput verbissen, wie Kampfhähne aufeinander losgingen, und beide verteidigten ihr Territorium mit Zähnen und Klauen. Vielleicht aus Rücksicht mir gegenüber, vielleicht aus purer Gewohnheit, sprachen beide Spanisch. Dennoch siezten sie sich, um dem anderen deutlich seine Grenzen aufzuzeigen.

»Nehmen Sie es, wie Sie wollen«, entgegnete Luis verächtlich.

»Seit wann haben Sie mich eigentlich auf dem Kieker, Zárate?«, fragte daraufhin Daniel, ging um den Tisch herum und stand dem Direktor nun ohne Barriere dazwischen gegenüber.

Wieder breitete sich ein angespanntes Schweigen im Raum aus, das Luis schließlich brach.

»Davon kann keine …«

»Denn diese Sache zwischen uns hat sicher nicht erst begonnen, als wir uns in Ihrem Büro zum ersten Mal gegenüberstanden, nicht wahr?«

Ich runzelte überrascht die Stirn, mich packte auf einmal die Neugier.

»Damals standen wir uns zum ersten Mal von Angesicht

zu Angesicht gegenüber, und zuvor hatten wir miteinander telefoniert, erinnern Sie sich? Aber vorher war noch etwas anderes. Oder irre ich mich?«

»Wir hatten niemals den geringsten Kontakt.«

Aufrecht und angespannt stand Zárate da, die Arme vor der Brust gekreuzt, ohne den Blick zu senken.

»Das stimmt, einen direkten Kontakt gab es nicht. Aber einen indirekten. Mountview University, März 1992. Vor fast acht Jahren. Klingelt es bei Ihnen?«

»Damals …«

»Damals habe ich ein negatives Gutachten über Sie abgegeben, das Ihre Beförderung verhinderte. Nachdem ich Ihre Vita als externer Gutachter geprüft hatte, hielt ich Sie nicht für den besten Kandidaten für diesen Posten. Mein Fehler war, dass ich Ihren Namen vergaß und mich nach so vielen Jahren und so vielen ähnlichen Gutachten nicht mehr an ihn erinnerte, aber Sie haben mich eindeutig noch sehr gut in Erinnerung.«

Nun kam alles ans Licht.

»Das hat mit der Sache, die uns momentan beschäftigt, überhaupt nichts zu tun«, widersprach Luis scheinbar gelassen. An seiner Körperhaltung erkannte ich jedoch, dass seine Anspannung zunahm.

»Sind Sie sicher? Denn soweit ich weiß, hat mein negatives Votum den Ausschlag gegeben. Und damit mussten Sie den erhofften Posten definitiv abschreiben.«

Schon seit einer ganzen Weile war Daniel nicht mehr schlicht mein Helfer, der mich unterstützte, die mysteriöse Missionsstation ausfindig zu machen. In den abgewetzten Jeans und dem karierten Hemd, das aussah, als wäre es schon tausendmal gewaschen worden, steckte jetzt wieder der seriöse Akademiker, wie ihn Luis Zárate selbst mir beschrieben hatte.

»Die negativen Auswirkungen meiner Entscheidung bedaure ich sehr«, fuhr er unerbittlich fort, »aber ich habe mich dabei strikt an das vorschriftsmäßige Verfahren gehalten, das man von mir erwartete, es war also Fairplay. Fairplay unter Akademikern. Aber Sie haben es persönlich genommen. Und Jahre später, als ich Ihnen zufällig über den Weg lief, habe ich Ihnen den Grund für eine Revanche auf dem Silbertablett geliefert.«

Touché. Luis trug immer noch eine überhebliche Miene zur Schau, doch sie begann sichtlich zu bröckeln. Offenbar hatte er nicht damit gerechnet, dass Daniel diese unangenehme Geschichte ans Licht zerren würde. Er war allerdings auch nicht dazu bereit, das Handtuch zu werfen. Auf gar keinen Fall.

Die beiden standen sich immer noch Auge in Auge gegenüber, kaum einen halben Meter voneinander entfernt. Der neidische Direktor im untadeligen dunklen Anzug, in seiner ganzen Seriosität. Daniel, der alte Fuchs, im legeren Aufzug eines Studenten und bereit, dort zuzubeißen, wo es am meisten schmerzte. Und, von ihnen durch eine Tischplatte voller Apparate und Papiere getrennt, ich. Drei sehr verschiedene Menschen in drei verschiedenen Milieus, fast zufällig in einen plötzlich aufgeflammten Disput verstrickt.

»Warum lassen wir die alten Geschichten nicht einfach ruhen, man kann heute ohnehin nichts mehr ändern, und bemühen uns lieber, produktiv zu sein?«, warf ich ein, um die Situation zu entschärfen. Wie ich früher mit meinen Söhnen zu argumentieren versuchte, wenn die beiden Dickköpfe sich stur stellten; nur dass ich jetzt zwei reifere Egos vor mir hatte.

»Ganz deiner Meinung, Blanca«, erwiderte Luis. »Tatsächlich war nicht ich es, der beschlossen hat, alte Geschichten aufzuwärmen, die höchstens peripher mit dem

zu tun haben, was uns momentan beschäftigt. Jetzt ist nur eines vonnöten, nämlich eine Lösung für diese, sagen wir … Unregelmäßigkeit zu finden.«

Daniel ging in Richtung Küche, die vom Wohnzimmer nur durch eine niedrige Theke getrennt war, riss die Kühlschranktür auf, nahm ein Bier heraus und knallte sie wieder zu. Auf den Gedanken, uns auch etwas anzubieten, kam er nicht. Luis und ich standen immer noch wie festgewachsen da, zwischen uns wie eine Barrikade die Stapel Papier. Das Tauziehen um die Art und Weise, wie man aus dieser heiklen Situation herauskam, die, falls es dumm lief, für alle Beteiligten äußerst unangenehm werden konnte, ging weiter.

»Auf jeden Fall würde ich in Zusammenhang mit dem Eigentumsrecht an all diesen Dokumenten gerne genau wissen«, fuhr er fort, »was hier im Gange ist, denn es erscheint mir unzweifelhaft, dass, was immer es sein mag, keine bloße Katalogisierung stattfindet. Und falls ich keine überzeugende Antwort erhalte, wird mein nächster Schritt sein, die FACMAF um eine Erklärung zu bitten.«

Ein raues Lachen von Daniel, der noch an die Küchenzeile gelehnt dastand, unterbrach seinen Monolog. Dann kam er mit der Bierflasche in der Hand auf uns zu und legte wieder eine Sachlichkeit an den Tag, die so gar nicht zu seinem Aufzug passen wollte.

»Die Mühe können Sie sich sparen, Zárate«, bemerkte er spöttisch und breitete theatralisch die Arme aus. »Darf ich vorstellen: die FACMAF! Hinter dieser Stiftung steht niemand anderer als ich allein.«

Ich schloss für einen Moment die Augen und atmete tief durch. Was um Himmels willen bezweckte er mit diesem unüberlegten Geständnis? Zárates Reaktion folgte auf dem Fuße. Wie sollte es auch anders sein.

»Das ist ja ein bodenloser Affront, Carter! Ein Verstoß gegen jeglichen Ehrenkodex, eine absolute …«

»Lass es ihn doch erklären, Luis, bitte«, mischte ich mich ein.

Was Zárate zu meiner Überraschung auch tat. Und Daniel erläuterte im Detail, was ich bereits wusste und damals, vor einigen Tagen, in mir eine Mischung aus Empörung und Verwirrung ausgelöst hatte.

»Das ist alles, Zárate, wirklich alles«, meinte er abschließend, nachdem er seine Inszenierung geschildert hatte. »Was Sie jetzt tun wollen, müssen Sie selbst entscheiden.«

»Mein erster Schritt wird natürlich sein, die Universität davon in Kenntnis zu setzen, dass diese angebliche Stiftung FACMAF von Rechts wegen gar nicht existiert.«

»Ausgezeichnet, aber ich rate Ihnen, es sich gut zu überlegen, denn der Schuss könnte nach hinten losgehen. Falls Sie das wirklich tun, können Sie davon ausgehen, dass ich einen Weg finden werde, öffentlich zu machen, wie nachlässig Ihr Fachbereich mit Geldern einer betrügerischen Institution umgeht, da er sich von deren Herkunft nicht überzeugt hat.«

Die beiden gerieten schon wieder aneinander. Sie nahmen nichts mehr um sich herum wahr, vor allem mich nicht.

»Meine Geschäftsführung wird das nicht sonderlich belasten, aber Sie werden vor der gesamten Universität als Gesetzesbrecher dastehen«, schleuderte ihm Luis entgegen.

»Bitte, könnt ihr nicht …«

Keiner von beiden schenkte mir Beachtung.

»Jetzt ist es mir schon gleichgültig, dass man davon erfährt«, erwiderte Daniel herausfordernd. »Ich bin sogar bereit zur Selbstanzeige, damit wir diese Arbeit auf jeden Fall beenden können.«

Inzwischen schrien sie sich gegenseitig an, meine Bitten, bei dieser Auseinandersetzung doch ein wenig Vernunft walten zu lassen, drangen offenbar nicht zu ihnen durch.

»Ich fürchte, das kann ich unmöglich zulassen.«

»Bitte …«, wiederholte ich.

»Und was wollen Sie tun? Mich an den Pranger stellen? Einen Notar rufen, damit er bestätigt …?«

Die Bierflasche war schuld. Weil sie in Reichweite war. Und leer. Daniel hatte sie achtlos auf den Tisch gestellt, sie hinterließ sogar einen feuchten Rand auf einem Plan der Missionsstation San Rafael.

Nur das Geräusch des splitternden Glases bremste die beiden. Ich verfehlte zwar mein Ziel, erzielte aber die gewünschte Wirkung. Erst Krach, dann Schweigen. Um mir Gehör zu verschaffen. Endlich.

Kapitel 40

Die beiden Männer sahen mich konsterniert an. Angewidert von dem erbitterten verbalen Schlagabtausch, den die beiden sich lieferten, hatte ich gerade die Bierflasche gegen den Türrahmen geschleudert.

»Es ist doch wirklich nicht zu fassen, dass ihr unfähig seid, mit ein bisschen gesundem Menschenverstand zu argumentieren, wenigstens versuchsweise.«

Beide pressten eine Entschuldigung zwischen den Zähnen hervor.

»Falls ihr euch weiter stur stellen wollt, damit nur ja keiner einlenken muss«, fuhr ich fort, »wird jemand anderer die schmutzige Wäsche dieser Pseudo-Stiftung ans Licht zerren, nämlich ich. Mir bleiben nur noch vier Tage bis zu meiner Abreise, aber das ist mehr als genug für ein Gespräch mit dem Dekan, bei dem ich von den tausend Unregelmäßigkeiten im Zusammenhang mit meinem Stipendium berichten werde.«

Keiner der beiden sagte ein Wort. Keiner von uns dreien, denn auch ich schwieg jetzt. Zuerst musste ich meinen Ärger wegstecken, und das kostete mich einige Mühe. Und dann die verschiedenen Bedingungen, die ich ihnen gleich unterbreiten wollte, in eine sinnvolle Ordnung bringen. Unterdessen starrten mich beide unverwandt an. Abwartend, noch immer fassungslos.

»Jetzt rede ich, und ihr werdet mir zuhören, ist das klar? Und keine Unterbrechungen, bitte! Also, wir haben alle

drei ein Interesse an dieser Angelegenheit. Unsere Interessen sind unterschiedlich, aber für jeden von uns wichtig. Du, Luis, willst, dass alles streng seinen Dienstweg geht, und bist schon aus Prinzip gegen jemand, der dich als Direktor des Fachbereichs schnöde übergehen wollte, hast aber kein Interesse daran, dass die Sache publik wird, denn das könnte manches an deiner Geschäftsführung infrage stellen und deiner Vertrauenswürdigkeit schaden. Und du, Daniel, hast dich einen Dreck um Zárates Willen und das offizielle Procedere in Santa Cecilia geschert, doch es beunruhigt dich, dass dir jetzt alles aus den Händen gleitet und die ganze Sache, in der ehrbaren Absicht der persönlichen Aussöhnung und Buße begonnen, sich zu einem veritablen Skandal in der Akademikergemeinde auswachsen könnte. Und ich, die ich mich nun entschieden habe, mich auch dieses neu hinzugekommenen Teils des Nachlasses anzunehmen, bin nicht bereit, die Arbeit von drei Monaten über Bord zu werfen, anstatt sie zu Ende zu bringen. Deshalb muss jeder von uns, wenn wir möchten, dass sich die Sache auf positive Weise löst und jeder den größtmöglichen Nutzen daraus zieht, zu Zugeständnissen bereit sein.«

Zárate antwortete als Erster. Er stand immer noch regungslos da, unerschütterlich.

»Ich bin mir nicht so sicher, dass …«

»Das wird schon«, unterbrach ich ihn. »Ihr solltet nicht vergessen, dass ihr in diese ganze mit bedauerlichen Unregelmäßigkeiten behaftete Geschichte nicht nur eine unbedarfte Ausländerin mit hineingezogen habt, mit der ihr zum Essen gegangen seid, sondern auch, dass ich Gastwissenschaftlerin bin, spanische Staatsbeamtin und anerkannte Dozentin einer Institution, die, falls sie von mir über dieses Täuschungsmanöver informiert wird, von der Uni-

versität hier in Santa Cecilia vermutlich ganz offiziell entsprechende Aufklärung fordern wird.«

Daniel ging erneut zum Kühlschrank. Statt einem Bier nahm er dieses Mal drei heraus. Eine Bierflasche reichte er mir, die andere stellte er für Luis auf den Tisch. Ich trank nicht daraus, und der Direktor rührte die Flasche nicht an. Daniel hingegen trank sein Bier mit einem Zug halb aus. Dann ließ er sich auf einen Stuhl fallen, die Hemdschöße hingen ihm aus der Hose, und streckte die langen Beine von sich. Er hatte die Geschichte offenbar genauso satt wie ich.

»Was sollen wir deiner Meinung nach tun?«, fragte er schließlich.

In seinen Worten lag keine Sympathie. Auch keine Feindseligkeit. Nur die Gleichgültigkeit eines Menschen, der weiß, dass ihm nichts anderes übrig bleibt, als sich zu fügen. Zum Glück nahm er offenbar an, dass dieses Mal ich das weitere Vorgehen bestimmen würde.

»Als Erstes muss dieses ganze Material fort aus deiner Wohnung, und zwar möglichst bald. Solange du nicht nachweisen kannst, dass es rechtmäßig dir gehört, ist Zárate im Recht, denn alles weist darauf hin, dass es aus Fontanas Nachlass stammt.«

»Aber du weißt doch, dass es nicht so ist!«, protestierte er und knallte seine Bierflasche auf den Tisch.

»Was ich weiß, ist irrelevant. Versuchen wir doch, eine Lösung im Sinne aller Beteiligten zu finden, indem wir uns an objektive Kriterien halten, vielleicht kommen wir dann endlich einen Schritt weiter, verdammt noch mal.«

»Dann geht also alles zurück in den Fachbereich«, warf Zárate ein, der schon den ersten Sieg errungen zu haben glaubte.

Auch er hatte sich inzwischen gesetzt, die Einzige, die stand, war ich.

»Unter gar keinen Umständen. Es geht nicht dorthin zurück, weil es sich niemals dort befand. Mein Vorschlag ist, es an einen neutralen Ort zu bringen.«

»Wohin?«, fragten beide wie aus einem Mund.

Niemand lachte wie sonst, wenn zwei Leute im selben Moment das Gleiche sagen. Niemand hatte Lust zu lachen.

»Zu Rebecca Cullen. Sie ist Mitarbeiterin der Universität und mit allen hier befreundet. Ich bin sicher, sie wird unseren Vorschlag gutheißen, ohne irgendwelche Probleme zu machen. Sie wird dieses Material gewissenhaft verwahren, und ich werde dort mit meiner Arbeit fortfahren.«

»Du allein?«, fragte Daniel in scharfem Ton.

»Nein, du machst mit. Ich brauche dich.«

»Auf gar keinen Fall!«, protestierte Zárate wie aus der Pistole geschossen.

»Luis, ich fürchte, du hast keine andere Wahl. Carter akzeptiert die erste Bedingung, nämlich dieses ganze Material aus seiner Wohnung zu entfernen, obwohl es sich zu Recht in seinem Besitz befindet, auch wenn das objektiv gesehen etwas verdächtig erscheint. Jetzt ist es an dir, einen Schritt zu tun. Und du wirst einwilligen, dass er für die nächsten Tage weiter mit mir arbeitet.«

Endlich setzte auch ich mich, den beiden gegenüber, und fuhr fort.

»Wenn diese Sache mit Los Pinitos juristisch über die Bühne gegangen ist, egal mit welchem Ergebnis, werde ich nicht mehr hier sein. Aber falls …«

Ein lautes Klopfen an der Tür unterbrach mich. Daniel rief wieder sein übliches »Come in!«, doch es trat niemand ein. Da stand er auf, um zu öffnen, und unser Blick fiel auf einen Stapel quadratischer, flacher Kartons.

»Komm rein, Fanny, Liebes«, sagte er mit aufgesetzter

Herzlichkeit. »Diese Pizzen riechen ja himmlisch, es wäre eine Sünde, wenn sie kalt würden.«

»Ich gehe jetzt«, verkündete Luis.

»Bleib«, bat ich ihn. »Wir sind noch nicht fertig.«

Offenbar war er anderer Meinung, denn er wandte sich zur Tür.

»Ich denke, ich habe genug gehört, nun muss ich erst einmal nachdenken.«

»Morgen früh liegt hier kein einziges Schriftstück mehr, das verspreche ich dir.«

»Das hoffe ich.«

Er schloss die Tür hinter sich, aber ich lief hinter ihm her und riss sie sofort wieder auf. Von Daniels Apartment aus trat man auf eine Art Plattform aus Holz, zur Straße hin errichtet, die über eine aus zwei Abschnitten bestehende Außentreppe zu erreichen war. Zárate hatte den ersten noch nicht hinter sich gebracht, als ich ihn von hinten am Arm packte und ihn zwang, sich umzudrehen.

»Du hast doch gesagt, ich könnte auf dich zählen, erinnerst du dich?«

»Das war, bevor du dich verhalten hast, wie ich es nicht von dir erwartet hätte.«

»Das war, als du mich küssen wolltest und mir deine bedingungslose Unterstützung angeboten hast. Oder hast du das schon vergessen?«

Inzwischen war es stockdunkel und kalt geworden. Ich zog meine alte graue Strickjacke enger um mich und verschränkte die Arme. Er gab keine Antwort.

»Wir haben alle drei gute Gründe, uns betrogen zu fühlen, aber auch ein paar, um weiterzumachen und nach vorne zu schauen«, fügte ich hinzu.

»Aber was ihr getan habt, ist unverzeihlich ...«

»Erzähl keinen Unsinn, Luis, bitte«, unterbrach ich ihn

und ging noch einen Schritt auf ihn zu. »Das alles ist wirklich regelwidrig gelaufen, zugegeben. Sehr regelwidrig. Abseits aller Normen, manchmal sogar entgegen dem gesunden Menschenverstand. Außerdem sind Dinge passiert, die für uns alle völlig überraschend kamen und uns weder Chance noch Zeit für eine andere Reaktion ließen. Aber es gibt einen einfachen Weg, aus der Sache herauszukommen, wenn du willst.«

Er fragte nicht nach, was denn dieser Weg wäre, aber mir war klar, dass er es wissen wollte.

»Hör auf, uns das Leben schwer zu machen«, bat ich ihn mit leiser Stimme und trat noch einen Schritt näher. »Du weißt, ich bin nicht mal mehr vier ganze Tage hier bei euch. Und in diesen vier Tagen wollen wir nichts anderes als arbeiten. Wirf uns keine Knüppel zwischen die Beine. Du kannst sicher sein, dass es, wenn sich alles auf zufriedenstellende Weise löst, deinem Fachbereich einen Nutzen und dir persönlich keinen Nachteil bringen wird.«

Außer der schwachen Lampe über uns an der Wand gab es so gut wie kein Licht. Die Häuser auf der gegenüberliegenden Straßenseite waren bereits weihnachtlich geschmückt: In einem der Vorgärten leuchtete in schnellem Rhythmus ein Baum auf, bei einem anderen Haus hingen Lämpchen in unzähligen verschiedenen Farben in den Fenstern. Irgendwo am nachtschwarzen Himmel musste es auch einen Mond geben, aber ich sah ihn nicht.

»Denk nicht nur an dich. Denk daran, dass hinter den Tonnen von Papier in eurem Keller ein Mensch aus Fleisch und Blut stand, der Anerkennung verdient. Denk an diesen Daniel Carter, der nicht aus wissenschaftlichem Antrieb gehandelt hat, sondern rein aus einem sentimentalen Impuls heraus. Daran, was die Sache mit Los Pinitos für

diese Universität und für alle Einwohner von Santa Cecilia bedeutet.«

»Das alles interessiert mich nicht sonderlich«, warf er mir hin.

»Nun, wenn du in diesen drei Monaten auch nur ein bisschen Wertschätzung für mich empfunden hast, dann bitte ich dich: Tu es für mich.«

Als ich wieder in das Apartment trat, waren die Scherben der Bierflasche bereits weggeräumt. Daniel und Fanny saßen plaudernd in der Küchenecke und vertilgten zusammen eine sonderbare Pizza, die reichlich mit Wurstscheiben, Barbecue-Soße und anderen seltsamen Dingen garniert war. Eigentlich redete die ganze Zeit nur Fanny, während sie gleichzeitig mit vollen Backen kaute. Eine ganz neue Wohnung, meine Mutter, eine Erbschaft, meinte ich sie mit vollem Mund sagen zu hören.

Daniel tat, als würde er zuhören. Vielleicht war es wirklich so, aber wenn, dann nur mit halbem Ohr. Alle anderen Gehörzellen setzte er sicher dafür ein mitzubekommen, was jenseits der Tür gesprochen wurde. Was ich zu Luis Zárate sagte und er zu mir.

Viele Stunden hatten wir Schulter an Schulter gearbeitet. Waren uns nahe gewesen, hatten uns gegenseitig beigestanden, hatten Nähe und dann wieder Distanz gesucht, waren aufeinander zugegangen und hatten uns gleichzeitig gegen Nähe gesträubt. Gefangen genommen von einer Aufgabe, die keinen Aufschub duldete, die weder Störungen noch Pausen zuließ, sosehr uns manchmal auch der Sinn danach stand. Und lernten uns dabei Stück für Stück besser kennen.

Vielleicht lag es daran, dass er für mich so leicht durchschaubar wurde. Dass ich seine Gedanken erahnen konnte und wusste, dass er mit mir nicht über uns sprechen würde,

über unsere innersten Gefühle und darüber, was vielleicht sein könnte. Ihm ging es in diesem Moment um etwas anderes. Um den Mann im dunklen Anzug, der in diesem Augenblick seinen Wagen startete, während ihm noch im Kopf herumging, was die Frau vorhin zu ihm gesagt hatte.

Wir müssen den Direktor loswerden, hörte ich ihn schon zu mir sagen. Ihn uns vom Hals schaffen.

Ehe er den Brocken pappiger Pizza hinunterschlucken und den Mund öffnen konnte, um mir zu sagen, was ich schon ahnte, hob ich warnend den Zeigefinger.

»Ich weiß, was du gerade denkst. Vergiss es!«

Kapitel 41

Aus Daniels Wohnung wanderte das Material auf den großen Tisch in Rebeccas Esszimmer. Derselbe Tisch, an dem wir mit einem festlichen Essen Thanksgiving gefeiert hatten, dem Leben von Herzen gedankt und einer bewegenden Rede auf das Mitleid gelauscht hatten. Seit diesem Tag waren nur ein paar Wochen vergangen, aber nichts war mehr so wie damals. Der Freund der Familie, der eine so schwere Last an Erinnerungen mit sich schleppte, dass sie ihn schier erdrückte, der uns mit bewegenden Worten über Zuneigung und Wahrheit zu Tränen gerührt hatte, entwirrte jetzt mürrisch und vor sich hin brummelnd Kabel, suchte Steckdosen und schloss Geräte an. Inzwischen packte ich schweigend wieder einmal einen Berg von Kartons aus und suchte einen Platz für die Stapel von Papier.

In einem der Kartons, die wir Hals über Kopf mit den zahllosen Dokumenten gefüllt hatten, tauchte auch das alte Holzkreuz auf. Ich hielt es eine Weile in der Hand, strich mit den Fingern sanft über das raue Holz. Dann legte ich es beiseite, in eine Ecke, allein. Lass uns nicht im Stich, hätte ich am liebsten zu ihm gesagt. Doch ich tat es nicht. Wozu auch?

Objektiv gesehen, war Rebeccas Haus eine Fünf-Sterne-Unterkunft. Mit dicken Teppichen und Vorhängen aus Leinen, die genau die richtige Menge an Licht durchließen. Mit frischen Blumen, freundlichen Bildern und dem wunderschönen Eichentisch, an dem mehrere Generatio-

nen Platz fanden, wenn wieder einmal alle zusammenkamen. Doch ich wusste, ohne dass Daniel oder ich es offen aussprachen, dass wir beide trotzdem die kameradschaftliche Atmosphäre vermissten, die sich in dem kargen Apartment, das wir gezwungenermaßen hatten verlassen müssen, zwischen uns entwickelt hatte. Die Wärme zwischen uns, trotz der spärlichen Möblierung, des nackten Fußbodens und der leeren Wände. Die positive Energie, die zwischen uns geflossen war wie elektrischer Strom, wenn ich ihn nur am Arm berührte, um ihn auf irgendeine Entdeckung aufmerksam zu machen, wenn er mir den Arm um die Schulter legte und fragte: »Na, wie geht's?« Wenn wir spontan über irgendeine Lappalie lachten, und dieses Gefühl von verschworener Gemeinschaft, das uns dazu trieb, wie die Verrückten an dieser schlichten, aufgebockten Tischplatte zu arbeiten, sodass wir vergaßen, dass es im Lexikon Wörter gibt wie Müdigkeit, Mutlosigkeit oder Schwäche.

Doch jetzt hatten wir keine Zeit für wehmütige Gedanken. Vielleicht ebenso wenig für die Hoffnung, dass alles wieder so werden würde wie zuvor. Mit dem unerwarteten Auftauchen Luis Zárates war etwas zwischen uns zerbrochen, und das ließ sich schlecht wieder kitten. Unser Ziel lag vor uns, nicht hinter uns. Es blieben nur noch drei Tage bis zu meiner Abreise, und dann lief auch die Frist für Einsprüche gegen das Bauvorhaben in Los Pinitos ab. Wir waren durchaus vorangekommen, seit wir das Material aus Darlas Garage geholt hatten, aber es wartete noch eine Menge Arbeit auf uns. Und das, ohne zu wissen, wie weit wir kommen würden.

Am späten Vormittag, als wir endlich wieder in unseren früheren Rhythmus gefunden hatten, stand ich auf, um zu telefonieren.

»Alles in Ordnung«, sagte ich, mehr nicht. Dann hörte ich mir die paar Worte an, die der andere sagte. Und unterbrach die Verbindung.

Daniel hatte inzwischen kein einziges Mal von dem Dokument aufgesehen, mit dem er sich gerade beschäftigte. Als wüsste er nicht, dass ich gerade mit Luis Zárate gesprochen hatte, als hätte er mich nicht reden hören. Doch das hatte er sehr wohl. Aber erst einige Stunden später richtete er wieder das Wort an mich.

»Hast du Hunger?«, fragte er.

»Noch nicht.«

Ich dachte, er würde warten und später mit mir gemeinsam etwas essen wie früher, doch ich täuschte mich. Als ich seine Frage verneinte, ging er in die Küche und begann dort – ungeniert, schließlich war er bei Freunden – herumzuhantieren. Ich hörte ihn im Kühlschrank herumsuchen, einen Plastikbeutel aufreißen, schneiden, zerteilen, schütten, schmieren. Ein Messer klapperte in der Spüle, dann öffnete er den Wasserhahn auf typisch männliche Art, nämlich gleich bis zum Anschlag. Durch dieselbe Tür, durch die wir an dem Tag gegangen waren, als er mir hatte zeigen wollen, was von seinem Freund Paul Cullen geblieben war, von derselben Küche aus ging er dann in den Garten hinaus.

Durch das große Esszimmerfenster konnte ich ihn beobachten, ohne dass er mich sah. Er saß mit dem Rücken zu mir, wieder einmal in abgewetzten Jeans und einem blauen Wollpullover, auf dem kalten Stein einer Treppenstufe; in einiger Entfernung lag schläfrig Macan und leistete ihm Gesellschaft. An seinem Sandwich kauend, starrte Daniel auf das triste, dem spätherbstlichen Verfall preisgegebene Schwimmbecken. In Gedanken versunken. Vielleicht an die Zeit, als er selbst häufig in dieses Haus kam, als er noch ein junger Dozent war, strotzend vor Ehrgeiz und Zu-

kunftsplänen; als er noch nicht wusste, welche Tiefschläge das Schicksal für ihn bereithielt. Oder an all die anderen, die in dieser Lebensphase an seiner Seite waren: an Aurora und ihr breites Lachen, an den scharfsinnigen und amüsanten Philosophen, der mit seinen Kindern auf dem Rasen herumtollte; an den in die hübsche Spanierin, die Daniels Frau war, verliebten Andrés Fontana.

Vielleicht dachte er auch, während er immer wieder von seinem mit was auch immer belegten Sandwich abbiss, eher an die Gegenwart. An unser gemeinsames Vorhaben, an Luis Zárate und sein unglückliches Auftauchen, sein plötzliches Eindringen in unsere Arbeit und unsere vertraute Zweisamkeit. Oder vielleicht grübelte er über das nach, was er als Verrat meinerseits ansah.

»Ich habe dir auch ein Sandwich gemacht, es liegt in der Küche«, sagte er, als er wieder zurückkam.

»Danke«, murmelte ich. Doch ich fand nicht die Zeit, es zu essen.

Nachdem ich einige Stunden lang erfolglos Hunderte von Dokumenten ohne jeden Zusammenhang gesichtet hatte, tauchte plötzlich eine uralte Schreibmappe aus Pappe auf, mit einem einfachen Band zusammengehalten, darin eine Handvoll loser Blätter. Einst war das Papier wohl weiß gewesen, inzwischen wies es verschiedene Schattierungen von verwaschenem Gelb bis zu stumpfem Braun auf. Zwischen Linien und Flecken entdeckten wir einige von Fontana mit fliegender Feder niedergeschriebene Verweise auf Altimira, ein weiteres Indiz für sein Interesse an diesem Franziskanermönch.

1823, 4. April: Altimira erbittet von Argüello Dokumente, um eine zukünftige Missionsstation besser verwalten zu können. 10. Juli: Altimira kündigt Señán die Errichtung

der neuen Missionsstation in Sonoma an. 22. Juli: Altimira drängt Argüello, neue Trakte errichten zu lassen. 23. August: Pater Sarría schreibt Altimira, dass er die Gründung seiner jüngsten Missionsstation in Sonoma missbilligt, da er dazu nicht die Erlaubnis seiner Oberen eingeholt habe.

Nach und nach hatte sich der rebellische Pater Altimira zum großen Protagonisten der Geschichte entwickelt, auf deren Spur uns der Professor geführt hatte. Heute wussten wir, dass der ungehorsame Franziskanermönch schließlich seinen Kopf durchgesetzt und tatsächlich eine Missionsstation in Sonoma erbaut hatte. Trotz anfänglicher Vorbehalte seitens seiner Ordensleitung, die ihm die Erlaubnis zur Errichtung dieser neuen Missionsstation verweigerte, fand er einen Weg, sein Vorhaben zu verwirklichen. Wie die Dokumente jedoch belegten, entzog ihm Gouverneur Argüello im Laufe der Zeit seine anfangs bedingungslose Unterstützung.

Anderen Dokumenten konnten wir entnehmen, dass Altimira den Gouverneur im Januar 1824 brieflich um eine Glocke für die Missionsstation in Sonoma bat, aber allem Anschein nach antwortete ihm Argüello nicht einmal. Im gleichen Monat des Folgejahres, 1825, wiederholt Altimira seine Bitte, dieses Mal mit dem Hinweis, dass es lediglich um ein vorläufiges Darlehen gehe, doch sein Gesuch scheint erneut auf taube Ohren gestoßen zu sein. Offenbar interessierte sich niemand mehr für diese altmodischen Missionsstationen, die er unbedingt erhalten wollte.

Mit Beginn des Sommers 1826 verlor sich jede Spur von Altimira. Damals begehrten die Indianer auf, die es wohl satthatten, von dem Pater immer nur mit unnachsichti-

ger Strenge behandelt zu werden, und steckten die Missionsstation, die er unter so großen Schwierigkeiten selbst errichtet hatte, hasserfüllt in Brand. So intensiv wir auch danach suchten und Hunderte von Dokumenten auf Vorder- und Rückseite überprüften, wir fanden nichts, was uns über das spätere Schicksal des hitzköpfigen Paters Aufschluss gegeben hätte. Zur Missionsstation Sonoma kehrte er dem Anschein nach nie wieder zurück.

Bis wir durch einen Hinweis auf einen Brief vom März 1828 von einem gewissen Ildefonso de Arreguín an Pater Sarría erfuhren, wo Altimira sich aufhielt. Doch schon zu Beginn desselben Jahres löste er sich wieder in Luft auf. Zusammen mit einem Pater namens Antonio Ripoll verschwand er auf mysteriöse Art und Weise aus Alta California. Vermutlich ging er zurück nach Spanien.

Das war der letzte konkrete Anhaltspunkt zum Aufenthalt des Franziskanermönchs auf amerikanischem Boden, danach fand sich nichts mehr. Wo warst du in jener Zeit, José Altimira, was ist aus dir geworden, als die Missionsstation Sonoma den Flammen zum Opfer gefallen war, wo hast du dich in jenen eineinhalb Jahren aufgehalten? Keiner von uns beiden sprach diese Fragen jemals laut aus, aber im Geiste formulierten wir sie tausendmal, während wir einen Karton nach dem anderen sichteten, ohne eine Antwort zu erhalten. Warum war Andrés Fontana so hinter dir her, was hast du gemacht, nachdem die aufgebrachten Indianer deine erste Missionsstation dem Erdboden gleichgemacht hatten?

Wir legten die Schreibmappe zu dem kleinen, aber wachsenden Stapel an Dokumenten mit Hinweisen, die wir in den letzten Tagen entdeckt hatten, und wühlten uns weiter durch die Berge an Material.

Kurz vor sieben Uhr kam Rebecca zurück. In einer ge-

streiften Jacke, mit zwei gutgefüllten braunen Papiertüten von Meli's Market und einer Neuigkeit.

»Die Sache mit Los Pinitos spitzt sich zu. Sie haben wieder eine Versammlung angesetzt, sie machen wieder mobil.«

»Aber in der Hand haben sie immer noch nichts, ich habe vor ein paar Stunden mit Joe Super gesprochen«, sagte Daniel.

»Ja, nicht das Geringste, wie es aussieht«, bestätigte Rebecca, während sie mit den zwei schweren Tüten auf den Armen in die angrenzende Küche ging, »aber in weniger als drei Tagen läuft die Einspruchsfrist ab, und sie möchten bis zur letzten Minute protestieren. Hat jemand Lust auf ein Glas Wein?«

Wir standen beide fast gleichzeitig auf. Ohne Daniel anzusehen, fragte ich sie:

»Gehst du hin?«

Sie streckte die Arme in die Luft und schnaubte wie ein erschöpfter Riese.

»Zu der Versammlung? Nein.«

Es tat unheimlich gut, sich von einem großzügigen Menschen umsorgt zu wissen. Während wir dieses erste Glas Wein tranken, bereitete Rebecca mit der gewohnten Sorgfalt und Schnelligkeit das Abendessen zu. Wohlschmeckend, warm, Kraft spendend, in großen weißen Steinguttellern auf dem schlichten Holztisch in der Küche serviert. Wir waren uns unausgesprochen einig, nicht über die Arbeit zu reden, sondern machten uns den Kopf lieber mit Geplauder über tausend alltägliche Dinge frei, die keinen von uns sonderlich berührten. Und so ließ im Laufe dieser guten Stunde die Anspannung allmählich nach, und irgendwann gelang uns sogar wieder ein Lächeln.

Bis sich, wir hatten fast das Eis schon verspeist, das es zum Nachtisch gab, Daniels Handy aus der Tiefe seiner Hosentasche meldete.

»Was gibt's, Joe?«, fragte er, während er aufstand.

Nach nicht einmal einer Minute kam er mit seiner Jeansjacke in der Hand zurück und blieb gleich stehen.

»Die Studenten haben beschlossen, heute Nacht in Los Pinitos zu kampieren«, verkündete er und holte schon die Autoschlüssel aus der Tasche. »Ohne Erlaubnis und möglichst viele. Ich fahre auf einen Sprung vorbei. Sobald ich kann, komme ich zurück und versuche dann, noch eine Weile zu arbeiten.«

Er fragte mich nicht einmal, ob ich mitkommen wolle, und ich bat ihn auch nicht darum, ihn begleiten zu dürfen. Das bisschen Nähe, das sich während des Abendessens zwischen uns eingestellt hatte, hatte sich wieder verflüchtigt; noch hatte er nicht wieder Vertrauen zu mir gefasst. Blieb abzuwarten, ob sich beides überhaupt wiederherstellen ließe.

Rebecca schlug vor, wir könnten uns gemeinsam einen Film ansehen, irgendeine Komödie mit Happy End oder eine Schnulze mit den obligatorischen Verwicklungen, damit ich ein bisschen Abstand zu meiner Arbeit bekam. Dieses Angebot nahm ich zwar nicht an, jedoch gerne ihre Einladung, im Zimmer einer ihrer Töchter zu übernachten. Dann müsste ich nicht mitten in der Nacht zu meinem Apartment zurückfahren, dachte ich. Und würde mich auch weniger allein fühlen.

Obwohl ich mich fast drei Monate lang ohne jede Hilfe mit Fontanas Nachlass herumgeschlagen hatte, war Daniels tatkräftige Unterstützung bei diesem letzten Teil doch so spürbar, dass es mir plötzlich seltsam vorkam, mich nun wieder allein, ohne ihn an meiner Seite, in diese ferne Zeit

zu vertiefen. Seltsam und trist. Seltsam und bitter. Aber ich überwand diese momentane Irritation und machte weiter. Bis zum frühen Morgen entwirrte ich Informationen über Transaktionen zwischen *asistencias,* kleinen religiösen Zentren außerhalb der Missionen, und den eigentlichen Missionsstationen, wer wem zwei Dutzend Hühner und drei Maultiere überlassen hatte, wer fünfzehn erkrankte Neubekehrte aufgenommen hatte, wer das Mutterhaus um eine geschnitzte Figur der Jungfrau Maria ersucht hatte, um Werkzeug für die Schmiede oder irgendeine Genehmigung. Gegen Viertel vor zwei – Rebecca schlief schon seit Stunden, das Haus lag dunkel und in tiefstem Schweigen, Daniel war immer noch nicht zurück, und mir fielen fast schon die Augen zu – war ich plötzlich wie elektrisiert, als ich in einem alten Schriftstück einen einfachen Satz las:

> Und entschuldigte sich Altimira bei Euer Ehrwürden, nicht erneut um Genehmigung für besagte Gründung ersucht zu haben.

Das war alles, der Rest nur eine endlose Aufzählung von Daten, eine Art unvollständige Akte ohne Anrede oder Schlussformel.

Ich notierte mir den entscheidenden Satzteil auf einem separaten Blatt. *Nicht erneut um die Genehmigung für besagte Gründung ersucht zu haben.* Ich unterstrich *erneut,* ich unterstrich *Genehmigung,* ich unterstrich *Gründung.* Dass hier *erneut* stand, implizierte unzweifelhaft, dass, wer auch immer dies geschrieben hatte, sich nicht auf die Missionsstation Sonoma bezog, die erste von Altimira ohne Genehmigung gegründete, sondern auf eine andere. »Was hattest du vor, Altimira, was, was, was?«, murmelte ich vor mich hin und schlug mit der flachen Hand auf den Tisch, wie

um ihn zu ermuntern, er solle doch endlich aus seinem Versteck kommen und sich zeigen. Voller Anspannung, voller Unruhe suchte ich weiter. Aber ich fand nichts mehr.

Ich arbeitete noch eine ganze Weile weiter, dann löschte ich das Licht und ging hinauf in mein Zimmer, immer die Frage im Kopf, wohin wir auf den Spuren dieses durch die Lande ziehenden Franziskanermönchs gelangen würden. Falls es überhaupt einen solchen Ort gab.

Als ich am Morgen aufstand, stellte ich fest, dass Rebecca mir in ihrer unermüdlichen Effizienz zuvorgekommen war. Im Bad neben dem Zimmer, in dem ich genächtigt hatte, fand ich meinen Kulturbeutel und frische Sachen zum Anziehen. Sie besaß die Schlüssel zu meinem Apartment, ich selbst hatte sie ihr gegeben. Falls irgendwann etwas sein sollte, hatte ich damals nur gedacht. Nun, jetzt war etwas gewesen, und Rebecca, immer einen Schritt voraus, hatte instinktiv gewusst, dass ich keine Zeit für unnötige Fahrten zu meinem Domizil verlieren wollte.

Daniel saß bereits am Tisch, als ich nach unten kam. An der Wand hinter ihm hing ein großes Bild, das an den naiven Stil von Frida Kahlo erinnerte. Zu seinen Füßen döste der brave Macan. Statt des Wollpullovers vom Vortag trug er ein Sweatshirt mit Wappen und Schriftzug irgendeiner Universität, aber alles war so verwaschen, dass man kaum noch etwas erkennen konnte. Was in seinem Kopf vorging, konnte ich nicht einmal erahnen.

»Du bist doch nicht mehr zurückgekommen in der Nacht, wie ist es gelaufen?«, fragte ich statt einer Begrüßung.

»Schlecht«, erwiderte er, ohne mich anzusehen. »Sie wollen unbedingt weiter Ärger machen, haben allerdings nichts Konkretes in der Hand, um Einspruch zu erheben.«

»Aber sie haben dort kampiert?«

»Ja, mehr als zweihundert Studenten, direkt neben den Baggern, die dort schon stehen. Aber sie haben sie sicher noch nicht für Erdbewegungen hingestellt, sondern um die Protestler einzuschüchtern. Doch ich fürchte, der Countdown läuft, und es wird wenig nützen, wenn sie auch noch so viel Krach schlagen.«

»Es sei denn, wir können noch etwas erreichen«, sagte ich und hielt ihm das bewusste Blatt hin. »Heute Nacht ist Altimira wieder aufgetaucht.«

Kapitel 42

Der Mittwoch verging ohne irgendwelche besonderen Ereignisse, es kam der Donnerstag und mit ihm der Regen – nicht viel und nur phasenweise, aber doch genug, um beim Blick durch das große Esszimmerfenster zu erkennen, dass man an diesem trüben Tag besser im Haus blieb. Seit dem frühen Morgen brannten in Rebeccas Esszimmer alle Lampen, warfen einen hellen Lichtschein auf unsere Köpfe und die auf dem Tisch, dem Fußboden und überall sonst verstreuten Schriftstücke.

Rebecca kam erst am Abend wieder. Wir beide hatten nicht einmal eine Essenspause eingelegt, auf dem Boden rollte eine leere Wasserflasche herum, auf einem Regal einige Coca-Cola-Dosen, daneben drei bis auf das Kerngehäuse verspeiste Äpfel und eine leere Tüte Tortilla-Chips. Was uns wirklich Sorgen machte und das Schlimmste befürchten ließ: Es lagen nur noch einige wenige lose Blätter auf dem Boden des letzten Kartons. Die verknitterte Quittung für einige Bücher, gekauft im März 1969 in der Buchhandlung Moe's in Berkeley. Der Gottesdienstplan der Mission Santa Clara. Eine Straßenkarte des hiesigen Bezirks.

Und ansonsten – nur noch pure Verzweiflung.

Wir hatten uns durch Berge von Material gearbeitet, ohne eine handfeste Beweiskette konstruieren zu können; wir hatten nichts vorzuweisen als Intuitionen, Eingebungen und Vorahnungen. Und tausend einzelne Informationsschnipsel, die auf einen bestimmten Sachverhalt

hindeuteten. Pater Altimira, von dem wir angenommen hatten, er würde uns schließlich zu irgendeinem Ort führen, tauchte seit über einem Jahr in keinem schriftlichen Zeugnis mehr auf, wir fanden keinen Hinweis darauf, was er in jenem Jahr 1827 gemacht hatte. Keine der anderen Missionsstationen hatte ihn aufgenommen. Seine Gönner in der Zivilverwaltung erwähnten seinen Namen nicht mehr. Fontana kam nie dahinter, was aus ihm geworden war. Da der Franziskanermönch ein so leidenschaftlicher und impulsiver Mensch war, hatte der Professor naiverweise angenommen, dass er eine neue Missionsstation gegründet haben könnte. Ohne Erlaubnis seiner Oberen, ohne die notwendigen Genehmigungen. Ohne Gründungsurkunde, ohne Budget oder Unterstützung von irgendeiner Seite, allein getrieben von einem Glauben, der auch mit Dynamit nicht zu erschüttern war, oder vielleicht von einem ebenso brennenden wie unvernünftigen Ehrgeiz. Das war Fontanas Traum, den wir übernommen hatten.

»Das war's dann wohl«, erklärte ich mit leiser Stimme.

Wie erschlagen von dem sicheren Wissen, dass uns nun nichts mehr zu tun blieb, schleuderte ich den leeren Karton zu Boden. Er landete mit der Öffnung nach unten wie eine letzte traurige Bestätigung der ernüchternden Wahrheit.

Daniel ließ sich auf einen der Stühle fallen, streckte die Beine von sich und starrte abwesend auf den Boden. Mutlos wie ein verwundetes Tier, das nicht mehr die Kraft hatte, sich zu wehren.

Ich bückte mich, um den Karton aufzuheben, ihn wieder zurechtzubiegen, aber plötzlich überkam mich eine derartige Schwäche, dass ich mich daneben auf den Boden sinken ließ. Auf Rebeccas schönen Holzboden. Erschöpft lehnte ich mich mit dem Rücken an die Wand.

»Was war ich doch nur für ein Idiot ...«, stieß Daniel

hervor, das Gesicht zur Decke gewandt, die Augen geschlossen. Er fuhr sich mit den Händen über den Kopf und durch die halblangen Haare. »Was für ein Idiot …«

»Es ist absolut sinnlos, wenn du dir jetzt Vorwürfe machst. Niemand konnte wissen, was wir finden würden, wir hatten nicht die geringste Ahnung, wie weit Fontana mit seinen Nachforschungen gekommen war.«

»Ich hätte nicht so naiv sein dürfen, hätte realistischer sein müssen. Mich nach so vielen Jahren nicht einfach blind verlassen dürfen auf etwas, das auf so schwachen, unsicheren Beinen steht, so substanzlos ist.«

»Es war ein Risiko. Du hast hoch gepokert und verloren. Aber wenn es dich tröstet: Du hast zumindest zur Hälfte geschafft, was du dir vorgenommen hattest, nämlich den Nachlass deines Lehrers dem Vergessen zu entreißen.«

»Und vor allem hätte ich niemanden mit hineinziehen dürfen. Ich hätte dich nicht einschalten dürfen, mich nicht mit Zárate konfrontieren, nicht den Fachbereich in Schwierigkeiten bringen dürfen, nicht …«

Es hatte den Anschein, als würden wir ein Gespräch führen. Doch es schien wirklich nur so. Einer richtete vermeintlich das Wort an den anderen, aber in Wirklichkeit war das gar nicht der Fall. Um ehrlich zu sein: Jeder sprach laut mit sich selbst, und was wir sagten, traf sich bestenfalls über unseren Köpfen in der verbrauchten Luft des Esszimmers.

Und als uns die Sätze ausgingen, begannen wir nachzudenken. Schweigend grübelte jeder über seinen eigenen Kummer nach. Die brutale Wahrheit lautete: Wir hatten nichts, überhaupt nichts Substanzielles in der Hand. Keinen einzigen schlagkräftigen Beweis, auf dem man einen Widerspruch gegen das Bauprojekt in Los Pinitos aufbauen könnte. Nur einzelne Daten und Vermutungen, die wie

Rauch herumwaberten und sich nicht fassen ließen. Das war alles.

»Wollen wir den ganzen Abend unsere Wunden lecken, oder sollten wir nicht besser anfangen aufzuräumen?«

Der Vorschlag kam von mir, nach einigen Minuten. Zurück zum Leben, zurück in die Gegenwart. Wir waren gescheitert, zugegeben. Aber zumindest mir war bewusst, dass ich nach vorne schauen musste. Mich von Andrés Fontana und seinen falschen Hoffnungen verabschieden. Von seinem ehemaligen Schüler und seinem zur Rechtfertigung initiierten Projekt, von einer mir fremden Welt und ein paar Männern, die mich umschwirrten und eine Zeit lang für ihre Zwecke eingespannt hatten, mit denen ich jedoch definitiv so gut wie nichts zu tun hatte. Ob zum Guten oder zum Schlechten, es war an der Zeit, das nächste Kapitel aufzuschlagen. Jammern war sinnlos, dazu war es zu spät. Ich reiste ab, mein Gästeapartment musste noch in Ordnung gebracht werden. Ich musste Koffer packen, einiges regeln, mich verabschieden. Auch von so manchen Gefühlen, die ich besser vergessen sollte.

Wie so oft in meinem Leben war jetzt wieder einmal der Moment gekommen, vom Boden aufzustehen und neu zu beginnen.

»Auf geht's!« Es war als gedanklicher Befehl an mich selbst gerichtet.

Doch meine Stimme machte sich selbständig, mein Mund sprach es laut aus und machte es damit zu einer Aufforderung an uns beide.

Der große Widerspenstige leistete ihr Folge, ohne zu protestieren. Ehe ich mich selbst aufraffen konnte, sprang er auf und streckte mir helfend die Hand hin. Da wir nun beide standen, fingen wir ohne ein weiteres Wort an, die ganzen Schriftstücke und Dokumente wieder in die Kar-

tons zu packen, um das geliehene Zimmer wieder in den Normalzustand zu versetzen.

Daniel begann an dem einen Ende des Tisches, ich am anderen. Stapelten Dokumente, legten einzelne Papiere zusammen. Ganz mechanisch.

»Sogar Telefonrechnungen hat der Kerl aufbewahrt, und keine einzige handfeste Spur …«

»Von welchen Rechnungen sprichst du? Ich habe keine gesehen.«

»Von diesen hier«, erwiderte er und hielt einen Stapel Briefe in die Höhe, zusammengehalten von einem sichtlich ausgeleierten Gummiband. Es waren nicht viele. Sieben, acht, neun vielleicht, auf die Entfernung konnte ich sie nicht zählen.

»Wo waren sie?«

»Unter diesem Haufen von Zeitungsausschnitten. Ich dachte, du hättest schon einen Blick darauf geworfen.«

»Ich hatte sie nicht einmal gesehen …«

»Es wird nichts Aufregendes dabei sein, aber schau sie dir für alle Fälle mal an.« Er warf mir das Päckchen zu, ich fing es in der Luft auf. »Ich verstaue das hier inzwischen im Kofferraum.«

Zwei Geschäftsbriefe von der Telefongesellschaft Pacific Bell, drei von der Federal Reserve Bank in San Francisco, einer von einer Krankenversicherung und ein weiterer von einem Zahnarzt am Ort, in dem ein Termin verlegt wurde. Alle datiert im Juni des Jahres, in dem der Professor ums Leben kam. Vielleicht hatte sie Darla selbst aus seiner Wohnung mitgenommen, vielleicht auch andere Dinge wie Kleidung, persönliche Gegenstände, Fotografien. Und diese belanglosen, zufällig zu den Arbeitsunterlagen gelegten Briefe; alles hatte sie ohne ersichtlichen Grund an sich gerissen.

Zwischen den uninteressanten Schreiben von Banken und Firmen befand sich auch, wie versehentlich, ein Umschlag von größerem Format. Er war auch dicker als die anderen. Der Absender zur Abwechslung handgeschrieben. E. de C. y Villar, Fr., stand links oben. Die Schrift eines alten Menschen, dachte ich. Mission Santa Barbara, CA.

»Dieser Brief ist aus deiner Stadt«, sagte ich, als Daniel wieder ins Esszimmer trat.

»Aus welcher?«, fragte er mäßig interessiert zurück, während er sich zwei weitere Kartons und drei zusammengerollte Landkarten griff.

»Aus Santa Barbara. Von der Missionsstation.«

Ich riss den Umschlag auf, faltete den Brief auseinander. Etliche handgeschriebene Zeilen in altertümlicher Schönschrift, die Buchstaben torkelten ein wenig.

15. Mai, im Jahre des Herrn 1969

Verehrter Professor,

nach Ihrem letzten Besuch in der vergangenen Woche im Archiv dieser unserer Missionsstation, als wir die konsultierten Akten wieder an ihren Platz zurücklegten, kam dieses Brieffragment zum Vorschein, das Sie beide wohl nicht bemerkten. Es konnte mangels Datierung nicht katalogisiert werden, und so lasse ich es Ihnen als bloßes Kuriosum und Zeugnis meiner persönlichen Anerkennung für Ihr großes Interesse an der Geschichte unserer geliebten Missionen zukommen.

In der Hoffnung auf einen nächsten Besuch übermittle ich Ihnen meinen herzlichen Gruß, im unendlichen Frieden des Herrn, verbunden mit der Bitte, ihn auch der überaus freundlichen und liebenswürdigen spanischen Dame zu übermitteln, die Sie bei unserer letzten Begegnung begleitete.

Mit einem Schlag stand mir das Bild vollkommen klar vor Augen. Mit scharfen Konturen, wie von einem Blitzlicht erhellt. Ein alter Archivar, der seine Tage zwischen staubigen Papieren und Aktenbündeln verbrachte und den wahrscheinlich seit Ewigkeiten kein Mensch mehr nach irgendetwas gefragt hatte. Die Besuche eines wissbegierigen Professors, der dieselbe Sprache sprach wie er. Die bezaubernde Frau, die ihn beim letzten Mal unerwartet begleitete, die Spanierin mit der vertrauten Sprachmelodie, die so gerne lachte und deren Bild sich dem alten, an Stille und Einsamkeit gewöhnten Archivar in die Seele gebrannt haben dürfte.

Datiert war der Brief zwei Tage vor dem Todestag der beiden. Sie bekamen ihn nicht mehr zu Gesicht.

»Lies das«, flüsterte ich Daniel zu, als er wieder erschien, um weitere Kartons zu holen.

Den Brief des Franziskanermönchs mit dem Hinweis auf Fontana und Aurora zeigte ich ihm nicht, wozu alte Wunden wieder aufreißen? Ich hielt ihm, aufgefaltet, das Blatt aus dem Archiv der Missionsstation in Santa Barbara hin, das dieser ihm zugesandt hatte. Das ich selbst gerade ungläubig gelesen hatte. Es trug weder einen Briefkopf noch einen Adressaten. Weder Datum noch Anrede, die Hälfte der wichtigen Informationen war unwiederbringlich verloren. Und trotzdem sagte es so viel aus.

»Altimira höchstpersönlich verabschiedet sich von uns. Fast wäre er zu spät gekommen, der alte Kuttenträger«, bemerkte er ironisch.

Zum ersten Mal sahen wir seine Handschrift und seine eigene Unterschrift auf diesem Fragment eines Briefes, den er vielleicht niemals abgeschickt hatte.

... und dann fiel unser bescheidenes Gebäude der rohen Gewalt der obstinaten Indianer zum Opfer, die in ihrer

heidnischen Verblendung, ausgerüstet mit Knüppeln und Pfeil und Bogen, sich zur Durchführung ihres ruchlosen Vorhabens anschickten. »Liebt Gott, meine Kinder!«, rief ich ihnen zu, aber die Heiden schienen diesen Gruß in ihrer Angriffslust nicht zu verstehen. »Es lebe der Glaube an Jesus Christus, mögen seine Feinde untergehen!«, beharrte ich, und auch dieses Mal schenkten sie meinen Worten keine Beachtung, worauf das Leben verloren durch ihre Hände sieben Neubekehrte, alle begraben zwischen Pinien in der geweihten Erde unserer bescheidenen Missionsstation, unter schlichten Steinplatten, darauf eingraviert das Kreuz des Herrn und die Initialen ihres christlichen Namens und ihr Todesjahr, 1827.
Und damit empfehle ich Euer Ehrwürden Gott bis zur nächsten Gelegenheit, und möge Gott in Seiner Liebe und Gnade viele Jahre die Hand über Euch halten.
Ihr untertänigster Diener empfiehlt sich Euer Ehrwürden mit aufrichtigsten Grüßen.
Fr. José Altimira

Ein schlichtes Gebäude, sieben Neubekehrte, begraben unter einfachen Steinplatten mit einem Christuskreuz zwischen Pinien, im Jahr 1827, die geweihte Erde unserer bescheidenen Missionsstation.

»Wie nah wir dran waren, wie nah, wie nah …«, murmelte ich und biss mir verärgert auf die Lippen.

Er legte mir eine Hand auf die Schulter, drückte sie freundschaftlich. Eine sinnlose Geste des Trostes.

»Es nützt ja nichts, wenn wir jetzt jammern. Komm, lass uns weiter aufräumen, das Esszimmer soll doch wieder anständig aussehen.«

In diesem Augenblick klingelte sein Handy.

»Was gibt's, Joe?«, fragte er und ließ mich gleichzeitig

los. Die gleichen Worte wie das letzte Mal, die gleiche Reaktion.

Altimiras Brieffragment in der Hand, das Schreiben des Archivars in der Gesäßtasche meiner Jeans, machte ich mich auf den Weg in die Küche zu Rebecca. Es würde unser letztes Abendessen sein, das letzte Mal, dass ich mich an ihren Tisch setzte, der letzte Abend, an dem ich ihre liebevolle Zuwendung und Warmherzigkeit genießen konnte.

»Soll ich dir helfen?«, fragte ich.

Vielleicht würde sich, wenn ich eine Weile in der Soße für die Nudeln herumrührte, die bereits auf dem Herd standen, auch meine innere Unruhe legen.

»Blanca!«, hörte ich Daniel rufen, kaum dass ich den Kochlöffel in die Hand genommen hatte. »Blanca!«

Er kam in die Küche gestürmt, laut meinen Namen rufend, mit langen Schritten wie ein Marathonläufer. Aufgeregt packte er mich an den Armen und sah mich mit aufgerissenen Augen an.

»Beim Graben in Los Pinitos, für eine *let* … *lit* … Wie heißt dieses Loch im Boden für Exkremente?«

Es war das erste Mal, dass er im Spanischen unsicher wurde, das erste Mal, dass ihm bei seinem immensen Vokabular in dieser Sprache nicht das richtige Wort einfiel.

»Letrina, Latrine.«

»Ja, genau! Als die Protestcamper eine Latrine graben wollten, stießen sie zwischen den Pinien auf etwas, das offenbar einmal ein kleiner Friedhof war. Bis jetzt haben sie drei mutmaßliche Gräber entdeckt, aber es könnte noch mehr geben. Ganz einfache, eigentlich nur flache Steinplatten mit sparsamer Inschrift.«

Mir lief ein Schauder über den Rücken.

»Auf jedem Stein sind Initialen eingemeißelt.«

»Und ein Kreuz?«

»Und ein Kreuz.«

»Und eine Jahreszahl?

Ein breites Grinsen erschien auf seinem Gesicht. Wie zu Beginn unserer Bekanntschaft, als wir beide noch unbeschwert miteinander umgingen.

»Auch.«

»1827?«

Der Kochlöffel fiel mir aus der Hand und landete mit Getöse auf dem Boden. Die Fliesen und unsere Schuhe zierten nun dekorative Soßenspritzer.

»Das Jahr, in dem dieser verrückte Altimira verschwand.«

Kapitel 43

Nach einer kurzen Nacht setzten wir uns mit vom Duschen noch nassen Haaren ins Auto, auf dem Rücksitz eine Mappe voller Unterlagen, und fuhren los.

Die Seminare und Prüfungen waren vorbei, die Studenten warteten nur noch auf die Ergebnisse oder packten ihre Koffer für die Weihnachtsferien, und viele waren sogar schon unterwegs nach Hause. Doch die kämpferischsten waren in Los Pinitos geblieben und kampierten neben den schlichten Gräbern der sieben Neubekehrten auf diesem Gelände, wo – daran hatten wir keinen Zweifel mehr – sich einst eine Mission befunden hatte. Die letzte Missionsstation der Franziskanermönche auf dem legendären Camino Real. Die nie verzeichnete, die zweiundzwanzigste, jene, die Andrés Fontana, ob zu Recht oder nicht, stets die Vergessene Mission, Misión Olvido, genannt hatte.

Als wir an Rebeccas Bürotür vorbeikamen, grüßten wir sie nur flüchtig. Sie wusste, wohin wir wollten und dass wir keine Zeit zu verlieren hatten.

Luis Zárate war vorgewarnt, ich hatte ihn am Abend zuvor noch angerufen.

»Wir haben handfeste Beweise gegen das Bauprojekt in Los Pinitos«, hatte ich ihm am Telefon erklärt. »Wir müssen morgen früh alles unter Dach und Fach bringen, mein Flugzeug geht um sechs Uhr abends, um zwei muss ich in Santa Cecilia los.«

Er bestellte uns für neun Uhr zu sich. Um fünf vor neun waren wir da.

Vorher blieb kaum eine halbe Stunde Zeit, um in mein Apartment zu fahren, mich umzuziehen und nebenbei meine Sachen zu packen. Beidhändig schaufelte ich Regale und Schubladen leer und warf meine Kleidung in die Koffer, voll und ganz auf diese eine Aufgabe konzentriert. Ich gestattete mir keine Minute des Innehaltens, um darüber nachzudenken, was ich zurücklassen würde.

»Wir wollen, dass du uns hilfst, Luis«, sagte ich, als wir schließlich vor ihm saßen.

»Von welcher Art Hilfe sprechen wir konkret?«, wollte er, hinter seinem Schreibtisch sitzend, wissen, wie immer beherrscht und professionell. Hinter seiner kurz angebundenen Art spürte ich keinerlei Feindseligkeit, allerdings auch keine Sympathie. Daniel saß, Arme und Beine verschränkt, rechts von mir, hörte einfach nur zu und mischte sich nicht ein. Von ihm drohte keine Gefahr mehr, sein Zorn war endlich verraucht. In den frühen Morgenstunden, als wir vor dem Bildschirm vierhändig auf die Tastatur meines Computers eingehackt hatten, um einen einigermaßen zusammenhängenden Bericht unserer Ergebnisse zu verfassen – was unseren beiden Gehirnen nur dank sehr viel Koffein gelang –, konnte ich ihm ein Ja abtrotzen. Ein Ja dazu, Zárate mit einzubeziehen. Ein Ja dazu, den Rest des Nachlasses aus Darlas Garage vollständig in den bereits fertig gesichteten Teil zu integrieren. Und ein Ja zu noch ein paar anderen Dingen.

»Mein Vorschlag lautet, schließe dich uns an«, sagte ich dann zu ihm. »Und zwar als Direktor dieses Fachbereichs, der Institution, der wir alle, auf die eine oder andere Weise, früher oder gegenwärtig, verbunden waren oder sind. Vergiss die Sache mit der FACMAF und die damit verbun-

denen Unregelmäßigkeiten, nimm den Teil des Nachlasses, der Daniel Carter gehört, als Schenkung an und lege den Einspruch unter deinem Namen vor. Vertrete du die Ergebnisse unserer Recherchen als unser offizielle Sprecher.«

Zweifelnd sah er mich an, er konnte wohl nicht glauben, was er da hörte. Deshalb ergriff ich erneut das Wort. Ohne lange zu zögern.

»Ich bitte dich im Namen von Andrés Fontana. Was wir in den letzten Tagen gemacht haben, meine Tätigkeit der letzten drei Monate eingeschlossen, ist eine Kleinigkeit verglichen mit den titanischen Anstrengungen, die Fontana unternommen hat. Unsere Arbeit beschränkte sich darauf, ein paar lose Fäden zu verknüpfen, derjenige, der sich jahrelang bemühte, diese Missionsstation dem Vergessen zu entreißen, war allerdings er. Begonnen hat die Sache vermutlich aus einem rein privaten Impuls heraus, spürte er doch in diesen alten Missionen noch ein Stück seiner alten Heimat, seines ureigensten Wesens. Aber, und das kommt hinzu, er tat es als Akademiker, als Humanist, der sich für die Forschung und die Verbreitung des Wissens engagierte, der diesem Fachbereich, dieser Universität, dieser Stadt stets verbunden war. Als der Tod ihn ereilte, hatte er deinen Posten inne, Luis. Und wie du engagierte er sich für diese Institution und die dazugehörigen Menschen, für die akademisch herausragende Qualität ihrer Arbeit und das Gemeinwohl.«

Ich deutete auf Daniel, der, in seinem Sessel sitzend, mir aufmerksam zuhörte.

»Zweifelsohne ist er sein intellektueller Erbe, war dem Menschen Fontana viele Jahre lang eng verbunden.« Ich richtete den Blick wieder auf mein Gegenüber, auf das ernste, beherrschte Gesicht des Direktors. »Aber vergiss nicht, institutionell gesehen ist derjenige sein Erbe, der

heute seinen Posten innehat. Und das bist du, Luis Zárate. Deshalb habt ihr beide, Daniel und du, auch die moralische Verpflichtung, euch gegenseitig zu respektieren und gemeinsam für die Würde des Mannes zu kämpfen, dessen Nachlassverwalter ihr beide seid.«

Es wurde ganz still im Zimmer. Vom Gang her hörte man, durch die Wände gedämpft, eine Studentin hysterisch kreischen, vielleicht ein Gefühlsausbruch wegen einer unerwartet guten Note. Wir drei schwiegen noch immer, jeder von uns seinen eigenen Gedanken nachhängend.

Bis Daniel sich aufrichtete, die verschränkten Arme öffnete, die Fingerspitzen aneinanderlegte und das Schweigen brach.

»Blancas Vorschlag klingt in meinen Ohren sehr vernünftig, sie bietet uns eine gangbare Lösung. Zuerst wollte ich die Ergebnisse unserer Nachforschungen der Bürgerinitiative gegen das Bauvorhaben vorlegen. Dort sollte dann die Mehrheit entscheiden, wie wir weiter verfahren. Aber Blanca hat mich davon überzeugt, dass die Stimme Fontanas für sich selbst sprechen soll. Und aus diesem Grund erscheint es mir am logischsten, wenn das durch die Institution geschieht, für die er einst gearbeitet hat.« Nach einem Räuspern fuhr er fort. »Ich meinerseits bedauere mein Verhalten. Ich erkenne meinen Irrtum an und möchte dich um Entschuldigung bitten, Luis, dass ich mich in deine Angelegenheiten einmischen wollte, und zwar aus rein persönlichem Interesse.«

Ich wusste nicht, was ich lieber getan hätte: einen Freudenschrei ausgestoßen, meine Faust siegreich in die Höhe gereckt oder Daniel vor lauter Begeisterung stürmisch umarmt. Mein Einsatz zur Rehabilitation von Fontana hatte ihn davon überzeugt, dass nun die Erinnerung an seinen Freund und Lehrer Vorrang vor seinem Stolz haben soll-

te, doch ich wäre nie auf die Idee gekommen, dass seine Entschuldigung derart eindeutig ausfallen würde. Sachlich und demütig zugleich. Weder erhob er sich, um Luis sprichwörtlich die Hand zu reichen, noch gab er ein pathetisches *mea culpa* von sich. Stattdessen redete er ihn mit Du an, mit seinem Vornamen, und klang absolut aufrichtig.

Luis antwortete nicht.

»Können wir also auf dich zählen? Hier drin sind alle Beweise und ein informativer Bericht dazu«, sagte ich und deutete auf die Mappe, in der sich unsere Arbeitsergebnisse befanden. »Wir können sie gerne gemeinsam durchgehen.«

Was Luis nun sagte, konnte man sowohl auf die eine als auch auf die andere Art interpretieren.

»Manchmal macht uns die Arroganz blind, und wir sind uns nicht bewusst, wie elementar wichtig bestimmte Dinge sind. Bis uns jemand die schlichte Wahrheit vor Augen führt.«

Es kostete mich Mühe zu verstehen, ob er damit Daniels Entschuldigung akzeptierte oder auf diese Weise sein eigenes Verhalten kritisierte. Doch jetzt war keine Zeit für Spitzfindigkeiten. Es wurde später und später, wir konnten nicht länger warten.

»Was ist nun? Stellst du dich zur Verfügung?«, hakte ich nach.

Genau wie an dem Tag, als sie mit Pizzen beladen zurückkam, machte mich Fanny wieder einmal sprachlos. Völlig überraschend und ohne anzuklopfen steckte sie ihren Kopf zur Tür herein und unterbrach mich rücksichtslos.

»Professor Joe Super sucht euch. Er sagt, es sei dringend.«

Daniel tastete automatisch seine Hosen- und Jackentaschen ab, musste aber feststellen, dass er an diesem turbulenten Morgen sein Handy irgendwo vergessen hatte.

Ihm entfuhr ein heiseres »Shit!«. Mist, eigentlich wollte er Scheiße sagen.

Gleich darauf machte Fanny die Tür weit auf und ließ den altgedienten Professor eintreten.

Heute war in Joe Supers Augen nichts von seiner Gutmütigkeit und seinem Sinn für Humor zu erkennen, mit dem er meinen Kurs immer bereichert hatte. Und heute blieb auch keine Zeit, uns alle so freundlich zu begrüßen wie an jenem Abend im Los Olivos. Man sah ihm an, dass er sehr in Sorge war.

»Gerade ist ein großes Polizeiaufgebot in Los Pinitos eingetroffen. Man will das Gelände räumen. Noch bevor die Gräber entdeckt wurden, hatte ein Richter dies bereits angeordnet, doch die Demonstranten weigern sich zu gehen, und die Lage spitzt sich immer mehr zu. Wenn ihr ihnen etwas zu sagen habt, dann sollte das möglichst bald geschehen.«

Sofort erhoben wir uns und sahen zu Luis Zárate, der noch zögerte. Wortlos warteten wir auf seine Reaktion. Wenn er mit uns käme, bewiese er uns damit blindes Vertrauen, denn wir hatten bisher noch keine Gelegenheit gehabt, ihm unsere Schlussfolgerungen zu präsentieren. Vielleicht zögerte er deshalb. Bis auch er sich, in stillem Einverständnis, erhob.

Während Daniel in halsbrecherischem Tempo über die kurvigen Straßen raste und einige rote Ampeln überfuhr, berichteten wir in kurzen Worten von unserer Entdeckung. Joe und Luis wussten zwar seit letzter Nacht, dass wir schlagkräftige Beweise hatten, kannten aber keine Details. Dank unserer Arbeit bis in die frühen Morgenstunden konnten wir nun eine in sich schlüssige Geschichte, von etlichen Daten untermauert, präsentieren.

Wir kamen kurz nach halb zwölf in Los Pinitos an, fast

zeitgleich mit zwei weiteren Polizeiautos, die zur Unterstützung der zahlreichen, bereits vor Ort mit Blaulicht parkenden Wagen eintrafen. Gleich daneben zwei imposante Bagger und andere Baufahrzeuge. Das riesige Werbeplakat, vollgepflastert mit angeblichen Momentaufnahmen von glücklichen Menschen, verhieß noch immer Erlebnis-Shopping und Familienspaß, doch inzwischen wurde die Bedeutung dieser Worte mehr und mehr zur Farce.

Von hier aus mussten wir ein gutes Stück zu Fuß gehen, um zu den Demonstranten zu gelangen, vorbei an rund einem Dutzend bunter Zelte und unzähligen Plakaten, bis wir schließlich zu den fünfzig oder sechzig Studenten, vereinzelten spontanen Mitstreitern und dem einen oder anderen Professor vordrangen. Alle trugen über ihrer Kleidung die orangefarbenen T-Shirts mit Protestaufdruck, die man seit der nachmittäglichen Demonstration überall auf dem Campus sah.

Um sie herum eine riesige Menschenmenge. Eine Mischung aus weniger kampflustigen Mitgliedern der Bürgerinitiative, ihren Sympathisanten und Neugierigen. Viele machten Fotos, aber auch Kameras der örtlichen Fernsehstationen waren vertreten. Auf einem Campingtisch standen einige Thermoskannen, aus denen die kämpferischen Großmütter dampfend heißen Kaffee in Styroporbechern verteilten. Man stand in Grüppchen beieinander, unterhielt sich und wartete, was passieren würde.

Die Polizei hatte bereits den kleinen Teil abgesperrt, wo sich unseren Erkenntnissen zufolge der kleine Friedhof der Mission befand. Ein nicht sehr großes, rechteckiges Areal zwischen Pinien. Vier oder fünf Meter lang, nicht mehr als zwei Meter breit. Instinktiv steuerten Daniel und ich auf diesen Bereich zu.

»He, Zutritt verboten!«, brüllte ein Polizist aus der Fer-

ne. Daniel hatte sich gerade gebückt, um unter dem gelben Absperrband hindurchzuschlüpfen, auf dem in schwarzen Lettern klar und deutlich die Worte DO NOT CROSS prangten.

Als sei er taub und könne nicht lesen, streckte er mir eine Hand entgegen. »Komm schon«, befahl er.

»Hier bist du also gewesen, Pater Altimira«, sagte er leise, als wir vor dem ersten Grab standen. Bedeckt von einer schmutzig grauen Steinplatte, kaum dreißig mal dreißig Zentimeter groß.

Hinter uns hörten wir Joe Super mit dem Ordnungshüter verhandeln, der uns zum Gehen bewegen wollte.

Wir gingen in die Hocke. E. F. lauteten die ungelenk, vermutlich nur mit rudimentärem Werkzeug eingemeißelten Initialen. Darüber ein schlichtes Kreuz. Darunter die Jahreszahl. 1827. Die Zeitspanne zwischen dem Brand der Missionsstation San Francisco Solano in Sonoma und der Rückkehr jenes rebellischen Paters nach Spanien, zu dessen Tugenden sicher nicht der Gehorsam zählte.

»Schade, dass Fontana nie auf diese Gräber gestoßen ist«, murmelte ich.

»Das wäre schwierig gewesen, denn die Zeit hat sie gut verborgen, sieh nur«, sagte Daniel und ließ eine Handvoll der Erde durch seine Finger rieseln, unter der sie gelegen hatten.

»Doch was er hier gefunden haben könnte, ist das«, fügte ich hinzu und zog das Holzkreuz aus der Tasche meines Trenchcoats. Das mit einer alten, ausgefransten Schnur mehr schlecht als recht zusammengehaltene Kreuz, das wir zwischen den Papieren in einem der Kartons aus Darla Sterns Garage entdeckt hatten.

Daniel nahm es mir aus den Händen.

»Es war ein guter Wegbegleiter«, meinte er nachdenk-

lich, als er es betrachtete. Dann sah er mir direkt in die Augen und streichelte mir über die Wange. »Du im Übrigen auch.«

»Kommen Sie jetzt gefälligst da raus«, herrschte der Polizist uns an.

Wir hatten keine Wahl, wir mussten gehorchen.

In der Zwischenzeit hatten sich einige Mitglieder der Bürgerinitiative zu Joe Super und Luis Zárate gesellt. Alle wussten von unserem Fund, seit Joe letzte Nacht mit Daniel gesprochen hatte.

»Jetzt ist der Moment gekommen, es öffentlich bekanntzumachen«, bat er uns.

Daniel sah mich an und hob fragend die Augenbrauen. Ich verstand sofort, was er meinte, und antwortete unverzüglich.

»Nein.«

»Ja.«

»Ja.«

Das kategorische Nein stammte von mir. Das erste Ja kam aus Daniels Mund, das zweite von Luis. Beide sehr ernst und überzeugt. Ich schluckte.

»Unter der Bedingung, dass ich auf Spanisch sprechen darf«, willigte ich nach kurzem Zögern ein. »Wenn ich es auf Englisch sage, glaube ich nicht, dass ich den Kern dieser Geschichte richtig rüberbringen kann. Ich brauche einen Dolmetscher.«

Die beiden Männer sahen einander an.

»Nur zu, *señor director«,* meinte Daniel daraufhin. »Von nun an bist du die Stimme Fontanas, sein Fürsprecher, das ist genau der richtige Moment, um damit anzufangen.«

Die Nachricht, dass gleich ein paar Erklärungen abgegeben werden würden, verbreitete sich in Windeseile. Die Menschenmenge begann sich um uns zu scharen. Der jun-

ge Mann mit den Rastalocken, den ich wiederholt bei der Demo und auf diversen Versammlungen gesehen hatte, holte aus einem der Zelte seine große Trommel hervor und schlug ein paar Takte, damit die Umstehenden zu reden aufhörten.

Als Ruhe eingekehrt war, fing ich an zu sprechen. Nicht nur mit meiner Stimme, sondern auch mit meinem Herzen. In meinem Namen und im Namen derer, die mich bei diesem Abenteuer begleitet hatten, aber auch und vor allem im Namen all derer, die nicht mehr unter uns waren.

»Über fünf Jahrzehnte bereisten spanische Franziskanermönche, bescheidene Männer mit einem unerschütterlichen Glauben und in unverbrüchlicher Treue zu ihrem König, dieses noch raue Land namens Kalifornien und errichteten im Namen ihres Heimatlandes und ihres Gottes Missionsstationen. Die erste Gründung fand 1769 mit San Diego de Alcalá statt. Zu Fuß oder auf ihren Maultieren ging es weiter durch noch unerforschtes Land, bis sie schließlich entlang eines Weges, der inzwischen als Camino Real bekannt ist, einundzwanzig dieser Stationen erbaut hatten. Ihr Ziel war es, die Ureinwohner zum christlichen Glauben zu bekehren und ihnen die Zivilisation nahezubringen, obwohl diese Bestrebungen aus heutiger Sicht fragwürdig erscheinen wegen des hohen Preises, den die Ureinwohner dafür in Form von Krankheiten, Unterwerfung und Identitätsverlust zahlen mussten. Trotzdem können wir nicht die beachtliche Leistung jener Männer unberücksichtigt lassen, die es auf sich nahmen, einen Ozean zu überqueren, um das zu tun, was sie als ihre Pflicht ansahen. Sie brachten in diesen Teil der Welt ihre Sprache und ihre Kultur, ihre Früchte und Tiere, ihre Arbeitstechniken. Und hier blieb ihre Spur unauslöschbar erhalten, in Hunderten von Ortsnamen und in Tausenden von Details, die einem

heute ins Auge springen, sei es die Farbe der Hauswände, die roten Dachziegel, die Weinberge oder die geschmiedeten Fenstergitter.«

Ich machte eine Pause, damit Luis, zu meiner Rechten, übersetzen konnte, was ich gesagt hatte. Daniel und Joe standen etwas abseits, überließen uns die Bühne. Luis und mich starrten mehr als hundert Augenpaare an, und jeder der Anwesenden hörte mit großem Interesse zu. Das störte mich nicht, ich war es ja gewohnt, vor Publikum zu sprechen, Wissen zu vermitteln, zu unterrichten. Doch nun war es wichtig, die Einzelheiten der Geschichte geschickt miteinander zu verknüpfen, damit auch alle begriffen, was hier geschehen war.

»Über anderthalb Jahrhunderte später führten die Lebensumstände einen spanischen Professor namens Andrés Fontana in diese Gegend. Schon bald entdeckte er an dieser entlegenen Küste zahlreiche Spuren seiner früheren Heimat, was ihn sehr bewegte. Da er schon lange im Exil lebte, beschloss er, sich intensiver mit seinen Landsleuten und ihrer Geschichte hier vor Ort auseinanderzusetzen. Nach jahrelanger Arbeit und mit Hilfe alter, von ihm entdeckter Dokumente hatte er das Gefühl, dass die mythische Kette der spanischen Missionsstationen mit der Gründung von San Francisco Solano im Jahre 1823 noch nicht ihr Ende erreicht hatte. Aus irgendeinem Grund vermutete er, dass, anders als bisher angenommen, die Mönche noch weitergezogen waren. Und diesem Gefühl beschloss er nachzugehen. Den Rest seines Lebens widmete er sich der Suche nach Beweisen, die seine These belegten. Leider starb er, bevor er seine Arbeit abschließen konnte. Doch dank seiner Beharrlichkeit und Ausdauer sind wir nun zu dem Schluss gekommen, dass jene Mission, der er wie einem Gespenst hinterherjagte, tatsächlich existierte.

Die Gräber, die gestern entdeckt wurden, bestätigen diese mögliche Interpretation der Fakten, liefern den notwendigen Beweis.«

Wieder übersetzte Luis, was ich gesagt hatte. Anschließend ging ich ausführlicher auf Altimira und seine Geschichte ein, dass er Weisungen missachtet hatte, um die Missionsstation in Sonoma errichten zu können, und wie sie von den Indianern niedergebrannt wurde.

»Erneut widersetzte sich Pater Altimira, einer der letzten Mönche, die aus dem alten Spanien nach Kalifornien gekommen waren, den Weisungen seiner Oberen und zog, vielleicht angetrieben von einer Mischung aus Frustration und Rebellion oder der unerschütterlichen Kraft seines Glaubens, einfach zu Fuß weiter, bis er in diese unwirtliche Gegend kam, und gründete hier, ohne jegliche finanzielle Mittel und ohne Erlaubnis eine äußerst bescheidene Missionsstation. Begleitet wurde er dabei nur von einigen wenigen, zum christlichen Glauben bekehrten Indianern. Diese Neugetauften hatten gemeinsam mit ihm den Brand von Sonoma überlebt. Sie ruhen nun unter diesen Steintafeln, nachdem sie einem Angriff der Indianer zum Opfer fielen. Wie ihr seht, ist nichts geblieben von dem armseligen Bau, den Altimira errichtete, bis auf die Überreste seines Friedhofs. Die Missionsstation war nicht lange von Bestand, existierte lediglich ein paar Monate. Und obwohl wir es nicht mit Bestimmtheit sagen können, vermuten wir, inspiriert von Andrés Fontanas Utopie, dass Pater Altimira, in Erinnerung an seine eigene Verlassenheit, diese Mission der Nuestra Señora del Olvido geweiht hat.

Mein alter Landsmann wäre stolz auf euch alle gewesen. Auf die Beharrlichkeit, mit der ihr euch für dieses Areal eingesetzt habt, auf euren tatkräftigen Einsatz für den Erhalt dieses Fleckchens Erde, das allen gehört und ihm so

viel bedeutete. Ihr habt auf verschiedenen Seiten gekämpft, doch alle das gleiche Ziel verfolgt. Und da ich mich in den letzten Monaten so intensiv mit ihm befasst habe, fühle ich mich legitimiert, euch in seinem Namen meinen Dank auszusprechen.«

Luis übersetzte Stück für Stück meine Rede, bis am Schluss Applaus und Jubelrufe ertönten und der Junge mit den Rastalocken erneut seine große Trommel schlug.

Anschließend ergriff Joe Super das Wort und ergänzte einige technische Fakten, welche die durch einen Einspruch entstehenden, überaus komplexen juristischen Verwicklungen erläuterten. Die katholische Kirche könnte nicht das Eigentum an diesem Gelände für sich beanspruchen, denn die Franziskanermönche hatten den Grund und Boden nie besessen, auf dem ihre Missionsstationen standen, sondern waren lediglich zeitweise Nutznießer des Terrains gewesen. Aber die Tatsache, dass dieses Land einst zu einer Mission gehörte, hatte rechtliche Konsequenzen, für die man weitreichende Nachforschungen würde anstellen müssen. Doch damit sollten sich Experten beschäftigen. Nichtsdestotrotz gab es, alles in allem, gute Gründe, optimistisch zu sein. Das Schlimmste, das Schwierigste, das Komplizierteste war schon getan.

Während Dutzende von Fragen auf Joe niederprasselten, hörte ich Daniels Stimme hinter mir.

»Es ist Viertel vor eins. Zeit zu gehen.«

Kapitel 44

Einen Moment noch.«

Suchend sah ich mich nach Luis Zárate um. Joe beantwortete unterdessen weiter Fragen, die Studenten reichten sich die Hände und fielen sich lachend in die Arme, während die ersten schon begannen, das Camp aufzulösen. Diejenigen, die nur aus Neugier gekommen waren, machten sich auf den Weg zu ihren Autos, und die kämpferischen Großmütter wollten unbedingt noch ihren Kaffee loswerden, auf den schon keiner mehr erpicht war. Die Polizei beobachtete zwar weiter das Geschehen, doch die Anspannung war verflogen. Inmitten dieses geschäftigen Gewusels, der aufgeregten Rufe und Kommentare sah ich ein Grüppchen von Mitgliedern der Bürgerinitiative, die ihn, ein paar Meter von mir entfernt, umringt hatten.

»Darf ich ihn euch entführen?«

Ohne ihre Antwort abzuwarten, packte ich ihn am Ärmel und zog ihn beiseite.

»Ich war mir hundertprozentig sicher, dass du früher oder später einlenken würdest.«

»Dachtest du, ich bekäme Angst vor Carter oder dass du mich letztlich überzeugen würdest?«, fragte er mit einem ironischen Lächeln.

Ich antwortete nicht, wir wussten beide, ausschlaggebend für seine Entscheidung waren weder Daniel noch ich gewesen, sondern ganz allein er selbst.

»Versprich mir, dass du diese Aufgabe mit viel Freude und Hingabe machen wirst.«

»Und versprich du mir, dass du eines Tages wiederkommst. Egal, welches Seminar du halten willst. Die Franziskanermönche und ihr kulturelles Erbe in Kalifornien. Fontana und sein Vermächtnis. Oder: Wie bezirze ich den Direktor?«

Ich lachte ein wenig verkrampft.

»Gib mir Bescheid, wenn du mal nach Madrid kommst. Auch wenn zwischen uns noch nicht alles geklärt ist, können wir doch weiter Freunde bleiben.«

»Nein, sei unbesorgt, zwischen uns ist alles geklärt, Blanca. Es war, wie es war, aber jetzt ist alles klar.«

Ich war schon im Gehen, als ich noch einmal stehen blieb und ihn direkt ansah.

»Er wäre sehr stolz, wenn er wüsste, dass alles in guten Händen ist.«

Aus der Manteltasche meines Trenchcoats zog ich das Holzkreuz hervor.

»Ich übergebe dir gewissermaßen seinen Stab. Ich kann es nicht mit Bestimmtheit sagen, aber mit ein bisschen Phantasie kann man sich vorstellen, dass er es hier irgendwo vergraben gefunden hat. In den letzten Tagen war es stets an unserer Seite. In gewisser Weise war er dadurch immer bei uns.«

Er nahm es, und genau wie Daniel und ich früher, fuhr auch er mit seinen Fingern über die raue Oberfläche, strich über die ausgefranste Schnur und spürte den Einkerbungen des Holzes nach.

»Behalte du es«, sagte er und wollte es mir zurückgeben. »Auch du hast noch einen weiten Weg vor dir.«

Ich nahm es nicht.

»Mein Weg, egal welcher es sein wird, ist hier zu Ende.

Und bei ihm« – ich blickte zu Daniel hinüber – »ist es nicht anders. Nun ist es an dir, du bist hier der Verantwortliche«, erklärte ich mit Nachdruck.

Ich legte das Kreuz erneut in seine Hände und umschloss sie mit den meinen, sodass zwischen unseren Fingern nur noch ein kleines Stückchen Holz hervorblitzte.

»Kümmere dich darum und um dich«, sagte ich, ohne meine Hände zu lösen.

»Ich werde es versuchen.«

Es gab keine herzliche Umarmung und keine feierlichen Worte zum Abschied, wir drückten einander nur erneut die Hände und sagten uns auf diese Weise Lebewohl. Ich wusste instinktiv, dass er nie anrufen würde, und wenn er hundertmal nach Madrid käme, und dass wir uns beide hier und heute zum letzten Mal sahen.

Ich ließ ihn dort stehen, unter dem Pinienhain, und machte mich eilig auf die Suche nach Daniel. Besser, ich schaute nicht zurück.

Zehn Minuten später waren wir wieder in der Uni. Drei Dinge mussten noch geregelt werden.

»Ich hole dich Punkt zwei in deinem Apartment ab«, sagte er mit einem Blick auf die Uhr. »Und vorher muss ich auch noch schnell nach Hause.«

Als Erstes ging ich in mein Büro, dort hatte ich noch etwas zu erledigen. Kaum machte ich die Tür auf, erblickte ich die entlang der Wand gestapelten Kartons, in denen die Papiere ordentlich sortiert lagen. Noch war nicht klar, wie es mit dem zweiten Teil des Nachlasses weitergehen beziehungsweise wer sich darum kümmern würde, aber ich war mir sicher, dass sich dafür eine gute Lösung fände.

Für weitere Spekulationen war jetzt nicht der richtige Zeitpunkt, und so machte ich mich daran, rasch ein paar Disketten mit den Daten meiner Arbeit zur Erinnerung

einzupacken. Aus dem gleichen Grund wanderten auch einige Filzstifte und Notizhefte in meine Tasche. Erst dann kam ich zum eigentlichen, zum wichtigsten Grund meines Hierseins.

Aus einem Regal nahm ich ein veraltetes dickes Telefonverzeichnis, zwischen dessen mit winzig kleiner Schrift bedruckten Seiten ich ein gefaltetes Blatt Papier herausnahm.

Wo das Vergessen wohnt,
in weiten Gärten ohne Morgenröte …

Noch einmal las ich das Gedicht von Cernuda. Und noch einmal. Anschließend holte ich aus der untersten Schublade meines Schreibtisches eine Schachtel Streichhölzer. Ohne Werbeaufdruck, von einem unbekannten Nutzer dieses Raumes am Ende des Ganges irgendwann hinterlassen, vergessen neben einem halb verrosteten Anspitzer, der Rechnung eines Chiropraktikers und einer Handvoll Büroklammern.

Es dauerte ein paar Sekunden, bis die Flamme die Zeilen fraß.

Wo ich nichts bin als Gedächtnis eines Steins,
begraben
zwischen Brennnesseln …

Die Asche landete im Papierkorb und mit ihr auch die unendlich große Liebe jenes Mannes. Aus irgendeinem Grund hatte ich das unbestimmte Gefühl, Fontana hätte es geschätzt, dass sich jemand um den Erhalt seiner Privatsphäre kümmerte.

Fanny entdeckte ich in ihrem Kämmerchen, wo sie sonst eigentlich nie zu finden war. Sie verspeiste genüsslich einen

Schoko-Donut. Weil sie mir gleich, kaum dass sie mich erblickte, etwas sagen wollte, verschluckte sie sich.

»Ich habe etwas für Sie, Doktor Perea, ein Abschiedsgeschenk«, stieß sie hustend hervor.

Sie hob eine Pappschachtel vom Boden auf. Eine alte, ungeschickt mit einem grün gestreiften Stoff beklebte Schachtel. Das hatte sie vor vielen Jahren selbst gemacht, wie sie erzählte.

»Wissen Sie schon, dass wir bald umziehen werden? Wirklich. Mama hat gesagt, ich soll schon mal anfangen aufzuräumen, und ich bin dabei, die Schränke leer zu machen.«

»Ja, das ist mir schon zu Ohren gekommen, Fanny.«

»Und gestern Abend, als ich gerade einen Stapel Zeug oben aus dem Hängeschrank herunterholte, sehen Sie, was ich da gefunden habe …«

Sie nahm den Deckel dieser Schatzkiste aus Kinder- und Jugendtagen ab, und zwischen Geburtstagskarten und Bee-Gees-Kassetten kamen ein paar alte Fotos zum Vorschein. Verblichene quadratische kleine Momentaufnahmen von schlechter Qualität in einem Kameraformat, das es schon seit Jahrzehnten nicht mehr gab.

»Erinnern Sie sich an den Tag, als ich Ihnen erzählte, dass Onkel Andrés uns zum Santa Cruz Beach Boardwalk, den Vergnügungspark, mitgenommen hat? Ich war damals neun Jahre alt, aber ich erinnere mich noch ganz genau. Doch an die Fotos nicht. Oder besser gesagt, ich wusste, dass wir Fotos gemacht hatten, aber nicht, wo sie waren, denn wenn ich mich erinnert hätte …«

Schon nach der Hälfte des ersten Satzes hatte ich aufgehört, ihr zuzuhören. Stattdessen betrachtete ich die Fotos. Fanny als kleines Mädchen in einem viel zu engen gelben Kleid mit einem Anker vorne drauf. Mit den glei-

chen glatten, auf Kinnlänge geschnittenen Haaren, wie sie selig lächelnd mit Zuckerwatte in der rechten Hand dastand. Links von ihr ein Mann. Ein Mann in den Fünfzigern mit olivenfarbener Haut, dunklem Haar und wild wuchernden Augenbrauen. Breitschultrig, mit stark behaarten Armen, einem halb aufgeknöpften beigefarbenen Hemd und einem dichten Bart, der an einigen Stellen schon grau wurde. Eine Hand hatte er auf die Schulter des Mädchens gelegt, in der anderen hielt er eine Zigarette. Mit einem Lächeln, wie es die Situation verlangte. Vier verschiedene Fotos, auf denen man kaum einen Unterschied sah. Doch das fünfte war anders, ganz anders. Auf diesem letzten waren nicht zwei, sondern drei Personen zu sehen.

Auf der Rückseite hatte Fanny in ihrer damals noch kindlichen Schrift ein paar Worte notiert: *Santa Cruz Beach Boardwalk, Sommer 1966.* Auf der Vorderseite sah man neben den beiden Darla Stern, das Haar schon damals nordisch blond und die Lippen so knallrot wie heute. Sie musste um die vierzig gewesen sein und wirkte etwas zu aufgedonnert in ihrer Caprihose und den hochhackigen Sandalen. Mit einem besitzergreifenden, triumphierenden Lächeln posierte sie vor der Kamera. Meine Tochter, mein Mann, schien sie aller Welt sagen zu wollen. Vielleicht bildete sie es sich nur ein. Vielleicht auch nicht.

Auf diesem Bild lachte Fontana nicht, sondern wirkte unbehaglich, als wäre es ihm unangenehm, sich von dem Fremden fotografieren zu lassen, den sie wohl um diesen Gefallen gebeten hatte. Doch er hatte sich breitschlagen lassen, und das war auf diesem Erinnerungsfoto, das ich gerade betrachtete, während Fanny über Riesenräder und Achterbahnen plapperte, auch deutlich sichtbar. Jedes Detail registrierte ich genau: die Gesichter, die Kleidung, die

Gesten. Doch am meisten faszinierte mich seine Hand. Um ihre Taille gelegt. Vertraut und lässig. In der anderen noch immer die Zigarette zwischen den Fingern. Als wäre ihm diese Stelle von Darlas Körper, als wäre ihm dieses Plätzchen überaus vertraut.

»Welches möchten Sie haben, Doktor Perea?«

»Keins davon, Fanny«, sagte ich und löste endlich meinen Blick von den Fotos. »Sie gehören dir, sind Teil deiner Erinnerungen. Nimm sie mit in dein neues Zuhause und gib gut acht auf sie.«

»Aber das sollte mein Geschenk für Sie sein«, protestierte sie.

»Du könntest mir dann und wann schreiben und mir erzählen, wie es dir geht, das wäre ein Geschenk für mich.«

Ich umarmte sie, bevor ihr Gehirn, das im Schneckentempo arbeitete, Zeit hatte zu reagieren.

»Und kümmere dich um deine Mutter«, fügte ich noch im letzten Moment hinzu. Warum, wusste ich selbst nicht.

Rebecca war meine letzte Station.

»Es ist dir schon bewusst, dass du wieder eine spanische Freundin hast, oder?«

Sie begleitete mich zum Fahrstuhl, wobei sie mir unterwegs versprach, sich um alles zu kümmern, was ich jetzt nicht mehr schaffen würde: noch ein paar Bücher zurück in die Bibliothek bringen, ein paar Kollegen grüßen, von denen ich mich nicht mehr verabschieden konnte, meinen Kühlschrank leer räumen …

Gerade als die Tür des Fahrstuhls sich schließen wollte, drückte sie unerwartet noch einmal auf den Knopf. Die Tür ging wieder auf, und sie bedeutete mir, noch einmal herauszukommen.

»Du hast dich wieder gefangen, Blanca«, sagte sie und nahm meine Hände. »Das Schlimmste ist überstanden.

Prüfe gut, was das Leben für dich nun bereithält, und höre auf dein Herz.«

Sie umarmte mich noch einmal und ließ mich ziehen.

Ich hetzte über den Campus, denn es war bereits zwanzig vor zwei. Während ich mit weit ausgreifenden Schritten vorwärtseilte, brodelte es in meinem Gehirn wie in einem Kochtopf, köchelte eine dicke Brühe aus Emotionen und Gefühlen vor sich hin. Da war die Befriedigung, unser Ziel erreicht zu haben. Da waren die neuen Freunde, die ich kennengelernt und von denen ich mich nun hatte verabschieden müssen. Und da war die Ungewissheit der Zukunft, die sich jetzt vor mir auftat.

Auf der Suche nach innerer Ruhe klammerte ich mich an das friedlichste aller Gefühle. Ich rief mir Rebecca in Erinnerung, diesen im wahrsten Sinne des Wortes durch und durch guten Menschen. Gut im Sinne Antonio Machados, wie dieser Dichter das Wort verwendete, wie einmal einer meiner Kollegen in seinem Literaturseminar sagte. Großzügig, ehrlich, mitfühlend. Immer bereit, einem die Hand zu reichen oder eine Vertraulichkeit für sich zu behalten, immer bereit, an andere zu denken und niemals Nein zu sagen.

Das genaue Gegenstück war Darla Stern, deren Bild sich mir unwiderruflich ins Gedächtnis gebrannt hatte, als ich mir die Fotos ansah, die Fanny mir zeigte. Ihre gekünstelte Pose, um vor der Kamera attraktiv zu wirken, ihr überheblicher und zugleich unsicher wirkender Exhibitionismus, mit dem sie ihre Macht, ihren Besitz demonstrierte.

Licht und Schatten der menschlichen Natur bei zwei Frauen, die unterschiedlicher nicht sein könnten. Kopf und Zahl. Die eine nimmt ihr Schicksal an und lebt ihr Leben, während die andere jahrzehntelang auf ihrem Groll herumkaut wie auf einem bitteren Kaugummi. Als ich über

den beinahe menschenleeren Campus so kurz vor Weihnachten eilte, wurde mir mit einem Mal bewusst, dass während meiner letzten halben Stunde in der Guevara Hall jede der beiden mich auf ihre Weise gerührt hatte. Abgesehen von ihrem völlig unterschiedlichen Charakter, hatten beide für ein ähnliches Ziel gekämpft. Für das gleiche Ziel, das fünfundzwanzig Jahre lang auch mein Leben bestimmt hatte: unsere Kinder groß werden zu sehen, einen Gefährten an meiner Seite zu haben, ein Zuhause zu schaffen, in das jeden Morgen die Sonne scheint. Die Urinstinkte, die von jeher, seit Anbeginn der Welt, die Frauen bewegen.

Doch jede von uns dreien war unerwartet schon einmal ausgerutscht und hingefallen, im Morast des Lebens versunken. Jede von uns dreien hatte schon einmal die Liebe ihres Mannes verloren, war mit Verlassenwerden und Ungewissheit konfrontiert worden, mit der brutalen Realität. Jede von uns hatte sich auf ihre Art damit auseinandergesetzt und mit den ihr zur Verfügung stehenden Waffen gekämpft. Mit guten und mit schlechten Mitteln, je nachdem, was ihr der Intellekt, ihr Gefühl oder der pure Überlebensinstinkt riet. Talente waren schon immer willkürlich verteilt, niemand hat sie sich je aussuchen können.

Rebecca hatte die moralische Größe besessen, darüber hinwegzukommen, und auch ich war dabei, wie sie mich soeben hatte erkennen lassen, meinen Weg zu finden, ohne genau zu wissen, wohin er mich führen würde. Doch Darla war dies nie gelungen. Wie ein armes, misshandeltes Tier verkroch sie sich in ihrer Höhle, ohne dass ihre Wunden je heilten. Verwechselte die menschliche Natur in deren Einfachheit mit hinterhältigem Verrat oder einer heimtückischen Verschwörung gegen sie selbst. Ohne zu begreifen, dass die Liebe seltsame Wege geht, dass sie flüchtig und willkürlich ist, mit Verstand und Rationalität nicht fassbar.

Vielleicht getrieben von der Angst vor Armut, von purer Einsamkeit oder der Unfähigkeit, das von ihr abhängige Kind nicht allein großziehen zu können, konstruierte sie sich böswillige Phantome, um einen Schuldigen zu haben, gegen den sie ihre Wut richten konnte. Und schadete damit sich selbst ebenso wie den anderen, die für ihr Schicksal gar nichts konnten.

Da hörte ich mehrmals ein Auto neben mir hupen, und damit hatten meine Träumereien definitiv ein Ende.

»Bist du sicher, dass du um sechs dein Flugzeug in San Francisco noch erreichen willst?«

Kapitel 45

Wir ließen das wolkenverhangene Santa Cecilia hinter uns und fuhren auf der Schnellstraße in Richtung Küste. Jeder in seine Gedanken versunken, saßen wir einige Kilometer schweigend nebeneinander. Daniel, mit getönter Brille am Steuer, sah nach vorn auf die Fahrbahn. Mein Blick verlor sich in der Ferne, während ich versuchte, meine Gedanken zu ordnen. Wir hatten nicht mal das Radio eingeschaltet, nur das eintönige Surren des Motors begleitete uns. Schließlich brach er das Schweigen.

»Erzähl mal, wie wirst du das letzte Weihnachtsfest des alten Jahrtausends verbringen?«

»Zuerst werde ich das Haus in Ordnung bringen, die Heizung einschalten, einen Großeinkauf machen, den Baum und die Krippe aufstellen …«

Während ich sprach, sah ich ihn nicht an. Ich ließ ziellos den Blick schweifen und zählte meine Aufgaben mit der gleichen Lustlosigkeit auf, mit der man Anwesenheitslisten überprüft oder Pflichttermine der Uni-Verwaltung vorträgt.

»Dieses Jahr wird alles anders sein«, fuhr ich fort. »Sicher ist bis jetzt nur, dass wir den Heiligabend bei meiner Schwester África verbringen, die als Gastgeberin eine echte Katastrophe ist und uns wahrscheinlich tiefgefrorene Lasagne und ein paar *polvorones* auftischen wird. Silvester haben wir normalerweise bei meinen Schwiegereltern gefeiert oder sind mit ein paar Freunden weggefahren. Sachen, die ich dieses Jahr sicher nicht machen werde. Ich nehme

an, dass meine Söhne an diesem Tag bei ihrem Vater sein werden, sodass ich den Abend vermutlich allein zu Hause verbringe, mich um zehn Uhr ins Bett verkrieche und mir einen Film anschaue, während ich auf das neue Jahrtausend warte. Ein tolles Programm, oder?«

Die Landschaft zog rasch an uns vorüber, und wir hatten Santa Cecilia schon vor einer Weile hinter uns gelassen. Jetzt, wo ich einmal angefangen hatte, vor Daniel meine Pläne auszubreiten, gab es für mich, sechs Monate nach der großen Katastrophe, kein Halten mehr.

»Und ich muss unbedingt Alberto treffen, das ist vielleicht sogar das Wichtigste. Inzwischen habe ich gedanklich alles geordnet, was zwischen uns passiert ist, und sehe nun vieles in einem anderen Licht. Langsam fange ich an zu begreifen, und jetzt wäre wohl der richtige Moment, um miteinander zu reden.«

»Das ist gut.«

»Das hast du mir schon mal in diesem Auto gesagt. Auf der Rückfahrt von Sonoma, erinnerst du dich?«

Langsam bewegte er seinen Kopf, von oben nach unten, von unten nach oben, den Blick unverwandt auf die Straße gerichtet.

»Absolut. Ich sagte dir, man müsse zulassen, dass alles irgendwann zu Ende geht, auch wenn es wehtut. Damit alles heilen kann, ohne Narben zu hinterlassen. Wenn ich damals zur rechten Zeit dazu in der Lage gewesen wäre, hätte ich mir viele qualvolle Jahre erspart.«

»Deine schrecklichen, deine schwärzesten Jahre …«

»Ja, diese schrecklichen Jahre, in denen ich nicht in der Lage war, das Geschehene zu akzeptieren und meinen Frieden damit zu schließen.«

Ich wusste ja bereits, was damals geschehen war, und fragte deshalb nicht weiter nach.

»Doch glaub mir, Blanca, alles geht vorüber. Ich weiß, es dauert seine Zeit, und nichts wird mehr so sein wie früher, sicher, aber am Ende, und ich weiß, wovon ich spreche, setzt der Heilungsprozess ein. Du wirst dich dem Leben wieder öffnen, aufstehen und weitergehen und die ersten Fortschritte machen. Ich habe in dieser Zeit zig Vorlesungen gehalten und x Bücher geschrieben, neue Freunde gefunden und andere Frauen kennengelernt, bin immer wieder nach Spanien gereist … Bis ich mich, ohne zu wissen, wieso und warum, vor ein paar Monaten dummerweise in etwas eingemischt habe, und als Nebenwirkung dieser Entscheidung lief mir eine schlanke traurige Spanierin über den Weg, die auf der Suche nach einem neuen Platz in der Welt war. Und hier sitze ich nun und bringe sie zu ihrem Flugzeug, das sie aus meinem Leben reißen wird, damit sie ihr altes wieder in Ordnung bringen kann, obwohl ich wirklich nicht weiß, was ich machen soll, wenn sie nicht mehr da ist.«

Zu viele Turbulenzen, zu viele Emotionen, zu viele blockierte Gefühle, als dass ich darauf hätte reagieren können. Unfähig, auch nur ein einziges Wort hervorzubringen, schluckte ich und starrte durch das Seitenfenster nach draußen.

Bei ihm hingegen schien sich eine Schleuse geöffnet zu haben, die sich nicht mehr schließen ließ. Nachdem der Druck der letzten Tage von ihm abgefallen war und er schon einmal damit angefangen hatte, redete er nun ununterbrochen weiter.

»Ich kann mich noch ganz genau an unsere erste Begegnung erinnern. Es war in Meli's Market, in der Brotabteilung. Eigentlich hätten wir uns erst am nächsten Tag auf dem Campus begegnen sollen. Ich war gerade von einem Kongress in Toronto zurückgekommen, hatte meinen Kof-

fer bei Rebecca gelassen, und gemeinsam gingen wir einkaufen, weil wir bei einem gemeinsamen Freund zum Essen eingeladen waren und ihm eine Kleinigkeit mitbringen wollten. Plötzlich deutete sie auf den Rücken einer Frau mit blauer Bluse, die sich offenbar so schwer damit tat, ein Brot auszusuchen, als hinge von dieser einfachen Aufgabe das Wohl der Menschheit ab.

Sie berührte dich leicht an der Schulter, du drehtest dich um, und so sah ich zum ersten Mal dein Gesicht. Du trugst dein Haar offen, deine Haut war noch sommerlich gebräunt, und du strahltest Rebecca derart erleichtert an, als hätte dich ihre Gegenwart vor dem Sturz in einen Abgrund bewahrt. Sie stellte uns einander vor, ich sagte irgendetwas Banales zu dir und ergriff deine Hand, erinnerst du dich? Deine Hände sind mir inzwischen sehr vertraut, aber damals fiel mir ihre Leichtigkeit auf. Eine Hand, die förmlich nichts wog, leicht wie eine Feder. Von da an fand ich dich bezaubernd, aber da war diese Traurigkeit, diese unendliche Traurigkeit in deinen Augen. Ein Engel mit gebrochenen Flügeln, gestrandet in einem Supermarkt. Und von diesem Moment an wusste ich auch, dass ich nicht abreisen konnte. Ich wollte es zwar und versuchte es auch einige Male. Doch länger als drei oder vier Tage hielt ich es nie aus, und so beschloss ich, einfach zu bleiben. Um dir beim Nachlass des alten Fontana zu helfen, um zu erfahren, ob du über die vergessene Missionsstation etwas herausgefunden hast, und vor allem, um in deiner Nähe zu sein und dich auf deinem Weg zu begleiten, ohne auch nur die geringste Ahnung zu haben, wohin uns das alles, gemeinsam oder getrennt, führen würde.«

Ich hörte ihm einfach nur zu, ohne ihn anzusehen oder seinen sturzbachartigen Redefluss, sein aufrichtiges Geständnis, zu unterbrechen.

»Es waren faszinierende Monate für mich, Blanca, und auch extrem bereichernde, in vielerlei Hinsicht. Mir gelang es, mich mit meiner Vergangenheit auszusöhnen, und dadurch, dass ich dich kennenlernte, lernte auch ich mich selbst ein Stück besser kennen. Und tat ein paar Dinge, von denen ich nie gedacht hätte, dass ich sie je tun würde. Ich habe zum Beispiel angefangen zu schreiben über mein Leben. In den vielen einsamen Nächten habe ich mein Gedächtnis erforscht, habe viel nachgedacht und Ordnung in so manche meiner Erinnerungen gebracht, auch in die, die Andrés Fontana betreffen, Reminiszenzen aus der Zeit mit ihm, Details aus seinem Leben, die er mir im Laufe der Jahre erzählt hat. Kannst du bitte mal den Umschlag nehmen, der auf dem Rücksitz liegt?«

Ein ganz gewöhnlicher brauner Umschlag, wie wir sie Tag für Tag in der Uni benutzten, um Dokumente von A nach B zu befördern.

»Er ist für dich und enthält, was du noch über meinen Professor und mich wissen solltest. Damit du uns beide ein bisschen besser verstehst. Damit du weißt, was uns zu diesem Schritt bewogen hat, den du auch getan hast. Abstand suchen, uns ohne Sicherheitsnetz ins Ungewisse stürzen, ohne zu wissen, was uns erwarten würde. Uns in den Fremden zu verwandeln, der nicht dazugehört und deshalb vielleicht ein wenig freier ist.«

Ich verstaute den Umschlag rasch und ungeöffnet in meiner Tasche, als würde ich mir die Finger daran verbrennen.

»Weißt du«, fuhr er fort, »im Grunde haben Fontana, du und ich mehr gemeinsam, als man auf den ersten Blick vermutet. Du und auch wir haben diesen Schritt getan. Und obwohl du nun in deine alte Welt zurückkehrst, wird doch nichts mehr so sein wie früher.«

»Das stimmt«, sagte ich ernst. »Ich glaube nicht, dass ich diese Monate je vergessen werde.«

»Warum schreibst du nicht auch? Darüber, was in der letzten Zeit passiert ist, was dir persönlich widerfahren ist. Die anderen Leben, die du kennengelernt hast, was du gefühlt hast …«

»Ich habe noch nie etwas anderes gemacht, als Texte für die Uni zu schreiben oder Briefe an meine Kinder, als sie in England im Sommerlager waren.«

»Ich genauso wenig. Und jetzt ist mir aufgefallen, dass es wesentlich unkomplizierter und weitaus bereichernder ist, als ich gedacht hätte. Es ist, als würde man die Texte, die wir gewohnt sind, für unsere Arbeit zu verfassen, mit etwas Gefühl unterfüttern. Dadurch beginnt man, über vieles nachzudenken, beschäftigt sich intensiv mit seinen Emotionen und betrachtet so einiges von einer anderen Warte aus. Eine Art Katharsis, wenn du so willst …«

Ich unterbrach ihn bei seiner Überzeugungsarbeit.

»Hier kommt gleich die Ausfahrt zum Flughafen«, sagte ich nur. »Wenn du so weitermachst, verpassen wir sie womöglich noch.«

Am Terminal angekommen, gab ich mein Gepäck auf. Für mehr als eine kurze, aber innige Verabschiedung war keine Zeit.

Er umfing mich mit seinen langen Armen, drückte mich an seine Brust.

»Pass gut auf dich auf. Du kannst dir nicht vorstellen, wie sehr ich dich vermissen werde, Doktor Perea.«

»Ich dich auch«, sagte ich und spürte einen faustgroßen Kloß in meiner Kehle. Ich glaube, er hat mich nicht einmal gehört.

Dann strich er mir sanft über das Gesicht und hauchte mir einen Kuss auf die Stirn, so zart, dass ich ihn kaum spürte.

Ich sah nicht mehr zurück, als ich mit dem Pass und der Bordkarte in der Hand zur Sicherheitskontrolle ging. Ich wollte ihn nicht noch einmal sehen. Doch ich wusste, dass er nicht gegangen war, dass er noch dastand, mit seinem etwas zu langen Haar, seinem hellen Bart und seiner voluminösen schwarzen Digitaluhr, wie sie sonst nur Sportler haben. Er sah mir nach, wie ich mich auf den Weg machte, mein Leben wieder geradezubiegen, zurück in das Land, das ihn in seinen Bann gezogen hatte, als seine Seele sich noch formte, und das er niemals vergessen hatte.

Bis im letzten Moment, als nur noch drei oder vier Passagiere vor mir standen, seine dunkle Stimme direkt hinter mir ertönte.

»Ich will nicht, dass du allein ins neue Jahr gehst. Ich will nicht, dass du das alte Jahrtausend allein beendest, ich will nicht, dass du Silvester allein am Tisch sitzt oder dir allein Filme im Bett ansiehst, und auch nicht, dass du deine Trauer allein mit dir herumschleppst.«

Ich fuhr herum, als gäbe es nur uns zwei an diesem hektischen Ort. Weder andere Reisende noch andere Abschiede. Weder Lautsprecherdurchsagen noch Flugzeuge oder Autos, die auf uns warteten. Als wäre die Welt um uns herum auf einmal zum Stillstand gekommen.

»Dann komm mit«, rief ich und warf mich ihm an den Hals.

»Bring erst dein Leben in Ordnung. Und dann ruf mich an.«

Und mit der Sicherheit eines Menschen, der weiß, wohin er gehört, nahm er mich in seine Arme und küsste mich zärtlich.

Verlässlich, sicher, seine Finger in meinem Haar, während sich sein Geruch mit meinem vermischte und seine Lippen mir den Geschmack eines Mannes vermittelten,

der tausend Leben gelebt und tausend Schlachten geschlagen hatte; sie schmeckten nach tief empfundener Wahrheit.

Heftiges Räuspern sorgte dafür, dass wir uns voneinander lösten. Der Dicke vor mir in der Schlange in Bermudashorts und Flip-Flops, vermutlich auf dem Weg an irgendeinen südlichen Strand, passierte gerade die Kontrolle. Als Nächste war ich an der Reihe.

Daniel flüsterte mir zum Abschied etwas ins Ohr, bevor er mich noch einmal zärtlich streichelte.

»Ich komme, wann immer du möchtest.«

Wie gern hätte ich seine Hand noch länger in meiner gehalten, doch seine Schritte führten ihn schon fort von mir. Ich sah noch seine Silhouette verschwinden, und dann spürte ich seine Abwesenheit wie Kälte auf meiner Haut.

Vor mir wartete mit düsterem Gesicht der Beamte auf meine Papiere, während seine Finger ungeduldig auf die Theke trommelten.

Es gab keine Verzögerungen, und so starteten wir pünktlich. Auf meinem Sitzplatz angekommen, starrte ich durch das Fenster ins Leere. Ohne auf die Autos oder die Arbeiter zu achten, die um das Flugzeug herumwuselten, ohne den Instruktionen der Stewardess zu lauschen, die uns erklärte, wie man die Sauerstoffmasken korrekt aufsetzte, ohne überhaupt zu denken. Ich versuchte, mich auf Nichtigkeiten zu konzentrieren: Was würde uns África wohl am Weihnachtsabend vorsetzen, wie würde wohl das Wetter in Madrid sein? Ich tat wirklich alles, um nicht über die unerwartete Wendung nachdenken zu müssen, die mein Leben in dem Moment genommen hatte, als ein nach hundert Kämpfen abgehärteter Amerikaner mit halb spanischer Seele, der noch einige Rechnungen offen hatte, sich impulsiv entschied, mich mit sich zu ziehen.

Das Flugzeug hob ab, *adiós,* Kalifornien, *adiós,* merkwürdige Zeit. *Adiós,* Reise, die du meine Sicht der Dinge grundlegend verändert hast, und zwar in einem Ausmaß, das ich noch nicht abschätzen kann. Ich schloss die Augen. Eine Ewigkeit lang. Als ich sie wieder aufmachte, war schon tiefste Nacht.

Bis ich es nicht mehr aushielt und den Umschlag öffnete.

Liebe Blanca,
mein ganzes Leben bin ich auf fahrende Züge aufgesprungen, und trotzdem sind die beiden einzigen absoluten Wahrheiten, zu denen ich gelangt bin, mir erstaunlicherweise fast zufällig, mehr oder weniger beiläufig und ohne jede Vorwarnung begegnet. Die erste vor einigen Jahrzehnten in einer Apotheke am Mittelmeer, als ich ein Medikament gegen Grippe verlangte. Und die zweite, als ich vor drei Monaten auf der Suche nach einem geeigneten Wein für ein Abendessen war.
Unterschiedliche Augenblicke, unterschiedliche Umgebungen und doch die gleiche Überzeugung: Jedes Mal stand die für mich vollkommene Frau vor mir.
Damit Du weißt, wie das eine Mal war, vertraue ich Dir hier den Rest meiner Vergangenheit an. Das andere Mal kennst du aus erster Hand.
Für immer der Deine
D.C.

Als die erste Träne aufs Papier tropfte, verwischte sie das D von Deine, und ich konnte nicht weiterlesen. Nachdem ich mich monatelang zusammengerissen hatte, konnte ich mich nun nicht länger beherrschen und begann haltlos zu weinen.

Um mich, um ihn, um alle, während ich in diesem fer-

nen Land von einer Küste zur anderen flog und in einer schier endlosen und unendlich traurigen Nacht den Atlantik überquerte. Ich weinte um Andrés Fontana und seine späte, unerwiderte Liebe. Um Aurora, weil sie ihr Leben nicht hatte leben können, und um das Bild von ihr, das sich mir unauslöschlich eingeprägt hatte, im weißen Kleid mit strahlendem Lächeln am Strand von Cabo San Lucas. Ich weinte um Daniels schwärzeste Jahre, um seinen unermesslichen Schmerz und seinen Kampf zurück ins Leben.

Um Alberto und sein neues Leben, um die Zukunft, die wir nicht mehr miteinander teilen würden. Um meine Söhne, um die Kinder, die sie gewesen waren, und die Männer, die sie anfingen zu sein. Um die Vergangenheit und die Gegenwart von uns allen. Um die, die wir einst waren. Um die, die wir sein würden.

Es goss in Strömen, als ich in Heathrow umsteigen musste, und es goss in Strömen, als ich in Madrid landete. Ich hatte Mühe, meine Söhne zu erkennen, als ich sie im Wartebereich des Flughafens winkend und lachend, laut meinen Namen rufend, stehen sah. Mit olivenfarbener Haut wie ihr Vater, schlank wie ich. Mit der jugendlichen Frische, die ihnen ins Gesicht geschrieben war, das ganze Leben noch vor sich.

Zu Hause angekommen, las ich die anderen Papiere aus dem Umschlag.

Danach rief ich ihn an und sagte ihm, er solle kommen.

Und seit diesem letzten »Danach«, mit noch unausgepackten Koffern, mit langsam wärmer werdenden Zimmern und ohne einen Weihnachtsbaum, setzte ich mich hin, skizzierte die parallel verlaufenden Lebenslinien dreier Menschen und fing an zu schreiben.

Danksagung

Für die Inspiration und Unterstützung bei der Gestaltung des universitären Lebens in einem Land, das nicht mein eigenes ist, obwohl ich es auch kennengelernt habe, möchte ich einigen Freunden, altgedienten amerikanischen Professoren mit einer guten Portion spanischer Mentalität in sich, meinen tiefen Dank aussprechen:

Malcolm Compitello, Direktor des Fachbereichs Spanisch und Portugiesisch an der University of Arizona, der mir vor fünfundzwanzig Jahren in einem Wintersemester an der Michigan State University die Augen für das Werk von Ramón J. Sender öffnete und mir nun von der Wüste aus via Skype und via Madrid erneut ein wertvoller Ratgeber war;

Joe Super und Pablo González für all die Gespräche während meines Aufenthalts an der University of West Virginia. Joe, Historiker und reinrassiger Kalifornier, der mich mit Informationen und Reflexionen zu den Missionsstationen der Franziskaner entlang des Camino Real versorgte und sich mit seiner natürlichen, sympathischen Art als Figur für diesen Roman anbot. Und Pablo für seine kolumbianische Warmherzigkeit, die Erinnerungen an seine Studentenzeit an der University of Pittsburgh und die unübertreffliche Appalachen-Sangría, mit der wir unseren Abschied feierten;

Francisco Lomelí, Direktor des Fachbereichs Spanisch und Portugiesisch an der University of California in San-

ta Barbara, für seine Gastfreundschaft mexikanischer Prägung, der wichtige Informationen über das universitäre System in Kalifornien beisteuerte und, vor allem, weil er für lange Zeit Daniel Carter frohgemut seinen Posten überließ.

Unendlicher Dank dafür, dass sie meine Entwicklung in der Welt der Wissenschaft gefördert hat und mich jedes Mal wieder mit offenen Armen aufnimmt, wenn ich zu ihr zurückkehre, gebührt der Universität Murcia, meiner akademischen Heimat. Und der Fakultät für Betriebswirtschaft an der Gesamthochschule von Cartagena, die mich zeitweilig in ihren großartigen Einrichtungen in der alten Ausbildungskaserne der Marine aufnahm, wo ich über Monate hinweg in aller Ruhe arbeiten konnte.

Dafür, dass er den Text in verschiedenen Entstehungsphasen durchgesehen hat, danke ich Manolo Cantera, einem Meister der Zeichen und Zeiten, der vom anderen Ufer des Mittelmeers kam, mit einem Hund im Schlepptau und einem gerüttelt Maß an Gelehrsamkeit, Ironie und Hilfsbereitschaft. Und Miguel Zugasti, der uns auf dem Campus der UCSB einführte, elegant den Handschuh aufnahm, den ich ihm hinwarf, und meinen Text mit kalifornisch gewürztem philologischem Blick begutachtete.

Für zahlreiche informative Details, Erinnerungen und Anekdoten von Angehörigen der U.S.-Navy während ihrer Zeit in Cartagena möchte ich verschiedenen Personen meinen Dank aussprechen: Admiral Adolfo Baturone für seine technischen Erläuterungen zur nordamerikanischen Marine und ihrer Organisationsweise in Spanien; Tata Albert, der mir die Tür seines Hauses öffnete, denn ebenjenes Haus wurde in meiner Phantasie zum Domizil von Captain Harris und seiner unvergleichlichen Gattin Loretta; Juan Antonio Gómez Vizcaíno, der mir mit seinen über-

aus detailreichen Zeitungsartikeln unwissentlich ein ganzes Arsenal an Informationen an die Hand gab; und, um den Kreis ein wenig zu erweitern, all jenen Menschen, die mich an ihren wehmütigen Erinnerungen an das Leben in dieser Stadt in den Fünfzigerjahren, die ich selbst nicht erlebt habe, teilhaben ließen, unter ihnen ganz besonders Juan Ignacio Ferrández.

Unendlich dankbar bin ich auch, wir kehren jetzt in das private Umfeld zurück, meinen Kindern Bárbara und Jaime – sie werden ebenso wie die Sprösslinge von Blanca Perea für meinen Geschmack viel zu schnell erwachsen –, die dafür sorgen, dass ich immer schön auf dem Boden bleibe, sich über mich lustig machen, um das, was sie möchten, zu kämpfen wissen und mir nicht mehr Aufmerksamkeit schenken, als angemessen ist. Und ihrem Vater, Manolo Castellanos, der in meiner Abwesenheit die Stellung hält und im Alltagsleben mein Fels in der Brandung ist, und dieser Alltag ist das Wichtigste im Leben.

Für alles und wie immer danke ich meinen Eltern, meinen wunderbaren Geschwistern und ihrer sich stetig vergrößernden Kinderschar, die ohne jeden Zweifel das Salz des Lebens sind. Und natürlich auch meiner weiteren Familie, die alle meinem Herzen nahe sind.

Meinen Freunden des Weins und der Crème, die noch ganz die Alten sind und dort, wo sie schon immer waren: nur ein bisschen älter, ein bisschen weiser, mir aber noch genauso unentbehrlich.

Nicht zuletzt gilt mein Dank jenen Menschen in der Welt des Buches, die an diesem neuen Wagnis beteiligt waren: der Verlagsgruppe Grupo Planeta, die mir erneut ihr Vertrauen bewies, und insbesondere der hervorragenden Truppe von Temas de Hoy, die sich auf verschiedenen Ebenen und mit ebenso großem Elan wie bei meinem

Erstling für diesen Roman eingesetzt hat: Isabel Santos, der allerbesten PR-Frau der Welt; Ruth González für ihr Einfühlungsvermögen und ihre unvergleichliche Effizienz; Emilio Albi für seinen unermüdlichen Einsatz und seine Genauigkeit; Germán Carillo und Helena Rosa in Barcelona für ihre unerschöpfliche Kreativität; Silvia Axpe, die mir den Zugang zur digitalen Gegenwart verschafft hat; Diana Collado, die sich voller Lust und Elan hineingekniet hat; und Ana Lafuente für ihre herzerwärmende Freundlichkeit. Belén López Celada, unserer Direktorin, gewissermaßen die Oberbefehlshaberin dieser unübertrefflichen Truppe und von Temas de Hoy, die ich schon immer bewundert habe und jetzt, in dieser neuen, besonderen Phase ihres Lebens, noch mehr bewundere. Und, wie wir Anglistinnen, die wir ja beide sind, immer sagen: last but not least und von ganzem Herzen danke ich meiner Lektorin Raquel Gisbert, der klugen, einfühlsamen, verständnisvollen Freundin.

Meiner Literaturagentin Antonia Kerrigan, die mich mit der ihr eigenen Antriebskraft einer Rakete in die Welt hinausgeschickt hat; Lola Gulias – mit der ich so viel gemeinsam habe, die ich so sehr schätze, der ich so viel verdanke – und dem restlichen Team in dieser wunderbaren Literaturagentur für ihre Kompetenz und ihren unermüdlichen Einsatz.

Und zum Schluss allen Lesern, die mich im Laufe der vergangenen drei einzigartigen Jahre mit ihren positiven Rückmeldungen bestärkt und mich gebeten haben, weiter Geschichten zu schreiben, die ihr Herz berühren und sie daran glauben lassen, dass das Beste im Leben häufig noch bevorsteht.